大鱼

有爱的青春陪伴者

扑通扑通

pu tong pu tong

上

秦方妤 ♡ 著

四川文艺出版社

图书在版编目（CIP）数据

扑通扑通：全二册 / 秦方好著. -- 成都：四川文艺出版社，2024. 10. -- ISBN 978-7-5411-7067-6

Ⅰ. I247.5

中国国家版本馆 CIP 数据核字第 20244FH742 号

PU TONG PU TONG:QUAN ER CE

扑通扑通：全二册

秦方好 著

出 品 人	冯　静
责任编辑	邓　敏
特约编辑	年　年
装帧设计	Insect　唐卉婷
封面绘制	王点点
责任校对	段　敏

出版发行　四川文艺出版社（成都市锦江区三色路 238 号）

网　　址　www.scwys.com

电　　话　0731-89743446（发行部）　028-86361781（编辑部）

排　　版　长沙大鱼文化传媒有限公司

印　　刷　长沙鸿发印务实业有限公司

成品尺寸　145mm×210mm　　开　本　32 开

印　　张　18　　　　　　　　　字　数　560 千字

版　　次　2024 年 10 月第一版　印　次　2024 年 10 月第一次印刷

书　　号　ISBN 978-7-5411-7067-6

定　　价　65.80 元（全二册）

第一章

/ 初见 /

PUTONGPUTONG

傍晚，最后一节课的下课铃声响起，京江八中校园瞬间沸腾起来。

"放学喽放学喽！"

"我的表居然慢了两秒，倒计时的仪式感都没了！"

"黑板上布置的作业谁擦了？"

"没看见就是没布置，走了走了走了！"

……

学生们迫不及待地从教室里拥出，肆无忌惮的口哨声，伴随着鼓点般的脚步声，成百上千的蓝白色身影在走廊上一闪而过。

高二（1）班的教室也不例外，几乎空了。程北茉嘴里叼了根棒棒糖，慢吞吞地收拾书包。

橘色落日洒进教室，给她雪白干净的脸庞镀了层金色轮廓。

手机上接连弹了七八条消息——全都是两个字，"人呢"。

她回了句"马上来"，把书包往肩上一甩，埋头就往教室外冲。

一出门，就跟人撞了个满怀。

浓重的发胶味道闯入鼻腔，程北茉被呛得差点咳嗽出来。

这种标志性的味道除了年级主任闫国华，别无他人。

闫国华带两个班的数学，又兼任一班班主任和年级主任，成绩、纪律、卫生几手抓，天天跟学生斗智斗勇，忙得跟陀螺似的。他才四十出头，谢顶危机就来势汹汹。

他每天都要喷大量发胶，用两边头发遮住头顶，八中学生管这叫"农村包围城市"。

程北茉抬头，果不其然，熟悉的深蓝色POLO衫就在眼前。

她眼疾手快把手机塞进书包侧袋。

教室里有几个人正在用扫帚打闹，闫国华一记眼风过去，几个学生头也不回地跑了。

闫国华被撞得吃痛，揉了揉自己的肩头，皱眉道："走路怎么也不看着点。"

虽是责怪，语气却是柔和的。

"闫老师好。"程北茉扯出一个抱歉的笑脸，侧身准备溜走，"闫老师再见。"

"急着溜什么溜，我正有事找你。"闫国华把腋下卷着的资料打开，抽出一沓用回形针别着的A4纸，"摸底考成绩出来了。"

高二文理刚分科，任课老师也相应地跟着调整了，为了让各班老师尽快熟悉学生的情况，开学前，高二年级组织了一次摸底考试。

密密麻麻的表格上，程北茉的名字排在第一位。

她往下面看了看，第二名总分跟她差了二十七分。

意料之中的结果。程北茉脸上的表情没有太大起伏。

"提前给你看这个，是想让你加把劲。"闫国华用手指理了理油亮硬挺的头发，老生常谈信手拈来，"你是咱们八中的'熊猫'，还有两年，稳住心态，争取更上一层楼。"

程北茉的手机又连振三下。

她没忍住，往楼下探了一眼，两个熟悉的身影正在花坛旁站着。

闫国华顺着她的视线看过去，便知道她猴急着要找谁去。

"从现在开始的每一天都很关键，别被其他乱七八糟的事耽误了学习。"闫国华战术顿了顿，欲言又止，"你跟八班的杜杨……"

程北茉知道闫国华是什么意思，觉得有点好笑，便认真表态："闫老师，我们就是关系好的朋友，从小光着屁股玩到大的，能有什么……"

"行了行了，知道你们一起长大的，别的就不用强调了。"闫国华咳咳两声打断她，"总之，高二了，心要收一收。"

程北茉眨了眨眼睛："谢谢闫老师提醒，我会的。"

程北茉太知道对什么人说什么话了，她的眼神和语气都特真诚，像无害的小白兔一样，闫国华也不好再说什么。对于程北茉这种聪明人来说，点到为止就好。

他摆摆手，顺便拧开保温杯，示意程北茉可以走了。

"对了，闫老师。"程北茉停下已经迈出的脚步，"我听说咱们学校高考第一名的奖金，提高到两万了，是真的吗？"

"没错，不过……"闫国华吹茶叶渣子的动作顿住，像是想起什么似的，"算了。"

不过什么？话说一半是什么意思啊？

程北茉生怕那两万块奖金的事有了变动，便紧盯着闫国华，等他的下一句。

这姑娘长得乖巧，眼神倒劲劲儿的，锋利得像一把刀，盯得闫国华一激灵。

"这学期开始，你可能要有强劲对手了。还是那句话，稳住心态。"

强劲的对手，谁？

程北茉走到一楼楼梯口，大老远就听见陈韵吉嚷嚷："放学不积极，思想有问题！"

杜杨也跟着朝她走过来。

陈韵吉、杜杨跟程北茉住在同一个老小区里，从幼儿园到高中都是同学，上学放学自然经常一起走。

程北茉没跟老闫夸张，他们三个从小就上房揭瓦土里打滚，真是光着屁股一起长大的情谊，互相都没拿对方当异性。

杜杨朝她扬了扬下巴："老闫跟你说什么呢？"

"我俩在楼下都看见他的 POLO 衫了。"不等程北茉回答，陈韵吉抢着吐槽道，"他也不选个时尚点的款式，太老土了，没眼看。"

程北茉回答："开学摸底考试的成绩出来了。"

八中是普高，十三年前出过一次高考状元，那是八中历史上仅有的辉煌。

八中已经连续五年没人考进过全市前一百名，在京江人印象里，"八中"已经成了个形容词，家长们经常说，"千万别跟八中学生似的"。

对比附近几所市重点的高压环境，这里像个世外桃源。

在高一的一次全市联考中，程北苿考了全市八十多名，让八中榜上有名。从那以后，程北苿就成了八中的"熊猫"，全校老师都认识她。

陈韵吉问："你又是第一吧？"

程北苿点头。

"我就知道我们苿苿最厉害。"陈韵吉扯过她的胳膊晃了晃，"你这么好的成绩，就应该在一中或者工大附中！要不是中考失误，你也不会流落到八中……"

程北苿在中考当天，发现了母亲方丽珍的检查单，上面显示，母亲去乳腺外科做了 B 超。检查结果是一串字母，她看不懂。

而父母像没事人一样，还为了她的考试，特意关了家里的面馆两天，给她做丰盛的饭菜。

第二天还有两门考试，她却失眠了。

她在搜索引擎输入那一串毫无规律的字母，乳腺纤维瘤，50% 乳腺癌概率，这些陌生的字母接连闯入她的视线。十五岁的她只觉得，天要塌了。

那两天，正赶上京江最热的时候，程北苿所在的考场硬件条件不好，没有空调，只有吊扇。硬撑着到最后一门考试，她哭得不能自已，分不清脸上到底是汗还是泪，卷子自然也答得一塌糊涂。

就这样，程北苿错失了重点中学的入场券。

后来方丽珍做了活检穿刺，结果显示是良性的乳腺纤维瘤，手术切除后恢复得很快。

父母觉得他们耽误了程北苿，程北苿却觉得，只要母亲身体健康，就算失误上了八中也没什么的。

"八中有什么不好的。"程北苿耸了耸肩，挽上陈韵吉的胳膊，"我喜欢跟你们在一起。"

发小们表面上整天跟程北苿嘻嘻哈哈，但他们比谁都清楚，程北苿失去了什么。

她表面洒脱，但心里憋着一股劲。

陈韵吉愣了愣，随即换上笑脸，抱住程北茉："也是，那句话怎么说的来着，宁当鸡头，不做凤尾！"

程北茉笑笑，冲陈韵吉和杜杨说："我们老师让买教材全解，要不要去书店？"

"要买要买，一起。"陈韵吉问她，"对了，你到时候高考完拿了奖金，打算怎么花啊？"

这是八中两年前才建立起的新机制，高考全校第一可以获得一笔奖学金，之前是一万，现在提高到了两万。

尽管高考还在遥远的两年之后，但陈韵吉笃定，这奖金一定是程北茉的。

两万块，对程北茉来说，是一笔很大很大的钱。

"再说吧，还有两年呢。"她突然想到闫国华提到的那个"强劲对手"，心中隐隐不安。

书店开在八中附近，又正好赶上放学时间，店里人很多。

"奇怪，今天怎么这么多一中的学生。"陈韵吉一眼就认出了一中的校服，她低头看了看身上的蓝白运动服，啧啧道，"看看人家的校服，再看看我们的，差距啊。"

一中的校服是制式的，西装外套配领结衬衫，一个个像是从偶像剧里走出来的男女主角。

程北茉不想看，却又忍不住抬眼。如果不是中考失利，她也会是"制服"的一员。

看到一中的学生，陈韵吉像想起什么似的，小声说："对了，你听说了吗，一中有个神人要转来我们学校。"

按照往常，程北茉一定觉得这纯粹在瞎扯。反正陈韵吉的嘴里成天都在跑火车，八卦消息真真假假，来源都不详。

没有人会从一中转学到八中，如果有，一定是脑子出了点问题。

可想到老闫的话，她迟疑了一瞬。

陈韵吉拍着胸脯保证："朱倩茹信誓旦旦跟我说的。她去老闫办公室送卷子，看到那个神人的背影了。"

程北茉觉得奇怪："他为什么放着好好的一中不念，跑来我们学校？"

陈韵吉补充说："这人特别跩，老闫问他为什么想来八中，他吊儿郎当地说，体验生活。"

杜杨"喊"了一声："还体验生活，他以为我们八中是什么地方，想来就来，想走就走？"

陈韵吉和程北茉眨了眨眼，盯着他的脸，异口同声地说了句："八中本来就是这样啊。"

杜杨无奈。

程北茉原先对这些是不关心的，今天却额外问了句："他成绩好吗？"

陈韵吉连自己的成绩都不关心，就更别说别人的了。作为"颜狗"，她忠于自己的内心，只在乎颜值。

"我哪知道。"陈韵吉两手一摊，"不过据朱情茹的线报，从那人的背影看，帅炸了。"

帅炸了？

程北茉心想，从背影能看出什么来。

正要接着追问，陈韵吉用手肘撞了撞她："快看，情侣。"

程北茉抬头看过去，不远处一男一女两个年轻人，应该是大学生。男生帮女生背着包，两个人手拉着手。

"这有什么稀奇的。"程北茉翻开手边的一本杂志。

"你说，手拉手是什么感觉？"

"我哪知道？"

陈韵吉抬眉，说得头头是道："跟自己喜欢的人拉手，会有小鹿乱撞的感觉，扑通扑通的，懂不懂啊你。"

"你拉过？"程北茉反问她。

陈韵吉顺势攥起一旁杜杨的手，朝程北茉扬下巴："这不就拉手了？"

这算哪门子拉手？简直就是兄弟掰手腕。

工具人杜杨像触电了一样，一把甩开陈韵吉的手，低吼一声："你干吗啊！"

杜杨声音不大，在安静的书店里，还是引来侧目。

三个人关系是好，可被男生嫌弃地甩开，陈韵吉面子上还是有点挂不住，当即就不高兴了。

眼看局面变得尴尬，杜杨磕磕巴巴地解释说，拿他当工具人也不提前打个招呼，他没做好心理准备。

"不就拉你一下手嘛，要什么心理准备。"陈韵吉情绪来得快去得也快，很快顺着台阶下了，片刻，她突然一惊，"我的天，你不会喜欢我吧！"

杜杨的脸瞬间涨成了猪肝色，赶紧否认说又不是小孩子了，男女之间要注意点分寸。

"我们小杜长大了，还知道男女有别了。"陈韵吉啧啧道，"开个玩笑，你这么紧张干吗？"

杜杨的心像过山车一样，被吊得忽上忽下，又没处发泄，干脆转过身去翻杂志了。

程北茉压低声音问陈韵吉："小鹿乱撞了吗？"

"没，跟自己左手摸右手差不多。"陈韵吉摇摇头，大刺刺地说，"真不知道他有什么可生气的。"

说完，陈韵吉也赌气一般，跑到另一排书架去了。

程北茉瞥了眼杜杨的侧脸，耳根子还红着呢。

杜杨的反应未免也太奇怪了。

为了证实自己的猜想，程北茉悄无声息地靠近杜杨后背左侧。

她一边靠一边心想，怎么听不到这小子的心跳声……

而在程北茉全神贯注之际，一旁飘来一个男声："狗，你说，要不要叫一下她？"

两个高个男生就站在她正对面。

被叫"狗"的那个人没回答，手抄口袋，松散地站着，饶有兴趣地盯着眼前这一幕。

程北茉长了张巴掌脸，五官圆润，模样乖巧娇憨。只是她嘴唇不算薄，紧紧抿着，乖巧之余，又透着几分倔强。

"狗，大家还等着你吃饭呢，要不——"

这一次，程北茉终于听见了外界的声音，她掀起眼皮，跟这两个人撞上视线。

时间像是凝固了一样。

这两位哥看起来年纪跟她一般大，都没穿校服，看不出是哪个学校的学生。

其中一个从头到脚装备齐全，发带、球衣和短裤穿得整整齐齐，里面还搭了条紧身打底裤。

另外一位则低调多了，瘦高的身形，白 T 恤黑裤，简单干练。他五官线条明朗，整个人都透着慵懒散漫，眼皮一道浅浅的褶子，没什么攻击性，里面却写着疏离。

程北茉一时也不知道要怎么解释自己的行为——她正像个痴汉一般，一只耳朵贴着杜杨的后背，面色凝重。

这……是个什么情况？

穿 T 恤的男生似笑非笑，一副冷眼看笑话的表情。

与此同时，杜杨也察觉到了动静，转过身来问她在干吗。

两面夹击之下，短短几秒，像过了一个世纪。

这两个人怎么不走啊？！程北茉愤怒地想。

她背上都要沁出汗了。

只见那男生指了指她挡住的一摞书，无奈道："我要拿那本书。"

程北茉"哦"了一声，站直身体，让出过道。

男生抽了一本《大众摄影》，用听不出情绪的冰冷声音说："不好意思，打扰到你们了。"

程北茉想解释，又觉得无从解释。

两个男生在收银台结了账，径直走了出去。

很快，她心里就坦然了，管他呢，这符合八中学生在大众心中的一贯印象！

暮色降临，霓虹初上，少男少女的身影模糊在城市繁华的夜幕之中。

三人一起回到熟悉的小区楼下，烟火气扑面而来。

这个老小区，是京江齿轮厂的员工家属院，八十年代末修建的。后来齿轮厂迁址，又重新分配房子，而这个小区物业、绿化都比不上新小区，不少员工就把老家属院的房子低价卖掉了。

程北茉家和陈韵吉家就是这么搬进来的。

杜杨家不太一样。杜杨的爷爷原先是齿轮厂的工人，爷爷奶奶去世后，他们一家人就住进了这里的老房子。

已经过了饭点，老程家面馆只零星坐了几个人。

方丽珍出来招呼客人，正好看见程北茉和两个发小背着书包晃晃悠悠地走来。

她兜着围裙，冲几个孩子招手："怎么现在才回来？赶紧过来吃饭。"

他们三个总是在程北茉家的面馆吃晚饭。

陈韵吉已经笑嘻嘻地坐在门外的桌上，熟门熟路地给自己倒了一碗热面汤。

杜杨把书包往肩上提了提，说自己要回家："阿姨，我妈给我留了饭，我先上去了。"

还没等在场的人反应，他已经快步离去，一头往小区里扎。

陈韵吉以为杜杨还在介意书店的事，撇了撇嘴，小声说："他在别扭什么啊。"

程北茉摇头，无奈道："他可能是在躲我。"

"躲你？"陈韵吉喝了一口面汤，重整记忆，"对了，刚才在书店怎么回事啊？你跟他还有那两个男生怎么了？"

陈韵吉闻声赶来的时候，最尴尬的瞬间已经过去了。

当时，在场那两个陌生男生，包括杜杨，都不知道她在干吗。

路上有杜杨在，程北茉没办法解释她刚才的奇怪行为，现在才全盘托出。

她还原了一遍当时的场景，解释道："我看当时杜杨脸红得厉害，就想听听他有没有心跳加速。"

"也太尴尬了！"陈韵吉差点一口面汤喷出来，震惊之余，话锋突然一转，"那你听见了吗？"

"没有。"程北茉在陈韵吉期待的表情中如实告知。

陈韵吉脸上闪过"要你何用"的表情，很快又隐去，嘴上不饶人："他心跳不跳跟我也没什么关系，他在我们眼里不就跟姐妹一样嘛！"

程北茉很淡定："今天把他吓得不轻，给他点时间消化吧。"

"他这人，就是想得太多，自己又不是什么帅哥……"陈韵吉心大，啃了两口排骨，注意力很快就转移了，"不过书店那两个男生还挺帅的，穿球衣那个有点装，走路脚底跟安了弹簧似的，另外一个绝了。"

程北茉想起那人玩味的眼神，没好气地接话："我觉得都挺装的。"

两个脑袋正凑在一块，方丽珍端着两碗排骨面过来了。

店里人不多，方丽珍得空，顺便坐下了："你们俩聊什么呢？"

两人默契地同时"闭麦"，陈韵吉挑开话题，兴高采烈地报喜："方阿姨，茉茉摸底考试考了年级第一呢！"

"是吗？"方丽珍惊喜，欣慰地看向程北茉。

这时，旁边五金店里探出个头来。

陈父陈展翔正在店里捣鼓什么，套着粗线白手套，举个螺丝刀就出来了："那你考了多少？"

陈韵吉蔫了半截，气势没了，声音也低了："我哪知道。"

"成绩还是分批出来的？"

"茉茉是第一，成绩出来老师先告诉她的。"

陈展翔拍了拍手套，走过来："你跟茉茉天天在一块，怎么就没见你的成绩上去？"

方丽珍替陈韵吉挡了挡："行了老陈，让孩子先把饭吃了。"

方丽珍和陈展翔在一旁有一搭没一搭地聊着。

店门口这条路是典型的老城区街道，不宽的路两边各停了一排车，导致这条路常年拥堵。一堵，人就急躁，鸣笛声和吵骂声交错，把这对话淹没了。

陈韵吉只顾着埋头吃面，程北茉却听进去了。

好像是房租和物业又要涨价。

她眸光微动，抬眼看了看，"老程家面馆"的灯牌里面有盏灯坏了，现在看起来，像是"老家面馆"。

她垂着眼，一言不发地吃着碗里的面，胸口像被钝器敲打一般，一下一下凿着她无能为力的心。

与此同时，两个少年踩在金碧辉煌的酒店电梯里，一个神情兴奋，盯着跳动的楼层数字，另一个表情里透着冷淡，默不作声地刷着手机。

电梯"叮"的一声，到了所在楼层。

"走吧，大家都等着咱们呢。"穿着球衣的少年说。

"一中跟八中的直线距离是 3.4 公里，公交车六站，打车十分钟就能到。"裴颂单手抄口袋，"我就是转个学，又不是以后都不见了。"

裴颂的言下之意是，没必要整这一出，搞这么大排场，还不如去校门口撸个串自在。

穿球衣的男生叫张弛，他哄着裴颂往前走："大家给你饯行，给个面子，给个面子。"

到了包厢门口，裴颂的手松松搭上门把手，定住。

五星级酒店的灯光亮如白昼，照得他线条流畅的手臂越发白皙，手背上的青色血管清晰可见。

张弛差点一头撞在他身上："……又怎么了？"

裴颂不讲话，掀起眼皮盯着张弛。

那洞悉一切的锋利眼神里，写着"给你个机会解释"。

张弛自知理亏，躲闪着不打自招："是戴思自己来的，我们都没告诉她吃饭的地方。"

裴颂无奈："还用你们说吗，老姜朋友圈都发好几条了。"

老姜是他们篮球队的哥们，对着包厢三百六十度自拍，跟被雇来写点评的水军似的。

刚才在来的路上，裴颂问一起吃饭的都有谁，张弛说，就班里几个关系好的，还有篮球队的。

他没说戴思也来了，还是裴颂自己在群消息里看见的。

戴思是一中的校花，暑假前因为裴颂还闹了一出。

戴思长得漂亮，生在艺术世家，小学时就在某个大热电视剧里饰演主角童年的角色。听说家里对她有规划，走艺术生，以后进电影学院学表演。

这样一个未来的大明星，文理分科前夕，却留在了理科班。

校花擅自改志愿，这事轰动了一中。后来戴思的家人找来学校，才把这事平息，给戴思换到了文科班。

事情闹得不小，裴颂还被叫了家长。

关键是，裴颂虽然跟戴思同班，但平时两人交集甚少，他根本就不知道戴思原本是打算学文科的，更不知道她是为了自己才留在理科班。

尽管如此，裴颂跟戴思之间的纠葛，坊间还是流传了至少五个版本。

"老姜说，她是来跟你道歉的。"

"道歉？"

"上学期那事闹得那么大，她可能心里也过意不去。"张弛多个角度努力游说，"人家可是校花欸，整个一中，除了你，还有谁能有这待遇？"

裴颂拧眉斜他一眼："这福气给你要不要？"

张弛赶紧拉住裴颂，生怕他临时起意跑了似的："哥，我道歉，我之前真不知道她要来，算我求你了，别走行吗？"

张弛跟裴颂从小学起就是同班。裴颂是出了名的跩，当然，他有跩的资本。在人才济济的一中，裴颂也是出类拔萃的存在。

张弛欣赏裴颂，但有时候，裴颂会让人产生一种谁也靠近不了的疏离感。

即使当了这么多年朋友，他仍旧猜不透裴颂的心思，也不懂裴颂的某些决定。

"算了。"裴颂被张弛磨得没脾气了，"把话说清也好。"

他这人虽然跩，但并不会让朋友扫兴。

进了包厢，他照常开玩笑，照常损人，跟刚才的事没发生过似的。

"狗，你去八中这事，知道的人都傻了。"吃到一半，有人挑起今天的主题。

裴颂笑笑："瞧你们那没见过世面的样子。"

"你就实话实说呗，为啥要转去八中啊？去扶贫？"

在一中这群家境优越、成绩拔尖的学生眼中，八中确实不入流，甚至是笑料。

从来只见大家削尖了脑袋往一中钻，可没见过谁往八中这火坑里跳。

大家开玩笑，裴颂就接着。

他笑了笑，谁也听不出有几分真几分假："不是早就说过了，体验生活。"

"你是真拼，体验个生活还把自己搭进去。"老姜感叹，"开学一周了，八中的人都怎么样？"

裴颂说他只参加了开学前的摸底考试，还没去上课，八中具体什么情况，他还不太清楚。

张弛突然想起书店那一幕，使劲憋着笑："八中的人……今天算是见识了。"

裴颂知道张弛说的是谁，懒懒地扯了个笑。

"狗，你的未来大概会很精彩。"张弛用手肘搡了搡他，"八中的人可真是太有意思了。"

裴颂淡淡笑了一下："我在哪儿都活得精彩。"

这顿饭吃得热闹，不过席间，裴颂一直没跟戴思有过任何眼神交流。好在还有别的女生在场，场面没有太尴尬。

吃完饭，所有人都走了，戴思才走到裴颂身边。

开口说话的瞬间，她的眼眶也开始泛红："裴颂，如果你转学是因为我……"

裴颂打断她，直接说："咱俩之间的故事版本已经够多了，就不用再多添一个了吧。"

戴思被堵住，眼泪还在眼眶里打转，不知所措地望着他。

"我做这决定，跟任何人都没关系。"裴颂手抄口袋，散漫地靠着一把椅子。

戴思这众星捧月的姑娘，从小身边人都是顺着她的，哪听过这么直接的话，愣了好一会儿，才缓过劲来。

"对不起。"

裴颂似笑非笑："我说了，跟任何人都没关系，你也不用道歉。"

准备好的话也没用了，只见戴思深吸了一口气，郑重其事地说："裴颂，祝你前程似锦。"

裴颂漫不经心地将头偏到一边，笑着说："这话听起来怎么这么像骂人呢。"

耀眼的顶灯打在他身上，蓬松的刘海在他脸上投下一片阴影，正好遮住了令人捉摸不透的眼睛。

戴思涨红了脸："我不是那个意思……"

"不用送给我了，送给你自己吧。"

他人是慵懒的,说的每句话却那么清晰明了,掷地有声,让人无法反驳。

裴颂说完,走出了包厢。

张弛看了眼楚楚可怜的戴思,又看了看门外,心想这小子太"狗"了,心真够狠的,赶紧跟了上去。

"狗,哥们最后问你一次,你说什么我都信。"晚风中,张弛撞了撞裴颂,"你转学真不是因为戴思?"

"我至于吗?"

"行吧,信你了。"张弛就此打住,叹了一声,"以后想见我了,或者有什么事要帮忙,就说一声。想到放学没你一起打球,还怪不习惯的。"

"肉麻不肉麻?"裴颂有点嫌弃地说,"成天就是打球,该学习了你。"

"这话应该跟你说吧,听说八中的人都不学习,你小心被带偏。"

裴颂斜他一眼:"你这都什么刻板印象。"

"也是,八中应该也有好学生。"张弛一晃一晃的,若有所思,"不过我没想到,八中的妹子还挺好看的。今天那个,不评价行为,只说长相的话,是个美女。"

那确实是一张让人过目难忘的漂亮脸蛋。

裴颂脑海里冒出书店的场景。

只不过……

人是挺好看,可惜是个花痴。

在店里吃完饭,程北茉先回了家。

她本来想留在店里帮会儿忙,方丽珍把她赶了回去。父母从不让她在店里干活。

面馆晚上十点关门,那之后,父母还要打扫店里,收拾一番,一般到家就接近凌晨了。

她已经习惯了这样的生活。

夜幕沉沉,暖黄的台灯映着少女柔和的剪影。

刚开学,作业不多,程北茉写完作业,随手翻了翻今天在书店买的教材全解。

她翻了两页,脑子里就钻入那个冰冷又嘲讽的声音。

——"不好意思，打扰到你们了。"

傲慢透顶。

程北茉还隐约记得他的样子。

个高清瘦，线条流畅，那种男生，是学校里很受欢迎的类型。看穿着打扮就知道家境不错，当然，人缘也不会差。

那位哥外表看起来干净阳光，却不可避免地透着一股桀骜的劲儿。这种人，很难真正靠近。

程北茉凭着自己对高中男生的一点浅薄认知，分析着这个人。

想起他似笑非笑的那个表情，还有他留下的那句话，她就觉得憋气。

程北茉揉了揉眼睛，把书往桌子上一扣。为他浪费脑细胞干吗，他有两万块香吗？

他朋友叫他什么来着？狗？

这是人名吗？狗都不叫这名！

两天后，摸底考试的成绩正式公布。

光荣榜就在一班教室正对面，中午放学时间，程北茉一出教室就看到自己的名字被放大成了夸张的字号，位列光荣榜第一。这多半是闫国华的主意。

八中学生对食堂的关注远超光荣榜，大家如潮水般涌下楼，没人注意。

"喂，第一名！"陈韵吉拉着朱倩茹过来，大老远就在喊，"走，干饭去！"

朱倩茹是陈韵吉另一个好友，陈韵吉百分之九十的八卦都是从她那儿来的。

看到 XXXL 号的"程北茉"三个字，朱倩茹忍不住伸了个大拇指："老闫真会整活。"

程北茉扶额："得告诉老闫，下次别这么干了。"

"别呀，多光荣啊。"朱倩茹笑了两声，问她，"茉茉，你成绩这么好，就没想过多条腿走路？"

程北茉偏过头："什么意思？"

"我认识一个一中的学姐，今年刚高考完，她参加竞赛获奖，高考还加分了。"朱倩茹跟她说，"你其实可以琢磨琢磨其他加分政策。"

朱倩茹路子多，人脉也广，在各个学校都有朋友，总是有各种各样的消息来源。

"竞赛？"程北茉只听说过，没深入了解。

"这玩意儿就是给你们这些好学生玩的，我们就算加二十分，还是摸不着重点大学的门槛。"朱倩茹靠着一班教室的窗台，自嘲道，"竞赛是一中的传统项目，听说高二高三都能参加。我只知道这些，剩下的你得找个一中的人问问，或者找老闫。"

"行。"程北茉说着就往教室外走。

"你现在就去啊？不吃饭啦？"

事关两万块，总得试试。

闫国华见程北茉来了，赶紧把嘴里的包子囫囵咽下去，指了指他的办公桌："你来得正好，你们班和二班的卷子都在那儿。"

"闫老师——"

"事情太多了，从早到晚的课，教研组要开会，年级组也要开会，把人掰成六瓣也忙不过来。"闫国华又端着他的保温杯接水，自顾自地说，"你要是不来，卷子这事我又得忘。回班里给大家发下去，下午的课上要讲……欸，你来找我有事？"

总算是能插进话了。

程北茉正要开口，办公室的门被人推开。

一个干净又清冷的声音在身后响起："闫老师，您找我？"

来人个子太高，把门口的光挡了一半。

程北茉莫名觉得这声音有点熟悉。

闫国华放下杯子，仰脸道："你来了？来来来。"

程北茉顺着老闫的视线，扭了个头。

逆着光，一张帅脸，搭配一副冷得紧的表情。

撞上那张面孔时，她愣了一瞬，随即认出了眼前人。

这什么孽缘啊……

那人也不知认没认出她，只冷淡地瞧她一眼，随后把视线移到了老闫身上。

闫国华从办公桌的抽屉里取了一张表，递给那人："这张表填一下，周五前拿给我。"

裴颂上前一步，接过那张纸。

他的衣服轻微擦到了程北茉的袖子，带过一阵好闻的洗衣液清香。有种沁人心脾的清透。

他玩笑似的问了句："确定是周五吗，闫老师？"

奇怪，他明明站得松垮，却不会给人懒散没正形的感觉。

闫国华干笑两声，没说什么。

要不是因为闫国华记错了日期，他摸底考试也不至于只考了两门。

"要不你就在这儿填，填完放我桌子上就行。这里不比一中，有什么不习惯的就跟我说。"

难道他就是一中转来的那个神人？

程北茉忍不住又瞥了那人一眼。

刚转来就敢跟老闫开玩笑。

程北茉看着闫国华好声好气的样子，心想，一中的学生果然有名校光环。

还没等她跟老闫说完话，老闫急着开会，夹着笔和本就走了。

门一关，办公室里只剩下两个人。

程北茉拿了卷子，走到门口，脑子转了转，还是撤了回来。

"那个——"

对方正在填表，过了足足两秒，才抬起头。

她还不知道他的名字……他朋友叫他什么来着？对了——眼看着空气即将变尴尬，她嘴比脑子快了一步："狗。"

一个字而已，伤害性和侮辱性都极强。

话说出口，她才反应过来。

听到"那个狗"的称呼，裴颂差点被自己的口水呛到。

"狗"这外号是张弛取的，只有亲近的朋友才知道。她一上来就叫他"狗"，倒让他无所适从了。

办公室里突然安静得不像话，空气像是被抽干了似的，他们两个人甚至停止了呼吸。

要命的是，他已经做出反应了。

他掀起眼皮，抬了一边眉毛，表情好像在问"叫我吗"。

他眸子漆黑，深不可测，像是风暴来临前平静却暗潮涌动的海面。

程北茉赶紧道歉："对不起，我不知道你的名字。"

裴颂在手中转了转笔，面无表情地扣在桌面上："不知道名字，可以叫同学的。"

上来就叫"狗"是什么情况？

程北茉有求于人，被呛也没变脸，又道了歉，然后清了清嗓子重新问："同学，你是一中转来的，是吗？"

裴颂一副司空见惯被搭讪的表情："有话不妨直说。"

都走出去了，还专门折返回来，这欲擒故纵的戏码，演得不错。

"你们学校……一中，是不是有很多人参加竞赛？"

裴颂显然是没料到她会问这个。

一个八中的学生问竞赛相关的问题，这事听起来相当魔幻。

或许是提前在校外见过一面，裴颂难得地对面前的女生起了点好奇心。

他觉得自己突然有点多管闲事："想参加竞赛？"

程北茉坦诚道："想了解一下，我朋友认识一个一中的学姐，就是通过竞赛高考加分的。"

裴颂说："她是竞赛生吗？"

什么竞赛生？程北茉摇了摇头，表示不知道。

"一中有专门的竞赛班，你不知道吗？"

"不知道。"

裴颂指尖转笔，手背延伸至小臂的青筋清晰可见。

"啪"的一声，笔被他扣下，他说："善用搜索引擎，会省掉很多麻烦。"

程北茉咬了下嘴唇，点点头道："我确实没提前了解过。"

一中对外只说有重点班和普通班，其实重点班内部还细分了三个方向——竞赛班、国际班和清北班。竞赛班主要是竞赛保送和自主招生；国际班的学生都是要申请国外重点大学的；清北班，这名字简单粗暴，主要是冲刺国内头部大学的。

程北茉清澈的眼底闪着坦诚的光。她的神情很认真，认真到裴颂觉得自己的回答有点冷漠。

他在转学之前不是竞赛班的，竞赛班的课程安排跟他们不同，他也不太关注。

他这个一中内部的人都不了解，就更别说外面的人了。

他嘴唇抵着拳头清了清嗓："竞赛班的人都是从高一就开始训练了，有的甚至更早。"

程北茉不说话了。她知道这句话意味着什么。

她不是天才。她的第一，也是自己拼命努力来的。

"不过也有非竞赛生获奖的先例。"裴颂突然又开口。

"你参加过？"她追问。

问得有点多了。

裴颂一般不会跟陌生人讲这么多。

但他顿了顿，还是点点头："参加过。"

他高一跟着集训了一段时间，抱着玩玩的心态去参加，得了省级三等奖。

"不过不够保送。"

程北茉以为自己问对人了，目光一闪，问："那你还有参加竞赛的打算吗？"

"我要是想走竞赛招生，没必要费尽周折来八中。"

程北茉心想，来八中还要费尽周折？八中不是是个人就能上吗？

她正琢磨这话是什么意思的时候，对面的男生看向她："关于竞赛的事，我可以帮你问问。"

这个答案，算是意外收获。

不算热情，但也不算冷淡。她都喊人家"狗"了，人家也没生气，帅哥的气度可以的。

"那麻烦你了。"

"那要怎么给你呢？"

在其他人那里，一般就到加微信的步骤了。

可程北茉却觉得事情已经解决，她抱起面前那摞卷子，说："我在一班，你来一班找程北茉就好了。"

裴颂有些无语地看着她。

说完，她用脚踢开办公室的门走了出去，又用脚把门带上了。

一套动作行云流水，一看就是经验十足，没踢过十回八回的，踢不出这恰到好处的力道。

"砰"的一声，关门带起的风划过裴颂的脸颊。

刚才说话说得喉咙发干，他咽了咽口水。

这一波交锋，属实是他自作多情了——他刚才连手机都掏出来了。

程北茉回到教室时，陈韵吉正坐在她的座位上，跟朱倩茹聊得起劲。

程北茉不在的时候，陈韵吉就带着朱倩茹熟门熟路坐进教室，都快成一班编外人员了。

看见程北茉，陈韵吉赶紧晃了晃手里的饭盒："我们给你带了饭。"

程北茉把卷子放在讲台，过去坐下。

"最新消息，一中转来的那个大帅哥，在三班。"

程北茉面无表情地夹了口菜："哦。"

"你怎么都没反应？我们班的女生都特兴奋，刚才分批去观摩了。"

程北茉问："你也去了？"

陈韵吉耸耸肩："没，听说人没在。"

"那你不用去了。"程北茉放下筷子，叹了口气，"你还记得书店那两个男生吗？"

陈韵吉张大了嘴："哈？"

"没错。"

"不对，你怎么知道？"

"在老闫办公室碰见了。"

"这什么缘分啊？"陈韵吉猴急猴急的，"哪个？哪个啊？不是穿球衣那个吧？"

"不是，另一个。"

"那就好那就好。"陈韵吉抚了抚胸口。

朱倩茹煞有介事地说："听说他转走的时候，一中的校花都哭了！"

朱倩茹颇有做狗仔的天分，说话声音抑扬顿挫，好像她当时在现场一样。她说什么陈韵吉都信，配合着夸张又拐着弯地"啊"了一声。

程北茉觉得无法理解："他只是转学，又不是死了。"

朱倩茹在旁边解释："哎呀，你不知道，听说校花本来是要学文的，为了跟他在一个班改学理科，他倒好，直接转学跑路！"

程北茉心想，难怪外号叫"狗"，挺贴切的。祸害啊。

"他好像是转学手续没办完，开学才一直没来上课，不过摸底考试他也参加了的，知道他考了多少吗？"

程北茉不知道朱倩茹的消息是真是假，还是不自觉凑了过去。

朱倩茹比了个手势。

她问："七十名？"

"七百多名！"

在八中考七百多名，基本就跟本科无缘了。努努力，还能上个好大专。

学习这么差，老闫说的"强劲对手"，大概不是他。

朱倩茹摇头："这成绩，估计真的在一中混不下去了。那地方压力太大，还不如剩下的日子在八中快乐一下。"

说得好像大限将至似的。

"听你说完，感觉这人除了颜值一无是处啊。"陈韵吉啧啧道。

程北茉没发表意见，在办公室聊了那几分钟，她感觉他这个人好像没那么差劲。

但陈韵吉这个没原则的，刚过几秒就话锋一转，还是扛起了颜值即正义的大旗："不过人无完人，长得帅已经够不容易了，哪能'既要、又要、还要'。"

闻言，程北茉翻了个白眼。

一中的校草转学到"三无中学"八中，一时间成了全校最大的新闻。

在口口相传中，程北茉终于知道了裴颂的大名。

裴颂转来这段时间，一直保持独来独往的状态，所有人都对他充满了好奇，又有点敬而远之。

没什么人跟他讲话，但大家又时时刻刻关注着他。

放学铃刚响，陈韵吉就闪现到一班门口，叫程北茉一起走。

"我刚才路过三班，又看到裴颂大帅哥了。"陈韵吉语气雀跃。

这样的话，陈韵吉每天至少要说一遍。

"你哈喇子都快流出来了。"程北茉提醒她。

"为这种极品帅哥流点哈喇子怎么了？"陈韵吉过来扯程北茉的胳膊，"你别装作对他一点兴趣都没有好吗？"

"我感兴趣有用吗？"程北茉面无表情地把课本和作业本装进书包，"除非他能把书店的记忆消除。"

"也是……"陈韵吉安慰她，"乐观点，没准他忘了。"

程北茉背好包，起身盯着陈韵吉："你好好说。"

"好吧，那种脚趾抠地的名场面，确实很难忘。"陈韵吉顺势挽住她的胳膊，"你们不是在老闫办公室碰见了嘛，没说话？"

"说了。"

"可以啊你，一声不吭跟校草认识了。"

程北茉解释道："没说什么，就问了问他有关竞赛的事，他答应帮我打听打听。"

"他不是很跩吗，居然愿意帮你。"陈韵吉忽地凑到程北茉眼前，"他看上你了？"

程北茉拧眉："怎么可能，别瞎说。"

陈韵吉力挺自己的好姐妹："怎么不可能？你俩颜值都是八中最高峰好吗？"

再说下去就越来越歪了。

程北茉只好跳开话题："我刚才看见杜杨又先走了。"

自从那天一起逛过书店后，杜杨见着她俩就别扭，一直躲着她们。

陈韵吉粗粗出了口气，双手环抱在胸前："喊，我还懒得理他呢，心眼儿比针鼻儿还小。"

"他最近这么敏感？"

陈韵吉耸了耸肩，没在意："青春叛逆期吧。"

程北茉想了想，说："我看到他是跟女生一起走的。"

"啊？谁啊？几班的？"陈韵吉刚才还满嘴不在意，转眼脸上的焦灼显露。

一个暑假的时间，杜杨猛蹿了几厘米，身高直逼一米八，五官也长开了些，比原来看起来顺眼多了。

男生个子高了，总能给外表加点分。

程北茉摇头："不认识，你要不去问问他？"

"我才不问——"走到校门口，陈韵吉突然被一抹亮色吸引了，用肩头使劲撞程北茉，"茉茉，那是不是在书店见过的篮球小子？他应该是来找裴颂的吧。"

篮球小子……亏她能想出来这么土的名字。

程北茉顺着她说的方向看过去——眼睛差点被闪瞎。

落日余晖染红了天际，热烈得仿佛一幅无拘无束的画作，青春的身影在画中跃动。

裴颂和张弛一眼就在人潮中看到了对方。

裴颂还没领到八中校服，穿了件黑 T 恤，衬得他皮肤越发白，在人群中很显眼。

至于张弛……额前束着荧光色发带，颇像只斗鸡。

"八中人的放学热情还真是名不虚传……跟泄洪似的。"张弛跟裴颂成功会合，感叹道，"真热闹。"

张弛环顾四周，热闹非凡。

女生可以披发，还有人染了不容易看出来的发色，校服外套可以随意披在肩上，或系在腰间，甚至不少人在空白的地方画手绘图案。

这些情况是绝不允许在一中出现的。

在一中，女生不能披发，男生头发不能太长，穿校服必须穿一套……规矩太多。

张弛很兴奋："狗，我闻到了自由的气息！"

裴颂懒懒地瞥他一眼："要不你转来，切身体验一下？"

"不了不了，我要是敢这么搞，我妈能把我腿打断。"张弛搡了搡他，"对了，你爸妈怎么说？"

裴颂慢悠悠地说："我爸不关心，照常工作照常出差，我妈最近不愿意见我，估计下一步就是断我零花钱了。"

"要说还是你有魄力。"

裴颂笑了笑，没回答。

什么都不在乎的表情下，藏着别人看不懂的东西。

张弛跟着讪讪笑了笑。

裴颂没告诉任何人自己转学的真正原因，但跟裴颂做了这么多年朋友，他还是隐隐感觉出，裴颂这次转学跟家里有关。

他知道朋友之间的分寸，便没有再深聊。

张弛把胳膊搭在裴颂肩上，换了个话题："在这儿感觉怎么样？"

裴颂懒洋洋地说："还行，在哪儿上学都差不多。"

"你是不是已经成八中的风云人物了？"张弛好奇道。

裴颂无奈："风云你个头，问点有用的行吗？"

"有用的？"张弛在脑中努力搜刮，"对了，见着那个妹子了吗？"

"哪个？"

"就那花痴。"

裴颂无语。

"她见到你，得有多惊讶。"

裴颂眉头微动："你怎么还记得她？"

张弛："本人对长得漂亮的妹子都过目不忘，算是一种天赋吧。"

裴颂："你把这天赋用在学习上，保你上清华。"

张弛自顾自地感叹："不是我说，八中真是运气好，听说十几年前出的那个状元，就是复读没学校愿意接收，八中才捡了个大便宜。现在又转来你这个大学霸，后年高考他们又能吹一把了。"

"我没那么大能耐。"裴颂斜他一眼，"东西带来了吗？"

"带了带了，兄弟一句话比天大。"张弛拍了拍书包。

裴颂朝他摊开掌心。

张弛委屈道："哥们大老远跑过来，不说嘘寒问暖了，总得关心关心吧。"

裴颂挑眉："你管三公里多的路叫大老远？"

"真没人情味。"张弛撇了撇嘴，从书包里掏出一本书和几张卷子，"喏，都在这儿呢。"

裴颂拍拍他的肩："谢了啊。"

"你要这个干吗？参加竞赛？"

"我参加什么竞赛？"裴颂接过来，大概翻了翻。

"帮别人要的？谁啊？男的女的？这么大面子，能使唤得动我裴狗？"

裴颂看得认真，没回答。

张弛话里泛酸，说这才几天，就忘了他这个兄弟了。

裴颂懒懒瞧他一眼，收好卷子："走，请你吃饭。"

张弛立刻恢复活力："好啊，吃什么大餐？我刚过来的路上看到一家日料！"

"八中食堂。"裴颂手抄口袋，冲校园里面扬下巴，"零花钱都快断了，还是吃点朴素的吧。"

张弛："……还是你狗。"

第二天，裴颂课间来一班教室找程北茉，透过窗户扫了一圈，发现人没在。

在门口等着太显眼，他转过身去看光荣榜。

程北茉。

这三个字经过人为放大加粗，格外惹眼。

其间有几个女生路过，偷着打量了一番他。

裴颂只当没看见。

他听到那几个女生的聊天内容，其中一个见怪不怪地说："第一又是程北茉啊。"

旁边人用满不在乎的语气说："矮子里面拔高个，在咱们这学校考第一有什么用，在八中第一，在省重点也就是个中游。"

"听说她上学期的联考，是全市八十多名呢，挺厉害的呢。"

……

几个女生的声音渐远，裴颂重新抬眼打量那三个字。

联考全市八十多名，这个成绩别说在八中横着走了，在一中也是清北班的级别。

他抬了抬眉，确实有点出乎他的意料。

程北茉和陈韵吉从小卖部回来，在楼梯拐角看见了不远处的杜杨。

杜杨正在跟其他人说笑。

"他来我们这层干吗？"陈韵吉咬牙切齿。

她瞧见杜杨的身影，呼吸声都大了。

"人家怎么就不能来了。"程北茉用手肘撞了撞陈韵吉，"你们俩几天没说话了？"

陈韵吉撇嘴："你不是也没跟他说话。"

程北茉耸肩，表示对自己没影响："我无所谓啊。"

陈韵吉急了，忽闪着水汪汪的大眼睛："他可是你十几年的发小，你就打算以后都不跟他说话了？"

程北茉挑眉："我朋友又不止他一个，不说话就不说话吧，反正不会影响睡眠。"

程北茉阴阳怪气有一套，最会拐着弯损人。

她知道陈韵吉这几天都没睡好，为这事烦着呢。

"可是我的《古代汉语字典》还在他那儿，我下午还要用。"

程北茉故意："要不，我的借你？"

"不行，你是好学生，我用了你的，耽误了你学习怎么办。"陈韵吉抛出个想法，"要不……你帮我要一下？"

程北茉瞥她一眼："你自己怎么不去？"

"我……"

"也不知道是谁说人家心眼儿比针鼻儿还小。"

"我的好茉茉，你就帮帮我嘛。"陈韵吉摇了摇程北茉的胳膊，"他过来了他过来了！"

陈韵吉看见杜杨过来，突然不知所措，慌乱之间，顺势推了程北茉一把。

"过来就过来，你怕什——"

程北茉一个趔趄，被迫闪到了杜杨面前。

一时间，杜杨沉默，程北茉无语，陈韵吉傻眼。

这个画面，太能引起误会了。

要命的是，这一幕，正好被转过身的裴颂收入眼中。

程北茉撞上裴颂那双没什么情绪的眼睛时，觉得自己这次跳进黄河都洗不清了。

裴颂不明白，为什么程北茉每次犯花痴，都能正好让他撞上。

周围的人好像司空见惯一般，没什么反应。

程北茉这边的闹剧无人在意，倒是裴颂出现在一班门口，引起不少人的好奇心。

杜杨置身事外，一副摸不着头脑的样子，看看程北茉一眼，又看看陈韵吉，问怎么了。

老天，这么些天，这是他第一次看到她们俩没有落荒而逃。

程北茉无奈，开口简明扼要，指着杜杨说了句："你放学别走。"

她不想浪费时间了，也不想再做这两个人的传话筒了。

话音刚落，上课铃声尖锐而突兀地响起。

一时间，走廊上的脚步纷乱，杜杨带着一脸疑惑匆匆回了教室。

陈韵吉本想说点什么，被自己班老师看到，叫了过去。陈韵吉边走还不忘转过头用夸张表情表示歉意。

一班是英语课，老师还没来，走廊上只剩下程北茉和裴颂。

混乱之中，只有他们两人不动如山，像极了一出隔着人潮相望的深情戏码。

程北茉看他还没走，迅速瞥了眼他手中的卷子，问："你是来找我的吗？"

裴颂"嗯"了一声，把东西递过来："这是一中竞赛班的题集，还有一些卷子，你先看看，再做判断。"

裴颂语速很快，面无表情，视线一直在卷子上，好像根本没看到刚才发生了什么。

程北茉接过来，大概翻了翻，问："这些看完,是不是还需要还给你？"

资料和卷子都是张弛复印的，其实是不用还的。可他们还不熟，如果他直接说不用还，显得有些太过热情。

裴颂无所谓地耸了耸肩："随你。"

"谢谢你。"程北茉没想到他真的上心了。

她干笑一声，试图解释刚才的尴尬场面："那个，我刚才……"

裴颂终于把视线从卷子上抽离出来："嗯？"

看他脸上毫不关心的表情，口气也冷冷的，她也犹豫了，她跟他解释个什么劲啊？

她扯出一个笑，又道了次谢："没什么，谢谢。"

下午活动课，程北茉坐在空荡荡的教室里看书。

八中每周五最后一节都是活动课，可以在校园内自由活动，但不能离校。

程北茉认真整理了桌面，又仔细擦了遍桌子，才打开裴颂给她的资料。

这些资料里，夹了一张信纸，用钢笔手写的，上面逐条列出已经取消和新增的考点，字很好看，干净利落，力透纸背。

程北茉举着那张纸反复看了几遍，这是裴颂写的吗？她拿不准。

她正入神，陈韵吉挎着书包出现在一班教室，坐在她对面："茉茉，你骂我吧。"

程北茉一愣："我骂你干吗？"

"我今天真没想到手劲那么大，把你推出去了……还让裴颂看见了。"陈韵吉做出发誓的手势，"下次见了他，我主动摔个大马趴！"

程北茉笑了笑："没事，我本来也没生气。"

她跟裴颂连朋友都算不上，只能算勉强认识。而杜杨和陈韵吉，是一起长大的朋友。普通校友和朋友，还是朋友更重要。

跟裴颂打了两次交道，她发现这人总是一副什么都不在乎的样子，就算给她送来资料，也没说一句多余的话。

所以她推测，他大概不会为她这样一个半生不熟的人浪费脑细胞。

"你不生气就好。"陈韵吉如释重负，眼睛瞥到桌上那张纸，顺便抽走，"这是什么啊？嚯，字真好看！"

程北茉小声惊呼一声，让她别扯坏了："这些是要还回去的。"

上面写的都是陈韵吉看不懂的东西，她赶紧双手捧着还回去："这是裴颂给你的？"

程北茉点头："嗯，不知道是不是他写的。"

"肯定是他啊，不然还能是谁？"陈韵吉语气夸张，顺势摸了摸程北茉的下巴，"他也太上心了吧？"

程北茉挤出个假笑："不可能。"

程北茉的本意是想说，他们根本不熟，哪有上不上心一说。只能说，裴颂人还不错。

陈韵吉却会错了意，以为程北茉是在说裴颂成绩不行，绝对写不出这些高深的玩意儿。

"也是，他名次还没我高呢。"陈韵吉啧啧两声，颇有感叹造化弄人的意思，"上帝给他打开了颜值这扇门，就关上了智商和道德这两扇窗。"

程北茉扶额，这都什么呀……

陈韵吉拍拍书包："我搞到两张假条，可以提前溜出去，走不走？"

程北茉盖上笔帽，仰脸盯着她："不是说好了要等杜杨？"

陈韵吉赖赖唧唧，说了半天也说不到重点，反正就是不想直接面对杜杨。

程北茉低头收拾书包："好，走吧，反正睡不着觉的不是我。"

陈韵吉："……给我留一点面子。"

杜杨一般活动课都在打球。

程北茉和陈韵吉沿着操场找了大半圈，终于在最后一个篮球场看到了他。

同时，还有……裴颂。

陈韵吉瞪大了眼睛，用肩头撞程北茉："他居然在跟裴颂打球！"

男生之间就是这样，活动课随便玩玩，都是临时组队的。

裴颂外形出色，在人群中很是显眼。

他上身穿白 T 恤，下半身穿着八中的校服裤。校服是新发的，颜色还很鲜亮，乍一看比别人的新很多。

"八中这种校服都能被他穿得这么有味道，他穿一中的制服得帅成什么样啊？"陈韵吉啧啧道，"可惜了，没见过，以后也见不上了。"

程北茉朝裴颂看过去。

蓝白校服在大家身上都一样的难看，可到了他身上，既不臃肿也不遮身材。

他小跑两步到场边喝水，又随手抹了抹额头的汗。他喉结上下滚动，眼睛却一刻不离地盯着队友和球的动向，专注而犀利，像只鹰。他单手叉腰，五官线条流畅，手臂的青筋明显，夕阳洒在他身上，给他镀了一层金色的轮廓。

没有比眼前的场景更美妙的青春画卷了，生机勃勃，令人怦然。

陈韵吉来劲了，攥着程北茉的手腕就往场边冲："走走走，去看看。"

程北茉抬眉："你要看谁？"

她不是很想近距离看他们打球。确切地说，她不想让裴颂看见自己。

"当然是看校草啊！我还不知道杜杨打球什么熊样？"

程北茉面无表情地举起手机："我录音了，一会儿放给杜杨听。"

陈韵吉眼巴巴地望着她："……我现在跪下来舔塑胶能不能挽回？"

在程北茉的录音威胁下，她们俩没到场边，选了个离篮球场不远的双杠，位置极佳，视野也好。

她们俩刚在双杠上坐定，场上战况突然激烈了起来。

此时球在杜杨手中，杜杨看见裴颂朝自己过来，飞身想突破，不料裴颂一个断球，把球抢了过去。

球是抢过来了，又要面对三人防守。

裴颂弯腰，拍了几下球，眼睛机敏地观察，寻找突围的机会。

陈韵吉嘴巴张成了个"〇"形："他打球的样子好飒哦。"

只见裴颂一个假动作，突破防守，跨步上篮。

但他有些操之过急了，球触到篮筐，弹了出去。杜杨队友成功抢下篮板，又把球传给了杜杨。

裴颂没投中也不恼，笑着摇了摇头，继续跑起来。

跑了几步，他像是知道这个方向有人似的，突然朝双杠这边看过来，正好对上程北茉的视线。

看得她脸上火辣辣的。

短暂的对视后，裴颂的注意力又重新回到球场。

陈韵吉拍拍她："他是不是在看你啊……"

程北茉慌乱地看向别处："没有吧，我怎么没看到？"

陈韵吉看着她："你的脸怎么这么红？"

或许是双方都太想赢，进攻都有些急躁，杜杨投篮起跳时不稳，双脚着地时一个趔趄，摔倒了。

程北茉正想不出合理的解释，余光里发觉球场上出了点状况，便指着那边："好像有人受伤了！"

陈韵吉伸长脖子看了一会儿，突然着急忙慌地从双杠上跳了下去："是杜杨！"

裴颂架着杜杨去了医务室，程北茉和陈韵吉也跟着去了。

校医见怪不怪，一边查看杜杨的脚，一边说这已经是今天的第五个了。

过了会儿，校医说没什么大碍，只是扭到了，用冰块敷一敷。

"还能走吗？"裴颂问杜杨，"要不要帮忙叫个车？"

"不用，她们俩跟我一起走。"杜杨说，"谢了兄弟。"

这三个人到底什么情况？

裴颂重新打量杜杨一眼，但没多问。他懂得分寸。

过了会儿，他觉得站在这里有点多余，便把校服外套甩到肩上，打了声招呼就起身往外走："那我先走了。"

程北茉跟着出去，追上他："我能跟你一起走吗？"

程北茉想给那两个人留出单独相处的空间，正好还可以在路上问问裴颂，资料里那张纸是不是他写的。

"我们不顺路吧。"裴颂意味深长地看了她一眼，"你不陪你……朋友了吗？"

程北茉没懂他话里那个停顿，和"朋友"两个字的重音，以为这是他委婉的拒绝："那谢谢你了。"

这是今天她第二次跟他说谢谢。

裴颂"嗯"了一声，算是回应，然后转身离去。

程北茉望着他宽阔的背影心想，人是很复杂的，非黑即白的道理她懂。虽然他在感情方面可能有点随便，但他们之间又没有感情纠葛，而且他确实帮了她的忙。

那自己就应该感谢他。

她再一次追过来，拦在他面前："裴颂。"

这是她第一次叫他名字。

只见裴颂停下，懒散地问："不叫我'狗'了？"

程北茉也跟着笑了一下，这是他们两人心知肚明的梗。

她笑过之后又觉得奇怪，刚才那种同时笑起来的默契，就像是已经认识了很久的朋友。

可他们明明不熟。

她扳回正题："我请你吃饭吧。"

裴颂瞥她一眼，慢悠悠地说："请我？没必要吧。"

程北茉如实说："你帮了我这么多忙，只说句谢谢好像不太够。"

裴颂随意地笑了笑，说："举手之劳。"

"对你来说很容易，但如果没有你，我也弄不来那些资料。"她眼神真诚，语气恳切，恳切到几乎要打动他。

原来是为了感谢竞赛资料的事。

"这饭不吃不行是吗？"

程北茉被噎了一道，用力点头："不然我心里过意不去。"

刚才这么一小会儿，她想了想，也许裴颂是不想和她一起吃。他们本来就不熟，坐在一起没什么话说，非要请人家吃饭确实有点尴尬。

万一再被人误会，就更说不清了。

她想了个两全其美的法子。

裴颂正打算答应，只见她从口袋掏出饭卡："这是我的饭卡，你可以随便刷。"

口气倒不小。

裴颂一手拿着校服外套，一只手抄口袋，没接饭卡，反而饶有兴趣地盯着她，看她接下来要怎么办。

程北茉上下看了几个来回，眼疾手快把卡塞进了他校服裤兜里。

她生怕他再拒绝，动作很快，抽手时，碰到了裴颂的手背。

滚烫。

触电一般，两人一时都失语。

程北茉朝他扬了扬下巴，打破尴尬："我请你的。"

他无奈地笑了笑，算是接受了她的感谢。

这女孩，好像跟其他女生有点不一样。

裴颂指尖触到那张饭卡，上面还带着程北茉手心的温度。

他拿出饭卡，正反面都看了看。

饭卡的右下角有张贴纸，上面写着"高二（1）班程北茉，捡到请及时归还"。

字写得倒是潇洒飘逸的。

过了会儿，裴颂突然想到一个问题——她给了他饭卡，他还要去还给她。

让他找她找上瘾了是吧？

第二章

/ 倒戈 /

PUTONGPUTONG

久违地，三个好朋友一起放学回家。

陈韵吉问程北茉："你刚在外面跟校草说什么呢？"

程北茉耸了耸肩："就谢谢他给我资料，还有送杜杨去医务室。"

陈韵吉满脸遗憾："学霸果然只跟学霸有共同语言。"

程北茉笑笑，没当回事。

刚上公交车，陈韵吉眼疾手快，帮杜杨占了个座位。

杜杨一瘸一拐地过去，一声不吭地坐下。刚坐稳，陈韵吉就把三个人的书包全都堆到他怀里。

他无奈地抬头："大姐，我脚受伤了呀！"

"这座是姐姐我帮你占的，你连声谢谢都不说。"陈韵吉双手环抱在胸前，"那你起来，我帮大家拿书包，我看你单脚还能站。"

杜杨自知说不过陈韵吉，乖乖闭了嘴，脸上的表情却是轻松愉悦的。

"你受伤了，告诉那谁了吗？"陈韵吉一副酸不溜秋的表情。

杜杨奇怪，反问："哪个谁？"

"也不知道谁最近放学都跟女生一起走的。"

"跟女生一起走怎么了？"杜杨没好气地说，"那我跟你一起上下学这么多年——"

"少胡说八道了你！"陈韵吉正要伸手打他，又忽然想到他是伤员，

034

还是收回了手。

两个人重新开始了斗嘴模式。

看他们的架势，怕是要吵一路。

程北茉找出耳机戴上听歌，但陈韵吉的声音还是能时不时飘进耳中。

两个人吵了一会儿就翻篇了，陈韵吉问："今天怎么跟校草一起打球啊？"

杜杨："谁？哦，你说裴颂啊。"

陈韵吉翻了个白眼："不是他难道是你？"

杜杨："我们去的时候场地已经被占满了，他就叫我们过去一起打。"

陈韵吉："他是不是很跩？"

杜杨想了想，耸耸肩道："有点，不过人家就是那样的性格吧。技术不错，球品也不错。"

程北茉想起裴颂在球场的身影。他很瘦，却不单薄，身材挺拔，步伐轻盈，汗水是少年的勋章，在他身上闪闪发亮。

想着想着，她脑海中就出现了裴颂线条好看的手臂，还有喝水时上下滚动的喉结……

不行不行，不能再想了。

陈韵吉："这就完啦？"

杜杨耸肩："不然呢，还有什么？"

陈韵吉："你就没跟他多聊聊？"

杜杨摇了摇头："打球能聊什么，我跟他又没多熟。"

陈韵吉一脸"要你有什么用"的表情。

杜杨瞥了眼陈韵吉的脸色，努力在脑中搜刮有用信息，过了会儿说："对了，他家应该挺有钱的。"

陈韵吉一下子来了兴致："他告诉你的？多有钱啊？朱情茹倒没跟我说过这个。"

杜杨："人家挺低调的，怎么可能跟我说。我是看他脚上那双鞋一万多。"

陈韵吉："你还认识这个？"

杜杨："没吃过猪肉还没见过猪跑啊，关注球鞋的人都知道。"

杜杨对各个品牌和型号的球鞋如数家珍。

身边的同学都是穿常见的运动品牌，而裴颂脚上的那双不仅贵，还是限量版，有钱未必能抢到。

一双鞋一万多……听到这个数字，程北茉一惊，这得是什么家庭啊。

而她梦寐以求的奖金一共就两万块。

之后好几天，程北茉都没正面碰到过裴颂，也不知道他有没有刷她的饭卡。

自从知道他一双鞋一万多后，她觉得，她那点感谢有点轻飘飘的。

裴颂可能真的不在乎。

这天，闫国华让程北茉第三节课后去办公室找他。

程北茉敲门进办公室，发觉老闫没在，而裴颂正靠在桌边，玩老闫的魔方。

那个魔方在老闫桌上放很久了，是老闫的晴雨表。学生们添乱的时候，老闫就把魔方拧得乱七八糟；学生安生一点，魔方就是还原的状态，整整齐齐的。

最近，那魔方一直处于乱糟糟的状态。

裴颂的手很好看，修长，骨节分明，他灵活地转动魔方，所有颜色都随着指尖转动，不出两分钟，魔方只剩下最后一层。

程北茉看了一会儿，只见裴颂抬眼，似笑非笑地问："好看吗？"

"还行吧。"她点点头，"老闫拧得比你快。"

"那是他暴躁。"裴颂依旧按照自己的节奏拧着魔方。

程北茉问："老闫不在吗？"

办公室一览无余，她问的这句话有点多余。

果不其然，裴颂跟她说："要不，我把桌子椅子挪开，你在缝隙里找找？"

她听出他的嘲讽语气，便说："他找我来的，人怎么不在。"

"他也是这么跟我说的。"裴颂的视线还在魔方上，手上没停，"老闫日理万机，没准又忘了。"

程北茉好奇："你也知道他记性不好？"

"我可太知道了。"裴颂轻笑一声,把复原好的魔方放回桌上。

程北茉就近找了把椅子坐,静静地坐了一会儿,两人一直没话说。

过了会儿,裴颂挑起话题:"对了,给你的那些题,看了吗?"

"看了。"程北茉说,"那些题的思维模式跟我们平时学的不太一样。"

"确实,不少竞赛生在竞赛上拿了奖,回来很难适应高考的出题模式。"裴颂掀起眼皮,毫不避讳地盯着她,"那你怎么想?"

"我回去认真看了,也认真想了,不打算参加竞赛了。"

裴颂盯着她,等着她继续说。

她叹了口气:"我觉得我的精力顾不过来。"

裴颂眉心一动:"年级第一,对自己这么没自信?"

"我不是天赋型的。"程北茉笑笑,坦诚地说,"改天我把那些卷子和资料还你。"

她还想问那张额外的纸是不是他写的,但又觉得有点突兀,还是没提。

暑气消退,天气有凉的趋势,风灌进来,激得程北茉打了个喷嚏。

裴颂直起身,顺便走到窗边把窗户关小了一点:"不用了,你留着吧。"

他关窗户的动作很顺手,完全没有刻意为之的样子。

程北茉愣了愣,说:"哦,那谢谢你了。"

"又谢?"

她抬头,撞上裴颂意味不明的笑。

话已经到这儿了,她顺便问裴颂,有没有用她的饭卡吃饭。

裴颂被她的执着笑到,语气懒散地反问:"你卡上是有多少钱,能经得住我吃。"

他这是什么意思啊?嫌不够档次?

程北茉忍不住瞥了一眼他的鞋。这一双鞋能在食堂吃多少顿啊……从高一吃到高三毕业没什么问题吧?

她回想了一下,认真回答:"三百。"

只见裴颂拿出饭卡,还给她:"没刷。"

她不肯接:"你是嫌少还是嫌没诚意……"

"拿着吧,不然还得去你们班找你。"裴颂把卡放在她面前的桌面上,"省得又看见什么不该看的。"

原来是因为这个，是她想多了。

"我是说，这点小忙不算什么，不用谢了。"裴颂看程北茉的表情有点不自然，赶紧岔开话题，"对了，你朋友的脚好点没？"

程北茉反应了几秒这个朋友到底是谁，才想起来："你说杜杨啊，不知道，应该好点了吧。"

杜杨的伤虽没伤及骨头，但上学也不方便，就请了几天假在家休息。

每天陈韵吉都会上门去送作业，顺便斗斗嘴。

裴颂闻言挑眉："你对他这么不上心？"

"脚崴了而已。"程北茉无所谓地说，"我们小时候玩得比这疯多了，有一次他骨折，打着石膏还乱蹦跶呢。"

原来还是青梅竹马啊。

上课铃声骤响，两人没等到老闫，便准备各回各班。

起身的一瞬间，程北茉觉得有点头晕，竟站不稳。

她以为自己低血糖犯了，准备重新坐下，一回头，却发现桌上的魔方正在抖动，幅度还不小。

她看向裴颂："你有没有感觉——"

裴颂反应很快，起身虚揽着她，快步走出办公室："地震了，赶紧下楼。"

他话音刚落，就听到外面有人尖叫："地震了！"

一时间，对面的教学楼人头攒动，大家纷纷往操场跑去。

程北茉一直处于蒙蒙的状态，只觉得肩头一直热热的，反应过来时，她已经被裴颂推着到了楼梯口。

下了半层楼，裴颂忽然像想起什么似的，跟她说了句："你先下去。"

程北茉仰脸："那你呢？"

他面无表情，已经连跨了好几级台阶："我去趟楼上，你快走！"

这人怎么回事？

这么紧急的时候往楼上去干吗？

"你不要命了？！"程北茉不受控地喊了一声。

裴颂深深看她一眼："放心，命大着呢。"

程北茉犹犹豫豫地往下走了一段，突然听到头顶爆发出一声狮吼："裴颂你干什么去！有没有点安全意识！"

老闫不知什么时候赶来了。

程北茉被惊得一愣一愣的，很快这怒吼就瞄准她了："程北茉你散步呢！快给我下楼去！"

所有人都聚集在操场上，没按班级和年级站，乱哄哄的，人声嘈杂。

"一开始还以为后排人踢我椅子，还骂了他一句，结果他说他没踢。"

"我们班是体育课，没什么感觉，就看到你们全跑出来了。"

"我们班的投影仪都歪了！"

……

大家惊魂未定，纷纷聚在一起，分享刚才惊心动魄的瞬间。

学校领导紧急开了话筒，让大家回各自班级的队伍，好清点人数。

陈韵吉拉着朱倩茹从人群之中奔过来："茉茉，你刚才在哪儿啊？找了半天没见你人。"

她回答："我在老闫办公室。"

"吓死我了！出来就好。"陈韵吉拍着胸口说，"别看咱们学校升学率不行，地震演习倒是经常搞，到了危急时刻还真的有用。"

周围人纷纷掏出手机给家人打电话，查新闻。

朱倩茹举着手机给她们看："热搜已经爆了，是邻省地震，京江震感强烈。"

陈韵吉低头摁号码："我给我爸打个电话报平安。茉茉，顺便让他跟你爸妈说一声哦，让叔叔阿姨别担心。"

陈韵吉家的五金店和程北茉家的面馆是挨着的，转达消息也方便。

程北茉失神地点点头，眼睛却紧紧盯着综合楼。

不知道裴颂到底去干什么了。

突然，身后嘈杂的声音像是被拉上了拉链，闷闷的，听不到了。

朱倩茹盯着一处问："那不是裴颂吗？"

程北茉赶紧转身，只见一高一矮两个人的身影，裴颂搀扶着一个怀孕的女老师从综合楼出来了。

"差点忘了，他们班班主任快生了。"朱倩茹感叹，"我的天，裴颂也太帅了吧！"

裴颂这个人，无论是之前在一中，还是在八中，都活在传言中。毕竟这样瞩目的人，走到哪里都是焦点。

传言中的他是模糊的，除了那张天地可鉴的俊脸，其余的都半真半假，扑朔迷离。

从前在一中，大家说他贱，说他是富二代。到了八中后，他更是一度成为话题中心，到现在都没人知道他转学的真正原因。

无论哪种传言，他好像都从没放在心上，也从未被影响过，该做什么就做什么。

蓬勃的少年侧影牵动着大家的心。

裴颂在众人从未有过的目光中走进操场，不紧不慢，还带着点漫不经心，四下寻找着自己班的队伍。

他刚才的出场太过瞩目，身边所有人都在谈论他，有惊叹，有崇拜，更多的是好奇。

毕竟，紧急时刻能不顾自己，冲去帮助怀孕女老师的人，已经足够果断，足够勇敢。

程北茉也望着裴颂，心里有种感觉。那是种难以言说的澎湃感。

她在偶然中遇到他，在传言中认识他，却并不怎么了解他。

而现在，他的轮廓好像明晰了几分。好像跟传言中的他有点不一样。

"校草帅炸了！"陈韵吉忍不住感叹道，小拳拳在程北茉肩头乱砸。

闫国华不知什么时候出现在她们身后，用力清了清嗓子："欸欸欸，注意点言辞。还有，回你们班队伍去！"

陈韵吉在老闫背后模仿他碎嘴的样子。

程北茉赶紧把她扯过来，转移话题："跟家里报平安了吗？"

"报了，我爸让咱们放学后直接去你家店里，大家一起吃顿饭，顺便压压惊。"

"杜杨去吗？"

"去。他家里没人，他自己单腿蹦下楼，现在上不去了，就勉强带他一起吃吧。"

裴颂看见闫国华，想到刚才混乱中那声狮吼，觉得得给老闫一个交代，便改变方向，往这边走过来。

"你小子，可以啊。"闫国华跟裴颂说。

裴颂淡淡笑了笑："您还是吼我吧，突然这么温柔太不适应。"

老闫责怪又疼爱地捱了他一下："别耍贫嘴。赶紧给家人打个电话，报个平安。"

裴颂用开玩笑似的口气说："闫老师，学校不是不准学生带手机吗？"

操场上打电话的声音此起彼伏，老闫被他噎了几秒，然后突然干笑两声："行了，都什么时候了。"

老闫斜他一眼，一脸"我还不知道你们"的表情。

"我真没带。"他两手摊开。

他的手机在教室，没带在身上。

就在这时，校领导在主席台召集各年级主任和班主任，召开教职员工的紧急会议。老闫听见广播，无奈地摇了摇头，冲裴颂摆手："赶紧借个手机，不然家里人该担心了。"

叮嘱完，他就赶紧奔向主席台去了。

闫国华原本夹在程北茉和裴颂中间，他一走，两个人就直接面对面了。

刚才在慌乱中分别，他也没说自己去干吗，此刻瞧见程北茉正盯着自己，他扬了扬下巴，算是打招呼。

陈韵吉愣住了，这什么情况？

程北茉掏出自己的手机："要打电话吗？我带了。"

裴颂摇头："不用了。"

"不给家人报个平安吗？他们应该会担心。"程北茉又问了一遍。

裴颂知道这是个执着的主，从她塞给自己饭卡的时候就知道了。

他接过来，看到手机壳上印着几行箴言：

【拒绝熬夜 控制情绪 少玩手机 多喝热水 有空多读书 没事早点睡】

他在心里笑了笑，这女孩，有点意思。

裴颂先拨了个号码出去，被挂断了，他握着手机愣了会儿，又拨了另一个号码。

张弛接起来，一听是裴颂的声音，惊叫一声，便急吼吼地问他在哪儿。

裴颂扭了扭脖子，懒洋洋地说："学校啊，还能在哪儿。"

张弛松了口气："我给你打了好几个电话，一直打不通，吓死了。"

"瞧你那点胆子。"裴颂笑了笑，"我手机落在教室了，借了别人的手机。"

张弛受宠若惊："借手机也要给哥们打，你也太在乎我了。"

裴颂笑了下："嗯，如果你是女的就更好了，我正好省了找女朋友的力气。"

裴颂这人就是这样，什么玩笑都接得住。

张弛本来是想逗逗他的，结果被恶心得不轻。

"你别恶心我。"

裴颂打算摁挂断键："那行，挂了。"

"欸欸，等一下。"张弛赶紧叫住他，"我爸妈担心余震，说今晚在外面睡帐篷。你呢，今晚睡哪儿？"

裴颂答："睡老房子。"

平时父母都不在的时候，他就住家里的老房子。老房子在市区内，上学方便。

张弛惊讶："你家还没人？这都多少天了。"

"嗯。"

裴颂新家在京江公馆，是个高档小区，张弛去过，大得说话都有回音。张弛当时想，一个人住，也怪怵的。

张弛问："你要不要来跟我睡帐篷，万一有余震呢？"

裴颂无所谓地说："那就是命。"

"呸呸呸，别瞎说。"张弛小心翼翼地说，"对了，跟你说个事。"

"嗯？"

"我今天早上在学校看见你妈了，她从副校长办公室出来的……瘦得都脱相了。"

这消息确实挺出乎裴颂意料的，他都不知道赵旻回京江了。

难怪张弛拐弯抹角问了那么多。

裴颂没说什么，他拨了拨额前的头发，闷闷地"嗯"了一声。

张弛知道他的习惯，一般这样，他就是不想继续聊了。

可张弛不死心，还是问了问："狗，她是不是想让你转学回来？"

"可能吧。"

张弛急了："你转学的事到底怎么回事，家里人知不知道？"

"知道啊，不然是谁签的字？"

张弛试探性地问："你爸？"

裴颂低声说："嗯。"

又是闷闷的语气。

裴颂跟他爸的关系不大好，张弛多少知道一点。

"你别告诉我，你转学是因为跟你爸赌气？"

"别瞎猜。"

张弛是真的有点为他担心："狗，我是真心拿你当朋友的，你告不告诉我真相没什么，可这是关乎你未来的大事！"

裴颂笑了下："怎么还激动上了。"

张弛不知该说些什么。

他看不懂裴颂，或许，他从来就没看懂过裴颂。

裴颂说："不是说过嘛，我在哪儿都能活得精彩。"

他向来说到做到。

挂掉张弛的电话，裴颂站了好一会儿，才重新拨通第一次被挂断的号码。

这次总算是接了。

他对着听筒说："喂，妈。"

赵旻迟疑了一会儿，才问："裴颂？"

裴颂慢悠悠地说："您还记得我这个儿子呢，我以为您跟老裴一样，把我抛到脑后了。"

赵旻也不是第一回被儿子呛了，早就习以为常："我给你打了个电话，你没接。"

"据我所知，今天早上您就回京江了。"裴颂顿了顿，自嘲道，"看来是真不想见我。"

赵旻如实相告："一回来就直奔你们副校长那儿了，我再想想法子，给你转回来。"

裴颂揉了揉山根："您就别白费力气了，当时副校长不是说了嘛，出来容易，再进去难于上天。"

"不管怎么样，总要试试。对了，我这段时间在临市，在我一个老同学这儿，她是做留学的，如果高考指望不上，就出国。"

裴颂被那句"指望不上"逗笑了："我在您眼里现在就是一废物是吗？"

"那怎么办？就因为你爸一句气话，让你把未来搭上吗？八中那种地方，跟一中能比吗？"

裴颂沉着脸，一字一句地反问："您管那叫气话，是吗？就算是气话，那也是他在转学手续上签的字。"

赵旻被撑得无言，无力地说："你爸喝酒了，喝醉说的话不能当真。"

裴颂手指插进头发，叹了口气："酒后吐真言，您也别为他再说话了，您受到的伤害不比我少。"

裴颂不大愿意回想起转学之前的事。

裴文远平时看着文质彬彬，但酒品不好，他偏偏还爱喝，喝了就大发脾气，胡说八道。

暑假的某天，裴文远喝得酩酊大醉，回到家，指着裴颂和赵旻的鼻子就开始骂，说这个家的一切都是他赚来的，却没有人感谢他。

裴颂一开始只当他发酒疯，没理会。可接着，他又说，裴颂是白眼狼，是累赘，说裴颂没有他这个爹什么也不是。

裴颂争辩了两句，就被这个醉汉扇了一耳光。

裴颂用冷冰冰的声音对赵旻说："我现在这样，正如他所愿，您就别操心了。"

之后学校发布通知，提前放学。

各年级分批次回教室拿书包，操场上的人一批一批走掉，夕阳西下，最后只剩下稀稀拉拉几个人。

程北茉在等她的手机，陈韵吉在等程北茉，朱倩茹父母还没下班，也跟着一起等。

这人还真是不客气，拿着电话一打就是这么久。

陈韵吉盯着裴颂的背影："你们猜，校草在跟谁打电话？"

朱倩茹眯着眼分析："他打了两通电话，应该是先给家人的，这第二通，就不知道了。"

陈韵吉又问："会不会是一中的校花？"

朱倩茹说："应该不会吧。"

"那会是谁，还说这么久。"陈韵吉一副猜不透的表情，"我跟我爸妈可没这么多话聊。"

裴颂打完电话，转过身来，发现程北茉正盘腿坐在跑道边，在看化学练习册。

裴颂四下望了望，才发觉已经放学了。

他清了清嗓子，俯身把手机递至她面前："谢了。"

程北茉看书太入神，一时没反应过来，她怔怔地仰脸，才发觉裴颂的脸距离自己有点过于近了。

近到让她忘了接着呼吸，也忘了去接他递过来的手机。

她眼神像一汪清泉，干净清澈，人呆呆的，有点可爱。

裴颂看她愣着，脱口而出一句："怎么，只说谢谢还不够，要请吃饭？"

原本是玩笑的口气，结果程北茉旁边那两个人，已经在无声尖叫了。

陈韵吉抢先问了句："你要请茉茉吃饭吗？"

话已经说出去了，裴颂握拳在唇边，清了清嗓，"嗯"了一声："可以一起。"

程北茉回头问："咱不是要回去吃吗？"

陈韵吉都替她着急，这可是校草啊！跟这种极品帅哥吃饭的机会，千载难逢。

程北茉哪听得到陈韵吉心里的声音，她又补了句："杜杨还在等着呢。"

她是在提醒陈韵吉。陈韵吉早就把杜杨这个瘸子抛到脑后了。

又是杜杨。

听到这名字，裴颂脸上的表情冷了几分。他差点忘了，程北茉还有个挂念着的青梅竹马。

他淡淡地说："没关系，不强求。"

"我回去就行！"陈韵吉大义凛然，"你们俩去吃饭吧。"

程北茉想了想，点点头："行。那你跟我爸妈还有杜杨说一声，就说我被老师留下说事了。"

裴颂无奈地摇了下头。

吃顿饭而已，至于这么遮遮掩掩的吗？

程北茱和裴颂从操场走到校门口，突然觉得，这顿饭其实可以不吃的。因为他们一路都没讲话。

严格意义上，程北茱的男性朋友只有杜杨一个，而且他们从小一起玩，她和陈韵吉压根没把杜杨当男生过。所以她没什么跟男生单独相处的经验，不大会挑起话题。

更何况，裴颂都没刷她的饭卡，她就借手机给他打了个电话，就要让人家请吃饭？怎么听怎么都像敲诈。

这顿饭更像是陈韵吉和朱倩茹促成的，两个当事人好像都没那么乐意。

裴颂从校门出来后，就主动走到靠近马路那一侧。

程北茱悄悄瞥了眼裴颂。他把校服袖子挽到小臂，露出明晰好看的线条。他看起来很瘦，却没有因为瘦而看起来羸弱，反而是标准的衣架子。

裴颂身上还有股好闻的味道，不知是洗衣液还是沐浴露的味道，像雨后清晨的空气，清新甘甜。

裴颂偏过头，正好撞破她的偷看行径，他没在意，问她："吃什么？"

她很认真地说："其实也不一定要吃饭，太隆重啦，你请我喝杯奶茶就够了。"

她尽量让语气很轻松。

裴颂顿了顿，突然蹦出一句："怕回去晚了不好交代是吧？"

程北茱看他一眼，总觉得他像是话里有话："不是，要吃饭也行。"

够勉强的。

裴颂瞥她一眼，觉得扯来扯去也没什么意思，应得很干脆："喝奶茶吧。"

两人走到学校门口的奶茶店，不巧的是，奶茶店今天不营业。

程北茱盯着落下的卷帘门，心想这店大年三十都是开门状态，怎么偏偏就今天关了呢。

她觑他一眼，只见裴颂手抄口袋，悠悠地看着她，好像在问"这饭还吃不吃"。

程北茱咬了下嘴唇，跟裴颂商量："要不还是吃饭？我请你吧。"

裴颂似笑非笑：“我叫你出来吃饭，让你掏钱，我还是不是人。”

“……行。”

这附近有家云南菜馆，他以前经常跟张弛去吃，离八中不远，不到两公里。

走着走着，他才意识到，这家店就在一中和八中的中间，而他以前从来没来过八中附近，也没想过剩下的高中生活会在这里度过。

他们放学早，还不到饭点，店里没什么人。两个人点完单不到十分钟，第一道菜就上来了。

上菜的时候程北茉正低头看手机，完全没注意到。

陈韵吉一连给她发了十几条消息，问她进展，在路上她没看消息，现在才逐条看，逐条回复。

阿吉：【约会进展到什么程度了？】

MOMO：【谁说这是约会了？】

阿吉：【不是吗？】

MOMO：【是吗？】

阿吉：【收！说重点！你们吃什么？】

菜是裴颂点的，她打算看看桌上的小票，抬眼才发现面前热气腾腾的，已经上菜了。

她“哇”了一声，说：“好香啊，我都没注意。”

裴颂面无表情，淡淡地回了句：“嗯，我都快吃完了。”

听语气就知道他在嘲讽她。

他连筷子都没拆，一直在等她。

程北茉也没在意，说：“不好意思，回个消息，你先吃。”

她给陈韵吉回复：【云南菜，腾冲土锅子。】

阿吉：【不大浪漫啊……不过没事！暖胃！】

MOMO：【……】

阿吉：【你不觉得，他对别人都跩跩的，唯独对你不这样吗？】

也不知道陈韵吉哪儿来的自信，类似的话已经说好几次了。

MOMO：【你想多了。】

阿吉：【那张帅脸就在你面前，你就一点想法也没有？】

人正好在对面，她试试。

程北茉看了看裴颂的脸。他的五官很标致，轮廓也流畅，眉骨高，眼窝深，眼睛像深不见底的海水。难以看清他的眼神，才显得他整个人冷冷的。但他眉眼之间有一道淡淡的褶子，中和了脸上的冷峻感，看起来柔和温顺不少。

裴颂发觉她在看他，也毫不避讳地迎着她的目光，坦荡地与她对视。

MOMO：【算了吧，我要好好学习，我还是对两万块的人民币欲望更大。】

阿吉：【正对面坐着前一中校草现八中校草，你跟我说你要好好学习？程北茉，你是个人才。】

现八中校草？这"草籍"转得挺快的。

程北茉有点想笑。

裴颂看程北茉一直盯着手机，脸上还时不时露出奇怪的表情，便问："是不是家人担心？"

程北茉模棱两可道："也没有啦……"

"要不，我们打包？"

程北茉好像听出他的语气有些不悦，锁上屏幕，把手机放在桌上。

"抱歉，消息回完了。"程北茉往外看了看，"外面好像都恢复正常了。"

话音刚落，手机又振动了一下。

裴颂跟着拿起筷子，扫了眼她的手机，随口问了句："那你这是……在圆谎？"

她一时没明白过来，愣在那儿："哈？"

裴颂大概也觉得自己这么讲话不大适合，清了清嗓说："没什么。"

她正要问他这是什么意思，就在这时候，门口飘进来一人，走路带风似的。

裴颂一抬眼，就认出了那夸张的发带。

张弛也没想到会在这儿碰见裴颂，更没想到，裴颂还不是一个人。

张弛站在门口愣了愣，毕竟刚才在电话里，两人不算太愉快。可他很快意识到一个问题，他刚才还真情实感地为裴颂担心呢，转眼裴颂就带着别人在这儿吃饭！太狗了！

他不甘地冲到裴颂和程北茉的桌旁。

"狗？"他一副"被我逮到了吧"的得意表情，"果然是你！"

等看清楚程北茉的脸，张弛人都傻了。

这是什么情况？

他就这样直勾勾地盯着程北茉看，多少有点不礼貌。裴颂看不下去，拍了他胳膊一下："干吗呢，瞎了？"

张弛回头，用力捏了捏裴颂的手臂，用眼神发送摩斯密码，大意是"这不是那个花痴吗"。

裴颂读懂了，但嘴上没客气："要吃饭就去点菜，不吃就滚蛋。"

那一瞬，张弛明白了，他的狗兄弟倒戈了。

"我吃我吃，我当然吃。"张弛顺势坐在裴颂旁边，他绝对不会错过这种机会。他放下书包，给自己从隔壁桌拿来一套餐具，转而问程北茉，"同学，我能加入你们吗？"

程北茉夹着腊排骨的手在半空中停下，她心想，这什么缘分。

看样子这人是赶不走了。

她说："既然你都坐下了……"

说这句话的时候，她用余光瞥见裴颂的嘴角不易察觉地勾了勾。

张弛兴奋地挽起袖子，自来熟地拿起菜单："服务员，再加份包浆豆腐！"

有张弛在，场子就不会冷下来，总结下来就是，骚话连篇。

他自顾自地夹了几口菜，跟程北茉说："妹子，我们简直太有缘了。我们之前见过一面，你还记得吗？"

裴颂心想这货在这儿瞎叫什么。

程北茉故意道："不记得了。"

"我大众脸，你不记得我，但我们记得你啊，那天在书店……"

张弛没说完，裴颂在桌下踢了他一脚，强行打断了。

他懂了，这茬说不得。

"能再遇见就是缘分！"张弛眨了眨眼，"对了，在下张弛，张弛有度的张弛。你叫什么名字啊？"

"程北茉。"

张弛连连点头："啊，这名儿真好，北方小茉莉。"

北方小茉莉？裴颂莫名想给他一拳头。

张弛装模作样地端起面前的杯子，跟程北茉的杯子强行碰了一下："小茉莉，以后我的狗兄弟，还要请你多多关照。"

"我没那么大能耐。"

"小茉莉谦虚了，那就互相关照，互相关照。"张弛把杯中的水一饮而尽，对裴颂说，"狗，你对美女还是大方啊，请我就拿你们八中食堂打发。"

还没看程北茉的表情，裴颂先把张弛的脸往碗里摁了摁，冷冷道："有你的份都不错了，饭都堵不住你的嘴。"

程北茉压根没把这事放在心上，起身去洗手间。

张弛用力搡裴颂："什么情况？"

裴颂以为程北茉生气了，还盯着她的背影。

张弛用手在他眼前晃了晃："还看呢？"

裴颂这才回过神来，回答："没情况。"

"那你带她来这儿吃饭？这可是我跟你的老地方！"张弛还委屈上了。

裴颂懒洋洋地说："人家帮了点忙，请人家吃顿饭，怎么了？"

张弛挑眉："帮了你什么大忙啊？"

普通同学，最多就请杯奶茶。这阵仗，不简单。

裴颂开始不肯讲，张弛瞎嚷嚷说一会儿要亲自问小茉莉，他才说："她借我手机打了个电话。"

"噢，原来是她的手机啊。"张弛阴阳怪气道，"那确实得感谢，还得好好感谢，我得向你学习。老姜早上给我交了个作业，我明天就请他吃顿日料去。"

"滚。"

"你跟哥们说实话，你是不是有别的想法？想交朋友？"

裴颂低头扒了两口吃的，没什么情绪地说："你这脑子能不能想点别的？"

"说什么呢。"张弛眉一横，"还有篮球。"

"人家不缺朋友。"裴颂直言，"别瞎操心了，高三了大哥。"

张弛眼珠子骨碌碌地转。

狗这小子干吗要转移话题？心思不单纯。

"那天在书店，跟她一起的男生，是不是她……朋友？"

裴颂点点头。

"哦……我懂了。"张弛夸张地扯长声音，摸了摸下巴。

张弛咬着嘴皮苦想："交朋友这事，我熟，要不要哥们出马帮忙？"

裴颂："别帮，求你。"

程北茉正在洗手，手机收到一条陌生短信。

【朋友，有空吗？】

她以为是有人发错了消息，没理会。

结果没过几秒，那号码又发来一条。

【我是裴颂的哥们，坐在你斜对面的。】

程北茉看到那条消息，愣了半晌。回过神来，她打开通讯记录，发现下午的通话记录里确实有这个号码。

张弛给她发消息，什么意思？

捧着手机看了会儿，程北茉不知道该怎么办，就把这两条消息截图，发给陈韵吉。

阿吉：【这谁啊？】

MOMO：【篮球小子。】

有个外号果然好沟通，陈韵吉一下子就知道她说的是谁。

阿吉：【他怎么有你手机号？】

MOMO：【裴颂今天拿我手机打给他了，刚才吃饭还碰到了。】

阿吉：【我的天，他想干吗？】

程北茉叹了口气，这都什么事啊。

阿吉：【篮球小子就是看着烦人了点，不过长得也算周正。】

程北茉发了个无奈的表情包。

阿吉：【他可能是想认识你？】

MOMO：【没兴趣。】

阿吉：【你有没有兴趣不要紧，重要的是他有兴趣就行了。】

MOMO：【我跟他都不认识。】

阿吉：【一个请你吃饭，一个给你发消息，还真难选……】

MOMO：【不好意思，哪个都不想选。】

阿吉：【……】

程北茉盯着张弛的消息，回去也不是，留在这儿也不是。她双手环抱在胸前，在洗手间门口徘徊。

"挖宝呢？"一个又冷又欠的声音在耳边响起。

程北茉抬头，裴颂不知什么时候过来的，正靠着门口的墙，似笑非笑地盯着她。

他的眸子像被水浸过一般，又像星星，黯淡中闪耀着微不可察的光。

她去洗手间的时间太久，裴颂过来看看是怎么回事。

她锁上手机屏，"哦"了一声："想了点事。"

"在这儿想？"裴颂懒散地直起身，煞有介事地点点头，"好地方。"

程北茉跟裴颂一起回到桌上，张弛的表情跟刚才明显不大一样。他眯起眼盯着这对俊男靓女从远处走过来的场景，倒是颇为养眼。

程北茉没回张弛的消息，眼神也没落在他身上。

他们俩刚坐下，张弛就开口："小茉莉，狗是一中的校草你知道吗？在一中，那可是空前绝后——"

裴颂面无表情地堵住他的嘴："差不多得了。"

程北茉很平常地接了句："应该是一中前校草吧。"

余光里，裴颂拿着筷子愣了愣。

张弛一副"我在一中我怎么不知道"的表情："一中现在的校草是谁？换人了？"

程北茉耸耸肩："我是说，他现在是八中的校草了。"

张弛抬眉："你们学校这么快就评出来了？"

嗯，是，陈韵吉刚评出来的。

"果然，狗到哪儿都是风云人物。"张弛趁机找话题，"狗，今年寒假还去滑雪吗？我记得你单板超厉害，今年记得指导指导我。对了小茉莉，狗拍片子也是一绝，去年他给我拍了条滑雪的一镜到底，特别厉害，我给你找找……"

程北茉有一搭没一搭地听着，心里只有一个想法，这两个公子哥的爱好可真烧钱。

裴颂懒懒地抬眼皮："赶紧吃吧，你不回家人家还要回家。"

过了会儿，听不见叮叮声了，程北茉手机又收到一条消息。

【现在不方便，晚上回去详细说。】

明目张胆了还？

程北茉瞥了张弛一眼，只见他冲她抬了抬眉毛。

不止裴颂狗，他身边的人也都挺狗的。

吃完饭，张弛找了个借口溜了，走之前，还拍了拍程北茉的肩。

不得不说这个人真挺会的，手上力道正好，掌心落在她肩上，就是能传达另一层意思。

张弛对程北茉说："小茉莉，我觉得我们三个挺投缘的，以后可以常聚。"

裴颂冷冷飞了一记眼风过去，警告张弛别再乱说话。

他拧着眉，替张弛解释："他这人有点毛病，别放在心上。"

程北茉点点头："看出来了。"

张弛忍着没说话，算了，不跟这两人一般见识。

程北茉要去公交车站，裴颂也没说去哪儿，跟她一起走了一段路。

"你不用送了。"她有些尴尬地对裴颂说。

反正天色还早。

裴颂下巴朝他们走的方向一扬："我家就在前面。"

尴尬的空气在蔓延，程北茉干笑了一声，一路无话。

程北茉没话找话："张弛这人，还挺有意思的，异性缘应该挺不错的吧？"

裴颂眉头一动，不过一顿饭的工夫，怎么就提起张弛了。

他也不知道哪根筋搭错了，没回答，只是哼笑了一声。

程北茉也觉得不大合适，解释道："哦，我就是看他挺能说的，应该挺招女孩喜欢的。"

这解释颇有此地无银三百两的感觉。

张弛是个心里藏不住事的主，所以他对裴颂来说，就是个没有秘密的透明人。张弛这厮自诩情场老手，从小学三年级就开始给女孩写信，练就一副骚得没边的皮囊，屡战屡败，屡败屡战。他确实挺会招惹女孩的，但女孩喜不喜欢他，另说。

自从他搭讪国际班班花被无视后，最近几个月时间只钟情打球和买装备，通过购物排解悲痛。

这些裴颂都没提，他若无其事地问："你问这个干吗？"

裴颂原本想说"问这个干吗，看上他了"，又觉得跟人姑娘说这个太突兀，便把后半句吞了回去。

程北茉偏头，与裴颂对上视线。

她本来打算把张弛发的消息给裴颂看一眼，但又觉得不太合适，便想着跟裴颂打听一下。

程北茉心想，裴颂好像挺护着他这个兄弟的，估计是问不出什么了。

她笑了一下，很快又敛去笑容："没什么。"

到了公交车站，她总算松了口气，跟裴颂告别："谢谢你今天请我吃饭。"

裴颂缓缓看向远处的车流，开玩笑似的："又要谢？"

她笑笑："这次是口头感谢，我们两清了。"

裴颂点点头，"嗯"了一声就走了，没有一点留恋，好像真的就两清，不再有瓜葛了一般。

程北茉回到家时，天刚擦黑。夜幕和余晖交错，给城市边缘上了一层青橘相接的朦胧色彩。

因为下午地震，小区门口的人比平时要多，大家都商量着晚上要不要回家住。

陈韵吉也在人群中，看到程北茉回来了，立马冲过来，激动地晃她胳膊："选哪个选哪个？"

程北茉的情绪毫无波澜："哪个都不选。"

"两个帅哥在你面前，你都能把持得住，不愧是你。"陈韵吉挽上她的胳膊，语气不无遗憾。

程北茉正准备上楼，短信就过来了。

怎么算得这么准？

打开手机，果然是张弛发来的：【小茉莉，到家了吗？】

陈韵吉抖了抖身上的鸡皮疙瘩："小茉莉，篮球小子真够恶心的。"

程北茉无奈，回了条：【有话不妨直说。】

张弛很快回：【这说话语气，怎么跟狗一模一样。】

程北茉和陈韵吉人都傻了。

还没等她俩反应过来，张弛的下一条消息已经进来了。

张弛：【裴颂这个人，我相信你看得出来，长得帅，入股不亏。你肯定也听说了，他人跩，难靠近，其实他刚转学过去，没什么认识的人，才会给人这种感觉。他虽然看着是个跩王，但我以亲哥们的名义担保，他人特好，对朋友也讲义气。】

程北茉总算知道这个人的真实目的了。

"原来他不是为了他自己啊……"陈韵吉也懂了。

紧接着，张弛又发了一条：【当然，主要是小茉莉你肤白貌美、人美心善，不然我绝不会说这话。】

程北茉五官精致，皮肤白得如同清冷月光，是标准的淡颜系初恋脸。但她很少笑，脸上少有浓烈的情感，很容易给人一种疏离感。

"他这话倒说得没错。"陈韵吉很赞同。

程北茉懒得理陈韵吉，独自回想今天吃饭的整个过程，突然一拍脑门："完了。"

"什么啊？"

"我刚才在路上，还跟裴颂提了张弛。"

她想起来，问完这个问题，裴颂看她的眼神有点复杂。

陈韵吉无语地看向她："你说什么了？"

"我就是没话找话，说张弛这人还挺有意思的……"程北茉也很无辜。

"要怪就怪他发的消息那么有迷惑性。"陈韵吉一下子蔫了，用手肘搡了搡她，"要不要跟校草解释一下？"

程北茉问："没有的事，解释什么？"

"可他们俩是朋友，篮球小子是想让你跟校草当朋友，照顾照顾他，校草万一理解成你喜欢篮球小子……就全乱套了。"

程北茉想了想，也是，便低头打字，问张弛：【你有裴颂的微信吗？】

张弛毫不犹豫地把裴颂的联系方式发了过来，还欣慰道：【可以啊小茉莉，果然没看错你。】

程北茉懒得跟他解释，赶紧搜索微信号。她很快搜到了，微信名就是他名字的简拼，PS。

"这头像也太……"陈韵吉吞了吞口水。

裴颂的头像是深灰色底配几个大字，"关你 PS"。

裴颂洗完澡出来，换了件 T 恤和一条松松垮垮的睡裤。客厅灯没开，天空还残留一线火红的晚霞，少年的线条在昏暗中劈出一道影子。

他甩了甩半干的头发，发尖像湿漉漉的青草，锋利而蓬勃。

手机在黑暗中突兀地响了一声。

幽幽的屏幕像是一道极光，照亮屋子里一小片区域。

裴颂拿起手机，发现是一条好友申请，对方微信名叫 MOMO，备注里还有一句话：【我是程北茉。】

通过好友验证后，程北茉直截了当：【忙吗，跟你说个事。】

PS：【你怎么会有我微信？】

MOMO：【这个你先别管，我们之间好像有点误会。】

误会？

他随手发了个问号。

MOMO：【我今天说张弛挺有趣的，纯属没话找话，没别的意思。】

裴颂拨了拨半干的头发，手愣在半空。

PS：【这个好像，不关我的事吧。】

他们还没熟到这个份上。

MOMO：【你跟他是朋友，我怕你误会。】

裴颂沉沉地盯着手机屏幕，斟酌要怎么回复。

PS：【你就为了说这个？】

MOMO：【嗯。】

PS：【所以？】

MOMO：【所以什么？】

PS：【那你说这个是为了？】

一句话颠来倒去，就变了个意思。

这就很有灵性了。

专门加好友主动解释，难道说……

裴颂心中有种强烈的预感。

手机一亮，他抓得有点迫不及待，连床单都带起来一角。

MOMO：【没什么，这个话题到此为止吧！还有，别再让他给我发消息了，我拉不住他，交给你吧。】

第二天一早，在拥挤的公交车上，陈韵吉打着哈欠问程北茉："昨晚后来你们还聊什么了吗？"

程北茉紧抓着自己面前的座椅靠背："你怎么还记得这事。"

"这么重要的事，当然不能忘。"陈韵吉用手肘推她，"你跟校草后来接着聊了吗？"

程北茉摇了摇头。

天被她自己聊死了，裴颂后来一直没回复她。好在该说的都已经说了，她的目的已经达到了。

不过张弛倒是骚扰她到挺晚的。

"篮球小子？他跟你说什么了？"陈韵吉奇怪。

程北茉耸了耸肩："发了好多，后来我睡了，没看。"

后来她直接选择飞行模式，看了会儿书就睡了。

早上起来打开手机，短信如同潮水一般涌出来，叮咚个不停，她一度以为手机坏了。

陈韵吉嚷嚷着要看，程北茉把短信记录翻出来给她。

陈韵吉随手滑了滑，很快就被短信内容吸引："校草摄影技术这么厉害？"

程北茉扫了一眼，照片上是一条林荫小径，尽头是一扇拱门。阳光透过树叶缝隙洒下来，斑驳的光影交错，像是掉入了爱丽丝梦境，又像是泄露了通往另一个世界的秘密入口。

"他这张照片获过奖欸，好厉害。"陈韵吉啧啧两声，"他还会滑雪，单板！听说滑雪挺烧钱的。"

程北茉扯了个笑："他的爱好哪个不烧钱。"

张弛不遗余力地展示裴颂，其实也有炫耀自己哥们的意思，毕竟一中的学生骨子里都带着一种优越感。

"别看了。"程北茉把手机拿了过来，锁上屏装进口袋，"我又没想跟他发生什么。"

程北茉和陈韵吉踏进学校大门，预备铃正好响起，大老远就看见闫国华在楼梯口把守着，抓高二年级的迟到。

闫国华看见她们俩边走边晃，冲她们俩喊："还溜达呢？不看看几点了？"

陈韵吉不服气地嘟囔："公交堵车了我有什么办法。"

老闫眉头一皱："就知道找原因找借口，堵车你就不能早起一点吗？"

陈韵吉不大高兴，压低声音在程北茉耳边说："老闫见人下菜的毛病什么时候能改改？我就没见过他吼你。"

程北茉小声说："你少接话茬，他自然就不说你了。"

老闫拨了拨他的地中海发型，跟程北茉说："第三节课下课后去办公室找我。"

程北茉担心他又忘记，便说："您现在就说吧。"

"行，我长话短说，下礼拜二是开学典礼——"

老闫刚说了个开场白，后半句就被陈韵吉接了去："都开学几周了，才办这个……"

老闫转过身，瞪了眼陈韵吉，让她闭嘴。

"开学典礼上要有学生代表演讲——"

程北茉还没什么反应，陈韵吉先跳起来："天哪，茉茉你要在全校面前演讲了！"

老闫正要生气，陈韵吉吐了吐舌头，对着自己的嘴做了个拉拉链的动作。

八中每学期开学典礼，都会选一名品学兼优的学生代表上台演讲，一般是高二生或者高三生。

这学期的演讲名额，基本没什么悬念，就是程北茉了。

"我还没说完。"老闫顿了顿，"现在一共有两个人选。一个是你，一个是三班的裴颂同学。"

程北茉不在意这个，她还没什么反应，陈韵吉第一个替她鸣不平。

"闫老师，我们学校向来都是由品学兼优的同学演讲的，上学期期末第一是茉茉，摸底考第一也是茉茉，为什么现在要把这名额拱手让人？"

陈韵吉心里门儿清，虽然裴颂是帅，但她不会见色忘友，在这件事上，她坚决站在程北茉这边。

老闫转过来跟程北茉解释："不是把这名额给别人，你和裴颂同学都很优秀，裴颂同学是一中转来的，昨天在地震时候的表现很突出，所以有几个老师也推荐了他。"

就在这时，老闫看见了什么，招了招手。

程北茉顺着他的视线看过去，只见裴颂才慢慢悠悠地进了校门。

大老远看见裴颂，程北茉想跑。前一晚最后一条微信消息裴颂没回，她有点尴尬。

裴颂眼皮垂着，一副犯困的模样。

前一晚张弛一直拉着他语音聊天，苦口婆心地说小茉莉有多好。

裴颂苦笑："我现在不交她这个朋友是不行了是吗？"

张弛只当没听见："小茉莉这妹子说话直接，我挺欣赏。你不觉得跩王配酷妹，天生一对吗？"

裴颂实在懒得听张弛碎嘴，哼笑了一声，扔下一句话："人家有青梅竹马，也不知道你瞎操心个什么劲。"

"你什么时候这么不自信了？"张弛觉得奇怪，"我同桌的初中同学的表妹就在八中，我最近帮你打听打听。"

裴颂翻了个白眼："你还有点底线没？"

张弛坦坦荡荡，觍着脸说："这玩意儿我从来就没有啊。"

裴颂无语："你别再跟人家发消息了。"

裴颂走过来，老闫把演讲的事又说了一遍。

老闫表示他很为难："现在的解决办法是，你们两个尽快都写一篇演讲稿交上来，择优上台。"

陈韵吉飞了一记眼刀过去，试图告诉裴颂，让着点我姐妹。

裴颂压根就没给她们俩眼神，听闫国华讲完，漫不经心地看向别处，说："那就，一起上呗。"

陈韵吉仿佛亲临片场看偶像剧拍摄一般，激动得说不出话来。

"一起上呗"，这句话裴颂说得轻松，可对在场听众来说，可太霸道太浪漫了。

闫国华也犯难，他用手上的书卷一下一下拍打着掌心："八中没有这个先例……"

每学期的开学典礼演讲都只有一名学生代表能登台。

裴颂漫不经心地在指尖绕了一圈钥匙环，偏头看向别处，侧脸被晨光勾勒出一圈光晕。

他说："没有这个先例，不代表不能破了这个先例。"

一旁的陈韵吉就差拍手叫好了。

"闫老师，我退出。"程北茉准备转身要走，"我不想演讲。"

闫国华意外："嗯？这次机会很难得。"

程北茉说："马上要月考了，我想把精力都放在学习上。"

这话听得陈韵吉一惊，还有月考？！这不是才开学吗？

闫国华想了想，说："这样吧，你想好再来找我，不过要尽快。"

"不用想了，我已经决定了。"程北茉说。

老闫尴尬地挠了挠溜光的头顶，转而问裴颂："你呢？"

裴颂耸耸肩说："我无所谓。"

"你给我正经点。"老闫用书轻轻打了裴颂手肘一下，"你别说你也不想上，你又不用担心月考。"

程北茉心想，虽然人家只考七百多名，但老闫就这么直白地说出来，也太不留面子了。

裴颂倒不怎么在意，懒懒地笑了一下："我怎么觉得，我应该担心一下啊？"

上次摸底考，老闫给裴颂说错了考试时间，本就理亏，只能一副被捏住把柄又不能发怒的样子："你你你……"

一个两个的，浑身反骨。

"行，我上。"裴颂点了点手腕，"您不是还要抓迟到嘛，不打扰了。"

说是长话短说，他们几个人已经在这儿站了差不多二十分钟。

老闫摁着脾气叮嘱了句："演讲稿好好弄，别瞎写。"

"您要么就别把这差事交给我，要么就——"

"你还想怎么着？"

"要么就相信我。"裴颂抬眼皮，定定地看着老闫，散漫中多了几分认真。

老闫摇了摇头，只能应了他，然后赶他几个回班。

上楼梯的时候，陈韵吉追着程北茉问："茉茉，我怎么觉得演讲原定的人就是你，是老闫临时把裴颂安插进来的？"

"可能吧。"程北茉对这个不大关心。

"那你为什么还要放弃？就一篇演讲稿，不至于影响你月考成绩吧？"

程北茉想说，她本来就不喜欢抛头露面。

但她左右脚一高一低踩着台阶，缓缓转身："我要跟裴颂保持距离，免得你和朱倩茹嗑 CP 嗑个没完。"

回教室的时候，正好早读下课，陈韵吉顺势跟着程北茉进了一班教室，坐在她旁边的位子上。

不出一分钟，朱倩茹也熟门熟路地找来了。

程北茉把要用的课本和练习册拿出来，说："你要是每节课间都来我们班，不如帮我把课听了作业也写了？"

听她拐弯抹角地损人，陈韵吉也不生气，嘿嘿一笑："可以啊，我还能顺便帮你考试，你正好去看看倒数几个考场的风景。"

"马上月考了，你收收心。"程北茉提醒陈韵吉。

"再复习，还不是那样。"陈韵吉自嘲水平满分，"我看旁边那大专就不错，我干脆就上那儿得了，高考完都不用挪地儿，过个马路继续上大学。"

程北茉早就习惯了她这样的自我嘲讽，平静地说："周末来我家，有不会的我给你讲。"

"茉茉，你真好！"陈韵吉搂了程北茉一下，"不过，你真的不要演讲这机会了？"

"真的啊，我本来就不想在很多人面前讲话。"程北茉如实说。

"唉，本来还想看你跟校草同台呢。"陈韵吉转向朱倩茹，"是吧？"

旁边没人附和。

陈韵吉转头一看，发现朱倩茹正低头按手机。

她凑过去问："你在看什么？这么专注的。"

朱倩茹晃了晃手机："刚认识一网友。"

陈韵吉的注意力一下子就被吸引过去："谁啊谁啊？男的女的？"

"一中一男的。"

陈韵吉扯长了嗓子"哟"了一声："有情况？"

朱倩茹叹了口气："什么啊，这人是我表哥初中同学的同桌，刚加上好友，说要找我问点儿事。"

陈韵吉听着那一长串的关系，挠了挠眉毛："这都什么乱七八糟的。"

"他问我，咱们学校校花是谁。"朱倩茹把手机磕在下巴上，"我能跟他说是茉茉吗？"

陈韵吉扳住她的肩膀："你先问问，他想干吗。"

"不知道。"朱倩茹咬了咬下嘴唇，经验颇丰地想出交换八卦的对策，"不如这样，我跟他交换，要是想得到答案，就得跟我换。"

陈韵吉贼贼地笑了笑："问问他认不认识裴颂，再问问裴颂和校花的事。"

朱倩茹跟她一拍即合，两人默契地击了个掌："我就是这个意思！"

程北茉没兴趣，有一搭没一搭地听着这两个人在旁边叽叽喳喳。

"他说他是裴颂最好的哥们。"朱倩茹盯着手机说。

陈韵吉显然不信："真的假的？"

"我也持怀疑态度。"朱倩茹煞有介事地摸了摸下巴，"可是怎么求证啊？"

"让他说个校草不为人知的秘密。"

"问个什么好呢……"朱倩茹盘算着，"先问校草有什么昵称好了！"

两颗毛茸茸的脑袋凑在一起，边等回复边自己猜，什么"阿颂""老裴"，就连"跷王""男神"都出来了。

程北茉听她们越猜越离谱，无意识地甩出一个字："狗。"

两颗脑袋齐刷刷地朝她转过来。

"你是怎么知道裴颂的外号叫狗的？"

周末，程北茉和陈韵吉在家写作业，陈韵吉仍旧在穷追不舍。

她已经追问两天了，同一个问题重复了不下上百遍。她这股锲而不舍的劲用在学习上而不是八卦上的话，没准成绩能提升一大截。

程北茉只说自己是蒙的，纯属瞎猫碰上死耗子。

"我们俩蒙了那么多，没有一个是对的，怎么你就正好蒙对了？"

程北茉用笔敲敲纸面："大姐，你的书一个小时没翻了。"

"是裴颂告诉你的吗？"她们俩各说各的，"他也太信任你了，把他最深处的秘密都交给你了。"

什么最深处的秘密……有个人，他名字叫"狗"，这算哪门子最深处的秘密？

"我听见张弛这么叫他的，行了吧？"

陈韵吉一愣："那你为什么不早点告诉我？"

"早点说的话，怎么引你来我家学习？"程北茉用笔尖点了点练习册，"快点，先把这几道三角函数的题做了。"

"我们这么多年的朋友，你居然算计我，想让我偷偷学习？"

心机够深！

程北茉挑了挑眉："没错！"

陈韵吉绝望地往程北茉的床上一躺，正准备施展演技，"咣"的一声，砸得后脑勺生疼。

"等你拿了两万块的奖金，把这张床换了吧，简直是凶器啊。"陈韵吉吃痛，摸着自己的后脑勺说。

程北茉的床是张一米五的硬板床，木工师傅打的，没有床垫。褥子厚了上火，薄了又硌得慌。

有了两万块的奖金，大学的学费就不用愁了，应该还有余裕换掉这张床。

可那两万块，她到底能拿到吗？

一时间，房间陷入沉默，两人心思各异，一个在桌前用笔抵着下巴，一个枕着双臂歪在床上。

陈韵吉盯着天花板,忽然问:"你说,裴颂在开学典礼上会说什么啊?"

"他说什么也没人在意吧。"程北茱笑笑。

那张俊脸往台上一杵,就足够有讨论度了,至于他说什么,大家大概率是听不进去的。

"也是。"陈韵吉表示赞同。

但她会错了意。

"反正咱们学校各种活动,除了运动会,其余的向来是走走过场,没有几个人会真的在意。"陈韵吉耸了耸肩,"好像上不上这个学,都没有几个人在意。"

程北茱半张着口,想说点什么,停了半晌,还是没说。

新的一周,大家都在期盼开学典礼。

因为开学典礼安排在下午,开完可以少上一节课,提前放学。

周三下午,八中全体师生齐聚操场。当开学典礼主持人报出裴颂的名字时,底下的人开始不安分了。

省重点的校草转学过来,是八中开学以来最轰动的新闻。

不少人只听说过裴颂,但没见到过。

没一睹校草"芳容"的,都颇为好奇。有人在下面怪叫,有人吹口哨,甚至有人喝倒彩。

下面瞬间乱成一团。

主持人反复让大家安静,最后教导主任站出来,才勉强维持场面。

教导主任气急败坏:"我们八中的学生现在连最基本的安静都做不到了吗?"

一片肃杀。

少年在喧嚣过后的肃静中走上台,精神利落,像一棵蓬勃生长的白杨,充满了生命力。

程北茱和几千人一起仰望着他。虽然看不清他脸上的表情,但身上那股桀骜的劲儿一清二楚。

裴颂沉沉道:"各位老师,各位同学,我是高二(3)班的裴颂。"

慵懒的音色透过广播扩音，反而显得沉稳，更有质感。

程北茉左手边是高一新生，脸被晒得黝黑，一看就是刚经过军训的洗礼，眼神却清澈而神往。

有个女生情不自禁地感叹："学长好帅啊……"

"校草果然实至名归。"

"你这手机只能放大到这样吗，都拍不清脸。"

……

周围一波一波的感叹声跟裴颂的声音交织在一起，程北茉只能听得断断续续。

果然，只要那张俊脸站在台上，说什么就变得不再重要。

裴颂的演讲中规中矩，符合流程，就在大家准备鼓掌时，他轻轻调整了一下面前的麦克风。

"接下来，我想说点别的。"

这显然是裴颂的临时起意。

底下发出小小的骚动。

程北茉回头，只见队伍最后的老闰神情紧张，头上已经冒出细细密密的汗珠。

"很多人提起我们时，总会说八中的学生怎样怎样，我不是很认同。"裴颂顿了顿，语气正经起来，"八中只是学校的名称，而不是一种学生的标签。"

这话直指教导主任，底下有人发出爆笑，有人拍手叫好。

场面一时间无法控制，而教导主任铁青着脸，也没有再站出来维持秩序。

"分享我最近看到的一句话——我们也许总会被踢倒，但没人甘愿被踢烂。无论我们是怎样来到的八中，都不应该成为一种标签，也不应该被外界标签定义。我想说，八中的学生跟其他任何学校的学生一样。这学期我转学到八中，来之前，我告诉过我的朋友，我在这里会活得很精彩。来之后，我确实认识了足够优秀的人。我也真心希望作为校友、同学的你们，也能有这样的信心。"

他朝高二（1）班的方向看过来，程北茉一愣，呆呆地望着台上。

底下人都笑了，这次，是会心的笑。

这次骚动过后，安静得很快。

"最后，我想送大家一句话——"

底下的人屏息凝神，注视着台上的少年。

"坚信世界精彩，绽放人生热爱。"

整个操场两千多人，瞬间都愣住了，片刻安静过后，爆发出雷鸣般的掌声。

说完感谢，裴颂离开，留下一个宽阔的身影，肩背硬朗，脚下生风。

那个少年，在此刻，光芒万丈，酷得像风，野得像狗。

第三章

/ 私心 /

PUTONGPUTONG

程北茉仰着下巴，久久地盯着裴颂潇潇洒洒的身影。

今天的裴颂仍旧是那副慵懒的姿态，却又有一点不一样。

看得她有些动容。勇敢、包容，实在是看似普通却难得的品质。

这次开学典礼因为裴颂的演讲，气氛跟往常完全不同。结束的时候，没有人高喊"放学了"，大家反而都有序安静地离开了操场。

刚才在队伍里没法交流，典礼一结束，陈韵吉就从她们班蹿了过来，特别兴奋地搂住程北茉："你刚才看没看见，教导主任的脸都成青色了！"

程北茉淡淡地笑了一下："老闫吓得发型都乱了。"

多少发胶都抵不过老闫今天为裴颂捏的冷汗。

陈韵吉感叹道："'坚信世界精彩，绽放人生热爱'，这句话干脆做成横幅贴出来得了。啧啧，校草临时发挥太厉害了，他这次算是在全校打开知名度了。"

程北茉看她一眼，不大明白："他转来的时候不就已经有知名度了吗？"

"之前大家对他都是猜测，不了解他，今天才一睹他的真容！"

程北茉没讲话。

裴颂到底是怎样一个人，她到现在也不是很了解。每每她觉得自己了解他一点后，他总会亲自打破她已有的印象。今天让人震撼的演讲过后，她又看不清了。

陈韵吉看了眼手机："有人把校草演讲的视频发到我们班群里了，你要吗，我转发给你。"

程北茉哭笑不得，她打开微信，发现一班群里也有人发了那段珍贵影像。

班里同学纷纷在群里刷：【谢谢菩萨！】

放学回家的时间还早，程北茉和陈韵吉先去面馆晃了一圈。

方丽珍像是专门在等她们似的，大老远就在门口的台阶上招手。

程北茉往店里看了一眼："妈，今天不忙吗？"

"不忙。"方丽珍笑盈盈的，"把书包放下，你爸说要请你吃大餐。"

程北茉诧异，抬了一边眉毛："大餐，什么大餐？"

"你考了第一，我们总得表示表示。"爸爸程勇从内厨探了个头出来。

"模拟考而已……"程北茉试图商量，"要不在今天的面里多加两只虾？"

"那哪成？"程勇擦了擦额前的汗，"模拟考的第一就不是第一了？"

陈韵吉双眼放光："能带上我吗？我自费！"

旁边五金店丁零咣啷一阵响，陈展翔从里面出来："人家考第一吃大餐，你跟着凑什么热闹？"

陈韵吉理直气壮道："我要跟着年级第一熏陶熏陶啊。"

陈展翔本想说"熏陶这么多年了，成绩不还是这样吗"，但最终是没忍心说出口。看陈韵吉是真的想去，他便往她手里塞了张纸币，又低声叮嘱了两句。

程勇瞧见，急了："干吗啊老陈？"

"不都说了嘛，我们家闺女自费去熏陶。"陈展翔大刺刺地摆摆手，"别跟我再念叨了，平时我们爷俩可没少吃你们家的面。"

方丽珍跟着说："街坊邻居的，平时吃饭也就是添双筷子的事。"

程家从来没要过陈家父女俩的饭钱，可每当面馆里有什么出了问题，老陈一声不吭拎着工具箱就过来了。

"这顿饭你们请茉茉，我请我们家陈韵吉，就这么定了。"陈展翔一锤定音，钻进店里，留下个宽厚的背影，"去了好好给我熏陶！"

程勇带着程北茉和陈韵吉去了一家自助餐厅。

陈韵吉刚到，就迫不及待地去拿餐，程勇和程北茉都回到桌前了，她还在餐台之间游走。

"爸，破费了。"程北茉对程勇说。

程勇笑了笑："考了年级第一，总不能还让你吃自己家的面吧。"

"咱家的面挺好吃的。"程北茉往嘴里塞了块小糕点，"等我高考完拿到奖金，也请你和妈妈吃大餐。"

"祝贺你这么优秀，爸知道你学习辛苦，你现在已经做得特别好了，压力别太大。"程勇举杯，"我跟你妈再怎么样，也还有这一手开面馆的本事，供你读大学还是供得起的。"

程北茉中考失利，跟重点高中擦肩而过，程勇一直觉得很对不起她。

程北茉也跟着举起饮料杯，跟程勇碰了一下杯："谢谢爸。"

陈韵吉端着两个满满当当的盘子冲过来："等等我，我也要感谢，谢谢叔叔带上我！"

他们的位子在窗边，正好能看到街对面的一家叫碧清泉的温泉酒店。外立面金碧辉煌，看上去财大气粗的。

陈韵吉用手肘搡了搡程北茉："你知道这家酒店吗？"

程北茉摇头。

陈韵吉压低声音："知道吗？听说这酒店里有特殊服务。"

"真的假的？"程北茉嘴巴张成"〇"形，"谁告诉你的？"

"朱倩茹啊，还能有谁。"陈韵吉一口吞了个生蚝，"这家酒店是去年才翻新的，之前就是个洗浴城……"

这些话被程勇听到，他敲了敲程北茉的头："小孩子别整天听一些乱七八糟的，那旁边还有个书店呢，你们怎么就看不见？"

陈韵吉吐了吐舌头。

程北茉平移视线，找了一会儿，这才看到书店的门脸。

书店的门窗都小小的，里面透出暖橘色的灯光，像是灯红酒绿的城市中，通往另一个世界的门。

程北茉眯着眼，看到书店的窗边好像有可以看书的桌子。

"别眯着眼睛看，眼睛都看坏了，先吃饭。"程勇轻轻敲了敲程北茉的头，"想去的话，一会儿去书店逛逛。"

程北茉笑了一下："好。"

吃完饭，程勇先赶回店里，程北茉和陈韵吉一起去书店。

过马路的时候，程北茉抬头看了看，眼前的景象比吃饭时候看到的更有冲击力。

她盯着书店："这家书店为什么要选在这儿呢？"

天色擦黑，洗浴城外立面的装饰灯一下子全都亮了，亮得晃眼，挺壮观，也挺……费电的。

对比之下，书店就更像隐身了一样。

"大俗即大雅呗。"陈韵吉信口胡诌。

走进书店的瞬间，外面的世界好像瞬间被收束在身后。

书店不大，人也不多，所以很安静。灯光温馨，装修舒服，窗边的位子还空了几个。

陈韵吉环视四周，用气音跟程北茉说："这书店装修好棒，弄得我都想学习了。"

程北茉提议："周末来这里自习怎么样？"

陈韵吉无奈道："我只是想学习，没有说真的要学习……"

程北茉看了她一秒，她立刻改口："好吧好吧，来来来。"

说实话，她是真的挺怕程北茉盯着她的，那双看上去干净清澈的眸子锋利着呢。

陈韵吉先去拿了本漫画，在窗边的桌子旁坐下。

程北茉在书店里慢慢悠悠晃了一圈，才拿了本小说出来。

这时候陈韵吉已经对着漫画笑疯了。

程北茉坐下的时候往窗外瞥了一眼。

窗边位置的视线范围有限，但窗外停了辆摩托车，摩托车的后视镜正好朝着温泉酒店大门的方向。

镜面里人来人往，书店外喧嚣热闹的世界倒映在这小小的凸面镜里。

程北茉觉得有趣，就多看了一会儿。

说来也巧，这片刻的视线停留，让她在后视镜中捕捉到一个熟悉的身影。

裴颂没穿校服，黑T恤黑裤子，头上还戴了顶黑色棒球帽，从酒店的正门出来，一步一步地走下台阶。

程北茉动作一僵。

其实后视镜里的人和事物都挺小的，可不知为什么，她就是一眼认出了裴颂。

可能是因为他懒散的走路姿势吧。

干吗还戴顶帽子，怕被人认出来？他这是……

一时间，程北茉心里翻江倒海。开学典礼上五好青年的样子还在各个群里疯狂转发，才几个小时而已，怎么就从这种酒店里出来了？

走了几秒神，再看过去时，裴颂已经不见了。

程北茉心生强烈的好奇心，想看看裴颂到底在干什么。

"我去趟卫生间。"她跟陈韵吉说。

她出了书店，往前走了一段，环顾四周。

天色已暗，人来人往，实在是不好找。

在酒店四周徘徊了几分钟，突然间，她头上重重的、热热的，像是有人的手掌覆下来一般。

她回过神来才发现，头上被扣了顶帽子，而裴颂就站在她面前，手指还松松地握着帽檐。

而她像是被封印了一般。

他是怎么绕到她眼前，还完全没让她察觉的？

她对上裴颂的眸子，那里面看不出任何情绪，如同平静的湖面，倒映着她的不知所措。

一身黑衬得他皮肤越发白，冷峻感毕现。

"今天演讲很棒。"她挑起一个话题。

没想到裴颂压根就不接她的茬，他松开手，幽幽地问了句："在这儿干吗呢？"

程北茉心跳得咚咚响，但她尽量维持镇定，让自己看起来不像是被抓包了。

"那个……"她想拿出个合理的理由，大脑却一片空白，便从一堆思绪中随便抓了条出来，"我听说这里面有特殊服务。"

裴颂一脸"你要不要听听你在说啥"的表情。

程北茉担心自己说得还不够真，又加了句："我就是想来开开眼。"

裴颂抬眉毛，心说还开眼，她可真行。

这一身校服怕是不够扎眼的。

裴颂双手松松地抄着口袋，一本正经跟她开玩笑："真要进去？我带你？"

没想到程北茉还真敢接："怎么，你有门路还是 VIP？"

裴颂不动声色地"嗯"了一声："我在里面打工。"

打工……他还真敢说。

他们俩之间的对话，拼的就是个艺高人胆大，他敢编，她就敢接。仿佛谁先认尿，谁就输了。

程北茉看他面不改色，便反问："真的？你？"

裴颂缓缓地挑起一边眉，毫无顾忌地看着她："什么意思，你觉得我不像？"

程北茉上下打量了几个来回，是有几分姿色。他这张俊脸被一身黑衬托得更有少年气，确实比穿校服还要惊艳。

她不想落了下风，耸了耸肩说："没什么像不像的，你自己身体受得了就行。"

裴颂无语地看了她一眼。

如果跟他对话的是张弛，那他肯定火力全开不留情，毕竟比浑，他还没遇过对手。

可对面是程北茉，他望着她那张一尘不染的脸，自顾自笑了笑，把话咽了下去。

几个回合过后，程北茉心跳终于归于平静，面色如常地看向别处："开个玩笑，你怎么还当真了。"

夜幕之下，两个人相对而立，身侧是流光溢彩的霓虹灯和来来往往的行人。对了，她头上还戴着裴颂的帽子。

晚风拂过，裴颂这身打扮，跟在学校时像是变了一个人似的，下午站在台上少年英气，现在又带了点野性。

这个场景过于偶像剧，平添了几分暧昧，像恋人之间的亲密把戏。

程北茉摘下裴颂的帽子，递还给他。

他接过来，看了她一眼，随口说："头发乱了。"

帽子跟头发摩擦，程北茉的碎发确实被静电弄得飘起来几根。

说完，他低头弹了弹帽子。这是他每次戴帽子前的一个习惯动作。

程北茉却以为他在弹灰。

咋了，怕她有头皮屑？

她说："我头发干净着呢。"

"习惯动作。"裴颂停下手上动作，把帽子戴好，抬眼问她，"说认真的，你怎么在这儿？"

程北茉心想，你不是也在这儿嘛。

"今天放学早。"她指了指对面的自助餐厅，"跟朋友在对面吃了个饭。"

裴颂一听朋友，心里便想着又是杜杨，本觉得不关自己事的，不知怎的顺口又问了句："八班那个？"

程北茉摇头："八班？不是，五班那个女生，陈韵吉。"

裴颂见过陈韵吉好几面了，只是没有正式互相认识过，印象中那个女生总是黏着程北茉。

"哦。"裴颂四下看了看，优哉游哉地问，"所以，她人呢？"

"刚才我们还在一起的。"程北茉也四处张望。

程北茉看裴颂不急着走，只能硬着头皮掏出手机，给陈韵吉拨了个电话。

电话接通后，她问："你去哪儿了？"

陈韵吉不解："你失忆啦？"

她自顾自地演："我找不到你人了……这附近只有酒店，哪儿有书店啊……哦哦，我看到了，马上进来。"

装模作样地演完，程北茉指了指书店的方向："她在书店。"

就在这时，裴颂的手机响了。

但他没接，手伸进口袋挂断了。

怕裴颂不信，程北茉又问："她说她就在靠窗的位子，你要一起过去打个招呼吗？"

神情恳切而真诚。

"我很闲吗？"裴颂轻笑一声。

程北茉心想，在学校的时候人模狗样，放了学去温泉酒店，还不闲吗？爱去不去。

"那我走了。"

"嗯。"裴颂点点头，又叫住她，"大晚上的，别自己到处找刺激。"

程北茉答应得好好的："行，下次再来，我就报你名字，没准按员工价给我打折呢。"

裴颂无语。

程北茉刚走，裴颂的手机又响了起来。

他的视线跟着程北茉的背影走进书店，才有空看手机，是张弛。

他一手抄口袋，一手接电话，懒懒地"喂"了一声。

张弛难得正经："狗，你刚才怎么没接我电话？"

"按错了。"

"哦，那个……"张弛听不出裴颂的情绪，欲言又止，"你去了吗？"

"没。"裴颂知道他不好意思直接说，便自己主动提起，"照片上不是我爸。"

片刻静默后，只听听筒那边的人长出一口气，张弛又恢复了活力："这不是好事吗？要真是你爸还了得？"

裴颂干笑一声，没说话。

张弛又开始了话痨模式："吓死我了，我姐给我发来照片的时候，我真不知道该不该给你发，你又不回我信息又不接电话，我还以为你想不开了……"

碧清泉温泉酒店是张弛家的新产业，去年才开始营业的，朋友们都调侃张弛家开了一澡堂子，张弛还自我调侃"沐浴之子"。虽然都这么调侃，但张弛家境殷实，是名副其实的富二代。他知道，自己一毕业就会被父母"发射"到国外，到时间再召唤回来接管自家产业。

张弛的姐姐张琰就走的这条路。张琰比张弛大六岁，张弛和裴颂还是两个狗都嫌的小屁孩时，她总跟他们一起玩。她去年前脚刚从国外回来，后脚就进碧清泉当经理了。

下午早些时候，酒店某层的消防栓玻璃碎了，张琰在查监控的时候，扫见监控里一个中年男人，身形有点像裴颂的父亲裴文远。重点是，那男人的胳膊被一个年轻女人挽着，两人像是一对。

张琰只见过裴颂父亲一面，监控画面模糊，那男人又始终没露正面，张琰只拍了张照片，让张弛发给裴颂自行辨认。

"瞧你那点出息。"裴颂扯出一声突兀的笑，"你姐不是能查到入住信息吗，她一查不就知道了？"

张弛说不是那么回事："那里面客人多得很，住酒店的、泡汤的、吃饭的都有，只有住宿的会登记身份信息，其他人查不出来的。"

"知道了。"裴颂沉沉地回了一句。

"这下放心了吧。"张弛转了话题，"对了狗，你家晚上有人吗？"

裴颂问："要干吗？"

"想你了。"张弛贱兮兮地说，"去你家睡一晚行吗？"

裴颂懒洋洋地戳穿他："游戏机又被锁了？"

"什么都瞒不过你。"张弛憨憨笑了笑，这才吐露实话，"我妈说高考之前别想再摸到。求你了，狗，让哥们玩一会儿，就一会儿。"

"行，你来吧。"挂电话前，裴颂想了想，问了句，"对了，你们家酒店有那种服务吗？"

"哪种服务？"

"就那种……特殊服务。"

张弛差点一口水喷出来："你听谁说的？"

"别管这个，你就说有没有吧。"

"有什么有，我们哪敢弄乱七八糟的？现在严得很！你去里面洗一次就知道了！"

裴颂："……别激动。"

"这儿以前是个洗浴城，可能沾点那个，被查了，老板也被抓了。不过我爸接手的时候，从里到外重装了一遍，现在绝对是正规经营。上到九十九，下到刚会走，去里面随便泡，绝对没有乱七八糟的！没有！"

张弛长篇大论一顿输出，只是他说了那么多，就是听不见手机那头出声。他以为裴颂挂了，拿开手机看了眼屏幕，只见通话时长还在一秒一秒地跳动。

晚风轻起。

裴颂正点开张弛的对话框，快速滑过几十条文字消息，重新点开那张模糊的照片。

那熟悉的背影，那身熟悉的西装，就算像素再低，他也能一眼认出来。

不是裴文远还能是谁？

"狗，你还在听吗？"张弛遥远的声音从听筒里传出，把他拉回现实。

裴颂沙哑地"嗯"了一声："一会儿见。"

陈韵吉觉得程北茉从外面回来后就不大对劲。

"茉茉，茉茉。"她小声叫程北茉。

程北茉本来在发呆，猛地回过神来，抬头看了一眼："怎么了？"

陈韵吉不无担忧地说："你看扉页已经五分钟了。"

这话以前都是程北茉对她说的。她一看课本就犯困，就算不困也会走神。

程北茉手上那本书的扉页一共不到三十个字。

陈韵吉放下手里的漫画："茉茉，你刚才真是去卫生间了吗？"

"是啊。"

陈韵吉接着试探："没遇到坏人什么的？"

程北茉心想，遇到温泉酒店的打工仔了。想着想着，她又被那段荒唐的对话逗笑了。

陈韵吉始终觉得，程北茉在电话里说的那堆奇怪的话，是某种暗号，她当下就脑补出了程北茉逃离坏人魔爪的画面。她已经按了110，就差拨出去的时候，程北茉回来了。

"茉茉，你不要怕，我可以陪你去报警。"

"报什么警，真没事。"程北茉哭笑不得。

"那你的头发怎么乱得跟鸡窝一样？"

"静电，太干燥了。"程北茉拨了拨头发，想到裴颂看着她说的那句"头发乱了"，又想到少年那深不见底的眼，心尖忍不住颤了一下。

这人随便一句话都像是在撩人。

"不早了，我们回去吧。"陈韵吉还是不放心，起身准备还书，"下次再来的话，还是把杜杨带上，他还能当我们的保镖。"

程北茉点点头，忍不住又往外面看了一眼。

早已不见裴颂的身影。

她们走到外面时，看着碧清泉巨大的招牌，她问陈韵吉："对了，朱倩茹说这酒店有特殊服务，她怎么知道的？她亲眼见过？"

陈韵吉不知道程北茉提起这事做什么："应该没有吧，她只是八卦，不至于以身涉险。"

"哦，那就有可能是假的咯？"程北茉瞥一眼门头，"我看挺正规的。"

"应该不会吧。"陈韵吉对朱倩茹深信不疑，"你看看她最近从网友那儿套来的校草的秘密，全是真的。"

程北茉心想那些都算什么秘密，裴颂的外号叫"狗"、裴颂篮球打得一绝，这稍微打听一下都知道好吗？

陈韵吉警觉地瞟了她一眼："你干吗突然问起这个？"

"没什么。"

不知怎的，她突然生出一点私心。不管裴颂是去那家酒店里做了什么，哪怕他真在里面打工呢，她就是不想让别人知道。

裴颂打车回了老房子。

裴颂家在京江公馆有一套二百多平方米的大平层，但他不喜欢去那个家住。裴文远和赵旻在家的时间很少，冷冰冰的，空荡荡的。

他喜欢在老房子里待着。

老房子是从前的姥姥家。他是姥姥带大的，姥姥去世后，他大部分时间仍然在这里度过。

赵旻三番五次地让他去新家住，都被他以上学不方便为由拒绝了。

张弛熟门熟路地进来，说："你们外面怎么围起来了？要施工？"

"嗯。"裴颂给他扔了双拖鞋，"听说是老社区改造。"

"那你们家这房子肯定又升值。"张弛踩上拖鞋，环顾四周，啧啧两声，"主城区，低密，洋房，装修还保持得好。小区环境再一改造，房价噌噌地涨。"

"你不干房产中介都屈才了。"裴颂笑骂了一声，起身接了杯水，咕咚咕咚灌下去，"再好也没你们家独栋别墅好。"

"独栋别墅住着不也没自由嘛。"张弛笑了声，"都是围墙，围墙。"

什么围墙。他想说的是围城吧。

裴颂为他的文盲兄弟摇了摇头，说："这房要是卖了，那我成什么了。"

"也是，这里边都是你的回忆。"张弛边应和着，边从书包里掏出几张游戏盘，"玩哪个？"

"你自己玩吧，我一会儿要看书。"

"人跟人的差距，怎么比人跟狗的差距都大。"张弛长长地感叹了一声，意识到这句话好像不大对劲，又找补了句，"狗，我不是那个意思。我是说，我一点人身自由都没有，就差被我妈绑在椅子上学习了，而你呢正好相反，这么自由，还这么自律。"

真正的自由真的是怎么爽怎么来吗？真正的自由从来都要经历痛苦。

但这些道理，张弛未必听得进去。裴颂摇了摇头，说了句"就知道你嘴里吐不出象牙"就钻进厨房了。

"今天朋友圈都在疯转你的演讲视频，狗你真的太帅了。"张弛闻声跟过来，看见泡面，似是有些诧异，"你吃这个？"

裴颂撕调料包装的手停下："怎么，豪门阔少觉得我可怜了？"

"少来你。"张弛用手肘搡了裴颂一下，"能给我也泡一碗不，在家我妈都不让我吃这个。"

裴颂打开橱柜，又拿了一盒泡面出来，停下想了想："要不，煮一下？"

"你问我干吗……"张弛挠了挠头皮，"我连火都不会开。"

裴颂长期一个人住，会做的饭样数不多，不过味道上都还过得去。

张弛靠着厨房门，看裴颂忙着烧水煮面，啧啧两声："你说你爸妈，也真挺有意思的，你又不是捡来的，走了回来了根本不说一声。"

"卡别给我停了就行。"裴颂熟练地往锅里磕了两个鸡蛋。

过了会儿，裴颂端着一碗泡面走进书房。

刚才张弛这厮看困了，离开了厨房，正以一个极其舒服的姿势躺在懒人沙发上。

裴颂家的老房子是简洁的原木风格装修，即使几十年过去看上去也不过时，书房也不例外。

书房有一整面墙的书柜，上面满满当当都是书；另一面墙是大电视，连着各种游戏机；剩下一面墙是个置物架，放他的摄影设备和各种作品。

张弛觉得裴颂有种近乎变态的执着，任何事，只有他愿不愿意做的区别，就没有做不成、做不好的问题。

比如这一架子的乐高。

乐高张弛也玩，但也就是照着说明书拼一拼。可裴颂不一样。

裴颂房间里最猛的一件乐高成品，是照着他这间书房拼的，裴颂自己用建模软件出了图纸，又用了一个暑假的时间拼完。书墙、游戏区、置物架，几乎所有物件都进行了还原。

当初张弛见到成品的第一眼，差点给他跪下。

遗憾的是，裴颂至今都没让他摸过一次。

这里简直是张弛的梦中情房，他看见裴颂就说："狗，你这书房我每次来都要感叹一声太牛了。"

裴颂端着碗，懒懒散散地倚在门口："钱堆的。"

"不不不，光用钱堆不出这种才华横溢的质感。"张弛的彩虹屁都快要吹上天了。

"还吃不吃了？"

"吃，吃。"张弛接过碗，下一秒，就被震惊了。

这是什么豪华版泡面？里面加了开过背的虾、煎过的午餐肉、鸡蛋和菠菜，摆盘还特讲究。

这一碗三四块的泡面瞬间有了三四十块的卖相。

"德行，话那么多。"裴颂笑了一下，"你是客人，能让你只吃一碗泡面吗？"

张弛感动得都快落泪了："别说了，我都想嫁给你了。"

"别，我嫌恶心。"裴颂转身往外走。

再回来时，张弛正对着泡面碗拍照，换着角度咔嚓。

裴颂问了句："你干吗？"

"发朋友圈啊，这一碗热腾腾的爱心泡面不值得发一条朋友圈吗？"

张弛站起来，用广角镜头对着房间又是一张。

"发归发，别提我。"裴颂吃了口面。

"怎么，怕我给你招桃花？"张弛嬉皮笑脸的。

裴颂闷头"嗯"了一声。

"你来给我拍一张。"张弛翻了翻自己拍的照片，张张都糟糕，一点美感和食欲都没有，于是向裴颂招手，"我端这碗面，你给我拍，拍帅点。"

裴颂却说："你知道我从来不拍人的。"

张弛忍住没翻白眼，他咬了咬后槽牙，现在有求于人，先忍一忍。

过了会儿，裴颂实在受不了张弛的星星眼，抢过手机拍了几张，又捧着手机捣鼓了一会儿，才还给张弛。

"狗，你真厉害啊，果然一下子就不一样了。"张弛兴奋道，"怎么搞的？"

"都是你刚才拍的，你不认识了？"裴颂松松垮垮地盘腿坐在地毯上，"给你下载了个调色的APP，再丑的照片，一裁、一加滤镜，都难看不起来。"

张弛把照片放大又缩小："真的？我那些废片也能拯救成这样？"

"逗你的，这都是我拍的，你拍的那几张根本救不了。"裴颂平静地说。

裴颂总是用最英俊的脸和最平静的语气说出最欠揍的话。

不管怎么着，照片是有了。张弛悄无声息地发了朋友圈，不到两分钟，就收获了将近十条评论。

基本都是女生，基本都只回了同一句话——"肯定是裴颂吧"。

张弛不满地嚷嚷："怎么评论全是关于你的。"

裴颂心说让你别提，你非要提。朋友圈倒是没提裴颂的名字，文案配的却是"猜猜是哪位大师指导的"。

张弛真真是掌握了流量密码。

在朋友圈评论区蹦跶了一会儿，张弛沉默了。

他曾经看过一句话，他一直印象深刻。

——"爱情花儿，不停落下，有人一生应接不暇，有人终生漏接。"

他真怀疑自己站得离裴颂太近，站在了老天爷的盲区里。

为什么狗就应接不暇，他就一次也接不着呢？

过了会儿，张弛把手机撑到裴颂眼前："戴思私聊问我是不是跟你在一起，还说给你发的消息你都没回，我要怎么跟她说？"

裴颂头都没抬："随便。"

"搞得我跟你们俩的传话筒似的。"

裴颂没讲话。

"那我真的随便回了。"张弛装作在打字，"裴、颂、其、实、很、想、你……"

裴颂飞了一记眼风过来："想死是吗？"

"你不是让我随便回嘛。"张弛开玩笑也有分寸，看裴颂是真不想听戴思的消息，便放下手机，"好吧好吧，我不回就是。"

夜色渐深，房间里热气腾腾。

吃到一半的时候，张弛的手机又响了两次。他心不在焉地往手机那边张望，泡面都快送到鼻孔里了。

裴颂瞧见他魂不守舍的样子，便说："想看就看吧。"

张弛拿起手机，打了一会儿字，终于抬起头问："你真能忍住不回戴思消息？"

张弛当然是不喜欢戴思的，但戴思如果发消息给他，他一定做不到视而不见。

毕竟戴思是真的美，一中公认的校花，无论是同学还是老师，对她都有一种天然的好感，没人能拒绝戴思，除了裴颂这条狗。

"嗯。"裴颂点点头，"消息免打扰了。"

他没拉黑戴思，毕竟曾经是同学，他们之间也并没有什么大的误会，他不想太绝情冷血。

张弛默默给他竖了个大拇指，他可真行。

看裴颂一副油盐不进的样子，张弛就想找点事。

他摸着下巴琢磨了一会儿，试探道："那，小茉莉呢？"

裴颂愣了一下，问："她怎么了？"

"她的消息你回吗？"

"没怎么聊过。"裴颂说。

自从跟程北茉加上好友，他们只说了不到十句话，后来再没联系过。

程北茉的头像早就被挤出屏幕，看不见了。

"我同桌的初中同学的表妹刚才说……"

裴颂听得有点晕，打断问："谁？"

"我同桌的初中同学的表妹啊，我不是跟你说过嘛，她在八中。"

"这么复杂的关系？"

"说复杂也复杂，说简单也简单。简单来说，就是网友。"张弛让他别打岔，"这人真是个八卦基站，什么都知道。我从她那儿套了不少料，我觉得你有必要听一下。"

"没兴趣。"裴颂起身要走。

"别啊，跟小茉莉有关！"张弛哎哎几声叫住他，"我觉得对你来说是好消息。"

裴颂悠悠地看了张弛一眼："我就想知道，你得到这些情报，卖了我多少信息？"

"你把我想成什么人了，涉及隐私的我肯定不会说。"张弛拍着胸脯信誓旦旦，"怎么样，要听吗？"

说到这里，张弛戛然而止了。

过了十几秒，还不见他开口，裴颂忍不住抬眼，发现这小子正贼贼地盯着自己笑。

张弛心想，刚不是还说没兴趣嘛，这么快就忍不住了。

裴颂脸色冷冷的，回了句："有屁快放。"

张弛酝酿一番，说："你知道吗？咱们在书店碰见小茉莉的时候，她跟一男生在一起，那男生跟咱们一样大，是她发小。"

裴颂眉头一动，很快隐去这一微表情，换上"这算什么新闻"的脸色。

裴颂懒得听他把一件事扯得又臭又长："说重点。"

"我们不是以为她喜欢她那发小吗？其实根本不是那么回事，她有一男一女两个发小，他们三个一起长大的，另外两个好像互相有点意思，中间没小茉莉什么事。"

"哦。"

"哦？"张弛意外，"多么振奋人心的消息，你就只是'哦'？"

"不然呢？"

张弛比他还急："这不是个很重要的情报吗？"

"什么情报不情报的。"裴颂随手拿了一本杂志，"你很闲？马上月考了。"

"你们八中月考考《大众摄影》？"张弛扫了一眼杂志封皮，"这不是跟小茉莉第一次遇见那天，你买的杂志吗？"

裴颂蹙眉："你有病吧？"

张弛连游戏都没心思打了，掏出手机准备发消息："我这就跟她说，你一直忘不掉……"

裴颂被他问得心烦，"啪"的一声合上杂志："人家说过，别再给她发消息了。"

"她亲口说的？"

"不然呢？"

张弛手上的动作愣了愣："这么冷酷无情？"

裴颂伸了个懒腰，顺手在张弛头上敲了敲："你以为呢？人家比你清醒，知道学习重要。"

"女孩说话都是反的。"张弛换了个角度分析道。

那一瞬间，裴颂就差给张弛鼓掌了。

这人真是把精神胜利法玩明白了。

裴颂若有所思地点点头："我懂了，那些看见你就跑的女生，都说的是反话。"

说话就说话，别往人身上插刀子。

张弛急了："狗，我这不是为你想吗？你刚到八中，人生地不熟的，我得把你托付给一个可靠的人，不然我寝食难安。"

裴颂懒懒地笑了声，这个张弛，什么鬼话都讲得出来。

"跟小茉莉发展发展怎么了，做朋友总行吧？你演讲时候的那劲头呢？绽放人生热爱，你倒是绽放啊。"张弛慷慨激昂，"她冷酷无情，不代表你也一样。你们俩不是加了好友吗，多发发朋友圈，只对她一人可见，你这摄影作品，这一屋子书，你的乐高，你的帅脸，你的腹肌，哪个不能发？"

越说越离谱了，这是发朋友圈还是发骚？

"你别不信，你只管发，看她点不点赞！"张弛振振有词。

裴颂掀起眼皮，懒懒回了句："要你教？"

"说得好像你比我有经验似的。"张弛来劲了，"你就给她发消息，说有话要跟她说，然后什么都不说，她肯定一晚上睡不着。"

裴颂收到过的信，大概跟张弛送出去的差不多。

"就你那些失败经验？"裴颂反问他，"你用过管用吗？"

张弛不好意思地摸了摸后脑勺，他用这法子，一般的结局只有两种，被骂，或者被拉黑。

可是裴颂就不一样了，他可是裴颂啊！

裴颂兜头脱下T恤，准备去洗澡。

见裴颂无动于衷，张弛又改用激将法："你要是不发我可发了，我那朋友说，小茉莉是八中校花呢，谁不想跟校花做朋友呢。"

裴颂连头都没回，留下一句："她也得看得上你。"

睡觉前，程北茉刷到裴颂发的一条朋友圈。

加了裴颂好友这么些天，她好像第一次见裴颂发朋友圈。

只有一张照片，没有配文。

照片上是一扇看起来颇有年代感的窗户，外面是大片的晚霞。云层和夕阳层层晕染过渡，变幻色彩，不得不说大自然才是最绝妙的艺术家。

取景的人极聪明，浓艳的色彩被框在一方窗户里，岁月静好里藏着波澜壮阔，像透过画框欣赏大师的作品。

听说裴颂拍照厉害，看来还真是。

程北茉给裴颂点了个赞。

几分钟后，手机响了。

PS：【安全到家了？】

久违的头像突然回到对话框的最上方。

都过几个小时了，现在问这个，是不是有点太晚了。

MOMO：【到了，你呢？】

PS：【没有，还在温泉酒店上夜班。】

程北茉心想，这个梗过不去了是吗？

回的消息却依旧在接梗：【……那你注意身体。】

过了会儿，程北茉见他不回，以为玩笑开过了，便重起了个话题：【看到你的头像总感觉在提醒我些什么。】

没想到，发出去的瞬间，裴颂那边同时发来一条：【对了，跟你说个事。】

程北茉撤回刚才那条消息，重新发：【嗯，你说。】

她盯着对话框最顶端的"对方正在输入"，突然眼前一闪，裴颂把"关你PS"的头像换掉了，换成了一条涂鸦的，小小的狗。怪可爱的。

程北茉的心突突跳了两下。

等了半天，只见输入，不见消息。

写作文呢？

PS：【算了，明天见面再说。早点睡。】

程北茉彻底睡不着了。

这人到底想干吗啊？

第四章

/ 扑通 /

PUTONGPUTONG

"他绝对在撩你。"第二天一早，陈韵吉摸着下巴琢磨了一路，最后信誓旦旦地得出结论，"不然大晚上发那种消息干吗。"

程北茉头靠着公交车车窗上，眼底挂着淡淡的黑眼圈："撩我？他图什么。"

"图你是咱八中唯一的美女学霸啊。"陈韵吉捏了捏她光滑的脸颊。

正好这时，车上上来一对情侣，一前一后。

陈韵吉朝那对情侣努努嘴："羡慕吗？"

程北茉摇摇头："算了，我还是专心学习吧。"

"认识校草是多荣幸的事，你竟然无动于衷……"陈韵吉用手掌撑着下巴，"说实话，你对他什么感觉？"

程北茉摇摇头："没感觉。"

"没感觉？"

"就……觉得他挺帅的，算吗？"

"是个人都这么觉得，除非瞎了，或者审美有问题。"陈韵吉撇撇嘴，觉得没意思，"就没有那种，见到他就小鹿乱撞，扑通扑通的感觉？"

程北茉反问她："像你跟杜杨在一起那样吗？"

"说校草，扯我跟杜杨干吗！"陈韵吉跳脚，朝公交车后排努了努嘴，杜杨正坐在最后一排补眠，"他不是在后面嘛，你看我心跳吗？"

程北茉煞有介事地点点头："心不跳那是死了。"

陈韵吉被气得不轻。

到了学校，程北茉远远看见裴颂在三班门口，他正跟班里同学说话。

程北茉远远地看见裴颂，她想起前一晚他的欲言又止，想起他因为她一句话就换了头像。

她对他什么感觉，她也不知道。如果一点也不在意的话，为什么会下意识帮他保守秘密？

裴颂像是有感应似的，朝她的方向看过来。

程北茉下意识避开他的视线，匆匆走进教室。

回到座位上，她拍了拍自己的脑袋。

醒醒，程北茉。你缺钱，你要考好大学，你要拿八中的奖金。除此之外，任何事都要往后排一排。

上周闫国华在一班占用了一节体育课，这周在大家沸腾的怨气中还了回来，正好跟三班的体育课同时上。

体育课有半节自由活动时间，程北茉打了一会儿羽毛球，就爬上操场看台，跟班里其他女生坐在一起。

她们在讨论裴颂。

裴颂只穿了件短袖，时不时将衣服下摆卷上来擦汗，露出干净好看的身体线条。

"有帅哥看就是舒服！"

"怎么，有想法？先到法国排队吧。"

"就算排队人家也未必理吧，他不是个跩王嘛。"

"我听说他在一中风评也挺不好的，校花的家长都闹到学校了。"

"看着不像啊。"

……

程北茉没有参与讨论，只是盯着裴颂的身影发呆。

下课后，她发现自己手里还握着羽毛球拍，而负责还器材的同学已经走了。

她自己往器材室的方向走。

去器材室要穿过体育馆内部一条长长的走廊，走廊里弥漫着潮潮的、陈旧的味道。破碎的阳光透进来，灰尘在丁达尔效应之下飞舞。

程北茉还了羽毛球拍，回程的路上，跟裴颂遇见了。

裴颂正抬着三班的器材筐往里走。

四目相对，程北茉有点想逃。

但走廊很窄，她要侧个身，裴颂才能过去。

她正要跟裴颂打招呼，不承想裴颂先她开口："在等我？"

专门挑这种没人的地方，挺会啊。

程北茉心里懊悔，开口迟一秒，就落了下风。

"没有，还器材。"她仰头，下巴朝天，理直气壮地问，"你不是有话要说吗？"

"等我一下。"他指了指手边的东西，笑了一下，"急什么啊。"

程北茉微微皱了下眉头。

过了会儿，裴颂出来，边往外走边说："月考复习了吗？"

"准备十一假期复习。"程北茉跟他并排往外走，"你呢？"

裴颂耸了耸肩："我不用复习。"

"哦。"

裴颂突然用手拍了拍她的肩，说："月考加油。"

这句话原本足以让程北茉生气的，可他手掌的温度融化了那些情绪。

在破碎的阳光和阴影交错中，这个场景又青春又暧昧。

她木木地问："你要跟我说的是这个？"

"嗯，怎么了？"裴颂看了她一眼。

那眼睛里倒映着光影，灿烂而真诚。

她的心像是被小鸟啄了一下，若有若无，酥酥麻麻的。

程北茉看向别处："没什么，你还是担心担心你自己吧。"

她回教室是用跑的，跑得飞快。

她边跑边庆幸，还好只是让她"月考加油"，如果说点别的，她还不知道要怎么回应呢。

转念一想，可能是她受陈韵吉影响太大，这种影响让她放大了裴颂的言行，觉得他一举一动都有别的含义。

他们本来就没多熟。

只是，心里怎么有点空落落的。

全年级最重视月考的，大概只有程北茉了。

她认认真真制定了学习计划，国庆节假期，还拽着陈韵吉去了碧清泉旁边那家书店自习，把开学到现在的课程都复习了一遍。

考试是胸有成竹了，只是没再遇见裴颂。

月考安排在国庆假期后。

考场按上一次考试的名次排，名次越靠后考场楼层越高。

程北茉在一楼第一个考场的进门位子，开考前，她看到裴颂上楼的身影。

七百多名，应该是在四楼。

听陈韵吉说，后面的考场几乎都是一团乱，扔纸条的，吃东西的……干什么的都有，就是没人答题。

老师进门开始发卷子了她才回过神来，她替裴颂操什么心，人家维持七百多名可比她考第一容易多了！

考试分两天进行。

最后一门考试交卷前五分钟，她用余光看到裴颂从一楼卫生间里出来，又换上了那身黑衣黑裤，戴了帽子。

她心里有种不大好的预感。

她早就答完检查完考题，只等铃声了，看到裴颂的身影，她立刻起身交卷，把书包甩上肩膀跟了出去。

程北茉一出校门，就看见裴颂在路边打车。

这会儿大部队还没出来，她怕太扎眼，先躲进小卖部，看着裴颂上了车，才出来打车。

上车后，她对司机大叔说了句电视剧里才会出现的台词："跟上前面那辆车。"

司机大叔也特别配合："好嘞，坐稳了！"

平时她都是坐公交车，还没打过车，她盯着计价器，心里默念别跳太快别跳太快。

还好裴颂的目的地不远，十几分钟就到了。

程北茉下车，发现眼前是一家 KTV。

KTV 前的人行道停满了车，她躲在一辆车后，关注着裴颂的一举一动。

他怎么总在娱乐场所周围转悠？

不过他没进去，只是在 KTV 楼下站着，像是在等人。

过了会儿，她收到陈韵吉的消息：【你人呢？】

MOMO：【我先走了。】

阿吉：【不是约好了一起吃麻辣烫？】

程北茉一拍脑袋，她早就忘得一干二净了。

MOMO：【啊，对不起，我忘了。】

阿吉：【丢魂啦？那我跟朱倩茹去吃咯。】

MOMO：【嗯嗯。】

回完陈韵吉的消息，程北茉再抬头时，发觉她面前的车不知什么时候开走了。

而裴颂正靠在 KTV 门前的柱子上，优哉游哉地盯着她。

她下意识往旁边挪了一步，想躲到旁边那辆车后面，不料脚后跟处有个矮矮的水泥墩子，她整个人被水泥墩子绊住，身子倒了下去。

裴颂第一时间冲过来了，但没赶上。

程北茉坐起身，看到自己校服裤子被蹭破个口子，小腿也破皮渗血了，挺大一片。

摔倒的瞬间，她的大脑里是空白的，等回过神来，才感觉小腿火辣辣地疼。

裴颂蹲在她身边，看了看她的伤口，顺便问她："你跟踪我？"

"没有。"

"那怎么总是这么巧呢？"裴颂看她一眼，眼神锋利，似笑非笑。

程北茉心里承认，这次是有目的的跟踪，上次在温泉酒店真是偶然。

她也不怵："谁让你总来这种地方？身正不怕影子斜，你要是没做什么，也不怕被我碰见。"

没想到他笑了。

也不知是被气笑还是逗笑的。

他反问道："你觉得我是来干吗的？"

"你自己心里清楚。"

她心想，他如果做了什么违法乱纪的事，她这样算不算知情不报？都这样了，还要替他保密吗？

裴颂看她一副用脑过度的样子，就知道她指不定瞎想了些什么，也懒得管了，便垂目关心当下的要紧事："腿没事吧？"

"还行，应该没有生命危险。"

裴颂真是服了她了。

裴颂伸手，程北茉以为他要拉自己起来，便把手递给了他。

没想到他半天没握住她的手，眼神越过她，落在她肩上："书包。"

"哦。"

好尴尬。

她低头把书包摘下来，递给他。

裴颂把她的书包单肩背好，又朝她伸手。

看她不肯伸手，他说："我家就在前面，给你涂点药。"

程北茉没说话。

骗子，上次吃完饭，还说他家在另一个方向。

他半蹲着身子，扶她站起来，问："还能走吗？"

"能。"她试着走了一步，一瘸一拐的，"不用了，不方便，还是我自己回家。"

裴颂又说："那给你朋友打电话，让她来接你。"

程北茉摇了摇头："不行，我骗她说我已经回家了。"

果然，就专门来跟踪他的是吧？

裴颂叹了口气说："走吧，我家没人。"

程北茉想，那不是更不能去了？

她倔倔地站着，不肯动。

"行了，别脑补什么有的没的了。"裴颂无奈，"我要是真想对你做点什么，不至于乘人之危。"

你还真想做点什么？程北茉心想。

裴颂家果然很近，离那家 KTV 只有几百米。就这几百米，裴颂还是打了个车。

他们俩在车上只坐了几十秒就到了。

"这么近？"

"嗯，我不是说了嘛。"

"那我可以挪过来的。"

"怎么挪？"裴颂瞥了眼她的小腿，"拖着这条残腿？"

这人有时候说话可真刻薄。

裴颂家的小区叫京江公馆，程北茉听陈韵吉说过，这是个豪宅小区，一套房子上千万。

豪宅就是不一样，走在小区里像走在森林里一样。不像她家的老小区，几乎没绿化，只有一个光秃秃的齿轮雕塑。

裴颂到门卫处打了声招呼，过了会儿，来了辆穿梭电车，车的外壳是透明的，周边还粘了一圈灯带。

物业工作人员穿着整齐的制服，对程北茉毕恭毕敬地做出"请"的手势："您好女士，请上车。"

程北茉从出生到现在，第一次被人称作"女士"。

裴颂却像习惯了似的，扬了扬下巴："上车。"

不是已经进小区了吗？

裴颂像是知道她在想什么一样："能走吗？你这样。"

她特别诚恳地说了句："能。"

裴颂轻笑了一声，搭着她的胳膊："是不是要人扶着？"

程北茉赶紧上了车。

听裴颂和工作人员聊天，这车是新换的，原来就是普通的电瓶车，最近换了之后，有业主说特别像童话世界里的马车。

也不知是不是开玩笑，裴颂转向程北茉，漫不经心地说了句："听见没，说你是公主呢。"

程北茉仰头看了一眼周边的陌生世界，说："南瓜马车，到点就消失了。"

裴颂深深地看了她一眼。

出了电梯就直接是裴颂家的玄关，放了鞋柜和衣柜。

裴颂按了指纹进门，回头看，程北茉还站在原地。

"进来啊。"他说。

"不用换鞋吗？"

裴颂扫了眼她的小腿，心想都这样了还想着换拖鞋："你方便换啊？"

"方便的。"

"不用换。"裴颂哭笑不得，"赶紧进来，一会儿别化脓了。"

"哦。"

裴颂家真的很大。其实她刚刚就应该意识到了，门口的电梯厅，比她的房间还要大。

客厅有一整面墙的落地窗，他们进门的瞬间，灯光自动打开，落地窗的白纱自动缓缓合上了。

裴颂让她坐在沙发上，到吧台边打开小冰箱，问她："喝什么？"

"不喝了，谢谢。"

他从饮水机里接了杯温水，放在她面前的茶几上，又转身去找医药箱。

这时候，张弛给他发来消息：【这么久过去了，给哥们报一下战况呗。】

他看了眼手机，回了句：【没有。】

张弛诧异：【我说的那法子你没试？】

他回：【没。】

他心想，试了，但没用，人家还以为我做了什么违法乱纪的事。

张弛：【你们刚考完试应该没事吧？今晚我还去你家，给你分析分析哪里出了问题，洗白白等我。】

裴颂回头看了客厅的程北茉一眼，她正坐在沙发上，背影单薄，但乖乖的。

他回：【不方便，别来。】

张弛：【怎么，小茉莉在你家？】

这句本来是张弛瞎猜的，没想到正好猜中。

裴颂锁上手机，没再回复张弛。

过了会儿，裴颂拎着医药箱过来，在程北茉面前蹲下。

"我自己来吧。"

"行，你自己来。"裴颂不动声色地打开医药箱，在里面翻了翻，找到一瓶药水，"上了手术台你也自己缝好了。"

凶什么凶。

"别动。"他帮她把裤腿往上卷了卷，没碰到伤口。

程北茉很瘦，脚踝也又白又细，他碰了一下她的脚踝，一只手就可以完全握住。

"考得怎么样？"他边帮她处理伤口边问，口气自然得像老朋友聊天。

她乖乖答："还行。"

"学霸从来不说自己考得好。"

程北茉问他："那你呢？"

"还行。"

两个人一起笑了起来。

裴颂的呼吸均匀地喷在程北茉小腿上。

他们离得好近。

近得她能看清他的睫毛。

程北茉的小腿控制不住地抖了一下。

"疼？"

"不疼。"程北茉摇头。

"别动——"

两个人都僵在那儿了。

程北茉的心脏瞬间变成了升格，一下，一下，砸得更有力了。

裴颂差点说"别动，乖"，话到嘴边，硬是把最后一个字咽下去了。

明明他也不常说这句话，刚才那个字出来得却异常顺滑。

裴颂清了清嗓子，低头在医药箱里一通乱翻。

"找纱布吗？"程北茉问他。

"嗯。"他闷声说，依旧在乱刨。

"不是在这儿吗？"程北茉指了指药箱最上面的一包白色包装。

裴颂"哦"了一声："刚才没看到。"

程北茉瞥了他一眼，心想你慌什么啊。

裴颂给她腿上擦了点药水，又简单包扎了一下。

看她呆呆的，他便问：“想什么呢？”

程北茉看了他一眼，抿了抿唇，欲言又止。

裴颂已经站起来了，她只能仰着头跟他对视：“你家不是不在这个方向吗？”

“这是其中一套房子。”

“哦。你家这么有钱。”

“也不是我挣的。”裴颂顿了顿，“我平时都在那边住，上学近，也住习惯了。朋友圈那张照片，就是在那个家拍的。”

“很漂亮。”程北茉点点头。

这时，裴颂的手机响了，程北茉不小心看到了他的手机屏幕，是一串数字。

裴颂看到那串数字脸色就变了，显然，他认识这个机主。

裴颂走进次卧卫生间，接起电话：“爸。”

裴文远暴躁的声音传出来，问他是不是去某家 KTV 了。

裴颂冷笑一声：“您要是没去，怎么知道我去了？”

裴文远顾左右而言他：“看来转学到八中真把你放养野了。”

裴颂语气嘲讽：“我是到八中以后才被您放养的吗？”

“那你就自暴自弃、自甘堕落？上学时间不在学校，你要是这么想当街溜子，干脆办退学手续算了！”

裴颂冷冰冰地说：“第一，我已经放学了；第二，您也知道这种地方丢人是吗？那我提醒您一声，下次低调点，别总让别人通知您的行踪，开房都开到我兄弟家的酒店去了。”

裴颂从房间里出来，看见程北茉正认真盯着窗外，身形单薄，脑袋毛茸茸的。

听见响动，程北茉回头。

她看他脸色不大好，关切地问：“没事吧？”

“没事。”裴颂把手机揣进口袋，“在看风景？”

程北茉指着外面说：“你家窗外景色好漂亮。”

屋里只开了几盏氛围灯，昏暗，又透着几分暧昧。

她的眼睛亮晶晶的，像璀璨的繁星，不沾染一点世俗的尘埃。

裴颂揉了揉山根，淡淡地说："不然呢，你以为谁都能来。"

"我该走了。"程北茉站起身说。

"还能走吗？"裴颂朝她的腿扬了扬下巴。

"我是蹭破皮了，又不是骨折了。"她扯出一个笑。

小样，还挺倔。

裴颂点点头："我送你。"

程北茉赶紧拒绝："不用了，我自己走。"

裴颂像是没听见她说话似的，对着墙上的屏幕按了两下，屋内的灯循序渐进地弱了，只留下门口一盏灯。

调完灯光，他回头，看见桌上完全没动的水杯，看向程北茉："不喝？"

"不喝了，谢谢。"

"干吗，怕我下毒？"裴颂自顾自地笑了声，松松地拎起杯子，灌了两口，喉结上下滚动着。

"欸——"程北茉小声惊呼一声。

她是说不喝了，不是说她没喝。

在裴颂接电话的时候，她刚啜了一小口。

裴颂蹙眉，看她一眼："怎么了？"

程北茉咽了咽口水，决定不告诉他真相："……你慢点喝，别呛着。"

裴颂脸颊肌肉动了动，皮笑肉不笑："谢谢关心啊。"

程北茉心说不用谢，害你跟我间接接吻了。

裴颂把剩下的水一饮而尽，转头问她要不要一起吃顿饭。

程北茉拒绝了。

上次吃云南菜时她看过账单，花了好几百，这次指不定要吃什么。

她不想欠他太多人情。

虽然这几百块对面前这个公子哥来说并不算什么。

裴颂也没勉强，不过还是坚持要送她回家。

"我本来就要回另一个家。"裴颂靠在门边，一只手已经搭上门把手，

"再说了，天快黑了，你万一出了什么事，我还有责任。"

"没看出来你责任感这么重。"

"毕竟万一你出事，我是跟你接触的最后一个人。"看着稳如磐石的程北茉，裴颂掀眼皮道，"还不走，等着我背你？"

"那不敢，这点小事，就不麻烦你了。"她自己一瘸一拐地走到电梯厅。

裴颂又打了车。

程北茉对他这种花钱如流水的样子毫无办法。

车子驶离京江公馆，后视镜中的高档建筑群慢慢变小。

程北茉偷看了一眼身边人。

少年英俊的侧脸融进昏昧的天光里，随着路灯忽明忽暗。

这样的场景本身就是一场电影，而她只是意外身处这一幕。

出租车的四扇车窗都降下来了，风拂过脸颊，耳侧是再熟悉不过的城市喧嚣。汽笛声，吵架声，小孩的哭喊声，红绿灯提示的嘀嘀声……特别嘈杂，她却依然可以清楚听到自己的心跳声。

裴颂看她盯着窗外发呆，便伸手，用指关节敲了敲她的脑壳："想什么呢？"

程北茉迟滞地感受他指尖的温热。

等她看回去，裴颂早就转过脸，看着别处了。

他可能就是逗她一下，也没想从她这儿得到个什么答案。

不知过了多久，程北茉说："我家到了。"

裴颂朝外面看了一眼。

这里是老城区，路很窄，不在主干道上，也安静了许多。路两旁的法国梧桐长得很茂盛，连路灯也挡了个严严实实。

程北茉先下车，没想到裴颂也跟着下来了。

眼前是一个灰蒙蒙的老小区，剥落掉漆的牌子上隐约可见"齿轮厂家属区"的字样。

"我家就在里面。"程北茉回头指了指。

裴颂朝里望了一眼，都是六层的老式家属楼，看样子是没有电梯的。

裴颂问："车开得进去吗？"

"只有业主的车能进。"

"要帮忙吗？"

"算了。"程北茉摇了摇头。

老程家面馆就在一百多米外的地方，她不想让父母看见，也不想被邻居看见。

"能行吗，你的腿？"

她说："可以的。"

"行，那我走了。"

裴颂要钻回车上时，程北茉叫了一声他的名字——

"裴颂。"

裴颂背影一顿，重新退回来，跟她面对面。

程北茉说："这两次我遇见你的事，我没跟任何人说。"

她的眼神很诚恳，话也特实在，搭配上这张长相清纯的脸，仿佛说什么都没理由拒绝她。

裴颂心想是遇见吗，那不是蓄意跟踪吗？

"还想着呢？"他笑了笑，扭脸看向别处，"这都是我自己的事。"

程北茉看他的表情，就知道他什么都不会跟她说了。

他们连朋友都不算，她无权干涉他的生活。

但她还是说："我会替你保密的，你以后尽量别再去那些地方了。"

"你觉得我是去干坏事的？"裴颂看上去有点想笑。

程北茉反问他："那你为什么要换衣服，还戴帽子？"

不就是怕被人认出来呗。

"大摇大摆穿着八中的校服去？那不是让别人对八中的印象更差？"裴颂说。

他这么说的话……也不是没道理。

"可是去那种地方不好，你是未成年人。"

"在你眼里，我就这么差劲？"裴颂靠着打开的车门，饶有兴趣地看着她。

程北茉摇头，很直接地回答他："不，你是个很好的人。"

这是她的真实想法。

裴颂能在地震的时候想到去帮怀孕的女老师，杜杨受伤的时候是他扶着去的医务室。

这样的人能坏到哪里去。

裴颂琢磨了会儿这句话，笑了下："发好人卡呢？"

程北茉的脸有点烫，心想又不是表白，发什么好人卡。

她解释道："我是说，你是个本质很好的人，现在可能有很多诱惑，可未来还有很长的路，有很多的选择可以做。"

"真是老闫的得意门生。"裴颂笑了下，"说话的语气跟他一模一样。"

"老闫是谁成绩好就对谁好的。"程北茉辩解自己跟老闫才不一样，"不过在我看来，成绩怎么样都无所谓，不要误入歧途就好……"

裴颂笑说："你一个考第一的，跟我说成绩无所谓，是不是太没说服力了？"

程北茉想是自己没考虑周全，确实有点伤到他了，刚要解释，结果被他一句话打断。

"别解释了，知道你什么意思，也不嫌累得慌。"他慢悠悠地说，"你怎么总想让我改邪归正？"

是不是对他有意思啊？

裴颂发现自己就是挺喜欢逗她的。说她是正经的好学生吧，她成天跟陈韵吉和朱倩茹这样的两个学生混在一起；说她有意思吧，她有时候又跟个正义使者似的。

程北茉自己也不清楚答案。她一开始确实是好奇，但后来，她自己也不知道了。

她耸耸肩说："我怕警察叔叔抓住你的时候，会从监控里发现还有个我。"

裴颂气笑了。

"行啦，不开玩笑了，我走了。"程北茉跟他挥了挥手。

"程北茉。"

裴颂叫住她，眸光幽深，直直地盯着她。

出租车司机不满地回头看了他们一眼，心想这两人在这儿上演什么深情戏码呢，明天不还要上学吗？

他手抄口袋，漫不经心地说："我闲得慌去做什么坏事，别瞎想了。

这是我自己的事。"

裴颂心想我去抓个出轨的爹还得跟别人报告，不至于吧。

"哦。"

"还有，"他顿了顿，视线往下挪了挪，停在她的小腿处，"伤口别碰水。"

站在这儿说了会儿话，她差点忘了自己还是伤员。

听得程北茉心里痒痒的。

程北茉一瘸一拐地回到自家面馆，坐在门口的桌子旁。方丽珍眼尖，看见她校裤扯了一道口子，赶紧过来问她怎么了。

她笑笑，说谎了："没事，在路上想考试题，没注意，被路边的水泥墩子绊倒了。"

"都这样了还说没事。"方丽珍半蹲着，要掀起她的裤腿看。

"就是包扎得夸张了点，其实就蹭破一点皮。"

方丽珍眼中心疼得不行，嘴上却嗔怪："走路就专心走路，学习不差那一会儿。"

程北茉从旁边的塑料筐子里拿了一瓶汽水，顺手拿了起子起开，吸了一大口，才说："刚考完试，趁脑子还清晰，复盘一下错题。"

"我看你是想钱想的。"方丽珍坐在她对面，"妈跟你说过多少次了，咱们家大学学费不至于拿不出来，别总想着钱钱钱，这不是你该考虑的事。"

程北茉心想两万真不是个小数目，自己得拿到，嘴上却乖乖说："知道了。"

程勇听见外面的声音，在厨房里问："是茉茉回来了吗？"

方丽珍没好气地说："嗯，负伤回来的。"

"怎么回事？"

方丽珍摇摇头："你闺女学习学傻了。"

程北茉伸出伤腿晃了晃，笑嘻嘻的："破皮了而已。"

"上次是杜杨，这次是你，你们是上学还是打仗，怎么个个都负伤回来？"方丽珍从门口的锅里捞了个茶叶蛋给她。

"考场如战场啊，激烈着呢。"

方丽珍没问考得怎么样，毕竟程北茉从来不需要他们担心。

她担心的是另一件事。

方丽珍看似不经意地问了句："今天怎么没跟陈韵吉一起回来？"

程北茉低头剥茶叶蛋，随口答："她和同学一起去吃麻辣烫了。"

方丽珍瞟了她一眼："你怎么没去？"

"我去包扎了啊。"程北茉把茶叶蛋塞进嘴里，真话假话掺着说，"我同学回家打车，看见我这样，就顺路带我过来了。"

"哪个同学？"

"说了你也不认识。"

"男的女的？"

程北茉特别善于察言观色，然后利用自己一贯诚恳的态度，说出符合对方期望的答案，让自己过关。

眼下方丽珍这么问，显然是已经看到了她和裴颂，如果她继续说谎，肯定会被怀疑。

程北茉看了眼方丽珍的表情，坦诚道："男生。"

听到女儿的实话，方丽珍明显放松了不少。既然没有藏着掖着，就说明没什么问题。

方丽珍笑着说："刚才你陈叔过来还碗，说好像看见你从出租车上下来，我还说他看错了呢。"

在店里吃完饭，程北茉自己一步一步挪回了家。

一进家门，她就给裴颂发了条消息：【你到了家了吗？】

裴颂回复：【到了。怎么，还担心我的安全？】

程北茉特别擅长活学活用，举一反三：【嗯，毕竟我是最后一个跟你接触的人。】

裴颂给她发了张照片，就是那天朋友圈里的窗框，没有落地窗视野宽阔，却也别有一番风味。

深蓝色的夜空，树影憧憧，顶端托举着一轮无瑕的月亮。

即使是拿手机照的，构图也无可挑剔。

这应该就是他说的另一个家吧。

MOMO：【这就是你平时住的地方？】

PS：【嗯，这边算是我真正的家。】

真正的家？

PS：【有空带你来看看。】

MOMO：【你不是说，你家不是谁都能去吗？】

PS：【嗯，谁让我有把柄在你手里。】

程北茉勾了勾唇角。

他没有做任何解释，可程北茉却打心里相信他。

从那天之后，程北茉和裴颂像是形成了某种特别的默契。

有天放学，她又看到裴颂换掉校服匆匆出校门。

但她没有再跟上去。

新的一周，要公布月考成绩。

听说一中老师改卷子的速度惊人，考完试第二天就能公布成绩。八中一般要等一周左右。

程北茉一直想体验下一中那种刺激的速度，这让陈韵吉极其不理解。

这天早读下课后，程北茉和陈韵吉一起在走廊上闲聊，陈韵吉忽然看了眼另一个方向，不大确定地问："那是裴颂吗？"

程北茉也跟着转头，看到一顶熟悉的棒球帽。

裴颂正朝她们这边走过来。

"他戴帽子也这么帅啊……"陈韵吉语气里不无羡慕，"杜杨脑袋太大，戴棒球帽显得特别呆。"

程北茉心想，他这是又打算去哪儿。

尽管她已经不再跟踪他，但看到他这副打扮，心里还是会略噔一下。

裴颂走来，像是猜到她在想什么似的，面色无奈地说了句："没洗头而已。"

这样啊。

程北茉没忍住笑了笑。

裴颂没做停留，直接走向旁边的楼梯，下了楼。

她分明看到他的嘴角也浅浅地勾了下。

这没头没尾的一句话让陈韵吉的八卦雷达警觉起来。

这两个人有猫腻！绝对有！

她眼对眼、鼻子对鼻子地追着程北茉问："你们俩眉来眼去的，打什么哑谜呢？"

"没有啊。"

"程北茉，我还没瞎！"陈韵吉气她拿自己当傻子，"你的嘴角都快咧到脚后跟了！"

陈韵吉还揪着她不放，朱倩茹不知从哪个角落里蹿出来，压低声音说："月考成绩出来了！"

陈韵吉说："出来就出来了，这又不是什么绝密信息。"

朱倩茹把话咽下去一半，先用手肘推了推程北茉："你知道你的成绩吗？"

程北茉摇头，老闫这次没提前找她。

其实，她大概知道自己每门卷子错在哪里，也估过分了，只是不知道会是什么名次。

"那你去老闫办公室看看吧。"朱倩茹意味深长地说。

"怎么啦怎么啦？"只有陈韵吉还没眼色地瞎嚷嚷，"你是不是知道名次了？快说啊，茉茉肯定又是第一吧？"

平时大嘴巴的朱倩茹，这次很反常，任陈韵吉怎么逼问，她仍旧什么都没说。

看朱倩茹的表情，程北茉其实已经能猜出几分。

这次考试，她应该不是第一。

她想到闫国华开学时跟她提到的那个强劲对手。

这才第一次月考，对方就赶上来了？

是二班的"万年老二"沈清超过了她，还是八班那个理科天才孙明瑞不偏科了？对了，五班的英语课代表好像也挺厉害的……

闫国华的课在上午最后一节，程北茉等不及，课间打着拿作业的旗号，去老闫办公室瞄到了新鲜出炉的名次表。

万万没想到，名次表最前面的名字，印着"高二（3）班 裴颂"。

她揉了揉眼睛，确定自己并没看错。

两天后，旧的光荣榜被撕掉，新的光荣榜张贴了出来。

"裴颂"两个字变成了 XXXL 号，程北茉紧随其后。

程北茉久久地立在光荣榜前，盯着那个名字。

谁能想到第一名会是他。

从第七百多名到年级第一，这到底是怎么做到的啊？

过了会儿，她身边飘过来两个人影，环绕在她左右。

"茉茉，你……不会不认字了吧？"陈韵吉说。

认识是认识，只是有点陌生。

朱倩茹"嘘"了一声："别打扰她，她可能受刺激了。"

陈韵吉问："他会不会作弊了？"

"大姐，动动脑子好不好。"朱倩茹翻了个白眼，"就他在的那个考场，一半人没来考试，剩下一半不是在吃就是在睡，他就是想抄，可去抄谁的？"

"那摸底考的七百多名，他怎么考的？"

"我听他们班同学说，上次摸底考是老闫记错了考试时间，他只考了两门，才考了七百多名。"朱倩茹耸了耸肩，"老闫好像因为这事觉得愧疚，开学典礼的演讲名额才加了他。"

陈韵吉叹了口气："人家考两门的分数跟我总分加起来差不多，我还嘲笑人家名次在我后面……"

"茉茉不会魔怔了吧？"朱倩茹伸手在程北茉面前晃了晃，"茉茉别灰心，只是一次月考而已，期中考试咱把第一夺回来！"

陈韵吉一惊："不是刚月考完吗，怎么又要期中考试了！"

朱倩茹都无奈了："你上课一只耳朵都不带吗？"

"带了两只啊，所以一只进一只出了啊。"陈韵吉双手摊开，表示自己也没办法。

两人叽叽喳喳的声音萦绕在耳边，程北茉却完全没听进去。

她现在满脑子都是——两万块，危险。

她看过裴颂的各科成绩，语文比她低几分，数学满分，其余科目的分数都是接近满分。

原本以为他是成绩太差，在一中混不下去才转学的，没想到是学霸。而她前几天，还在跟他说"你还是担心担心你自己吧""成绩怎样无所谓"之类的屁话。

这个人太难懂了。

放着大好前程不要，偏要来这破学校跟她抢名次。

程北苿双手环抱在胸前，望着名次榜，忍不住疑问出声："这人到底想干吗啊？"

"缺钱啊。"那个又冷又欠的声音在耳边响起。

她侧目，裴颂顶着一张踥踥的脸出现，双手抄兜，松松地站在她身侧，也看着光荣榜。

程北苿盯着他上万的运动鞋沉默了。

怎么，缺钱买鞋吗？

更让她沉默的是，陈韵吉和朱倩茹嘴咬拳头，一脸"嗑到了嗑到了"的表情。

班长过来戳了戳程北苿："老闫叫你去他办公室。"

程北苿点头答应，转身往楼梯方向走。

没想到裴颂也跟了上来。还没等她问，他自己说："老闫也叫我了，比你早几分钟收到的通知。"

程北苿叹了口气。

裴颂问她："叹什么气？"

程北苿说："第一被狗抢了，我还不能叹口气了？"

裴颂无语，这姑娘诚恳的时候是真的诚恳，骂人的时候也是真的一点不留情。

"老闫开学的时候提醒我，这学期会有个强劲对手。"程北苿下楼的时候跟他说，"那时候我还不知道他什么意思，现在总算知道了。"

"知道什么？"裴颂微不可察地勾了下嘴角。

"知道我的两万块要飞了。"

他们俩去的时候，二班的沈清已经在老闫办公室了。

沈清总是被程北苿压一头，被同学们调侃是"万年老二"。这次裴颂第一，程北苿第二，她顺位滑到了第三。

看到这两位进来，沈清的脸色不是很好看。

"来了？来来来。"老闫靠着办公桌喝了口水，把茶叶渣子呸回杯子里，笑盈盈的，"咱们高二年级的三巨头总算是聚齐了。"

这茶还能喝吗？程北茉心不在焉地想。

老闫让他们几个围坐在一起，说："这次的月考卷子是交大附中出的题，你们三个能考出现在的成绩，已经是史无前例了。"

交大附中也是重点中学，跟一中并驾齐驱，每年都在跟一中争状元。

老闫说，他是受到了裴颂开学典礼演讲的启发，觉得八中明明有优秀学生，完全可以树立起榜样以便激励其他同学。

"你们三个，就是咱们的第一批榜样。"老闫不无骄傲地说，"说真的，拿到卷子的时候我提心吊胆，不知道大家会答出怎样的成绩……"

沈清忍不住提醒："闫老师，您直说吧，到底什么事啊？"

"不会占用太多时间，就是想让你们给大家分享分享学习经验。形式我都想好了，就在早读的时候，在广播站给大家分享一下，每个班都能听到。不用写演讲稿，也不用太注重形式，挑你们擅长的科目，讲干货就行。"老闫转向裴颂和程北茉，"这次，你们俩可以一起上了。"

闫国华本意是补偿程北茉开学典礼没能演讲的遗憾，沈清却用异样的眼光扫了她和裴颂一眼。

从老闫办公室出来，程北茉叫住沈清："沈清，你打算分享哪个科目？要不要一起讨论讨论？"

同学们都说沈清清高，不过程北茉很理解她。

沈清也是中考失利才进的八中，她的中考分数比程北茉要高很多，进校后却一直没考过年级第一。同学们开始叫她"千年老二"，后来又改叫她"万年老二"。

高一期末考试出成绩后，又有人拿这个头衔调侃她，沈清在班里大发脾气。

程北茉理解沈清，却无能为力。她说什么，都像是"假好人"。

两个人每次碰见，总有些说不清的尴尬气氛。

沈清脚下匆匆，只停了片刻，说自己还有月考的错题要纠正："我们还是各自弄各自的吧。"

沈清离开后，程北茉也打算直接回教室。

她刚走两步，就听到裴颂在身后问："怎么只问她，不问问我？"

声音又散又冷。

这是什么意思，嫌冷落他了？

程北茉回头："我不知道你也要讨论。"

裴颂清了清嗓子："那你现在知道了。"

"哦……"程北茉不知道他这是什么毛病，"我只有周五活动课有时间，到时候见。"

周五下午活动课，裴颂拿着本子到一班教室门口晃了一圈，发现只有程北茉一个人在。

他在门口打了个响指。

程北茉听见后抬头，平静地说："你来啦？"

他"嗯"了一声，走进去坐到程北茉旁边的座位上。

"我打算分享语文和英语的学习方法。"程北茉翻转本子，给他看了看自己列好的大纲框架。

裴颂扫了一眼，发现她列的内容都挺实在，便问："这么倾囊相授啊？"

"嗯。"程北茉点点头，用笔抵着下巴，全神贯注在补充她的大纲。

过了好一会儿，程北茉发觉裴颂只是在翻看她桌上的书，便问："你不整理大纲吗？"

"我用整理吗？"裴颂反问。

也是，演讲时候张口就来，自然不需要草稿和提纲。

"好吧。"

裴颂放下手里的书，问："怎么选了语文和英语？"

程北茉耸耸肩，如实说："你数学拿了满分，物化也都是接近满分的成绩，你来分享效果应该更好；沈清的生物是强项，她应该会分享生物。"

挺有道理的。裴颂点点头，没说什么。

"对了，开学时候我跟你要的竞赛资料，里面夹了一张都是考点的信纸，是你写的吗？"

"是，怎么了？"

"没什么。"程北茉垂下眼睛，"字写得很好看。"

裴颂跷着二郎腿想了一会儿，冷不丁地问："你还好吧？"

程北茉笔尖一顿，抬起头问："挺好的啊，怎么了？"

"没考第一，是不是心情不大好？"

程北茉笑了下，眼睛澄澈，像亮晶晶的星星，折射着纯净闪亮的光。

"我没那么小气，你考第一，是你的实力。只是，两万块好像飞向你了。"

裴颂问："这钱对你很重要？"

"嗯，这是对我来说最快的赚钱渠道了。"程北茉放下笔，撑着下巴说，"除了这个，要想来钱快，就只能去当主播了。"

裴颂正仰头喝水，差点一口水喷出来："你？"

"我怎么了，我还是有几分姿色的。"程北茉指尖拂过头发，最后叉在腰上，做出一副展示曲线的性感动作。

裴颂被她逗得淡淡笑了笑。他怕笑得太放肆，低下了头。

纯净无瑕的一张脸，跟这俗套的动作实在不搭配，却因为不熟练而显得笨拙可爱。

"开玩笑啦，我应该不会去当。"程北茉收敛了一下，理了理头发，"我怕被张弛看到，他那么猥琐，感觉像经常刷这种视频的人。"

裴颂正要说点什么，几乎在同时，他的手机响了。

他看了眼屏幕，发现是张弛的来电，笑了下，把手机捶到程北茉眼前："背后不能说人坏话，看，来讨债了。"

裴颂担心张弛说出什么惊人的蠢话来，便走到外面的走廊上接电话。

"狗，放学打球吗？"

裴颂懒懒地说："没空。"

张弛直接来了个几连问："今天不是周五吗？这次月考不是已经结束了吗？你不是已经拿了年级第一吗？你告诉我你在忙什么？"

裴颂无奈地笑了："你在八中上学吗，怎么什么都知道得这么清楚？"

张弛哼了一声："我在八中又不止你一个熟人。"

裴颂懒洋洋地揉了揉眉头："想起来了，你还有个网恋对象。"

"什么网恋对象，我们只是网友，别瞎说。"张弛还委屈上了，"你和小茉莉都不理我，我不得从我网友那儿套点新闻。"

张弛后来还给程北茉发过几次消息，但没有收到过回复。

"人家为什么要理你。"

张弛不满地嚷嚷："这就护上了？小茉莉还没说什么呢，你叽叽歪歪个什么劲。"

裴颂懒得跟他废话："行了行了，挂了。"

"急什么啊？再陪我聊一会儿呗。"

裴颂无奈："你没我就活不下去了是吗？"

"是啊，你走了，我一个人孤独寂寞冷……"

"真的，我还忙着呢。"

"忙什么？你怕不是跟女生在一起吧！"

裴颂被猜中，愣了一秒。

正好这时，放学铃声响了。

尖锐的噪声让裴颂无比烦躁，他拨了拨头发："你别瞎操心了，有这时间多记两个单词，别到了国外只能在唐人街混。"

张弛听他没反驳还转移话题，便问："我猜对了？你跟小茉莉在一起？"

裴颂回头往教室里看了一眼，顾左右而言他："在做老师布置的任务。"

"你就回答，是不是跟小茉莉一起？"

"……嗯。"裴颂不情不愿地答。

张弛麻溜地挂了电话："回见了您！"

裴颂挂掉电话，发现程北茉已经收拾好了，但人还在。

他重新回到教室里："不走？"

"今天轮到我值日。"

裴颂里外看了看，嘈杂声都是从远处传来的，教学楼里几乎没人了："其他人呢？"

"都回家了吧。"程北茉笑了笑，"我一个人打扫也行。"

裴颂叹了口气，幽幽地问她："你是笨蛋吗？"

"你怎么对年级第二说这种话。"程北荣自我幽默了一下，"打扫个卫生而已，有时候我也会忘，别人也没说过我什么。"

裴颂瞥了眼她的腿："腿好了吗？"

"早就好了。"她特意伸出腿，动了两下。

伤口不深，已经结痂了。

裴颂把手机揣进口袋。他走到教室后面，顺手拿了把扫帚。

"你要帮我打扫？"

裴颂"嗯"了一声："这忙不白帮，不得请我吃顿饭？"

第五章

/ 发芽 /

PUTONGPUTONG

周五下午的八中校园，很有胜利的感觉。

楼下是一波又一波的欢呼声，庆祝周末的到来。还有人活动课打铃前十分钟就守在学校门口，对着表倒计时，一群人数到打铃的最后一刻，百米冲刺一样奔向校门外，场面盛大而滑稽。

与其说裴颂帮忙值日，不如说他包揽了所有。

他扫了地，又去擦黑板。

程北茉只好拿着块抹布，在讲台旁边心不在焉地擦擦："你转学来之前，知道八中高考有奖金这事吗？"

"知道。"

"那你是为这个来的吗？"

"是啊。"裴颂语气懒散，让人看不透他到底说的是真话还是在开玩笑。

"你缺钱？"程北茉心想，你就编吧，我又不是没去过你家。

"嗯。"裴颂放下黑板擦，拍了拍袖子，蓦地抬起头，"怎么了，不像？"

程北茉被他这反问气笑了："你觉得呢？"

京江公馆一套房子起码上千万。

"我家有钱，不代表我有钱。"他不想解释太多，要说就扯远了扯多了，便转过去跟她说，"别站在这儿。"

"嗯？"

"没见过上赶着吃粉笔灰的。"裴颂用手指敲了敲黑板。

程北茉听话地从讲台上下来，坐在第二排的桌子上，两条细腿在空中晃呀晃。

盯着裴颂宽阔的肩背，她想起那天在他家，她感叹"你家好有钱"时，他就说这钱也不是我挣的，今天又说这些，也不知道他跟家里到底出了什么问题。

裴颂的背影确实帅，线条流畅，干净利落。他个子很高，腿也长，几乎不用费力就能够到黑板最顶端的部分，而她需要跳着才能擦到。

"你有一米八吗？"程北茉盯着他的背影，冷不丁地问。

"有。"裴颂偏头躲开粉笔灰，顺便问她，"怎么了？"

"没事，挺好。"

裴颂幽怨地回头看了她一眼："什么啊，就挺好？"

程北茉从桌子上跳下来，拿着抹布往窗台边走，正好错过了他的目光："营养挺好，行了吧？"

裴颂哼笑一声，接着擦黑板。

程北茉径直从教室后门出去了，半分钟后，又回来了。

"你们班教室都没人打扫欸。"程北茉扒在门框上，啧啧道，"没想到你这么善良、这么助人为乐，先帮我打扫卫生了，用不用下周一报告给老闫，奖励你一朵小红花？"

"现在才知道？良心呢？"

"我没良心？"

裴颂放下板擦，朝她摊开手心，示意自己去洗手："帮过你那么多次，都忘了？"

也是，还不认识的时候就帮她要了竞赛题的资料，不熟的时候就请她吃饭，后来还帮受伤的她包扎伤口。

路过她身边时，裴颂做出要伸手敲她脑壳的动作。

他一手的粉笔末，程北茉躲了一下。没想到裴颂只是虚晃一枪，顺手把她手里的抹布拿走了。

裴颂走了出去，留她一个人在教室里站着。

落日洒进来，也晒红了她的脸。

打扫完卫生，程北茉和裴颂一起去吃饭。

她问裴颂："想吃什么？"

"请客的人定吧。"

程北茉想了想："去临江路吃烧烤怎么样？"

临江路是京江有名的海鲜烧烤一条街，规模不大，但家家味道都好，原本是本地人经常光顾的地方，不知从什么时候起变成了网红打卡地，外地游客也变多了。

裴颂点点头："可以啊。"

她背好书包，顺手拎起桌上一个装满书的纸袋。纸袋两条绳很细，才拎一会儿，就勒得她的手发红。

裴颂默不作声地从她手里拿过去，不小心碰到了她的手。

"手怎么这么凉。"他用眼神示意她，"走啊。"

面对他的坦然和大方，程北茉讪笑一下，跟上他的步伐。

他们两人刚走到校门口，就碰见了陈韵吉和杜杨。

谁知道这两人闹了什么别扭，都不说话，一副要在校门口当雕塑的架势。

裴颂扬了扬下巴，算是跟杜杨打过招呼了。

男生之间就是这样，淡淡的，装酷。而陈韵吉已经扑进程北茉怀里求安慰了。

"你们不是早就走了吗？怎么还在啊？"程北茉问。

陈韵吉不满地朝杜杨飞了一记眼风："你问他。"

杜杨满脸无奈，本想说点什么，但看裴颂在，还是把话咽了下去。

不用问，程北茉就知道是芝麻大的小事。她无奈地说："要不，你跟我们一起去临江路吃烧烤？"

反正是她请客，如果是裴颂请客，她反倒不好意思叫陈韵吉了。

陈韵吉眼睛骨碌碌转着，像是问程北茉，又像是在问裴颂："啊，这样好吗？"

"这有什么不好的。"

陈韵吉回头冲杜杨做了个鬼脸，毫不犹豫地答应："我去！"

裴颂问杜杨要不要一起去，杜杨正在气头上，不想跟陈韵吉一起，便婉拒了。

陈韵吉傻乐之余，突然问："你们俩怎么会在一起啊？"

程北茱尽量面不改色："老闫让我们分享学习经验，我们俩一起列大纲。"

吃饭队伍变成了三个人，临江路离八中有点远，陈韵吉抢先说："坐25路公交车可以直接到！"

程北茱知道裴颂平时出行都是打车，没想到他竟然点点头说，好啊。

正是晚高峰，又是周五下午，公交车上人不少。

裴颂就站在程北茱身后，她能感觉到他身上的温度，他的呼吸。明明两人之间还有一些距离，她却总觉得就在耳边。

平时上学路上，也会有那些不懂得分寸的人挤在身边，他们的呼吸让她烦躁和恶心。但现在，她只觉得裴颂好像把她身边的空气都吸干净了。

嗓子干热，心烦意乱的。

怎么还不到啊？她忍不住回头看了眼滚动屏幕上的站牌。

裴颂正在看手机，没注意她。

过了几秒，她又回头看了一眼。

"怎么了？"裴颂终于注意到了她，挪开手机，跟她对视。

"没什么……"程北茱转移话题道，"你坐得惯吗？"

裴颂无语地看了她一眼："又不是没坐过公交车。"

"我这不是，怕你这娇贵的身子受不了嘛。"

裴颂短暂地看了她一眼："我看现在受不了的是你吧？"

"我怎么了？"

"你是不是发烧了？"

裴颂正要抬手试她额头的温度，手机响了。

是张弛打来的。

他接起来，张弛像是刚跑完长跑似的，气喘吁吁道："狗，你们班教室是在三楼吗，怎么一个人都没有啊？"

"放学了。"裴颂蹙眉，"你来学校找我了？"

"你跑得够快啊，走到哪儿了？不打球，一起吃个饭总行吧。"

"我在……"裴颂看了眼程北茱，捂住话筒，征求她的意见，"吃饭再加个人，行吗？"

"张弛吗？"程北苿点点头，"可以啊。"

裴颂重新把手机放到耳边，跟张弛说了吃饭的地点。

待他挂掉电话，程北苿的脸总算是恢复正常。

她此地无银三百两地擦了擦汗："刚才有点热。对了，张弛不知道你放学了吗？"

"一中的学生会在放学后再自习一小时才回家，他可能忘了八中没有这传统。"

张弛是打车去的，比他们三个到得早。他们到时，张弛早就占好座，点好菜了。

因为是周五傍晚，临江路异常热闹，人声鼎沸。

程北苿和陈韵吉坐在一起，裴颂刚坐下，便用茶水壶里的开水烫餐具，烫完自己的，顺手拿过程北苿面前的餐具。

张弛早就用杯子喝上水了，瞧见这一幕，啧啧两声："还是我比较糙——不干不净，吃了没病。"

裴颂抬眼，声音冷冷的："要不要把你的嘴也烫一烫？"

"这位妹妹有点眼生啊。""社交牛杂症"张弛把眼神转到陈韵吉身上，"我叫张弛，张弛有度的张弛。"

"陈韵吉。"

"好名字！"

说到这里，张弛一拍脑门，好像想起来了什么！

"我知道了，你就是小苿莉的那个发小！"

"小苿莉，这称呼怎么这么恶心……"陈韵吉浑身颤了一下，"喂，我们都不认识，你怎么什么都知道。"

张弛得意："哥哥我在你们学校有人。"

程北苿和陈韵吉颇有默契地，都看了裴颂一眼。

裴颂不受这误会，又踢了一脚张弛的椅子。

"不是狗，是另外一个人。"张弛喝了口水，故作神秘。

"谁啊？"陈韵吉问。

"别急嘛，说了你们未必认识。她就是个八卦基站，谁的事都知道一点，知道你们也不稀奇。"

陈韵吉执意要问，张弛只好说，他也不知道他那网友叫什么，只知道也是高二年级的，是他同桌的初中同学的表妹。

程北茉和陈韵吉对视一眼，有点想笑。

除了朱倩茹还有谁？

"你们……认识她？"张弛惊奇，女生真的惹不得惹不得。

"她是我们的好朋友。"程北茉扶额，这也太巧了。

这段时间，朱倩茹跟她的网友打得火热，程北茉和陈韵吉还开了不少网友奔现的玩笑，没想到，她的网友是张弛。

裴颂松松地握着杯子，靠着椅背说："就知道你卖了我不少信息来换情报。"

"可是，你们两个大男人，八卦这些干吗？是不是觊觎我们茉茉？"陈韵吉的眼睛像鹰一般，在裴颂和张弛之间扫射。

张弛抢先说了句"我可没有"，只剩下裴颂在沉默地喝水。

他一脸看好戏的表情，看你小子要怎么答。

张弛还不知死活地说了句："狗，你的水喝干了耶。"

程北茉不想让这两个人看戏，站出来终结了这个话题："行了行了，什么觊觎不觊觎的，不知道的还以为我魅力有多大呢。"

张弛扯长了声音，夸张道："那——谁知道呢……"

等上菜的过程，张弛问两个女生："你们俩从小就是好朋友啊？"

陈韵吉边吃醋泡花生米边点头："是啊。"

"太巧了，我跟狗也是。"

"你们认识时间肯定没我跟茉茉认识时间长。我们从幼儿园就在一起玩了。"

"我听说小茉莉是学霸，你怎么没跟人家一样？"

陈韵吉把筷子一摔："要你管！"

哪有刚认识就戳人家肺管子的。

陈韵吉这次月考破天荒考了个第 498 名。这得益于程北茉国庆假期拉着她一起自习，开学学的内容不多，她也不至于傻得什么都听不进去，所以效果显著。

她从来没考过能看过眼的成绩，偶尔进步一次，感觉还真挺不错的。

陈韵吉觉得自己快要摆脱大专，往本科的路上狂奔了。

陈韵吉白了他一眼："你不是也跟校草认识这么长时间？也没见你学习有多好。"

"我的命运已经定了，要被爹妈发射到国外，就没打算跟你们一起卷。"张弛非要给自己正名，"不过说实话，虽然我在一中排不上什么号，但上个一本还是没什么问题的。"

一中特种兵训练营不是吹的，再不想学的人，在那种氛围之下，也得硬着头皮看几页书，不然会显得太不合群。

张弛冲裴颂扬了扬下巴："你们管他叫校草啊？"

"怎么啦？这也要管吗？"陈韵吉不服。

"这我管不了。"张弛又是摇头又是咂嘴的，"他还是在八中地位高，我们都管他叫'狗'。"

她们俩确实也好奇了，一直都知道裴颂的外号叫"狗"，但不知道为什么。

"高一的时候，狗带着一中的球队一路闯入高中联赛决赛，那年文理状元都是一中的，联考第一也是一中的，交大附中的那群人不服，就跟不要命了似的，好像就一定要把那个冠军拿到一样……"

对面两个女生紧紧盯着张弛，等着下面的故事。

张弛特享受这样的目光，正打算把那场比赛讲得再曲折点，只听陈韵吉不耐烦地喊了句："能不能说重点啊！"

张弛吓得一哆嗦："赢了，开局落后18分，裴颂也发狠了，一路把比分追上来的，后来同学都管我们队叫狼之队。"

那场比赛确实很激烈，但没张弛说的那么夸张。不过裴颂没插话，他要是此刻风淡云轻地说没什么，那才叫装相。

高中篮球联赛对程北茉来说很陌生，因为其他学校就没带八中玩过。

"那不应该叫'狼'吗？"陈韵吉眨了眨眼。

"你觉得'狼'好听吗？俗！还是'狗'比较亲切顺口，又长得像狼，还符合他。"

有时候特跩，有时候特狗，但关键时候，狗又是人类的好朋友。

张弛忍不住感叹："还是八中好啊，摇身一变成校草了。"

"我们是描述事实好吗？"陈韵吉贼贼一笑，"你要是觉得不公平，告诉你个秘密，我们对你也有昵称。"

张弛受宠若惊，一脸期待地凑过来："管我叫什么？"

"篮球小子。"

张弛的脸肉眼可见地垮了。

裴颂破天荒地笑出了声。

"你看你成天穿得跟个圣诞树似的，生怕人不知道你会打篮球。"陈韵吉打量他一眼。

张弛站起来，展示他的战袍和战靴："什么圣诞树，懂什么啊你，你知道这都谁同款吗？"

陈韵吉翻了个白眼："我不知道，我也不想知道，我只知道差生文具多，装备那么齐全，谁知道打球菜不菜。"

张弛差点要掀桌了，他一把将发带撸下来，气鼓鼓地扔进包里。

他们点的海鲜和烧烤陆续上齐了，这一桌有张弛和陈韵吉，边吃边吵，气氛一直很欢乐。

程北茉和裴颂看他们俩对骂，都觉得有意思。两个人颇有默契，同时笑了一下。

张弛和陈韵吉停下来，盯着他们俩："笑什么？"

"没什么。"裴颂耸耸肩，"就是觉得，你们俩其实也挺配的。"

张弛和陈韵吉都炸了。

"别、别，我可不想跟一棵圣诞树扯上什么关系，还不如把他杀了。"

"嘿，我偏要跟你在一起，将来还要娶你，娶回家一天打十回。"

程北茉和裴颂头顶仿佛有无数只乌鸦飞过。

这时，旁边的桌子一阵嘈杂，一桌吃完，又有新客人进来。

程北茉背对着他们，并没有注意，而对面的裴颂和张弛脸色变了。

她转头看了一眼，发现身后的桌子旁，站了一家三口。

那对中年夫妇一直皱眉，像是不适应这里嘈杂市井的环境，他们的女儿……他们的女儿也太漂亮了吧。

她身上穿着的是一中的校服，但在人群中也很突出，一眼就能找出来的那种。她扎着松松的麻花辫，是特别时尚的那种麻花辫，陈韵吉曾经对着网上的视频编过，最后的成品像头上顶了一坨屎。

几乎是在同时，中年女人注意到了这四个高中生。

她先是一愣，认出裴颂后，凌厉地瞪了自己女儿一眼。

漂亮女生低着头，一句话也不敢说。

只有陈韵吉还不明所以地啃着烤鸡翅，问："她瞪我们干吗？不是有空桌吗？"

中年女人对自己女儿说："我就说你怎么非要来这边吃饭呢。"

程北茉隐隐觉得这跟裴颂有关，她偷偷看了裴颂一眼。他照旧吃东西，眼里淡得咂摸不出情绪。

她茫然四顾，只见张弛对她做了个口型。

她看懂了，"校花"。

"你们是不是提前约好了？是不是要在这儿见面？"中年女人提高嗓音。

店里的人都朝他们这边看过来。

女生小声说："没有。"

中年女人指着裴颂说："你们是不是私下还有联系？你还要害我女儿到什么时候？"

女生扯着中年女人的袖子："妈，他没有——"

"你别说话！这里有你说话的份吗？"中年女人突然激动起来，转向裴颂，"差点毁了别人前程，现在还敢私下联系？我看学校的处分还不够！你这样的学生，就应该退学，免得继续祸害别人！"

嘈杂的声音不知什么时候消失了，空气都变得紧绷绷的。

裴颂没什么表情地说："抱歉，我没那个闲工夫。"

他的眼神冷淡而锋利，没有任何情绪。

中年女人瞥了眼程北茉和陈韵吉，大概是看到了校服上八中的字样，脸上浮现出难以言说的复杂表情："转学转走了还不消停，果然到什么学校学什么手段。"

能看出来，这个中年女人也是个美人。她打扮得看着贵气十足，跟这儿的热闹格格不入，只是在一声声质问中，面目逐渐狰狞。

"她在说什么屁话啊！"陈韵吉气愤地把筷子砸在桌子上，一副要干架的样子。

程北茉赶紧把她拦下。

一顿输出后，中年男人才开口："行了，别说了。"

女生带着哭腔推着中年女人："妈，我们走吧，我不想吃了，好不好？妈，我们走吧……"

最后，在中年女人对女儿的数落和指桑骂槐中，一家人愤然离去。

店里很快恢复了热闹，仿佛什么都没有发生过。

程北茉瞟了眼裴颂，这事如果落在她头上，她肯定当场就情绪崩溃了。

除了裴颂，其他三个人都小心翼翼的，吃东西都不太敢发出声音，就连张弛也不说话了。

突然，裴颂的手机振动了一下。

他没看手机，面色如常。

三个人屏气凝神，呼吸都快停了。

过了会儿，他的手机又接连振动了七八下。

能强烈地感受到来信人的焦灼和紧急。

裴颂打开看了眼，往下滑了滑，站起来说："你们先吃，我出去一下。"

在他锁屏的瞬间，程北茉瞥到微信对话框顶端的名字，戴思。

那一瞬间，几个人脑中都生出千头万绪。

看着裴颂的背影消失在街角，张弛都没心情吃了，捧着个生蚝唉声叹气半天，还是放下了。

程北茉不知该怎么形容自己的心情，她好像有点不希望裴颂追出去。

陈韵吉用指尖敲敲桌面："喂，刚才那就是你们一中的校花？"

张弛点了点头："嗯，戴思。"

她是真的漂亮。

陈韵吉这个天天张口闭口"程北茉天下第一漂亮我第二"的人，都没什么异议。

戴思五官大气，皮肤透亮，站在人群里，好像自带美颜特效。她今天穿的是一中的运动校服，比制服校服要土，即使是这样，那张脸依旧是妥妥的校园剧女一号。

"她穿这种土货居然也那么好看……"陈韵吉哀叹一声。

"你们八中的校服也挺土的，狗和小茉莉穿着不是照样挺好看。"张弛哧哧地笑了两声，"人的问题，就别甩锅给衣服了。"

"一边去。"陈韵吉顺手抄起一张擦过嘴的餐巾纸朝张弛扔过去。

她自己损自己可以，但别人不行。

"一中的校花可不是吹的，是所有人公认的。"张弛的语气里不无自豪，"人家以后是要上电影学院，当明星的。"

陈韵吉"喊"了一声表示不屑，这么替人家自豪，人家姑娘也没往你身上落一眼。

她喝了口饮料："北影中戏很难考的，全国那么多美女，你怎么就知道她能考上。"

"她考不上，难道你能考上？"张弛瞥了陈韵吉一眼，"人家家里是艺术世家，她妈妈是现代舞演员。"

"刚才那么凶，一点都看不出有舞蹈演员的气质……"陈韵吉撇了撇嘴，又问，"今天这事，应该只是巧合吧？"

吃饭的地方是程北茉定的，她说："是我说要来这儿吃饭，应该只是凑巧碰上的吧。"

老京江人都知道临江路这地方，真正爱吃、会吃的，都会来这边。

陈韵吉点点头："校草是看了微信才出去的，应该是校花发的吧？"

当然，傻子都看得出来。

张弛默默地瞥了程北茉一眼，说："不知道。"

陈韵吉还是没忍住，问出了她一直好奇的问题："他跟校花到底是怎回事？"

裴颂跟戴思之间的关系，张弛是知道的。之前同学们给裴颂饯行的时候，戴思到场了，但裴颂对人家挺冷的。

也是，毕竟戴思父母在学校闹了那么大一出，裴颂只是冷脸，没翻脸就已经仁至义尽了。

张弛隐隐觉得，裴颂这次，应该是去跟戴思摊牌的。

他摇了摇头："不知道。"

张弛这边一问三不知，陈韵吉显然不信："都传他是因为校花才转学的，是真的吗？"

"传言有几个是真的？不是不是不是，别瞎猜了。"张弛有点不耐烦，"为这事转学，他还不至于。"

"凶什么凶啊。"陈韵吉翻白眼，"我听说，校花为了他都改学理科了，他把人家扔下转学了。"

"谁说的！狗根本就不是那种人！他才是受害者！"张弛为自己兄弟辩解，气得脸红脖子粗，"都是谣言！谣言！"

程北茉赶紧让他俩停下："行了，别吵了。"

"所以呢，是为了啥啊？"陈韵吉还在问。

张弛哼了一声："别想套我话。"

别看张弛平时吊儿郎当，总拿裴颂吹牛，但到这种事上，他都正经对待。

陈韵吉的胃口已经被吊起来了，她最烦别人说话说一半，这时候打住，她会抓狂的。

她威胁张弛："这顿饭是茉茉请，吃人家的嘴短，要么把吃进去的吐出来，要么说点有用的。"

"那……"张弛眼睛转了转，"你们得拿同等级的消息跟我换。"

程北茉平时知道的八卦不多，她知道的，一般都是陈韵吉从朱倩茹那儿听来的二手消息。

还没等她想好，陈韵吉已经抢先伸出手："成交！"

"你们想听狗跟校花的事，还是狗为什么转学的事？"

"不能一起说吗？"

张弛摆出讨价还价的态度："这是两件事，你们得拿两个来换。"

"行行行，快说吧你，这么磨叽。"陈韵吉催促着。

张弛是真不想让别人再误会裴颂，尤其是不想让程北茉误会，便决定把真实情况说出来。

"我陈述的是我知道的事实，听了别自己发散。"张弛摆谱，慢慢讲故事，"戴思跟狗是一中的校花、校草，大家公认的。原本没什么，有次运动会上，他们俩一块给班里人领号码布和矿泉水，走过来的时候被人拍了，正好他们俩那时候正在说话，照片上就显得特别亲密。那张照片在各个班的群里疯传，传着传着，有的人就以为他们俩真的有点什么。"

陈韵吉急着问："那到底是有还是没有啊？"

"没有。狗知道孰轻孰重，现在这个阶段，最重要的当然是高考。"张弛耸了耸肩，表示自己已经习惯了。

陈韵吉反问："那他刚才干吗要出去？"

"肯定是有非去不可的理由啊。如果一个人跟你说，他要自杀了，在这之前最想见的人就是你，你去不去？"

陈韵吉生搬硬套："戴思要自杀，想见裴颂？"

"你什么阅读理解能力？举例，举例懂不懂？"张弛气坏了，让她别再插嘴，"戴思原本是要学文科然后走艺术生的，但她交上去的表上填的是理科。我们老师也知道她家人对她的规划，还专门叫她去问了一次，她说没填错。后来戴思的父母闹到学校了，硬说是裴颂逼着他们女儿改了文理分科表。老师没办法，就把他爸妈也叫来了。"

陈韵吉眉头紧锁："然后呢？"

"为了息事宁人，学校批评了狗，给了个不痛不痒的处分，不记档的那种。我们当时以为这事就这么过去了。结果暑假快结束的时候，我才知道他要转学了，还是转到八中。"张弛叹了口气，接着说，"这消息一出来，说什么的都有，大家都以为他转学跟戴思有关系，学校流传的版本多了去了。"

听起来，这两件事关联度确实挺高的，大家这么猜测也不无道理。

"狗跟他爸关系本来就不大好，他爸就借题发挥，跟他大吵了一架，然后他就转学了，没想到，他爸还真给他把手续办了。具体怎么回事，我也不知道。别人都觉得狗转学是自毁式的，但是狗可能有自己的想法吧。"

有时候，他猜不透裴颂的心思，也不懂裴颂的某些决定。

但哥们嘛，不就是用来支持的嘛，不能无条件地信任，还叫什么哥们？

"狗其实背了挺多委屈的。这事之后，好多人说是他骗了戴思，还有人说他挺浑的，他都知道，却从来没反驳过。"

陈韵吉："为什么？那到底是不是他让人家改的文理分科啊？"

"当然不是啊！他怎么会是那种人，他跟戴思不怎么熟的。"张弛摇

123

了摇头，"不过狗自己从来没说过。我猜他可能是不想让戴思背负太多吧，她挺脆弱的，毕竟在一中议论她的人太多了，她承受的压力很大。"

听起来，有几分壮烈的浪漫。

陈韵吉："那他转学这事，他妈同意啊？"

张弛："不同意啊，他妈最近在跑给他转回一中的事儿呢。"

程北茉的眸光微动，黯淡了几分。

"啊？那他会回去吗？"陈韵吉问。

"不知道，一中的转学手续不好办，而且转学又不是过家家，你刚走又要回来，开玩笑嘛。"张弛摇了摇头，"不过我倒是挺想让狗回来的。"

程北茉沉默着。

时间过去了快半个小时，还不见裴颂回来。

"狗怎么还不回来？"张弛嘟囔一句，掏出手机发消息，"也不知道他干吗换这么个头像，一点也不酷，原来的'关你PS'多有态度……"

一条涂鸦的丑狗。

程北茉没说话，但悄悄咽了下口水。

陈韵吉把张弛的手机抢过去："让我看看他的朋友圈！"

张弛没抢，他悠悠地靠着椅子："看，随便看。"

他的表情好像在说"能看到算我输"。

果然，过了会儿，陈韵吉无趣地把手机还回去："什么都没有，无聊。"

"发了还怎么保持跩王形象？"张弛一脸"你见没见过世面"的神情。

程北茉眉头一动，问："他从来都不发朋友圈吗？"

张弛点头："上次见他发，好像还是一年前。"

程北茉悄悄地摸出手机，点开裴颂的朋友圈。

那张透过窗户拍的晚霞照还在。

她仿佛看到那扇窗户背后，那张照片背后，少年慵懒的坐姿。

她跟裴颂在微信上没有共同好友，所以只能看到自己的点赞。

什么情况，这条朋友圈只对她可见吗？

一时间，她心跳如擂鼓，怦怦作响。

"我说了这么多，该交换了吧。"张弛说。

陈韵吉也一副信守承诺的样子，让他随便问。

程北茉莫名有点紧张。她隐约觉得，张弛的这个问题可能跟她有关。

结果张弛张口就问没营养的："跟我聊天的那个网友，叫什么来着？"

陈韵吉一脸"就这"的表情："朱倩茹。"

"她漂亮吗？"

"还行，挺漂亮的。"陈韵吉利落地回答完，"行了，两个问题结束了。"

诈骗啊？

张弛差点掀桌子骂人。他提供了那么多重要信息，就换来这个？

"行吧行吧，那允许你再问一个。"陈韵吉看张弛急了，赶紧提出补救措施。

"那我得好好想想……"张弛摸着下巴，故弄玄虚。

程北茉盯着那张绚丽浓烈的晚霞照片，出了神。

忽然，张弛望向她："小茉莉，你觉得狗是个什么样的人？"

程北茉抵着下巴，认真思考起这个问题。

她想起裴颂演讲时，她仰望着台上的他，跟其他人一起心潮澎湃。

她想起他给她处理伤口时，她的心跳也曾短暂地失了序。

还有在公交车上他的呼吸，让她莫名其妙地心烦意乱。

……

这些都是危险的信号。

她跟裴颂莫名其妙地认识了，还认识了裴颂的朋友。陈韵吉和朱倩茹总是把裴颂挂在嘴边。

裴颂是个存在感很强的人。

即使他什么也不说，只是安安静静地坐着，也好像光芒万丈。

可她没空在意这个少年，她不想做心思挂在别人身上而忘记自己梦想的傻子。

她的目标是两万块，是考一个好大学。这次月考成绩已经被超过了，再心存杂念，可能连这个年级第二都保不住了。

不知什么时候，裴颂从外面回来了。

少年步伐轻快，在程北茉身后带起一阵风，划过鼻尖的，是熟悉的清香。她去超市里特地挨个找过，洗衣液和沐浴露都找遍了，也没找到同样的味道。

这是专属于裴颂的味道。

见张弛和陈韵吉一个姿势，都紧盯着程北茉，裴颂蹙眉，轻声问了句："干吗呢？"

"嘘，先别说话。"张弛很严肃地说。

只见程北茉口气轻松，开玩笑似的："干吗都这么严肃？我可没有别的想法，我只想好好学习。"

裴颂和程北茉都没有再动筷子，倒是剩下那两个人，吃得满嘴流油，张弛这个没眼色的，到最后又加了二十串烤肉、二十串腰子。

看大家吃得差不多了，程北茉去前台，才发现他们那桌已经结过账了。

"付过钱了？谁付的？"程北茉诧异。

前台小哥冲她身后指了一下："那个帅哥。"

程北茉回头，发现张弛和陈韵吉还在做最后的收尾工作，而裴颂，正朝她这边走过来。

她说："说好我请客的。"

"从外面回来时，顺便付了。"

"谁知道张弛这么能吃，看得我都替他不好意思。"裴颂很无所谓地耸了耸肩，"下次你再请呗。"

程北茉咬着嘴唇，没有说"好"。

她拿着账单，想了一会儿，说："还是我付吧。如果你坚持要付张弛的那部分，就 AA 吧。你付四分之一，就当是张弛的独一份，我付剩下的，也算是我请客了。"

裴颂察觉到了她的疏离。

白晃晃的灯光直直打在她脸上，那双眼睛清澈而倔强。

在一片吹牛、拼酒、划拳声中，两人就这样无声地僵持着。

生生划出一片清净的区域，别人过来要绕着走。

前台小哥已经收过钱了，津津有味地盯着他们俩。喝醉了酒抢着买单的中年男人天天都有，这样的小清新剧情可遇不可求。

程北茉拿出手机："我现金不够，给你转账吧。"

几秒后，裴颂的手机振动了一声。他目光暗沉，无动于衷。

正好这时张弛背着包过来："好撑，谢谢你啊小茉莉！"

裴颂蹙眉："擦擦嘴吧你！"

四个少年的身影从临江路的巷子里走出来，走得不那么规矩，自由散漫，嬉笑怒骂，在浓烈夜色下，青春气息盎然。

张弛站在路边拦了辆出租车，说是女士优先，让程北茉和陈韵吉先上。

临江路离齿轮厂家属院很远，二十公里的路程，打车回去至少要五六十，遇上堵车，还会再贵点。

而公交车就不一样了，学生卡三折优惠，六毛钱就能到家。

陈韵吉有些拿不准地看了一眼程北茉。

程北茉很坦然地说："我们坐公交车就好。"

裴颂看天色晚了，便说："我送你们。"

程北茉赶紧拒绝："不用，我们坐108路，直接就到家门口了。"

僵持不下，最后决定，裴颂和张弛陪她们俩走到公交站，看着她们上车再离开。

等车的时候，张弛和陈韵吉叽叽喳喳，裴颂和程北茉从始至终一句话也没说。

公交车来了，这一站临近起点站，车上空位还有不少。

陈韵吉先上去，裴颂跟程北茉说："到家发个消息。"

还没等程北茉回答，陈韵吉已经在后排占了个靠窗的座位，打开窗户做了个"OK"的手势："没问题！"

公交车颤颤巍巍地走了，张弛拧着眉说："她俩坐公交车，不知道多久才能到，打车多快啊。"

裴颂冷冷看他一眼："你是猪脑吧？"

有时候张弛真的挺单纯的。他的单纯是金钱和幸福的家庭堆起来的，当然不会思考关于钱的问题，毕竟这家伙随便一条内裤，就已经比这顿饭贵了。

张弛还兴奋起来了："你是狗，我是猪，这组合无敌了，其他人就是猪狗不如！"

裴颂翻了个白眼。

这小子单纯也挺好的，单纯没有烦恼。

张弛迫不及待地提起另一件事："狗，刚才是戴思叫你出去的吗？"

看他憋的那样子，估计早就想问了。

裴颂松散地走着，就是不说，急死他。

张弛只当裴颂默认了，接着下一个问题："戴思有什么事找你？"

还能有什么事。

道歉，流泪，呜咽着说了些听不清的话。

但裴颂没回答张弛。

张弛急得抓耳挠腮，看裴颂什么都不肯透露，他突然停下，指着裴颂喊："你不会为了她转回一中吧？！"

张弛觉得，裴颂这人喜欢另辟蹊径，他能做出从一中转学到八中这种惊世骇俗的大事，没准也会脑子一瘫，再转回去。

裴颂扶额，他怎么会有这么蠢的兄弟。

戴思父母的话已经那么难听了，是个人都避之不及好吗？

他斜睨一眼张弛："比起这个，我为你转回一中的可能性更大。"

张弛摸了摸胸口，娇羞道："原来我在你心里这么重要。"

裴颂飞来一记冷冷的眼风，没讲话。

"狗，我刚才看小茉莉不大高兴，估计你去的时间太久，她吃醋了。"看裴颂没什么反应，张弛用手肘戳他，"你就没发现？"

"我很闲吗？"裴颂手抄口袋，懒散地说。

"行，你忙，你日理万机，你全天下最忙，忙到没时间跟我打球，却有时间跟小茉莉吃饭，还有时间去安慰戴思。"

裴颂忍无可忍地说了句："闭嘴。"

张弛压根不理他，还在认真帮他分析："我真觉得很明显，肯定是因为她太在乎你了，结果你为了另外一个女人丢下了她。"

裴颂冷淡地把目光移到别处："滚。"

他原本是没想出去的，他甚至很生气。戴思父母在学校大闹过一次还不够，还要因为一次偶然相遇继续对他出言不逊。

但戴思连着发了十几条消息，语气恳切，到最后，有点极端。

【裴颂，你能出来一下吗？我在街角的这家串串店旁边。】

128

【我爸妈不在，他们回去了，我跟他们大吵一架，说我不回去了，我现在一个人。】

【都怪我，如果当时我没有那么冲动，你也不会转学，我甚至想过，要不就别活了。】

【我知道，我不应该叫你出来，也没资格叫你出来，我爸妈真的很过分。我都知道，但是求求你了，你能出来陪我说一会儿话吗？我现在真的很难过。如果你不来，我就在这儿一直等你。】

……

戴思在街角等裴颂。

一个漂亮女孩脸上挂满了泪，笔挺地钉在一个地方，还挺惹人注目的。

周边串串店和烧烤店有不少桌子摆在外面，路人都忍不住看她，讨论她。

戴思看到裴颂过来，泪珠断了线似的："我爸妈说话不好听，对不起啊。我不知道你在这里，早知道我不会带他们来的。"

裴颂跟她保持一定距离，语气也颇为疏离："别，这是你的自由。以后我不来就是。"

听到这里，戴思的眼泪又落了几颗。

她仰着满是泪光的脸："你有纸吗？"

"出来得急，没带。"裴颂双手抄兜，没有帮她的打算。

戴思垂目，自顾自地用手抹了抹脸颊："我刚才硬挣脱了他们，才没有跟他们回家。可能今天回去，我有很长一段时间都没有自由了。"

自从她擅自改了志愿，父母就开始每天接送，切断她跟裴颂接触的一切可能性。

"我从来没想过给你带去困扰……"她上前，想要拉裴颂的手臂。

"已经给我造成困扰了。"裴颂往后退了一步，"上次吃饭的时候，我以为我已经说得很清楚了。"

戴思自嘲地笑了下，笑自己傻，也笑他的无情。

他连一句"前程似锦"的祝福都不肯收，都要原封不动地还给她。

"对不起……都是我，都是我搞砸了，我们以前明明相处得挺好的。"戴思还是眼疾手快地捉住了他的手腕。

什么相处得挺好的？以前也就是普通同学好嘛。

不少人都在看他们，这让裴颂有点烦躁。

他声音几近冰冷地说了句："松开。"

显然，戴思也被他这句话的语气吓到。

看裴颂一直朝来的方向望，她问："你急着回去吗？是有人在等你吧？"

在店里的时候，她不敢看裴颂，却看了好几眼他对面的女孩。

那女孩白白的、瘦瘦的，长得挺乖的，就是没什么表情，身上有种莫名的冷漠劲。

那种感觉，与裴颂给人的感觉有点相似。

裴颂望着别处："这跟你没关系吧。"

"你急着回去，是怕她生气吗？"

"戴思，你的路跟我们所有人都不一样，把心思放在我身上，不光会给我造成困扰，对你的未来也没什么好处。不过我已经转学，我们将来也没什么见面的必要了。将来再见面，可能就不是这些路人盯着了，没准得上热搜。"裴颂没有吊儿郎当，而是认真地说，"抱歉，我不想出名。"

说完，他大步离开，只留下一个瘦高的身影。

裴颂没有点程北茉的转账，那几百块钱又原路退回了。

程北茉固执地又发了两次，裴颂依旧没有点，而且没有给她发任何消息。

他们两个再遇见，已经是一周后，在学校的广播站。

月考的年级前三要在广播站分享各科学习经验，原先的安排是，先沈清，然后程北茉，最后裴颂。

老闫这么搞，是不想让沈清觉得不受重视。

老闫特地协调，抽出一个早读加半节课的时间，让他们三个人做分享，每人二十分钟。

在广播站讲，每个教室里的音响都能听到，也方便大家记笔记。

裴颂最后一个讲，他本来还在教室里，打算沈清的部分结束之后再去广播站，没想到广播里最先出来的，是程北茉的声音。

裴颂拔腿就往广播室去。

他去的时候，程北茉还没有结束，沈清在外面坐着。

虽然与沈清不熟，但在老闫那儿一起开过会了，裴颂还是象征性地打了个招呼。

"怎么换顺序了？"他找了个空椅子坐下。

沈清说她不想第一个上，程北茉二话没说，主动跟她换了。

裴颂明显感觉到，程北茉在躲着他。

她第一个分享，如果他去晚一点，她就可以避免跟他见面。

沈清抬眉，特别阴阳怪气地问了句："怎么，心疼了？"

裴颂抬眼皮，冷冷地看了沈清一眼，没说任何话。

那双眼睛太可怕了。

沈清也觉得自己这话说得太过了，自己尴尬了一会儿，又没话找话："你怎么都不拿稿子？你都记得住？"

裴颂"嗯"了一声："记得住。"

大概是看裴颂理自己了，沈清松了一口气，小声说了句："果然是一中的。"

沈清一直试图跟裴颂搭话，而他一直不冷不热的。

过了会儿，她掏出手机："我看你这次月考数学拿了满分，物理也挺高的，我能加你个好友，我们讨论一下题吗？"

裴颂懒懒地说："不能。"

他拒绝得太直接，沈清没反应过来，先愣了一下："可是你不是都跟程北茉讨论这次分享了吗？"

"我记得，她是先邀请你的，你不是也没答应吗？"

"我当时是觉得，每个人每门课都有自己擅长的学习方法，一起讨论了也没用。"沈清为自己辩解，"你跟她很熟吗？"

她不懂为什么裴颂有点护着程北茉的意思。

程北茉的身影动了动，她那边好像快结束了。

裴颂慢悠悠地站起来，像是要赶着去迎接似的，回头扔了句："这好像跟你没关系吧？"

程北茉出来，看到裴颂在，眼里并没有太大波澜。

倒是沈清阴阳怪气地问了句："你要不要先啊？让人家少等一会儿。"

裴颂也没留情，回击道："还是你先吧，除了这次，我想不出你还有什么机会能在我前面。"

沈清气呼呼地进去了。

他拦住程北茉，半靠着桌子："说说吧，最近怎么回事？"

程北茉看他一眼："什么怎么回事？"

她想走，却被人捉住了手臂。

隔着袖子，手心的温度像火，真真实实地传递到她的皮肤表面。

裴颂手上没用力，手臂却在使劲，这样不会太弄疼她，也能让她没法走。

程北茉瞥见他手背的青筋，就知道她走不掉了。他要真的想对她动手，她实在不是他的对手，只会比蚂蚁还脆弱。

她也不走了，也抬头，毫不避讳地盯着他。

四目相对，裴颂心头忽地变软。

她跟戴思太不一样了。

她的眼里只释放出冷静的信号，淡淡的，也看不出她疼不疼、委不委屈。

她不喊难受，也不喊疼，就生生忍着。

那倔强的眼神，让人心疼。

"最近心情不好？"裴颂松开手，问。

程北茉扯了扯袖子，说没有。

裴颂哼笑一声，接着问："你就没有想问我的？"

程北茉说："有，你为什么没收我的转账？"

"这事以后再掰扯，我有话跟你说的。"

程北茉静静地看着他，忽地扔出一句："又要让我考试加油？"

也不知是认真的还是玩笑话。

裴颂愣了一瞬，摇摇头："说说我跟戴思的事。"

程北茉问他："你跟我说这个干吗？"

裴颂没回答，只是突然凑近她，凑得很近很近，睫毛几乎都要贴着她的脸忽闪了。

她只能屏着呼吸，余光下意识地瞥了下里面的沈清。

他松松地笑了下，不紧不慢地问："你说呢？"

这次，她的心终于不是怦怦乱跳了。

她的心跳直接没了。

她及时清醒，往后退一步，咽了咽口水："其实不用跟我说的，我也不太感兴趣。"

"没别的意思。"裴颂哼笑一声，好像看穿了她的心慌似的，"我不想落个渣男的名声，可以吗？"

程北茉被他的目光灼得躲闪，只得说："你是不是渣男都无所谓，反正也没渣到我头上。"

就算是渣男，也是全校人气最高的渣男。

然后，她就看到裴颂用极其不解的眼神盯着她，一脸"你要不要听听自己在说什么"的表情。

裴颂口气略带嘲讽："那恭喜你啊。"

"你跟戴思的事，我都知道了。至于那天晚上你跟戴思在外面说了什么，那是你们之间的事，我不想知道。"程北茉抬腿打算往门外走。

知道什么啊？怎么知道的？

他自己都还没开口呢，也不知她听的是哪个版本的谣言。

"你消息挺灵通啊。"

"就像你去温泉酒店的事一样，我说了不告诉别人，就一定不会说的。"程北茉伸出手，像保证似的，"不管外面怎么传，那些话绝对不会是从我这儿说出去的。"

裴颂被她气笑了，怎么还能扯到这上面来："我是不是还得谢谢你？"

还没等程北茉开口，闫国华推门进来了。

老闫这人，该来的时候不来，不该来的时候偏来。

老闫风尘仆仆，大步流星，瞧见裴颂脸上冷淡的表情，专门退出去看了眼："我没进错地方吧？"

程北茉像看见了救星似的，赶紧说："闫老师，没进错。"

裴颂心想，至于吗？

老闫先是冲程北茉竖了个大拇指，又看到他们俩正面对面说话，笑盈盈地说："交流心得呢？"

程北茉站直身体，一本正经地点了点头。

这人，变脸真快。

"多交流是好事。"老闫很欣慰，"裴颂理科好，可以跟他多聊聊，帮你把理科成绩再提一提。"

程北苿抿着唇点点头，一副听话的好学生模样。

裴颂漫不经心地说："我人就在这儿呢，怎么没人问问我意见？"

"正经点。"老闫用手里的书轻轻抽了他一下，"下一个就到你了，你的稿子呢？"

"您觉得我还需要稿子？"

"你小子别给我搞砸了，你准备了没？"

"准备了啊。"裴颂手抄口袋，冲程北苿扬了扬下巴，"不信您问她。"

没办法，程北苿只能点了点头。

"好，好，很好。"老闫特别满意，"就是要这样，互通有无，共同进步，给其他同学树立榜样，先富带动后富。"

程北苿心想，什么先富带动后富，我自己还没富起来呢，钱就被抢了。

她跟老闫打了声招呼，便匆匆离开了。

裴颂有点想笑。

真是的，跑什么啊。

课间，朱倩茹急匆匆找来程北苿和陈韵吉，像是有重要事情。

程北苿紧张兮兮跟着朱倩茹到没人的地方，朱倩茹才说，那个网友要约她出去玩。

朱倩茹还没见过张弛，只在朋友圈看过照片，说长得还挺帅的。

程北苿和陈韵吉凑在一起翻了翻张弛的朋友圈，都沉默了。

"照骗"啊！怎么会有人这么不要脸，把自己P得快戳天了。

"要不还是别见了……"陈韵吉不想再看那些照片第二遍。

朱倩茹低头，脚跟在地上点："可人家语气挺真诚也挺体贴的，他说如果觉得两个人见面太尴尬，可以带着朋友一起去。再说了，看他照片还挺帅的……"

陈韵吉叹了口气，拍拍朱倩茹的肩："那我劝你放低期待。"

朱倩茹忽地抬起头："要不，你们俩陪我去呗。"

程北茉一想到张弛那张碎嘴，就有点头疼。

她摇头："我不去了，作业多。"

朱倩茹双手合十，露出楚楚可怜的表情："求你们了，就一天，没准都用不了一天。如果他是个奇葩，我们就早早地溜，行吗？"

程北茉心想，还用如果吗，他就是个奇葩啊。

她问："咱们三个女生，对面就他一个男生，是不是有点怪？"

陈韵吉想了想："把杜杨也叫上吧。"

这是去见网友还是去团建？

程北茉问她："你们俩不是吵架了吗？"

"有吗？"陈韵吉想了想，"你说上次啊？他跟我道歉了。"

正好这时上课铃声响了，朱倩茹把手搭在嘴边，当喇叭喊："我就当你答应了啊茉茉！"

程北茉暗暗叹了口气，不是裴颂就是他身边的人，怎么躲都躲不过。

周末一大早，朱倩茹拖家带口，一行四人去见网友。

"倩茹见个网友，你们俩兴奋个什么劲。"杜杨还没睡醒，在公交车上不满地抱怨。

"那你别来啊！"陈韵吉在杜杨胸前推了一把，"又不是我用轿子抬你来的。"

"我是怕你们俩有危险。"杜杨嘴硬道。

程北茉默默戴上耳机，每天听他们俩斗嘴，她累得慌。

朱倩茹跟网友约定见面的地点在京江城市广场。

城市广场很空旷，清晨的薄雾还未完全散去，鸽子悠闲地漫步，和练太极的老人和谐相处。

他们几个先到，等了一会儿，程北茉实在无聊，跟旁边的老头要了点食，加入了喂鸽子大军。

过了会儿，朱倩茹的手机响了，她接起来，四下张望了一会儿，然后朝一个地方招了招手。

或许是朱倩茹的动作太大了，一时间，成百上千只鸽子忽然呼啦啦地飞上天空，一片白色像升起的幕布，短暂地遮住视线。

之后，程北茉看见了张弛的身影。

他身边还站着一个人，顶着一张冷淡的俊脸出现。

他穿了件黑色外套，站得笔直挺拔，身上斜背着个包，表情是他一贯的漫不经心。

裴颂的出场方式过于浪漫和梦幻。

程北茉站在原地，一时间没缓过神来，甚至忘了思考他为什么会出现在这里。

倒是陈韵吉先诧异，问："校草怎么也来了？"

"我挂三个人，人家挂一个人都不行啊？"朱倩茹翻了个白眼，然后立刻换上一张笑脸，"你来啦，一中詹姆斯！"

"你好啊，八中张曼玉！"

众人差点石化。

陈韵吉干呕一声，朱倩茹一见面就开始跟张弛斗嘴。

朱倩茹皱眉："你们认识啊？"

几个人站在一起捋了半天，朱倩茹才知道，其他几个人都知道张弛的身份。

陈韵吉双手一摊，耸了耸肩："我早就劝你要慎重，见光死了吧。"

张弛直接对杜杨说："能不能管管你的人？"

杜杨愣了一下："……我们不是第一次见吗？"

陈韵吉夸张地独自跳脚："谁说我是他的人了？哪条法律显示我是他的人？"

于是，杜杨拎着陈韵吉的帽子，提溜到一边去了。

他们几个人叽叽喳喳的时候，裴颂抄着口袋，像个局外人一样，站在一旁。

程北茉瞥了他一眼，没打招呼。

六个人的队伍分成两个阵营，他们俩离得挺远，但生生划出一道沉默的屏障来，氛围诡异。

陈韵吉小声问："校草怎么了？怎么感觉不大高兴？"

张弛说："犯病呢，别理他，让他自己踮吧。"

过了会儿，张弛看不过去，凑过来跟裴颂耳语："狗，眼睛别直。"

裴颂蹙眉："你有病吧？"

张弛："小茉莉不穿校服，还挺好看的哈。"

程北茉今天穿了件宽松的红色帽衫，搭配一条时下流行的阔腿牛仔裤。乖巧的学生装束，配上她雪白的皮肤，像颗熟透了的水果。

这好像是他第一次见程北茉没穿校服的样子。

"关你屁事。"裴颂直接给了他一脚，冷冷地补了一句，"关我屁事。"

"你就嘴硬吧你。"张弛啧啧两声，又回到了他的四人队伍里。

朱倩茹和张弛只约好在这儿见面，没约好去哪儿玩，毕竟朱倩茹原本准备随时跑路。

几个人熟络起来，开始热烈讨论目的地。

张弛提议："我们去碧清泉吧，我请客，有吃有喝，还能看电影打台球，能消磨一整天。"

朱倩茹一愣："你疯啦？"

张弛诧异："怎么了？"

朱倩茹说："你怎么带我们去那种地方？听说那里面有特殊服务。"

张弛怒了："这都谁传的谣言？不可能不可能不可能！那里面干净得很！比你们家都干净！"

朱倩茹反问："你怎么知道？你常去？"

张弛正要辩驳，结果裴颂压低声音在他耳边说："你这么高调带着一群人去，被你姐看到，你还要不要命了？"

张弛摸着下巴思考："也是，我姐看我带着三个美女，肯定误会，再告到我爸妈那儿，到时候就说不清了。"

裴颂微微蹙了下眉："……有病。"

张弛不满："可我总要为我们家正名啊！为什么这么多人都以为我们家温泉酒店不正经？"

裴颂双手环抱在胸前，抬眉问他："你就非得时时刻刻把你的家底摆出来是吗？"

朱倩茹小声问："他们俩说啥呢？"

陈韵吉大胆猜测："我觉得是张弛想去，校草在极力劝说他不要去。校草那么正直，肯定要阻止他这种下三烂行为！"

程北茉心想，你们口中正直的校草早就自己一个人去过了。

果然是好兄弟，玩都能想到一块去。

最后，只见张弛转过来，双手摊开："行吧，那不去了，你们说，去哪儿玩？"

大家面面相觑。

裴颂把拳头抵在唇边，清了清嗓，说天气不错，就在户外玩吧。

裴颂一开口，大家纷纷应和。最后，张弛在网上搜到个露营地，有山有水，总算是敲定了地方。

张弛叫了辆奔驰商务车，六个人浩浩荡荡地出发了。

上车前，张弛和裴颂走在最后，张弛用肩头顶了顶裴颂，说："你没哄小茉莉？"

裴颂蹙眉："你又发什么神经？"

"还没解释你跟戴思的事？你要急死我，哥们给你想办法。"

"你消停点行不行？"

张弛幽幽地看他一眼："有本事你别上车啊。"

裴颂一把拨开他，自己先跨一步上了车。

露营地可以自带帐篷，老板也提供天幕和食材，他们几个什么都没有，两手空空就来了。

除了裴颂和张弛，其他人都愣愣地站着，不知该干什么。

这种不知所措的状态从刚才就开始了，毕竟他们出来玩的规格从来没有这么高过。如果不是跟着张弛和裴颂，他们几个人根本不会知道奔驰商务车里是什么样子。

裴颂和张弛去跟老板交涉，老板一看是学生，从头到脚又都是不露logo的名牌，便认定了人傻钱多，什么都给他们推荐。

张弛听不得推荐，老板说什么他都点头如捣蒜，这个也要那个也要。兴致来了，还想直接把一套露营装备买下来。

最后还是裴颂做主，冷着脸退掉了几个不合理的收费项目。

过了会儿，几个男生一起支起桌子和烤肉架，几个人围坐在一起。

大家好像有默契似的，默认两两一对，陈韵吉和杜杨坐一起，朱倩茹和张弛坐一起。

程北苿本来一个人坐着，裴颂跟营地老板确定完费用，拎着一把露营椅子过来，默不作声地坐在了她旁边。

陈韵吉以一个极其舒服的姿势半躺着，说："这里晚上是不是能看到星星？"

张弛说："看什么星星，倩茹晚上七点前要到家的。"

陈韵吉和程北苿同时惊呼："她？"

只见朱倩茹在张弛看不见的地方正朝她们俩挥拳头。

程北苿识趣地闭嘴。

原本还担心朱倩茹被张弛骗呢，现在看来，还指不定谁骗谁呢。

行吧，行吧，这两个诈骗犯天生一对。

张弛伸了个长长的懒腰："还是跟你们在一起放松啊，跟一中的同学在一块，永远都是聊学习。你看看咱们今天，已经大半天了，根本没人提！"

朱倩茹："说话就说话，干吗拐弯抹角地骂人？"

张弛："我明明是在夸大家松弛。"

裴颂靠着椅子："现在这儿五个八中人，你觉得你是继续说对你有利，还是闭嘴对你有利？"

张弛识趣地做了个闭嘴的动作。狗兄弟叛变了，他得夹着尾巴做人。

吃了一会儿，张弛问裴颂："狗，你带相机了吗？"

裴颂拍了拍自己的包："带了。"

张弛跟大家说："狗拍照一绝，上过好多摄影杂志，还获过奖呢。"

陈韵吉说："那一会儿给我们拍几张呗。"

张弛往嘴里扔了一颗小番茄，摇摇头说："狗从来不拍人，都是拍风景的。"

"行了，说得那么悬乎。是我不大会拍人。"裴颂拿起一团纸朝张弛扔过去，他在包里翻了翻，拿了个卡片机出来，放在桌上，"这个轻便，可以拍着玩。"

吃饱喝足后，张弛给其他几个人使眼色，他们四个拿着卡片机跑去旁边的小溪拍照，留程北苿和裴颂两个人。

两个人就在天幕下静静地坐着。

程北茉觉得气氛有点尴尬，正打算也去小溪边看看，结果裴颂开口了："怎么，装不认识？"

"没有。"程北茉摇了摇头，又坐回来，"我看你垮个脸，以为你心情不好。"

在广播站他们不欢而散，她以为裴颂还在生气。

"没睡醒就被张弛薅来了，说要见网友，心情能好吗？"

"那你为什么还来？"

"就……"裴颂垂目，清了清嗓子，"被他骗了，他说有美女。"

程北茉想了想："他也没骗你啊。"

裴颂抬眼看她，暗自笑了笑：还挺会自夸。

"本来只用他们俩自己见面的。"程北茉看着眼前的烤架和桌椅，"这么多人，今天这些挺贵的吧？"

"张弛包了，你别管了。"

程北茉要从口袋里掏手机："那你把上顿烤肉的钱收了。"

怎么还想着这事？

裴颂眼疾手快地握住她的手腕："别转了。"

程北茉怔了一下，嘴张了一半，却忘了要说什么。

他的手心好潮，湿湿热热的。

裴颂松开手，清了清嗓："我是说，下次你请回来就行了。"

她摇头说："以后可能没时间出来吃饭了，要准备期中考试了。"

"期中考试而已，这么紧张？"

"嗯。不只是期中考试。"

还有她失去的第一名。

裴颂听懂了，唇角勾了勾。

"笑什么？"

"我笑了吗？"他绷住嘴角。

"笑了。"程北茉问，"你是不是觉得我在做梦？"

"没有，你加油。"裴颂低头摆弄相机，顺便问，"那两万块对你来说，那么重要？"

"我家条件跟你们没法比，你知道吧。"

她眼睛清澈，坦荡地看着裴颂，好像没有掩藏任何秘密。

裴颂没想到她会这么直白，缓缓抬头，喉咙里卡着什么似的，迟滞地发出一声"嗯"。

他想起上次送她回家时，那个老旧的小区门头。

"当然也不至于贫困，就是我妈身体不太好，我想帮家里分担一些，自己赚点钱。"程北茉托着下巴，很坦诚地说，"或许别人会觉得我太功利，但我不在乎。我想让我父母轻松哪怕一点点，这也是我这个年纪能想到的唯一的赚钱方式了。所以那两万块，就是我的目标。"

在某种程度上，他们是一种人。

认定目标，就不去想其他，只管直奔着目的地。

裴颂不知在想什么，停了好一会儿，才问："我转学来，是不是打乱你的计划了？"

程北茉点点头，又摇摇头："是也不是，高考是要和全省考生一起竞争的，你来能让我知道我的真实水平，挺好的。我早就说过我不是天赋型的，比不过你们这种天生聪明的人。"

"你在其他人面前可别这么说，容易挨揍。"裴颂提醒她。

"我不是在炫耀，我是在卖惨。"程北茉随手抽了一根草穗晃啊晃的，用开玩笑的口气说，"所以，你会让着我吗？"

"不会。"裴颂顿了顿，"我会拼尽全力。"

"喊。"程北茉托着下巴，看向远处，"至不至于啊？"

"我不会让你，但我真心想让你赢。"裴颂也毫不掩饰地盯着她，"我希望你也能拼尽全力。"

因为只有这样，才是真正尊重对手。

微风拂过脸颊，很奇怪的，她眼窝竟有点湿润。

这好像是她流落八中以来，第一次觉得动容。他只说了这一句，却胜过千言万语。

"你把我当对手？"她掩饰自己的情绪，开玩笑道，"我们不是朋友吗？"

"朋友？哪有见面跟朋友装不认识的。"

程北茉轻轻笑了笑。

"对了，那天吃饭的时候，张弛说你们以为我喜欢杜杨？你们为什么会这么觉得？"

"一句两句也说不清。"裴颂回想了一下，"头几次见你的时候，你不是都在犯花痴吗？"

"哦……"她想起来了，"确实挺容易让人误会的，不过并不是你看到的那样。"

"我知道。"

"那如果是真的呢？"程北茉问他。

裴颂愣了一下，然后说："那只能祝福了。"

"随便说说，别当真。"程北茉笑了下，"不过，你怎么知道的？"

"我又不瞎。"裴颂冲杜杨和陈韵吉努了努嘴，那两个人正在一棵树下打闹，他悄无声息地转了话题，"我和戴思的事，你听的是哪个版本？"

什么哪个版本？

程北茉说："我听张弛说的啊。"

裴颂意外："他？他什么时候说的？"

"就那晚吃烧烤的时候。"

不得不说，张弛跟朱倩茹能聊到一起，是有原因的，这两个人都热爱八卦，并且热爱掺和跟自己无关的事。

裴颂："……他都说什么了？"

程北茉把他和戴思是怎么被谣传，一直到戴思改选理科，家长闹到学校，从头到尾讲了一遍。

裴颂觉得，是时候跟张弛这个大漏勺绝交了。

"本来打算亲口跟你说的。"裴颂望着远处，"那天晚上吃饭，他们一家来得太突然了，挺丢人的其实。"

"没有啊，戴思妈妈公共场合发疯，丢人的是她。"程北茉在桌子上看了一圈，最后拿起一串鱼豆腐，"好像全世界就她家的小孩矜贵，别人家的小孩就不是爸妈的宝贝似的。"

裴颂很久没被人称作"小孩"了，还挺新鲜。

"凉了，热热再吃。"他从她手上抢下那串鱼豆腐，重新放回烤架上，"怎么那么让人操心呢。"

"你刚说的那句话特像我爸。"

裴颂抿着唇，没说什么，但看她的眼神有点奇怪。

程北茉觉得好像有歧义："不是，我是说，我爸也老说这句话。"

说不清了。

她只能往回找补："我们刚才聊什么来着？"

"我和戴思的事。"裴颂深深地看了她一眼，"吃烧烤的时候戴思叫我出去是……"

"你不用解释的。"程北茉抿着唇，"她爸妈说话那么难听，你要是还能跟她发生点什么，那真是脑子不太正常。"

她这是，相信他了？

裴颂兀自笑了一下。

程北茉又问他："听张弛说，你要转回一中去？"

"他怎么连这个都说。"裴颂不知道这个大漏勺到底透露了他多少隐私。

"所以，是真的吗？"

"一中哪有那么好转回去。"裴颂忽然望向她，邪恶地挑了挑眉，"怎么，舍不得我？"

他那双眼睛剥落锋利，带着几分柔软。

程北茉认真地说："我是在想，你要是转回去，年级第一，不就又是我的了？"

接着，她欣赏了一出快速变脸的表演。

裴颂心想，你，不会说话，就别说了。

接着，他不再说话，拿起相机，对着远处的风景拍了些照片。

他拍照的时候，程北茉就静静坐着，要么喝饮料，要么玩手机。

反正没表现出任何兴趣。

一旦他的镜头转向她附近，她就会很僵硬，甚至会主动挪一挪身体。

怎么，长这么好看，还这么怕被拍？

说她不会社交吧，她总能语出惊人，说些让人意想不到的话；说她会社交吧，她又不像别的女孩一样，会主动问"能不能给我拍张照"。

挺傻的。

回程，张弛又叫了辆奔驰商务车，把他们一个一个送回家。

最后，只剩下程北茉、陈韵吉和杜杨在车上。

程北茉在车上不能看手机，一看就想吐，就自顾自睡着了。回到家才发现，张弛拉了个群，自己不知道什么时候已经被拉进去了。

她顺手把群聊设置了免打扰，便去写作业了。

一整天没写作业，她得抓紧时间补回来点。

等晚上她写完作业，洗漱完再拿手机翻聊天记录，发现她已经错过了大几百条消息。

程北茉边擦头发，边看聊天记录。

张弛和陈韵吉还有朱倩茹在群里尤其活跃。

张弛在群里乱叫，让裴颂把头像换回去，说现在这条狗不符合他跩王的气质。

裴颂回了句"关你PS"，说：【这是大师手绘的，你说换就换？】

朱倩茹：【哪个大师画的？】

PS：【我本人。】

程北茉忍不住笑了一下，心想这人真够自恋的。

再往下划拉，张弛@她：【小茉莉，你来评评理，狗这头像到底好不好看？】

她没有及时看到，底下已经积攒了几百条新消息，早就把这个问题淹没了。

程北茉捧着手机打字：【不丑啊，就是这种画风吧。】

程北茉第一次在群里发言，就说了句没头没尾的。

其他人沉默了一会儿，还没反应过来她在说什么。

张弛反应迅速，颇懂地发了句：【懂了懂了，那啥眼里出那啥。】

其他人也纷纷发"懂了""GET"的表情包。

过了会儿，裴颂在群里发了张图片。

画上是一个小女孩，穿了件红色帽衫，耳朵别了一枝白色的茉莉花。

跟他那条画风清奇的小狗风格一样。

丑萌丑萌的。

程北茉笑了下，顺手把那张图片点了保存。

阿吉：【啧啧啧。】

朱倩茹：【艺术大师。】

张弛：【我觉得这幅画上面还少了点东西，这小姑娘手里不是应该还有条遛狗绳吗？】

杜杨：【右上角三道斜杠是什么意思？】

总算有个正常人说话了，裴颂在群里回：【北方的风。】

张弛：【哦……懂了，北方小茉莉。狗，不如把我杀了给你们助助兴？】

PS：【少废话，众爱卿接旨。】

没几分钟，裴颂在群里又发了四张图，他给群里每个人都画了个相同风格的头像。杜杨的是一个小人扛着棵树；朱倩茹的是个小姑娘戴了顶猪猪帽子；陈韵吉的画得最神似，齐刘海加马尾。

给张弛的，是个塑料袋。

PS：【各自来认领。】

张弛：【狗，你画的这是什么玩意儿？这塑料袋是我的吗？】

PS：【不是塑料袋。】

张弛：【难道有什么艺术寓意？】

PS：【是个垃圾袋。】

张弛：【你……】

阿吉：【虽然有赶工的痕迹，但谢谢大师啦！】

朱倩茹：【有就不错了，挑什么挑。】

张弛：【啧啧啧，给我们画得这么粗糙，给小茉莉画得那么精细。】

手机又振动了几下。

程北茉以为又是他们几个的无聊话题，便去记了会儿单词，没去看手机。

等她爬上床再打开手机，才发现是裴颂发来的。

那是一张在露营地拍的照片。

草地，小溪，叶子金黄的树，还有一抹亮眼的红。她托着腮，没看镜头。夕阳洒在她的侧脸上，安静，祥和。

构图很完美，美中不足的是，身后的景色是清晰的，她的侧脸好像有点模糊。

MOMO：【？】

什么时候拍的，她完全没察觉。

不是说他从来不拍人吗？

PS：【整理照片的时候，发现有张不小心拍到你了。】

不小心拍的……

真巧。

好像是怕她误会似的，裴颂又发了条像是解释的消息：【你看都没对上焦。】

群里热闹得像外面不肯睡去的城市。

其他几个人都把裴颂的画换成了头像，除了张弛。

他不想用那个垃圾袋，逼着裴颂重新画，但裴颂没理他。

朱倩茹：【校草，你学过画画？】

PS：【没。】

陈韵吉：【那还画得这么好，好厉害。】

PS：【我有慧根。】

程北茉对着手机"喊"了一声。

这人怎么隔着屏幕还是那副贱样。

程北茉又忍不住点进裴颂的头像，把他发来的那张照片放大缩小，看了几十遍，像是从来不认识自己似的。

她的脸有点失焦，反而让那张照片有了故事感。

她给裴颂回了条消息：【谢谢，还是很好看的。】

她原本是想安慰裴颂，没对上焦，也不代表这就是一张废片。

PS：【嗯，主要是人好看。】

程北茉脸有点发烧，他知不知道自己在说什么？

过了会儿，她鬼使神差地点开群聊，加了张弛的微信。

张弛跟她发过短信，不过她一直没存张弛的号码，谁知道后来又有了几次交集。

只不过几秒时间，张弛就通过了她的好友申请，还主动打招呼：【小茉莉，晚上好啊！】

她给张弛回了个"哈喽"的表情包。

紧接着，张弛回过来一连串表情包。这人真是天生热场王，就算是微信聊天里，他也不会让对话框冷下来。

张弛：【小茉莉，找我有事吗？】

程北茉啃着指甲，还是给张弛回：【没什么事，就是想问下，裴颂真的从来都不拍人吗？】

张弛：【嗯嗯。】

MOMO：【一次都没有？】

张弛：【倒没有那么绝对，以前在班里需要合影的时候，他还是会帮大家拍合照，他自己平时是不拍的。】

程北茉捧着手机，不知道接着该说些什么。

张弛的消息又过来了：【小茉莉，你问这个干吗呀，你想找狗拍照？】

还附加了个坏笑的表情包。

程北茉情急之下，编了个鬼都不会信的瞎话：【没什么，我老姨想拍写真。】

张弛：【咱老姨想拍写真啊……】

谁跟你咱。

程北茉想了想，又此地无银三百两地补了一句：【我想着，找熟人拍，会不会便宜一点。】

张弛：【你干吗专门来加我好友，不直接问狗啊？】

MOMO：【他嘴不太好。】

张弛：【确实，还是我比较亲切。】

MOMO：【……】

张弛：【聊聊咱老姨吧，想拍什么风格的？需不需要化妆师？想拍室内还是室外的景？】

程北茉觉得有点对不起裴颂，在他毫不知情的情况下，让张弛帮他接了一单根本不存在的生意。

这瞎话编不下去了，她只能说：【我没想到拍个写真这么麻烦，我还是找找影楼吧。】

几分钟后，她收到裴颂发来的消息：【听说，我嘴不太好？】

程北茉盯着那行字，眨了眨眼。

他是怎么知道的？

裴颂好像看穿他在想什么似的：【张弛是个大漏勺，你第一天知道？】

裴颂截图了几张他和张弛的聊天记录。

张弛在收到她消息的第二秒，就转发给了裴颂。

她点开张弛头像，气呼呼地打字"你嘴怎么这么大"，打到一半，又赶紧收手。

没准这句也会截图到裴颂那里去。

下一秒，裴颂又丢来一张截图，是张弛发的"小茉莉一直正在输入"。

PS：【准备骂他呢？】

MOMO：【……】

她就那点小心思，被裴颂看得透透的。

她有点后悔加张弛好友了。

PS：【说说吧，怎么回事。】

程北茉打算破罐子破摔：【就那么回事，你都看到了。】

PS：【那张照片是我第一次拍人，也是最后一次。】

MOMO：【哦，知道了，你是不是有某种精神洁癖？】

PS：【？】

MOMO：【就是只能接受自己拍的片子里是风景，但凡有一个人你都会特别难受。】

PS：【……】

程北茉决定演戏演全套：【我还是让我老姨找找别人吧。】

PS：【嗯，薛定谔的老姨。】

这句话里充满了嘲讽。

程北茉正想着要怎么反击，裴颂又发来一条消息。

PS：【还有，以后有事直接来问我，跟张弛说什么说。】

她怎么，从这句话里，读出了"跟一个外人说什么说"的感觉。

是错觉吧？

自从六个人的小群建起来之后，那群里就没有过空白期。

程北茉白天不太看手机，一般都在晚上写完作业，洗漱完躺在床上看。

回看上千条的聊天记录，她都忍不住感叹，这几个人真能聊。

一开始，每天翻聊天记录是种放松，到后来就有点发愁了。

陈韵吉连上课时间都在群里开玩笑。

快期中考试了，他们几个沉迷于这个可不行。

于是，周五下午活动课，她把陈韵吉和杜杨摁在一班教室里自习。

陈韵吉愁眉苦脸道："干吗啊茉茉，周五了，也不让人快乐一下。"

"你已经快乐太久了，该收心了。"程北茉挤出一个很快消失的笑，"高二的课程进度很快，要在一年内把所有内容学完，这学期已经过半了，你们上点心，有不会的问我。"

期中考试之后是要开家长会的，毕竟是一起长大的朋友，她没法扔下他们不管。

杜杨的成绩不上不下，要是再努力点，没准能够一够一本线，至于陈韵吉，本科都困难。

愁啊。

教学楼依旧空荡，操场沸腾的人声挠得人心痒痒。

而他们三个在苦兮兮地写卷子。

陈韵吉每做几道题，思绪就开始乱飞，要么自己发呆，要么玩杜杨帽衫上吊的两根绳。

每当这时候，程北茉都会用笔敲敲她的本子，提醒她专心。

朱倩茹路过，叹为观止，扒在一班教室门口说："世界奇观啊，陈韵吉，你咋还背着我学习呢？"

陈韵吉苦着一张脸，朝程北茉努了努嘴。

"你们加油，姐们要提前享受周末了。"朱倩茹拍了拍自己的书包。

陈韵吉提起了兴趣："你要干吗去？找篮球小子吗？"

"别叫人家篮球小子，这名儿太土了。"朱倩茹坐在他们几个旁边的桌子上，"他说要带我去玩卡丁车。"

"哟哟哟。"陈韵吉阴阳怪气地发出怪叫。

下一秒，就听见程北茉说了句："别哟了，周末来我家写作业。"

陈韵吉像个瘪了的气球，直接扑倒在桌子上。

朱倩茹突然冲门外叫了一声："校草！"

自从他们六个人一起出去玩之后，大家迅速跟裴颂熟络了起来。

程北茉往外看了一眼，裴颂路过一班教室门口，正好停下脚步。

他剪了头发，整个人有点不一样了，但仍旧干净利落。

裴颂懒洋洋地倚在教室门口："聚众学习呢？"

程北茉很快挪开视线，低下头。

裴颂顺势走进来，看了一眼陈韵吉的练习册，顺便说："选 C，奥斯特，课本都不看吗？下一道题也错了，直接用左手定律就能判断出来 A 选项是错的，还选 A？"

"好的好的。"陈韵吉笔都吓掉了，赶紧改错，"年级第一在给我讲题欸，不得了不得了。"

"不是一直都是年级第一给你讲题吗？"裴颂无声地瞟了程北茉一眼。

陈韵吉撇了撇嘴："你们好学生怎么一讲题就变得这么凶呢？你也是，茉茉也是。"

"想接着退步就别听。"裴颂说。

早就说了，这人嘴不好。

裴颂在程北茉前排的座位坐下，随手从她桌上拿了个本子。

程北茉看见了，但什么都没说。

翻开扉页，上面写着"错题本"，下面还有一句胡适的话。

【昨日种种，皆成今我，切莫思量，更莫哀，从今往后，怎么收获，怎么栽。】

他深深地看了她一眼，只见她戴着耳机，对他的动作无动于衷。

错题本上详细记录了做错的原因和相同类型的题目。

他翻了几页，便翻到了她上次月考的错题整理。

"我看了你的分数，语数英是你的强项，没什么大问题。"裴颂用漫不经心的语气说，"物理有点粗心，多选题选错误选项，你选成了正确选项。"

确实，正确答案是 AC，她选了 BD。她当时急于提高速度，没看清题就直接勾了答案。

裴颂合上她的错题本，放回原处："这个问题在你生物卷子上也有。

对于你这个成绩来说，这个错误是很蠢的。"

程北茉垂着眼睛说："哦。"

"还有，我看你的复习安排上，还有史地政的时间，史地政不用花那么大精力复习。"裴颂掀起眼皮说。

尽管已经分了文理科，史地政还是要考试。因为下学期还有学业水平测试，文科的成绩也不能太难看。

虽然每一门都考，但理科班不会把文科成绩计入总排名，文科班也一样。

程北茉说："可是下学期还有学业水平测试，要考文科的。"

"以你的水平，能过不了那个？分清主次，别什么都想要。"裴颂合上她的本子，放回原处，"不是想考第一吗，动脑子，用策略。"

陈韵吉和朱倩茹在一旁兴奋地看戏。校草给他们讲题，就是降维打击，给程北茉讲，就是……让人不由自主地想要一直盯着，然后尖叫。

总之，太精彩了，太精彩了。

离打铃还有五分钟，朱倩茹飞也似的溜了。

看裴颂和程北茉跟两尊岿然不动的石像似的，陈韵吉跟杜杨也识趣地撤了。

教室里又只剩他们两人。

裴颂看程北茉盯着手里的练习册，连个眼神都不给他。

有点不大高兴的样子。

裴颂看着她倔强的侧脸，暗暗笑了一声，才几句就生气了，又没说多重。

忽然间，裴颂往她那边凑近了点。

她下意识地躲闪。

只见他自然地从她左边耳朵拿了只耳机下来，问："听什么呢？"

耳机被摘下来的时候，屏幕亮了一下。

裴颂看到，他拍的那张照片被她设置成了壁纸。

慌乱之中，她锁了手机屏幕。

他笑了一下，把耳机塞进耳朵。

同样的事杜杨也做过，但她的耳朵可没红成现在这样。

151

这时候，裴颂的手机响了，他拿出来看了一眼。

程北茉瞥见屏幕上来电人的名字，"妈"。

他看了程北茉一眼，顺便把耳机还给她，走出教室接电话了。

赵旻一上来就问："你今天回家吗？"

裴颂苦笑："我哪天不回家？"

"我是说，京江公馆这边。"

"太远了，上学不方便。"

赵旻说："明天是周末，有什么不方便的？你周末最好回来一趟。成天待在老房子有什么好的，吃饭做饭都是个问题。"

裴颂一手叉腰，毫无目的地在走廊上来回走动："您还知道自己儿子吃饭是个问题呢？"

赵旻叹了口气："我知道你心里有怨气，觉得我们没顾得上你。一中这边我找了不少人，还是不太顺利，你周末回来，你爸正好也出差回来，我们一起聊聊你出国的事。"

"刚回来？"裴颂仰着头，冷笑了一声，"妈，您到底知不知道我爸他——"

说了一半，他到底还是打住了，有些话不适合在电话里说，有些话也不适合现在说。

赵旻问他："你又跟你爸吵架了？"

吵什么架，最近都没联系好吗。

"没有。"裴颂理了理情绪，转移话题，"妈，能别忙活了吗，我现在挺好的，真的。"

……

看裴颂回来，程北茉用笔抵着下巴问："怎么，转学手续办好了？"

不用猜，就知道她看到来电显示了。

没想到她还记着这茬呢。

"盼着我走呢？"裴颂轻笑了一声，心想这人真够可以的，"没良心的。"

这是他第二次说她没良心。

她觉得她挺有良心的啊。

她撑着下巴想了想："你别误会。其实你不走也挺好的，能激发我的斗志。"

她又想起他说过的话——

"我会拼尽全力。"

"我不会让你，但我真心希望你赢。"

"我希望你也能拼尽全力。"

毫无预兆地，裴颂揉了一把她的脑袋："行，那你接着奋斗吧。"

她半张着嘴，微微惊讶："你不走了？"

他朝她狡黠一笑，踉踉地扬了扬下巴："嗯，不走了。"

晚上回家，程北茉复习间隙看了眼手机，群里又是几百条未读消息。

最新一条是张弛@了程北茉和裴颂，问他们俩怎么一晚上都不在群里说话。

张弛：【不说话就默认你们俩在一块啊！】

程北茉正在打字说她刚看见，裴颂就替她回了。

PS：【真以为全天下跟你一样闲？她复习呢，别老打扰人家。】

这话说得，好像他就在她旁边似的。

本来张弛那话就够让人误会的了，他也不解释，还给添了把柴。

想到这儿，她的脸有点烫，现在都晚上十一点多了，可不能再往下想了。

她给裴颂私发了条消息：【你怎么知道我在复习？】

PS：【猜的。】

MOMO：【哦。】

PS：【猜对了吗？】

MOMO：【嗯。】

PS：【你悠着点，追上我还是需要一点持久力的。】

这什么虎狼之词，谁要追上你？

程北茉没有回。

再回到群里，果不其然，群里跟炸了似的。

张弛发了条语音，阴阳怪气的："就你知道，你什么都知道。"

程北茉又想起裴颂揉她脑袋的那一幕。

他们好像每次相处，都是在黄昏。

夕阳毫不吝啬地把最好的颜色洒在教室，留住一天最后的温暖和美好。

她摸了摸头顶，夕阳和他手心的温度好像还留着。

裴颂不走了，这个消息竟意外地让她有点安心。

尽管他跟她有着直接的利益冲突。

她嘴角挂着笑，就连父母开门的声音都没察觉。

已经晚上十二点多了，程勇和方丽珍动作很小，生怕程北茉已经睡了，打扰到她。

"房间灯还亮着呢。"方丽珍换鞋的时候往里看了一眼，"这么晚了怎么还没睡。"

程北茉的作息很规律，平时他们收工回来，程北茉一般都睡下了。

但今天，她还在书桌前。

程北茉房间的门没关，方丽珍走到房间门口，看见程北茉正捧着手机微笑。

"她这是……学习学傻了？"程勇小声说。

"说什么呢你，不盼着自己闺女一点好？"方丽珍轻抽了程勇胳膊一下，"拿着手机呢，该不会是谈恋爱了吧？"

程北茉听到动静，回过神来，把手机扣在桌上："爸妈，你们回来了。"

"怎么还没睡？"程勇立刻换上一副笑脸。

程北茉站起身，伸了个懒腰："马上期中考试了，我想多看会儿书。"

程勇指了指她的手机："这是，看书中间休息呢？"

程北茉面不改色地说着谎话："嗯，跟陈韵吉和杜杨聊天呢。"

程勇回头看了一眼方丽珍，用眼神说"我就说没什么吧"。

方丽珍拿了盒牛奶，递给程北茉："劳逸结合，还是要早点睡。明天是周末，有的是时间。"

"你们比我辛苦得多。"程北茉接过牛奶，撕开吸管的塑料包装，"上次月考退步了，期中考试我想把第一夺回来。"

这是程北茉第一次跟他们主动提上次月考的事。

"你们学校还有跟你一样厉害的人物呢？"程勇倚在门口，小心翼翼地问，"以前怎么没听说？"

"人家比我厉害，这学期才从一中转来的。"

方丽珍有些意外："一中转来的？怎么想的？"

程北苿吸了一大口牛奶："妈，你问出了我们全校人都想问的问题。"

"是被一中开除了？还是成绩不太行？"

就连自己父母也改变不了对于八中的刻板印象。

程勇清了清嗓子，提醒方丽珍别再说了。

程北苿笑了下："都不是，人家在一中也是好学生。"

方丽珍叹了口气说："爸妈什么都不懂，也没法辅导你功课，你就只能靠自己……"

再说下去，她又要自责生病的事了。

程北苿在方丽珍冒出眼泪花之前拍了拍她的肩："咱们一家各有分工，你们就相信我吧，爸妈。"

说完，程北苿起身去客厅扔牛奶盒，路过门口，发现鞋柜上有一张公安局发的宣传单。

她拿起来看了一眼："妈，这是哪儿来的啊？"

那张宣传单上，写着："临近年末，加强整顿娱乐场所。"

"哦，那是今天统一给商家发的。"

她捏着那张彩色纸，若有所思。

各科老师已经划定了期中考试范围，考试时间定在了周六、周日和周一。

考试前几天，程北苿基本每天放学后都会在教室里多留四十分钟。

天气越来越冷，天黑得也越来越早，陈韵吉和杜杨担心程北苿的安全，只能跟她一起在学校自习。

陈韵吉感天叹地："我竟然沦落到只能学习了……"

裴颂偶尔会出现，皱着眉在程北苿旁边看几眼，然后两人开始讨论一些他们听不懂的东西，顺带着，也会帮陈韵吉和杜杨讲几道题。

大多数时候，他脸上都是"这都能错"的表情，却总会耐着性子讲完。

陈韵吉眯着眼坏笑："校草，你牺牲自己的复习时间给我们讲题，是为了什么啊？"

裴颂冷着脸说："因为我博爱。"

喊，什么啊。

"茉茉，我原来觉得校草是个跩王，但是熟了之后感觉，其实他就是嘴不好，人还是挺不错的。"

裴颂手里松松拎了个矿泉水瓶，正要喝水，顿住了，说："喂喂喂，要说坏话也等我走了再说好吧？我人还在这儿呢。"

杜杨也愣住了，满含酸意地说了句："陈韵吉，我人还在这儿呢。"

陈韵吉浑身一抖。

被人完整地叫全名，就像是后颈顶了杆枪似的。

陈韵吉撇了撇嘴："我这叫发自内心地赞美一个人，不行吗？"

裴颂哼笑一声："你还是赞美杜杨吧。"

陈韵吉一听，立刻趴在桌子上撒泼打滚，为什么总要把话题引到她身上！

考试前一天，学校通知提前一节课放学，各班要大扫除布置考场。

期中考试比月考要正规许多。

老师要求教室里的东西要全部清走，桌子也要重新排布。

班里每个人都有个储物柜，程北茉的柜子已经塞满了，却还有一堆书没处放。

如果全拿回家的话，除了书包，还要拎两个帆布袋。

当她第三次把所有书都拿出来，试图在狭小的柜子里玩俄罗斯方块时，身侧忽然落下一道阴影。

她偏头，裴颂正站在她身边。

他没什么正形地靠着柜子，懒洋洋地跟她说："别塞了，柜子都要被你挤爆了。"

程北茉发现他没穿校服，一件黑色冲锋衣外套，加一顶棒球帽。衣服料子很硬挺，看上去像是防水的。

衬得他面庞清冷英俊。

他只背了个书包，很轻松的样子。

见程北茉没说话，他又问："不知道提前拿回家一些？"

虽然文理分科了，但史地政还要上课，九门课的课本加练习册再加各科作业本、练习本，一个小柜子加桌斗的空间根本不够。

平时大家都把书垒在桌子上，还会比赛谁垒得高，免得老师看见自己。

这段时间她只顾着复习了，完全忘了要拿一部分书回家。

程北茉仰头看着他："你又要说我是笨蛋吗？"

她的眼睛像是浸过水一般，黑漆漆的。

裴颂不忍再开玩笑，清了清嗓子问："陈韵吉和杜杨呢？"

"他们都要值日。"

裴颂看了眼柜子，又看了眼她的桌子，就多了两个袋子而已。

他替她做了决定："走吧。"

"你要帮我拎吗？"程北茉问他。

"不然呢，你拎得动？"裴颂反问她。

她原本打算自己拎一个，裴颂帮她拎一个，没想到裴颂把两个帆布包都拿了过去。

"那谢谢了。"程北茉赶紧回座位背书包，"你不用送我回家，帮我拎到公交站就好。"

她不想再坐他打的车了。

换了别人，巴得让他送回家呢。

裴颂抬眉，问她："怎么谢？"

程北茉真的认真在想。

请吃饭？每次吃饭，最后都是裴颂请客，还不肯收她钱。

只见裴颂轻笑了一下，说："算了，攒着吧。"

"嗯？"

"攒着，等到以后，谢个大的。"

"哦。"

也不知道他葫芦里卖的什么药。

这么沉两兜子书，裴颂竟然走得很轻松。

她亦步亦趋地跟在他身后，盯着他宽阔的肩背。

裴颂高高大大，松松垮垮，却不会给人没正形的感觉。

又是黄昏。

又是他们俩。

又是一段短暂的美好时光。

不知怎么的，她好像有点贪恋这样的时刻。

路上碰到认识的同学，看见他们俩一起走，都露出八婆似的笑容。那种笑，常年都出现在张弛和朱倩茹的脸上。

程北茉快走几步赶上裴颂，问他："你穿成这样，是不是又要去那里？"

裴颂看她的眼神颇为玩味："哪里，你说清楚。"

"你自己心里清楚。"

裴颂笑了一声，没说话。

"我知道你肯定有自己的事，我不问你去干什么。"她顿了顿，"就是最近，能别去了吗？"

出了学校大门，他突然停下，转过来。

"为什么？"

程北茉一个急刹车，差点撞到他身上。

因为，因为……

她在书包夹层里翻了翻，翻出一张彩色宣传页给他，很认真地说："最近市里在整顿娱乐场所。"

裴颂无语。

她说："万一被抓了，说都说不清。"

他往前一步，凑近她问："这么担心我？"

她往后退了一步。

"看着点车。"

他扯着她的胳膊，把她往回拉了一把。

下一秒，一辆自行车从她背后飞驰而过。

她身体一时失衡，脸颊触到了他的领口，差点扑进他怀里。

两人衣料摩擦，发出阵阵涩响。

熟悉的清香味充斥着她的鼻腔。

心跳扑通扑通的。

也不知道是被自行车吓的，还是被裴颂这个动作弄的。

只听裴颂的声音在耳边响起："自己都让人操心得不行，还有空操心别人。"

太近了，贴得太近了。

近得她只能看到他上下滚动的喉结，近得她头稍稍抬起就会磕上他的下巴，近得两人之间几乎看不见任何缝隙。

程北茉喉头发紧，她想往后拉开他们之间的距离。

裴颂却握着她的手臂没松。

程北茉抬头，一时间，正好四目相对，呼吸可闻。

他们慌乱地各自偏头，躲避身体接触带来的尴尬。

"刚说又忘，看车。"裴颂四下看了看，确定没车后，才松开手。

程北茉赶紧后撤一步，装模作样地拍了拍衣服："又不是在大马路上，刚才那辆自行车就是个偶然事件。"

裴颂无奈笑了一下："没良心的。"

"哦，那谢谢。"她的表情满是"谁说我没良心，看我不是说谢谢了吗"。

片刻后，裴颂收回视线，朝公交站的方向扬下巴："行，攒着。走吧。"

她踩着裴颂的影子，一步一步跟在他身后。

她摁住乱撞的心跳，反复揣摩刚才跌进他怀里的瞬间，还有他说的那句话。

——"攒着，等到以后，谢个大的。"

这是裴颂和她之间的默契。

她快走两步，问："能不能提前透露一下，要攒到什么时候，到时候打算让我怎么谢？"

他缓下脚步等她："怎么，等不及了？"

程北茉想了想，说："就是想知道我到时候是不是得请你吃顿大餐，如果是的话，我得从现在开始攒钱。"

裴颂心想，她可真行。

"请吃饭多没创意。"他瞥她一眼，"还没想好，想好告诉你。"

她点点头："好。"

他在她这儿开了张定期存折，她每说一次谢谢，就像往罐子里扔一枚硬币。现在"唯二"的两枚硬币，撞得她心房咣当作响。

等到期之后，会发生什么？

她竟然隐隐有些期待。

两人一前一后到了公交站。

这会儿正好撞上放学大军，不少学生都拎着重重的书和杂物，在四处张望。

接孩子的私家车毫无章法地停在路边，导致整条路异常拥堵，车子胡乱地交织在一起，艰难挪动。

凝滞的车流中，学生们见缝插针地来回穿梭。

程北茉心想，裴颂这样的有钱人家的公子哥，应该也是有车来接的，但好像从来没见过。

她踮脚看了一眼远处，也不知公交车什么时候能来。

她想把两兜子书接过来，结果裴颂怎么都不松手。

她要伸手拿，他就把帆布袋拿远，反正他个子高胳膊长，她怎么都够不到。

"你拿得动？"他上下打量她，似笑非笑地说，"急什么。"

公交站有不少八中的学生，都在有意无意地看向他们俩，脸上或好奇，或玩味，还有人窃窃私语，讨论着他们俩。

"那不是从一中转来的校草吗，跟他站一起的是谁啊？看起来还挺般配。"

"高二的美女学霸。"

"咱们学校还有学霸呢？说出去谁信啊，哈哈哈哈哈。"

"听说是中考失利才到咱们学校的。"

"听说这校草也就脸能看，人品差得一塌糊涂。"

……

那些话有一句没一句地钻进程北茉的耳朵。

她不安地瞥了眼裴颂，不料被捉了个正着。

裴颂大概也听到那些闲话了，他扯着她的手臂，往旁边挪了两步。

挪过去的时候，他手中的帆布袋"不小心"撞到了身后男生两腿中间。

那男生吃痛，恼羞成怒："没长眼啊？"

"你长嘴了，不也到处乱喷嘛。"裴颂没什么表情地拍了拍帆布包，慢吞吞地问，"还想试试吗？"

"想打架？"男生哼笑一声，上下打量裴颂。

裴颂抬眼，黑漆漆的瞳仁，里面映着冰冷和不耐烦。

程北茉有点被吓到了，她见惯了裴颂的少年气，却没在他脸上见过那种表情。

有点发狠，但好像又没什么违和感。像一条肆无忌惮的野狗。

裴颂把两个帆布袋用一只手拎着，另一只手拽住那男生的衣领，砰地把他推到公交站牌上。

握着衣领的那只手，青筋暴起。

"可以啊，奉陪。"裴颂一字一句地说。

大概是被裴颂这副发狠的样子吓到，跟那男生一起的女生扯着男生的袖子，让他别再惹是生非了。男生狼狈地挣脱，撂了几句狠话就走了。

裴颂默不作声地站回程北茉身边。

程北茉竖了个大拇指，眼神清澈地看着他："我都不知道你会打架。"

裴颂不易察觉地笑了笑："你不知道的事还多着呢。"

"不过，我的帆布包不干净了。"

裴颂冷哼一声，没说什么。

那几个人走之后，耳边清净了不少。

等了很久，公交车才来。车子刚停稳，裴颂二话没说，直接上了车。

程北茉跟在他后面跑上车，问："你干吗？你要送我回家？"

裴颂漫不经心地说："不然呢，这么重。"

"可是……"程北茉盯着他。

很耽误他时间。

裴颂像是看出她在想什么似的："行了，不差这一会儿。"

他们在车厢前面僵持了一会儿，司机大叔看不下去这出校园偶像剧，毫不留情地说了句："你俩倒是先把卡刷了啊！"

好在他们并没有站太久，刚过一站，他们面前的人就下车了。

两人坐下来后，裴颂问她，中考是怎么回事。

程北茉看他一眼："心态不好，失利了。"

裴颂觉得不太像真的。以她的成绩，一两门没考好，就算去不了一中

161

和交大附中，也至少能去师大附中、六中和三十中这样的重点高中。

怎么就到八中了？

车窗外摇晃的街景映在少女清澈的眸子上，纤长的睫毛上下扫动，明明是一副清纯得不能再清纯的长相，眼底却透露着几分疏离和执拗。

她跟戴思是完全不同的两种人。戴思懂得示弱，懂得利用自己的外貌优势。

她什么时候都淡淡的，情绪也很少外露，让人猜不出她经历过什么。

裴颂突然想，也不知道她示弱和撒娇会是什么样子。

他没有继续再问。

程北茉也一路望着窗外，不知在想什么。

下车后，裴颂才把两个袋子给了她。

她接过来，两只手往下一沉。

还真挺重的。

"拿得动吗？"裴颂问她。

"能。"程北茉掂了掂帆布袋子，"总不能让你再给我拿到楼上去。"

"也不是不行。"裴颂手抄口袋，眼睛却始终盯着她手里的帆布袋，生怕她拿不动似的，"不过，有被打出来的风险。"

裴颂跟她挥了挥手，转身走了。

潇潇洒洒，晃晃悠悠。

"裴颂。"程北茉喊了他一声。

他停住脚步。

"记得考试时间。"

他笑了下："记得。"

"那……考试加油。"

他好像是没想到她会说这样的话，顿了顿才说："都加油。"

程北茉一左一右拎着两大包书，琢磨着裴颂刚才那句话。

怕被打出来。

怕被丈母娘打出来吗？

想到一半，她脸上的笑容突然凝固了，总算是回过神来。

丈母娘……这个词是怎么钻到她脑子里的？

考场还是按上次的成绩排的。

程北茉的座位往后挪了一排，自然而然地，沈清也变到了第三个座位上。

沈清很早就到了考场，程北茉到的时候，她用有点酸的语气说："位子被人占了，是不是有点不爽啊？"

程北茉先是顿了一下，没怎么留情地戳穿了她："是你不太爽吧？"

"我哪敢啊，一中来的神仙，比不过比不过。"

"第一又不是人家抢来的，是人家扎扎实实考的。"程北茉说。

说这话的时候，她完全忘了自己说过"第一被狗抢了"这种话。

后知后觉想起来时，程北茉又双标地想，这话只能由自己说，别人不可以。

沈清倒也没怎么生气，就是那股酸气还没退："你们俩挺有意思的，互相为对方说话。"

他什么时候为她说话了？

"他在广播站的时候啊，跩得不行，句句都护着你。"沈清撇撇嘴。

前面一阵拉动桌椅的响动，她回过头来，裴颂已经坐下了。

原本考场里还有些说话声的，裴颂进来后，突然出现了一段时间的静默。

所有人的目光都投到了他一个人的身上。

盯着裴颂宽阔的肩背，程北茉也有点短暂的走神。

以前考试前，她都是全神贯注的，捧着书能多看一点是一点，但这次，她分心分得厉害，最后干脆把书装进书包，提前放到讲台前。

早上考完语文，没几个对答案的，下午考完数学，考场里立刻嘈杂起来。

程北茉正在收拾笔和草稿纸，沈清突然从背后戳了戳她。

她回过头，沈清冲裴颂努努嘴："你问问他，最后一道大题的第三小题，a 的最小值是不是 2。"

程北茉算的答案不是 2，她心里咯噔一声。

她低头继续刚才的动作："你自己怎么不问？"

她是不大愿意的，甚至有点生气。

沈清是个利己主义者，只做对自己有利的事。哪怕考试前跟程北茉有过一点点的不愉快，只要能通过程北茉跟裴颂对上答案，她也能当作什么都没发生过一样。

沈清说："你跟他不是关系好吗？我们问，人家未必理。"

她话音刚落，只见裴颂噌地站起来，把书包甩上肩，从教室走了出去。

程北茉和沈清都愣住了。

回过神来，沈清把自己的文具盒收拾得丁零哐啷，冲着室外说："喊，跩什么啊。"

程北茉耸了耸肩，正好落个清净。她收拾好东西，也赶紧走了。

刚过了教学楼的转角，眼前突然出现个高大的人影："去哪儿？"

程北茉被吓得捂住胸口，滞了几秒才认出是裴颂："你没走啊？"

"嗯。"他低头，忽地看向她，"一起吃饭？"

"不了，我回家吃。"她很干脆地拒绝。

裴颂有点意外："你爸妈下班这么早？"

"反正我什么时候回去，都有饭吃。"

"挺好。"裴颂手抄口袋，定定地看着她，"那……陪我吃吧。"

他的眼神不容拒绝。

这次没去外面，裴颂带她去了食堂。

考试比平时放学早一点，考完试大家都不愿意在学校逗留，在食堂吃饭的人很少。

"你真不吃？"裴颂又问了一次。

程北茉摇了摇头。

裴颂去打了份盖浇饭，回来时，餐盘上多了两瓶矿泉水。

"不吃饭，水总要喝吧？"他顺手帮她把一瓶拧开，递到她面前，"不然我吃着你看着，有点残忍。"

"谢谢。"程北茉接过那瓶水，"其实不残忍，我爸做饭比食堂师傅做的好吃。"

裴颂被她弄得哭笑不得。

吃了几口，裴颂从书包里掏了个纸袋出来，悬在程北茉眼前。

"给我的？"程北茉问。

"嗯。"裴颂点点头。

程北茉接过来，打开，发现里面是个帆布袋，上面是手绘的图案，张扬肆意，却意外地好看。

"不是说你的袋子不干净了嘛，"裴颂说，"去年去泰国的时候，我在一家小店淘的，店主自己画的，每个都是独一无二的，不是那种流水线生产的旅游纪念品。"

"我开玩笑的。"程北茉木木地说。

她随口一说，没想到他真的记住了。

裴颂云淡风轻地说："一个帆布袋而已，你留着吧，单肩的我也没法背。"

单肩的设计，他背着确实有点奇怪。

"可是……"

裴颂不再跟她纠缠这个，转了话题："数学最后一道大题，a 的最小值是二倍根号二。"

"嗯？"程北茉一时没反应过来。

"沈清刚才不是要问这个吗？她算错了。"

程北茉回想了一下，她算的结果跟裴颂一样。

程北茉有点惊讶："你刚才怎么不说？"

"跟她又不熟，说什么。"裴颂接着低头吃饭，"反正成绩出来老师会讲的。"

沈清是那个不熟的人。

而她是那个熟人，跟他在一个阵营的熟人。

她看了他一眼，又想起沈清说过的话。他在广播站护着她，大概也是因为这个吧。

她轻啜了一口矿泉水，有点甜，心里也像是被这水浇灌了似的，有个东西在悄悄发芽。

第六章

/ 嘴硬 /

P U T O N G P U T O N G

期中考试结束后，三天时间内，各科成绩陆续出来了。

尽管八中人对学习并不上心，但期中考试的成绩会在家长会上公布，对大家还是有一定的震慑力。

那几天，仿佛天都是灰的，只要老师进门抱着一摞卷子，班里必定会响起不情愿的哀叹声。

老闫不惯着这群学生的臭毛病，一副"早干吗去了"的表情，把数学卷子往讲台上用力一拍，震起一层粉笔灰："长痛短痛都得痛，课代表发卷子！"

课间，陈韵吉跑来一班长吁短叹，看见程北茉127分的卷子，直接变成鬼哭狼嚎："本来还以为能摸上本科的门了，一个期中考试又给我踹回大专了。"

月考的范围小，短时间内提升效果明显。这段时间，程北茉虽然抓着她自习，但也做不到面面俱到。她不好意思每道题都问，便自己啃书，可惜理解力有限。

于是，逼得她又现了原形。

长吁短叹的不只是陈韵吉，还有程北茉的同桌常乐。

常乐是个存在感极低的姑娘，几乎每节课都在睡觉，程北茉曾经怀疑她有嗜睡症。也不知是不是常年脸埋在桌子上不见阳光的缘故，常乐跟程北茉一样白。

她总能在下课前五分钟精准地醒来，消失一整个课间，然后上课再若无其事地进来，接着睡。

"你哪有我苦啊？我都怀疑家长会我妈会直接昏过去。"常乐跟陈韵吉说。

陈韵吉瞥了一眼常乐的卷子，分数还没到程北茉的零头。

"你们才坐多久的同桌？我从小到大都是这么过来的。"陈韵吉拍了拍常乐的肩，用过来人的语气说，"记得要坚强。"

随着各科成绩一起出来的，还有年级排名。

闫国华是年级主任，又是一班的班主任，很多苦力活他都派给自己班的学生。

班里两个高个子男生被他差着去贴光荣榜。

卷成卷轴的光荣榜在学生们眼前缓缓展开。或许是因为要开家长会，这次的光荣榜采用了打印的形式。

裴颂的名字又在第一个。

大家没有了上次的震惊，仿佛已经习以为常。

他这次的分数又创了新纪录，上次只有数学是满分，这次两门满分。

程北茉依旧是班级第一、年级第二。

沈清和孙明瑞并列第三，按拼音顺序，沈清勉强保住了第三的位置。

有人调侃，裴颂来之后，沈清以后是"万年老三"了。

程北茉仰脸看着光荣榜，盯着她和裴颂的名字。

三班和四班刚上完体育课回来，路过正在张贴的光荣榜时，大家的视线都被吸引了。

走廊里一时间人头攒动，嘈杂四起。

程北茉身后飘过一个人影，垂着眼帘看向她。

她有些招架不住他的注视，不敢跟他对视。

他笑了下，声音低得只有她一个人能听见："分差比上次小，再接再厉。"

她回头，只看见一个把校服搭在肩上的高大背影。

一晃一晃，少年气十足，看得她有点出神。

回过神来，她才发现陈韵吉正倚着门框，对她意味深长地笑了笑。

周五下午三节课后是家长会。

第三节课下课铃声一响，不少人便飞一样地蹿出去了，连跟自己爹妈照面都不愿意打。

程北茉被老闫点名留下来帮忙，发成绩单。

发到一半，她就看见方丽珍站在教室后门处张望。

"妈，这里。"她挽着方丽珍的胳膊，带到自己座位上。

每次家长会都是方丽珍来，程勇不愿意让她一个人留在店里，会忙不过来。

方丽珍刚坐下，前面一个中年妇女不好意思地把程北茉的成绩单还了回来，顺便跟方丽珍请教起教育经验。

发成绩单的进度突然就慢了下来，每发一两张，就会有家长问她成绩，之后便是啧啧声、羡慕声、恭维声，程北茉笑得脸都快僵了。

好不容易发完成绩单，程北茉抓起书包就逃。

她倚在走廊的栏杆上晃着腿。家长们陆陆续续地都来了，偶尔有找不到教室的，她也会帮忙指一指路。

远远地，操场上一个打篮球的身影吸引了她的视线。

整个篮球场只有裴颂一个人，那身影有点懒散，还有点孤独。

她下楼，坐在操场边的一排台阶上。

过了会儿，裴颂发现了她。那时，他刚做完一个流畅的投球动作，像是背后长了眼睛似的，回过头来，定定地盯着她。

隔着空旷的操场四目相对，周围没有别人，她只好冲他挥了挥手，算是打招呼。

裴颂把校服搭在肩上，朝她走过来。

一会儿，她头顶投下一道阴影。

裴颂在她面前停下，没什么情绪地说："起来。"

"嗯？"她仰头，眼里写着不解。

但还是照办了。

裴颂往台阶上扔了本书："脏不脏，这台阶每天有多少人踩你不知道？这玩意儿是铁做的，这都几月了，也不嫌凉。"

这排台阶是体测的时候用来做台阶实验，测验心肺功能的。

程北茉问："那你的书就不嫌脏了？"

裴颂又掏出一本，放在旁边，说："这是张弛的书。"

程北茉心想，真有你的。

她作势要掏出手机拍照："我要告诉张弛。"

裴颂仰头灌了两口水，掀眼皮看她，悠悠地说："你好好想想，你是我的人还是他的人。"

什么谁的人……

当她还在晕晕乎乎地思考她是谁的人这个问题时，裴颂已经坐下了。

程北茉犹豫再三，收起手机，然后乖乖坐下。

坐下的时候，轻飘飘的，甚至有些忸怩作态。

裴颂问："选好了？"

程北茉抱着书包，下巴抵在书包上："我是觉得站着太累。"

裴颂笑了下。

程北茉问她："你怎么没回家，在等你爸妈？"

裴颂耸了耸肩："他们没来。"

程北茉有点不可思议地看了他一眼，惊奇地说："啊？可是你考了年级第一欸。"

"在八中考年级第一，是什么稀奇的事吗？"

"……也是。"程北茉说，"对你来说很容易。"

裴颂抬头："对你也不难。"

"以前是不难，现在好像有点难度了。"程北茉赶紧安慰他给他宽心，"我们班也有不少家长没来，大人也不容易，都要上班的，请假也不好请。"

裴颂听出程北茉是在安慰他，低头笑了下，从包里又取了瓶水递给她。

她接过来，发现瓶口又是拧开的。

程北茉想起张弛曾经说过裴颂和他父亲关系不大好，还说过他母亲一直在想办法让他转回一中。

她不便深问他的家事，便用下巴一下一下磕着书包，想着要怎么安慰他："叔叔阿姨应该很忙，其实这家长会也没什么可开的，你是第一，他们来了也是听老师夸你。"

裴颂"嗯"了一声，语气淡淡的，像自嘲，又像是遗憾。

他像是不愿意继续这个话题似的，问她："你的卷子呢？"

"嗯？"

"期中考试卷子。"

程北茉"噢"了一声，从书包里拿出一沓卷子。

她都按顺序订好了。

裴颂接过卷子，暗笑一声，这人怕不是有强迫症，卷子的边边角角都对得正正好。

他认真翻着程北茉的卷子。

程北茉问："你要帮我改错吗？"

裴颂瞥了她一眼："刚不是说考第一有难度吗，看看怎么帮你降低难度。"

程北茉有点想咬嘴唇。

但这个动作太过做作，她还是忍住了。

翻看完她所有卷子，裴颂说："上次说过的粗心问题，这次都没有再犯了，不错。"

程北茉说："因为我听劝。"

"你的语数英都没什么可说的，这次大概是花了太多时间在理科上，语文分数才有点波动，不是大问题。"

一针见血。

程北茉认同地点了点头。

"物理相对薄弱。"裴颂的眼睛停留在物理卷子上，"比如这第一大题，读完题就可以开始同步画图了，画完受力分析，做题步骤自然而然就出来了。但你选择了直接套公式，自然就错了。做题不要想当然。"

程北茉点点头："嗯。"

"还有，我建议你可以给别人多讲讲题，在讲题的过程中，别人会提问，有些是在你认知内的，有些是突破你思维定式的。能解答出别人的问题，就说明把这个知识点了解透了，自然就没什么弱点了。"

程北茉问："可是，我给谁讲啊？"

她倒是经常给陈韵吉和杜杨讲题，但他们问的大多是基础题，也不会追问太多。

裴颂清了清嗓子："比如我。"

"哦……"程北茉迟滞地回应。

"知识点你都掌握得很好，我只是在想办法帮你再提升速度和技巧。"裴颂耸了耸肩，"这是一方面。另一方面，考试心态也很重要。"

裴颂扭头看了她一眼，欲言又止。

他担心程北茉平时发挥得不错，但重大考试时会出问题。毕竟，她是经历过中考失利的人。

期中考试前，他送她回家的时候，问过她关于中考的问题，她当时没有说。

当时不想说，现在也不知怎么了，享受着逐渐消逝的黄昏，吹着凉爽的秋风，她突然决定对裴颂敞开心扉。

"其实我中考出问题，是受家里的影响。考试前我发现我爸妈心里有事，但是面对我的时候，他们又都装作很轻松。那种强颜欢笑，其实我是看得出来的。结果，我在中考当天，发现了我妈的检查单，他们可能怕影响我考试，没有告诉我。我照着检查单上的结果在网上查，出来的结果都是与癌症相关。我当时以为我妈得了癌症，在考场上大脑一片空白，什么都答不出来，后面几门基本上废了。"

原来是这样。

裴颂问："阿姨现在怎么样？"

"是良性的。手术很成功，就是要定期复查。"程北茉说，"大人总觉得小孩太小，什么都想瞒着，其实小孩什么都懂。"

裴颂点点头，这一点，他感同身受。

"当时我安慰自己，用我到八中换我妈健康，其实挺值得的。后来我是真的想通了，到了八中又不是被判了死刑，而且如果到了一中，我肯定不会是前几名，在八中，我还能踮脚够一够两万块呢。来八中，可能是一个美丽的意外吧。"

裴颂若有所思，说："美丽的意外，不是我遇见你吗……"

程北茉呛了口水。

171

她有点怀疑自己的耳朵。

她扭头看过去的时候，少年的眸子如同浸过水一般，黑漆漆，亮晶晶。

裴颂淡淡地说："我是说孙燕姿的歌词，你想什么呢。"

我遇见你，是最美丽的意外。

程北茉听出他在逗她，但架不住表情下一秒就要破功，她赶紧咳嗽了两声，挪开眼睛："……没什么。"

"放心吧，未来一片坦途，大胆走。"裴颂恢复了正经，把她的卷子还给她，"天空那么辽阔，往哪里飞、飞多高，都是自己决定的。你错题本上不都是写了嘛。"

昨日种种，皆成今我，切莫思量，更莫哀，从今往后，怎么收获，怎么栽。

程北茉有点感动，她偏头，忍不住偷看一眼裴颂。

秋风抚动他的碎发，少年的侧脸在暮色中清晰且柔和。

他们两人并排坐着，看着教室开始接二连三地亮起灯。

黄昏正在一点点溜走。

冬天一步步走近，黄昏越来越短了。

这样也好，模糊的夜幕可以很好地掩藏起她有些凌乱的心跳。

她竟然有点希望，黄昏能像在夏天一样，长一点，再长一点。

这样她就能跟他并排的时间久一点。

"想什么呢。"他用试卷敲了敲她的脑袋。

"黄昏好短啊，才不到六点，感觉天马上就要黑了。"

裴颂淡淡地看了她一眼，仿佛知道她在想什么似的。

他说："这有什么遗憾的，黄昏每天都有的。"

夕阳在天边烧了把火。

天色逐渐黯淡，火焰慢慢熄灭，最后一丝光线照着两个穿着校服的身影。

就像是一幅只属于青春的画。

程北茉和裴颂在操场边一直坐到夜幕降临的时候。

高一高二开家长会，高三还没放学。校园里本就没有多少人，教学楼灯火通明，他们的轮廓逐渐模糊，更显得他们两人身边安静。

两人离得很近，呼吸可闻。

天色暗下来，卷子上的字也有些看不清了，裴颂把卷子还给了程北茉。

程北茉开玩笑道："这么倾囊相授，就不怕我下次超过你？我们可是竞争对手。"

裴颂抬眉盯着她："就非得是竞争对手？"

程北茉喉头发紧："那……还能是什么？"

裴颂似笑非笑地说："我记得某人说过，我们不是朋友吗？"

他故意把"某人"两个字咬得很重。

程北茉赶紧点头如捣蒜："噢，是，是……"

裴颂问她："你紧张什么？"

程北茉反问："我紧张了吗？"

裴颂笑笑，不再逗她，他说："既然是朋友，就应该大方点，藏着掖着算什么。"

裴颂确实说到做到了。

不光她被他照顾，陈韵吉和杜杨也被他照顾了。

做他的朋友，确实稳赚不赔，难怪张弛十几年如一日，对他死心塌地。

她还真没裴颂这么大度，如果让她给沈清讲题，她大概率做不到这样倾囊相助。

不过转念一想，她和沈清又不是朋友。

"想什么呢？"裴颂用肩膀碰了碰她。

这是程北茉和陈韵吉才会有的亲密动作。

程北茉赶紧隐去脸上的异色，煞有介事地点点头："谢谢你啊。"

裴颂挑起一边眉毛："谢什么，你怎么了？"

程北茉很真诚地说："如果下次考试还是输给你，我也没什么好说的。"

她承认，他是比她优秀的。

裴颂诧异地看了她一眼，这还是那个把两万块挂在嘴边的程北茉吗？

"这就放弃战斗了？财迷？"

"你说谁财迷？"

裴颂冲她扬下巴："你啊。"

"财迷是不假，佩服你也是真的。"程北茉笑笑，"话虽这么说，但我不会放弃的，争取下次超过你。"

"好，我等着。"裴颂瞥了眼她的书包，正好看见她的耳机盒，他随口问，"我看你做题的时候总戴耳机，听什么呢？"

程北茉需要集中注意力的时候，就会戴耳机听歌，这样效率会高一些。

裴颂又拿走她一只耳机。

上次他这么做时，她的脸红透了。

不过还好，有夜晚给她作掩护，天色已经暗了，就算脸上有点发烫，他也看不出来。

她随手打开个歌单，好巧不巧，播放的第一首就是孙燕姿的《遇见》。

她的余光瞥见，裴颂的嘴角好像勾了勾。

他们都没有讲话，坐在一起听完了整首歌——

> 我看着路梦的入口有点窄
> 我遇见你是最美丽的意外
> ……

她固执地想，这一定不是手机偷听他们讲话的结果。

这一定是某种缘分。

她偏头看着晚风中的少年，觉得他们之间有些不一样了。

虽然她也说不上来，但就是不一样了。

教学楼上有些骚动，已经有一两个班级开完家长会了。

程北茉站起来，往教学楼的方向探了几眼。

几分钟后，一班教室的门也打开了。

"我要走了。"程北茉指了指教学楼，"我妈一会儿应该就下来了。"

裴颂开玩笑道："怎么，怕被看见误会？"

程北茉摇头："又没干什么亏心事，不会误会的。"

裴颂给她竖了个大拇指。

她问："什么意思？"

裴颂耸了耸肩："夸你心胸坦荡，问心无愧。"

程北茉抬头看他："你呢，你没有问心无愧吗？"

要不是她的眼睛太过干净清澈，他甚至怀疑，她是不是在钓鱼。

裴颂用拳头抵着嘴边，清了清嗓子，含糊地"嗯"了一声。

程北茉有些放心不下："你一个人回家，可以吗？"

"都多大了。"裴颂说。

他们都各自笑了笑。

正好这时，裴颂的手机响了，他起身接电话，程北茉往操场外走。

就这样，没说再见，他们朝相反的方向走去。

程北茉在教学楼楼梯口等方丽珍。

方丽珍跟着人群下来，程北茉干脆抢先往上跨了两级台阶，挽住方丽珍的胳膊。

周围有家长认出程北茉，声音不大不小地透露出羡慕，方丽珍不自觉地挺了挺背。

离开教学楼的时候，方丽珍眼神往操场方向飘了一下，又很快收回。

"陈叔叔呢？"程北茉四下看了看问。

方丽珍说："还在排队等着找老师呢，陈韵吉这次没考好，他得找班主任好好聊聊。"

"这样啊。"程北茉点点头，"老闫开家长会说什么了吗？"

方丽珍嗔怪道："叫老师就好好叫，给人家起什么外号。"

"我们全年级都叫他'老闫'。"

程北茉吐了吐舌头，她没跟方丽珍说，有些班的人还管老闫叫"闫王爷"呢。相比之下，"老闫"已经算昵称了。

方丽珍说："没说什么，就是表扬了你一下。"

除了表扬，还是表扬。

程北茉的成绩不用方丽珍操心，家长会她也没什么要找老师交流的。

"倒是有好几个家长来问我，是不是给你报了一中老师的提升班。"方丽珍说，"他们一问倒还提醒我了，要不要给你报一个？"

程北茉知道有同学在校外报了班，一个学期要好几万，她赶紧岔开话题："不用不用。最近店里怎么样？"

方丽珍愣了一下，答："老样子。"

程北茉点点头："可是我听到过几次你们说物业费上涨的事，还有咱们家的招牌，灯都坏了几个月了，怎么还没换啊？"

方丽珍讪讪道："太忙了，一直没顾得上。"

"妈，"程北茉看着方丽珍，摇了摇她的胳膊，"我不是早就说过，咱们家的事，不要瞒着我吗？"

方丽珍面露难色，在程北茉的再三追问下，这才如实地告诉女儿，最近不光房东的门面租金要涨，物业费也要涨。小区换了新的物业公司，物业公司对门面进行一一检查，要求不合规的店家限期整改，其中就包括老程家面馆。

程北茉蹙眉："咱们家的店怎么就不合规了？"

方丽珍答："说是厨房的位置要调整，不然有消防隐患，还说以前的隔油池不符合环保标准，也要换。就算是更换招牌，也要交费。"

程北茉："那陈韵吉家的店要整改吗？"

方丽珍摇摇头："他们家不是餐饮，不需要整改。"

程北茉问："重新装的话，是不是很贵？"

方丽珍沉默片刻，没有正面回答："我和你爸已经在看新的铺子了。"

这些，程北茉都不知道。

"已经看了几个门面，价格还算合理，就是离家远一点。"看程北茉满脸都是担心的表情，方丽珍赶紧说，"还不一定要搬呢，做两手准备，我们也跟物业这边协商协商。你就别担心了。"

她现在正是花钱的时候，挣不到钱，自然只是干着急。

母女两人沉默地走到公交站，几辆车从眼前驶过，路上突然迎来了一段短暂的空白。

像是电影镜头要引出某个角色的出场似的，程北茉抬眼，看见了对面裴颂的身影。

他身形高大，外形出众，自然是视线范围内最吸睛的存在。他姿态慵懒地站着，一副什么都不在乎的表情。

恰好裴颂也看过来，两双干净的眼睛在空气中相对。

因为方丽珍在身边，她没有主动跟裴颂打招呼。

隔着这条不算宽的马路，她好像看到裴颂冲她笑了一下。

很显然，方丽珍也注意到了裴颂。

"那不是刚才跟你在一块的男同学吗？"方丽珍问。

程北茉有些诧异："你看到我们了？"

"中途出来上洗手间，看见你们俩在操场边坐着。"

"他在给我讲题……"程北茉慌乱地解释，"他是一中转来的，这次考了年级第一。"

方丽珍没多问，只是点点头说："你们闫老师也提到他了。"

"是吗？说他什么了？"

"你们闫老师拿你和他举例子，说八中优秀的学生其实不少，让家长们对孩子有信心。"

"哦。"

裴颂身上像是有磁铁似的，总是吸引周围人的目光。

程北茉也不例外，有意无意地看向他。

几分钟后，一辆黑色的车子停在裴颂面前。

她看不懂车的牌子，但她看得懂路人的眼光了。

无论是学生还是家长，眼神几乎都黏在那辆车子上。

应该是辆豪车，毕竟，她没见过哪辆车是对开门的。

车身亮得耀眼，一尘不染。

裴颂面无表情，把书包往肩上背了背。他像是不想上车似的，蹙眉和车里的人对峙。

过了会儿，驾驶位的车门打开，一个二十多岁的年轻男人下来，打开后车门，连哄带推，把裴颂推上了车。

方丽珍说："你们这同学，家里条件挺好的哈？"

程北茉突然意识到，他们之间隔的或许不只是这条马路。

而是一条鸿沟。

正好这时，公交车也来了，车身挡住了程北茉的视线，把她和那辆黑色的豪车暂时隔离开。

程北茉和方丽珍随着人流上了车，在后排找到两个座位。

公交车没有马上开走。

刚才还有余裕的这条马路，忽然之间就堵得水泄不通。

尽管她没有偏头，余光还是能看见那辆黑色的车子。车窗也是纯黑色的，看不到里面的人。

就像是两个世界。

两辆车都久久没有移动。

程北茉靠着车窗，心想，就算他们之间隔了一道鸿沟，她也想知道，裴颂到底为什么不开心。

裴颂坐在车子后排，一直低头玩手机。

他知道，车窗外有无数双眼睛盯着他。

再豪华的车，在拥堵的车流中，照样没有什么特权。

开车的是裴文远的司机汪力，汪力从后视镜里看了几眼裴颂，开口道："小颂，裴总让我送你回家。"

他们父子已经许久没有讲话了。

裴颂视线没从手机上挪开："回哪个家？"

"京江公馆。"汪力说，"上周他让你回家，你没回。"

裴颂冷笑一声："他让我回我就要回？"

汪力清了清嗓子："今天回去，你们好好聊一聊，父子之间，没什么说不开的。"

裴颂心烦意乱，又不想跟汪力说太多家事，干脆闭嘴不再说话。

正好这时，张弛又跑来问他跟程北茉的事情。

PS：【？？？】

张弛：【这事可不得了啊，你到底想干吗？】

PS：【什么就不得了了，你听谁说的？】

张弛：【我有目击证人的证词，你休想抵赖！】

PS：【谁？】

张弛：【我得保证目击证人的安全，你先说有没有，不然我不会透露任何信息的！】

裴颂没回复，然后张弛就很殷勤地说，是陈韵吉。

紧接着，张弛发来几张聊天截图。

陈韵吉早就把裴颂鼓励程北茉那一幕添油加醋，编成偶像剧剧本跟大家讲了。

他就知道。

这群里六个人，有三个大漏勺。

张弛从他这里撬不出什么，便说：【我去找小茉莉，她肯定会跟我说哒！】

PS：【想得美。】

张弛很快就不再骚扰他了。

裴颂边抖腿，边盯着手机。

虽然他发了"想得美"，但还是拿不准。

手机半天没有任何动静，他忍不住给程北茉发了条消息：【张弛没跟你瞎说什么吧？】

对方正在输入……

MOMO：【？】

PS：【没什么，他要是问了什么不该问的，你就把他当作空气。】

程北茉很久都没有回复，他反复看了几次手机，确定网络是正常的。

还是没有回复。

这可怕的空白期让他一度觉得，自己是不是有点多管闲事。

十几分钟后，程北茉的回复才姗姗来迟。

MOMO：【放心吧，我又不是他的人。】

程北茉捧着手机，脑袋里全都是她和裴颂并肩坐在操场的场景——

他让她别直接坐在冰冷的台阶上，他毫无保留地跟她讲题，他跟她用同一副耳机听歌……她忍不住把裴颂说过的每句话做阅读理解。

他说黄昏每天都有，是不是意味着，以后还会有这样的时刻。

阅读理解做得多了，说的话也自然有些放肆。

她没有告诉张弛，裴颂用他的书垫在屁股下面，当然也没有理会张弛的连环八卦追问。

因为她已经选过阵营了。

她不是张弛的人，她是……裴颂的人。

一看到自己发出的这句话，她就忍不住脚尖在地上钻。

这句话可能会引起误会吧……那就误会吧。

她大义凛然地闭上眼。

反正这个话题一开始也是他提起的。

晚高峰的路上一路拥堵，公交车走走停停，车上不时有人抱怨司机刹车太猛，还有人已经开始干呕。她却一点都没察觉到，她的手机屏幕上映出一张嘴角咧起的脸。

这时，方丽珍的手机突然响起来。

方丽珍平时总在店里忙，经常听不到手机声，所以她把手机铃声调到了最大。

尖锐的铃声吓得程北茉一激灵。

方丽珍有意把身体偏向另一边，就是为了不让程北茉听见。程北茉还是通过只言片语听出，是程勇打来的，而且，房东又来店里了。

就像是被催眠后的唤醒程序一般，她突然之间就被拉回现实。

现实不会因为她矫情荡漾的少女心事而消失。

她把手机揣进口袋，头靠着车窗。

临近年底，主干道两边的树上都挂了灯带，绿化带里还悬挂了造型各异的灯，一到晚上就流光溢彩，营造出热闹的氛围。

京江每年都会搞这些，前年挂风铃，去年挂灯笼，今年挂灯带。这些装饰会一直持续到过年，过完年就拿掉。

程北茉望着窗外缤纷的街景，想到没有灯带时，这条路只有灰蒙蒙的树影和单调的路灯。拆卸工人有些暴力，拆掉的时候免不了磕磕碰碰，弄得满地都是行道树的"残肢断臂"。

你看，再美好的时刻都是有保质期的。

下车后，程北茉跟着方丽珍直奔面馆。

房东已经离开了，这会儿在店里的是物业的人。

物业工作人员是个年轻小伙，瞧见方丽珍，立马笑脸相迎："姐，咱门口这张桌子不能摆在外面了，得收进去。还有你们的厨房和隔油池，要尽快整改。"

方丽珍卷起袖子就进去洗手，没什么表情地说："现在不是下班时间吗，还工作？"

"姐，任务完不成，得加班啊。"物业小伙跟着进去，"咱们商户都配合的话，我也就不用加这个班了。"

方丽珍无奈道："以前说桌子不能摆到人行道上，我们收回来了，现在摆在店门口，也占用公共地方？自家孩子坐在这儿吃口饭都不行了吗？"

物业小伙讪讪道："姐，我也是听领导命令行事，您就别为难我了。"

店里客人不少，方丽珍又被缠着，程北茉心急，进去帮忙收碗擦桌子。

"我真不明白是谁为难谁。"方丽珍利索地给顾客找零，叹了口气，又说道，"又要整改，又要涨各种费用，我们这是小本生意，经不起你们这么折腾。"

年轻的小伙子靠在门边，不住地点头："是，是，我知道，现在大家都难。我们也是公事公办，人家环保和消防部门来检查，万一有不合规的，连我们一起处罚。"

"我们在这儿做了这么多年生意，以前根本没有不合规这一说。"方丽珍说，"你把文件拿来，没有文件我们不可能整改的。"

程北茉边帮忙，边听了一耳朵。物业的工作人员走后，她问方丽珍："妈，整改的话，要花多少钱？"

"整改得个小一万，换隔油池又是大几千……"听到程勇的咳嗽声，方丽珍调整了下表情，笑着往程北茉手里塞了个卤蛋，"其实没多少钱，就是麻烦，你就别操心了，这么多商户呢，他们不能把我们怎么样。去那边坐着，等着吃饭。"

程北茉没精打采地坐在门口的小桌上。

她正埋头剥卤蛋，身边的凳子突然发出一声敦实的闷响。

一个比她还没精打采的人出现了。

陈韵吉一屁股坐到桌前，双手插着口袋，缩着脖子，耷拉着嘴角，浑身散发着丧气。

"陈叔叔还没回来？"程北茉瞅了一眼卷帘门紧闭的五金店。

陈韵吉有气无力地摇了摇头："没，谁知道跟老师进行什么深入会谈了。"

家长会刚开始，陈韵吉就溜了。

程北茉问："是不是还没吃饭？"

陈韵吉点头："我还是赶紧吃点吧，一会儿他回来，我可能就吃不下了。"

程北茉朝里面喊了一声："爸，给陈韵吉下碗面。"

程勇探头出来问："还是老几样？"

"程叔叔，能给我加个荷包蛋吗，再加两个卤鸡爪。"陈韵吉撑着下巴，眼神绝望，"这可能是我最后的晚餐了。"

程北茉问："不至于吧？"

陈韵吉又不是第一次考这样的成绩了。

陈韵吉叹了口气："你不知道，我爸突然觉醒了。"

"那也不可能开完家长会就拿你开宰。"程北茉安慰她。

陈韵吉摆手，一副"你不了解情况"的表情："不是，他受刺激了。他一个熟人的女儿是今年毕业的，她学习也不好，高考分连上大专都够呛，最后也不知怎么弄的，上了个什么学院，刚开学就谈了男朋友，最近好像怀孕了。"

程北茉刚咬了口卤蛋，差点噎住："哈？"

陈韵吉双手摊开："所以他突然对我的成绩重视起来了。"

程北茉努力把半个蛋咽下去："这跟上什么学没关系吧？这是人的问题。"

"反正他老人家就认死理，原来对我没要求的，现在说什么也要让我上个本科。"陈韵吉把下巴磕在桌子上，"唉，偏偏我这次考试比月考成绩下滑那么多。如果我是你就好了，家长会后还能开开心心地回来。"

程北茉想说，自己并不开心。

但她马上就意识到，即使她说了，陈韵吉也不会相信。

毕竟她已经拥有几乎所有人羡慕的好成绩。

她脑子里突然冒出一句话：人类的悲喜并不相通。

每个人都有不开心的事。

她有，陈韵吉有，裴颂也有。

她把剩下的半个蛋塞进嘴里，慢慢地嚼着，什么都没说。

这时，方丽珍端了两碗面过来，都铺了满满的料。

刚才还蔫搭搭的陈韵吉瞬间支棱起来，眼睛都透着光，搓了搓手就上嘴嗑鸡爪。

吃了几口后，她才想起来问："听朱倩茹说，今天家长会，校草家长没来？"

程北茉有心给裴颂挡一挡，引开话题："她都自身难保了，还有空关心这个？"

朱倩茹的成绩比陈韵吉还要惨不忍睹。

"八卦是人类的本能嘛。"陈韵吉很自然地说。

程北茉撇撇嘴："也是，你都把我和裴颂的事编成剧本了，还有什么做不出来的。"

陈韵吉心虚地嘿嘿一笑，求原谅似的："对了，跨年的时候，要不要一起去江边玩？听说今年放烟火。"

程北茉想都没想就拒绝了："不去。"

"为什么啊？到时候放假的。"陈韵吉一口面悬在嘴边，盯着程北茉，"别告诉我你要开始准备期末考试了。"

程北茉摇头："不是，你们去吧。"

陈韵吉开出心动的条件："张弛说会叫上校草的。"

程北茉掀眼皮，懒懒地问了句："你不会已经替我答应了吧？"

"知我者莫若茉茉。"陈韵吉一副被看透的窘迫相，眨了眨眼，"求你了，就去呗。"

程北茉用筷子搅了搅碗里的面："我得想办法赚钱。"

"赚钱干吗，去江边看烟火不要钱。"陈韵吉傻乎乎地说，"我们提前去占好位子就好。"

程北茉问她："你知道门面要涨租金、涨物业费的事吗？"

陈韵吉摇了摇头说，不知道。

程北茉叹了口气，她有点羡慕陈韵吉啥事都不往心里搁的潇洒。

"我们是小孩子，帮不上什么忙，我们能做的只有好好学习，虽然我也没好好学习……"陈韵吉认真啃鸡爪，猛地抬头，"再说了，你不是有两万块吗？"

程北茉两手一摊："现在有裴颂，你觉得那钱我还能拿到吗？"

"也是……"

"所以我得想想别的赚钱法子。"

陈韵吉随口说："你可以去做家教啊，你学习这么好。"

程北茉眨了眨眼，心头一动。

新的一周，陈韵吉和朱倩茹轮番来一班找程北茉，还没提跨年的事，程北茉就先发制人："别劝我了，我不去。"

赚钱的事还没眉目呢，程北茉心里犯愁。

朱倩茹坐在她前排的桌子上："周末我们在群里聊了那么久，就你和校草没出现。"

陈韵吉替程北茉回答："她周末在忙。"

朱倩茹的脚一晃一晃，跟程北茉说："家长会都结束了，忙什么你？而且你又不可能被批。"

家长会后受到严重摧残的陈韵吉不满地嚷嚷："你点谁呢？"

旁边两个人叽叽喳喳，程北茉完全没听见。她正专注于某个兼职APP，捧着手机一项一项填写家教兼职的资料。

她下巴磕在手机上，心想教小学生的语数英她没问题，教初中生应该也可以。

看她全神贯注的样子，朱倩茹用手肘戳了戳陈韵吉："她怎么了？"

陈韵吉欲言又止。

程北茉缓缓抬起头，煞有介事地说："搞钱。"

朱倩茹啧啧两声："疯魔了疯魔了，你跟校草今天都不太正常。"

程北茉的视线仍在手机上，只是听见裴颂的名字，心头一动，忍不住问："他怎么了？"

"你去三班看看就知道了。"

程北茉耸耸肩："那还是算了。"

朱倩茹比她还急，明目张胆地怂恿着："去看看嘛，我觉得，他需要你。"

程北茉无奈地笑了一声："全校这么多人，你怎么就不关注别人？"

朱倩茹说："别人我也关注啊，可是你不感兴趣。在你面前提的，都是你感兴趣的。"

程北茉放下手机："谁说我对他感兴趣？"

朱倩茹没说话，从桌子上跳下来，留下一个神秘而八卦的微笑。

这个笑让程北茉有点无所适从。她不想承认，自己有种被看透的心虚。

朱倩茹拍拍程北茉的肩，语气特别像老闫，语重心长道："茉啊，听从自己内心的声音。"

下午，那个兼职平台就有家长联系程北茉了。

在教室里不方便，自习课的时候，程北茉跑去教学楼顶，坐在天台上回消息。

过了会儿，裴颂给她发信息：【人呢？】

他找她干吗？

她犹豫了一会儿，回复道：【教室。】

PS：【我现在就在一班门口。】

MOMO：【……教学楼楼顶。】

PS：【真有闲情逸致。】

也不知是嘲讽还是什么。

MOMO：【怎么，有意见？】

PS：【哪敢啊。】

几分钟后，身后老旧的门发出吱呀的声响。

不用回头，她知道来的人是谁。

楼顶的门年久失修，一直留了几十厘米宽的一条窄缝。她身子单薄，侧个身从窄缝里就能挤进来，而裴颂身材高大，自然要把门再打开一些才能进来。

跟门做完斗争，她身后传来裴颂慵懒的声音："这么冷，也不知道你来这儿遭哪门子罪。"

"身上冷，但脑子能清醒点。"程北茉下意识用练习册遮住手机，"你找我？"

裴颂清了清嗓子，不清不楚地"嗯"了一声，说："还以为你又玩消失呢。"

程北茉这才想起来，周五家长会后，裴颂还给她发了消息，但她为家

185

里的事烦恼，没有再回过消息。

她把他晾在那儿了，又完全抛到了脑后。

"我那是——"她回头想要解释，跟裴颂对上视线的一瞬间，却愣住了。

她终于知道朱倩茹说他今天有点不对劲，是什么意思了。

裴颂穿了件黑色羽绒服，大衣的款式，很像韩剧男主。

但跟这件衣服不太搭的是，他剪了个特别短的发型，像刺猬。

八中没有特别严格的发型要求，毕竟学生们都太放飞自我，管也管不住。不少男生留着半长不短的头发，还有人烫发染发，只要不是特别夸张，校领导都睁一只眼闭一只眼。

尤其到了冬天，很少有人剪这么短的发型。

理发师发挥失常，但裴颂那张脸发挥超常。

即使是这样接近寸头的发型，他那张俊脸也完全撑得起来。

程北茉心想，还说她呢，这么冷，把头发剪这么短，不也是遭罪。

"怎么，看呆了？"裴颂伸手在她面前上下晃了晃。

两个人离得近了，程北茉又有新发现，裴颂右脸颊带着伤。

她脑中冒出的第一个念头就是，裴颂跟人打架了，被薅掉了头发，所以他才剪了头发，掩盖这个丢人的事实。

程北茉和裴颂几乎同时开口。

程北茉："你的脸怎么了？"

裴颂："你怎么跑到这儿了？"

裴颂没有回答她的问题，反而盯着她，像是在等待一个答案。

她便没再坚持，想了想，说："做一个合格的财迷。"

他没听懂她的话，问："什么？"

她没打算把兼职家教的事告诉他："……没什么。"

他打量她一番："心情不好？"

程北茉反问："你怎么知道我心情不好？"

裴颂："哪个正常人会顶着寒风做题？"

手都冻红了。

你说谁不正常？她瞪了他一眼，没说话。

看她跟小兽亮獠牙似的，裴颂反而笑了笑，这才说："看你消失了两天，群里也没说话，还以为你怎么了。"

他这是担心她？

程北茉呛了句："你不是也没在群里说话。"

裴颂笑了下，手抄口袋："隔着屏幕偷窥呢？"

她没辩驳，仰脸望着他："你还没回答我问题呢，你的脸怎么了？"

"走路没注意，蹭破皮了。"

还嘴硬呢。

"那头发呢？"

"想探索一下我颜值的边界。"

程北茉忍住没有翻白眼。

这人身体里那条狗又回来了。

程北茉装模作样地鼓了两下掌："很有实验精神。"

裴颂冲她挑了挑眉，仿佛在说爷的颜值很能打。

他确实有这个资本。

程北茉却忽然想起来，他上那辆豪车前无奈的表情。

也不知他脸上的伤和这个突兀的发型，跟那件事有没有关系。

她试探道："你心情不好？"

裴颂似是意外："你看出来了？"

她学他说话的语气："哪个正常人被揍了心情会好。"

裴颂气笑了。

她趁势问："你打架了？"

裴颂懒洋洋地说："我打架不可能让自己受伤。"

程北茉心想，都成这样了，那么明显的伤口，还跩什么跩。

她凑近，仔细看了看，问："需要上药吗？"

裴颂蹙了蹙眉："不需要吧，这点小伤。"

鬼使神差地，她脑中突然冒出朱倩茹那句不明不白的话。

——"我觉得，他需要你。"

程北茉凑近裴颂的脸，仔细看他脸颊的伤口。

裴颂显然有些不自在，嘴上忍不住要贫："看什么啊？我这么好看？看不够？"

187

程北茉翻了个白眼，都被揍成这样了，还这么自恋。

两人四目相对，呼吸可闻。她浓密的睫毛几乎要在裴颂脸上扫下痕迹。

裴颂"闭麦"了。

她伸出食指，轻轻碰了他一下伤口旁边的皮肤。

时间好像是凝固了一般，裴颂只觉得，她的指尖好冰。

"疼吗？"她问。

裴颂盯着面前这张白皙清澈的脸，这张脸让他暂时失去了思考的能力。

不知过了多久，他咽了下口水，后知后觉地答："疼。"

程北茉回到家，第一件事就是翻箱倒柜地找药。

或许是被裴颂那个充满颗粒感的"疼"字刺激到了，她找药的时候甚至有点急躁。

上学期运动会上，她报了三级跳，比赛的时候不小心摔倒，膝盖上瘀青一片，方丽珍就给她喷了云南白药，见效很快。

过了会儿，药是找出来了，程北茉却泄了气。

上次她腿擦破皮的时候，去过裴颂家，他家药箱又专业又齐全，她帮他找药简直是多此一举。

她握着云南白药的盒子，呆坐了一会儿，还是把药盒子装进了书包。

今天她没在店里多待，一方面是要回来找药，另一方面是，兼职平台上有人回复她了。

兼职平台上一共有三个家长找到程北茉，一直在考察各种问题，她不得不时刻捧着手机回复，生怕到手的生意跑了。

她得避着父母，万一被他们发现了，肯定说她胡闹。

程北茉筛选再三后，选了其中两家。

都是小学生家庭，一个三年级，一个五年级。

其中一家人，就住在京江公馆。

程北茉盯着"京江公馆"四个字。

她才不是因为裴颂住在那儿才选这家的。

她只是想赚钱而已。

跟两家的家长取得联系后，对方的要求都是，要先上门试一次课。

程北苿觉得这个要求挺合理的，毕竟她填的资料是八中。

八中的学生出来当家教，听起来就像是个笑话。

不过还有家长敢选她，也算是个人物了。

周末要去试课，程北苿的日程一下子就变得紧张起来。

跑两家讲课，路上就要花不少时间，再加上要上课，一整天时间就搭进去了。

她要提前做完这一整天的练习册，要备课，还要为不在家想个合理的理由。

陈韵吉看她这么拼，课间休息都在赶卷子，颇为意外："你还真要去当家教？"

"不然呢？"程北苿没抬头，"你以为我在闹着玩？"

"我跟学霸的差距就在行动力上。"陈韵吉撑着下巴，盯着她的笔尖，"你什么时候去做家教？"

"试课能通过的话，应该周末和假期都要去吧。"

"周末？假期？"陈韵吉满面愁云，"那不会影响你自己的学习吗？"

"我尽量平衡好。"程北苿想起了点什么，抬头叮嘱她，"对了，别在我爸妈面前说漏嘴。"

周六一大早，程北苿就跟方丽珍说要去书店自习，在店里囫囵吞了个卤蛋便直奔京江公馆。

京江公馆的物业安保极其严格，在门口登记了身份信息，又跟业主家电话核实之后，才准予放行。

她又一次踏进这里。

现在已经是冬天了，这个小区仍然郁郁葱葱的，如同童话森林一般，没有一点冬天的气息。

她来过一次，但小区里的路太过复杂，她已经不记得裴颂家是在哪一栋了。

跟他们老破小小区截然相反的是，这里几乎看不到人。尽管是周末，这里还是很安静。

到了学生家里，她发现这里跟裴颂家格局很像，只是楼层不高，并没有裴颂家那么广阔的视野。

这个家里装修得极尽奢华，欧式家具、夸张的壁纸、水晶吊灯……目光所及处没有一点留白。

程北茉刚进来眼睛就累了。

家长是个年轻漂亮的女人，看起来甚至不到三十岁。

"你可以叫我 Amy（埃米）。"她给程北茉倒了杯水，寒暄了一会儿，才说到自己孩子的情况，"他可能有点闹腾，之前几个老师都不愿来了，你多包涵一下。"

话虽这么说，她脸上却没有半点抱歉。

程北茉乖乖地点了点头。

当程北茉走进儿童房，跟这个三年级的小屁孩共处一室后，她才知道，为什么没老师愿意来。

Amy 刚替他们关上门，一只拖鞋就飞了过来。

还好程北茉躲闪得及时，拖鞋才没有砸到她。

紧接着，一个戴着奥特曼头套的小男孩从角落里跳起来。

这何止是"有点闹腾"？程北茉心有余悸地想。

"喂，把拖鞋拿过来。"那小男孩趾高气扬地命令道。

程北茉微微蹙眉，没有动。

他有点暴躁："听见没？拿过来！"

程北茉问他："你不怕我告诉你妈妈？"

"她才不会管呢，她这会儿肯定已经躲进影音室看电影了。"

噢，家里还有影音室。

小男孩一副很有经验的样子，露出"你拿我没办法"的表情，喊道："快点，拖鞋！"

程北茉看了眼他的奥特曼头套，摇了摇头："可惜了。"

到底是小孩，话说一半，就引起了他的好奇心。

他暂时把拖鞋抛到脑后，问："什么？"

程北茉一看有戏，便不屑道："奥特曼哪有穿成你这样的？"

小男孩像被戳了痛处，辩驳道："我有全套的衣服，没穿而已。"

话还没说完，他就急着去衣柜里翻腾。

"行了行了，别找了，找着了也没用。"程北茉无所谓地摆了摆手，"你这奥特曼根本不是最厉害的。"

小男孩一皱眉："我这可是雷欧，懂什么呀你！"

说完，他从衣柜里掏出一套红色的连体服。

程北茉靠在书架旁，打量了他的衣服，慢悠悠地说："我知道雷欧臂力惊人，但他这套衣服特显胖，现在流行穿衣显瘦的款式，如果再脱衣有肉，就更棒了。他再厉害有什么用，女孩不喜欢这样的。"

小男孩摘下头套，茫然地望着她，仿佛世界都崩塌了。

"那女孩喜欢什么样的？"

程北茉耸了耸肩，跟他做交易："你把拖鞋穿好，然后再做几道题，我就告诉你怎么穿最帅，怎么样？"

试课时间结束，程北茉精疲力竭。

两个小时的课堂时间，她准备的测试题一共就做了三道，还全是错的。剩下的时间，她一直被缠着问到底穿哪个奥特曼的衣服才招女孩喜欢。

离开前，程北茉想跟他说实话，只要穿奥特曼衣服，就不会有女孩喜欢。

但她没有说。她要给自己留条后路。

她面目真诚地说："下节课，下节课告诉你。"

她扶额叹气，唉，钱难挣、屎难吃。

拖着疲惫的身躯穿梭在小区的"森林"中时，她突然看到一个熟悉的身影。

是裴颂。

她马上意识到，自己已经可以透过层层叠叠的树影，快速认出裴颂了。

这很不妙。

短暂的欣喜过后，她突然察觉到有些不对劲。

裴颂不是平时懒散的姿态，反而走得很快。

在茂密树木的遮掩下，程北茉完美隐身，她悄悄跟在裴颂身后，保持着一定距离。

突然，左手边的大厅里，一个中气十足的浑厚男嗓吼了句："你滚了就别回来！"

吓得程北茉一激灵。

裴颂头也不回地说："那可不一定，没准还得回来给您添堵。"

他语气冰冷，甚至有一种从没出现过的狠劲。

不用猜，就知道对话两人的关系。

中年男人追出来，吼道："别以为你现在翅膀硬了，就敢顶撞老子了！"

裴颂停下脚步，语气如金属一般冰冷："您不觉得您说这话可笑吗。"

中年男人气得说不出话："你变成现在这样，跟你妈脱不了干系！本来以为你到了八中能长点教训，现在倒好，反过来指责老子。"

"我在八中挺好的，用不着您操心，倒是您在外面的那些事，敢承认吗？敢让我妈知道吗？"裴颂的每个字都是从牙缝里蹦出来的，"您有什么事就冲我来，别动不动就拉上我妈，不然，显得特没种。"

程北茉大气不敢出，躲在树木屏障后，脑中的思绪已经乱得理不过来。

"你！"

一旁裴颂大步走远，争吵声也就此中断。

程北茉无暇多想，赶紧小跑跟上。

快到小区门口时，她的手机振动了一下。

是第二家的家长发来消息，问她什么时候到。

她终于想起自己今天还有正事要做。

第二家距离京江公馆挺远的，现在坐公交车过去，时间刚刚好。

程北茉盯着那条消息，举棋不定。

钱重要钱重要钱重要……

可是裴颂好像心情不好……

程北茉踢着地上的小石子，心乱如麻。她仿佛一个在事业和爱情面前两难的女强人。

她想起朱倩茹的话。

——"茉啊，听从自己内心的声音。"

最近朱倩茹竟然频繁地成为她的指路明灯。

最后，她咬了咬牙，还是揣起手机，跟上了裴颂。

不得不说，跟踪这种行为，真的很变态。

前几次跟踪失败之后，这一次她娴熟了许多，裴颂并没有发现她。

他沿着那条路走了很久，整个人像是泄了气似的，单肩松垮地背着个黑色的包，背影有点落寞。

程北茉跟在他身后，觉得这样的他有点陌生。

她不知他在想什么，只知道他最近都不怎么快乐。

最后，裴颂直接打了辆出租车，扬长而去。

她的跟踪就此中断。

望着那辆消失的出租车，她苦笑一声。

自己还一堆烦心事呢，还有空关注别人。

原本这时候她应该在试课的，却跑来鬼鬼祟祟地跟踪裴颂。

到底是什么让她变得这么盲目？

新一周的周一，程北茉早早就起床了。

她特意起得比平时早，打算独自去学校。

下楼的时候，她碰见了陈展翔，他二话不说就回去把陈韵吉从床上拽了起来。

天还没有大亮，空气中只有环卫工人的唰唰扫街的声音在回荡。程北茉的双手插在羽绒服兜里，看着嘴里呼出的白气，觉得有点披星戴月的那意思了。

一直到公交站，陈韵吉都还是梦游状态。

她打了个长达十秒钟的哈欠，闭着眼问："你干吗起这么早？别告诉我你要兼职卖早点。"

程北茉笑了笑："我还没变态到那份上。"

"我看快了。"陈韵吉咂了咂嘴。

"车来了。"程北茉用手肘搡了搡陈韵吉，"你其实不用起这么早的。"

"我爸不让我跟杜杨一起走，让我离他远点。"

程北茉觉得奇怪："为什么？"

陈韵吉习惯性地走到最后一排，直接坐到靠窗的位子："孤男寡女，不放心呗。"

陈韵吉平静地把话题转向程北茉："对了，周末你的家教试课怎么样？"

"还行。"

"在哪儿上课啊？"

程北茉瞥了她一眼："问这个干吗？"

"我是这件事的唯一知情人，你不得把地址告诉我？万一，我不是咒你啊，我是说万一，出了什么意外，我还能知道去哪儿找你。"

程北茉沉默片刻，觉得她的话有道理，便实话实说："京江公馆。"

陈韵吉瞬间睡意全无，刚才怎么也张不开的双眼立刻睁大，声音幽幽地飘到程北茉耳际："京……江……公……馆……啊！"

每个字、每口呼出的气儿都透着阴阳怪气。

她稳了稳情绪："怎么了？"

陈韵吉像条蛇似的，上下舞动："你该不会是……跟校草在玩'家教'游戏吧？！"

"求求你，把脑子里那些奇怪的玩意儿倒出来吧。"程北茉抱着她的头晃了晃，"这事跟裴颂有什么关系？"

其实，她不想承认，这事跟裴颂是有关系的。

她完全不用舍近求远选京江公馆这家人。

"你真的不是去找校草的？"

程北茉认真反驳："不是！"

陈韵吉失望地重新闭上眼睛："可惜了。"

可惜你个头啊！

到了学校后，程北茉一直在教室门口晃荡，确保裴颂出现时，她能第一时间发现。

裴颂来得不算晚，像是有心灵感应似的，他刚从楼梯口上来，就跟程北茉对上了视线。

他戴了帽子，帽檐压得很低，正好遮住了那一头生猛的发型。

裴颂走过来，朝程北茉扬了扬下巴："等我呢？"

程北茉没讲话，视线却落在他脸颊上。

他脸上又添了新伤。

她想起周末的事，想问这到底是怎么回事，却被裴颂抢了先。

"怎么，又要摸我的脸？"裴颂散漫地靠在一班门口的墙边，左右看了看，"这会儿人多，你考虑清楚了。"

看他一副什么都没发生过的样子，程北茉被气笑："自作多情。"

她摊开手心，手里是云南白药。

"我家只有这个药，不知道有没有用。"

裴颂看清盒子上的字后，轻笑了一声。

程北茉以为他在嘲笑她，作势要收回手："不要算了。"

到底是没有他动作快。

裴颂抢先一步握住她的手腕。

"要。"他用另一只手拿走药，"你给的都要。"

程北茉揣着一颗猛烈跳动的心脏，努力控制自己面色保持淡定。

她问："我给的毒药你也要啊？"

裴颂松松垮垮地倚着墙，盯着她，反问回来："你会给吗？"

完蛋。

他的语气更轻松，更游刃有余，反倒弄得她有些心虚。

她定了定神，说："没准会。"

"够狠。"裴颂抿着唇，默默地伸了个大拇指，"我还以为……"

说到一半，他停下了。

程北茉问："以为什么？"

"以为你会说舍不得。"

不得不说，程北茉这时候觉得他真的挺符合"狗"这个名字的，总是撩人于无声处。

她有点招架不住他，想及时撇清自己，只好在慌乱中说："我当然舍得。"

裴颂像是看穿她的慌乱似的，看向别处笑了一声，才重新面向她，悠悠地说："那是我高看自己了。"

这人要干吗啊！

程北茉语无伦次地岔开话题："也不知道这药能不能在脸上用，你喷药的时候小心点，别弄到眼睛里。其实我不知道这药能不能在脸上用，要不你还是先问问医生吧。"

裴颂忍着笑逗她："什么都没弄清，就敢给我带药？"

没想到程北茉直接摊开手心："要不你先还给我。"

裴颂心想她可真行，护着自己的口袋："为什么要给我这个？"

程北茉试图跟他做交易："那你先说，你的脸是怎么回事？别又说是走路不小心碰到了。"

那天在京江公馆，她听到他跟他父亲的争吵，他脸上的伤也许就是那时候弄的。

裴颂笑了下，浑不吝道："还真是。"

程北茉哭笑不得："你扁平足啊你？"

裴颂无奈："你才扁平足。"

程北茉摇了摇头："我活了十七年，都没因为走路不稳磕过脸。"

裴颂愣了一下，把药装进外套兜里，竟然给她鼓了几下掌，甚至用有点嘲讽的语气说："你牛，你厉害，你下盘稳。"

程北茉气不过："你……"

打早读铃时间越来越近，一班教室也快坐满了。

人来来往往的，他们俩一直站在门口也不太好，他拍了拍她的肩说："行了，没什么事，别瞎操心。"

等程北茉回过神来，他已经走了。

她迟滞地走进教室，又倒回来，探出头。

天冷了，学校不再强制穿校服，裴颂穿了一身黑色羽绒服，宽宽大大的，羽绒服下是两条逆天的长腿。即使是这样臃肿的衣服，也丝毫遮不住他的身材。

他双手插在口袋里，晃晃悠悠地走远。

到了三班门口，他跟某个男生打招呼，那男生看到他脸上的伤，好像也在问些什么，他无所谓地笑了笑，也不知说了什么，两个人一起走进教室。

程北茉望着他的背影出神。

你到底怎么了？

又一个周末，程北茉已经通过了试课考核，成为一名兼职家教。

她意外，Amy 也意外。

只是在她开心之时，完全没意识到，她的艰难之路才刚刚开始。

这次课堂一开始，小屁孩就围着她，让她讲哪个奥特曼的衣服最好看。

她只是瞄过几眼奥特曼，知识储备显然不够用了。

唬不住这小孩，他就又变成小恶魔，开始对程北茉不客气了。

时间过去四十分钟了，他们的课还没开始，却已经弄得她精疲力竭。

她甚至有些怀疑：来做这个家教是否正确。

最后实在无法推进，程北茉扔下笔，无奈道："每周就两个小时的时间，你就不能安静下来听一听课吗？"

小男孩看她拉下脸，也突然安静下来，茫然地盯着她。

程北茉理了理凌乱的头发："你的生活条件已经比很多同龄人好了，这么幸福，你——"

"住在这里才不幸福，我从来都见不到爸爸。"没想到小男孩打断她的话，"住在这里有什么好的？楼上的一家人，天天摔玻璃杯，对面楼上有个男的，经常打老婆……"

童言无忌，程北茉不敢再让他往下说了，生怕他再说出什么她不该知道的秘密。

她赶紧去捂他的嘴："我们还是说说奥特曼吧。"

从 Amy 家出来，程北茉慢慢悠悠晃荡在京江公馆的石板小路上。

小区里依旧安静，这次，她没有遇见裴颂。

也是，哪能次次都那么巧。

她突然想起一个人。

她掏出手机，给张弛发了条消息，问他现在在干吗。

张弛这人最大的优点就是热情，比如给他发消息，他从来都是秒回。

他兴奋地回复：【小茉莉，你终于出现了！我还以为你跟互联网彻底说拜拜了呢。】

程北茉讪讪地回复：【……最近有点忙。】

张弛：【狗最近也总找不到人，我懂的，懂的。】

你懂什么啊。

程北茉接着打字：【你现在有时间吗？】

张弛说今天一中补课，他还在学校。

紧接着，他又发来一条：【但好消息是，还有四十分钟就放学了！】

程北茉没理会他的幽默，发了一句"我去找你"就赶紧往一中跑。

一中门口挂着数不清的奖牌，透露着庄严和自信。

这里曾经是她的梦中情校。

过去有很长一段时间，她都刻意避开这一片，就连坐车路过都不愿意。这是她心里很难跨越的一道坎。

可此时站在这里，她却异常平静。

一中的铃声是音乐声，一首歌都快播放完了，校园里依旧安静，完全没有人冲出来的盛况。

过了将近十分钟，才有人零零散散地出来，张弛就在这第一批人里面。

张弛远远看见程北茉，便夸张地挥手大喊："小茉莉！"

他这一嗓子喊出来，周围不少人看向了程北茉，眼神里多少有些好奇。

毕竟"小茉莉"这名字，实在太辣耳朵。

待他走近，程北茉面无表情地提醒他："……能不能小点声。"

私下喊也就算了，公共场合实在是丢人。

张弛却没觉得有什么不妥："跟美女认识，多有面儿啊。"

程北茉眨了眨眼，没说话。

张弛问："小茉莉，你来找我干吗？"

程北茉顿了顿，说："想问你个事。"

张弛一副很懂的样子："关于狗的？"

程北茉被戳破，一阵语塞。

张弛啧啧两声："这么久没见，一见面就是打听狗，也不问问我怎么样。"

程北茉心想，有朱倩茹关心还不够吗？

"你这不是好好的嘛。"程北茉上下打量他，"精神焕发。"

"好吧，就当你夸我了。"张弛懒懒地应了一声，"什么事，你问吧。"

程北茉开门见山："你最近有见过裴颂吗？"

张弛有点奇怪，反问道："你跟他不是应该天天见吗？"

程北茉摇头："又不在一个班，哪能天天见。"

张弛很坦然地说："我跟你们不在一个学校，更不知道啊。"

程北茉突然意识到，自己贸然来找张弛，确实有点傻缺。

　　看她愣住，张弛这才提供了一点有用信息："最近跟他在微信上聊过，但是没见面，他好像也挺忙的。你们八中有这么忙吗？"

　　程北茉赶紧问："他跟你都聊什么了？"

　　"聊得挺多挺杂的。"张弛四下看了看，指着对面一家旋转小火锅，"我有点饿了，咱们边吃边说？"

　　程北茉看了眼时间。她跟家里说的是在书店自习，方丽珍还特意叮嘱她早点回家。

　　她咬了咬牙，还是跟着张弛走进了那家旋转小火锅。

　　张弛熟门熟路地要了两个鸳鸯锅底，又慢条斯理地调了料碗，还从自助料台盛了满满两盘水果过来。

　　看他不紧不慢的样子，程北茉有点想揍他。

　　但有求于人，忍忍吧。

　　就在张弛又一次起身要拿围裙的时候，程北茉拽住了他："现在能说了吗？"

　　"说什么？"张弛后知后觉地反应过来，"跟狗的聊天内容啊？太多了，我得好好想想，不过——"

　　说到一半，张弛停下了。

　　他意味深长地问："你们俩吵架啦？"

　　程北茉一愣："没有啊。"

　　张弛双臂在胸前盘起来："那你干吗舍近求远来问我啊。"

　　程北茉硬着头皮说："就是……就是……想了解一下他最近的精神状态。"

　　张弛回想了下："他最近挺正常的啊。"

　　"是吗？"

　　"是啊。"

　　"你们都聊什么了？"

　　"就 NBA、游戏，还说寒假要一块去滑雪。"张弛手忙脚乱地给自己拿了几串鱼豆腐，"男人之间能聊什么，就这些。"

　　男人之间……

"你们就光打字，没视频吗？"

"我们哪有那么腻歪。"张弛摇了摇头，"小茉莉，你到底想问什么？"

看样子，张弛确实什么都不知道。他既不知道裴颂受了伤，也不知道裴颂剪了头发。

程北茉用筷子戳着料碗，纠结了一会儿，最终什么都没有问。

裴颂表现得风轻云淡，或许是他并不想让别人知道。

或许裴颂也不想让她知道。

张弛看她半天都说不到点上，便问："小茉莉，你是不是就想问，狗这个人到底怎么样？"

程北茉不想让张弛太扫兴，只好顺着他点了点头。

张弛见状，来劲了。

"这样，我分几个部分讲吧。"

程北茉终于见识到，张弛的嘴真的是个大漏勺。

他絮絮叨叨，讲了裴颂很多所谓的"黑历史"。

从小到大，裴颂走到哪里都特别受欢迎。有送零食的，有托人要联系方式的，下课专门跑来看的，走在半路被拦下送礼物的……一桩桩，一件件，张弛如数家珍。

"你都记得这么清啊？"

"那当然，狗是我最好的朋友。"

狗是人类的好朋友，但人类不一定是。

裴颂的底都快被他扒光了。

张弛像是饿死鬼投胎似的，菜品在传送带上缓缓移动，张弛完全不挑，什么都往锅里下，话也没停，吃东西也没停。

程北茉有点可怜他的锅。

"虽然他这人平时挺跩的，但人家有跩的资本啊！学习没得说，长相没得说，人品更是没得说。他就是嘴上浑，内心还是挺暖的，我是打心眼里佩服他。我从小到大就没佩服过几个人，狗算一个。"张弛往嘴里塞了两块鱼豆腐，"我跟你说，狗这人挺干净的，圈子也简单。"

"是吗，从哪儿看出来的？"

张弛理直气壮道："我啊！"

程北茉差点把喝进去的饮料喷出来。

"行了行了，不跟你开玩笑了。"张弛抽了张纸抹了抹嘴角，"明里暗里喜欢他的人很多，但他有自己的原则，从来不胡来。"

程北茉点了点头。

她原本只是想问裴颂脸上的伤到底是怎么回事，却被动知晓了不少别的消息。

"小茉莉，我讲了这么多，你就没有什么想说的？"

张弛自认为讲故事有一套，还是有点波澜在里面的，是个人都会对他的叙述产生点"哇""不是吧"之类的反馈，只可惜程北茉这人总是波澜不惊的，眼神里总带着点冷静和疏离，愣是一点反应都不给。

平静得让他心虚。

程北茉郑重其事地点点头："裴颂确实是个好人。"

张弛差点气吐血，心说我口干舌燥说了那么多，你发个好人卡就完啦？

程北茉伸筷子在锅里捞了捞，夹出一根宽粉，她随口问："对了，他有没有什么……不良嗜好？"

张弛条件反射似的答："没有！绝对没有！"

"我还没说是什么呢，你急什么。"

"我急了吗？"

程北茉淡淡地盯着他，缓缓地说："急了。"

张弛承受不了她的眼神，躲闪着问："你说的不良嗜好是指什么？打架算吗？"

"他打过架吗？"

张弛耸了耸肩："男生哪有不打架的。"

不过下一秒，张弛就为裴颂正名了。

以前一中附近有几个小混混，每隔一段时间就在学校附近出没，收学生的保护费。因为一中的学生家庭条件大多不错，而且书呆子挺多。

有次让裴颂撞见了，小混混瞧见他身着一中的校服，又看他清瘦干净，顺便想从他身上敲一笔。

结果，裴颂一挑二，把小混混揍了一顿，下手还挺狠。

之后很长一段时间，小混混都没再在一中附近出现过。

程北茉见过裴颂身上的狠劲，想象得出当时是什么样的状况。

"他这么厉害？"

"那当然，谁跟狗打架，谁吃亏，他是伤不到自己的。"张弛的语气还有点骄傲，"那些小混混可能没想到一中也能有这号人物吧。"

程北茉苦涩地笑了一下。

同样的话，裴颂也说过。

"那他会去那种地方吗？"

"那种地方？"张弛蹙眉问，"哪种地方？"

"比如……"程北茉顿了顿，"温泉酒店。"

"去温泉酒店怎么了？"张弛像是被踩到了尾巴似的，"你们怎么一提起温泉酒店，就总是那种语气、那种眼神呢？"

"你冷静点。"程北茉赶紧安抚他，"我也都是听说的。"

"听说什么？特殊服务？"

程北茉点了点头。

她看着浑身毛都奓起来的张弛，有点后悔提到这个话题。

张弛拍了拍脑门："现在都什么年代了，这种鬼话你们怎么都信啊？"

程北茉不明白他为什么这么激动。

张弛把筷子拍在碗上："因为碧清泉是我家开的！"

程北茉的耳中仿佛炸响一道雷，惊诧不已。

她眨了眨眼，用了好几分钟才接收到这个信息。

难怪上次他们六个人一起出来玩的时候，张弛提议说要去碧清泉玩。

原来是自家的产业啊。

"小茉莉？"张弛看程北茉还在发呆，伸手在她面前挥了挥。

她心里的某些东西忽然之间就落下来了。

原来一切都是误会。

他去温泉酒店，也许只是为了找张弛。

一切解释得通了，她的心情好像一下子就好了起来。

她突然觉得这一趟没白跑。

虽然想问的一个都没问，但反而有个意外收获。

张弛还在问她："怎么啦？你被吓到啦？"

程北茉这才回过神来，说："确实没想到。"

"外面的人也真是的，谣言到处飞，我们家做正经生意的，绝对没什么乱七八糟的东西。"张弛说，"有时间我带你们去体验体验。"

程北茉挤出一个笑，心想这谣言还是朱倩茹传出来的呢。

她原本想请张弛吃这顿饭的，不承想张弛到前台报了个手机号，就自动从卡里划了钱。

"我是这儿的 VVVIP，能打七折。"张弛把手机装进口袋，"有便宜不占王八蛋。"

程北茉觉得不太好："我来找你，还让你请我吃饭，这说不过去。"

"客气什么。你们女生都是小鸟胃，我吃了那么多，还让你付钱，那才叫浑蛋呢。"张弛大剌剌地说。

程北茉叮嘱他："我今天来找你的事，别告诉裴颂。"

张弛没急着答应，而是语重心长地说："小茉莉，你知道朋友之间最重要的是什么吗？"

程北茉被他认真的样子弄晕了："什么？"

"坦诚。"张弛拍拍她的肩，"你来找我的事我不会跟狗说的，但这两个字，你好好想想。"

程北茉到家的时候，已经天黑了。

方丽珍说："今天回来得有点晚。"

程北茉自然地放下书包，很自然地撒谎："看书看得忘记时间了。"

方丽珍无意提起："你这两周自习怎么没跟陈韵吉一起？"

程北茉滞了一下，面无表情地出卖了陈韵吉："我叫她了，她不去。"

"哦……"方丽珍转身往店里走去，"洗手准备吃饭。"

程北茉一愣。

她让火锅店的店员喷了去味喷雾，还特意嚼了口香糖，就为除掉身上的火锅味，却忘了她回来还要再吃一顿。

方丽珍端了碗炒饭到她面前，豌豆、玉米、虾仁、胡萝卜，蛋液均匀地裹在米粒上，晶莹饱满。

只是，她现在一口都吃不下。

她问："怎么是炒饭？"

"哪能让你天天吃面？"方丽珍扬了扬下巴催促，"快吃吧。"

方丽珍转身到后厨，问程勇："要不要告诉她？"

程勇想了想："想说就说，不想说就彻底别提了。"

"你不知道，我现在才想起来，茉茉有次放学回来是打车的，就是那男孩送的。上次开家长会，我看见茉茉跟他在操场边坐着的。"方丽珍叹了口气，"你不知道，那孩子家里条件应该特别好，我就是怕茉茉陷进去了——"

程勇停下手上的活，思考了片刻，说："我觉得，咱们茉茉不像是那种没有分寸的孩子。"

店里人不多，方丽珍从厨房出来，坐在程北茉对面，盯着她。

程北茉被看得心虚，用勺子在碗里戳了几下，抬头笑了笑，问道："干吗看我？"

"我看自己孩子吃饭怎么了。"方丽珍替她捋了下头发，"以后自习早点回来，现在天黑得早，不大安全。"

"知道了。"程北茉点点头。

程北茉不得不接着扒拉那碗炒饭，动作慢得像是要数清碗里有几粒米。

"怎么，吃不下？"

程北茉说："刚才在路上太饿，买了点小吃。"

"能吃多少就吃多少，吃不完给你爸。"

程北茉"嗯"了一声。

她再抬头，又撞上方丽珍的眼神。

她总觉得方丽珍有种欲言又止的感觉。

"妈，你是不是有什么话跟我说？"

方丽珍低头拍了拍衣服："我能有什么话……"

"你的演技还得再磨炼磨炼，都写脸上了。"

"其实也没什么。"方丽珍见瞒不过去，顿了顿，才说，"就是你那个同学，下午来店里吃饭了。"

程北茉蹙眉："我同学？我哪个同学？"

"就一中转来的那个。"

裴颂？

程北茉诧异："他来干吗？"

"就是来吃了碗面。"方丽珍问，"他不是来找你的？"

"我不知道，他没跟我说。"程北茉摇了摇头，"他说什么了吗？"

方丽珍赶紧说："什么都没说。"

"那……可能就是正好路过吧。"

方丽珍干笑了一声："也许。"

"就这事？"

"就这事。"方丽珍看程北茉坦然的样子，自己反倒像做了亏心事，讪讪道，"你那同学不错，挺有礼貌的一孩子。"

程北茉心里有点不安。

裴颂怎么知道她家面馆在这儿？他来干什么？

她用勺子继续捣着那碗炒饭，手机忽然振动了一下。

是陈韵吉来了消息。

阿吉：【茉茉，校草刚才问我，你最近在忙什么，我要告诉他吗？】

MOMO：【不要。】

阿吉：【什么都不能说？】

MOMO：【什么都不能说。】

阿吉：【好吧，那你到底在忙什么啊？】

MOMO：【做家教啊，你失忆啦？】

阿吉：【那你去找张弛干吗？】

程北茉嘴角抽了抽。

张弛不是才说过会保密吗？

她沉着气给张弛发消息，手指快要把屏幕摁碎了。

张弛却特无辜地回道：【你说不让告诉狗，但你也没说不告诉其他人啊。】

程北茉又手忙脚乱地回到跟陈韵吉的聊天界面：【我去找张弛的事，你跟裴颂说了？】

阿吉：【说了。】

阿吉：【怎么啦，不能说吗？】

程北茉倒吸一口凉气，用力地搓了搓脸。

她已经不知道该从哪儿开始找补了。

可现实没给她喘息的机会，下一秒，手机就开始连续振动。

裴颂打电话过来了。

程北茉沉默地盯着手机，咬着下嘴唇。

她就是去找张弛了，怎样？

又不是只有她偷偷摸摸的，他还擅自跑去老程家面馆吃饭了呢。

她接起电话，直接说："我去找张弛了。"

一副破罐破摔，等待审判的样子。

听筒那边传来几声低哑的笑，听得她心虚。

她甚至能想象得出他此时的姿态——慵懒地靠在墙边，低着头，下颌线流畅，一只手抄兜，悠闲而恣意。

裴颂慢悠悠地问："你找就找呗，这么紧张干吗？"

她紧张了吗？

裴颂答："紧张了。"

这人能听见她心里在想什么吗？

他又接着说："难道，你去找他，是说有关我的事吗？"

程北茉握紧手机，咽了咽口水，到底还是先虚了："对不起。"

他无所谓地笑了声："还真是啊。"

程北茉从喉咙里挤出一声"嗯"。

"真觉得对不起的话，那就补偿我吧。"

补偿？

程北茉心里一紧，下意识地捂了捂衣服。

第七章

/清账/

PUTONGPUTONG

周一早晨，程北茉刚出小区大门，就被陈韵吉拦住了。

冬日清晨，天还没完全亮，浓雾弥漫。陈韵吉从一旁跳出来时，有点恐怖片的那意思。

程北茉觉得稀奇，陈韵吉竟然能准时起床。

陈韵吉一见面就摇头咂嘴："糊涂啊你。"

程北茉一头雾水："我干什么了？"

陈韵吉问她："你干吗背着校草去找篮球小子？"

"什么叫背着他……"

陈韵吉啧啧两声："你前脚去找张弛，校草后脚就来问我，你最近在忙什么，被抓包了吧。"

程北茉斜她一眼："什么被抓包，明明是你告诉他的。"

"重点不是这个！"陈韵吉自知败了一局，便转换口风，"重点是，你看校草多在意你啊。"

程北茉咽了下口水。她面不改色地说："下次麻烦胳膊肘朝我这边拐一拐行吗？"

陈韵吉眨了眨眼："你当家教的事，虽然我瞒得很辛苦，但我还是瞒住了。"

程北茉脸颊的肌肉抽了抽："……谢谢啊。"

"应该的应该的。"陈韵吉还很骄傲，"你下次别做这种让校草误会的事了，他给我发消息的时候，不知道有多焦急。"

"他给你发什么了？"

陈韵吉把手机给她看。

裴颂一共就发了九个字。

——【程北茉最近在忙什么】

程北茉横看竖看，也没看出来哪儿有焦急的情绪。

陈韵吉认真分析："他连标点符号都没来得及打，多焦急啊，说明他当时已经顾不得这些了。"

程北茉眨了眨眼："你最好是认真的。"

这么会做阅读理解，为什么语文每次只考那么点分？

陈韵吉却不在意这些，她说："茉茉，你什么时候才有时间啊，你已经很久没有参与我们的集体活动了。"

程北茉诧异："你们最近有集体活动？"

"上上周末，我们在群里斗表情包，你不在。上周末，我们在群里玩摇骰子，@了你好几次，你都没出现！"

这也算集体活动……

一路上，陈韵吉都在试图说服程北茉去江边看跨年烟火。

"去嘛去嘛，你都好久没跟我们一起玩了。"陈韵吉拽着她的胳膊晃啊晃。

"我那天有课。"

"就算有课，也不可能是晚上吧？烟火晚上七点开始，你上完课过来跟我们会合嘛。"

"下午四点上课，六点下课。"程北茉算了算时间，总算松了口，"到时候我赶一赶吧。"

"我就知道你最好了！"陈韵吉两眼放光，下一秒就陷入悲伤，"我要是有你一半的自制力就好了。"

"要不跨年当天先跟我去自习？"

陈韵吉急着打退堂鼓："那……还是算了。"

到了学校，她们俩刚上楼就迎面碰见了裴颂。

程北茉第一时间想到的是他在电话里说的那句"补偿我吧"。

那天在电话里，裴颂到底是没说究竟要她补偿些什么。

他卖关子，反而搞得她惴惴，就连现在碰面，她的底气也没那么足。

她往左，裴颂也往左。

她往右，裴颂也往右。

两个来回，他们都停下来。

陈韵吉心说，这是什么天定的缘分啊。

她识趣，打了个招呼就溜了。走之前，她还煞有介事地拍了拍程北茉的肩，压低声音说："你好好跟校草解释。"

程北茉心想，解释什么解释，自己又没做错什么。

不就是……不就是找张弛问了点他过去的事嘛。

两个人面对面站了会儿，程北茉扬着下巴问："你那天说要补偿，要什么补偿？"

都没寒暄，她就急着切入正题。

裴颂语气淡淡地问："这么着急？"

谁急，谁就输了。

"不急，我急什么。"程北茉摇了摇头，赶紧往回找补，"债多了不愁，虱子多了不痒。"

反正他在她这儿攒了不少。

裴颂心想她可真行，以为自己贷款呢？

他问："你打算就在这儿说？"

程北茉左右看了看。这会儿正是上学高峰期，人来人往的走廊上，他们俩好像确实有点显眼。同学路过他们身边时，几乎都会投来好奇的眼光。

她试探道："要不，换个地方？"

于是，他们一起逃掉了升旗仪式。

他们上到教学楼楼顶，下面的学生稀稀拉拉，懒懒散散地站在各自班级里。

程北茉在密密麻麻的人群中找一班的队伍："不知道老闫有没有到处找我。"

"老闫就这么离不开他的得意门生？"

程北茉说："毕竟老闫是年级主任，对自己班的学生反而更严格。"

裴颂耸了耸肩。

三班班主任已经开始休产假了，听说下学期才会有新的班主任来接班，这几个月是别的老师代班主任，并不严格。

看了一会儿下面的升旗队伍，程北茉转头，正好对上裴颂的侧脸。

他脸上的伤比之前淡了点。

她盯着他的时间有点久，生怕下一秒他就转过来说"看不够吗"。

他还真说得出这样的话来。

所以在他转过来之前，她先发制人："我去找张弛，就是想问问你脸上的伤是怎么回事。"

裴颂语气跟周围的空气一样冷："大老远跑去找张弛，就是不来问我是吧。"

程北茉也不示弱："你来我家店里吃面，不是也没跟我说嘛。"

裴颂看了她一眼，眼神里面的情绪沉甸甸的，她不敢去接。

她接着说："再说了，我问过你，你不是说那伤是走路磕的吗。"

裴颂愣了一下，垂着眼说："他不知道这事。"

"嗯。"程北茉点点头，"我也没问他。"

"不是专门为这个去找他的吗，怎么不问？"

"就……改主意了呗。"程北茉低头玩着外套上的拉链。

她还不想把她在京江公馆看到的场景告诉他。

"那你们都聊什么了？"

程北茉说："你以前的'黑历史'。"

裴颂蹙眉，也不知是没想到还是没听清："什么？"

听得出他确实很诧异，声音都劈了。

程北茉煞有介事地点头："很丰富。"

"都什么乱七八糟的，他都说什么了？"

"全说了。"

裴颂差点吐血。

程北茉赶紧说："我这不是来补偿你了嘛。"

"补偿的事一会儿再说。"裴颂斜她一眼，好像没打算揪着这事不放，

"先说说，你最近在忙什么。"

程北茉反问："你怎么知道我在忙？"

"课间失踪，周末失踪，群里失踪。"裴颂盯着她，"别告诉我你二十四小时都在学习。"

程北茉心想，你是监控吗，时时刻刻盯着我的行踪。

忽而她又心底一软——他这么关注她干吗？

不过，她确实已经两周没在他们的六人小群里讲过话了，朱倩茹一度以为她退群了。

过了会儿，裴颂睨她一眼："去挣钱了？"

他怎么知道的？

她抬眼的一瞬间，眼神就已经出卖了她。

"我猜的。"裴颂抬眉，"还真猜对了？"

程北茉只能承认，从喉咙里艰难地挤出一个"嗯"字："去做家教了。"

"我记得，某人说过，想来钱快，不如去当主播。"

"我……过不了心里那一关。"

"你还真想过？"

程北茉正色道："……没有。"

"你在哪儿找的家教？"

程北茉说了个 APP 的名字。

"这个兼职平台正不正规？不怕被骗？去上课之前考察过家庭没有？会不会有危险？现在这个时候去做家教，会不会影响成绩？"裴颂冷着脸，抛出一连串的问题。

这些问题把程北茉打蒙了。她一个都没想过。她一心只想着赚钱，哪顾得了那么多。

她茫然地摇了摇头。

裴颂冷冷扔过来一句："胆子真大。"

这话听着有点阴阳怪气，程北茉溜了他一眼，也不知这人哪儿来那么大气性。

她轻飘飘地说："放心吧，我的客户都是优质客户。"

裴颂隔了好一会儿才调整好情绪，继续问："你很缺钱？"

"要真说缺钱，倒也没有，就是我们家店遇到点问题。"

裴颂手抄口袋，在她面前来回走了几步，忽然抬头盯着她："做家教能帮上家里的忙？"

程北茉摇摇头。

她只是个十七岁的高中生，能想到最快的赚钱方式只有做家教，她能帮上家里什么忙。

她说："就算帮不上什么忙，也可以把我自己的生活费解决了，至少不用跟爸妈伸手。"

"你家店到底遇到什么问题了？"

"还是不跟你说了。"程北茉两只脚无意识地点着地面，发出轻轻的拍打声。

"说说呗，就当纾解苦闷？"

她发现裴颂说这句话的时候，有点哄着她的意思。

她抿着唇想了一会儿，说："房东要涨房租，物业要涨物业费，还要强制整改店面，好像要花不少钱。"

少女盯着空气中某处，眼神有些苍凉。

远处的薄雾就像她现在的心情一样，迷茫，看不清前路。

裴颂深深地看了她一眼，没有说话。

程北茉不习惯这样的眼神，试图缓解气氛："其实，我觉得忙起来挺充实的。别这么沉重，我们还是说说补偿的事吧。"

自己都这么难了，还想着补偿呢。

裴颂无奈地摇了摇头。

他掏出手机来，点开备忘录，随口问道："在哪儿做家教？什么时间上课？"

"问这个干吗？"

裴颂瞥她一眼："总得有个紧急联系人吧？"

"我……已经有紧急联系人了。"

"谁？"

"陈韵吉。"

裴颂蹙眉："她？"

"她怎么了？"

"靠谱吗？"

程北茉也没那么理直气壮了："她怎、怎么就不靠谱了？"

"你觉得紧急时刻，是打电话给我有用，还是打给她有用？"

程北茉思考片刻："打给警察有用。"

裴颂看向别处，看不出什么情绪。

过了会儿，只听裴颂缓缓开口："换成我吧。"

"嗯？"

"耳朵不好使？"裴颂两只手搭在嘴边，做喇叭状搭在她耳边，音量提高了好几倍，"我是说，换成我吧。"

楼顶空旷，裴颂这一声中气十足，甚至惊动了操场上正在开晨会的众人。

只听操场上的讲话突然停了下来，教导主任仰着头朝这边看过来，握着话筒质问："谁还在教学楼里？哪个年级的？"

裴颂摁着程北茉的肩，两个人一起蹲了下去。

"没事，离这么远，看不见是谁。"裴颂说。

程北茉瞄了裴颂一眼。

刚才情势紧急，他们几乎挤成了一团，裴颂挺拔的鼻梁差点撞到她的脸。他的呼吸近在咫尺，气息喷在她耳后，有点痒。

一时间，她不知该如何安放自己的视线。

身边的少年就像一个巨大的热源，让她浑身都变得滚烫。

他摁住了她的肩，却没摁住她狂乱的心跳。

躲过了教导主任的鹰眼，下一秒，裴颂就拽着程北茉往外跑。

那一瞬间，程北茉有种亡命鸳鸯的感觉。

她知道这个词有些过于夸张了，但还是难掩扑通乱跳的心。

发觉手上拽得有点吃力，裴颂回头看了她一眼："想什么呢。"

程北茉眨眨眼，表情无辜："没想什么。"

裴颂用力捏了捏她的手腕："不跑，等着被抓？"

程北茉这才回到现实，他们还在教学楼顶楼，而且，晨会马上就要结束了。

下楼时，裴颂一直攥着她的手腕，下了两层楼才松开。

明明刚从零下的室外回来，他也没戴手套，手怎么就这么热呢?

温暖柔软的触感透过脉搏直抵心脏，在她心里下了一场暖雨，细密，又潮热。

到了楼梯转角处，程北茉的心跳比跑了八百米还夸张。

晨会结束的队伍这会儿还没上来，教室门还锁着，他们两人在楼梯拐角等着混入大部队。

人声渐近。

裴颂两条腿一上一下搭在两层台阶上，问她: "想好了吗? "

"什么? "

裴颂为她七秒记忆无语了一瞬，提醒道: "紧急联系人。"

程北茉说: "这家我已经去过几次了，家里就一个三年级的小屁孩和他妈妈，没什么危险。"

裴颂看她还是不想说，也不逼她，只微微点头: "行，知道了。"

他绷着俊脸，不再说话。

程北茉看出他有点不爽。

过了会儿，她到底还是心软了，咬着嘴唇想了片刻，她说: "我可以告诉你，不过这不叫换成你，只是加了个你。"

裴颂没有在意她的解释定义，很简略地回应: "上课时间、地点。"

"一般都是周六下午四点，有时候是两点。"

裴颂看了她一眼，等着她说地址。

程北茉磨磨蹭蹭，就是不想说出京江公馆。

果然，在她说出那四个字后，裴颂愣了一下，随即脸上的表情缓缓舒展开。

他的表情好像是看懂了她为什么这么磨叽。

他似笑非笑地问: "几个意思啊你? "

"没什么意思。"程北茉快步跨了几级台阶，头也不回地往教室方向走，这样他就看不到她心虚的表情，"巧合，真的是巧合。"

大家陆陆续续回来了。距离第一节课还有几分钟，周围人都把没来得及吃的早点拿出来吃，教室里本来就被暖气烘得闷闷的，现在又弥漫着各种包子和鸡蛋的味道。

陈韵吉跟朱倩茹跟竞走似的，迈着火热的步伐冲到一班教室。

"嚯，这么味儿啊。"陈韵吉拱了拱鼻子，见程北茉在座位上坐得安稳，她狡黠地眨了眨眼，"茉茉，回来得挺早嘛。"

程北茉在书包里找出要用的课本和练习册，扫了陈韵吉一眼："这么阴阳怪气干吗？"

"我阴阳怪气了吗？"

程北茉点了点头。

"好吧，我阴阳怪气了。"陈韵吉完全不反驳，立马承认，然后问她，"刚才晨会的时候，在楼顶上喊的，是不是你？"

程北茉叹了口气："你怎么连男女都不分了，我声音有那么粗吗？"

"她的意思是，当时是不是你和校草在楼顶？"朱倩茹撑着下巴，用一种很特别的语气说，"我们都听见了。"

程北茉没想到裴颂那一声能传播得那么远。

她问："你们听见什么了？"

"听见他说，叫我欧巴。"朱倩茹打量程北茉几眼，"挺会玩浪漫啊。"

什么鬼……

程北茉反问："你怎么知道楼顶是谁？"

朱倩茹缜密分析："一班队伍里没有你，三班队伍里也没找到他。"

裴颂个子挺拔出众，平时都在队伍最末端站着，很是显眼。

陈韵吉接着补充："而且晨会前，他还来找你了。"

朱倩茹跟她一唱一和，像说相声似的："综上，真相只有一个，楼顶上的人就是你们俩！"

程北茉没说话，接着倒腾她的书本。

陈韵吉捂着胸口，假装很痛地问道："你们俩这样，对得起我们吗？"

程北茉拧着眉："我怎么了……"

"校草那一嗓子出来，晨会立马就结束了，本来还能听教导主任多骂一会儿人，他尽兴了，没准第一节课都不用上了呢。"

程北茉看向别处："……别瞎猜。"

朱倩茹轻轻拍她的肩，很老成地说："年轻气盛，热血沸腾，心里话憋着不说难受，我们理解的。"

理解什么理解？

下午，程北茉最后两节课请假，要跟方丽珍和程勇一起去看新铺子。

方丽珍和程勇本来不想耽误她的时间，但在她的强烈要求下妥协了。

她想参与到家里的每一件事里。

下午第一节课后，程北茉背着书包往外走，正好碰见了三班一群准备去打篮球的男生，边走边说笑，热闹得很。

这群人里，也有裴颂。

原本三班的人是不怎么跟裴颂来往的，毕竟跩王名声在外，大家都不太靠近他。用朱倩茹的话说，大家对裴颂都有点敬畏。

敬畏，朱倩茹说的时候还自我感叹了一会儿，自己居然能讲出这么有文化的词。

裴颂这个人，不了解他的时候，确实会觉得他挺冷的。

三班的男生先是发觉裴颂篮球打得好，接着又发现，他其实没那么难相处，反而挺开得起玩笑的。

说他正派，他学霸的气质怎么都挡不住；说他浑，他也能比谁都浑。

裴颂身上有一种天然的气质，好像什么事都能做得好，任何事都难不倒他，他就是能让大家对他心服口服。

三班下午第二节是体育，正好连着自习课，这意味着体育课后他们可以不用急着回教室，能多打一会儿球。

整个走廊上都是三班人的怪叫和欢呼声。

在八中就是这样，除了考试，哪怕再小的事，也值得庆祝。

程北茉不可避免地跟裴颂对上视线。

早上她扭头跑了之后，再见面，还有点尴尬。

见程北茉背着书包，裴颂慢下脚步。

周围这群人就跟警犬似的，嗅着八卦的气味就过来了，用一种好奇的眼神望着他们俩。

程北茉不想跟这群人挤楼梯，便换了个方向，准备绕远路走另外一边的楼梯。

裴颂跟着班里人到楼下，心里还琢磨着程北茉背着书包的事，便停下跟同学说："你们先去。"

他身边的男生抱怨道："行不行啊你？又干吗去？"

"你们先热身。"裴颂头也不回地说，"去晚了照样打爆你。"

裴颂跑了几步，到另一边的楼梯口等着，没过一会儿，就看到程北茉下来了。

裴颂手抄口袋，语气淡淡的："还没到放学时间。"

程北茉问："你怎么不去上体育课？"

裴颂无奈笑了下："你问我还是我问你呢。"

程北茉："我请假了。"

"有事？"

"嗯，家里有事。"

"家里有事"这个万能的请假理由，竟然在裴颂这儿过不去。

他接着问："什么事？"

他的语气坚定，像棵白杨似的杵在她面前，好像不给回答就不放行似的。

程北茉觉得跟他实话实说也没什么大不了的，便说："跟我爸妈去看新铺子。"

裴颂愣了一下："要换地方？"

程北茉摇摇头："不一定，今天只是去看看。"

裴颂点点头，没再说什么。他叮嘱她过马路注意安全后，就往回走了。

程北茉觉得裴颂的反应有点怪。

到底是哪里怪，她又说不上来。

她忍不住回头看，裴颂走得很慢，也不知是不是她的错觉，裴颂的背影看起来好像有点落寞。

程北茉跟父母在约好的地点会合，方丽珍问："不会耽误你学习吧？"

程北茉让她宽心："就两节自习课，真没事。"

他们要看的铺子，也是个面馆，据说是原店主老家有急事，急着转让，所以价格不高。

217

这家面馆装修很新，至少比现在的老程家面馆要新。

大人们在店里聊，程北茉就坐在旁边的桌子上，有一搭没一搭地听着。

店主拿了纸和笔，跟方丽珍和程勇算着各种数字，用准备好的话术，说铺子抢手得很，让他们尽快做决定。

这边房租和物业都不贵，装修上也不需要做什么大的改动。唯一不方便的就是，离家有三公里左右。

虽然并没有多远，但这意味着，父母以后要起更早，回来得也更晚了。也意味着，她以后放学回家，没法再吃一碗热腾腾的面再上楼写作业。

直到这一刻，程北茉才有了实感。

他们一家的生活要发生改变了。

她不是个喜欢改变的人。十几年如一日的生活要被打破，她有些难以接受。

即使她瞒着父母忙活了一个月，却依然是杯水车薪，任何忙都帮不上。

就在这时，裴颂给她发来消息，问她看铺子看得怎么样了。

她回复：【挺好的。】

她只回了三个字，裴颂却像是看出她心情不佳似的，追问她：【心情不好？】

程北茉握着手机，愣了一会儿。

他是怎么看出来的？

她回复：【可能有点不适应。你呢，你还好吧？】

PS：【我？】

MOMO：【感觉你今天有点怪。】

PS：【我有话要跟你说，不过不是现在。】

MOMO：【？】

PS：【你给我点时间，我们见面再说。】

有话要说……

还要给他点时间……

程北茉心底有种莫名的情绪涌动着。

这些话要是让陈韵吉看见，没准已经开始尖叫了。

但她使劲摁着，不愿意让它们浮出水面。

这样的把戏，他以前就玩过一次。

她告诉自己，这人是条狗，她要淡定，她要当作什么都没看见。

晚上，程北茉摊开练习册，很难得地，做到第二道题就扔下了笔。

她有一项陈韵吉觉得"不是人"的能力，就算外界干扰再多，她也能面不改色地把手里的题算下去。

可是此刻，她无法忽略耳际的声音。

程勇和方丽珍在主卧小声商量。

他们特意压低了声音，程北茉也戴着耳机，可她的注意力还是被吸引去了。

也不知他们商量出了什么结果。

原来以前不是她定力太强，而是干扰还不够。家里的变动，还有裴颂没说完的话，都让她心烦意乱。

她盯着窗外黑乎乎的一片，对面楼上零散的灯光就像是夜晚的补丁。

直到歌单里的歌播放完了，直到耳机里没声音了，她都没察觉。

程北茉正发着呆，玻璃上忽然闪过一道人影，她扭头，看见程勇站在她房间门口。

她装作什么都没听见的样子，摘下耳机问："爸，有事吗？"

程勇笑笑："没什么事，就是来看看你做作业。"

程勇走进来，坐在床边，沉默地盯着程北茉的笔尖。

平时这个时候，程勇和方丽珍都是不在家的。

她一个人在家，可以把脚跷上桌子，以很不优雅的姿势写作业，也可以跟着耳机毫无顾忌地哼歌。

总之，她不大适应这样沉甸甸的注视。

她本来就做不下去题，程勇在旁边坐着，她只能硬着头皮装模作样地演算。

写了一堆自己都看不懂的东西后，程北茉终于忍不住搁下笔："爸，你是不是有话跟我说？"

程勇调整了下坐姿，小心翼翼地问："茉茉，你觉得今天那个门面怎么样？"

219

程北茉想了想："挺好的。"

程勇没说话，沉默了片刻后，他问："茉茉，你是不是，心情不大好？"

今天一共有两个男人看出她心情不好，一个是裴颂，一个是爸爸。

她觉得她的掩饰功力挺好的，到底是怎么被看穿的？

程北茉咬了咬嘴皮："也没有，就是感觉在这边什么都习惯了。"

"确实，咱们家在这边不少年头了，割舍不下是正常的。"程勇的手掌在大腿上搓了搓。

说完，又是一阵沉默。

过了会儿，程勇才又开口："就是委屈你了，要是店搬去那边，以后回来吃饭都是一个问题。"

亲戚邻居都说，茉茉是好孩子，省心。

可省心从来都不是对一个孩子的夸赞。要有多懂事，吞下多少委屈，才能被称为"省心"。

程勇一直对程北茉心怀愧疚。

程北茉倒是一副没什么所谓的样子："没关系，我可以在学校食堂吃完再回来，我们食堂的饭挺好的。"

"是，是……"程勇似乎也不知该说什么了，"委屈你了啊，茉茉。"

"就是你们俩以后得花不少时间在路上，时间久了太辛苦。"

程勇说："其实挺近的，才三公里，又不是十几公里。"

但到底是没自家楼下方便。

程北茉问："你们已经决定要换到那边了是吗？"

"这边改造花费确实有点高，而且要是改造，挺长一段时间没法开门做生意。"程勇接着说，"我跟你妈已经看了挺久了，就那家价格合适，位置也不错，春节后咱们这边到期，那边正好能续上，时间也合适。"

程北茉用脚尖在地板上胡乱划拉着。

程勇不大自然地拍拍她的肩，说："至少不是什么坏事，对不对？"

终于，她有些忍不住情绪，问："物业和房东为什么这么欺负人？"

"他们也没有欺负我们，就是，就是……"程勇在脑中努力搜刮安慰人的词汇。

程北茉说："我都听见了，改造的材料和设备都要从他们那里买，还得交押金，验收不过押金还不退，不就是要流氓嘛。"

"所以我们还有选择的余地，还能换个地方。"程勇让她不要过于担心，"就算没有换物业这回事，咱们这排门面也快拆迁了，迟早都要换地方的。咱们提前找好了，到时候也就不用愁了。这叫未雨绸缪，咱们还抢先一步了呢。"

一听就是专门安慰她的话。

哪有拆迁只拆这一排门面房的？

骗她也不打个草稿。

第二天，程北茉醒得很早，这一晚她做了很多梦，醒来的一瞬间，却又都不记得了。

她拉开窗帘，外面依旧是一片漆黑，伴随着浓雾，连对面的楼都看不清。

京江的冬天早晨一直都是这样，每天都好像跟前一天没什么区别。

这个世界不会顾及某个人的心情。

无论一天过得好还是糟，地球照样转，太阳照样升起。

程北茉照常洗漱，出门上学。

踏进校门时，她的步伐有点轻飘飘的。

毕竟有个人说，有话要当面跟她讲。

结果，她并没有见到裴颂。

课间她故意在走廊里晃荡，就连陈韵吉和朱倩茹都觉得意外。毕竟这段时间她一直长在座位上，就连课间也争分夺秒地做题写卷子。

从那天起，程北茉连着好几天都没见过裴颂。

据朱倩茹随口透露的消息，裴颂这几天请假了。

程北茉拿出手机，打开跟裴颂的聊天界面。

本想问他怎么话说了一半人就不见了，但思考再三，还是什么都没发，别显得她很着急似的。

再碰见裴颂，已经是周五。

活动课的时候，裴颂路过一班教室，程北茉依旧在空荡荡的教室，看到裴颂的身影一闪而过，心脏不听话地加速了。

裴颂从教室前门进来，径直走向程北茉的座位，在她前排坐下，面对着她。

看这架势，是要说了。

程北茉抬头，却对上一双疲惫的眼睛，他深不见底的眸子里，布满了红血丝。

她问："你怎么了？没睡好？"

裴颂揉了揉山根，慵懒地"嗯"了一声。

声音飕飕的，像是感冒了。

程北茉问："你这几天没来学校，挖煤去了？"

裴颂轻声哼笑了一声。他没回应程北茉的调侃，而是问："你那天说去看铺子，看得怎么样？"

"还行。"

"还行……是好还是不好？"

"挺好的，可能是我的生活一直两点一线，已经太久没有改变了，心理上有点难以接受吧。"程北茉想起他落寞的背影，"你怎么这么关心这个事？"

先是不打招呼跑去她家面馆吃饭，现在又这么关注这事。

裴颂握拳抵在唇边，清了清嗓，说："还记得我说有话要当面说吗？"

程北茉心头一紧，点了点头。

"我要说的这些话，你听了可能会生气，无论你有什么样的情绪，都是合理的。"

程北茉有些困惑，她看了眼裴颂的表情，好像跟平时有些不一样。

裴颂顿了顿，说："你们家店那边新换的物业公司，是我爸的公司。"

程北茉愣住了，至少十秒。

她表面上没有太大的情绪起伏，可脑袋里像是有什么炸开了一样，嗡嗡作响。

原本悬着的心，突然开始做自由落体运动，急速下降。

她的大脑已经没法处理这句话的信息。

"你爸……我家……"她嘴唇一开一合，也不知道自己在说些什么。

裴颂去老程家面馆吃饭的那天，原本只是不知道她最近在忙什么，想碰碰运气，没准能在面馆碰见程北茉。

结果没遇见程北茉，付钱的时候，他看到一张物业下发的通知。

那只是一张再普通不过的 A4 纸，只是落款很熟悉，他定睛一看，确实是裴文远的公司。

裴文远这些年摸爬滚打，到现在，地产、商业和物业都有涉及。在天眼查上找他的名字，名下关联了好多家公司。

他在这些公司里具体担任什么职务，裴颂并不知道，也不想知道。

直到程北茉在天台上说出家里的烦恼时，裴颂才意识到，程北茉挖空心思赚钱的罪魁祸首，竟然在他这儿。

程北茉还没缓过神来。她表情木木的，也不知该说什么，就只能听裴颂说。

"我去找他了，想问问这是怎么回事，想看看有没有什么解决办法。"

程北茉问："这几天你请假，就是为这事？"

裴颂点头："嗯。"

程北茉看着他，难怪他那天听说她要去看新铺子时，才会那么落寞。

"第一天没等到他；第二天晚上见着他，他喝了酒，也没问出什么来；第三天再去，人倒是清醒的，什么都没问出来。"他笑了一声，像是自嘲。

不光什么都没问出来，裴文远还跟他大吵一架，差点又动了手。

"对不起。"裴颂喉结滚动，"还是没能改变什么。"

他几乎没跟谁主动道过歉。

在程北茉的认知里，他们俩除了同学关系，在其他任何层面，都是没有关联的。

没想到，他们突然就站在了对立面。

她脑子里突然蹦出古早偶像剧的情节。

霸道总裁的公司要收购平凡女孩家的小村庄，资本和普通人的力量悬殊过大，只有平凡女孩一个人坚守反抗。按照偶像剧的走向，在平凡女孩的坚持下，霸道总裁爱上了她，并最终为她放弃了几百个亿商业计划。

裴颂是不是男主角不知道。

她大概率不是女主角。

因为现实没有做出任何改变。

她跟女主角的共同点只有一个，她们都是平凡女孩。

他们还是要让出自己的小村庄。

程北茉垂着眼说："没关系。"

裴颂脸上的表情有点复杂。

她说这句话的时候，没有看着他。

他知道，并不是真的没关系。

她表情黯淡，他看着她垂着的眸子，里面并没有平日里干净的光辉。

他们沉默地面对面，像是隔着一道银河。

过了会儿，程北茉艰难地挤出一个笑："没想到你是来跟我说这个的。"

一班教室里，两个人对峙般坐着。

裴颂盯着程北茉，程北茉盯着课本某处，内心的煎熬跟程勇坐在旁边盯着她差不多。

她受不了这样沉甸甸的眼神。

这里面盛的东西太多太复杂了，她接不住。

"这不是你的错。"程北茉抬头，平静地说，"本来你可以什么都不说的，但你还是告诉我了，谢谢你的坦诚。"

这句话在裴颂听来，有点"划清界限"的意思。

"我接着想办法。"他攥住她的手腕，用了用力，"相信我。"

就像是某种承诺。

程北茉抬头，正好对上他脸颊的旧伤口，已经变淡了。

她知道很多事他们都无能为力，但他郑重其事说出口的承诺，让她有点动容。

"我没有怪你。"程北茉说，"你也别冒着受伤的风险去了。"

虽然这是一件需要时间消化的事，但她真的没有怪他。

因为他们都没法改变很多事。

裴颂显然没想到她会提他受伤的事，他愣了片刻，才迟缓地问："什么意思？"

程北茉如实说："其实，我有天上完课，在京江公馆看到你了。"

"看到什么了？"

"看到你……和你爸爸吵架。"程北茉顿了顿，"你脸上的伤就是这么来的吧？"

"原来你看到了。"裴颂笑了笑，像是自嘲，"所以你才去找张弛的？"

"嗯……"程北茉赶紧说，"跟他见了面，我又有点后悔，就没问。"

"张弛不知道。"裴颂声音闷闷的，"我是为了不让他跟我妈动手。"

裴文远和赵旻是白手起家的。

在裴颂的记忆中，父母的角色到小学五六年级的时候才出现，在那之前，他一直和姥姥生活在一起。

一到冬天，姥姥就会告诉他，过年你爸妈就回来了。

那是他一年之中最期待的日子。尽管爸妈回来，就意味着他要离开姥姥家，回他们一家三口的出租屋去住。

那时候他们还没有自己的房子，出租屋也没有暖气，但他们一家三口在小饭桌前裹得严严实实吃年夜饭看春节晚会的场景，他永远也忘不了。

后来，他们熬过了很苦的日子，好像在一夜之间，就什么都有了。

什么都有了，可就在那间窄窄的房子里，好像把他们一辈子的幸福都用光了。

后来，赵旻的身体开始不支持高强度工作，慢慢地，就变成只有裴文远经常不在家。

初中时，裴颂曾经跟着裴文远参加过一场应酬。

烟雾缭绕，劝酒声和黄段子在耳边交错着。

裴颂那时候性子就挺冷的。他实在厌恶，厌恶烟味酒味，厌恶那些失态的虚伪的中年男人，便一声不吭，只埋头吃饭。

有个醉醺醺的男人开玩笑，说男人有钱就变坏，然后问裴文远，这两年赚得盆满钵满，弟妹有没有觉得你变了。

那个男人是当时裴文远的上司，裴文远也赔笑，说过两年，争取给你换个弟妹。

一群大腹便便的中年人，在裴颂面前，丝毫没有顾忌。

裴颂当时十三岁，尽管有些话他一知半解，但并不是完全不懂。

直到裴文远的那句话出口。

如果不是那个桌子是大理石台面的，他就掀桌了。

他当时红着眼，质问裴文远说那些话是什么意思，还问裴文远为什么要跟这些人来往。

他的一系列举动，在这一桌成年人眼中，就是无理取闹。

一个笑话而已，只有小孩才会当真。

十三岁的小孩无理取闹的下场，就是挨揍。

或许是为了面子，或许是为了领导的面子，裴文远当众揍了他。

一群醉汉盯着他，看着热闹，说着不痛不痒劝阻的话。

后来他头也不回地跑出了那个高档包厢，这是一个十三岁小孩能做出的最大反抗。

而裴文远并没有追上来。

程北茉深深地看着他，却不知该怎么安慰。

"你不用这么看着我，这都是很久以前的事了。"裴颂的语气并不怎么沉重，他又自嘲似的笑了下，"那时候，他也就是嘴上说说，现在已经不只是说说了。"

程北茉没有问，她当然懂这是什么意思。

"这些年他变得很暴躁，喝多了就在家里发火，每次都冲着我和我妈来。"

程北茉想起张弛说过，裴颂转学就是因为跟他爸大吵一架。

她问："那你转学，也是因为跟他赌气吗？"

他想了一会儿，点了点头，又摇了摇头。

他赌的不是跟裴文远的那口气，而是想向赵旻证明，远离了裴文远，抛开裴文远口中自己打拼出来的一切，他照样能活下去，而且能活得很好。

戴思那件事，只是个导火索而已。

"我对他失望透顶，他对我也一样。我只是心疼我妈。"裴颂顿了顿，接着说，"她比我受到的伤害要多。"

程北茉沉默地望着他。

"虽然听起来挺荒谬的，我刷信用卡没什么节制，就好像这样就能跟他作对一样。"裴颂说，"有时候也会跟着他，留下点证据，我得为我妈多考虑。"

所以他才去温泉酒店，去KTV。

所以他才总是带着相机。

裴颂说了很多，也有很多没说，但一切都通了。

他为什么转学，为什么去她眼中的"那种地方"，答案都在眼前了。

她心里却有种说不出的酸涩。

那些被外人猜忌的、揣测的事实，他毫无保留地，全告诉了她一个人。

"会好的，别总苦着张脸。"

"伤口还疼吗？"她问。

"不疼了。"

"你是因为心情不好才剪的头发？"

"嗯。"他问，"好看吗？"

程北茉摇了摇头。

裴颂笑了一声。

程北茉说："别人剪这个发型不好看，你不一样。"

原来摇头是这个意思。

"不过，长出来以后还是别再剪了。"她盯着他说，"还有，以后也别受伤了。"

裴颂愣了愣，深深地看了她一眼。

"放心吧。"

他们之间的隔阂好像是消除了，距离也更近了。

程北茉没有继续问，他为什么要告诉她这些，这些连张弛都不知道的事。

或许她隐隐约约知道答案，但她不想承认。

跨年当天，程北茉照常去京江公馆上课，她还挺期待这一天的。

她和 Amy 约定好，工资每月一结。

今天是她第一次拿到工资的日子。

她是高中生，价格自然要不上去，只有一小时六十块的价格。一个月下来，Amy 答应四舍五入，付她五百块。

虽然不多，但起码足够她一段时间的零花钱。

学校要交什么费用，她也不用再跟父母要了。

她按约定好的时间到京江公馆，门卫已经认识她了，但仍然要重复每次访客到来的烦琐登记步骤。

登记完，门卫给 Amy 家打电话确认时，说了几句话后，从岗亭里出来，告诉她不能进去。

门卫说："不好意思，业主说没有预约，我们不能放行。"

程北茉有点蒙："怎么可能呢？我们提前约好的。"

"要不你试着联系她一下？"门卫也有点无奈。

出于人之常情，门卫知道程北茉并不是什么不速之客，但他在他的岗位上，只能把她拦在门外。

程北茉掏出手机，给 Amy 打语音的时候，才发现她已经被删除好友了。

打电话，也无人接听。

她在京江公馆门口待了将近半个小时，终于认清一个事实，她这段时间，大概是白忙活了。

程北茉一个人沿着那条路走了很久。

三点的时候，裴颂给她发了个消息，问她能不能准时下课，其他四个人已经出发去江边了。

见她不回复，几分钟后，他又发来一条：【人呢？】

她没心情回，看了一眼就把手机揣进口袋。

然后裴颂的电话就打过来了。

程北茉盯着屏幕，看他一直不挂断，便接起来："喂？"

裴颂问："怎么不回消息？"

"没看到。"

"躲我？"

程北茉的语气并不怎么客气，反问回去："监视我？"

看她还有精力撑人，裴颂的语气倒是松了："紧急联系人，自然要有紧急联系人的样子。"

程北茉说："紧急联系人也应该知道，上课时间是没法回复消息的。"

裴颂没搭茬，问她："你那边怎么有车声？"

她在马路边，车流声是盖不住的。

她没讲话，裴颂接着问："你没在上课？"

纠结了一会儿，她才慢吞吞地说，今天的课取消了。

她本来不想说的，可毕竟心里委屈。

他早就提醒过她，不要被骗，要注意辨别。

她不知道见了面裴颂会不会劈头盖脸地教训她"我早就说过"。

过了十几分钟，裴颂赶到了，见了面，他什么都没说。

程北茉看了他一眼，他平时嘴是挺不饶人的，但其实挺会照顾人的，知道分寸，就像现在，他就没说什么风凉话。

裴颂问："我不给你打电话，你就打算这么游荡到晚上？当自己是孤魂野鬼呢？"

程北茉咬牙切齿——是她高估他这个浑蛋了。

裴颂问："哪一户？"

"什么啊？"

"你做家教的那家，不是在京江公馆吗，哪一栋、哪一户？"

程北茉如实报了楼栋号。

裴颂默默记下，拉着她就要往回走。

"干吗去？"

"讨你的拖欠工资去。"

程北茉惊诧："就这么去？"

"那还要怎样？"

"可是你也进不去她家……"

裴颂停下，把手机磕在下巴上，想了一会儿。

片刻后，他朝她摊开手心："手机拿来。"

程北茉把手机递给他，顺便提醒："她已经把我删了。"

"有手机号吗？"

程北茉点点头，从通讯录里找到一个号码。

裴颂用自己的手机输入那个号码，拨出了电话。

等了几秒，那边好像有人接了。

程北茉想凑上去听，裴颂却示意她等着，他握着电话走远。

程北茉也不好跟上去，只能盯着他的背影。

他一只手抄口袋，还是那股漫不经心的慵懒劲儿。

也不知说了些什么，过了好几分钟，他才慢慢走过来。

"怎么说这么久？"

裴颂把手机还给她，捎带着开玩笑的语气："没办法，本人在哪儿都招人待见。"

"她都说什么了？"

裴颂却像卖关子似的，跟她说，先等会儿。

过了会儿，程北茉微信上显示有好友申请。

她点开一看，是 Amy。

裴颂冲她扬了扬下巴："加。"

她把 Amy 加了回来，Amy 发来一笔转账，附言：【家教课时费。】

程北茉脸上欣喜的表情慢慢展开："这怎么回事？你怎么跟她说的？"

裴颂无奈道："先把转账点了啊。"

钱来了不赚，在那儿傻乐什么呢？

程北茉赶紧点了收款，然后眼巴巴地盯着他，接着等答案。

裴颂幽幽地看着她："我说，我是你男朋友，要是不给的话，有她好看的。"

程北茉咽了下口水，这、这么说的吗？

说完裴颂转身就往前走。

程北茉快走几步跟上，小心翼翼地试探："你真这么说的？"

裴颂勾了勾唇角："怎么可能，我说她要是不给钱，我就报警。"

时间接近六点，陈韵吉发来消息问她上课结束了没，让她赶紧去江边。

阿吉：【人特别多，你快点来，张弛正打算问校草。】

MOMO：【不用问了，我们俩在一起。】

阿吉：【噫……怎么有种奇怪的酸臭味……】

MOMO：【……】

她把手机揣进口袋，问："你要去江边看烟火吗？"

"刚看微博上有人发，那边人已经很多了。"裴颂斜了她一眼，"你确定要去凑这个热闹？"

她点点头："我得去和陈韵吉会合，陈韵吉家里人不让她单独和杜杨一起玩。"

"为什么？"

"大人嘛，总有自己担心的事。"程北茉简短地说，"总之结束后我得跟她一起回家。"

裴颂无声地笑了笑："行，那走吧。"

到了江边，人确实很多，都是来看烟火的，有不少人手里还拿着气球和花。

裴颂和程北茉本来要去找陈韵吉他们，但人实在太多，他们根本挤不过去。

程北茉给陈韵吉打了个电话，约好结束后一起回去。

他们走远了一些，到了附近一个小公园，地势高，而且人少。

裴颂带着她到公园的亭子里，从这里正好能看到一点江边的风景。

虽然看不全，但至少没那么挤。

烟火表演还没开始，远处有人开始起哄欢呼。

程北茉期待满满地伸长脖子看过去。

只听身侧人冷冷提醒道："八点才开始，又不是声控的，凑什么热闹。"

程北茉翻了个白眼。

裴颂拿出相机，他今天出来得急，没拿单反，只有平时随身带着的卡片机。

程北茉阴阳怪气地呛他："时间还没到，有什么好拍的。"

裴颂低头捣鼓相机："拍你啊。"

以德报怨，很好。

现在换成她没理了。

程北茉努力把心跳咽下去，不动声色地问："你不是不拍人吗？"

"为你破个例。"裴颂低头调整相机，"反正也不是第一次了。"

跟陈韵吉她们在一起拍照时，程北茉尚且还能配合她们装可爱搞怪，但面对裴颂的镜头，她像是什么都不会的木偶。

裴颂飞了个眼神过来："你是 AI 吗？表情自然点。"

程北茉一竖眉一瞪眼，心想这人怎么突然变得这么凶。

她冷着脸的时候，裴颂反而猛拍了几张。

嗯，她还是适合酷酷的表情。

烟火表演开始时，程北茉忍不住去看。

裴颂抓拍了几张她看烟火的侧脸。她的头发被风吹得有点乱，清冷的长相和热闹有种反差感，干净的瞳仁里还盛着绚烂。

烟火表演持续了一个小时，据说半夜十二点还有。

中间空白的两个多小时，没有人离开，依旧是人挤人。

或许大家都是害怕孤独的，能和陌生人度过这一年的最后几小时，也算是一段难忘的回忆。

看陈韵吉发来的照片，她和朱倩茹头上戴着闪光发卡，她们还给杜杨和张弛戴上了兔子耳朵，四个人，乐得像傻缺。

裴颂手抄口袋，望着远方，突然说："新年要来了。"

程北茉点点头："是啊。"

"今年过得怎么样？"

程北茉认真想了想。

在裴颂转来之前，好像并没有什么波澜。

"每年都像打游戏过关卡，今年后半段，关卡不太好过了。"

裴颂："今年马上要过去了，要不要把没做的任务做了？"

程北茉没太听懂："什么意思？"

还有不到二十分钟就半夜十二点了。

这么几分钟，能干啥？

"不是说要谢个大的吗。"裴颂瞥她一眼，"攒了这么多，要不，清清账？"

程北茉心想，就五百块，随他支配吧。

"要怎么清？"

"你答应我一件事就行。"

"什么事？"程北茉偏头看他，心跳扑通扑通的。

他俯身在她耳边，用只有她一个人能听见的音量说："别输给我。"

她的耳朵像是被什么烫了一样。

"干、干吗？"

裴颂坦荡地说："不是说是朋友嘛，良性竞争，友情万岁。"

零点，烟火准时绽放在空中，空气中回荡着各种"新年快乐"，肆意而张扬。

程北茉看了一眼身边的少年。

远处的烟火绽放，他望向天空，烟火的光亮映出他的侧脸，挺拔的鼻梁，流畅的线条。

那一刻，他好像比烟火还要耀眼。

"新年快乐。"裴颂轻轻笑了下，"今年这关结束了，所有伤害都归零了。"

那一瞬间，世界的声音都好像被收束了，只剩下他们两个人。

她轻声说："还有下一关呢。"

"下一关有大佬带你，你怕什么？"

她仰头看了他一眼，从她的视角，正好能看见他锋利的下颌线，确实是张 360 度无死角的俊脸。

烟火声砰砰的，很吵，好像都遮不住她扑通扑通的心跳声。

看完烟火后，他们六个人用了半个小时才成功见面。

人实在太多，就算程北茉和陈韵吉一直开着语音说明位置，还是只能随着人潮打转。

程北茉的注意力在手机上，周围人声沸腾，她要注意力很集中才能听清陈韵吉在说什么。

裴颂就是她的眼睛。

他在她身后，双手搭在她的肩上，用自己的身体过滤掉了一部分拥挤，也能在她偏航的时候及时调整方向。

程北茉僵直着后背，一时间，耳边陈韵吉的声音在逐渐减小，她只顾着"嗯嗯"地应答。

陈韵吉仿佛在跟个木头交流，气得直喊："我问你有没有看到一个拿了好多卡通气球的人？你'嗯'什么'嗯'啊！"

程北茉开着公放，陈韵吉这一嗓子喊出来，不光惊醒了程北茉，还吓到了她身边的路人。一时间，程北茉和裴颂周围方圆一米都空出来了。

"茉茉？"陈韵吉不满地瞎嚷嚷，"是信号不好还是你耳朵不好？"

这哪是信号和耳朵的事，要是没有裴颂在身后，她早就跟他们会合了。

程北茉也不知道自己为什么集中不了注意力，这明明是她最擅长的事。

都怪裴颂。

233

就在刚才，他们离得那么近，不知他有没有感觉到她擂鼓一般扑通跳动的心？

六个人见面时，已经接近凌晨一点了。

程北茉和裴颂朝那四个人走过去时，正好他们背光走在路灯的光晕里，两个气质清冷的轮廓清晰可见。好看的人，就连影子都是好看的。

张弛看得出神，忍不住在心里感叹了句："真般配啊。"

他们错过了末班公交车。在所有路人都在寒风中排队打车的时候，张弛大手一挥，再度加码，叫了辆迈巴赫商务车。

于是，他们几个高中生，在众人的注视下，先后上了这辆迈巴赫。

只有陈韵吉还在大大咧咧地说："咱们人多，叫辆依维柯就是宽敞！"

张弛说："谁说这是依维柯？这明明是五菱。"

张弛负责跟司机沟通，定好路线，绕一圈，把他们所有人沿路放下。

出发后，陈韵吉直呼遗憾："我们都没能在一块跨年。"

程北茉说："都在江边，也算是一起跨年了。"

"你好冷酷，好无情。"陈韵吉撇了撇嘴，"你们刚才在哪儿？"

程北茉："马路对面的小公园。"

"那么远？能看到烟花吗？"

"只能看到一部分。"

"你们那边一团黑，估计什么都看不见。"朱倩茹加入对话，语气里带着点遗憾，"你们俩干吗不过来？其实可以挤过来的。"

程北茉含糊地应答着，扭过头，正好撞进裴颂的眼里。

黑漆漆、亮晶晶的，仿佛深不见底的海水。

他好像就在等着似的，表情玩味："朱倩茹问你话呢，干吗不过去？"

程北茉有点无语，他绝对是故意的。

疯过之后，又要面对跟冬天一样冰冷的现实。

期末考试要来了。

程北茉照旧拉着陈韵吉复习，裴颂照旧会在有空的时候帮她一把。

她坐在期末考试的考场上时，甚至有点恍惚。

第一个考场还是那些老熟人，眼前还是裴颂宽阔的肩背。

好像时光赖着并没有走一样。

期末考试之后还要上一个多礼拜的课，这个时间留给老师批卷子，讲卷子。而八中学生，这时候基本属于放羊的状态。

毕竟跟即将到来的假期来说，那点可怜的考试分数也不算什么了。

几天后，成绩出来了，裴颂依然是第一，程北茉第二。

这是这学期第三次了，已经是个波澜不惊的消息，就连朱倩茹也懒得来八卦。

朱倩茹不来，陈韵吉也不来。就连睡神常乐都察觉出不对劲了，每节课间睡醒都觉得耳边少了点什么。

程北茉知道，陈韵吉在跟她赌气。

陈韵吉是期末考试后才知道老程家面馆要搬走的消息。

她被这消息击昏了头，连着好几天都闷闷不乐的，自己家做的饭彻底不吃了，每天不管多晚，都要来程北茉家店里吃碗面，还坚持要付钱，弄得程勇和陈展翔都不知道她怎么了。

程北茉找到陈韵吉时，她正坐在店里一声不吭地吃面。

"我还是不是你最好的朋友？这么大的事你都不告诉我。"陈韵吉嘴里含混不清地说，"要不是我爸提起来，我还一点都不知道呢。"

程北茉说："这事还没定，只是看了个铺子。"

陈韵吉终于想起来，程北茉跟她提过的租金物业费上涨的事。

她蔫搭搭的："我还以为，只是暂时周转比较困难，谁能想到你们要搬走啊。"

程北茉说："我还是在这里住，只是店可能会搬走。"

陈韵吉一难过，又吃不下了，嘴里叼着几根面条开始干号。

"那也不行，好多东西都变了。"

刚知道这个消息的时候，程北茉也无法接受。她很少表现得激动，什么事都暗自消化。过了这么久了，她已经接受了，所以表现得很平静。

陈韵吉还在消化阶段，这几天，她都有一种悲壮的感觉。

放假前最后一天，陈韵吉拉上程北茉和杜杨去吃肯德基新出的春节套餐，说是告别宴。

"告别什么？"程北茉不解，"我人还在咱们小区住啊。"

陈韵吉正色道："告别我逝去的青春。"

杜杨问："那不是应该去茉茉家吃面吗？"

陈韵吉想了一秒，声音提高了不知多少个分贝："我就是想吃肯德基，你管得着吗！"

程北茉心想，杜杨每天被陈韵吉这么吼着，等结婚的时候，得戴助听器吧。

他们三个刚走出教学楼，就看见不远处松松垮垮站了个人。

不是裴颂还能是谁。

裴颂还没开口说话，杜杨就拉着陈韵吉往旁边退了几步，眼色满分。

程北茉问："你找我？"

裴颂："嗯。"

程北茉："什么事？"

裴颂："跟我走。"

程北茉指了指身后："我们提前说好了，要一起吃饭。"

她转头，陈韵吉正在用口型跟她说"重色轻友"。

下一秒，杜杨就捂住了陈韵吉的嘴。

对付陈韵吉，还是杜杨有一套，他在陈韵吉耳边说了几句话，陈韵吉便撇了撇嘴："好吧好吧。"

程北茉问她："你们俩在嘀咕什么？"

"他说要请我吃烤肉。"陈韵吉把手搭在程北茉耳边，懒洋洋地说，"抱歉了姐们，烤肉比肯德基更有吸引力。至于我们的青春……明天再告别吧。"

就这样，到了校门口，四个人，兵分两路。

天已经黑了，程北茉跟上裴颂的步伐："去哪儿？"

"去我家。"

"干吗？"

"去了不就知道了。"

裴颂一句多的也不肯透露，只是晃晃悠悠地走着。

程北茉本来以为是要去京江公馆的，没想到裴颂带着她走了一小段路，拐进了一个老小区。

这是个有点年头但保持得很好的老房子，干净、温馨。

这大概就是他说的，他从小长大的地方。

裴颂踩上拖鞋，顺便从鞋柜里拎了双拖鞋出来。

那是一双很新的，很可爱的奶白色云朵拖鞋，跟这个家有点不搭。

裴颂把书包甩在沙发上，回头看她还没动，说："怎么，要我给你脱鞋？"

她说："这双鞋好新。"

裴颂喉咙上下滚了滚，很快哼笑一声，转身往房间里走："你关注点怎么这么奇怪。"

裴颂回房间换了件宽松卫衣。他平时的习惯就是这样，拽件衣服就兜头穿，边穿边往外走。

所以他从房间里走出来时，还没完全穿好。

程北茉一抬头，便看见了他的……肉体。

还有结实流畅的腹部线条。

紧实的皮肤下，腹肌若隐若现，还没那么明显，毕竟他们每天都在学校，没时间去健身房举铁。

她倒吸了一口气，没意识到自己已经屏住呼吸了。

那是不是传说中的人鱼线啊。

"看什么呢？"裴颂在她面前打了个响指。

程北茉回过神来，努力让自己看上去面色如常："衣服穿好，小心着凉。"

裴颂深深地看了她一眼。

他扯了扯衣服下摆，问她饿不饿。

她摇了摇头："不饿，你叫我来什么事啊？"

"急什么，都放假了。"裴颂无奈，"我饿了，吃完再说。"

程北茉以为他要叫外卖或者去外面吃，没想到他打开冰箱，看里面还有什么菜。

她有点惊讶："你会做饭？"

"我常年一个人住，不会做饭早饿死了。"裴颂从冰箱里拿出一盒虾，"吃虾吗？"

程北茉点点头："都行。"

"别说都行。"裴颂开玩笑道，"说都行就给你煮方便面了。"

反正每次张弛来就这待遇。

裴颂没说谎，程北茉看他煮饭、切菜、起锅烧油这一套流程不慌不忙的，确实很熟练。

冰箱里的菜有限，裴颂便只做了两道菜，油焖大虾、白灼菜心，佐紫菜蛋花汤。

两道菜做完的时候，电饭锅里的米饭也正好蒸好。

"碗在那个柜子里。"裴颂给程北茉指了一下，他正在忙着做汤，顾不过来。

程北茉拉开碗柜拿出碗，盛了两碗饭，端到餐桌上，转身回来看见裴颂的背影，她突然觉得，这个人好像很靠谱。

他们之间的距离好像真的拉近了很多。

这种变化是从什么时候开始的，她已经记不清了。

是从他说"你是我的人还是他的人"的时候，还是他说"跟一个外人说什么说"的时候，还是在跨年夜之后？

他说了很多心里话，她怀揣着他的秘密，也怀着一颗随之跳动的心。

裴颂完全不知道她在想什么，看她傻愣着，便用指关节敲了敲台面："发什么愣呢？来尝尝咸淡。"

程北茉只觉得好熟悉，好像经常在自己家听到这句话……

饭菜盛好，两个人面对面在餐桌旁坐下。

程北茉左脚打右脚，把自己绊了一下。

她有点恍惚。

刚才裴颂叫她尝咸淡，她用舌尖尝完，裴颂接着把剩下的汤汁都喝了。

动作特别自然，自然到好像这样做过好多回一样。

如果说她第一次到他家，他喝了她喝过的水是他不知情，那这次呢？

"你怎么了？"裴颂偏了偏身子查看，"不舒服？"

"没事没事。"她摆摆手。

裴颂还没来得及继续问，手机就响了。

他皱了皱眉头，接起来，起身打算去房间里讲电话。

走到一半，他又停下脚步。

他沉默地听着电话那头的人讲话，只是偶尔"嗯"一声。

打完电话后，他把冰箱门打开，在里面翻了翻，拿出个保鲜饭盒出来。

"这是什么？"

裴颂把饭盒放进身后的微波炉里，在面板上摁了几下设置时间，回答道："我妈刚才打电话说，做了红烧排骨，留在冰箱里。"

原来是他妈妈。

程北茉觉得这样的亲子关系确实少见，便问："她什么时候回家你都不知道吗？"

"我们有时差。"裴颂哼笑一声，"习惯了。"

"那，她不会突然回来吧？"

裴颂蹙眉："谁？我妈？"

程北茉点点头："就是……万一她突然回来，看到我们坐在这儿吃饭，会误会的。"

裴颂反问："又没干别的，误会什么？"

程北茉在脑中搜索着答案，不知怎么说才能不让场面变得更尴尬。

"叮"的一声，微波炉设定的时间到了，红烧排骨的香气瞬间就溢了出来。

裴颂把排骨放在她面前，桌子上三菜一汤，颇为丰盛。

程北茉的脸比桌上的虾还要红，他这一问，倒显得她心里有鬼。她不再说话，低头猛扒了几口饭。

吃完饭，或许是想挣回几分面子，程北茉又理直气壮地问了裴颂一遍，到底带她来有什么事。

裴颂正在把碗碟塞进洗碗机，头也没回就说："就这么不愿意跟我待一屋啊？"

程北茉摇摇头："不是，天已经黑了，我不能回去得太晚。"

更何况，她还甩了陈韵吉和杜杨。

裴颂："一会儿送你回去。"

程北茉说："不用。"

裴颂煞有介事地提醒她："年关近了，最近人贩子很猖獗。"

程北茉倚在厨房门口："我又不傻，不会被骗走的。"

"是吗？"裴颂回头看了她一眼，"我怎么觉得挺好骗的。"

程北茉觉得他话里有话，但她没有证据。

就在她想着怎么反击的时候，裴颂擦了擦手，推着她的肩往房间里走："走，办正事。"

这都什么虎狼之词……

老房子的构造并没有特别合理，在去书房的路上，他们先路过了裴颂的房间。

程北茉偏头往里看了一眼，是一间带阳台的卧室，应该就是裴颂的房间。里面很干净，只有衣柜、床和床头柜。床铺也很平整，甚至比她的房间还要整齐。

裴颂像是不想让她看自己的房间似的，虚揽着她继续往里走。

他什么都没说，但脚步明显是加速了。

难道那个房间里有见不得人的东西？

程北茉有点想逗他，便说："怎么走这么快？"

裴颂清了清嗓："你要是想在这个房间说正事，也行。"

程北茉扫了他一眼，脸颊微微发热，心想自己嘴上到底是赢不过这人。

她赶紧快走两步。

裴颂在她身后，无奈笑了下，摇了摇头。

"对了。"裴颂带她进了书房，"你刚才没看到什么吧。"

程北茉眨了眨眼："看到什么？"

"没什么。"裴颂的心放下来，心说内裤袜子什么的都挂在阳台上没收呢，还好没看到。

程北茉站在书房门口，回头瞥了他一眼，说："你是有强迫症吗，内裤都要按色系挂？"

裴颂回头瞪她一眼。

程北茉冲他挑了挑眉，耶，扳回一局。

她忽然觉得，跟他斗嘴也挺有意思。

当她回头看见裴颂书房的瞬间，她愣住了，原来张弛以前说的那些话都是真的。

一进门，程北茉就被一整面墙的书架吸引了。书墙上还摆了些相框，都是裴颂的摄影作品。旁边的置物架上，有很多个乐高。再转过来，是一个游戏区，各种游戏机都有，还有个看上去就特别舒服的懒人沙发，上面扔了两个游戏手柄。

她做梦都想有这么一间书房。

裴颂看她的表情，心想她这会儿应该忘记内裤的事了，便介绍说："平时都在这个房间待着，卧室只是睡个觉而已。"

难怪他的卧室那么素。

书房里东西很多，但大概是因为倾注了裴颂的心血，看上去并不杂乱，反而有一种特别的温馨感，让人心里莫名地踏实。

裴颂没什么正形地靠在墙边，说他的书房只有张弛来过。

难怪他上次说，有机会带她来这个家看看，真的值得一看。

"你真的挺会拍的。"程北茉把他的相框看了个遍，说，"很漂亮。"

裴颂漫不经心地说："还有更漂亮的，要不要看？"

"知道你会拍。"程北茉又被乐高的霍格沃茨城堡吸引了，"拼乐高很费神的，你平时爱好这么多，还能考年级第一？"

这是什么神人啊，程北茉好想看看他大脑的构造。

裴颂半天没讲话，过了一会儿，才懒懒地掀起眼皮："我说，程北茉，你能不能专心点？"

他怎么突然变凶了？

程北茉回头看了他一眼，他目光灼灼，似乎要把她烧透。

她怎么得罪他了？

程北茉在脑中把两人的对话往前翻了翻，发觉自己刚才好像忽略了他说的某句话。

他邀请她看"更漂亮的"摄影作品，而她根本没搭茬。

程北茉心想这人还挺玻璃心的，但还是决定给他个面子，说："好吧，更漂亮的在哪儿？"

裴颂拉开抽屉，递给程北茉一沓照片。

程北茉接过来，第一张就让她心跳漏了一拍。

是跨年那天拍的。他把那些照片都洗出来了。

程北茉翻了几张，全都是她。

像AI一样笑得不自然的她，不知在看哪里的她，还有仰脸看烟火的她。

漆黑的夜空下，程北茉眼神清澈，看镜头时，像不知所措的小鹿，看着远处时，又有几分无瑕的美感。她的头发被冷风吹得有点凌乱，反而拿捏住了清冷慵懒的氛围感。

她从来没见过这样的自己。

或者说，她从没见过他眼中的自己。

还挺好看的呢。

她在翻照片间隙，抬头瞥了眼裴颂。是他摄影技术一如既往地保持了高水准，还是在拍这些照片的时候，掺杂了些其他的感情呢？

那天晚上，她和他单独相处，晕头转向的，差点忘了看过的烟火，自然也忘了他还帮她拍过照这件事。

华丽的烟火转瞬即逝，而他替她保存了那个美好时刻。

她像数钞票似的一张一张翻，到底拍了多少张啊……

"看傻了？"裴颂在她眼前打了个响指，"别数了，这一沓都是你的。"

"都给我了？"

"嗯。"

程北茉也不知脑子哪根筋没搭对，问了句："我都拿走了，你怎么办？"

裴颂倒当个寻常问题回答了："我有电子版。"

这对话足以让她误会了。

怦！怦！怦！

程北茉觉得心快要跳出来了。

她问："你留着电子版干吗？"

裴颂打开一个柜门，里面全都是各种储存卡："所有拍过的照片，除了废片，我都留有备份。"

她呆呆地望着他，眼前的少年眉目英挺、表情平静、语气寻常，反正看上去比她淡定多了。

她像个泄了气的皮球。

过了会儿，她才调整好表情："你今天叫我来，就是为了给我照片？"

"还有。"

"还有？"

裴颂带着她到书桌前，桌面上有个不透明的罩子。

在他拿掉之前，程北茉心想，万一是鲜花之类的东西，她该怎么办。

裴颂拿掉罩子时，程北茉还心跳加速了一秒。

然后她就发现，是自己想多了——里面是个已经拼好的乐高。

她瞬间失了大半兴趣。

程北茉不大明白，给她看这个干吗。是展示，还是炫耀？

裴颂却不紧不慢地，双手撑在桌子边缘，卫衣袖子往上挽了半截，露出好看的手臂。

他饶有兴致地盯着她，什么都不说，好像等着她自己去发现些什么。

程北茉没办法，装模作样地俯身，多看了几眼。

这个东西像个房间，里面有桌椅，有灶台，有几个乐高小人，门口还有招牌呢。

不对，她好像在哪儿见过这房间……

再仔细看，门口的招牌上竟然写着"老程家面馆"。

程北茉恍然明白，裴颂用乐高，把老程家面馆还原了！

程北茉惊奇地看向他。

张弛曾经说过，裴颂喜欢玩乐高，还会自己设计自己买零件拼，有时候一件成品要拼几个月之久。

厨房里有一男一女两个小人，她认出那是程勇和方丽珍。

程北茉指着一个梳着丸子头的小人问："这是我吗？"

裴颂点点头。

程北茉还在惊叹，眼睛几乎要贴在上面了："你怎么做到的？位置都一模一样。"

"你觉得还原度高就好，我就去过一次，凭记忆弄的。"

"这个特别费时吧？"

"还好。"

"谢谢你，裴颂。"

裴颂顿了顿，说："这事跟我有点关系，我心里一直过意不去。既然无法改变结果，那就把它保存下来，算是我的一点歉意。"

他的真诚一览无余。

程北茉心底有一股暖流淌过。

她原来觉得他什么都不在乎，对什么都淡淡的，周身都散发着冷气。但其实，很多事他都放在了心上。

他总是习惯性表现出无所谓的态度，其实他比谁都认真。

一时间，她的眼眶有点热。

第八章

/ 喜欢 /

PUTONGPUTONG

寒假就这么来了。

那个裴颂废寝忘食拼了一个多月的乐高成品,现在正放在程北茉的房间。还有裴颂拍给她的照片,她找了个相框装起来了,摆在书桌前。

他把这些东西给她看的时候,她当时鼻头一酸、眼眶一热,但现在看着这两样东西,她想做的,只有勾唇角。

心里竟然泛甜。

这是再好不过的新年礼物。

做作业的时候,她总是忍不住抬头看自己的照片,再回头看看那个乐高,然后陷入思考。

他为什么要做这些呢?

是出于愧疚吗?

真的,只是,出于愧疚吗?

这些东西放在房间,方丽珍不可能看不见,便问她是哪儿来的。

"同学送的。"

"你们哪个同学,这么有心?"

"你不认识。"

"这东西这么精巧,挺费事吧?"

确实,从自己设计到一块一块拼起来,特别耗费精力。

245

想到裴颂白天上学，晚上回去还要拼这个，她的心就变得柔软。

"收了别人的礼物，要好好谢谢人家，更何况是这么饱含心意的礼物。"

"我知道，妈。"

至于照片，程北茉撒谎说是陈韵吉拍的。

"挺像那么回事嘛，以前没发现她还有摄影天赋。"

程北茉讪讪笑着，蒙混过关。

她心里像是有潮汐一般，来来去去。

退潮后，沙滩上留了浅浅的两个字——

裴颂。

今年春节，程北茉和陈韵吉还有杜杨都在京江过年。

大年三十那天晚上，年夜饭才吃了一半，陈韵吉就上门来喊人了。

程北茉跑着去开门，陈韵吉正站在门口，发梢有点湿。

"茉茉，新年快乐！"陈韵吉带着外面的凉气，脸颊红扑扑的，"外面下雪了！特别大！"

"新年快乐，快进来。"

白天就已经在飘雪花了，这会儿地上应该已经有积雪了。

陈韵吉嘴甜，进门转了一圈，就讨来个红包。

"茉茉，我们出去玩，杜杨在楼下等着呢。"

程北茉说好，赶紧进房间去换衣服。

程勇和方丽珍叮嘱她们别跑远，别放烟花。

陈韵吉嬉皮笑脸地答应着，趁着程北茉换衣服的空当，蹭了个鸡腿吃，还顺手抓了几个砂糖橘。

雪花扑簌簌落下，等她们俩下楼，杜杨已经成了个雪人。

大年夜，外面完全没有人，也没有车。

路灯孤零零地亮着昏黄的光，照着三个少年人的身影，说句话都有回音。

平时他们三个人总是在一起，可每年一到春节，不是陈韵吉回老家，就是程北茉回老家，三个人都留在市里过年，已经好多年没有过了。

上次，好像还是他们五六岁的时候。

小区门口的马路已经冻住了，他们三个在马路中间滑冰，完全不用担心会有危险。

好过瘾。

陈韵吉疯了一会儿，搞得满身是雪，才气喘吁吁地停下。

在这样冷的天气里，她竟然也能玩得冒汗。

陈韵吉大口大口地喘着气，说："时间过得好快啊。"

程北茉和杜杨都看了她一眼。陈韵吉平时大多数时候是二百五状态，很少有这样感性的时候。

杜杨用手背量了量她的额头："你没事吧？"

"滚一边去，老娘好着呢。"陈韵吉一下子打掉他的手，"你们不觉得日子不经过吗？上次我们三个大年夜这么玩，还是小屁孩呢，这都多少年过去了？有十年了吧？"

他们竟然也能用上"十年"这种词了。

人生才过了一个十年。

杜杨附和道："确实挺快的，下学期一结束，我们就高三了。"

陈韵吉："感觉三年挺长的啊，怎么一眨眼就过去了。"

高中生涯已经过去了一半时间。

恍然如梦。

程北茉只觉得好像中考失利还在昨天，可是这个年一过，他们就要在八中踏入高中生涯的下半场了。

从前的时光像一趟远去的列车，他们在换乘站，等待着下一辆车的到来。

每辆车只能载他们走一段路。

程北茉脑中毫无预兆地出现了裴颂。

他也会在下段路结束之后离开吗？

裴颂难得地在群里主动说话，问大家都在干什么。

蹬王第一次在群里主动挑起话题，把大家都炸出来了。

张弛发了照片，他和家人在海边别墅度假；朱倩茹今年去了广州姑姑家过年，她发来一张和一盆硕大年橘的合影。

陈韵吉没直接回答，而是阴阳怪气：【是真的想问我们大家，还是想问特定的某个人呀？】

裴颂什么都没说，直接在群里甩了个红包。

懂了，封口费。

陈韵吉手快，不出一秒就点了。

收了红包好办事，陈韵吉立刻回答了裴颂刚才的问题：【在放炮。】

然后，陈韵吉又在群里发了段视频，镜头晃晃悠悠，程北茉拿着仙女棒，快乐地挥舞。

有点傻，但特可爱。

程北茉戴了个红色的毛线帽，眼睛晶亮通透。

这也叫放炮……

PS：【这算什么炮，连个响都没有。】

阿吉：【说来话长……】

这事要追溯到他们小时候。

他们五六岁的时候，过年经常买一堆花里胡哨的炮仗来玩。

有一年大年三十，还是他们三个，杜杨负责点火，程北茉和陈韵吉负责捂着耳朵在旁边看。

玩了几个窜天猴和摔炮之后，他们决定拿个稍微大点的来点。

杜杨信心满满地点着之后，三个人都迅速退后。

可隔了半分钟，什么动静都没有。

"不会是个哑炮吧……"杜杨以为没点着，前去查看。

可没想到，他刚蹲下去，地上那个桃红色的圆筒突然开始喷火花。

足足有两米多高。

一时间，杜杨被火光冲得当场仰面摔倒在地，捂着眼睛说自己瞎了。

程北茉和陈韵吉吓坏了，哭喊着跑上楼去叫大人。

还好那个烟花威力不算太大，杜杨人没事，只是羽绒服被烫了个洞。

那个惊心动魄的年之后，他们就失去了玩烟花的权利，以至于到现在，也只能点个"呲花"玩玩。

程北茉想了半天，还是给裴颂私发了条消息：【新年快乐。】

裴颂秒回：【你也是。】

MOMO：【还有，谢谢红包。】

她最后一个点，没想到是手气最佳。

PS：【不用谢，攒着。】

怎么又攒着？

MOMO：【不是清了吗？】

PS：【不是新一年了吗？】

让人无法反驳。

程北茉犹豫了半天，问他：【你不会一个人在过年吧？】

他平时都不主动在群里说话的，怎么突然问大家在干吗，她以为他是一个人。

PS：【怎么，要过来送温暖？】

程北茉看了眼时间，都十点多了，送什么温暖。

MOMO：【那倒也没有。】

裴颂跟赵旻到小姨家一起过年，还有舅舅一家，挺热闹的。他拍了张年夜饭的照片，照片里人不少，菜品也很丰盛。

程北茉发了个"喊"的表情：【明明不需要人送温暖。】

PS：【是，我不需要，你需要。】

程北茉以为他在阴阳怪气。

MOMO：【？】

PS：【早点回去吧，脸都冻红了。】

程北茉打开手机前置摄像头，自己脸颊绯红，像晕染了腮红一样。

她撇了撇嘴，笑了。

正月十五一过，就开学了。

开学第一天，程北茉和陈韵吉刚踏进校门，就看到不少高三生在学校超市买东西。

高三的到校时间比高一高二提早了四十分钟，她们到校时，高三生已经上完早读了。

陈韵吉本来还带着几分开学的兴奋。她讨厌上学，但开学还是会振奋一阵子，毕竟换了新衣服新鞋，还有一个假期都没见的同学。

看见那些高三生，陈韵吉语气也迟疑了："他们怎么感觉像灵魂被抽干了一样……"

"听说高三寒假一共只放了十天。"

一中更甚，大年三十放假，初五就来补课了。

"太黑了。"陈韵吉一哆嗦，"我们到时候不会也这样吧？"

她天生缺觉，光早起这一项，已经够让她害怕的了。

"做好心理准备吧。"程北茉拍了拍她的肩，"高三不管怎么样都得掉层皮。"

他们这学期要把所有课程学完，暑假就要开始第一轮复习了，时间很紧张。老闫上学期期末的时候说过，这学期还有学业水平测试，还得抽时间学一学史地政。

"别说了别说了，我快过去了。"陈韵吉有气无力地踩上最后一级台阶。

刚上楼，朱倩茹就欢快地朝她们俩跑过来。

一个假期没见，朱倩茹特别兴奋，看陈韵吉蔫耷耷的，便问："她怎么了？"

程北茉替陈韵吉回答："被高三吓的。"

朱倩茹笑了下，双手扳着陈韵吉的肩，用力晃动："打起精神来啊，这学期可是我们最后的狂欢了。"

陈韵吉眨眨眼："狂欢什么？"

朱倩茹掰着手指算："到春夏了，活动多起来了呀。有校庆，到时候有晚会，我们可以逃掉跑出去玩，有运动会，到时候我们可以逃掉跑出去玩，这学期还有高中篮球联赛，到时候还可以再跑出去。"

总之，就是玩。

程北茉没兴趣，但挺为她们担忧的，毕竟这两个人从来不把学习放在心上。

校庆和运动会还算过关，但京江的高中联赛从来都不带八中玩，这是众所周知的。

陈韵吉问："篮球联赛跟我们有什么关系？"

"我们可以去看帅哥啊！"朱倩茹啧啧两声，"我可听说了，到了半决赛、决赛的时候，个个都是极品。"

陈韵吉立马就从萎靡不振中崛起了："真的？"

"那还有假？去年决赛不就是一中和交大附中嘛，校草就在里面啊。而且交大附中的帅哥也特别多。"朱倩茹语气肯定，"到时候我找找人，看我们能不能混进去，没准能认识几个帅哥呢。"

这时，老闫和裴颂说着话，从她们几个身边经过。

朱倩茹挑了挑眉，主动跟老闫打招呼："年过得好吗，闫老师？"

老闫乜了她一眼："开学第一天刚来就闲聊，赶紧回自己班里去。"

朱倩茹面不改色心不跳："我们在跟学霸交流学习。"

老闫问："哦？是吗？交流哪一科？"

朱倩茹："物理。"

陈韵吉："数学。"

一点也不默契。

程北茉跟裴颂互看一眼，眼神里除了无语没别的东西。

老闫不吃她这一套，冷冰冰地说了句："这学期不光有高中联赛，还有联考。学业水平测试过不了，连高中毕业证都拿不到。"

糟糕。她们的闺密私房话被听去了。

裴颂目不斜视地从她们面前走过，路过程北茉身边时，他用只有她能听见的声音，在她耳边留下一句冷冰冰的话——

"肤浅。"

这学期，开端就不太寻常。

以往开学第一周，老师们都会以轻松为主，课堂上会让大家分享点寒假见闻或者展望新学期的话。总而言之，刚开学那段时间，无论是老师还是学生，都不会有紧张感。

但这学期，各科老师从第一节课开始就绷紧了弦，上课直切主题不讲废话，推土机式地推课程进度。

一个原因是，这学期要把全部课程上完，暑假就要开始第一轮复习。

另一个原因是，四月初就要进行学业水平测试。

理科班要考史地政，文科班要考物化生。

学业水平测试过后，文理科班的学生就能完全扔掉对高考"没用"的科目了。

学业水平测试的题不难，只要每科考六十分以上，就能保证高中毕业证能拿到手。

像一中那种重点中学，学业水平测试通过率接近于100%。

但在八中，每年还是有大把的人不合格。

学业水平测试在每年四月，尽管有补考政策，可高二这次要是不过，到了高三，离高考只有不到两个月的时间，谁又能抽出时间去考已经不熟的科目呢？

今年，学校给年级主任和班主任都增加了考核任务，要求通过率要比上一届提高至少百分之十。

距离考试剩下的时间不多了。

闫国华和其他老师寒假就开始加班加点，把各科的复习要点整理成了小册子印出来，应付学业水平测试足够了。

一班数学课后，老闫叫班里几个男生去年级组办公室搬复习资料，恰逢三班上完体育课，一群人咋咋呼呼地从一班门口经过。

闫国华正跟班里男生讲话，不由得停下来，表情带着些不耐烦。

老闫的眼神极有威慑力，只要跟他对视一眼，腿就软了一半。

三班那些男生互相挤眉弄眼，赶紧跑了。

好不容易视线内划过个熟脸，老闫眸光一闪，赶紧叫了声："裴颂，你过来一下。"

裴颂那双长腿迈进一班教室，教室里还是小小地轰动了一下。

有几个女生凑在一起窃窃私语，还有几个人看向了程北茉。

"裴大神好帅啊，怎么有人颜值永远都在顶点。"

"嘘，小声点，别让程北茉听见了。"

"为什么啊？"

"上学期有次活动课，我看到过他们俩单独在教室，还见过他们放学一起走，你懂的……"

……

老闫让裴颂回班里叫几个男生去领复习资料。

裴颂额角和发际还在渗汗，他在额头抹了一把，说："黎老师通知过了，已经有人去领了。"

"那就好。"老闫点点头，"黎老师带你们这几天，感觉怎么样？还适应吗？有什么问题可以随时来找我。"

黎耀是三班新的班主任，三十多岁，以严厉出名。不过他也不光是对学生严厉，为人处世也不够圆滑，开会时呛过老闫两回，弄得他下不来台，回去狂拧了一个礼拜的魔方。

老闫不是三班班主任，领资料这事，本来不应该由他来跟裴颂说。但老闫有私心，想打探黎耀在三班的状况，也想问问裴颂适不适应。

毕竟裴颂是八中的稀有动物。

原来的"熊猫"程北茉在自己眼皮子底下，应该出不了什么差错，他当然希望裴颂也稳住状态。这两个人的高考成绩，也影响着他这个年级主任的未来。

裴颂有点心不在焉。

一班的座位开学时候调过了，他习惯性看向之前程北茉的座位时，才发现那里已经变成一个男生。

裴颂的眼神在教室里打转，最后，在靠窗那列的第四排，看见了正在奋笔疾书的程北茉。

她戴着耳机，一点都没发现他在一班的教室里。

裴颂苦笑，她还真是投入。

"专心点！"老闫轻抽他的手臂，"看什么呢？我跟你说话你听见没？"

"听见了，这才开学几天，能看出什么来？"裴颂懒懒地回答。

程北茉正在整理笔记，突然感觉小腹下坠，有点不太对劲。

她生理期平时都是很准的，还有两天才到。但这会儿，她隐隐感觉不妙。

她先搡了搡常乐，问对方有没有带卫生巾。

常乐摇头："我闭经了。"

程北茉："？？？"

常乐："还不都怪老闫现在上课不准睡觉了，我生物钟都乱了，内分

253

泌自然也失调了。"

这种找抽的话也说得出口。

程北茉给常乐鼓了两下掌，赶紧起身，从后门走出了教室。

她刚走两步，就听见身后有急促的脚步声。

裴颂从教室里出来，跟上了她。

跟他一起走出教室的，还有老闫变了脸色的喊叫声："裴颂！你干什么去你！我话还没说完呢！"

程北茉知道裴颂跟着她，但她这会儿要赶紧去五班找陈韵吉。路过二班门口时，沈清还用不屑的眼神看了他们俩一眼。

裴颂跟她保持相同的速度，压低了声音问："生气了？"

生气？生什么气？

不过她这会儿无暇思考，跟他说："你先等会儿，我正忙着。"

裴颂看她也不是往卫生间方向走，有点疑惑。

忙着干吗？忙着练竞走？

裴颂看她脸色不大对，轻握住她的胳膊："怎么了？不舒服？"

程北茉说："没有。"

裴颂："这么忙？就不能等一会儿，听我说完话再走？"

等一会儿？等一会儿她就得麻烦了。

程北茉回头定定看着裴颂，表情有点复杂，但语气却很平静："你别跟着我了，行吗？"

有时候他真的挺佩服程北茉的，什么时候都淡淡的，很冷静。

裴颂深深地看了她一眼，什么也没说，止住了脚步。

下午放学后，张弛来八中找裴颂打球。

张弛天天嚷嚷着打球打球，但裴颂基本没答应过。

自从裴颂转来八中，这还是第一次成行。

张弛觉得新鲜，一下课就兴冲冲跑来了，把书包扔在场边，顺手脱掉外套："一中那帮人跟疯了似的，放学后他们能再延长两个小时不回家，集体复习历史地理！"

裴颂蹲下来整理鞋带，见怪不怪："你又不是第一天在一中。"

"跟完美主义者待一块真的累，不是说学业水平测试只要合格就行了吗，这分数又不会计入高考成绩，对将来也没影响。"

学业水平测试的难度，对一中学生来说，简直是小菜一碟。

裴颂依旧是冷淡的语气："你没追求，就不许别人有追求了？"

"狗你今天有点不对劲。"

"哪儿不对劲？"

"怎么我说一句你就呛一句呢？"

"玻璃心。"裴颂起身，扭了扭脖子，活动关节，"对了，市里的高中篮球联赛是不是快开始了？"

"对啊。"张弛眼睛闪光，"怎么，你要参加？"

裴颂说："八中连校队都没有，参加什么参加。"

说是联赛不带八中玩，其实是八中自己本身也没想凑热闹。

他们只有空架子一般的学生会，还有几个八百年都不办一次活动的社团。

"为什么呢？"张弛还天真地问，"我还幻想咱们今年还能在联赛场上遇见呢。"

还能为什么？因为没有人组建啊，你个大傻帽。

裴颂绕过这个问题，又问："篮球联赛好像是报名制？"

张弛点头："是啊，不过往年都是老师帮忙报的。"

裴颂心里琢磨了点什么。

张弛从网兜里拿出篮球，自己先投了个篮，"咣当"一声，球准确入筐。

球落下来，孤零零地在地上弹了几下，无人接手。

张弛回头，看见裴颂的样子，就知道他在想什么。

"怎么，手痒了，想上场？"

"嗯。"裴颂低声说了句，"得先组球队。"

也不知道是说给自己听的还是说给张弛听的。

"八中怎么要啥没啥呢？"张弛有点不理解，"成绩提不上来，也不发展发展体美劳什么的？"

裴颂哼笑一声，说："八中要是真参加，一中未必打得过。"

八中打篮球打得好的人，不在少数，毕竟他们上课时间都用来打篮球了。

篮球场上的常客不乏身材高大、反应速度快、爆发力极强、弹跳好的，有几个甚至不比一中校队的差。

"怎么，你这是要变身'钮祜禄狗'回来复仇来了？"

裴颂眉头一蹙："什么玩意儿？"

"没什么，说正事。"张弛也不练投篮了，伸手搡他一下，"你还真打算打啊。"

"试试呗。"

"那到了决赛场面估计会很精彩。"

裴颂问："你怎么保证，一中今年还能走到决赛呢？"

嚯，好大的口气。

"狗，你别践。到时候要真在赛场上遇见了，哥们我不一定让你。"

裴颂懒洋洋地说了句："行啊。"

说完，裴颂投篮，结果球撞在篮筐边缘，直接飞了。

看得出来裴颂是乱砸的，有点发泄的意思。

张弛说："你今天不在状态啊。"

没想到裴颂走到场边喝水："再废话不打了。"

"到底是谁玻璃心？"

"一边去。"

张弛看得出来，裴颂今天心情不大对劲。

他冲场边喊了一声："狗，你有病吧？怎么乱咬人呢你？"

裴颂大概也知道自己理亏，没还嘴，他喉咙上下滚动，咕咚咕咚灌了几口水，平静下来才问："我问你，一个人要是无缘无故跟你生气，是为什么？"

张弛："你刚才不就无缘无故跟我生气。"

裴颂做了个深呼吸，忍住没有揍这个人。

"好了好了，不跟你开玩笑了。"张弛说，"让我猜猜，你被人撑了？"

裴颂没说话，算是默认。

"谁啊，这么大胆子。"张弛想给那人鼓个掌。

裴颂："让你分析没让你瞎问。"

张弛撇了撇嘴，接着问："你先惹人家了？"

裴颂想了想："也不算惹吧，就是……"

"态度不好？"

裴颂回想自己说程北茉的那句"肤浅"，就是吐槽的心态，不过当时说的时候他确实没什么情绪，大概程北茉真的往心里去了。

不过这事确实是他做得不太妥当，一个寒假没见，见面不打招呼也就算了，先抛句那么冷淡的话出来，任谁都受不了。

他心说还不是因为她们几个叽叽喳喳要看什么帅哥。要不是这事，他也不会想到去组建篮球队，去打高中联赛。

让她看个够。

张弛有心帮他分析："男的女的啊？"

"这跟答案有关系吗？"

"当然有啊。如果是男生，一来一往算是两清了；如果是女生，恐怕你得做点什么。"

裴颂靠在篮球场旁边的长椅上，仰头看着天空，看了半天，扔出一句无可奉告。

张弛无奈道："你先说说，你是怎么先惹到人家了，我帮你判断判断，严不严重。"

裴颂含含糊糊，半天也没说出个什么。

张弛当然知道裴颂说不出口的那人是谁，他玩味地笑着，觉得这样的裴颂真是有意思。

解铃还须系铃人，他拿起手机，给程北茉发了个消息：【小茉莉，狗太矫情，玻璃心犯了，要你出马才行。】

收到消息时，程北茉正在床上躺着。生理期有些疲惫，一放学她就回家了，摘下书包就躺下了，没写作业也没看书。

看见消息她也不想回。

她的第一反应是，裴颂玻璃心关我什么事？

张弛很快又发：【你是不是撑他了？我跟你说小茉莉，你撑得好，撑得妙，撑得呱呱叫！谁让他先对你态度不好的，我跟你说，这么多年以来，敢撑狗的女人一共就两个，他妈，还有你。】

程北茉想了半天，也没想起来自己到底什么时候撑裴颂了。

MOMO：【？】

MOMO：【发生什么事了？】

张弛：【你看，你都忘了，狗还记着呢。狗是人类的好朋友，最重感情了，你这回就大人有大量，哄哄他吧。】

看着张弛小作文式的胡言乱语，程北茉更不知道他要干什么了。

程北茉又发了个问号。

她不知道，张弛现在也不理解，这两个人在这儿演啥呢？

张弛：【你在哪儿呢？】

MOMO：【我回家了。】

张弛：【那我们挑个地方……一起吃个饭？】

MOMO：【我今天不太舒服，改天吧。】

"还打不打了？"裴颂在一下一下悠悠地拍着球，问张弛。

张弛心想是你先说不打的。

他收起手机，慢悠悠地说："这话应该是我问你吧。"

裴颂觉得自己今天确实挺浮躁的，不适合打球，答应张弛过来，也不过是问些关于篮球联赛的事。

他走到场边，俯身拾起外套。

张弛过去扯了他一下："还真走啊？"

裴颂低沉地"嗯"了一声："没状态。"

张弛提议："那一起吃个饭？"

"行啊，我请你。"

"那怎么好意思……"张弛拖长了尾音，"只有我一个人呢。"

裴颂蹙眉，准备拿水的手愣在半空："你还叫了谁？"

"还没叫呢。"张弛掏出手机，假装没跟程北茉聊过，"我问问小茉莉放学了没。"

裴颂朝教学楼方向扬了扬下巴："整栋楼都黑了，你说呢？"

张弛想了想，正好顺水推舟："那要不去小茉莉她家附近？反正杜杨、陈韵吉他们都住一起，叫出来也方便。"

裴颂没反驳。

裴颂这人就是这样，不管他心里多在乎，表面上永远都是那副冷淡的样子。别扭的时候，撬他的嘴撬不开，但你要顺着他的心意说，他一准会答应。

　　要是不顺着他心意呢？那就等着被呛吧。

　　张弛太了解他了，自然有一套自己的判断标准。

　　狗今天这种状态，没有毒舌就是同意！

　　张弛当然知道狗这时候需要顺毛捋，他觉得自己简直就是个能读懂狗灵魂的训犬师！

　　他摇了摇头，心里想，狗，没有我你可怎么办啊。

　　至于程北茉那边，张弛有十足的把握，他们到了她家楼下再叫她，她不能不给面子吧。

　　张弛喜欢热闹，喜欢张罗，同学们都说他跟金属钠一样，喝点水都能自燃。

　　当然，只有一中这帮学霸才能讲出这么冷的笑话。

　　定下吃饭的事后，张弛和裴颂打车到了齿轮厂家属院附近。

　　这边都是老小区，生活气息比较浓厚，饭店还挺多。

　　张弛直接给程北茉弹了个视频。

　　程北茉接了起来，两边摄像头都黑乎乎的，什么都看不清。

　　"小茉莉！"张弛兴奋地说，"你那边怎么那么黑啊？"

　　程北茉那边的镜头晃了晃，她起身打开灯，屏幕才瞬间亮起来。

　　"你猜我在哪儿——"张弛正要给她展示身后的街景，他却戛然而止。

　　程北茉的脸色确实不对劲。

　　她本来已经够白了，现在已经不是平时清透的那种白皙，有点苍白，嘴唇也没血色。她的头发有点乱，只是现在她也无暇管。

　　程北茉凑近屏幕："你……在我家楼下？"

　　张弛问："你怎么看出来的？不对不对，你人没事吧？"

　　"我在这儿住了十几年了，怎么可能认不出来。我人没事。"

　　下一秒，手机就被裴颂接管了，他走到旁边问："生病了？"

　　程北茉看到裴颂也在，有点吃惊，她眼中闪过点什么，把一缕碎发别在耳后，轻飘飘地说："你也在啊。"

裴颂又问了一遍："生病了？"

"没有，就是有点不舒服。"

"需要吃药吗？"

"不需要，我已经喝过红糖姜茶了。"

不用她再多说什么，裴颂已经知道她怎么了。今天在学校她急匆匆的，想必也是因为这个。

裴颂觉得自己那会儿硬拉住她，确实有点儿没眼色。

"你们俩怎么来这边了？"

"路过。"

"哦……"程北茉问，"要不要我下来？"

"别折腾了，我们马上就走了。"

"哦。"她很坦然地说，"对了，我今天说话态度不太好，对不起啊。"

她想来想去，也就这一件事了。

那会儿情况紧急，她只想着赶快借到卫生巾，事后想起来，她的态度确实有点太冷漠了。

裴颂："为什么道歉？"

"张弛说你快哭了，需要人哄。"

她明显看到裴颂嘴角抽了抽。

他今天心情浮躁，完全忘了张弛这个大漏勺。

裴颂清了清嗓，说："该道歉的是我。"

"你？"

"没照顾你情绪。"

这句话，有点暧昧。

裴颂这边灯光昏昧，但她仍能透过屏幕看见他黑漆漆的眸子。

他正在看着她，眼神在晚风里十分温柔。就算他没有站在她面前，这样的眼神也看得她招架不住，无处可躲。

她一时不知说什么，只好擦了擦屏幕："哦，没关系的……"

"你没生气就好，要吃点什么热的吗？粥？汤？给你买点送上去？"

程北茉露了点微笑："怎么送上来，你就不怕我爸妈看见？"

裴颂往前面不远处一看，老程家面馆还在，还换了新招牌。

程北茉看见他眉头微动，便主动跟他说："这次涉及的商户很多，好几家都要退租，就算不退租的，也都跟物业抗议，就连对面街上的商户也加入了。物业没办法，就没再提这个事了。"

陈韵吉寒假涕泗横流地找她纪念了几次逝去的青春，平时不敢吃的、舍不得吃的都借着这个由头花钱，结果，老程家面馆不搬了。

然后，陈韵吉又涕泗横流地纪念逝去的压岁钱。

裴颂一时间觉得呼吸都轻快了。

寒假前加班加点做出来个面馆的模型，他就是觉得愧疚，想尽自己所能补偿点什么，现在好了，皆大欢喜。

程北茉说："不用忙活了，我休息一下就好了。"

"好，那我们先走了。"

"注意安全。"

"你也是，早点睡。"

张弛缩着脖子在旁边等着，他的手机刚才就快没电了，也不知道那两人在说什么，他也不好过去提醒。

聊什么呢，自己没手机啊？！

张弛发现，从裴颂的背影都能看出，他这会儿在笑。

过了一会儿，裴颂过来，冷着脸把手机还给张弛，顺便提醒他："没电了。"

"刚才就只剩百分之十几了，谁让你打这么久。"

"下次记得充满。"

张弛想打人。

"狗，你的名字真是为你量身定做的。"张弛咬牙切齿，"小茉莉没事吧？"

"没事。"裴颂顿了顿，"我记得你以前订过一中斜对面的私房菜？"

张弛这小子口刁，不想吃食堂，有段时间一直在一家私房菜馆订餐。那家菜馆荤素搭配得当，菜色多样，价格不菲，当时班里同学都问，张弛怎么在吃月子餐啊。

张弛点点头："对，那家煲的汤特别绝。"

"联系方式发我。"

张弛故意问："你要干吗？"

"问那么多。"裴颂说，"一会儿想吃什么？我请你。"

"心情这么好？"张弛用手肘撞了撞他，"白跑一趟还这么高兴？"

裴颂手抄着口袋，懒懒散散地走着，也没反驳，冷淡的脸上总算出现了松动的表情。

这场小误会，算是过去了。

因为学业水平测试临近，学校取消了高二年级第一次月考，所有不相关的副课都停了，就连周五最后一节活动课，也变成了自习。

就是为了让大家专心复习。

老闫把不合格的后果说得很严重："以往我对你们睁一只眼闭一只眼也就算了，这次是学业水平测试！要是不合格，你们就拿不到毕业证，就是初中学历，初中！别给我想着明年还可以补考，四月考完，文科的课就彻底停了，今年考不过，明年更难！"

老师们轮番"恐吓"，就连陈韵吉和朱倩茹也如临大敌。

虽然嘴上天天调侃要上哪个大专，但毕竟，这种涉及毕业证的事，她们还是不敢怠慢。

陈韵吉流下一行清泪："我可不想高中肄业。"

朱倩茹叹了一口气："那叫肄业。"

每天下午有两节自习，程北茉会抽出其中一节的时间复习史地政，顺便帮朱倩茹和陈韵吉解答一些问题。陈韵吉和朱倩茹搬着自己的凳子来一班教室，只要不打扰其他同学，老师也不会说什么。

她们俩学习跟熊瞎子掰玉米棒子有一拼，掰一根扔一根，每天都在问，这都什么玩意儿啊，我们学过这个吗？

这天，陈韵吉搬来凳子坐下，瞥见窗台上的精致饭盒，啧啧两声："你最近怎么每天都这么补啊？"

这个问题程北茉也想问。

每天中午她跟陈韵吉从食堂回来，座位上都会多个饭盒，保温的，圆圆的，又精致又可爱。

前两天，送来的是红枣银耳羹。

一开始她没敢喝，放在窗台上，结果过了一节课收到裴颂的消息，一个无奈的表情和四个字：【喝吧，没毒。】

原来是他。

本以为送两天就没了，后来每天就是变着花样的各种汤，排骨汤、乌鸡汤、老鸭汤……生理期都结束好几天了，汤却没停。

她让裴颂别再送了，她每天都快吃不下了，裴颂却说，他一次订了半个月的。

她也只好被动接受了他的好意。

程北茉跟陈韵吉、朱倩茹自习了两天，朱倩茹就不再来了。

程北茉看着陈韵吉问："朱倩茹呢？"

"她去三班听课了。"

"三班？"

"校草在三班开课了，你不知道？"

"他开什么课？"

"就学测的那几门啊，本来只是给三班人自己听，结果从昨天开始传开了，其他班里的人都跑去了，教室都快坐不下了。"陈韵吉说，"听说他特别厉害，教的都是记忆方法，连朱倩茹都说她一下子就懂了。"

"他确实厉害。"程北茉点点头。

"朱倩茹这个叛徒，谴责她！"陈韵吉说，"茉茉，我可没有当叛徒哦！"

"学校发的那个复习小册子其实挺全面的，只要认真看了，史地政就算死记硬背，至少合格是能达到的。"

陈韵吉没精打采地说："那是对于你们这种学霸来说，对我们学渣来说哪有那么容易。"

"要对自己有信心，你这些天别跑神，我保证你每科一定合格，好吗？"

"茉茉你最好了。"陈韵吉小幅度地抱了她一下，"老闫没让你在班里搞？"

程北茉摇摇头："没有啊。"

"老闫还是有点残存的人性的，听说让校草给班里人讲题，是三班新班主任出的主意。"陈韵吉说，"朱倩茹说老师们这学期都有考核压力，学测合格率要提高，各班老师都很焦虑。"

"可是，他们班主任不怕占用裴颂的时间，影响他自己的成绩吗？"

"听说三班那个新班主任挺恐怖的，为了达到目的不择手段的那种，估计眼前学测紧急，他也顾不得那么多了吧。"

恐怖？能有多恐怖。

陈韵吉说："他在学校的会上跟领导呛，跟老闫呛，一副亡命徒做派。"

老闫资历深，经验丰富，老师们对他都很尊敬的。

可是裴颂也不是任人差遣的个性。

第一节自习课后，程北茉打算去三班看看到底是什么情况，没想到出门右拐走了几步，就看到裴颂正和老闫在走廊上说话。

她路过他们身边，跟老闫打了声招呼，老闫闷声闷气地发出个语气词，就当是回应了。

老闫好像有烦心事。

"那个交换条件，您考虑得怎么样了？"

这句话是裴颂说的。

语气听上去，倒像是他占上风。

交换条件？什么交换条件？

程北茉放缓脚步。

"这事要找年级主任，要找体育教研组，要找学校领导，还要批经费。还有，这事多影响学习。"

"您一开始说，这事班主任要是点头，您就帮这个忙，我才答应带班里人一起复习的，您不能言而无信啊。"裴颂悠悠地朝他抛了个眼神，"再说了，给大家讲题，就不影响我学习了吗？我可是牺牲了个人时间。"

老闫抹了把脸，手顺势上去，滑过他毛发并不旺盛的头顶。

刚开学，到处都是事，平时那些不省心的给他找事就算了，裴颂怎么也来掺一脚？

"队员我来挑，等今年篮球联赛捧了奖杯回来，一半算您的。"

"你小子，就这么自信？"

"这点儿自信都没有，敢跟您开口吗？"

"八中从来就没有参加篮球联赛的传统，你怎么突然要组建球队，还要报名参加？"

裴颂漫不经心地往旁边一瞥，某个熟悉的身影走了这么久怎么还没挪动位置。

他暗笑一声，朝着空气中某个方向说："当然是让想去看的人好好看看。您说是吧？"

学测临近，教学楼下的那排白玉兰不知什么时候已经开了。

已经春天了。

朱倩茹在三班听了半个多月的课后，又回到了程北茉身边，美其名曰"不忘初心"，问了才知道，裴颂的自习讲课结束了。

陈韵吉这个坚守者翻了个白眼："叛徒！"

朱倩茹厚着脸皮说："我那是刺探敌情，看到底是咱们茉茉教得好，还是校草教得好。"

程北茉从网上下载了去年的学测题目，让陈韵吉和朱倩茹做。满分100，两个人都考出了 75 分以上的成绩。

按照这样的成绩，顺利通过学测没什么问题，成绩单还能显示等级为 B。

临时抱佛脚的成果显著。

陈韵吉比朱倩茹高了一分，举着卷子不停啧啧："还是我们茉茉的疗效好啊。"

朱倩茹轻轻拽了下陈韵吉的小辫："幼稚不幼稚啊你！"

两个人正打闹，一个陌生面孔出现在一班门口，好像是文科班的某个人："一班的，闫老师让你们现在去机房！"

从这次学测起，考试就都是学生自己在网上报名。为了不出差错，老闫让大家去学校机房里统一报名。

"统一先上这个网站，确认个人信息！有的人名字有生僻字，显示不出来的，还有身份证最后一位是 X 的，不要确认，提前到我这里报备！杨思琦，把你的赛车游戏给我关了！"老闫东一榔头西一棒槌地叮嘱着，嗓子都快扯哑了。

但问题仍旧层出不穷。

这个搞不清自己的民族，那个不知道政治面貌是什么意思。

老闫焦头烂额："一个报名都这么多问题，等到高考你们可怎么办，我又不能一个一个给你们弄……"

程北茉提交好了报名信息，提前回教室自习，路过老闫身边时，老闫条件反射似的叫住她："程北茉！信息都确认好了？没有乱删什么吧？提交成功了没？"

"成功了，刚才给您看过的。"

老闫像看见天使一样，向程北茉投来一个感激的眼神。

老闫平时的那股威严劲儿都被磨没了，现在就是个饱经摧残的糟老头子。

那一瞬间，程北茉觉得他有点可怜。

她点点头："闫老师，挺住。"

程北茉下楼，路过操场边的洗手池时，看见裴颂正在用凉水洗脸。

凉水拍在脸上，他又用力醒了醒，像是努力让自己清醒似的。

"很累吗？"

少年身后响起清透干净的声音。

裴颂甩了甩脸上的水珠，回头。

程北茉正站在他身后，两人就这么伫立着对视。

裴颂的刘海打湿了，整个人干净清爽，眸子也像是被水浸润过一样，湿漉漉、黑漆漆的，眼神也因此而温柔了起来。

裴颂用 T 恤下摆抹了抹脸上的水珠，抬起头时，他看到程北茉有些闪躲的眼神。

他放下 T 恤，轻笑一声问她："怎么，关心我？"

程北茉指了指水龙头："以前上课太困，我就是这么提神醒脑的。"

裴颂揉了揉山根："是有点困。"

"这些天牺牲了不少自己的时间吧？"

"不是，昨晚通宵打游戏了。"

程北茉："……哦。"

裴颂笑了下："没事，洗把脸就好了。"

"快考试了，还是调整好作息。"程北茉眨了眨眼睛，"万一学测睡过了，年级第一连高中毕业证都拿不到，多丢人。"

裴颂悠悠地看了她一眼。

他发现程北茉有时候跟他挺像的，说话劲劲儿的。但因为是关心他的话，他没生气，反而暗爽了下。

"那考试那天，你当我的闹钟？"

程北茉托着下巴想了想，说行，然后又问，给钱吗？

"财迷。"

几个高一学生从他们身边经过，想看又不敢看的样子，窃窃私语着快速跑开。

一个是名声大噪的神人校草，一个是高二的学霸美女，不注意到他们俩也很难，毕竟两人的外貌出众，过于引人注目。

而且他们俩现在这样面对面站着，在外人眼里，就是一出青春偶像剧。

"叫醒服务很贵的，就连陈韵吉都没享受过。"

裴颂眸光一动，自己是第一个？

"价格你开。"他朝她扬下巴，"可别忘了。"

"你还真是人傻钱多。"程北茉笑了下，"开玩笑的，免费。"

裴颂愣了愣，跟随着她的笑眼，也不由得牵起唇角。

"我先回教室了。"程北茉跟他摆了摆手，往教学楼方向走了两步，又停下，转身问他，"对了，你是不是要组建篮球队？"

几个礼拜前她听到了老闫和裴颂的聊天，但具体是怎么回事、裴颂为什么要这么做，她一直没找到机会问他。

裴颂笑了下："你不都听到了？"

程北茉对于这件事，不是很理解。

裴颂虽然外表是个干净清爽的男生，但整个人都透着慵懒散漫，好像对什么都淡淡的，骨子里就写着疏离。

可就是这样的他，最近变化有点大，先是用自习课时间给三班同学讲课，后又要组建篮球队。

他不像是会主动做这些的人。

难道他真想凭一己之力把八中的口碑拉起来？

她问："八中没有校篮球队，能成功吗？"

"不试怎么知道。"裴颂慢悠悠地给她抛了个眼神，"某人不是说，要去篮球联赛看帅哥吗？"

"所以你就要去？这又不是选美。"

裴颂没说话。

他不想把话说得那么明白。

可她到底懂不懂他在说什么？

过了会儿，他问："你会去看吗？"

"应该会去吧。"程北茉说，"朱倩茹本来说还要想办法混进去，如果咱们学校也参加的话，就不用费尽心思混进去了。"

裴颂微微皱了下眉。

程北茉："开玩笑的，你加油。"

裴颂："我会的。"

程北茉望着他，认真地说："在那之前，更重要的是考试加油，我不想失去你这个对手。"

他也点点头："那你记得要来看比赛，我更不想失去你这个朋友。"

学业水平测试先在各自学校考物化生的实验操作，再随机分配考场进行卷面考试。

虽然都是基础操作，比如配置氯化钠溶液什么的，但监考老师严肃地往面前一站，难免会出纰漏。

陈韵吉是最后一批进实验室的，她抽到的实验要用到酒精灯，熄灭酒精灯的时候，她差点上嘴去吹。

出来时，她如同劫后余生，拍着胸口："明明知道要怎么弄的，那会儿一紧张，偏偏乱了阵脚。幸亏我旁边那个傻子比我先吹，我听见监考老师吸了口冷气，才突然回过神的！"

学测的考试时间安排得很接近，考完实验，马上就考卷面，时间就定在下周一到下周三。

老闫一改平时的严厉作风，叮嘱大家不要紧张，一般都会过的。

周五下午，陈韵吉主动找到程北茉，让她再帮忙复习一下。

陈韵吉有点不好意思："总觉得有点心慌。"

程北茉一口答应："好啊，我们找个地方。"

"谢谢你啊，茉茉。"

"怎么突然这么客气。"搞得程北茉反倒有点不适应了。

"这不是耽误你的时间嘛……"

"跟我不用说这些。"程北茉收拾好书包，跟陈韵吉一起往外走。

各个教室已经在大扫除布置考场了，灰尘飞扬的，程北茉带着陈韵吉到楼梯间，坐在台阶上，一来一回地对着复习资料提问。

过了一会儿，一个高大的身影出现在她们面前。

"同学，打扰一下，请问 23 考场在哪儿？"

陈韵吉嘴里还在重复要背的内容，没抬头就说了句不知道。

程北茉抬眼，面前是一个戴着金属细框眼镜的白净男生，看上去挺斯文的。

她记得一班教室门口贴了个 20 号考场，便说："最靠近那边楼梯的是 20 号考场，应该就在这一层，你找找看。"

男生很有礼貌地道谢，陈韵吉这才把视线从复习手册里抬起来，问："谁啊？"

程北茉说："应该是其他学校来看考场的吧。"

"考场不是周末才看吗？"

程北茉摇头："不知道。"

过了几分钟，那个男生又回来了，说："这层好像没有，有好几个教室门口什么都没有。"

程北茉想了想，说："考场布置才刚开始，可能考场号还没贴上吧。周末正式来看考场，明天来应该会有导视图。"

男生挠了挠头，不好意思地笑了："周末我有事，就想着提前来看看。"

程北茉说："那你可能得等上一会儿了。"

男生点点头，问："你们就是八中的吗，在哪个学校考试？"

程北茉答："我们的考场在交大附中。"

"这么巧？是我们学校。"男生扶了扶镜框。

男生瞥了眼她们手中的复习手册，说："抱歉，我刚才听到了你们在复习的内容，这几个知识点一定会考，而且我有更简洁的口诀，要不要听听？"

半个小时后，陈韵吉就把那个刚认识的男生夸上天了。

他果真只是来看考场的，考场号贴好后，他确认了位子，就匆匆跟她们道别了。

"原来以为校草是极品中的极品，没想到这个也不赖啊。重点高中的男生都这么帅吗，我有点后悔没好好学习了。"

"这话可别让杜杨听见。"

"他听见怎么啦，我只是长了双善于发现美的眼睛而已，又不犯法。"

"可我没觉得他比得过裴颂啊。"程北茉随口说。

陈韵吉睨了她一眼，浅浅地翻了个白眼："那当然了，那啥眼里出那啥嘛。"

周末两天是自行去看考场的时间，程北茉跟陈韵吉和杜杨一起坐公交车去交大附中。

看考场的时间是分散的，只要周末去了就行。程北茉本来想周六一早去，但陈韵吉起不来。

念在这段时间陈韵吉也是下了不少功夫，程北茉还是妥协了。

交大附中的导览做得很清晰，他们不到十分钟就确认了考场位置。

剩下的时间，他们三个就在交大附中的校园里转悠。

交大附中建校已经一百多年了，校园不大，但所到之处都有高大的法国梧桐，每时每刻都走在绿荫里，数着细碎的阳光。校园里的建筑都有些年头了，但并不显得陈旧，反而有种沉淀过后的厚重感。

"重点就是不一样啊……"陈韵吉做了个深呼吸，"我们赶紧吸一吸这儿的精华。"

程北茉提醒她："你面前是厕所。"

陈韵吉猛烈地咳嗽了几声。

晃悠了一整圈后，陈韵吉在一长排的宣传栏里有了新发现。

"这不是那天找不到考场那男的吗？"陈韵吉指着其中一个人说。

程北茉和杜杨凑近一看，是一个男生的照片，斯文白净。这人证件照竟然和真人相差无几，也是很难得了。

照片下面是他的名字，还有他获得过的荣誉，还有一句座右铭。

他叫江括。

他的座右铭是：昨日种种，皆成今我，切莫思量，更莫哀，从今往后，怎么收获，怎么栽。

陈韵吉喃喃两句："我怎么好像在哪儿看过这句话，好熟悉啊……"

程北茉默默咽了下口水。

她错题本的扉页，也写着这句话。

不过陈韵吉很快就不纠结了，指着一行小字惊叹："他居然有自己的专利欸。"

杜杨想把她从这个地方拉走，便扯着她的胳膊往外走："专利有什么了不起的。"

"好大的口气，那你怎么没有啊——"陈韵吉话说了一半，视线忽然锁定在别处，"校草，你也来看考场啊？"

考场是全天都能看的，程北茉没想到会在这儿遇见裴颂。

裴颂肩背挺括，身材匀称，少年感十足。他穿了一身黑，干净干练，衬得他皮肤越发白，线条越发明朗。

程北茉几乎每天都能在学校见到他，不论是迎面碰见，还是远远看见，那种感觉总是熟悉的。可冷不丁在校外遇见，她心里还有种特别的感觉。

这种感觉是什么，她说不上来，意外，又掺杂着惊喜和措手不及。

她下意识地理了理自己的头发。

裴颂慢悠悠地走过来，冲他们扬了扬下巴，算是打招呼。

"看什么呢？"他问。

显然，裴颂也看到了那句座右铭。

他掀起眼皮，看了一眼江括的照片，淡淡地问："认识？"

也不知道在问谁。

"也不算认识。"陈韵吉说，"他昨天来八中看考场，找不到地方，问我们路来着，今天就在这儿看到他的照片了，好巧哦。"

又不认识，有什么巧的。

裴颂冷冷道："陌生人而已，有什么好看的。"

语气冷得让人一哆嗦，甚至，还有点不屑。

杜杨简直想给裴颂鼓掌，把自己的手拍烂。

程北茉察觉出裴颂语气不对劲，便问："你认识他？"

裴颂从鼻子里哼了一声："整个京江这么大，谁我都得认识吗。"

陈韵吉斜了他一眼："你干吗凶茉茉啊？"

裴颂眉头一拧，我有吗？

陈韵吉好像听见了他心里的声音，说："当然有！很凶！"

说完她又在他耳边低声说："你再对她这么凶，小心，小心……"

陈韵吉一时也编不出什么花来，小心惹程北茉哭？程北茉好像很少哭。小心惹程北茉生气？程北茉好像也不怎么外露情绪……她词穷了，谁让她的好朋友是个刀枪不入的酷妹！

裴颂把陈韵吉没说完的那句话接了过去："行，不管怎么样，我都负责。"

程北茉用奇怪的眼神看了他一眼，她人在这儿一句话都没说，怎么还说到负责上了。

她问："负责什么？"

裴颂盯着她："哄你。"

谁让是他惹的呢。

学测当天，程北茉起了个大早，给裴颂打了个电话。

还没等裴颂开口，她先解释道："是你让我当闹钟的。"

裴颂笑了下："闹钟加油。"

陈韵吉和杜杨也起得很早，陈韵吉一反常态，头一次没有抱怨。

早上八点半考试，刚过七点，交大附中校门外就人头攒动。

考前半小时才允许进考场，现在学校还大门紧闭，不少学生在捧着复习资料小声背书。

程北茉从公交车下来时，被这阵仗惊到了。

陈韵吉从背包里掏出包子，感慨道："百年一遇啊。"

程北茉问："什么？"

"谁能想到，八中的学生也有集体认真读书的一天。"陈韵吉冲周围扬了扬下巴，"我们见证了历史！"

所有人都有一种临时抱佛脚的默契。

毕竟都到这时候了，还是要毕恭毕敬一点，不然真的会被佛踹一脚。这一脚，可是会把高中毕业证端飞的。

这是中考之后的第一次全市大型考试，虽然不是选拔性的，出题难度也并不会很大，程北茉心里还是有点紧张。

她不能再出现中考那样的失误了。

她又在包里确认了一遍带的东西。

准考证，2B铅笔，橡皮，黑色水笔。

就在这时，不远处的人堆里，出现一阵小小的轰动。

"能进去了？"程北茉猛地抬头，发现不少人在望着同一个方向。

是裴颂。

他不知什么时候来的，黑卫衣牛仔裤，干净清爽。他单肩背着书包，懒散地站着，正跟认识的同学说话。

他就是这样，无论出现在哪里，都是焦点。

"茉茉，你跟校草商量过？怎么还穿情侣装啊？"

程北茉低头看了眼自己的白色卫衣："认识这么多年，我竟然没发现你是色盲。"

"黑白配嘛，多经典的配色。"

程北茉无语。

她们在这边正开玩笑，裴颂突然扭头，朝这边看过来。越过人群，他漆黑的眼睛对上程北茉沉静的眸子。

程北茉只看了他一瞬，就移开了视线。

周末看考场的时候，他那句又是要负责又是要哄她的，太过暧昧，害得她心动过速。

她不知道他说那些话是出于什么，只是现在，她看见他就脸颊发烫。

她不去看，又想知道他的动向。

裴颂跟同学说了点什么，笑了一下，然后穿过人群，走到他们三个身边。

众人的目光跟着裴颂移动，之后又蔓延到程北茉和陈韵吉身上。

陈韵吉觉得腰板都挺起来了，毕竟那么多双眼睛盯着，现在大家都知道了，校草跟他们几个关系好，还是长面儿的。

程北苿觉得自己要被路人的眼神烧透了。

"早啊，裴颂。"陈韵吉捧着包子跟裴颂打招呼。

这是陈韵吉第一次叫裴颂的名字，除了她自己，其他三个人都愣了一秒。

裴颂笑了下，然后转向旁边问："考试的东西都带好了吗？"

他没有得到回应。

这期间，程北苿为了避免跟他有眼神交流，一直在低头看手里的复习资料。

裴颂心想，是她装作没听见呢，还是长期生活在这两个人旁边，听力受损了呢？

意识到空气有点凝固，程北苿才发觉裴颂是在问她。

她一抬头，果然，裴颂那双深不见底的眼正盯着她。

程北苿迟滞地点了下头："带好了。"

"考场记得吗？"

"记得。"

两人之间的气氛还是有点尴尬。

裴颂没多说什么，低沉地"嗯"了一声："加油。"

陈韵吉吭吭清了清嗓子，故意抱怨道："不公平，这儿站了三个人，怎么只跟苿苿说加油啊？"

裴颂说："你肯定没问题。"

一时间，陈韵吉竟听不出裴颂这是嘲讽还是真的在夸她。

"谁让你有个好师父。"

好嘛，拐着弯夸苿苿。

冷不丁被喂了口狗粮，陈韵吉盯着手里的包子，突然觉得不香了。

学测一共进行了三天，最后两门是地理和历史。

历史考完，程北苿刚出考场，就看到陈韵吉在门外等她。陈韵吉显然是一交卷就冲上来的，气儿还没喘匀呢，就兴奋地说，有好几道题都是程

274

北茉让她背的，全都用上了。

下楼的时候，陈韵吉都还在感叹："原来卷子上的题大部分都会，是这种感觉。"

程北茉说："看来考得不错？"

"肯定比不过你，但拿到毕业证应该不成问题。"陈韵吉开心得合不上嘴，"终于考完了，我们出去玩吧！"

陈韵吉本以为程北茉不会去，已经准备好了说服她的话，没想到她答应得很爽快。

程北茉问："就我们俩？带杜杨吗？"

"杜杨在楼下。"陈韵吉才把手机重新开机，消息声接二连三地涌出来，"朱倩茹说她在图书馆前面的雕塑下等咱们。"

"我怎么不记得这里有雕塑？"

"就是个地球，地球上面有好多本书。"陈韵吉用手比画了个圆，"朱倩茹说，那雕塑叫……读书顶个球。交大附中这么厉害一学校，放这么个雕塑，多少有点不吉利吧。"

十分钟后，他们四个成功在雕塑下碰面。

程北茉盯着那个雕塑。被陈韵吉带歪后，她再也想不出第二种解释了。

朱倩茹兴致盎然地问："吃什么吃什么？我好久没有这种放松的心情了！"

陈韵吉晃了晃手机："涮羊肉怎么样？我搜到附近一家馆子，极品肥牛买一赠一，凭学生证还能再打折呢。"

"好啊。"杜杨点头附和，"还能点个爆肚，你喜欢。"

朱倩茹啧啧两声，立刻挽起程北茉的胳膊："茉茉，你喜欢吃啥，我给你点。"

说完这句话，一个熟悉的身影出现在他们几个的视线里，裴颂正在前面十米的距离，步伐匆匆。

朱倩茹叫了裴颂一声。

裴颂停下脚步，回头跟他们打了个招呼。

朱倩茹："校草，你走那么快干吗？"

裴颂摊开双手："腿长。"

275

朱倩茹："……你赢了。"

杜杨接着问："你回家？"

裴颂："回学校。"

"回学校？学校这会儿都没人吧。"杜杨觉得有点奇怪，"我们几个去吃饭，要不要跟我们一起？"

裴颂看了程北茉一眼，思考了片刻，最终点了点头。

程北茉一路都在咬着嘴唇，他是因为她才答应一起吃饭的吗？

这家馆子的桌子都是方桌。

陈韵吉和杜杨挨着坐，程北茉刚坐下，裴颂就挨着坐在了她左手边。很自然，很理所当然。

朱倩茹孤零零地坐着，她看看左边，又看看右边，抹了把泪："我可真亮啊。"

程北茉拿起手机，打算在群里提一下："要不要叫张弛过来？"

"不用叫他。"朱倩茹捂着胸口说，"你们开心就好，不用管我。"

朱倩茹拿起桌上的菜单看了眼，说，张弛的考场在十中。

十中才搬了新校区，在几十公里外的新区，等赶过来，他们估计已经吃完了。

陈韵吉阴阳怪气："你怎么什么都知道。"

"他在群里说过好吧。"朱倩茹把菜单翻来覆去地看，点了三盘极品肥牛，然后把菜单传给了杜杨。

陈韵吉接着问："你们俩最近一起出去玩过吗？"

朱倩茹摇了摇头："忙着复习学测，哪有时间。"

杜杨点完菜，又把菜单传给了裴颂。

最后，三个人都有意无意地瞥了一眼程北茉和裴颂，这两个人正合看菜谱，裴颂指着某个菜在征询程北茉的意见。点菜就点菜呗，脸也凑得太近了吧……虽然这两张脸都挺好看的。

陈韵吉好像忽然想到了什么，她喝了口茶水，清嗓道："茉茉，前段时间一直有人给你送爱心午餐，是谁啊？"

程北茉不知道她为什么突然提到这个，愣了一下，摇头道："不知道。"

程北茉否定的时候，感觉到来自左手边灼灼的目光，但她坚持没去看。

裴颂暗笑了一声，配合地问："送的什么？"

"每天都换花样，什么银耳粥啊，鸡汤啊，排骨汤啊。"

裴颂耸了耸肩，好像无所谓的样子："不怕有毒？"

陈韵吉耸了耸鼻子："我怎么闻到一股醋味……"

朱倩茹和杜杨瞬间化身没有感情的群众演员，点头附和。

程北茉有点不自在，便起身："我去要点喝的。"

到了前台，程北茉跟老板说："老板，要五瓶汽水。"

"冰的常温的？"

想到生理期马上又要到了，她伸出四根手指："四瓶冰的一瓶常温的。"

裴颂不知什么时候出现在她身后，头顶传来熟悉的声音："两瓶冰汽水，三瓶豆奶，豆奶要热的。"

程北茉看了他一眼。

他提醒她："还想喝凉的？"

她撇嘴："那是常温的。"

裴颂说："我看你是又忘了之前面色苍白的样子，当时就应该拍照给你。"

程北茉跟他开玩笑："你不是不拍人吗？"

她要往回走，裴颂轻轻侧身，拦住她："不是已经为你破过例了嘛。"

又是一阵沉默。

程北茉心跳得飞快。

她望着眼前高大的少年，突然有种冲动，想问他到底是什么意思。

不然为什么总是说些意味不明的话，做些只对她特别的事。

这些话，这些事，让她感动，让她烦恼，也让她心乱。有时候，还会有一些不合时宜的联想。

她不想承认，但她对他的在意好像有点……

裴颂被她盯得有点心慌，便把拳头抵在唇边，清了清嗓，用商量的口吻："听话，喝热的吧。"

程北茉心想这人该不会是记住她的生理期了吧……

"嗯。"程北茉看他一眼，点点头，"不过……别再送爱心午餐了，行吗？"

裴颂抬眉："怕长胖？"

"你刚才也听到了，就连陈韵吉也误会了。"

裴颂被"误会"这两个字逗笑了，他用漆黑的眼盯着她："误会什么？"

"裴颂，现在对我而言最重要的就是高考。"程北茉仰起脸，毫不掩饰地看着裴颂，"我不想让这样的误会发生在我身上。"

裴颂对上一双干净清澈的眼睛，清纯又动人，透着一丝倔强的劲儿，跟从前别无二致。

只是不知是不是他看错了，她眼里竟闪过一丝委屈。

裴颂心想看来她是真不想跟他产生什么误会。

他看向别处，清了清嗓，淡淡地问："是不想你的名字跟我的名字出现在一起？"

"我不是那个意思。"程北茉摇了摇头。

"那如果，我想跟你出现在一起呢？"裴颂突然看向她。

程北茉心里像是有个巨大的跳跳球，大幅度地跳跃着，前所未有的激烈。

程北茉不能否认，她的心已经乱掉了。

可她又不能确认，裴颂到底是怎么想的。

她细细琢磨裴颂那句话。是他真的话里有话，还是她想多了？

裴颂看程北茉好像真的在认真思考，半天都没给出答案，他不想让气氛就这么尬在这儿，便自己给自己解围，轻笑了一声："其实，对你来说，什么都不如搞钱是吧？"

程北茉吊着的那口气忽然之间就松下来，白紧张了。

早知道她就抢答了。

不过，裴颂这句话倒是点了程北茉一下。

对了，两万块。

程北茉发觉，她已经很久没有正儿八经地想起过那两万块了。

这很不妙。

从前，那种所谓的青春期情愫，从来没在她身上出现过，别人的青春期在做什么，她不关心，她眼里只有两万块。

最近几个月，这些思绪却死缠烂打，怎么也赶不走。

她迟滞地点点头："嗯，那当然了。"

裴颂顿了下，复杂地看了她一眼。

他眼神黯淡了几分，声音低沉道："那就，祝你心想事成。"

明明是一句祝福的话，却听起来那么沉重。

裴颂和程北茉一前一后，沉默地回到桌前。

点的菜已经都上了，铜锅也咕嘟咕嘟地翻滚着，只是并没有人动筷子。

三个人，六只眼睛，都看见程北茉起身后，裴颂立刻就跟了过去。两个人在前台停留了挺久，表情有点严肃。

他们也不敢问，也不敢吃。

他们俩还没回来时，陈韵吉用手肘搡了搡朱倩茹："我刚才是不是说得太过了，校草当真了？"

朱倩茹点头："好像真是。一会儿他们俩回来，别再提了。"

陈韵吉点头如捣蒜，她可不想再玩火了。

程北茉问："你们怎么不吃？"

陈韵吉讪讪笑了下："等你们俩呢。"

锅里沸腾的水雾升起，不知怎么回事，热气总是往程北茉一个人脸上飘，将她严实地包裹着。她感觉像是被丢到了一个熔炉里，马上就要被四散蒸腾的热气熔掉了。

朱倩茹察言观色了大半天，试探着说："茉茉，你要不坐到我这边，热气怎么总往你那儿飘呢。"

程北茉把自己的料碗推过去，准备坐到朱倩茹身边。

她刚起身，裴颂也跟着站了起来。

他一言不发地伸出手，露出一截线条流畅的手臂，挡在程北茉面前，把她的碗跟自己的换了一下。

他虽然一句话都没说，动作却不容置疑，可程北茉这会儿脑子犯了轴，又伸手去拿自己的碗。

裴颂像是预料到了似的，挡了一下，程北茉手一歪，正好撞到了裴颂身上。

他们短暂地对视了一眼，两个人的表情都很复杂。

还好有铜锅挡着，其他三个人都没看到发生了什么事。

他们只看到，程北茉乖乖地换了座位。

陈韵吉眨眨眼，跟朱倩茹传递无线电波："什么情况？闹别扭了？"

朱倩茹也用眼神回复她："不知道啊。"

裴颂忽略了挤眉弄眼的两人，喝了口饮料，喉结上下滚动："别看了，就你那点劲儿，不至于伤着。"

眼看着桌上的气氛有点尴尬，杜杨主动挑起话题："裴颂，你刚才本来要回学校，回学校干吗？"

学测都考完了，老师们要么不在，要么在清点卷子，估计都在忙。

"堵老闫。"

"老闫？老闫今天应该监考吧。"

裴颂摇头，语气肯定："监考没他。"

朱倩茹摸了摸下巴，像是提前知道什么似的，试探道："你不会是为了篮球队那事吧？"

裴颂点点头："嗯。"

程北茉手里的筷子一顿。

陈韵吉不明就里："篮球队什么事？"

朱倩茹冲裴颂扬了扬下巴，说裴颂在跟老闫商量，组建八中的篮球校队，打算去参加篮球联赛。还跟老闫放出狠话，说要捧着奖杯回来。

裴颂暗笑，朱倩茹果然是八卦雷达，绘声绘色，跟自己在现场听过似的。

杜杨不解："组了球队就能参加联赛？八中有资格吗？"

裴颂反问："为什么不能？"

"篮球联赛从来就没带八中玩过啊。"朱倩茹也有疑惑，"校草，你是不是有什么门路？"

裴颂放下筷子，平静地说："你平时消息不是挺灵通的吗？不知道篮球联赛是报名制的？"

桌上几个人的下巴都快掉了。

朱倩茹啧啧两声："啊？我们都以为是重点高中才有资格打呢。就说嘛，一个球赛而已，平时在成绩上看不起八中也就算了，不至于在体育上也低看人一眼吧。"

长久以来，八中学生在自我调侃之中，连最简单的事实也懒得去探究。

杜杨接着问："什么时候报名？"

裴颂说，他已经把申请书拟好，跟体育教研组的老师也沟通好了，就等老闫签字了。

"五一假期前提交报名就行。"裴颂说，"但我想尽快，毕竟球队还要训练和磨合。"

刚组好的球队毫无默契，直接上场跟送死没什么区别。

陈韵吉问："咱们学校有进决赛的可能吗？"

"当然有。"裴颂语气淡淡的，却又透露着坚定。

朱倩茹瞬间就兴奋起来："如果我们学校进了决赛，那我们就能光明正大地去看了！"

裴颂哼笑一声："看帅哥？就这么点志向？"

"看看怎么了，又不犯法。"朱倩茹撇了撇嘴，"对了，张弛是不是一中篮球队的？"

裴颂点头："嗯。"

朱倩茹双眼放光："到时候要是在比赛中遇上了，好好虐虐他。"

裴颂淡淡挑眉："你舍得？"

朱倩茹蔫了半截，嘴硬道："这有什么舍不得的，毕竟我是八中的人。"

吃完饭，程北茉从洗手间回来，桌边只剩下裴颂一个人。

那三个叛徒，结伴溜走了。

有些事，还是留给当事人自己解决比较好。

裴颂看出她的茫然，说："他们三个说要在这附近逛逛。"

程北茉"哦"了一声。这附近有什么好逛的？好吃的好玩的还没八中附近多呢。

"怎么，不高兴？"

"没有。"程北茉摇摇头，"我在想你刚才的问题。"

裴颂愣了下，然后深深地盯着她，剧烈地呼吸着，等待着她接下来的话语。

"我也不知道怎么突然会想这个，可能是我想多了。"程北茉顿了顿，淡淡笑了下，"是你一句话点醒我，高考重要，钱也重要，其他都要排在这两项之后。"

　　她说完，如释重负。

　　她喜欢上他了，是不能回避的心思。

　　但她有自己的目标，也是不可避免的事实。

　　"既然你要去参加篮球联赛，那我也祝你心想事成。"

　　说完，她抬眸，正好撞上裴颂的眼睛，里面没有什么情绪，甚至有几分冰冷。

　　他沉默半晌，最终什么都没有说。

扑通扑通

pu tong
pu tong

下

秦方好 ♡ 著

四川文艺出版社

第九章

/ 秘密 /

五一假期过后，八中出了两个重磅消息，都跟裴颂有关。

第一个，是裴颂期中考试又是全年级第一。第二个，是裴颂要带着八中校队参加全市的高中篮球联赛了。

裴颂考第一，已经不是什么新鲜事，只是这次，他各科成绩像是杀红了眼，总分比年级第二程北茉整整高出了 33 分，断层第一。除了语文、英语和生物，其余科目全部是满分。

后来，程北茉才从朱倩茹那里听说，裴颂在老闫那里打了保票，期中考试要保持年级第一，老闫才同意让他组建篮球队。

果不其然，裴颂又一次证明了自己。

五一前，他一直在跟体育老师选队员，参赛报名，五一后，又组织球队训练，忙得不可开交。

就算这样，他仍然考了第一。

裴颂这个人，简直不是人。

也对，他是狗。

不对，他是神。

程北茉捧着卷子，有些懊恼，却也为裴颂能打联赛而开心。

小组赛是抽签决定的。第一场比赛，八中就抽到了交大附中。

这个结果让很多人都泄了气。毕竟交大附中在去年的联赛里，一路打到了决赛，实力不容小觑。

而八中，是第一次参加篮球联赛，虽然有裴颂，但整体实力未知。

小组赛在市体校的体育馆举行，八中几乎是全校出动观看比赛。

程北茉也去了。她和陈韵吉挤在观众席前排，朱倩茹跑得快，提前占了离场边近的座位。

周围人都在说，听说交大附中特别强，咱们八中参加一次不容易，这次不来看，以后没准就没机会看了。

陈韵吉听见旁边人的议论，黑着脸忿忿：“还没比赛呢，就说丧气话！我们有校草在，怎么可能输。”

程北茉也看了眼裴颂。裴颂正跟队员们围成一个圈，在说些什么。

大家都穿着球衣，都是大高个，她偏偏就一眼看到了裴颂。他双手叉腰站着，露出修长的小腿和流畅的手臂线条，精瘦而有力。

“战术，校草绝对是在布置战术。”朱倩茹装作很懂的样子。

程北茉见惯了他散漫的样子，冷不丁严肃正经起来，远远看着，还挺有魅力。

比赛还没开始，八中和交大附中的学生开始互相起哄，给各自的队伍加油打气。

交大附中的学生做了横幅和牌子，气势十足，八中这边没参加过，没经验，只能靠音量吼上去。

整个场馆里乱糟糟的。

“交大附中搞那么多花活有用吗，还不是要被我们打趴下，他们的队员一个个都……”陈韵吉一开始还颇为不屑，说到一半，倒吸了口凉气，

"挺帅的。"

交大附中的校队队员陆续进场，在场边热身。

陈韵吉忽然搡了搡她："茉茉，你快看那是谁！"

陈韵吉指着交大附中的队伍，程北茉顺着她手的方向看过去，是个长相斯文的男生。

程北茉蹙眉盯了半天，是有点熟悉，但她想不起来是谁。

见程北茉没认出来，陈韵吉提醒她："是江括啊，你忘啦？"

江括？江括是谁？

陈韵吉无奈，程北茉学习的时候记忆力那么好，怎么一到帅哥这儿就脸盲呢？

她又提醒说："当时提前跑来咱们学校看考场那个，江括。"

是他啊。程北茉想起来了。

他们在交大附中的荣誉栏里还见到他的照片了，五官周正，学习名列前茅，还有自己的专利。

之前见面时，他是戴眼镜的，今天这个样子，确实有点认不出来。

"之前看他文绉绉的，想不到还会打篮球。"陈韵吉啧啧两声，"你说，他会不会是那种斯文败类？"

程北茉漠不关心地说："我哪知道。"

她没打算继续江括的话题，毕竟是个只见过一面的陌生人，她对他的了解也只是荣誉栏上的那短短几行字而已。

她往八中球队那边看了一眼。

不知是不是感应到了什么，裴颂也直勾勾地朝她们这边的观众席看过来。

他不是随意地瞥一眼，目光幽深且坚定。

她周围一阵骚动。大家都左看右看，猜裴颂到底在看谁。她们旁边坐了几个交大附中的女生，也注意到了裴颂，几个人搡着其中一个女生开玩笑："他不会是在看你吧，班花？"

当事人娇羞道："怎么可能。"

朱倩茹和陈韵吉气得白眼都快飞上天了，一副"这群人在自作多情什么"的表情。

朱倩茹用手肘撞了撞程北茉："你听听，也太离谱了吧。"

程北茉装作没听见，移开了视线。

她和裴颂自从那次吃完饭后，就没有再讲过话了。

那时他们互相跟对方说了"心想事成"，可总是感觉有什么没说完似的，悬在那里，如鲠在喉。

身后的几个女生，开始小声讨论裴颂。

"他不是一中的校草吗，怎么跑八中去了？"

"你们都认识那个帅哥？"

"去年跟一中的决赛就有他啊，你忘啦？去年决赛的时候不知道有多少人是专门为他来的。"

"也不知道他性格怎么样。"

"别光说啊，一会儿敢不敢要个微信去？"

……

陈韵吉往程北茉手里塞了瓶矿泉水："你拿着。"

"干吗？"

"万一——会儿他过来，你得做点什么。"陈韵吉比她还气，"别让后面那几个人觉得校草是为她们过来的。"

"他才不会过来。"

"没准他会过来把衣服脱下来扔你怀里，让你帮他拿，你顺便递瓶水过去，多自然！这叫宣誓主权，电视剧里都这么演。"

"你们俩是偶像剧编剧吗？"程北茉无奈，"再说了，他哪还有多余的衣服。"

再脱，就没有了。

球衣底下，是紧致光滑的皮肤，和线条分明的肌理，匀称而有力。

裴颂并没有像那两个偶像剧编剧说的那样，专门跑到她们这边来，因为比赛很快就开始了。

赛场上的裴颂，一点懒散的状态都没有了，眼神冷冰冰的，透着股狠劲儿。

程北茉托着下巴，脑海里又出现了那句话，"酷得像风，野得像狗"。

这是这个尽情挥洒汗水的少年的真实写照。

比赛开始之后十几分钟，张弛赶了过来。一中有临时测验，他紧赶慢赶，还是迟到了。

他一路说着"对不起"，不知从什么地方挤了过来。

"什么情况，现在什么情况？"张弛急吼吼地问。

"交大附中领先2分，屏幕上不是写着嘛。"朱倩茹指了下屏幕上的大比分。

"字儿我当然认识，我是问，两边实力如何？"

"我们哪看得懂。"朱倩茹摇头，上下打量张弛几眼，"你来干吗？该不会是提前偷看我们学校的战术？"

张弛满脸不屑："我跟狗都打了多少年球了，还能不知道他。"

就在这时，裴颂投中一个三分球，八中比分反超了。

全场都被欢呼声淹没了。

身后几个女生也惊叫了一声，倒像是为八中加油似的。

张弛瞥了瞥身后几个咋呼的女生，哼笑道："才反超一分，瞎激动什么啊。"

朱倩茹小声说："她们是交大附中的。"

张弛愣了下，又像懂了什么一样，意味深长地说了句："狗又惹祸了。"

张弛像解说员一样，聒噪地分析着双方的技术和实力，一会儿"你们八中队伍默契有点差，跟刚从街上拉来直接上场似的"，一会儿"这裁判眼睛被屎糊住了吗，怎么向着交大附中啊"，跟单口相声似的，给她们几个不懂球的也增添了几分乐趣。

"好球！"裴颂投篮后，张弛激动得站起来大喊，"哎呀……怎么没进……"

朱倩茹扯着他的衣摆："我求你了，闭嘴行吗，我们八中丢不起这个人。"

这场比赛八中赢了。

体育馆里爆发出的欢呼声几乎要掀翻顶棚，不知道的还以为八中已经夺了冠军。

身后的几个女生皱着眉头抱怨："八中人好吵，一副没见过世面的样子，小组赛而已，以为是赶集吗，全校都来看了。"

因为是小组赛，双方都保留了一部分实力，并没有铆着劲打，最后赢的分差也并不大。

张弛啧啧几声："你们学校可以啊，对手可是上届的亚军。"

朱倩茹讪讪笑了下，自嘲道："毕竟没人学习，都打球了嘛。"

人群潮水般散去，偌大的体育馆瞬间就空旷了起来，说话都有回音了。

有不少交大附中的女生跑下去，围在裴颂身边要微信。

程北茉本来想去外面等，但被张弛他们推着去了球场边。

陈韵吉跑过去给杜杨送水。

裴颂跟杜杨打过几次球，觉得他弹跳不错，反应也快，便邀请他参加了校队选拔。杜杨本来只是试试看，没想到选上了。

程北茉远远地站着，脚尖在地上无意识地点着。忽然，身后有人拍了拍她的肩。

程北茉回头，发现是江括。

江括已经换下了球衣，身上穿着交大附中的校服，又恢复了文绉绉的形象。

他表情惊喜："真的是你。我刚才看背影像你，但是又担心自己记错了……"

程北茉点点头，说："你好，江括。"

"你知道我名字？"

程北茉说："学测的时候在交大附中考，在荣誉栏看到你的照片了。"

他摸了下后脑勺："难得你还记得。"

她抿唇笑了下。要不是陈韵吉提醒，她也忘了。

"你看比赛了？"

程北茉点点头："看了。"

"那你也看到我了？今天没表现好。"

程北茉指了下他的鼻梁："你没戴眼镜，一直没认出来。"

江括又不好意思地笑了下，开玩笑说那今天的比赛算是白打了。

"你们学校打得是真不错，以前怎么不参加联赛？"

程北茉说，以前不知道是报名制，今年才知道的。

"小组赛抽到你们学校的时候，我们也挺吃惊的。"江括笑了笑，"来之前，我们还以为会打得很轻松，没想到轻敌了。"

程北茉看他挺轻松的，一点也不像输了比赛的样子，便说："我还以为你们会心情不好。"

江括摇头："小组赛而已，是积分的，还没到淘汰环节呢。"

"这样啊。"程北茉漫不经心地点点头。

江括掏出手机："对了……方便加个联系方式吗？"

程北茉本想拒绝，但江括已经点到了二维码的界面，她不好驳他的面子，还是加了。

江括在屏幕上点了几下，看见她的微信名，愣了一下，然后问：

"MOMO？你该不会叫程北茉吧？"

这出乎程北茉的意料："你也知道我名字？"

江括表情欣慰，说："高一全市联考，前一百名里唯一的八中学生，就是你。"

就是因为那次考试，程北茉一战成名，成了八中的"熊猫"。

她自己都快忘了，想不到有人还记得。

"当时我们看到名次，都以为学校印错了呢。大家都在说八中出了个神人，没想到以这样的方式遇见了。"江括笑着说，"这么看来，我们还算是老相识了呢。"

程北茉心想，八中的神人可不是我。

江括低头在手机上改备注，随口问道："对了，裴颂怎么到你们学校了？"

程北茉回头看了眼裴颂，他正被好几个女生簇拥着："你们认识？"

"我认识他，他应该不认识我。"江括如实说，"去年决赛就是我们学校跟一中打的，不过那时候我去外地参加比赛了，没上场，也就没遇上他。不过我们都知道他。"

也不知是不是感应到了他们在聊自己，裴颂的视线越过人群，悠悠地看向程北茉。

程北茉偏头，就看到裴颂迈着闲散的步子走了过来。

他没看江括，视线停在程北茉手里的半瓶水上，什么都没说，直接拿了过去，甚至有点抢的意思。

他冲程北茉扬了扬下巴："给我的？谢谢。"

他拧开就喝，把程北茉的话堵在了嘴边。

她想说那瓶水她已经喝过了，而且只剩了半瓶。他拿过去的时候应该能掂量得出来。可他好像丝毫不在意似的。

江括看了眼程北茉，又看了眼裴颂，对程北茉说："那我先走了，我们微信联系。"

裴颂动作一顿，心想才认识多久就加微信。

其实他早就看见这两个人了，一直忍着没过来，眼神却有意无意地往这边飘。最后张弛看不下去，推了他一把，他才半推半就着过来。

好嘛，还是来晚了一步，连微信都加上了。

裴颂神色冷淡，修长的手指松松拎着水瓶，似笑非笑地看着程北茉。

夕阳透过体育馆狭长的窗户照进来，正好洒在他们身旁，他们在一片温柔的金色阳光中面对面站着，美好得不像话。

他们身后，陈韵吉和朱倩茹在尝试投篮，两个人没什么技巧，瞎玩得不亦乐乎。

篮球跟地板碰撞的嘭嘭声杂乱而有力，就像程北茉的心跳。

程北茉被他盯得不自在："怎么了？"

裴颂掀眼皮看她，声音低沉得像一道暗雷："谁要微信都给是吗？"

程北茉舔了舔嘴唇，仰着脸问："不行吗？"

她眼神坚定，像是要跟他硬碰硬。

裴颂活动了下脖子，慢条斯理地说："行，当然行。"

才跟他说过高考重要，转眼就跟别的男生加微信。刚才他身边围了好几个来要联系方式的，他一个都没给。

她可真行。

程北茉听出他语气有点不对劲。

他好像，生气了。

两个人还尴尬着呢，他倒直接开始生气了，这是个什么流程？

裴颂漫不经心地拨了拨头发："就是提醒下，某人说过什么都不如搞钱，希望她别忘了。"

程北茉抬眼盯着裴颂："没错，搞钱重要。我当然不会忘。"

裴颂斜了她一眼："是吗，某人好像心口不一啊。"

程北茉心想，这人现在怎么连呼吸都带着阴阳怪气。

她学着裴颂的语气："某人好像管得有点宽了。"

裴颂手里把玩着矿泉水瓶，目光飘忽不定地游移在别处，还是那副漫不经心的样子，语气却有点正："别什么人都加。"

程北茉抿了下嘴唇："刚才好像有一堆人围在你身边要微信。"

他反问："她们是要了，你怎么知道我就给了呢？"

程北茉实事求是地说："我不知道，所以我没有干涉。"

裴颂笑了下，看着眼前的程北茉。

这姑娘确实是有种不一样的气质。白净乖巧的巴掌脸，还有跟那张脸格格不入的倔强劲儿。

裴颂暗笑，还挺会呛人。

程北茉接着说："我跟江括以前就见过，挺有缘分的，就加了好友。"

裴颂想起来刚才的场景，几个交大附中的女生围过来想加他微信，还有一群看热闹的，他们这边咋咋呼呼，程北茉离得远远的，疏离而冷淡。

"跟他有缘分，跟我没缘分是吧？"

程北茉一下子没反应过来："什么？"

"没什么。"裴颂觉得刚才那句话有点冲动了，低头用拳头抵在唇边，清了下嗓，换了话题遮过去，"我是说，如果我们不认识，我跟你要联系方式，你会给吗？"

程北茉想了想，摇了摇头。

裴颂那张还沾着点汗的俊脸肉眼可见地垮了。

过了会儿，程北茉语气如常道："你也没跟我要过微信啊，是我先加你的。"

裴颂觉得他被程北茉要了。

把他抛到空中，看着他自由落体，在他以为要接受最糟糕结果的时候，落地的瞬间她又轻飘飘地接住他。

这谁受得住？

他哼笑了声："……嗯。"

程北茉盯着他的表情："生气了？"

裴颂语气淡淡："谁说我生气了？"

裴颂确实不怎么生气。他从来都是漫不经心的，横冲直撞的。别人对上他那双锋利的眼时，就已经输了。

就在他们视线要对上的前一秒，裴颂移开了眼睛，看向别处，又仰头喝了口水。

好像什么都不在乎似的，一股散漫劲。

他明明看上去松松的没使力，手背上的青筋却异常清晰，像蜿蜒的山脊。

"好吧，那就当你没生气。"程北茉有些尴尬地指了指水瓶，"我想说，这瓶水我喝过了。"

刚才就想提醒他了。

"我知道。"裴颂说。

拿到手上的那一刻，他就掂出来了。

"知道你还喝。"

裴颂没有接话，只是抬眼看向她。程北茉觉得他的眼睛像是在水里浸润过，涌动着某种情绪。

他们两个人静静地站立在金灿灿暖融融的阳光和尘埃里。

又是黄昏。

她喜欢黄昏，不如说是喜欢跟裴颂在一起度过的黄昏。因为细数回忆，她和裴颂独处的时间大多是在黄昏。

黄昏的阳光，贯穿了他们认识的日子。

此刻他们的影子倒映在彼此的瞳孔中，她不知道，裴颂有没有看穿她的秘密。

另外四个人在不远处有意无意地探着这边，互相推搡——其实主要是三个人推张弛一个。他们看裴颂和程北茉两人都没什么表情，就推着张弛过去搞搞气氛。

张弛心想狗真是沉不住气啊，小茉莉不就是跟别的男生说了几句话，这就把气氛搞僵了？再说又不是小茉莉主动的。

张弛恨铁不成钢，又不能不管，抵抗了一会儿后，他赶紧过来，揽住裴颂的肩膀："狗，小茉莉，咱们一会儿去吃饭吧，庆祝庆祝。"

张弛不知道自己过来，把裴颂和程北茉之间的氛围毁了个干净。

裴颂斜了他一眼："你瞎凑什么热闹。"

"首战告捷，当然要庆祝啦！"张弛故意高声说，然后咬牙切齿地压低声音，"这个家没我不行！你看看你，都把气氛搞得僵成什么样子了？"

用得着你操心。

裴颂挣脱他，默默地去收拾东西了。看那背影，好像还带点儿气。

张弛还不知道自己被嫌弃了，转过身自顾自地安慰程北茉："这人太狗了，小茉莉你消消气，别理他。"

太阳渐渐落山，热闹散场。

他们几个高中生晃晃悠悠地往外走。

体校里面很热闹，运动场上到处是健壮的肌肉男，陈韵吉和朱倩茹眼睛都要冒光了。

裴颂在这些专业的体育生中间，身高完全不落下风，只是他清瘦一些。

程北茉盯着他的背影，陈韵吉和朱倩茹的各种惊叹和怪叫也不能让她分神，她根本无暇去看那些体校的男生。

陈韵吉扒着运动场旁边的铁丝网，问道："体校为什么不参加篮球联赛？"

这么多肌肉男，不让人看可太可惜了。

杜杨一把揪住陈韵吉，摁着她乖乖往外走："体校要是参加，还有其他学校什么事啊，直接把奖杯送给他们不好吗？"

"那也不公平啊，就因为他们太强，所以不让人家参赛？"朱倩茹觉得这太不合理。

裴颂慢悠悠地跟他们解释："因为体校严格意义上不是高中，不能参加高中联赛。"

"原来是这样。"陈韵吉啧啧两声，"校草，你怎么什么都知道？"

裴颂没回答，他的注意力被不远处的小超市吸引了。

陈韵吉又问了一遍，他像没听见似的，径直走了进去。

裴颂俯身在货架上找了一会儿，拿了瓶水出来。

"你怎么不问我啊。"陈韵吉拍了拍鼓鼓囊囊的书包，"我带了好多瓶水呢。"

裴颂跟陈韵吉笑了下，说没事，然后直接把那瓶水递给了程北茉。

她没有接，问了句："给我的？"

"嗯。"他靠近她耳边，压低了声音说，"刚喝了你的，现在赔给你。"

程北茉无语地看了他一眼："怎么这么小气。"

其他几个人不知是什么情况，还以为两个人又闹僵了，便赶紧用身体把他们两人隔开。

张弛揽着裴颂的肩膀，手臂紧了紧："快看看，比赛有新闻报道，我发群里了。"

那篇实时出来的新闻链接，全篇只在开头提了一下八中赢得了比赛，接着用了大量篇幅讲交大附中在上一届比赛中的表现，匆匆扫一眼的话，还以为交大附中赢了。

"这稿子是交大附中的人雇人写的吧。"张弛皱着眉头抱怨了一句。

新闻稿下面，放了几张比赛现场的图片。

他们都在认真看球，根本没注意到现场还有人专门拍照。

第一张就是裴颂的单人特写。

张弛心想，狗果然到哪里都是焦点，就算这新闻稿通篇都是关于交大附中的，到了放图片环节，镜头还不是乖乖地围着最瞩目的那个人转。

张弛啧啧几声："狗，这张照片拍得真不错。"

往下划拉几下，他就噤声了。

最下面的两张图，一张，是观众席上的程北茉，一张，是球场上的江括。

虽然是两张照片，可那两张照片环境相似，像拼成了一张。就像是……程北茉紧张地盯着场上的江括。

张弛全然忘了自己刚才还在说照片拍得不错，现在已经在心底破口大骂，到底是哪个不长眼的小编，看不出来谁跟谁般配啊，乱放图。

张弛伸手去遮裴颂的手机屏幕，边遮边干笑："没什么好看的，咱还用看新闻吗，咱不就在现场吗？"

裴颂斜他一眼："有病就去看医生。"

有同学已经把那条新闻链接转发到了各种群里，讨论的中心有两个，一个是裴颂，一个是程北茉和交大附中的不知名帅哥有多般配。

八卦像插了翅膀，在各个群里横行霸道。

有人说，那个不知名帅哥在场上就一直在看程北茉，还有人说，看见那个帅哥比赛一结束就去要程北茉的微信。

"刚才不都没人了吗？"朱倩茹结结巴巴地问，"到底是谁看见了？"

程北茉心想又没做什么见不得人的事，怕什么。

朱倩茹问："江括真加你微信了？"

程北茉点了下头。

她接着问："你同意了？"

程北茉又点了点头。

朱倩茹抹了一把脸，完了，裴颂就在这儿呢，怎么挽救？毕竟他刚才看完那条链接和群里的消息，一直处于沉默的状态。

"你们聊天了吗？"朱倩茹问。

"刚加上。"程北茉摇头，"一句话都没说。"

"我就说嘛，两个人又不熟，能有什么话聊。"总算是撕开一个口子，朱倩茹赶紧开始瞎扯，试图力挽狂澜，"我跟你们说啊，人这一辈子，认识的顺序很重要，你们说是吧？"

裴颂看了眼程北茉，语气平静，表情却是玩味的："可能人家觉得，挺有缘分的呢？"

朱倩茹耸了耸鼻子，又伸手扇了扇，怎么这么大醋味啊！

张弛听着口风不对，就知道裴颂是故意的。他生怕裴颂再说出什么浑话来，赶紧用手肘捅了捅裴颂："狗，你少说两句。"

明明八中篮球联赛首战告捷，多开心的事儿，现在却弄得气氛有点尴尬。

张弛知道，其实就是因为江括来要了程北茉的微信，搞得狗不开心。

情绪是会传染的，狗不开心，大家也就没法明目张胆地开心。

张弛搂着裴颂的脖子，压低了声音问："你犯什么浑？"

"我怎么了。"裴颂说。

"你就不能好好说话？"

"我哪里没有好好说话？"

张弛看着他嘴硬的样子就替他难受："小茉莉跟那个那个那个……斯文败类，微信都已经加了！"

"加就加呗，他们自己愿意加的。"裴颂重重地把手里的篮球往张弛身上一推，像是带着点脾气。

张弛咳嗽两声，捏了把鼻子："我说刚才朱倩茹对着空气扇什么呢，你用你的狗鼻子闻闻这醋味。"

本以为裴颂会骂他一句，没想到裴颂拧着眉愣了半晌，也不知在看什么。

张弛一脸用心良苦，又推他一下："听见了之后就好好跟人家说话。"

"用你教。"

张弛翻了个巨大的白眼："……我要是再操心你的事我就是狗。"

嘴上说着不管了，心里还给他的狗兄弟出谋划策呢。张弛正琢磨着要怎么让狗和小茉莉独处，就看见裴颂去接个电话。

过了会儿，裴颂回来，淡淡地说了句："我要回家一趟，你们先去吃。"

张弛拽住他："你干吗？临阵脱逃？"

裴颂表情坦然："我真有事，我妈叫我回去一趟。"

裴颂一回到家，就看到有个人在沙发上坐着。

天色有些暗了，赵旻没开灯，她肩膀本身就窄，看上去孤零零的。

裴颂顺手摁了下灯的开关。

赵旻扫他一眼："你还知道回来。"

"这句话好像应该我跟你说吧，大忙人，赵女士。"裴颂放下书包，踩了双拖鞋，直奔冰箱找水喝。

他打开冰箱，拿了两瓶矿泉水，一瓶放在赵旻面前，自己拧开一瓶，灌了几口。

赵旻没动，只是盯着他，语气不满道："你就不能放温了再喝？"

裴颂顿了下，放下水瓶，手懒散地搭在餐桌旁，回了句："您就不能好好说话？这么久没见，见面就训人，这可不利于母子关系。"

赵旻被他气笑了，这才正眼看他，发现他上半身校服，下半身运动短裤，一截好看精健的小腿在吊儿郎当地瞎晃。

"这才四月，你就那么燥热？"赵旻打量他的装束。

裴颂顺着她开玩笑道："青春期嘛。"

赵旻叹了口气："一中就不会允许学生这么穿。"

一中有一条很出名的校规,校服必须穿一整套。很多家长以这个为荣,提起时不无骄傲。

　　不过,一中的学生也不全是书呆子,很多人会在校服以外的配饰上下功夫,比如鞋、书包、手机。比如张弛,除了校服以外,从头到脚能有小三万。

　　裴颂暗笑怎么穿着都能扯到学校上去,他无所谓地说:"这有什么关系。"

　　"怎么能没关系,什么叫没关系?你看看你,现在成什么样了?"

　　裴颂低头看了看自己,无奈道:"我成什么样了?"

　　"自从转到八中以后,你干过一件正事没?"

　　裴颂心想他跟赵旻都多久没见了,怎么一上来就劈头盖脸说他。

　　"您说说,我怎么没干正事?"

　　"那个篮球赛,你是不是参加了?"

　　裴颂耸了耸肩,表示肯定。

　　他笑了下:"没想到,您还挺关心我的,我以为您忘了还有个儿子。"

　　赵旻哼笑一声,把手机屏幕在裴颂眼前亮了一下。那是那条关于篮球联赛的新闻报道。

　　"要不是你小姨看见你的照片发我,我都不知道你还在瞎搞这些。"

　　裴颂心想,长得帅又不是我的错。

　　赵旻提醒他:"已经高二下学期了,怎么还分不清重点?你要不要去看看一中的学生在干什么?"

　　裴颂似笑非笑:"一中的学生也参加这个联赛了。"

　　赵旻已经被他气得忘了要说什么,只能把手机重重地扣在桌上。

　　眼前的裴颂正把玩手里的矿泉水瓶,手指修长,干净清瘦。

　　裴颂就是这样,在她面前永远是一副吊儿郎当的样子。无论跟他说什么正事,讲什么大道理,他都能四两拨千斤,满不在乎地呛回来。

"我不管一中学生有没有参加，你是我儿子，我只关心你。"

"关心我？"裴颂哼笑了一声，像是自嘲，"要不要看看成绩再说话。"

赵旻摆了摆手，她并不想看："八中的成绩有什么可比性。"

裴颂本来想告诉她，八中上次考试用的是几大名校联合出题的卷子，分数出来后，他在八中是断层第一。他也找张弛了解过一中的情况了，他这个成绩，在一中能排进年级前十，跟他转学前的成绩相近。

不过听她这么说，他无所谓地笑了下，觉得挺没劲的，就什么也没提。

他轻挠了下脸颊，掀起眼皮："您想说什么就说吧。"

"现在，一共有两条路，一中是回不去了，但交大附中还有机会。交大附中虽然这两年不如一中，但整体实力还是不错的。下学期开学转进去，应该还来得及。"

裴颂今天听见交大附中就不爽："您当我旅游呢？高中三年，一年换个学校？"裴颂漫不经心地晃着腿，"再说了，我是什么绝症晚期吗，还应该来得及。"

"你别跟我贫嘴。"赵旻说。

他想都没想就问："交大附中不考虑，另一条呢？"

"第二条路，不折腾了，直接出国读本科。"

其实，裴颂早就猜到了这第二条路。

他漫不经心地说："我在八中挺好的，高考不会耽误。"

赵旻却不这么觉得："这不是你凭你个人意愿能完成的事，八中那么多老师，拉出来哪个能跟一中的老师比？你再这样听不进去劝，这辈子就毁了。"

"是我听不进劝，还是您听不进劝？"他没忍住，声音提高了一些。

裴颂想借着这句话点醒赵旻，可赵旻没有接他的话，自顾自地说："想去美国，还是英国？我跟我老同学都咨询好了，要是想好了去，今年暑假就要准备申请材料，开始准备考雅思了。"

"我现在，非得出国吗？"裴颂把矿泉水瓶从左手扔到右手里。

"你觉得在八中，能考上什么国内的好大学吗？如果在一中，我还可以尊重你的意愿，但是现在，只有出国这条路可以走了。"

裴颂垂着目光，很轻微地笑了一下，甚至都看不出他是在笑："就是不相信我呗。"

"以前相信你，你把自己作到八中了，你让我还怎么相信你？"

裴颂把矿泉水瓶重重地放在茶几上，问出了那个一直避开的话题："好，那就当我要出国。留学的费用，谁出？我爸吗？"

赵旻愣了一下，迟滞地答："他是你爸，供你读书是理所当然的。"

"您跟他说的吗？他同意吗？"

"他……"赵旻眼神闪烁，很快岔开话题，"钱的事你不用担心，让你出国读书，咱们家还是有这个实力的。到时候，再给你买辆车，出行也方便。"

"让我猜猜，您是去求他的，对吗？"

赵旻没有说话。

裴颂双臂撑着桌子，俯身盯着赵旻，眼神幽深而冰冷："妈，难道我以后就要过觍着脸跟他要钱的生活吗？"

"他是你爸……"赵旻重复着这句话。

"我宁愿没有这个爸！"裴颂低吼一声。

盘踞在心底的愤怒终于迸发，他说完，陷进沙发里，双手紧握抵在脑门，手背上的青筋也愤怒地清晰凸显，一下一下跳着。

屋子里陷入沉默。

许久，裴颂摁下狂跳的心脏，抬头才发现赵旻脸颊有些泛红，他声音骤然一紧："他是不是又打您了？"

赵旻没有讲话。

"他这是家暴！"

不止一次，对他，对他的母亲。

就是因为有这样一个父亲，他才学会敛起自己的情绪，让自己看上去冷淡且无所谓。

可现在，他不能再忍下去了。

赵旻却摇头，做了个深呼吸："我们今天聊的是你将来的事，不说他了。只要你答应去上学，其他的妈都可以搞定。"

裴颂抓了两把头发，仰靠在沙发上，急促地喘着气。

"在八中，高考成绩出色就有奖金，我可以自己赚钱，我可以不靠他。"裴颂跟赵旻说，"我只有一个要求，就是您好好的。"

赵旻忍着眼泪摇头。

朋友的孩子出国，每个月生活费都在十万上下。他们家虽然是自己打拼起来的，苦过，但近十年，家里的经济条件一直不差，她自然也不想让裴颂未来过得太委屈。

裴颂忍不住了，声音哑哑地质问："那我要是出国了，您怎么办？"

赵旻调整好情绪，尽量语气如常："我就跟你爸照常生活，有空的话，我们飞过去看你……"

裴颂打断她，拧着眉，咽了口腥咸的口水，问："照常生活，怎么照常生活？妈，我爸在外面有人，您知道吗？"

赵旻两眼泛红，缓缓抬起头，慢动作一般，吃惊地盯着裴颂，好像什么秘密被戳破了一般。

裴颂读懂了她的表情语言，他垂下手，嗓子有点发干，机械地问："您知道？"

空气仿佛凝固了。裴颂的胸腔剧烈地震动着，像有一块巨大的石头，一下一下，凿得他生疼。

他一直以为赵旻是不知道的。

他们彼此都守护着这个秘密，不想让对方受伤害。

窗外只剩一线天光，犹如他的内心，暗沉而压抑。

裴颂陷在沙发里，半晌，才开口说话，声音低得像乌云压顶的暗雷："您这样，让我怎么走？"

"这都是大人的事情，我们会解决的。"

"那您告诉我，怎么解决，已经这么多年了，您怎么解决，继续躲着他？你不回这个家，我知道这里住的都是老街坊老邻居，您怕闲言碎语，可是京江公馆那个家，您不是也不愿意回吗？您以为我不知道您平时都在小姨家住着吗，您以为您说自己忙，我就真的信了？"

赵旻不再反驳，只是盯着某处，眼神像是放空了一样。

"妈，我们过自己的生活，不好吗？"

"我现在已经几年没在公司了……"赵旻哽咽，停了会儿，才接着说，"自从我不在公司之后，很多事就不经手了，我也是用了很长时间才知道，他在外面有人了，还有一些投资项目和资产，但都不在他名下。如果这个家还在，他就必须承担家里的责任，一旦离婚，我不知道我还能给你些什么。"

裴颂只觉得太阳穴的青筋在突突乱跳，他冷笑一声："这样的人，您还指望他什么？"

"你是他儿子，他总不会对你太差。"

"是吗，我怎么没觉得享受过这项特权呢？"裴颂低头用脚点着地面，像想起什么似的，语气嘲讽道，"想起来了，还是有的，我这儿有他一张卡。"

裴颂想起来，那张卡是裴文远扔给他的，像丢垃圾一样。

那张卡额度很高，拿到那张卡的当天下午，他就去刷了两双价格不菲的鞋。

"他应该跟您说过，让我别乱刷吧？不好意思，他的话我听不进去。"裴颂余光扫到了他的鞋上，他扬着下巴，嘴角不经意地提了下，"我故意的。"

裴颂的鞋、书包，还有日常用品，都价格不菲。赵旻一直以为裴颂喜欢名牌，喜欢奢侈品，她一度担心他迷失在物质里，虽然没有明说过，但也提醒过几次。

　　没想到他只是为了赌气，她心里反倒松了一块。

　　看上去冷淡的裴颂，其实是个挺细腻的人。

　　裴颂一直盯着空气某处，思考着什么。想了一会儿，他说："公司是你们两个打拼出来的，当然有一半都是您的，您要争取。"

　　"眼下最重要的是你上大学。"

　　"您的事也一样重要。"裴颂盯着赵旻，语气坚定而认真，"我要帮您把这些都争取到，帮您摆脱这种生活，而不是用着低声下气求来的钱一个人去国外，留您一个人在这里。"

　　"可是，我不能拿你的未来去赌啊……"赵旻把脸埋进双手里，过了会儿，泪从指缝流了出来。

　　裴颂伸出手，替赵旻揩了揩泪，然后握着她的手，轻声说："妈，相信我。"

　　裴颂和赵旻聊到很晚。争论总算缓和下来，赵旻答应他，不再逼着他做选择，也尊重他的想法。

　　裴颂又恢复了平日里那副松散的样子。一直没有讲出的话，聊开了，自然也就没有疙瘩了。

　　留学的事，赵旻表示，以她个人的能力，他想留学，还是能实现的。

　　裴颂没有接话，她也没有再提。

　　最后，裴颂进房间，拿了个小相机出来，郑重其事地放在赵旻面前。

　　"这里面有些照片，都是我拍的。也不知道……能不能作为证据。"

　　赵旻半张着嘴望着他："你什么时候……"

　　"放心吧，没占用上课时间。"裴颂知道她担心什么，说，"我也只能做这些了。"

裴颂正要回房间，身后突然响起赵旻的疑问："这女孩是谁啊？"

裴颂后背一僵，这才想起来，之前看烟火时，给程北茉拍的照片还没删。

相机屏幕转向他时，程北茉干净清澈的脸映入眼帘。他从未如此紧张过，因为那张漂亮的脸。

裴颂咽了下口水："同学。"

"八中的？"

"嗯。"

"只是同学。"

"嗯。"

"真的？"

"真的。"

人赃俱获，赵旻自然不相信裴颂的话。

赵旻的担心不是没有缘由的。当初裴颂转来八中，导火索不就是他和戴思……

"你……"赵旻突然打住，她觉得裴颂应该什么都懂，挑明反而没意思了，她只点了一句，"别重蹈覆辙。"

裴颂坦然地耸了耸肩，懒懒散散地丢下一句："别把您儿子想得太受欢迎。"

五一假期前，学测成绩出来了。

裴颂和程北茉的成绩依然领跑。不过学测题目大多是基础题，分数上最终只分 ABCD 四个档，只要不是 D 就万事大吉，大家或兴奋或侥幸，并没有人过多关注总分。

八中这次突击提升的成果很显著，学测通过率较上一年有了很大提升。特别是三班，合格率达到了百分之八十五。

这是八中从来没有过的好成绩。

听说，学校还表彰了年级主任闫国华和三班班主任黎耀。很长一段时间里，闫国华都神采奕奕，五一假期过后，连头发也多了。

这天放学，程北茉倚在一班的窗户边等陈韵吉。

陈韵吉跑过来，在她肩上轻拍一下："看什么呢。"

程北茉指了指楼下："老闫……这到底怎么了？"

闫国华过了个五一假期，连头上的"地中海"都消失了。

"戴假发了你看不出来啊？"

"他不热吗？"

"你没听说啊？他去植发了，现在下面是光头，当然要戴个假发遮遮啦。"

程北茉饶有兴趣地盯着老闫的头顶："他怎么突然想起植发来了？"

"春天来了嘛。"

"他恋爱了？"

陈韵吉差点吐血："什么恋爱了，他孩子都多大了你不知道啊，我是说，他事业的春天来了。"

程北茉不解："什么意思？"

"没听说吗，这次学测咱们学校成绩合格率蹿升，有媒体来采访，校领导正好带着他一起，出了个镜。他估计觉得自己那半秃瓢太不上镜，紧赶慢赶去植发了。"

程北茉觉得挺有意思："都已经采访过了，现在植发有什么用。"

"等着下次采访啊，那记者还问到了篮球联赛的相关问题，都是老闫详细回答的。八中哪有过这待遇啊，他这次算是出尽风头了。到时候如果咱们学校夺冠了，肯定还会有媒体来。"

篮球联赛……

陈韵吉看程北茉没说话，便猜出她在想什么，便用手肘推了推她：

"你跟校草和好了吗？"

"我们又没吵架。"

"是没直接吵架，但感觉比吵架还别扭。"程北茉还没来得及开口，陈韵吉就用手上的力度制止了她，"你别不承认，他这段时间心情都不好，肯定是因为江括加你好友这事。"

程北茉和江括的照片被同学们八卦讨论了好一阵，后面的比赛，她都没有再去看，怕再被拍到。

听说八中后面的几场比赛，裴颂打得都挺凶的，完全没给对手机会和好脸色。

程北茉故作轻松地笑了下："你是他肚子里的蛔虫啊，怎么看出他心情不好。"

"杜杨都说，校草这几场比赛变狼狗了，在球场上挺狠的，差点跟十三中的人起了冲突，还受伤了。"

程北茉咬着嘴唇，不知怎么评价，眼神也空空的，只轻飘飘地"哦"了一声。

"你别光'哦'，自从上次江括加了你好友，你跟校草再没说过话？"

程北茉摇了摇头。

陈韵吉替她着急："你跟江括聊什么了吗？"

江括这人其实很有分寸，很少找程北茉闲聊，只来找过她两三次，也是跟她讨论学习相关的话题，其他的话也没说过。

"这招高啊，还懂得从你的喜好入手。"陈韵吉瘪着嘴说。

"我可没说我什么喜好。"程北茉说。

"你不就喜好学习嘛。"陈韵吉啧啧道，"这人太有心机了。"

程北茉看她一眼，没说话。

两人边聊边晃悠到校门口，陈韵吉突然余光瞥到个高大清俊的身影，她赶紧喊了一声："校草！"

程北茉轻蹙了下眉，用眼神问她干吗。

"你这是什么眼神，我为你操碎了心，你还不领情，快换个善良的眼神看我！"陈韵吉看见裴颂往她们这边过来，立刻换了张笑脸，"校草，好久不见！"

天气已经变热不少，裴颂穿了件黑色短袖，衬得他皮肤越发冷白。

程北茉看见，他手肘上有挺长一道疤，结了道暗红色的血痂。

裴颂冷淡地瞥了眼旁边的程北茉，漫不经心地回应陈韵吉："不是天天见嘛。"

"知道你是大忙人，远远见了也不敢打招呼。"

裴颂懒洋洋地笑了下："过分了啊。"

陈韵吉哈哈一笑："好了好了，说正经的，我学测得了B。"

裴颂点点头："听杜杨说了。"

陈韵吉赶紧说："我得谢谢你，我记得你当时就说过我没问题。"

"嗯，我的嘴开过光。"

陈韵吉特想翻个白眼，但忍住了。她做了个深呼吸，接着说："当时你可说了不止这么一句。"

"是吗？我忘了。"裴颂答得特别漫不经心，好像真的忘了。

陈韵吉眼珠子骨碌碌转着，左边的程北茉无动于衷，右边的裴颂也面色寡淡。

装，接着装。陈韵吉心想，就连装失忆都这么成双成对。

她在夹缝中提醒这两位："你当时说，因为我有个好老师。"

裴颂握拳抵在唇边，清了清嗓，正要说什么，他们三个的脚步一同停下了。

此时此刻，江括正站在八中校门外。

交大附中的校服比一中的还梦幻，还偶像剧。小西装小领带，跟八中松垮的运动校服格格不入。

江括个子不低，至少有一米八，他长得英俊，这一身又特规整，在八中门口像一块磁铁，吸引了不少人的视线。

　　裴颂手抄口袋，朝那边扬了扬下巴，没什么情绪地说了句："找你的？"

　　程北茉心里像拧着一块什么东西，她也不知道江括为什么会出现在这里。

　　裴颂和程北茉同框出现，颜值超标，本就特别显眼，江括也一眼看到了他们。

　　下一秒，江括冲程北茉招了招手。

　　程北茉犹豫了片刻，还是朝江括走了过去。

　　陈韵吉不确定地问了句："我们……等她一下吧。"

　　裴颂没回答，嘴角绷得紧紧的。

　　程北茉跟江括招了招手："你怎么来了？"

　　"正好路过，临时起意想试试看，能不能等到你。"

　　程北茉笑了下："那还挺险的，我正好今天等了会儿人，才走得晚了点。"

　　江括看了眼不远处的裴颂和陈韵吉，讪笑了下。

　　程北茉问："找我有事？"

　　"学测成绩出来了，你考得怎么样？"

　　"还行，通过了。"

　　"肯定是 A 吧？"

　　"嗯。"

　　"我知道你的分数。"江括好像就等着程北茉惊讶的表情，他略带得意地说，"我们老师说今年八中有四个人的学测总分超了 850，我猜，其中就有你。"

　　程北茉点点头："学测的题简单。"

"别这么说，我们学校超 850 分的人都不多。"

"再高也代表不了什么。"程北茉笑了下，"你来就是为了问我学测成绩？"

江括没想到程北茉说话挺直接的，还没闲聊几句就戳穿了他，便真诚地说："上次小组赛之后，新闻上照片那事给你造成困扰了，不好意思啊。"

这件事本来是八中的学生在群里传，后来传到了交大附中那边，大家又围着江括起了一段时间哄。

只能说现在高中生的生活实在太单调，对着两张照片都能嗑起 CP 来。

程北茉抿嘴笑了笑："同学们开玩笑而已，我们本来又没什么。"

听程北茉这么说，江括眼里黯淡了一瞬，又很快掩饰过去，他接着问："最近的篮球联赛，你还有关注吗？"

程北茉点点头："我只知道我们学校进了八强，好像你们也进了，其他也没怎么关注了。"

"没有再去看比赛吗？"

"没有，这段时间有点忙。"

"这样啊。"江括挠了挠后脑勺，"其实也没什么，就是想问，四分之一决赛，你要去看吗？"

程北茉有些意外："我们学校又跟你们打？"

"没有，我们对一中。"江括低头，脚在地上蹭来蹭去，说出的话也有些吞吞吐吐，"去年我们就输给他们了，今年还不知道呢，我怕就止步于此了，如果你有时间来看我下一场比赛……"

程北茉想了想，说："我不一定有时间。"

"我还没说是什么时候呢。"

程北茉觉得自己确实拒绝得有些早，便尴尬地笑了下："什么时候？"

"这周四下午，六点。"江括不等她回答，自顾自地替她说，"没关系，有时间你就来，如果你有事的话，不用非得来的。"

程北茉点了点头。

两个人再没有什么话说了。

空气冷了一会儿，程北茉先开口，随手往身后指了指："我朋友还在等我。"

江括犹豫了一下，问："你跟裴颂，关系还挺好的？"

程北茉不知道怎么回答，便含糊地"嗯"了一声。

江括舔了下嘴唇，干笑一声："没什么，随便问问，我正好也要回家了。"

程北茉跟江括告别后，转过身，发现只剩裴颂一个人了。

不用问就知道，陈韵吉溜了。

天色还没完全暗，路灯却提前亮了，他在路灯下松散地站着，整个人被染成暖融融的橘色。

他的侧脸线条明晰而流畅，细碎的刘海微微遮住英俊的眉眼，垂首玩着地上的石子，像只温柔的狗狗。

发觉程北茉过来了，他假意咳嗽一声，移开视线，又换上那副冷淡的表情。

"陈韵吉走了？"

"嗯，刚才她说她有事。"

程北茉哼笑了声："她最好是真有事。"

裴颂轻挠了下太阳穴："没想到你们这么熟。"

"谁？"

裴颂冲江括的方向努了努嘴。

程北茉有点无奈，又觉得有些好笑："我跟江括？其实也不是很熟。"

江括过来，没提前跟她说，她也有点意想不到。

裴颂随口问："他来找你什么事？"

他的口气永远都是那么轻松随意，却总给她一种一定要回答的感觉。

程北茉觉得没什么好隐瞒的，坦诚地说："他问我有没有时间去看四分之一决赛。"

裴颂咽了下口水，喉咙不明显地滚动了下，继续不动声色地问："你答应了吗？"

程北茉摇头："没有，我不一定有时间。"

裴颂从鼻子里哼了一声，像是笑了下，语气里带点不屑："人家大老远跑过来，你也不给个面子？"

交大附中距离八中挺远的，据说跟一中一样，放学后大家会主动留校一小时自习，也不知道他怎么跑过来的。

程北茉听出他在阴阳怪气，便问："我为什么要给他面子？"

裴颂睨她一眼，轻飘飘地说："也就你看不出来。"

程北茉怀疑裴颂话里有话，她瞥了他一眼，只是这人的表情看不出什么异常来。

程北茉说："裴颂，你真的挺狗的。"

裴颂耸了耸肩，不置可否，反正他被叫"狗"习惯了。

程北茉没有再说什么，抬脚就走。刚走出几步，她的手腕便被人拽住。

与其说拽，不如说是攥住。裴颂力气很大，却没有弄疼她，只是让她无法挣脱。

裴颂掌心的温度灼灼地传递到她的皮肤上，激得她心脏怦怦作响。

他神情认真道："咱们校队也进八强了。"

她不肯服软，眼神锐利地看着他："是吗，恭喜啊。"

"我们的四分之一决赛，跟交大附中在同一天。"

程北茉一愣。

裴颂手上的力松了松，接着说："比赛时间也是一样的，你要来

312

看吗？"

他语气也软了下来："来看我这场吧。"

"嗯？"程北茉偏头看了眼他。

"我是说，来看我这场比赛。毕竟……"裴颂中间停顿了很长时间，好像在下很大的决心，"这联赛当初也算是为你参加的。"

程北茉茫然地看向他，总觉得他的眼神、他的语气，有那么点不一样。

橘黄的路灯给他们的对话上了一层暧昧的底色，初夏的风温柔，像是在怂恿着些什么。

程北茉咽了下口水，不安地问："为什么？"

裴颂的目光盯在了她脸上："你问我为什么？"

"……嗯。"

裴颂盯着她，目光灼灼，那一双眸子坚定又干净。

"还能因为什么，傻子。"

一阵晚风拂过，吹起程北茉的碎发，弄得她脸颊痒痒的。

一时间，她的心如擂鼓，如急雨，如急促错综的脚步。

扑通扑通！

乱了套了。

微风肆意温柔着，远处还有一片橘红的天光，像是要告诉她，你看，美好的时刻总是在黄昏。

"就是想让你来而已。"裴颂顿了顿，"江括可以邀请你，为什么我不可以？"

第十章

/闪耀/

裴颂说这话，本就没打算得到程北茉什么回应。

毕竟他也是临时起意，他不想在那个只出场两三次的江括面前落了下风。

但这些话，不像是能从他嘴里说出来的。刚说完，他就有些难为情。

裴颂过去其实是挺稳当一个人，跩是跩了点，可那是他外在的气场，平时做各种决定之前，他还是会权衡利弊的。就连转学到八中这件看似荒唐到家的事，也是他深思熟虑过的。

全都是因为江括。

可那一刻的冲动和真挚，让他重来一遍，恐怕他本人也复刻不了。

程北茉许久都没有说话，要是以前，他可能会懒懒散散地说"给点儿反应啊，我可不是谁都邀请的"，可现在，他有点不忍心。

裴颂心跳得怦怦，伸手在鼻子下面搓了搓，自顾自地对着空气干笑了几声："就知道你不会马上答应。"

语气有些嗔怪，表情却是温柔的。

裴颂是聪明人，懂得给她台阶下。

他很懂得怎么跟人相处，但显露出的绝对不是老成世故的圆滑，他的一切，仍然是那么单纯和美好。

他们四目相对，裴颂身上的清香萦绕在她鼻尖。

没几个人可以抵得住这张俊脸的攻势。

她不敢去看那张五官英挺的脸，只好挪开视线，垂目盯着地面。

她想说点什么，大脑却卡壳了："我……"

她的表现却被裴颂理解为"不好意思拒绝"。

裴颂抢先开口，替她也替自己解围："没有逼着你答应的意思，你有时间就来，没时间就……算了，我知道对你来说什么最重要。而且，来日方长。"

来日方长？

"还有……"裴颂抹了把脸，又挠了挠鼻子，觉得接下来的话挺难说出口的，"你能别去看交大附中的比赛吗？"

裴颂庆幸张弛那厮不在，要是他在，准会把这一幕录下来反复观看。

裴颂开口求人，这是什么世界第九大奇迹？张弛肯定会逮着机会就让他社死，然后瞎嚷嚷一代跩王就此陨落。

程北茉咽了下口水："我本来就会去看你的比赛。"

她要是敢去看交大附中的比赛，会被陈韵吉的唾沫淹死的。至于朱倩茹，肯定会为爱叛变，去看一中和交大附中那场。

裴颂噎了一下。

要不都说程北茉虽然长相乖巧，其实是挺冷静挺酷一人。

裴颂一时间觉得自己像被骗了感情的纯情男生，为了让喜欢的女生来看场球赛，把自己的心都掏出来了。

到底是他没沉住气。

又转念一想，他到底怕江括什么啊，个头他暗暗比过了，他一米八四，江括最多一米八，颜值嘛，也是他完胜，成绩不大清楚，打球嘛，一中都找不出几个能跟他打的，就更别说交大附中的了。

说到底，喜欢一个人，是藏不住的。

裴颂不想直接道出心里的危机感，他低头用脚尖轻踢着地上的小石子，悠悠地瞥了她一眼："你跟那个江括，到底怎么一回事？"

程北茉皱了皱眉："能是怎么一回事，我们一共也没说过几次话。"

裴颂觉得自己这样是真幼稚，低声笑了下，扭头看着别处。

程北茉哪知道这会儿裴颂心里九曲十八弯的，自己一个人足够演好几集电视剧了。

她时不时地看他一眼，眼前人线条锋利，五官明朗，少年感十足。

他活在传闻中，永远的话题中心，永远的视觉中心。身边有几个死心塌地的哥们，还有无数仰慕他的人。

大家都说他是贱王，其实就是个大男孩。

裴颂伸手在她面前晃了晃："发什么呆呢？"

"我在想，第一次遇见你的时候是什么印象。"

他们第一次遇见，是在八中附近的书店里，裴颂以为程北茉是个花痴，而程北茉以为他是个名字叫"狗"的浑蛋。

裴颂眉毛微抬，唇角弯了个微不可察的弧度："记性不错啊。"

程北茉耸了耸肩："刚认识你的时候，以为你是个成绩差，又挺浑的一个人。"

裴颂冷哼一声："谢谢'夸奖'。"

那时候关于裴颂的谣言满天飞，他除了那张绝色的脸，其他方面被传得简直一塌糊涂。

裴颂抬眉："那现在认识这么久了，我是吗？"

程北茉用半开玩笑的语气说："像，但不是。"

裴颂笑了："评价挺高的。"

"这评价还高？"

"你评价的，都高。"

程北茉的视线落到他手臂那道长长的血痂上，转移话题道："你的伤，没事吧？"

"挺疼的。"裴颂把胳膊伸到程北茉面前，"十三中的人打球太不讲究。"

有点撒娇告状的意思。

"听说你打得挺凶的。"

裴颂语气淡淡："嗯。"

"你这段时间，心情不好？"

裴颂反问："你怎么知道？"

程北茉实话实说："听陈韵吉说的。"

裴颂："……哦。"

"为什么心情不好？"

裴颂轻飘飘地说："挺多事的，比如，某人加了你的微信。"

程北茉没说话，看向别处。

裴颂问她："下一场比赛，你觉得交大附中会赢吗？"

程北茉轻微拧了下眉，心想这人是想把所有醋劲儿都撒完才算完，便坦诚地说："我不关心他们谁输谁赢，我只希望咱们八中赢。还有，下场别再受伤了。"

裴颂大概挺满意这个回答的，轻快地点了点头："会的。"

程北茉算了算："联赛结束，就是运动会了，运动会之后，我们应该不会再参加任何活动了。"

高三要来了。

"嗯，毕竟高考重要。"

"听说张弛高不高考都无所谓，"程北茉是从朱倩茹那里听说的，"他家里都给安排好留学了。"

"嗯，他有家产要继承的。"裴颂开玩笑说。

程北茉随口问："那你呢，没考虑过出国吗？"

"想让我走？"

程北茉不掉他的坑里，说："我可没说。"

"如果有机会，你觉得我应该去吗？"裴颂表情有几分认真。

程北茉想了想，说："有这个机会，家庭经济条件也允许，还是去比较好。"

这种关乎他未来发展的事，她觉得自己不能左右他的想法。

裴颂盯着她。嗯，她确实挺理智、挺冷静的。

"有道理。"裴颂苦笑了下，"不过现下对我来说，最重要的还是高考。"

程北茉盯着他那副不知是认真还是玩笑的表情，似懂非懂地点点头。

"一起努力？"裴颂伸出右手小指，要跟她拉钩。

程北茉刚要触碰到他的手指，手却被裴颂握住。

虽说裴颂手上力道不重，但她没料到他会直接握住她，身体不受控地往前倒了一下。

倒像是要栽进他怀里似的。

裴颂也没料到她平衡这么差，用握着她的那只手稳住她的身体，手背上的青筋都暴出来了。

他身上像是个热源，烫得她心热脸热。

"轻得跟纸片人似的。"裴颂笑了下。

程北茉瞪了他一眼，还不是因为他先拉她的手的。

"这是学校门口。"程北茉不怎么客气地提醒他。

尽管天色渐暗，什么也看不清，大部队早就踩点溜了，校门口也没几个人。

裴颂松开她，看了看她的手："弄疼你了吗？"

"没有。"程北茉摇摇头。

"我刚才说来日方长……"他真挚地望着她，"高考后，如果你想通了，我是有机会的，对吧？”

　　程北茉下意识地闪躲："应……应该吧。"

　　裴颂接着问："那我应该有特权吧。"

　　"什么特权？"

　　"未来做你男朋友的优先权。"

　　空气好像凝固了一般。

　　"要什么特权。"程北茉心里乱撞，把书包往上提了提，又要装作面色如常，"现在就你一个人排队。"

　　裴颂一路走回家，十来分钟的路程愣是走了半小时。明明晚风微凉，他却觉得燥热难耐，喉结有一下没一下地滚动着，嗓子眼冒火一般，他干脆把校服外套脱下来甩到了肩上。

　　天已经黑了，他给程北茉发了条消息：【到家了？】

　　程北茉回：【到了。】

　　裴颂盯着手机，没有再发。

　　过了好一会儿，程北茉主动问了句：【你呢？】

　　PS：【还没有。】

　　MOMO：【你家不是离学校很近吗？】

　　PS：【想了点事情。】

　　程北茉识趣地没有问他想什么事情，哪怕他们两人都心知肚明。

　　结果裴颂自己问了：【你怎么不问我在想什么。】

　　他就是有点想逗她，程北茉没有再回复。

　　裴颂笑了下，发了条：【行了，知道你安全到家就行。】

　　回到家，裴颂没有开灯，陷进沙发里，在黑暗里仰躺着靠了一会儿，破天荒地，给张弛打了个电话。

　　半小时后，裴颂到了张弛家的别墅小区门口。

张弛早早就等在路边，待裴颂下车，他迫不及待地凑过来搓手："switch（游戏机）带了没？"

裴颂白他一眼："欢迎我还是欢迎游戏机呢？"

"都欢迎，都欢迎。"张弛带着他往小区里走，"一会儿见了我妈，别露馅。"

裴颂觉得他有点夸张了："至于吗，豪门阔少张大公子？"

"你是饱汉子不知饿汉子饥。我妈说，高考还是得参加，不能松懈，万一出个什么岔子，还有条后路。"张弛一脸苦大仇深的衰样，"我游戏机都被锁起来了，电脑也不能开，我妈就差把我手机换成小天才电话手表了。"

裴颂一点也不同情他："谁让你自制力差。"

他们穿过院子走进张弛家，门口地垫上已经摆好了客用拖鞋。

张弛家装修得富丽堂皇，水晶灯照得人睁不开眼，据说光那盏灯就数十万。

张弛妈妈很热情地端来水果和牛奶，还特地让保姆收拾出一个房间。

"妈，裴颂睡我房间。"张弛不怎么开心地喊了一声，把房门关上了，"咔哒"一声，上了锁。

"你在家这态度，活该游戏机被锁。"裴颂倚在张弛的书桌旁，两条修长的腿交叉搭着，随手翻开本书。

张弛嘿嘿一笑，拿了switch就躺倒在床上，眼睛不离屏幕地问："你今天来，找我什么事？"

裴颂往嘴里扔了颗葡萄："没什么事。"

"怎么啦？失恋啦？"张弛随口问。

裴颂漫不经心地答："你以为我是你？"

"你说话就说话，别戳人肺管子。"张弛觉得这人真是太狗了，捂着胸口皱着眉，"以前叫你你都不来，今天主动要来，肯定有大事发生。"

裴颂这人又有洁癖又有强迫症，还认床，一般不习惯去别人家，都是张弛去他家里玩。

张弛嘴碎，絮絮叨叨，反反复复，裴颂被他烦得不行，啪地把手里的书一合，才把放学发生的事跟他说了。

然后，世界静止了一秒，张弛扔下游戏机，一个鲤鱼打挺跳起来，扑到裴颂面前，捏他的脸，撑他的眼皮。

"干吗？"裴颂不耐烦地拍了下张弛的手。

"我就是看看，你是不是被谁附身了。"

"这么大的事，你怎么现在才说？"

裴颂懒懒地靠在单人沙发上，跷了个二郎腿，露出劲瘦好看的脚踝："这又不是什么大事。"

要是早告诉张弛，恐怕全世界都知道了。

张弛也不介意，紧盯着他："小茉莉怎么说？去看交大附中的比赛，还是看八中的？"

裴颂没吭声。

听到这里，张弛没再多问，只是怜惜地看了眼他的狗兄弟。

高眉骨，挺鼻梁，完美比例的美男骨相。谁看见裴颂这张脸不迷糊啊，小茉莉真是个狠人。

"我觉着你和小茉莉都是特有定力的那种人，有了目标就不看别的，一心向着目标去。"

裴颂懒洋洋地笑了下，不置可否。

张弛也懒得动，绷紧了脚尖，伸腿戳了下裴颂的膝盖："你想过你们俩的未来吗？"

裴颂不大确定。

他觉得程北茉对他是有感觉的，但应该，不至于特别喜欢。

不然，为什么会毫无情绪地说，支持他出国。

没有那么喜欢，才会这么理智吧。

张弛摸着下巴："有感觉，就是有戏。你下一步打算怎么办？"

裴颂说："什么怎么办，等高考后再说。"

"高考？你可真沉得住气。"张弛比他还急，"小茉莉什么时候生日，礼物不得准备？蛋糕不得准备？"

程北茉的生日是六月一日，跟儿童节同一天。

听陈韵吉以前说过，程北茉出生那天，她家养的一盆茉莉正好开花，就给她起了这个名字。

裴颂说："能不打扰人家吗？现在高考重要。"

张弛阴阳怪气地斜他一眼："时不时地送点礼物怎么了，你们狗子不都天生爱标记吗？"

过了半晌，张弛已经不再对这个话题感兴趣，重新拾起游戏机了，才听裴颂淡淡地说："我不能拿她的未来去赌。"

程北茉今天有点不正常。

她跟裴颂告别后，狂奔了一站路，才想起来自己要坐公交车。回到家里，卷子也做不进去，听歌听了半天，才发现耳机没电，一直是手机外放的。

做什么事都心不在焉，跟没带魂儿似的。

一晃就到了晚上十一点多。

她去洗手间洗了个脸，双手捧着清水对着脸猛泼了几把，镜子里，白皙的脸上挂满了清透的水珠，任凭怎么降温，脸颊两朵红晕怎么都没法散去。

回到房间，程北茉盘腿坐在床上，漫无目的地划拉着手机。

她发现他们六人群里，陈韵吉和朱倩茹正在语音。

陈韵吉和朱倩茹正聊得火热，看见程北茉的头像进来了，立刻切换了话题："茉茉，我们俩正在讨论英语卷子呢……"

程北茉无奈笑了下："我又不是教导主任。"

陈韵吉干脆不掩饰了，问："你怎么还没睡？"

程北茉说："睡不着。"

陈韵吉想起今天放学时，她找了个拙劣的借口溜走，留程北茉和裴颂在校门口："我不是故意扔下你不管哦，我真的是临时有事……"

朱倩茹的八卦雷达动了，一个劲问到底什么事。

陈韵吉简单说了下放学后的修罗场事件，朱倩茹啧啧两声："错过了校草清理情敌的大场面了。"

陈韵吉小心翼翼地问："茉茉，校草有说什么吗？"

程北茉咬着指甲，迟疑了片刻，说："没有。"

陈韵吉和朱倩茹都遗憾地叹了口气。

她们几个正聊闺密话题，张弛进来了。

张弛自带热场属性，不需要点就自燃了："美女们，这么晚不睡，聊什么呢？"

陈韵吉没好气地说："女生的事你少打听。"

"对帅哥说话能不能客气点儿。"

陈韵吉没好气地"哼"了一声："你算哪门子帅哥。"

"我不是帅哥，但狗是啊。"

紧接着，一个清冷熟悉的声音出现："你发疯就发疯，别带上我。"

程北茉心里一紧。

"校草怎么跟你在一起？"朱倩茹问。

"对啊，他在我家。"张弛话里有话，"可能是在自己家睡不着吧。"

她没回裴颂的微信，也不知道该跟裴颂说点什么。

张弛说："对不住了小茉莉，今晚我跟狗一起睡。"

手机里传来一声闷响，张弛"哎哟"了一声，好像是裴颂扔了个抱枕砸向张弛。

裴颂听起来离手机挺远的："我去隔壁房间。"

"裴颂，颂颂，来嘛，我又不会吃了你。"张弛捏着嗓子说。

裴颂威胁他："再这样我揍你了。"

陈韵吉和朱倩茹笑成一团。

朱倩茹说："我录音了！"

群里吵得像菜市场。

自从张弛进入语音群聊后，程北茉始终没有说一句话，但也没有退出去。

她手撑着脸，静静听着。

张弛咋咋呼呼的，非要裴颂过来说两句。

在大家的起哄下，裴颂总算开口说了句："早点睡。"

陈韵吉嘻嘻哈哈地故意说："听到啦，两只耳朵都听到啦！"

张弛说："你激动什么，又不是说给你听的。"

陈韵吉也不客气："管得着吗你？我替我姐们说的，不行吗？"

程北茉舔了下嘴唇，才发现上下唇已经干得黏在一起了。

朱倩茹看热闹不嫌事大地接着起哄："校草也太惜字如金了，就没有其他的话要说了？"

程北茉的心跳得怦怦的。

"有其他的话也不能让你们听见啊。"裴颂慵懒地哼笑了一声，用哄小孩的语气说，"快睡吧，啊，听话。"

群里短暂地沉默了。大家都知道这句话是对谁说的。

虽然一共没讲几句话，女主角甚至全程都没出声，但就是让人意犹未尽。

群里几个人都嗑疯了，这是什么不要钱的小甜剧啊。

周四下午最后一节自习课，老闫闲庭信步走进一班教室，刚露出半个头，大家就开始发出不情愿的声音。

老闫似乎心情不错，并没有受影响，把茶杯轻轻放在讲台上："我通知一件事啊。"

大家以为他来占课，开始起哄。

"瞧瞧你们这点儿出息，这学期一结束，到了高三，你们巴不得让我天天来上课！"

教室里吐槽的声音此起彼伏。

程北茉没什么抵抗情绪，她甚至默默地合上英语练习册，在抽屉里翻找数学课本。

"今天便宜你们了，不占你们的自习课。"没想到老闫面色一改，笑了下，"我们八中第一次参加篮球联赛，竟然就打到了八强，学校很重视，所以决定这节自习提前二十分钟下课。愿意去观看比赛的同学呢，一会儿就可以直接去体校看比赛了。"

教学楼里各班开始相继爆发出欢呼声。

老闫吓得一哆嗦，整理了一把头发："把这劲儿留到看比赛的时候再喊！"

去体校的路上，陈韵吉问程北茉："你是去看咱们八中比赛的对吧？"

程北茉斜她一眼："你说呢？"

陈韵吉想说又不敢说："江括不是来找过你嘛……"

江括确实在今天早上给程北茉发过比赛时间和地点，也在体校。两场比赛同时进行，一场在篮球一馆，一场在篮球二馆。

程北茉有点崩溃，长叹一口气："为什么体校这么多篮球馆啊！"

陈韵吉不明所以地说："要不然人家叫体校呢，我听说他们光室内篮球馆就有三个。如果有四个的话，没准四场比赛都安排在同一天了。"

越是怕什么，偏偏就来什么。

路过篮球一馆时，有人叫程北茉的名字。

她本来想装作没听到，结果陈韵吉先她一步转头过去。

她停下来，回头看了一眼，是江括。

江括已经换好球衣，小跑着朝她这边过来。

程北茉看了眼时间，还有十来分钟比赛就开始了。

江括看上去很惊喜："你早上没回我消息，我还以为你不会来了。"

程北茉脸颊动了动，挤出一个笑。她有点不忍心，纠结片刻，还是说了实话。

她指着另一个方向："我是来看我们学校的比赛。"

江括的笑凝固在脸上。

陈韵吉察觉出尴尬的气氛，主动往后退了几步。

江括摸了一把头发，问："是因为裴颂，是吗？"

程北茉没点头，也没摇头："我是八中人，不管怎么样，都应该看八中的比赛。"

江括被她这句冠冕堂皇的话逗笑，短暂的笑之后，眼底闪过一丝失落。

两个人面对面站着，江括到底是没再继续问，只说了句比赛要开始了就闷着头往场馆里走去。

陈韵吉过来，轻轻戳了程北茉一下。她没听到他们的对话，但也猜出了大概。

陈韵吉痛心疾首地感叹道："你为了校草来看比赛，结果伤了另一个青葱少年的心。"

程北茉回答得飞快："我才不是为了他来看比赛。"

"那你是为了什么？"

"为了……"程北茉随便从脑子里瞎扯了个词儿应付，"集体荣誉。"

陈韵吉脸上浮出个神秘的笑，潜台词明明就是"让你嘴硬"。

程北茉和陈韵吉去得晚，又没了朱倩茹占位，只能坐在山顶位子。

距离太远，只能勉强看见个轮廓。

陈韵吉不满地啧啧，说这人和人就是不一样，就算只能看清个轮廓，裴颂也赢麻了。

裴颂正坐在场边换球鞋，懒洋洋的，一点也没有快要比赛的紧张感。他身上的球衣露出紧致清瘦的小臂，不知是不是前几次打得太狠，今天他戴了护腕。

裴颂今天状态不错，心情似乎也很好，之前的狠劲也收敛了不少。

队友们大概不大适应他今天的松弛，刚开局被实验中学占了上风，但很快，他们就找到了节奏，连拿十几分。

"果然某人在就是不一样。"陈韵吉用手肘戳了戳程北茉，"校草打球都不发狠了。"

程北茉不自在地变换了下姿势，没有说话。

八中赢了这场比赛。这意味着，这届篮球联赛的四强，八中已经占了一席。

现场的欢呼和尖叫声差点掀翻篮球馆的屋顶。

实验中学的人愤愤退场，剩下兴奋的八中学生，纷纷跑去场地中间，把校队队员拥在人群中间，抛起来又接住。

闫国华也在人群中，学生们玩疯了，连老闫也被抬了起来。

然后几秒后，老闫的假发丢了。

今天杜杨发挥得不错，陈韵吉用手机录下了他投篮的片段，手舞足蹈地去给杜杨展示了。

现场乱成了一团，身边的人来来往往，最后只剩下程北茉一个人还坐在看台上。

过了会儿，人群沸腾依旧，也不知谁说了句什么，杂乱的声音开始变得整齐，大家开始齐喊："火锅！火锅！火锅！"

裴颂被很多人拥在中间，仿佛一颗耀眼的星星，哪怕周围有再多人，一眼望过去，还是只能看到他。

程北苿不知这热闹还要持续多久，便起身准备走。

她刚下了两级台阶，手机就响了。

是裴颂。

程北苿接起来，裴颂直接问："去哪儿啊？"

她抬头，往人群里看了一眼，发现裴颂正盯着她，冲她招了招手。

他是不是一直在留意着她？

周围的环境音很吵，但裴颂的声音沉稳，她每个字都听得清。

裴颂说："等我一下，我马上就来。"

他们并没有说好要一起走，程北苿也没说什么，就近坐下来，看着裴颂走到场边换衣服。

他脱掉球衣，肌理紧实，身边人起哄似的，感叹声此起彼伏。

裴颂没给其他人太多机会，跟身边人笑骂了几声，兜头套了件白 T。他动作很快，急匆匆地把东西一股脑塞进书包。

这期间，不断有人过去跟他说话，他虽然手头在忙，但都一一认真回应着。

程北苿远远地看着这一切。

裴颂虽然被人称为跩王，但其实挺谦和的，尤其是碎发松松地垂在额前，像只温柔的大狗狗，特别让人想上前摸一把。

过了会儿，裴颂跟队友们说了会儿话，应该是在告别，然后把书包往肩上一甩，迈着那两条长腿大步朝程北苿这边过来。

看他这么坚定地朝她奔过来，她突然有点不知该说点什么。

裴颂冲她扬了扬下巴："走吧。"

她说："我听见大家喊火锅，还以为你们要去庆祝。"

裴颂笑了下："他们是要去吃火锅庆祝，老闫看局面控制不住了，让大家各回各家各找各妈，说今天的作业还得写。"

程北茉也跟着笑了。

"老闫假发被大家踩得不能用了，那记者偏偏不识相，撑脸拍了几张。老闫估计气得不轻。"裴颂整理好衣服，把书包背好。

程北茉笑得停不下来。

两人走出篮球二馆，裴颂习惯性地往左手边走。

程北茉下意识伸手扯住他的衣服下摆："我们走那边吧。"

裴颂怔了下，不过也没问什么，就直接掉转了方向。

程北茉本来想绕路不要经过篮球一馆，免得再碰见江括，结果今天就是这么巧，他们刚转了个弯，又跟江括碰见了。

程北茉知道江括心里肯定不爽。

可迎面碰上，装作不认识也不太好，她正打算坦荡地打个招呼，江括把脸转向了另一个方向。

交大附中的几个人认出了裴颂，大家零零散散地打招呼，交换了下战况。

那几个人苦笑着说输了，感叹几句没发挥好，然后就道了别。

江括全程冷着脸，没说话。他眼里写满了冷淡黯然，没什么表情，最后跟着队友一起走了。

程北茉心想，江括今天心情应该不会太好。

过了好一会儿，裴颂才说："别想了，这比赛又不是一个人的比赛，他们输了跟你没关系。"

程北茉耸了耸肩，不太想聊这个话题，便问他这么一路赢下去，八中会不会真的拿冠军。

裴颂也没继续跟她提江括，便笑笑说："接下去再想赢，还挺难的，剩下几个队实力都很强。我们的球队才组建多久，走到现在已经是个奇迹了。"

程北茉心不在焉地"哦"了一声。

"不过……"裴颂话锋一转，不动声色地瞥了她一眼，"如果你在的话，没准都能赢。"

在体校的校园里绕了一大圈后，他们两人才走到校门口。

校门口是一片开阔的空地，他们来时，这里还什么都没有，这会儿，正聚集了一群人在玩滑板。

程北茉饶有兴致地看了几眼，说："我以前也玩过滑板。"

"是吗？"裴颂有点意外，"没看出来啊。"

不过仔细想想，程北茉长了张乖巧的脸，实际挺倔挺酷一人，玩滑板也确实挺符合她的性格。

"都是小时候的事了。"程北茉轻描淡写地说，"好多年没玩了。"

看裴颂还有听下去的意思，她接着说："小学的时候，有几个年轻人开了轮滑和滑板的班，可能是为了招生，经常带着学生到我们小区附近滑。"

"你也报他们的班了？"

"没，他们的班特别贵。"程北茉摇了摇头，"他们天天在眼前晃，我看会的。"

"真的？"裴颂认真问了句。

"这你都信。那两个老师经常在我家店里吃饭，又看我对这个感兴趣，主动教我的，还送了我滑板。"

裴颂懒散地笑了一声。

他觉得自己见过的人够多了，但有时候真是拿程北茉没办法。她身上有种说不出的洒脱和有趣，正是这种特质，让他无法把她和别的女生混为一谈。

"那后来怎么不滑了，退出江湖了？"裴颂半开玩笑问。

"有次受伤了，我妈不让我碰了。"

程北茉还记得那次受伤。

那时候她好像还在上六年级，她心血来潮，想试试横刹——一个可以把新手摔得心服口服的动作。

但在那个不知天高地厚的年纪，她一点也不怵，看大她十几岁的人玩过，她就以为自己也行。

然后，意料之中地，她没掌握好力度，摔了。

那次受伤没伤到筋骨，但伤口看上去异常惨烈。手肘处蹭得血肉模糊，看起来特别严重。

手肘受伤后，她有半个月都没法写作业。

"那半个月里，我还挺煎熬的，然后我就发现了，我是真的挺爱学习的，一天不写作业就浑身难受。后来我妈不太允许我做危险动作了，我也就慢慢不滑了。"

裴颂："……你厉害。"

看气氛这么好，程北茉也心痒痒，跑去跟一个女生搭话，借了个滑板。

几分钟后，程北茉朝裴颂滑着过来，一开始她还有点怵，毕竟好久没碰过了，做什么动作都小心翼翼的，适应了之后，才熟练了不少。

那时候年纪小，老师说的一些英语专业术语，她根本听不懂。可年纪小有年纪小的优势，那就是胆子大，学得快，程北茉还是尝试了不少高难度动作的。

但现在，她都不太敢做，轻轻蹬了几下后，才小心翼翼地试了试荡板。

还好没摔。

她分神看了眼裴颂，他正眉头紧皱盯着自己，嘴角绷得紧紧的，好像随时准备起跑似的。

程北茉虽然没滑什么高难度的动作，但她整个人高挑纤细，又有一张漂亮脸蛋，还是吸引了不少人的目光。

她动作轻巧，头发被吹起，美好得不像话。

程北茉在裴颂面前刹住。裴颂担心她摔倒，手隔空护着，做出个随时准备去扶的姿势："挺厉害啊。"

程北茉低头看了看，说："太久不玩，不好控制了。"

她长高了，重心跟几年前不一样了，她的身体不像以前那么好控制了。

正说着，程北茉一个不留神，脚下滑了一下。

其实她动作幅度不大，这样一下不至于摔倒，她靠平衡完全能调整好。

但裴颂眼疾手快，已经抓紧了她的手臂，使力稳住了她。

两个人的鼻尖差点撞到一起，裴颂的呼吸喷在她的鼻翼，弄得她有点痒。她掀起眼皮看他，正好对上他的眸子，那里面干净得没有一丝杂质，在将至的夜色中温柔着。

裴颂的手掌温度透过袖子传递到程北茉胳膊的皮肤，她却觉得脸上的皮肤像被燎了一样，烧了起来。

那温度融进眼睛里，添了几分说不出的暧昧。

他们的心都跳得飞快。裴颂的喉结也不自觉地滚了好几下。

"我刚才说的旧伤口，就在你现在握的地方。"

裴颂好像真的很在意，赶紧问她疼不疼。

"都多少年了，怎么可能还疼。"程北茉笑了下，"我自己其实可以的。"

"那我松手了？"裴颂懒懒地开着玩笑。

像是逗小孩似的，他做了个松手的假动作，其实还稳稳地托着她。

这时，旁边滑板的主人语气颇为羡慕地说了句："热恋的情侣就是腻歪哈，滑板都能玩成双人的。"

大概是裴颂的长相实在过于出众，那女孩的话一出，她身边四五个人齐刷刷地看向裴颂。帅哥美女组成的学生情侣档，自然是这个年纪的少年人最喜闻乐道的。

现在压力给到了这对"情侣"。

裴颂明显顿了一下。其实顺水推舟默认了也没什么，反正周围都是以后都不会再见的陌生人。

但他觉得这样不太好。他喉结上下滚了滚，又四下看了几眼，扬着下巴指了个方向："要不要去那边滑？"

每个动作都有点尴尬。

晚风吹过他深沉的眼，里面荡漾起一丝慌乱。

程北茉也愣了下才看向他指的方向，是体校的游泳训练中心，场馆前面也有挺大一块空地，还没什么人。

程北茉没装娇弱，直接从滑板上跳了下来。几年没玩了，她对自己的技术没什么信心，裴颂又盯她盯得这么紧，万一出个什么意外扑倒在他身上，就真便宜这些观众了。

而且，她觉得自己热得快爆炸了。

她皮肤白，又细嫩，脸上稍微有一点颜色变化就特别明显。她已经能预见到自己的脸这会儿到底什么样子了。

待她踩在地上，裴颂才松开手。

她说："我把板还给人家吧，就是心血来潮想试一下自己还行不行。"

没想到板的主人一副嗑到了的表情，起哄说："美女，看你挺懂的，都会什么动作？来几下呗。"

程北茉谦虚说就是基础的那些。

她其实是有点担心的，毕竟这不是她自己的板，用着本来就生疏，但那女孩一直怂恿，她想了想，说那试试 Ollie 吧。

Ollie 也叫豚跳，是滑板招式里的基础动作，用后脚瞬间发力，前脚带板起跳。

虽然是基础，其实挺难的，程北茉当初就是被老师的这个动作吸引，用了好久才学会。

有人带头吹了口哨，大家主动在场地中间垒起两块滑板做障碍物，程北茉要从那两块滑板上方飞过去。

裴颂扯住她的胳膊，问能行吗。

程北茉说，大不了就摔一跤呗。

裴颂："说得轻巧。"

"你不是玩单板滑雪吗，应该也摔了不少吧，没事的。"程北茉问他。

滑雪确实挺容易摔的，但裴颂至少没把自己摔得严重受伤过，有次被"鱼雷"误伤到骨裂，已经是最严重的一次了。

裴颂有点无奈，说："我摔跟你摔能一样吗？"

"我会注意的。"程北茉狡黠地眨了眨眼。

程北茉先蹬地绕着空地滑了两圈，然后凭借肌肉记忆，先模拟了一次，虽然落地有点不稳，还好完成了。

又滑了两圈，她停下来，静静地盯着那两块滑板组成的障碍物，左脚脚踝瞬间发力，右脚带板起跳，擦着障碍物的边飞了过去。她临时起意，又加了个外转的动作，在空中带着板转了180度。

程北茉在忐忑和周围人的惊呼中平稳落地。

她身材高挑纤细，做起动作来也利落干净，看得人赏心悦目。

她像风一样从裴颂面前滑过，干净清澈的眼短暂地看向他。眼底倒映着周围零零散散的灯光，闪闪亮亮，虚虚实实，勾着他放不开她。

裴颂淡淡笑了笑。他好像看到了一个不一样的她，惊喜又意外。

程北茉还了板，身上不知不觉出了一身薄汗。

她拍了拍胸口："还好没出糗。"

裴颂斜睨她一眼："胆子挺大啊你，转身的动作是临时加的吧？"

程北茉有点惊讶他看出来了，点点头："我都做好摔的准备了。"

"知不知道有多危险。"裴颂声音紧紧的，不像是在开玩笑。

程北茉抿着唇说："我有分寸，再说了，不是有你嘛。"

裴颂哼笑一声："有我能干吗，帮你打120？"

程北茉点头："对啊。"

裴颂知道程北茉骨子里是有点倔劲在的，无奈地摇了摇头，说："如果只是皮外伤还好，万一伤到骨头呢，万一要打石膏呢，你还上不上学，还考不考试了？"

程北茉没想到他还有这么唠叨的一面，便假装乖乖的："知道啦，以后不会再玩这么野了。"

说完她还小声嘟囔一句"我技术其实挺过硬的"。

两人走出体校大门，程北茉回头看了一眼，感叹道："听朱倩茹说他们都不用高考。"

"他们不用高考，但是付出的一点不比我们普通人少。"裴颂敲了下她的头，"怎么了，羡慕？"

程北茉摇摇头，说就是突然想到快高三了，还是有点心慌。毕竟高考是全省一起，她在八中是学霸，在全省也不知道是什么水平。

"确实，八中的进度已经落后一中一大截了。一中提前了期末考试的时间，考完就要开始第一轮复习了，我们学校可能要到下学期开学后才开始。"

程北茉有点没想到："差这么多。"

"瘸子能和博尔特比吗？"

程北茉被他噎得咽了下口水，心想你现在不也在瘸子堆里。

"不过你不用担心。"裴颂扫了她一眼，轻飘飘地说，"跟着我，相信我就好了。"

京江的春天短暂，时间也过得很快。

转眼，已经到六月了。

六月一日那天，发生了很多大事。

那天是儿童节，是程北茉的生日，还是高三年级的毕业典礼。

破天荒地，程北茉跟陈韵吉和朱倩茹一起翘了自习课，跑到教学楼楼顶，看高三的毕业典礼。

一周以后，他们都要坐在高考的考场上。而她们，就要搬进高三的教学楼了。

朱倩茹觉得稀奇："天哪，我们做了什么，居然带着茉茉翘课了。"

程北茉说："自习课而已，翘了就翘了，反正老闫不在。"

陈韵吉拍了拍她："我们有这种想法很正常，但你有这种想法很危险。"

程北茉无所谓地笑了下。

朱倩茹很理解："寿星最大寿星最大，你今天想做什么我们都陪你。"

这一届高三的学生代表上台演讲，陈韵吉突然说："感觉校草开学典礼演讲好像还在昨天，居然已经快一年了。"

"是啊，时间过得好快。我们也要高三了。"朱倩茹附和她。

陈韵吉前一秒还撑着下巴伤感，下一秒就开始招呼她们打赌："你们猜猜看，今年八中有几个能上一本线的。谁猜的数字离实际差得最远，谁就请吃饭怎么样？我先来，我猜二百个。"

"我们学校好可怜。听说一中的一本率在 95% 以上。他们一个年级有一千七百多人呢，你们算算这个人数。"朱倩茹却还是低落，"我现在的成绩，肯定连三本都考不上。"

程北茉安慰她："还有一年时间努力呢。"

"我妈说，要是实在考不上，就留学去。"

陈韵吉抬眉："张弛不是也出国？这样你们俩就能一起了。"

"算了吧。"朱倩茹撇了撇嘴，苦笑道，"他出国上的学校跟我上的能一样吗？我家没他家那么有钱，如果留学也是去便宜的国家。"

陈韵吉天真地问："他不能跟你去一个国家吗？"

"他凭什么跟我去一个国家？再说了，人家有条件去好国家上好学校，不去才是傻子呢。"

不知怎的，程北茉突然想到了裴颂。

裴颂曾经问过她，如果他有机会出国，她会不会希望他去。

他是在试探她吗？

陈韵吉看朱倩茹情绪不太对，赶紧引开话题："也不知道他们今天比赛怎么样。"

六月一日，还是全市高中篮球联赛季军赛的日子。

一中在四分之一决赛上赢了交大附中，却在半决赛上爆冷输给了二中。八中在半决赛上中断了一路狂飙的战绩，最终和一中竞争季军的奖杯。

季军赛和冠军赛都有市里的电视台在现场报道，为了控制现场，都提前安排好了一中和八中高一的学生当观众，其他人一律不能到现场观看。

最后一场比赛，昔日队友变对手，氛围挺轻松的。大家见了裴颂，都开玩笑说他是不是穿错队服了。

都是熟得不能再熟的兄弟，裴颂也不跟他们客气，调侃了句："看来没我就是不行。"

张弛和老姜等一中校队的本来都特别熟悉裴颂的打法，谁知道裴颂今年变了路子，打法特别野。

最终，八中赢下了这场比赛，捧走了季军奖杯。

比赛后，张弛浑身都被汗浸湿了，筋疲力尽地躺在场边。

裴颂过去踢了他一脚："起来。"

张弛没说话，也没动，像堆烂泥一样瘫着。

裴颂问了句："我跟你说的卷子，带了吗？"

"书包里，自己拿。"

裴颂从他包里拿了卷子，装进自己书包，转过身来催他："走不走？"

"狗，你怎么回事，进化成野狗了？打得这么凶？"

裴颂修长的腿随意地晃了两下："对付你们，不得出点新招？"

"看来你平时跟我打球还是有所保留了，太狗了你。"

"这都是我们队员教我的，我们队员也不是吃素的。"裴颂松散地靠在篮板下，灌了口水，语气特别欠揍，"你就说服不服吧。"

"不服！"张弛不满地嘟囔了一句，"有本事再来一场。"

"都输了还嘴硬呢，认栽吧，承认没有八中强没什么丢人的。"裴颂又伸出脚操了张弛一下，"快起来，时间来不及了。"

张弛贼不满，比赛输了，还得被这条狗支配着。

"我告诉你，士可杀不可辱，你不能连我躺在这儿都管吧，你急着干吗去，过儿童节？"

裴颂把空矿泉水瓶扔过去，正打算上去揍张弛，老闫突然过来，急吼吼地把奖杯塞他怀里，叫他去接受采访。

"赶紧的，球衣先别换，把头上的汗擦一擦。"

这是八中历史上第一次捧起篮球联赛的奖杯，尽管不是冠军，学校领导还是觉得是件特别光荣的事。

裴颂空出一只手叉腰站着，懒洋洋道："您接受采访就行了，干吗要我啊。"

"你是校队队长，还代表学校形象，你不去谁去。"老闫和教导主任都催促着他，"一会儿把你这股吊儿郎当的劲儿收一收！"

"您找别人吧，或者全程您自己上，我有事。"裴颂把奖杯塞回去，边往后倒着走边说，"您这头发不能白植，总得在镜头面前多晃一会儿吧。"

"你！"老闫被他气得下意识摸了下头顶，"你能有什么事？"

裴颂耸了下肩："还真是大事。"

裴颂往外走的时候，杜杨也跟着一起去了。

张弛不明所以，赶紧起身，也跟了上去："你们俩干吗啊？上电视的机会都不要了？"

杜杨说："今天是茉茉生日。"

338

张弛一拍脑门。

前几天他还提醒裴颂要给程北茉准备礼物，真到了这一天，他只记得比赛了，反而忘记了。

男生们从体校赶回八中。八中高一高二都没有晚自习，他们三个到的时候，教学楼已经空了。

瞅见他们的人影，陈韵吉和朱倩茹招手催促："你们快点，蛋糕都快化了。"

陈韵吉和朱倩茹订了个精致的冰激凌蛋糕，早上就送来了。她们跟保安周旋了半天，才拿进来。

这蛋糕撑不到放学，她们又趁老闫不在，在老闫办公室的小冰箱里放了大半天。

"灯关一下！"陈韵吉喊了一声。

"啪"的一声，教室陷入黑暗。

朱倩茹小心翼翼地点了蜡烛，她担心蜡烛的温度把蛋糕烘化掉。

教室角落里变成暖融融的橘色，忽明忽暗，摇曳的烛光倒映在程北茉澄澈的眸子里。

"茉茉，把眼睛闭上，许愿。"大家都催促她。

程北茉却没急着闭眼，反而仰脸问裴颂："比赛结果怎么样？"

裴颂笑得特别干净，淡淡说了句："赢了。"

张弛故意捏着嗓子说话："小茉莉，明明我们三个人都打比赛了，你干吗只问狗啊……"

然后他就被其他几个人吼了："让茉茉先许愿！"

"祝你生日快乐，祝你生日快乐……"

几个人围在程北茉身边轻轻唱《生日歌》，程北茉双手抵着下巴，认真许了个愿，然后吹灭了蜡烛。

一片黑暗之中，她仍认得出裴颂的轮廓。

她能感觉到他的注视。

"茉茉生日快乐！"

陈韵吉不知从哪儿掏了个小巧的礼花枪出来，"砰"的一声喷出好多星星点点的亮片和彩带。

程北茉舔了舔嘴唇："哇，好漂亮！不过那个……今天是我值日。"

分完蛋糕，几个人在教室里边打闹边吃。程北茉看着凌乱的教室和这几个人，心想这也许就是最好的时光了吧。

过了会儿，裴颂悄无声息地坐在她身边。

他清了清嗓，说："程北茉，生日快乐。"

程北茉看他一眼，笑着说："谢谢，也恭喜你拿奖杯。"

裴颂递过来一沓卷子："这是一中第一轮复习的模拟题。"

生日送卷子，真有他的。

程北茉接过来，还挺沉的，跟砖头似的。她蛋糕都不吃了，连着翻了好久，发现每科都有，内容很全。

印这么多，估计又费钱又费时间。

裴颂饶有兴致地盯着她，好像就等着她做反应似的。

她不大确定地说了声谢谢。

"这不是生日礼物。"裴颂握拳抵在唇边，清了清嗓子，"你的礼物……"

程北茉赶紧打断他："不用送我礼物，这个已经很好了。应该挺难弄到的吧，还这么多。"

"早知道你这么容易满足，就不买礼物了。"裴颂半开玩笑跟她说。

程北茉赶紧点了点头。

"想什么呢，我都买了。"裴颂朝外面偏了偏头，"走吧，去外面。"

"干吗？"

"想只给你一个人看。"

程北茉咬了下嘴唇，似乎在做思想斗争。

想了一会儿，她站起来跟他出去了，心里有点忐忑。

她特别怕他掏出个什么贵重的礼物来。

只见裴颂从口袋掏出个小小的包装盒，递给她。

他跟她说："打开吧。"

语气是难得的温柔。

程北茉看他一眼，打开盒子，里面是个御守。

"五一假期去灵隐寺请的。"裴颂说。

五一假期？他早就准备好这个礼物了。

灵隐寺……她听说这里好像求姻缘挺灵的。但她没说出口。

"护身符吗？"

"嗯。"裴颂肯定道，用开玩笑的语气说，"你那么爱玩刺激，保平安。"

"裴颂。"她很认真地叫了他一声，仰起脸望着他。

他的肩好像比之前宽了些，也不知跟这段时间打联赛，运动量激增有没有关系。

裴颂也认真盯着她，像只温柔的狗狗。

程北茉做了个深呼吸，说："谢谢你的礼物，也祝贺你拿到奖杯。"

裴颂看着她青涩又可爱的脸，笑了下。

夏日的潮热让空气里充满了黏腻。

程北茉说："我有话想跟你说。"

裴颂"嗯"了一声，静静地等着她开口。

"你那天说，来日方长，我一直记着。"程北茉没有看裴颂，而是看着别处，"那一天总会来的，不是吗。"

她什么都没有挑明，他却听懂了。

他们站在教室外，望着教学楼上方的夜空。

八中附近是老城区，没什么高楼大厦，因此他们视线看出去，是四四方方的一片天。

城市的夜热闹璀璨，她已经很久没抬头看过天空了。

繁星犹如钻石般闪亮，就像眼前的少年。

原来跟裴颂在一起，无论是黄昏还是夜晚，都是这样美妙。

六月，已经到了开空调的季节。太阳已经落山，空气中还残余着初夏的暑气。

在教室外站了一会儿，裴颂头上已经起了一层薄汗。

程北茉偏头，正好看见他额角细细密密的反光点。

她问："这么热吗？要不要进去？"

他还在回味程北茉刚才说过的话，嗓子像堵了什么似的。

从小到大，他这张俊脸不知道惹了多少祸。只要是他在的班，下课走廊就没有清静过，经常有人冷不丁跑来看他，给他送东西。

可没有一个人，像程北茉这样，让他紧张。

他心里骂自己有病，用拳头抵着嘴唇，吭吭了好几声，最后半开玩笑地说了句："火气大。"

程北茉"哦"了一声，说："我有藿香正气水，你要不要？小心中暑。"

裴颂完全怀疑程北茉是故意的，但他没有证据。

他讪讪道："还是别了，你留着自己慢慢品吧。"

程北茉笑得抖肩。

裴颂也跟着笑了下，提醒道："对了，御守要好好放，还有别打开，打开就不灵了。"

程北茉想套他话："你都求了些什么啊？"

裴颂反问她："你能告诉我刚才许了什么生日愿望吗？"

"那当然不能。"

"所以嘛。"裴颂耸耸肩，"我也无可奉告。"

程北茉撇撇嘴："小气。"

"有点良心行吗？"裴颂被她气笑。

"行，行，谢谢您。"程北茉用夸张的语气说，还冲他挑了下眉，表情好像在说，看我有良心吧。

裴颂又被她逗笑，看了下别处，问她："毕业后什么打算？"

"毕业后？"程北茉认真想了一会儿，"要去旅行，还要做件叛逆的事。"

裴颂本来是想问她想报哪个城市哪个大学，结果被她的答案带偏了，他愣了愣，问："比如？"

"比如，打一排耳洞，还有，裸泳一次，或者，去挑战一次潜水什么的。"

裴颂无语了一会儿，像是不太相信地问："……裸泳？"

"对啊，不觉得很酷吗？"

她挺想彻底摆脱束缚，不顾一切的。

裴颂摇了摇头。

"又不邀请你去看，你不用太期待哈。"

裴颂咽了下口水，表情绷起来。

谁期待了。

这是一个女高中生学霸能说出来的话吗？

裴颂尽力按住抽搐的脸颊，淡淡地说："祝你能在国内找到让你裸泳的地方。"

程北茉陷入思考："这也确实是个问题……"

裴颂敲了下她的脑袋："你这里面都在想什么啊，我刚是想问你毕业后想报什么学校、什么专业？"

"哦，这个啊。"程北茉不顾裴颂无奈的表情，想了想，说，"其实我也没想过太多，以前的目标是京大。"

京江大学确实挺不错的，排名也靠前。

"你爸妈想让你留在京江？"

"他们没说过。在我的事情上，他们一向很尊重我。"程北茉很坦诚地说，"可能是中考时候，我妈生的那场病吓到我了，所以一直不想离家太远。不过她现在恢复得挺好的，也许我可以为自己考虑考虑了。"

"以你的水平，上京大完全没问题，可以为更好的学校努力一把。"

程北茉笑笑："这么看好我？"

裴颂很认真地说："我说的是事实，你现在的成绩放在一中，也是清北班的水平。"

"其实我不是很自卑的人，但中考那次打击确实有点大，让我有点不敢想了，总担心会出状况。"

"有时候想得太多，反而会瞻前顾后。"裴颂笑了笑，"我觉得你不是那种人啊。"

在不需要自己做决定的时候，程北茉确实不会想太多。

比如上学、听课、做题，目标明确简单，不必选择，不必挣扎，只要奔着正确答案去就好。

十八岁前，他们都过着这样简单幸福的生活。

但站在成年的门口，需要自己做选择的时候，人难免惶恐。

"你要相信自己，你跟它们一样闪耀。"裴颂指了指头顶。

程北茉一怔，心里像有什么东西融化了一样，热热的。

"可以考虑考虑北京、上海的学校。复旦、浙大、南大，都可以在考虑范围内。"裴颂说完，又补了一句，"只是建议，仅供参考。"

程北茉想了想，仰脸望着他："你呢？"

"在一中那种氛围里，会让人觉得，目标不是清华北大，都是不上进的表现。"裴颂耸了耸肩，挺坦诚地说，"说实话，我的目标是清华，但就目前来说，成绩不是太稳。跟八中的宽松环境还是有一定关系的，高三后我得抓紧了。"

他说得挺真诚的，听得出来都是实话。

程北茉心里有点五味杂陈："那你后悔吗？"

"没有。我说过，我在哪儿都能活得精彩。"裴颂很坚定地说，笑了下，"你也一样。"

程北茉像是受到了鼓舞，她很郑重地说："我会好好想想的。"

裴颂笑了下："如果哪一天你想好了，记得告诉我。"

她没有问为什么，只是认真地说："好。"

像是某种承诺。

他们在教室外待得有点久，不知什么时候，教室里的吵闹声已经没有了。

程北茉无意识地回头看了一眼，结果就被四个贴在玻璃上的脑袋吓到了。

他们的脸都被玻璃挤变形了。

她短促地吸了口气："你们干吗？"

朱倩茹不怀好意地笑着："你们俩在外面聊什么呢？"

裴颂面不改色地替她回答："需要付费才能听。"

朱倩茹眨了眨眼："未成年能听吗？"

裴颂无奈地笑了下。

朱倩茹咽了下口水："我要办个 VIP 包月的！"

裴颂："我说你们……"

张弛嘿嘿一笑，根本不听裴颂说了什么："小茉莉，你生日愿望许了什么？"

陈韵吉和朱倩茹暴怒了："喂喂，你有没有道德，生日愿望怎么能随便说啊！"

"你们不是也想知道嘛！"张弛抱头乱窜，"我不问具体的，我就问，这些愿望里，有没有关于在场这几个人其中一个的？"

所有人屏息，看向程北茉。

程北茉只好抿唇，点点头说："有。"

他们几个人又怪叫起来。

她无奈，她觉得就算自己放个屁，这几个人也能脑补出一出偶像剧。

她回头，裴颂正盯着她，仿佛看穿她在想什么。

她狡黠地笑了下："我什么都不会说的。"

她的生日愿望是，希望家人和朋友都健康平安，希望她喜欢的少年，能够拥有闪耀的人生。

第十一章

/ 云泥 /

PUTONGPUTONG

高考过后，日子就像按下了快进键。

期末考试后，高二学生就马不停蹄地搬进了高三的教学楼。

程北茉的新桌子上，还有上一任主人留下的自我激励语句——"大不了再来一年"。

她用了两个下午，才费劲擦掉了这晦气的座右铭。

暑假正式开始，高一放假，高三毕业，只剩下高二的学生们还在学校。

原来八中的准高三是没有这么紧张的，八中暑假只是象征性地补补课，准高三生们还是可以过一个完整的暑假的。

但程北茉这一届，学校好像是在学测的时候尝到了甜头，又有了裴颂、程北茉和沈清几个特别突出的尖子生，老闫干劲十足，对他们寄予厚望。

于是，他们这一届高三要补课一个月。

天气炎热，教室里虽然有空调，但因为年代久远，制冷效果并不尽如人意。即使在教室里坐着不动，身上还是会罩上一层黏腻的汗。

奇怪的是，并没有人抱怨或者缺席。

好像就是在一瞬间，所有人都开始认真思考自己的出路。

尤其是朱倩茹和陈韵吉，她们俩经常在课间凑在一起，眉头紧皱，不知道在聊些什么。

学测的时候，她们尚且可以抱着程北茉和裴颂的大腿，勉强混个合格，但高考，千军万马过独木桥的时刻，她们知道自己并不会还那么幸运。

就连最活跃的张弛也变得辛苦起来。

自从程北茉的生日过后，张弛就像是失踪了一样。从前在群里最活跃的他，只有在周末的时候会短暂地露面。

张弛说，一中已经开始了军事化复习计划，课程从早到晚安排得满满当当。

虽然他毕业后会直接去留学，但他申请的学校要看高中的在校成绩，除了日常学习，他还要准备托福和 SAT 考试。

他不是国际班的学生，进度落了一大截，所以他不得不牺牲夜晚和周末的时间来赶进度。

所以他并不轻松。

他说，他为了复习语言考试，早上六点多就赶到教室，结果没想到，那时候教室里几乎坐满了。

他在群里嘶吼：“我周围坐的都是什么人啊，钢铁战士吗？”

在听他在群里声嘶力竭的语音消息时，程北茉仿佛看到了他眼角的泪水。

这世界上不缺有天分、优秀又同样努力的人。

看裴颂就知道，他轻轻松松就可以到达别人难以企及的高度。

谁也挡不住时间的步伐，传说中的高三轰轰烈烈地来了。跟这闷热的夏天一样，让人喘不过来气。

程北茉一如既往地努力着。

晚上回家，当天的作业会占用大量时间，裴颂给她的一中内部题集，她只能安排在更晚的时间来做。

于是，她睡觉时间越拖越晚。

程勇和方丽珍也察觉到了。某一天方丽珍半夜发现程北茉房间的灯还亮着，她推门进去，发现程北茉趴在书桌上睡着了，手上的笔还没松。

这天，程勇端了杯牛奶，走进程北茉房间，顺便坐在床边，看她写作业。

程北茉说了声谢谢爸，埋头做了会儿卷子，察觉到程勇并没有出去，才抬头："你有事找我吗，爸？"

"没，没，就是想看看你。"程勇干笑两声，"最近挺辛苦的吧。"

程北茉放下笔，笑嘻嘻地说："你们比我辛苦多了。"

程勇讲不出什么大道理，他只是想让程北茉不要这么辛苦。

"你妈说，你说梦话都在做题，你记得要劳逸结合，别把身体累坏了。"

"爸，你是不知道一中的学生有多卷，他们暑假只放几天，其余时间都在补课，每天还要上晚自习，比我辛苦多了。"程北茉说，"一中的学生已经开始一轮复习了，我们的课程还没上完。进度已经落了一截了，既然高考是公平竞争，那我就要为自己抢时间。"

程勇听到这里，也不由得心急起来。

程北茉好像预料到他在想什么，便赶紧抢了他的话："不用说什么对不起我的话，八中挺好的，我现在也挺好的，真的。我只是想说，比我优秀的人还比我努力，我这点辛苦真不算什么，就这一年时间，我不想留下遗憾。"

期末考试后的家长会，闫国华特别把程勇留下来，跟他说程北茉现在成绩一直稳定在年级前三，只要高三继续保持下去，考个一流大学是不成问题的。

一流大学，在程勇的认知里，京江大学已经是顶级了。

程勇看她这么坚定，只好把玻璃杯往她面前推了推，让她赶紧把牛奶喝了。

"嗯，家长会你们闫老师说了，你上京江大学是绝对没问题的。"

程北茉摇了摇头："爸，我想做个大胆点的梦。"

"什么？"

"我想试试北京、上海的学校。"

"北京、上海的学校？"

"人大，浙大，复旦。"程北茉眼神坚定，"如果有可能的话，我还想试试清华。"

她心血来潮，上网查了一下清华去年在本省的招生分数线。

692分。

这意味着，每门的扣分要控制在15分以内。如果求稳妥，还得考更高。

挺难的，尤其是理综。程北茉的理综是短板。

可生日那天跟裴颂聊过之后，像是给她心里种下了一颗种子。

在这个闷热的季节，那颗种子悄悄破土，慢慢生长。

她也想踮脚够一够，想和裴颂肩并肩。

程勇愣了几秒，程北茉确实在学习上一直没让他们操心过，成绩也一直不错，但，清华？这是从来没想过的事。

这哪是他们这种普通人家敢想的事。

程北茉好像一点也不担心："有个人说我可以。"

"谁，你们闫老师吗？"

"不是。"程北茉笑了下，"但我相信他。"

半晌，程勇才说："有了想法就努力吧，爸爸妈妈永远支持你。"

那天晚上十一点多，外面开始打雷，不一会儿，就开始下暴雨。

连日的高温，确实需要这么一场及时雨来降温。

程北茉听着雨声做完卷子，已经是凌晨两点多。

她收拾书包的时候，看到书包最深处，裴颂送她的御守露出一角。

她拿出来，放在手上看了又看。

几分钟后，程北茉给裴颂打了个电话。

外面的雨还在下，听筒里响了几声后，裴颂接了电话。

"喂？"

裴颂应该正在睡梦中，声音像是雨来前的闷雷，低沉又沙哑，听起来有点性感。

听见裴颂的声音，程北茉脑子里瞬间跑出千头万绪。

她这时才想起来看时间，发现已经是凌晨两点了。

她沉默的空当，裴颂笑了下："是觉得这么晚打电话，对不起我吗？"

裴颂真的很擅长看穿她。

"……是有点。"

裴颂像是用了几秒时间来清醒，然后说了句："半夜被叫醒的感觉还挺不错的。"

"怎么还没睡？"裴颂问她，"被打雷吓到了？"

"我哪有那么胆小。"

"那我想不出你还有什么理由这个时候给我打电话。"

程北茉趴在窗台上，望着黑漆漆的窗外，说："你不是说过，如果我想好了，就告诉你吗？"

裴颂"嗯"了一声，声音黯黯的："你说。"

"我想好了，我想跟你考一个城市。"

裴颂好像一点也不惊讶似的："好。"

"如果可以的话，我也想试试清华。"

"好。"

他回答的时候没有一点犹豫，好像完全相信她能做到一样。

程北茉问："你要不要清醒一点再回答？"

裴颂："……你要不要挂了明天再说？"

"好了好了，不开玩笑了，你这么相信我？"

"不相信你，还能信谁？"

她心里痒痒的，像是有什么小动物在里面轻轻柔柔地走过，路过的地方，一片温暖，一片光明，一片好风光。

她喜欢这样的时刻，在无人知晓的雨夜，和喜欢的人畅聊未来。

好像那未来真的触手可及一样。

她说："我有个问题想问你。"

裴颂："你问。"

"你为什么一开始没有上竞赛班？走竞赛不是可以提前被录取吗？"

裴颂笑了下，说："一中竞赛班的学生，百分之八十从初中就已经开始参加各种竞赛了。我初中时也有机会参加竞赛培训班的，但那时候我心气傲，觉得参加竞赛不如滑雪好玩，就没去参加，后来就错过了。其实竞赛班的学生也有赌的风险，因为要分出大量时间去学竞赛课程，而每年竞赛获奖而保送的，就算在一中竞赛班，其实也只占到一半不到，剩下的人还是要回来面对高考。而很多人已经习惯了竞赛的思维模式，很难适应高考的题和节奏，反而会发挥不好，一中每年都有这种案例。高一的时候我试着参加过一次竞赛，最后觉得，还是走高考比较适合我。"

裴颂说得挺坦诚的，程北茉也不禁感叹，他是一开始就清楚自己想要什么的人。冷静得像 AI 机器人，只要做好了选择，就直奔目标，不会后悔。

"哦……"

"我不是天才，所以，选适合自己的路，才是最重要的。"

"你还不是天才？"程北茉觉得他在"凡尔赛"。

"在一中，比我厉害的学神大有人在。竞赛班有半个月不洗头但高一就能拿物理竞赛一等奖的天才，还有从小在家就全英文对话的神人。"裴颂大言不惭道，"我只算是有天赋的帅哥罢了。"

……

程北茉想吐槽，这个时候还这么狗。

"你还睡得着吗？"她问。

"睡不着了。"裴颂煞有介事地说，"我从来都是一觉睡到天明的，一旦半夜醒了，就睡不着了。"

"那怎么办？"

"需要有人唱《摇篮曲》才行。"

程北茉这才反应过来他是在耍她，便说："唱了你恐怕更睡不着。"

"怎么，你五音不全？"裴颂默默地从床头柜拿过 iPad，打算录音。

"怎么可能，我幼儿园还得过歌唱大赛的奖呢。"

裴颂放下手机，懒懒散散地给她鼓了几下掌："幼儿园的奖也拿出来说，程北茉女士真厉害。"

程北茉装作没听到他的讽刺，说："我怕你会爱上我的歌声，还要录下来反复听一晚上。"

裴颂被她的"自信"弄得哭笑不得。

在撩人和呛人这方面，程北茉都无师自通。

开了会儿玩笑，程北茉觉得确实有点抱歉，便试探："我明天给你带早饭？"

裴颂说："不怕同学误会了？"

"我们可以在没人的地方交易。"

裴颂声音有点无奈："都到没人的地方了，就只带个早饭？"

"那你还想干吗？"

"嗯……我还是不说了。"裴颂低低笑了声，听得她心里发颤。

雨不知什么时候已经停了。程北茉打开窗户，扑面而来的，是暴雨后的清新。

空气中充斥着细细密密的水汽，湿湿凉凉。

她做了个深呼吸。

是甜的。

暑假补课结束后，学校安排了一次考试。

这次考试完全按照高考的分值和出题模式，考试时长也按照高考的规格。

语数英总分提高，理综三科合并，总分750分。

很多人本来就不适应补课节奏，又临时换成了全新的考试模式，成绩一出，惨不忍睹。

当然，一片惨状下，不受影响的只有裴颂一个人。

他依然以断层的优势位列年级第一，总分687。

程北茉的总分只有638。

这样的成绩，别说清华了，就连京江大学都勉强。

她和裴颂差了整整49分。如果真的是高考，这49分中间，不知道有多少万人。

尽管有49分的分差，她仍旧是年级第二。

程北茉苦笑，这是什么黑色幽默。这一次她终于见识到跟学神之间的差距——天分上的差距，而她不知要用多少努力才能补齐。

课间，程北茉正研究自己的卷子，忽然瞥见教室外闪过个高挑清瘦的身影。

裴颂松散地站在一班教室外，像是在等人。

补课期间，学校管得没那么严，裴颂上身是校服短袖，下半身是自己的运动短裤。

他修长的小腿连接好看的脚踝，肌理紧致，不经意地散发着少年蓬勃的荷尔蒙和生命力。

他才剪了头发，刘海比之前短了不少，好看的眉眼彻底露了出来，线条流畅干净，五官英俊明朗。

程北茉起身出去，发现他整个人清爽得有点离谱。

他身上脸上没有一点汗渍，好像这炎热的夏天跟他无关似的。

他迎上程北茉的目光，笑了下："这么明晃晃地看，不太好吧？"

程北茉上下打量他，问他是不是衣服里带风扇了，怎么都不出汗。

裴颂有点诧异："你们教室没空调？"

程北茉这才知道，整栋楼里，只有一班教室的空调不给力。难怪这段时间陈韵吉和朱倩茹都不来找她了。

裴颂往一班教室里扫了一眼，整个班的人都汗涔涔的，像是坐在桑拿房里似的。

裴颂笑得抖肩，半天停下来给她递了一包纸巾："我家里有个小风扇，明天给你带来。"

"算了，我有风扇，就是声音太大了，上课根本没法用。"程北茉接过纸巾，抽出一张抹了抹额头的汗，"你来找我什么事？"

"猜到你心情不大好，提供安慰服务。"

"你怎么知道我心情不好？"程北茉嘴硬，但心里酥酥的。

裴颂抬眉："你心情好？"

程北茉嘴一抿，说实话："不好。"

她发现自己挺喜欢跟他扯这些无聊的字句，扯来扯去，心情确实会好点。

她突然意识到，陈韵吉和杜杨平时就是这种对话模式。

裴颂像是什么都知道似的，一动不动地盯着她。她也不是那种跟男生对视就会脸红的人，便大大方方看回去。

两双漂亮眼睛对视了一会儿，嘴角都忍不住有了笑意。

裴颂双手抄兜，这才提起正题。他用挺平常的语气说，这是第一次理综合卷，没经验，没分配好时间，是正常的，不用太担心。

"那你怎么就不受影响？"她仰着脸问。

她眼睛澄澈干净，脸颊白里透着红，鼻尖上还有细细的汗珠，不带任何粉饰，像水蜜桃，像青涩的苹果，让他忍不住想上手捏一下。

"我？"裴颂移开视线，清了清嗓子转移注意力，"一中高一的时候，按高考的规格考过。"

程北茉诧异："高一？"

裴颂点点头，说在一中，很多人高一就开始自学高二课程了，老师进度也快，上课不会浪费时间讲一些基础的东西。

"这是我们清北班的传统，普通班比我们慢一点，不过也差不多。所以我们很适应这种节奏。"

程北茉感受到了世界的参差，半天都没说话。

"还好吧？"

程北茉扯出个笑："精神状态还算正常。"

"我是说……她。"裴颂指了指楼下。

程北茉扒着栏杆往下看，陈韵吉正在操场边，把整颗脑袋塞到水池的水龙头下面，用凉水洗头。

"我去看看。"

程北茉赶紧跑下楼，过去把水龙头关掉。

陈韵吉俯着身子，脸被水和头发糊住了，她偏着头抹了把脸，水帘消失，她终于看清身边是程北茉。

"你怎么不干脆在这儿洗个澡？"程北茉问她。

"我只是想让脑袋清醒清醒，还不想让大家欣赏我的裸体。"

陈韵吉平时咋呼惯了，突然摆出这么一副忧郁气质，让程北茉挺不习惯的。

她知道陈韵吉这样，多半跟考试成绩有关。虽然她对这次的成绩也并不满意，但她知道，她不能通过卖惨来让陈韵吉心情更好一点。

"这么想让脑袋清醒，不如找我，我可以提供扇人服务，保证你清醒得不得了。"程北茉是有点冷幽默在身上的。

程北茉看不下去陈韵吉的狼狈样，在自己身上摸了摸，也没什么可以给她擦头发的，便上前帮她拧头发。

"真的？"陈韵吉眼睛一亮，好像来劲了，一副受虐狂的样子，"茉茉，你扇我吧，把我扇醒。"

程北茉手上的动作顿了下："怎么了你？"

陈韵吉从口袋里摸出一张细细长长的纸条，是她这次考试的成绩。

总分 301 分。

"要是一巴掌能把我扇回高一就好了，我还能好好学两年。不对，干脆扇回幼儿园算了，直接回炉重造比较靠谱。"陈韵吉眼神无光地叹了口气，转而问程北茉，"对了，你考了多少啊？"

程北茉刚吸了口气要说，陈韵吉又抢在她前面打断了："算了，你还是别告诉我了，肯定比我的两倍还多。"

陈韵吉站直身体，尽管程北茉已经努力帮她拧了，还是没有完全干，有水不断从头上流下来。

她像是顶了一大坨紫菜，头上冰凉，身上又被晒得滚烫。看起来不仅狼狈，而且滑稽。

"我现在身上冰火两重天。"陈韵吉挤出个比哭还难看的笑。

她发量很多，披着又长，校服短袖背后已经全被头发浸湿了。

程北茉皱眉看了看她后背，便扯着她的胳膊往行政楼方向走。

"干吗啊？"

"老闫那儿有吹风机。"程北茉说，"去借用一下。"

陈韵吉关注的点很奇特："就他头上那几根头发，用得着吹风机？"

程北茉还真见过老闫办公桌最下面的抽屉，里面吹风机、梳子、发胶一应俱全。

陈韵吉犹豫："现在天气这么热，晒一会儿就干了。"

程北茉点点头："你校服后面湿了，内衣的轮廓露出来了。"

陈韵吉拔腿就走："那还等什么！"

上课铃已经响了，陈韵吉面色不安地跟在程北茉身后，穿过空无一人的校园。

"茉茉，不打扰你上课吧？"

"没事。"

"茉茉，内衣明显吗？"

"还好。"

"茉茉，我们身后没人吧？"

程北茉回头看了一眼："没有。"

"茉茉——"

"这会儿是上课时间，后面没人，不会有人看见，我回去晚点也没事。"

陈韵吉愣了一下，才说："我是想说，去年省里的本科线是 350，我这个分数，铁定要上大专了。"

程北茉也觉得自己刚才说话过于直了，缓和了下语气："这次分数说明不了什么，还没正式开始复习呢，还有一年时间，提高一百分都是有可能的。"

"现在已经九月十几号了，其实满打满算就八个月时间，我觉得我不太行。"陈韵吉说，"你知道吗，听说走艺术生，分数线没那么高。"

艺术？

程北茉跟陈韵吉从小一起长大，从没听说过她有过什么跟艺术相关的兴趣爱好。

陈韵吉说，美术声乐什么的她不会，但播音主持和编导可以试一试。

如果艺考过了，她现在的分数就能上本科。

"是吗？"程北茉不太了解艺考，"你听谁说的？"

"朱倩茹，她就准备考编导专业，已经报了培训班了。"

"她不是要出国吗？"

"她爸妈让她先报班准备艺考，艺考在一月，艺考不过的话，后面再想出国的路子。"陈韵吉说，"她家里条件是不错，但出国读书还是有点吃力，所以就让她还是以高考为主。"

程北茉让她了解清楚之后再做决定，不要头脑一热就要跟着别人。

陈韵吉点点头，说已经了解过了："京江师范大学就有这个专业，咱们学校去年还有人考上，考上以后算一本呢。"

"必须报班吗？"

"嗯，培训班的老师知道各个大学要考什么，比自己摸索要强多了。就是学费有点贵，要两万多。"陈韵吉叹了口气，"朱倩茹爸妈眼都没眨，直接给她交钱了。我现在才觉得我以前真是太单纯了，总觉得我们是一样的，其实是不一样的。完全不一样。"

陈韵吉说这些的时候，眼里闪过从来没有过的老成和沧桑。

程北茉认真想了想，给出自己的建议："我觉得你应该回去跟家里商量一下，这是决定你未来人生的大事，而且一旦决定要走这条路，就意味着你要分出很多学习的精力。"

"两万欤，又不是两百，我张不开那个嘴。而且我昨晚才跟我爸吵了一架。"

"为什么吵架？"

"还不是因为我们班主任给我家打了电话。"陈韵吉突然来了精神，气得像只斗鸡，"她说我成绩差也就算了，居然说我早恋？"

"你没跟你爸解释？"

"怎么解释？我爸当然信老师的了。苍天啊，我好冤啊，他们难道就没想过，杜杨根本没这方面的脑子？"

提到这个，陈韵吉像是体内某个开关被触发了，她突然跳转话题，问程北茉："茉茉，你跟那个江括，现在还有联系吗？"

程北茉睁大了眼睛看着陈韵吉，这人情绪来得快去得也快，刚才还低落呢，现在又跟没事人一样。

程北茉愣了一下，说："我也不知道这算不算联系……"

江括在她生日那天，零点发了生日快乐。

她不知道江括是怎么知道她生日的，只回了个谢谢。

想起那张白净文气的脸，程北茉甚至觉得自己是不是有些过于直白残忍了。

原本江括已经消失了，但高三开学那天，程北茉发了个朋友圈。

照片是她错题本的扉页，上面有她摘抄胡适的那句话。

【昨日种种，皆成今我，切莫思量，更莫哀，从今往后，怎么收获，怎么栽。】

她只是想在高三开学之际自我鼓励一下，完全忘了这句也是江括的座右铭，就印在交大附中的荣誉栏里。

程北茉早就忘了这一茬，可江括像是找到知己似的，给程北茉发来很长一段话，大意是这么多年，他第一次遇到这样的知己。

"他不会以为你是故意在撩他吧？"

"不知道。"程北茉摇了摇头，"朋友圈我删掉了。"

"江括其实也挺帅的……"陈韵吉没原则地说，然后在程北茉变脸之前迅速站定立场，"不过你还是跟校草更配一点。"

不知什么时候起，践王本人和程北茉已经不再反驳这种玩笑了。

程北茉咬着嘴唇想了一会儿，点点头："嗯。"

这是她第一次在陈韵吉面前承认自己喜欢裴颂。

"我怎么这么感动，你们俩是什么绝美CP啊！"陈韵吉一脸姨母笑，"你们干脆考到一个大学去好了。"

程北茉点点头："我们是约好考到同一个城市去。"

"真的？！"陈韵吉好像忘记了她自己的窘迫，激动到晃程北茉的胳膊，"你们一起去北京或者上海吧，你完全可以像一中的学霸一样，考清华北大的。"

程北茉有点惊讶，她跟裴颂聊过有关大学的事之后，还没跟任何人提起过。

"茉茉，你知道吗？虽然我很舍不得你，虽然说过好朋友不分开之类的蠢话，但我比任何人都希望你能出人头地。哪怕我们将来不在一起，很少见面。"

陈韵吉说这些话的时候，心是热的，眼也是热的。

她跟程北茉从小厮混在一起，她心里比谁都清楚，程北茉跟身边所有人都不一样，程北茉比任何人都要努力。她迟早会有耀眼的未来，她值得，她配得上。

到了老闫办公室门外，门开了一条缝，里面空调的凉风一阵又一阵地溜出来。

程北茉正要抬手敲门，突然听见里面有说话声。

"真漂亮啊。"老闫的声音。

老闫在说什么虎狼之词？

程北茉和陈韵吉对视一眼，迅速猫身，贴到门上。

陈韵吉压低声音问："老闫不会在看美女吧？"

结果下一秒，老闫就自己把那句话补齐了："这成绩，真漂亮啊。"

陈韵吉用口型跟程北茉说："好像是在说校草。"

这时，另一个声音响起了："是啊，不光成绩漂亮，各方面都优秀，不得不说一中在培养人才方面，确实厉害。自从他来了八中，真是干了不少大事。要不是他，八中还不知道要多少年才能拿篮球联赛的奖杯。"

这个声音来自三班班主任黎耀。

老闫问："你说，他能冲状元不？"

"有这个可能，不过，很难。一中跟交大附中的尖子生不是吃素的，我了解过了，裴颂之前在一中是在年级前十的水平，但从来没到过第一。一中有几个天才，真正意义上的天才。他只要稳住，全省前三十没什么问题。"

老闫似乎有些遗憾，隔了会儿才说："那也不错了，反正不管怎么样，肯定是八中近几年最好成绩。"

黎耀又接着说："听他妈妈的意思，想让他出国留学。"

"是吗？他妈妈来过？"

黎耀像是一点都不意外："前几天打了个电话给我，我就顺便聊了聊。"

"那高考呢，他参加吗？"

"不知道，他妈妈也没给个准话。这种孩子，家里肯定早就给安排好了。说句实话，他跟咱们八中的孩子就不在一个层次上，无论是成绩，还是家庭。"

老闫沉默半晌，才说："只能说我们幸运，捡了个漏，还正好捡了个大宝贝。"

九月暑气还没消散，空气中闷热得像蒸笼。

程北茉站在门外，脑子里不断响起老闫和陈韵吉说过的话。

虽然他们身上是同样蓝白交织的校服，但其实，是不一样的。

云泥之别。

从老闫办公室回来后，陈韵吉内心惴惴，闫国华和黎耀那些话她俩都听到了，可观察程北茉，并没有什么明显的情绪变化。

两个人各自回班，上完最后一节课，陈韵吉又赶紧跑到一班。

高三的晚自习不是强制的，有一半人已经跑了，还有一半人去食堂吃饭。

一班教室里空荡荡的，陈韵吉在教室后门处盯着程北茉的侧影。

程北茉扎了个松松的马尾，碎发随意地散在脸颊两侧，勾勒出她干净的线条。

陈韵吉心想，如果她把这一幕拍下来发到网上，不知道有多少人会怦然心动。

她走进教室，故作轻松："食堂吃饭去？"

最后一节课和晚自习之间，有一个半小时自由时间。

程北茉摇了摇头，说她想做会儿题。

陈韵吉以为她心情不好，讪讪笑了下，坐在她身边："那我陪你吧。"

从头到尾，陈韵吉都没在程北茉身上发现任何负面情绪。

程北茉说做题，真的就是做题，目不转睛地盯着题目，笔尖动得飞快。

坐得无聊了，陈韵吉觉得自己什么也不干有点难为情，便随手从程北茉垒起的书堆里抽出一本，翻开看了看。

那是一套厚度堪比字典的卷子，程北茉按照科目做了标签，她已经做了一部分，上面有批改和订正的痕迹，卷子空白处都被写得密密麻麻。

"这是咱们发的卷子吗？"

"不是，是一中内部资料。"

陈韵吉反应过来，那是裴颂在程北茉生日那天给她的。

"校草给你的？"她小心翼翼地提了一句。

"嗯。"

"你都做这么多了？！"陈韵吉惊奇地往前翻了翻，"每天作业那么多，你啥时候写的？"

"晚上。"

"咱们下晚自习就十点了，到家都快十一点了，你哪儿来的时间？"

程北茉最近都是在凌晨两点以后睡的，如果实在撑不住，她到家就先睡觉，凌晨四点再起来。

学霸和学渣之间的确有壁。陈韵吉觉得自己每天到家就已经用尽了全身力气。

陈韵吉特别佩服程北茉的一点，清纯乖巧的外表下，身上有一股狠劲，让人不由得尊敬和崇拜。

"那上面写得太乱，你看这个。"程北茉扔给陈韵吉一个笔记本，"这个本子是我整理的知识点，从高一开始的，看起来比较系统，你趁这会儿可以瞄几眼。"

陈韵吉心不在焉地翻了几页，终于忍不住说："茉茉，那个黎耀的话你别放在心上，他肯定在胡说八道。"

程北茉笔尖顿了一下，随后很淡地笑了下："嗯。"

"你还记得学测的时候吗？他让校草牺牲自己的时间给大家讲题，就为了提高三班的合格率……"陈韵吉语无伦次地抨击着黎耀，"你别听他那些把人分成三六九等的言论。"

但她知道，她们都清楚地记得老闫和黎耀的对话。

——"这种孩子，家里早就给安排好了。说句实话，他跟咱们八中的学生就不在一个层次上，无论是成绩，还是家庭。"

陈韵吉忧心地看了眼程北茉。

程北茉想了一会儿，说："其实他说得没错，我们家庭条件差距确实很大，这是客观事实。"

陈韵吉表情惊讶，有点说不出话："可是你们……"

"他来八中一年多了吧，大家讨论的还都是他为什么转学这样的话题，就足以见得，他这样的条件，确实应该有更好的选择。选择更好的学校，遇见更好的人。"

陈韵吉有点混乱，下午程北茉说的那些话还在她耳边，现在又突然变了口风。

沉默之际，教室后门突然有一声轻微的动静。

陈韵吉回头看了一眼，空空荡荡，什么都没有。

"怎么了？"

"没什么，我以为教室还有别人。"陈韵吉扯了个尴尬的笑，"可能是风吧。"

程北茉回头看了一眼，教室里窗户都是紧闭的，最靠近后门处的窗户窗帘却在轻轻晃动。

她迟滞地看了一会儿，接着说："虽然我们之间差距很大，但谁说不能试一试。他优秀，我觉得我也不差，我为什么就不能上更好的学校，成为那个更好的人？"

还没有努力过就下结论，为时太早了。

她想要的很多东西从来都没有得到过，她本该拥有的东西，也曾经擦肩而过。

但那都不是她能决定的，她也不是在抱怨什么。

她十八岁了，世界向她打开了一扇全新的大门。

所以，她想试一试。

她想要跟裴颂肩并肩，光明正大地站在一起，看看大门外的世界。

裴颂翘了晚自习。

他从学校出来，连书包都没背。

天色渐暗，城市华灯初上，热闹非凡。裴颂游离在人群之外，漫无目的地走着，表情冷峻。

在街上晃荡了很久，他一直处在大脑放空的状态，等回过神来，他才发现已经走了好几公里。

他想起点什么，掉转方向往一中的方向去了。

靠近一中的时候，正好赶上一中放学。

重点高中很可怕，放学后的自习跟加班似的，教学楼都灯火通明。

这会儿放学的，都是高三生，有不少人都认出了裴颂，三三两两地低语讨论。

裴颂就是这样瞩目的存在，走了一年多，冷不丁突然出现，门口来往的私家车和电动车特别多，乱糟糟的，但他往那儿一站，就是焦点，就是话题。

没人上前跟他说话。

因为他周身散发着强烈的"生人勿近"的气场，跩得要死。

过了会儿，他终于听见个熟悉的声音。

"狗？"

张弛一开始看见个背影，有点熟悉，但不太确定。

那背影的主人手抄口袋慵懒地站着，线条紧实的小臂上，突出一条清晰可见的青筋。

再靠近看看，是八中校服。能把八中那身校服穿出这种模特效果的人，除了狗还有谁？

张弛瞥了一眼裴颂修长的腿。就算只看下半身，也能判断出这人是个帅哥。

这哪个女生会不喜欢啊，老天真不公平。

裴颂回头，冲张弛招了下手。

张弛心里感叹，这人真是举手投足之间都在耍帅，虽然他可能是无心的。

裴颂看见张弛眼下挂了两坨巨大的青色，整个人像是被吸干了一样，就知道他被折磨得不轻："你怎么看见我的？"

张弛心说问什么问，有什么好问的，不知道所有人都在看他吗。

"你来找我？"

"路过。"

张弛抬手看了眼时间。

晚上十点了，呵，这种鬼话谁信啊。

张弛斜了裴颂一眼，觉得这条狗真挺有意思的。

他是真拿自己当朋友，心情不好的时候，就会来找他。但这条狗从来都不会主动说什么，总要让人一点点问，一点点猜。

张弛突然生出点反骨来，就是不打算开口问，想看看他会有什么反应。

"吃夜宵吗？"张弛故意指了下旁边一些出摊卖炸串的小车。

"就吃这个？"

"不然呢？这个点了，你还想吃什么大餐啊，有这个就不错了。"

"那你慢用，我先走了。"

裴颂明显是带着气性的。

他果真什么都没说，直接走了。

迈了几步，身后张弛就跟上来了。

"倔狗，你跟小茉莉吵架了？干吗往我身上撒气啊，我被一中和我妈折磨得还不够吗？"

裴颂没讲话。

张弛看不下下去了，手搭上裴颂的肩："来来，哥们不吃了，就给你当一回知心哥哥。"

裴颂耸了下肩，甩掉他的手，一言不发地往前走。

张弛腹诽：还傲娇上了。

"说说吧，到底怎么了？"

裴颂停下来，看了他一眼，先是问："一个人如果不喜欢你，会因为什么呢？"

张弛已经习惯被戳肺管子，没反驳什么，便开始掰着指头数："那原因可太多了。比如，觉得我太瘦，或者不喜欢我的穿衣风格，也有可能会觉得我成绩不够好，还有可能喜欢我哥们，也就是你……欸，不对，你问这个干吗？这跟小茉莉有关系吗？"

裴颂没有得到想要的答案，依旧沉默着。

张弛已经从他表情上得到了答案，蹙眉问："小茉莉说不喜欢你了？"

"没。"裴颂觉得答案不太准确，想了想又改口了，"差不多吧。"

"你们俩不是挺好的吗？"张弛觉得应该不是什么大事，"女生就是这样，经常故意说反话。她说不喜欢就是喜欢，不想要就是想要。"

"都什么乱七八糟的。"

"那到底怎么回事？"

裴颂把下午在一班教室听到的跟张弛说了。

他知道程北茉最近总是不吃晚饭，或者随便对付一下就留在教室自习了。他原本想拉着她去吃饭，然后散散步的。

结果刚踏进一班教室后门，就听见程北茉跟陈韵吉说，他们之间家庭差距太大，他应该选择更好的学校，遇见更好的人。

张弛听完，也愣了半晌，才问："她亲口说的？"

"嗯。"

"她以前说过吗？"

裴颂摇了摇头。

"那你觉得你们家庭的差距是问题吗？"

他是不在乎这些的。

如果不是今天无意听到程北茉的真心话，他也许还会坚定地答不是。

"……不知道。"

"其实你们要是都不在意，这也不算什么问题吧。"

裴颂哑哑地"嗯"了一声。

可是她已经在意了。天平已经失衡了。

"其实我有点好奇，你是什么时候开始在意她的？为什么是她啊？"

裴颂想了会儿，说："记不清了，就记得刚认识的时候，她说要请我吃饭，结果直接塞了个饭卡给我，让我自己去刷。"

张弛点点头："明白了，你就像电视剧里的霸道总裁，别人都抢着想和你面对面吃饭，但她偏偏没这个想法，所以引起了你的注意。"

"你不觉得这种人挺纯粹的吗？"

"不是这种人纯粹，而是这个人正好是小茉莉。如果换个人这么干，没准你早忘了。"张弛一下点到关键。

裴颂自嘲似的，笑了下："而且，她知道我家那些事，没嫌弃我就不错了。"

裴颂家里的事，张弛其实是听说了一些的。

两家人认识多年了，裴文远在外的风流传闻，他们家不可能一点都不知道。

他虽然嘴大，但一直没在裴颂面前提过这件事。

张弛了解裴颂，这些事只有他真正想说，他才会说。

既然他对程北茉敞开了心扉，那说明，他确实动心了，还挺认真。

"你现在怎么想的？"

裴颂沉默了许久，久到他们已经走过一个路口，他才重新提起这个话题。

他淡淡地说："她要真这么觉得，就尊重她吧。"

夜色迷茫，两个修长的身影在十字路口相对而立。

张弛上下打量着裴颂，他嘴上说着不咸不淡的话，脸上的表情却完全骗不了人。

冷不丁地，张弛笑了下："长见识了，以前还从来没见过你这副狗样子。"

裴颂斜了张弛一眼，不咸不淡地说："什么样子都比你帅。"

"行，行，我看我也是多余担心你。"张弛翻了个白眼。

裴颂没回头，随意摆了摆手，算是再见。

裴颂要走的方向还没变成绿灯，张弛看他步子挺大，一点也没有停下来的意思。

在他迈下人行道的那一刻，张弛上前扯住了他。

张弛有点操心地搡了他一下："你没事吧？"

"能有什么事。"

"那你闯红灯？不要命了？"

"谁闯红灯。"裴颂拧着眉，语气有点无奈，"我站绿化带旁边等不行？"

张弛："……还以为你因为这事抑郁了。"

裴颂朝他踢了一脚，无奈地笑了下："滚。"

这一脚被张弛提前预判到了，快速闪开了。

张弛无所谓地耸了下肩，话里带着点酸气："也是，你经历过比这烦多了的事，心理素质应该是过关的。"

裴颂哼笑了一声，懒懒散散的，没说话。

"说真的，我觉得你应该跟她当面谈谈，你在这儿瞎想没用。当面问问她到底是怎么想的，把话说开。"

两个人站在别的十字路口，张弛给出了最终建议。

张弛盯了他一会儿，也不知他听见没。

裴颂低头踢了一会儿地上的石子，才低低沉沉地"嗯"了一声。

裴颂回到家，已经接近十一点了。

赵旻也在家，她最近搬回来了，一直住在老房子里。

她好像也是刚从外面回来，外套脱了一半，听见门响，动作定住了。

"你干吗去了？"赵旻问裴颂。

"上学啊。"裴颂闷头换了鞋，一头扎进书房。

赵旻跟过来，倚在书房门口："我刚出去找你了，没见你人。"

裴颂正拉开抽屉找游戏手柄，手上动作顿了下，淡淡地问："去哪儿找了？学校门口？"

　　"小区门口。"赵旻说，然后接着问，"你干什么去了？"

　　"找张弛去了。"裴颂把手机掏出来，放在身边的小边几上，往前推了下，"要是不信，可以打电话问他。"

　　"都这会儿了我问什么问。"赵旻直起身，"以后下了晚自习就回来，别这么晚。"

　　裴颂低头捣鼓着手柄，像是心不在焉地说："您也别这么晚出去找我了，这个点在外面晃荡，我比您安全。"

　　"你要打游戏？"赵旻已经准备离开了，又折了回来。

　　"嗯。"裴颂松松垮垮地靠在懒人沙发上，说话有点吊儿郎当，"这不是尽量往您眼里的废物方向看齐嘛。"

　　"裴颂，你要这样的话，就给我乖乖出国去。"

　　裴颂正要说点什么，手机突然来了条消息。

　　是程北茉，问他有没有时间。

　　他倏地站起来，把游戏手柄扔回去，绕过赵旻，从书房回到自己房间。

　　赵旻被他突如其来的动作弄得不知所措，问："说你两句就生气了？"

　　裴颂被气笑了："我干什么了我。"

　　"你又要干什么？"

　　裴颂扔了句睡觉，就把房门"砰"的一声关上了。

　　他躺在床上，头枕在胳膊上，盯着程北茉的那条消息。

　　要摊牌是吧，那就摊吧。

　　裴颂冷着脸想。

　　他直接给程北茉拨了个语音通话过去。

　　语音通话一接通，程北茉的状态好像跟平时没什么不同，嬉皮笑脸的："这么晚还打扰你，不好意思啊。"

裴颂哼笑了声，说："那你还不是打了。"

程北茉只当他还是平时开玩笑的口气，没在意，接着问："你没上晚自习吗？我课间去找你的时候，发现你没在，本来想刚才就问你的。"

"嗯，有点事。"

"哦。"听筒那边传来翻书声，哗啦啦的。

裴颂皱了下眉，心想说正事的时候还在看书，行吧，看来她是真不在乎。

"你要跟我说什么事？"

"今天我做你给我的卷子，物理有道题想跟你讨论下。"程北茉那边声音小了点，好像是在翻卷子找题。

"就这事？"

"嗯。"程北茉语气平静，一副什么都没发生过的样子，"我的解法跟标准答案不一样，但我觉得我做的是对的。可这是一中老师出的题，应该不会犯这样的错误吧。就想让你帮我看看。"

裴颂也没提，说："嗯，题发我看看。"

"你等等，我拍照给你发过来。"

几秒后，裴颂收到两张照片，一张是题目，一张是标准答案。

裴颂放大照片，记住题目后，说："视频说吧，更方便点。"

"……行。"

裴颂听出她有些迟疑，便说："不方便就算了。"

"方便的，你等我一下。"

程北茉挂断语音，一分钟后才打视频过来。

那一分钟尤其漫长。

裴颂喉咙始终痒痒的，有种想质问程北茉的冲动，但在看到程北茉脸的那一刻，还是把那股冲动咽了下去。

她头发半干，头发都随意散在肩头。

大概是已经洗漱过的缘故，摄像头里的她，比平时在学校的样子更乖，看上去年纪好像更小一点。

她穿着嫩黄色的睡衣，衬得她皮肤越发透白。

睡衣像是才套上去的，领子还没翻折好。

裴颂忍不住笑了下。

程北茉眼神都在卷子上，抬头问了句："笑什么？"

"衣服才套上去的？"

程北茉这才把自己的衣领整理好，她本来想说刚才只穿了个吊带不适合视频，想了想还是没说。

"……还是说题吧。"程北茉缩了下脖子。

"嗯。"

程北茉在屏幕上按了下，她那边就切换成后置摄像头了。

裴颂短暂地看到了程北茉的房间。

这是他第一次看到她的生活场景。

书桌是原木色的老式书桌，收拾得很干净，靠墙的那一边摆了一排书。

他暗笑了一声，心说这人果然跟自己一样有强迫症，书籍和资料都按大小排得整整齐齐。

桌上还放了个木质相框，里面的照片是去年跨年的时候，他给她拍的那张照片。

她专注地望着绚丽的烟火，纯净，憧憬。

相框边上有一行英文"photo by……（照片由……拍摄）"，手机摄像头晃动，他只能判断出后面的字母并不是他的名字，却看不清是什么。

明明是他拍的，为什么不是他的名字？可程北茉动了下手机，摄像头便对准了她的草稿纸。

"你在发什么呆，看题。"程北茉提醒他。

"你讲，我听着呢。"

程北茉开始讲自己的解题思路,快结束的时候,她那边突然没了声音,手机好像被扣在了桌面上,镜头仓促地翻转几下,接着,便只能看到天花板。

但没挂断。

裴颂也停下来,听见那头有个中年男人的声音,好像是在叮嘱她记得喝牛奶什么的。

程北茉敷衍地答应了两声,那个男声又问:"要不要吃水果?家里还有石榴和橙子。"

程北茉答:"吃。"

"在冰箱里,自己剥,坐得太久了,起来还能活动活动。"

程北茉立刻改了语气:"那不吃了。"

"你就是懒。"虽然是责备的话,那语气怎么听怎么宠溺。

程北茉这才拿起手机,把摄像头转过来,压低声音对着手机说了句:"刚才我爸来了,可能他一会儿还要过来一下。"

程北茉再回到视频通话中时,手上多了个剥好的橙子。

裴颂握着手机,突然有点羡慕。

他和赵旻之间就不会有这样的对话。

程北茉跟他解释为什么扣下手机:"让我爸看见,又得盘问半天。"

裴颂打断她:"没什么,继续吧。"

程北茉顿了一下:"……哦。"

她边吃橙子,边把剩下的部分讲完。

裴颂点头道:"你的思路是对的,答案错了。"

程北茉"嗯"了一声:"那就好,看来我的判断没错。"

"你今天是不是心情不好?"程北茉随口问了句。

裴颂问:"从哪儿看出来我心情不好?"

"你一直臭着张脸。"程北茉正忙着低头把裴颂刚说的几个要点用彩色笔加在卷子旁边。

"可能太累了吧。"裴颂问，"你要做到几点？"

"我今天也挺累的，可能因为没吃晚饭吧，我打算订正完这张卷子就睡，明早早起。"

裴颂沉重地呼吸着，甚至都没听见程北茉在说什么。

"喂，程北茉。"

程北茉抬头盯着手机，眼神有一瞬间是茫然的，抓住焦点后，她的眼神变得清澈而真诚。

看来她是真的没什么话想说，裴颂突然泄气了："没什么，早点睡。"

挂掉视频，程北茉觉得裴颂有点不对劲。

好像颓颓的，虽然说话还跟平时差不多欠，但就是莫名有种提不起什么劲的感觉。

她想问问他怎么了，在微信对话框打了个"刚才谢谢啦"，然后想了想，删掉了。

她又打了个"你没事吧"，过了会儿，还是删掉了。

她正要把对话框关掉，却正好看见裴颂发来：【有话跟我说？】

她想了半天，最终还是说没事。

裴颂也没追问，只回了个"好"字。

这种莫名其妙的感觉，弄得她也挺没劲的。

程北茉合上书，把剩下的牛奶喝完，刚拿起杯子，手机就弹出两条消息。

一条是闫国华的，另一条是张弛的。

闫国华发消息来，还挺稀奇的。

他发来的是一个 Word 文档，打开后，里面显示的是京江大学的自主招生简章。

程北茉扫了一眼，大概意思是通过京江大学自主招生考试的考生，可以给予高考降十分的优惠政策。

手机连续振动几下，闫国华又发了几条几十秒的长语音。

"程北茉啊，我知道你平时做题睡得晚，这会儿应该没睡吧，我发给你的是京江大学的自主招生简章。以往呢，咱们学校是没有这个推荐名额的，今年八中有一个推荐名额。学校是这么打算的，每个班都选出两个人，最后从这三十多个人里选出一名学生推荐到京江大学。"

程北茉不太懂，还用选吗？直接选裴颂不就完了。

老闫下一条语音就解了她的疑惑："刚才黎老师跟我说，裴颂放弃竞争名额了。目前选拔标准还没出来，如果只看成绩的话，你现在几乎没有竞争对手。

"这个呢，也是采取自愿原则，如果你有自己心仪的学校，也可以放弃。不过，哈哈，这是八中，谁会放弃这么好的机会呢，毕竟不是每个人都是裴颂。你明天放学前给我个答复，要是参与竞争这个名额，我尽快去把你以往成绩拉出来，推荐评语也写出来，先给学校报上去。

"就这一个名额，全年级都盯着呢。我是下午才得到消息，刚才就有咱们班家长问到我这里来了。我当然想把这个名额留给最值得的学生，而且我是你班主任，肯定要为你争取一下。"

程北茉想了一会儿，给闫国华回复：【我会认真考虑的，谢谢闫老师。】

程北茉又点开张弛的那条消息。

张弛发了挺长一条。

【小茉莉，这些话本来不应该跟你说，但我翻来覆去想了想，还是说了吧。我跟狗十几年朋友了，我知道他挺在意你，我还从没见过他为了一个人这样。你别看他平时跩跩的，其实他挺脆弱的挺孤独的。每次他遇到什么事，尤其是你们俩之间的事，都会来找我，虽然他嘴硬并不会主动说，但我知道，他挺需要人陪着他的。两个人之间，沟通是最重要的，如果你们心里有什么想法，要记得跟彼此说。狗那人你也知道，狗嘴里吐不出象牙来，就是有时候好好的话不知道好好说，就辛苦你多主动跟他聊聊，好吗？】

程北茉把张弛那条消息从头到尾看了好几遍，实在是疑惑，但又想到刚才视频的时候，裴颂状态确实不大好，便给张弛回：【裴颂怎么了？】

张弛秒回：【狗被伤了。】

程北茉更看不懂了：【被谁？我？】

张弛：【你们自己当面谈吧，我只是想说，不坦诚，是会伤到彼此的。】

程北茉几乎一夜没睡着。

三点多的时候，她爬起来看书，强行分散注意力。但她看一会儿书，就又把张弛的微信消息拿出来琢磨一遍。

到底是没琢磨出来，她到底怎么让裴颂受伤了。

天刚亮，她赶第一班公交车，六点多就到了学校。

裴颂自然不会这么早到学校。

初秋的早晨，整座城市都被薄雾笼罩着，程北茉就那么倔强地站在校门口，好像浑身也沾满了露水。

渐渐地，上学的人多了些，校门口也热闹起来。路过的人都会出于好奇扫她一眼，她始终一动不动地站在那里，身上仿佛憋着一股劲。

快打铃时，裴颂才出现。

他迈着标志性的慵懒步伐，在距离程北茉大概五米的地方停了下来。

瞧见她，裴颂的表情似是有些诧异。

还不等他开口问，程北茉已经扯着他的衣服往操场走了。

"去哪儿？"裴颂被她扯着往前走。

"没人的地方。"程北茉头也没回地说。

其实她的力气远比不上裴颂的，他要是不想跟着走，大可以甩开。

他表情虽然并没有太喜悦，但还是跟着走了。

程北茉拉着他，一路到体育馆才停下来。

一大早，体育馆里空空荡荡，说话都有回音。

走到篮球架下面，程北茉转过来，抬头看着他，说："好了，现在可以说了。"

裴颂不解："说什么？"

程北茉本来想直接把张弛的消息给他看，又觉得不太好，便问："我是不是做什么让你不开心的事了？"

"没有。"裴颂把头偏向别处。

"那你笑一个。"

程北茉伸手去戳他的脸颊，被他躲开了。

她的手尴尬地愣在半空，自己默默地放了回去。

裴颂提起另一个话题："京江大学的自主招生，你答应老闫了吗？"

程北茉有点恍惚："什么？"

一晚上都在想裴颂，她已经把这件事抛到脑后了。

"我还没给老闫回复。"程北茉拍了下脑门，随即想起什么似的，"对了，老闫说你放弃了，你为什么要放弃这个名额？"

程北茉以为是他又在要什么个性，专门把这个名额让出来。

裴颂说："我的目标本来就是清华，不想为没有意义的事浪费时间。"

"哦。"

裴颂心说哦什么哦："你呢，你想好了吗？"

程北茉心里也窝着一股无名火，不想好好回答，呛了一句："你一个要出国的人，关心这个干吗？"

裴颂拧了下眉："谁说我要出国？"

"反正我就是知道。"

"我要是出国，我还跟你说什么考一个城市的话，我不是有病吗？"

378

程北茉耸了耸肩："也许你真的有，但是你不知道呢。"

看她这时候还带着开玩笑的口气，裴颂带着情绪叫了她一声："程北茉。"

程北茉直直地盯着他。

"说实话吧，你是不是想去京江大学？"

程北茉不知该如何回答。

京江大学自主招生的入场券，她当然想要，这是兜底，这是保障。但她也想踮脚往更高的地方走一走。

裴颂看她的表情，就好像已经猜到了她的答案。

他胸腔里好像有什么东西在翻涌，怂恿着他说点决绝的话出来，他看着她的脸，又有点生气，又不忍心。

酝酿了半天，他才抛出一句不咸不淡的话："先不说自主招生的事，说说咱俩的事吧。我本来觉得来日方长，高考总会结束，我们总有毕业的那一天，还对未来充满希望，觉得大学可以跟你在一个城市，你要真的不愿意，没关系，可以直接告诉我，我承受能力没那么弱。我要求不高，别把我当傻子，行吗？"

程北茉愣了一下，清冷的眼神突然黯淡，像是无声的水流，里面有什么东西也随着这句话流走了。

他看了有点心疼，想用手捧起，却好像挽救不回，只能看着它们扑簌簌落下。

"裴颂，你有什么话就直说吧。"她听得有点累。

裴颂双手抄兜，冷笑了下："不是你亲口说的，我应该有更好的选择吗？"

"昨天你听到了？"程北茉终于想起来，昨天教室后面的响动是什么了。

裴颂心情复杂，没说话，也觉得没什么好说的了，转身就往外走。

程北茉没叫住他，只是问了句："然后呢？"

裴颂停下脚步，他其实挺想一走了之的，可是他又不忍心不回应她。

他皱着眉说："还有什么然后？"

"然后你就走了吗？"

程北茉叹了口气："腿长真不一定是件好事。"

裴颂回头："什么意思？"

"裴颂，你真的是狗。"程北茉靠着篮球架，语气也有点冷，"一条听话听一半的狗。"

裴颂不懂她的意思，便转身看着她。

"你真想听？"

裴颂没说话，但也没走。

程北茉冷着脸，说："我后面还说了，虽然我们之间差距很大，但我觉得我也不差，我为什么就不能上更好的学校，成为那个更好的人。"

她是个野心家。

她想要考上更好的学校，也想和喜欢的人在一起。

裴颂愣住了。

"我说完了。"程北茉把书包往上提了提，"不过裴颂，你也伤到我了。"

裴颂像一条落寞的大狗狗，垂着眼站在她面前。

"已经上课了，我先回教室了。"说完，她便往回走。

路过裴颂身边时，程北茉的手臂被他握住。

她挣扎了两下就放弃了。他的手劲很大，胳膊上的筋肉都紧绷着，没有弄疼她，但也让她挣不开。

"还有要说的吗？"她回头看他。

裴颂咬着嘴唇，没有吭声。

程北茉想了想，不再坚持："就在这儿说吧。"

一直带着情绪也怪累的。

裴颂"嗯"了声，问她："冷吗？"

程北茉有点奇怪地看他一眼，好像不知道为什么这么问。

他下巴冲她淡淡一扬："看你穿得挺薄的。"

早上过来的时候，看她倔强的表情和单薄的身影，挺让人心疼的。

裴颂问她："还生气吗？"

程北茉斜睨他一眼："你说呢？"

程北茉的眼神淡淡的，语气也淡淡的。

她的情绪基本不怎么外露，但裴颂知道，她是真的生气了。不然她也不会说"你也伤到我了"，她说那句话的时候，眼神里闪过的黯淡，刺得他眼睛和心都生疼。

裴颂扳着她的肩膀，认真地看着她："对不起。"

程北茉拨开他的手："晚了。"

两个人沉默地面对面站着。

程北茉沉重地呼吸了几声，仰脸望着他，问："裴颂，我从没把你当傻子。"

裴颂沉沉哑哑地回应："嗯，我知道。"

"你不知道，你也不相信我。"程北茉没什么情绪说，"昨晚视频的时候，你当时为什么不直接问我？"

"要听实话？"

"嗯。"

"本来是有点生气的，看到你，就说不出来了。"

"没看出来你这么要脸。"程北茉说话不怎么客气。

"我又不是张弛。"

程北茉心想这人真狗，张弛都快为他操碎心了，他还在背后损人家。

她想，张弛这会儿估计打了好几个喷嚏了吧。

"裴颂，我不喜欢做没意义的事，只要设定了目标，就会朝着目标走，再多的外在因素都影响不了我。所以，下次你能别这么幼稚吗？"

裴颂微微点头："行，下次你说话，不听到最后我不走。"

程北茉叹了口气，总算是笑了下。

"那京江大学的自主招生，还去吗？"裴颂挑着眉问她。

程北茉知道，如果选了京江大学的自主招生，那大概率是要留在京江本地的。

"我……"

"还是想去的吧？"裴颂好像有点激她的意思。

程北茉没说话。

拿到学校的推荐名额，其实并不是百分之百就能上京江大学了。选上是第一步，还要在高考后去参加京江大学校内组织的面试，通过之后才能进行降分。

但这次拿到名额，相当于是拿到了限量入场券。

入场券，就是一份"保险"。

没有几个人能有裴颂这样的底气，所有人都想要这样一份"保险"。

"我本来想今天找时间跟你聊的，结果直接来吵架了。"

裴颂眼里充满歉意地笑了下，说："想去就去，别让自己后悔。"

程北茉以为自己听错了："嗯？"

裴颂望着她干净的眼睛说："程北茉，你不用为我放弃任何机会。"

程北茉有点拿不准他到底在想什么。

裴颂这才跟她说："京江大学的面试是在高考后，报志愿前进行的，如果通过了，获得降分录取，没通过面试，也不损失什么，可以按正常流程填报志愿。无论怎么样，都是赚了。"

"那如果我们最后没在同一个城市呢？是不是就这么断了？"程北茉问他。

裴颂斜睨她一眼，懒懒地说了句："想什么呢？"

"我在你这儿贷款了是吧，赖上我了是吧？"

裴颂淡淡笑了一下："哪有那么容易断。京江大学的自主招生算是一个保底，你肯定能考上比京江大学还好的学校。到时候你的选择会很多。"

"借你吉言。"程北茉抿了下嘴，"男朋友的选择也会很多吗？"

"那没有，这道是单选题。"

两个人往外走的时候，裴颂问程北茉，听谁说的他要出国。

程北茉实话实说，说是在老闫办公室门外听黎耀和老闫说的。

裴颂想了想，有点无奈地说应该是个乌龙。

"我回去跟赵旻女士沟通沟通，问问到底是怎么回事。"

"你家人想让你出国吗？"

"嗯。"裴颂点点头，"我们之前聊过这个事了，不知道她怎么又去找黎老师了，可能是想让学校重视我吧。她我行我素惯了。"

程北茉问："出国机会很难得，你确定不要去吗？"

"嗯。"裴颂用半开玩笑的口气说，"舍不得八中奖的两万块。"

程北茉蹙眉："你好好说。"

她还没见过这种把好机会往外扔的人。

"我没法什么都不管直接出去，挺复杂的，一句两句说不清，反正还是家里那摊子事。"两个人已经走到教学楼下，裴颂叹了口气，"找时间再跟你解释。"

"好。"程北茉点点头，"不过刚才你说过的话，我也送给你。我也不希望你为我放弃任何机会。"

裴颂想了许久，才低低地"嗯"了一声。

程北茉打算进教室了，裴颂又叫住她："对了，你书桌的相框上刻的字是什么？"

她想了想，才想起昨晚视频的时候，裴颂可能看到她的相框了。

"你的名字啊。"

裴颂扯着她的胳膊，懒洋洋地笑着："你好好说。"

程北茉说："说了你别偷着乐。"

"我尽量吧。"裴颂装得挺像。

"相框上写的是……"程北茉踮脚靠近他耳边，他正好也半弯着腰，"photo by little puppy（照片由小狗拍摄）。"

程北茉揣着咚咚跳的心回到教室时，老闫正好在。

他没发现程北茉脸上有还未褪去的红晕，也没空质问她为什么迟到，只是招了招手叫她过去："自主招生名额的那个事，你考虑得怎么样了？"

程北茉认真地点点头："想好了，我参加。"

"好，好。"老闫把程北茉拉到教室外的走廊上，压低声音说，"学校现在是这么决定的，下周在各班选出来的人里，进行一次针对性的专项考试，只考数学和理化生综合，分开考。以往在校成绩占比百分之四十，综合素质评价占百分之二十，这次考试成绩占比百分之四十。"

程北茉点点头。

老闫帮她一项一项地分析："以往在校成绩，这毋庸置疑，你是第一。综合素质评价是由校领导根据各班班主任的推荐语和材料进行投票的，这一项也不用太担心。第三项是这次专项考试，可能题目相对比较难，你的总分有优势，纯理科成绩相较于孙明瑞，还是有点危险。考卷我们这些班主任都见不到，也不知道范围，你最近多看看知识点，应该问题不大。"

"谢谢闫老师。"

闫国华拍了拍她的肩："加油，程北茉。"

第十二章

/ 摘星 /

很快，自主招生的事大家都知道了，专项考试也搞得大家人心惶惶。

沈清一直跟程北茉都挺别扭的，这次也跑来问程北茉，知不知道考试范围。

沈清还告诉程北茉，有家长私下给校领导送礼，已经把那个名额锁定了，他们这些人，只不过是陪跑的而已。

程北茉淡淡一笑，并没有表现出多在意。

考试前一晚，晚自习后，程北茉跟陈韵吉和杜杨一起走。

杜杨问程北茉紧不紧张，程北茉说没什么紧张的，就是一次考试而已，又不是高考。

陈韵吉羡慕得不得了："要是拿到这个名额，就算是半只脚踏进京江大学了。"

程北茉摇头："拿到名额，到时候还是要参加京江大学的面试。"

"面试对你来说就是小菜一碟。"陈韵吉叹了口气，"真羡慕你。"

他们三个刚走出教学楼，看见花园旁有个修长的身影，站得挺慵懒的，总之，就是有着极强的个人风格。

程北茉上前拍了下裴颂的肩膀："你怎么还没走？"

裴颂回头，冲她微微扬了个下巴："等你。"

"等我？"

"明天要考试了吧。"裴颂说。

"嗯。"

"准备得怎么样？"

程北茉点了下头："还行吧，就是摸不准考什么，我就刷了几套你给的卷子。"

裴颂手背后，故意不让她看到似的："来，闭眼，伸手。"

"要干吗？"

程北茉问了句，还是乖乖闭上眼睛，伸出手。

裴颂无奈笑了下："手心朝上。"

裴颂往她手心上放了个纸袋，有点重量，但拿着很轻松。

她睁开眼，手上多了一袋吐司面包，是最近挺火的一个网红品牌，听说每天都大排长队。

"面包？"

"嗯，制胜法宝。"

程北茉不懂："什么啊……"

"这是哆啦A梦的记忆面包。"裴颂说得一本正经，说完，还教她怎么吃，"明天考试前，记得把面包在书上沾一下，书上的东西就都记住了。保证明天考试通过。"

陈韵吉一脸"真会玩"的表情，随即不服气地拍了拍自己的书包："面包我也有啊，茉茉你吃我的。"

程北茉摇头，抱紧手里的纸袋，语气里带着点炫耀："你的不是记忆面包，只有我的是。"

陈韵吉闻言当场就石化了。

裴颂给的面包，程北茉一路都小心翼翼地抱着，像是怕被压坏了似的。

陈韵吉开玩笑说，不知道的还以为她抱着一袋金条呢。

程北茉也不在乎，就那么紧紧抱着。

公交车在城市里穿梭，无瑕月亮一直追着他们走。程北茉靠着车窗，嘴角一直不经意勾着，心想这种无聊的把戏好像也变得有趣。

程北茉到家时，程勇和方丽珍也刚脱下外套。自从她开始上晚自习，她和父母到家的时间就很接近了。

程勇瞧见她手里的纸袋，问是什么东西，保护得这么金贵。

程北茉神神秘秘的，说有魔法。

方丽珍上前看了眼，发现里面就是吐司面包，便跟她说："别吃面包了，明早我在家给你做早饭。你也多睡会儿，好不容易能睡懒觉。"

程北茉摇头，说明天还要早起。

"早起？"方丽珍以为她又要出去自习，"虽然现在是高三，但还是要劳逸结合，你平时学习已经够辛苦了，周末就放松一点。"

程北茉放下东西，双手搭在方丽珍的肩上，让他们两人坐到沙发上去。

程北茉说："爸，妈，我要跟你们说一件事，你们最好保持平常心，不要太激动。"

程勇和方丽珍脸上都浮现出担心的表情。

程北茉坐在他们俩对面的小板凳上，笑了下："别这么严肃嘛，开心点。"

"我一直都没跟你们说，八中今年有一个京江大学自主招生的推荐名额。学校让每个班推荐两个人，我们班有我。主要从三个方面考察，过往在校成绩，综合素质还有专项考试。过往在校成绩，我一直是第一名，综合素质分数占比不大，如果在明天的专项考试中，我还能考得不错的话，大概率会拿到这个推荐名额。"

程北茉："这事原本打算成了之后再跟你们说的，如果不成我就彻底不提了。但明天要考试了，说实话我心里还是有点紧张的，想了想还是告诉你们比较好。"

程勇和方丽珍知道程北茉一直是个有主意的孩子，但没想到这么大的事她竟然一个人瞒了这么久。

方丽珍小心翼翼地问："如果拿到这个名额，是不是就保证能上京江大学了？"

程北茉摇头："拿到名额，还是要去参加京江大学的面试，面试通过的话，会降十分录取。所以我让你们平常心，别激动。不管能不能拿到这个名额，都不会影响我高考的发挥。"

高考中，一分之差可能就是几千人甚至上万人，而这十分，不知是多少人梦寐以求的。

程勇听女儿说的时候，表情一直木木的，好像是在听一件很遥远的事。听到最后，他终于忍不住捂着脸，整个人颤抖起来。

方丽珍也抹了下眼角，笑着说："你爸是高兴的。"

程北茉也笑："我知道。"

"那个从一中转来的男生呢？"方丽珍突然问。

"嗯？"程北茉有点惊讶，她不知道方丽珍为什么会突然提起裴颂。

"他不是一直考年级第一吗？是不是跟你是竞争对手？"

程北茉很平静地回答："他放弃这个名额了。"

"这么好的机会都能放弃？"

"妈，你知道吗？他应该是那种，高考出分后，清华北大抢着给他打电话的人。"

方丽珍原本是想打探一下裴颂的情况，没想到得到这样的回答，便把心放回肚子里，开始专心操心自己女儿。她赶紧挽起袖子去看冰箱里还有什么菜，看早饭能做点什么。

"喝不喝鲫鱼汤？明早赶个早市，给你买两条新鲜的鲫鱼回来。"

程北茉赶紧拦住她："妈，我吃面包就好了，这个面包有魔法。"

考试在周六当天就进行完，既不耽误这群尖子生的日常课程，也不会影响其他同学。

第二天一早，程北茉真的郑重地吃了裴颂的"记忆面包"。

出发前，她给裴颂发了条消息：【面包我吃了。】

一大早的，裴颂竟然秒回。

PS：【真乖。】

程北茉惊讶地问他怎么醒得这么早。

裴颂说，他定了七点的闹钟，想等她到考场之后再接着睡。

PS：【紧张吗？】

MOMO：【你好，我叫不紧张。】

PS：【别皮。】

MOMO：【有点儿吧，不过还好。】

裴颂发来一条语音："好好考啊，考完请你吃饭。"

清冷的声音让程北茉听得一激灵。他声音飖飖的，带着点沙哑，应该还在被窝里，有种说不出的慵懒和……亲昵。

程北茉回了个"OK"的表情包就把手机装起来了。

她怕自己会忍不住反复去听他那条语音。

太耽误事了。

程北茉下了公交车后，还要走几百米才能到学校门口。

她一个人慢慢悠悠地晃过去，路过一个垃圾桶的时候，突然听到里面有微弱的叫声。

音量不大，但尖锐而短促。

周末的清晨，学校周围的小店都没开门，路上行人也少得可怜，自然没人注意到那个声音。

程北苿站定，屏息听了一会儿，那个声音又消失了。

可能是自己幻听了。程北苿想。

她刚迈开步子，那声音又出现了，像是某种小动物。

程北苿站在垃圾桶旁边，俯下身，用手机手电筒往里照了照，看到一团黑乎乎的东西，一起一伏的，像是有呼吸。

程北苿不太敢轻举妄动，万一抓到手的是只老鼠，她可能会当场昏过去。

观察了一会儿，她发现那团东西，好像是只小猫。

她从作业本里撕了张纸垫着，小心翼翼地打开垃圾桶的盖子，从里面拎出一只浑身是血的小猫。

一股刺鼻的臭味冲过来。

那只小猫估计只有一个多月大，浑身都在颤抖。它的毛被汽油一样的东西粘在一起，黑乎乎的，看不出本来的颜色，两只眼睛都被脓糊住了，完全睁不开。

它的后腿好像是被什么碾过一样，全都是血，一下一下抽搐着。

程北苿起了一身的鸡皮疙瘩。

看这样子，应该是被人虐待之后扔进垃圾桶的。

这到底是哪个畜生干的。

程北苿在心里骂了几句脏话，站在原地咬着嘴唇，飞速思考着。

学校附近有个宠物医院，程北苿以前跟陈韵吉路过的时候，总会透过玻璃门，看那些候诊的小可爱。

宠物医院开门时间是九点，而八点半考试就开始了。如果她现在送这只小猫过去，必然会错过考试。

可是不送去，小猫估计撑不了多久。

过了会儿，沈清也来考试，看她对着垃圾桶发呆，便用开玩笑的语气说："程北茉，你干吗呢？压力大到掏垃圾了？"

程北茉转过身来。

一个干净的人，手里捧了个黑乎乎的恶心玩意儿。

沈清看清她手里的小猫之后，立刻跳开，惊恐地尖叫了一声。

"这是什么东西啊！拿远一点！"

程北茉没看她，只低头看着小猫："它受伤了。"

沈清想上前又嫌弃，站在几步之外问："谁弄的？"

程北茉摇了摇头。

她们俩说话的空当，又有几个考试的学生经过她们身边，但都只是看了一眼，并没有停下。其中一个人认识沈清，还催促她赶紧进去。

"你要干吗？救它？"沈清看程北茉的眼神里，充满了疑惑。

程北茉掀起眼皮，语气有些冷："难道不救？"

沈清看了眼手表："快开考了。"

程北茉看了眼呼吸微弱的小猫。

"不用这么圣母，如果今天你没有路过这里，这就是它的命运。而且，就算你救了它，也许它还是会死。"

程北茉冷笑一声："那我应该替它庆幸，今天它遇见的是我不是别人。"

沈清像是打定主意要离开了，她盯着程北茉说："程北茉，你跟裴颂真的很像，又清高又骄傲，别人拼命想要的东西，你们表现得一点都不在乎。"

程北茉没什么情绪地问："你想说什么？"

"不管怎么样，你们不还是在八中这个破地方嘛。"沈清耸了耸肩，"那个名额，你不想要，有的是人想要。"

说完，沈清转身走了。

但她的话提醒了程北茉。

裴颂。

裴颂家离学校近，他应该能赶过来。

程北茉摸出手机，给裴颂打了个电话。

裴颂什么都没问，直接说："等我，我马上到。"

十多分钟后，裴颂从一辆出租车上下来。

他穿了黑色冲锋衣，头上扣了顶帽子。帽子遮住了眼睛，却遮不住他明朗的线条，如此优秀的下颌线，怕是整个八中都找不出第二个了。

他应该是没来得及洗脸，因为走近时，程北茉发现他还有胡楂没刮。有点小性感。

裴颂怀里抱了个不大的纸箱，里面还铺了一块小毯子。

距离考试开始不到十分钟了，他们没时间再说些什么。裴颂接过小猫，跟程北茉说："快去考试，剩下的交给我。"

他说这话的时候特别可靠，特别踏实。

程北茉心里像是下了一场暖雨，心热，眼也热。

考试是在文思楼里进行的。文思楼是八中的多媒体中心，平时音乐课和艺术课都在这里上。

因为只是个几十人的小型考试，不方便在某个班里专门布置个考场出来，便把考场设在了文思楼。

只是文思楼在校园最里面，从校门口进去，要走挺久。

程北茉一路狂奔，最终踩着点进了考场。

那时候，监考老师已经开始发卷子了。

打铃的瞬间，她一只脚刚迈进考场，就被另一名监考老师叫住了。

"你叫什么？"

程北茉回头，发现后门处的监考老师是在跟自己说话，便在门口站定，说："老师好，我叫程北茉。"

为了公平起见，监考老师都是其他年级的老师。

这个老师姓党，是高二年级的数学老师，他知道程北茉的名字，但之前跟真人对不上号。

"久仰大名啊。"那老师笑了声。

程北茉讪讪扯了下嘴角。

"你也上了这么多年学了，怎么就没一点时间观念？这个考场里的人，可都是为同一个名额竞争的，你倒好，不尊重考试规定，也不尊重你的对手。"

"老师我——"

那老师打断程北茉："你知不知道，在高考考场上，迟到十五分钟就不能再进了。"

其他人已经开始答题了，程北茉微微蹙了下眉："我没有迟到十五分钟吧？"

监考老师有点意外，像是没想到程北茉会挑战他的权威。他愣了一秒，随即更愤怒了："不要以为你过去考出了点成绩，就可以无视学校的规则！"

"老师，如果有迟到十五分钟不能进考场的规定，我一定遵守，但我并没有迟到。而且我并不是因为不重视考试才踩着点来，我刚才在学校门口捡到一只受伤的猫——"

"让你认识到自己的错误，不是让你说谎！你现在认个错，还能正常进去考试。"

程北茉紧紧抿着嘴，一句话都不说。

她不觉得自己有错。

"不说是吧，不说就在这儿站着吧，反正这名额也不会给我。"

程北茉缓缓掀眼皮，语气平静地说："我没有迟到，也没有说谎，刚才在路上也碰到考场里的几个同学了，他们可以为我做证。如果我今天的成绩受到影响，我会向学校领导投诉的。"

那老师这时才发现，这姑娘长得挺乖的，性子挺倔。

过了会儿，教室里的监考老师出来，两个老师窃窃私语一阵，这才放程北茉进了考场。

而此时，已经距离考试开始过去了二十分钟。

程北茉是那种特别容易集中注意力的人，即使刚才有不愉快的事发生，即使两个监考老师轮番在她身边打转，可当下最重要的是考试，她还是能抛掉情绪，专心完成考试。

第一门考完后，中间有一个小时的休息时间。

赶去宠物医院来不及了，程北茉发了个消息给裴颂，问小猫的情况。

他拍过来的视频上，医生正在给小猫做清理，身上没有开始那么脏了。

裴颂说，小猫两条后腿都骨折了，还没脱离生命危险。因为身体太虚弱，它还不能做手术，担心会有危险，要观察一段时间之后，再进行手术。

因为是流浪猫救助，检查和治疗费用都有优惠。

聊完小猫的事，裴颂问她考试怎么样。

她什么都没提，只说挺好的。

天下没有密不透风的墙，新的一周，程北茉考试被罚站二十分钟的事情就已经传遍了全年级。

程北茉进了教室，便接受了全班人的注目礼。听说她撑了高二蛮不讲理的"黑手党"，高二的学弟学妹都觉得这个学姐贼酷。

她轻松地笑了下："干吗啊，平身平身。"

她刚放下书包，常乐就告诉她，老闫叫她去办公室。

"考完第一门你就应该告诉我！"老闫见她一进门就大喊了一声，肉眼可见地烦躁。

程北茉倒是挺淡定的，笑了下："老闫，您经常跟我们说，要学会控制自己情绪。要是实在控制不了，您扭扭魔方？"

"你你你……"老闫突然忘记自己要说什么了。

程北茉这声"老闫"让他愣住了。

她这种有点欠又劲劲儿的感觉特别像一个人。

裴颂。没错，像裴颂。

程北茉风轻云淡地说："考试也没耽误，我觉得考得挺好的，没受什么影响。"

她觉得她那天可能就是撞那监考老师枪口上了，没准他那天刚好跟媳妇吵完架，心情不好。

"你呀，你呀。"老闫摇了摇头，"你知道党老师怎么说吗？说现在的小姑娘，长得漂亮，考了点成绩，就目中无人了，就不知道自己是谁了。听他那么说，我那股气就在这儿憋着。"

老闫指了指自己的胸口。

程北茉笑了下："看来他还是挺尊重事实的。"

至少说她漂亮。

"还是二班的沈清找监考老师说明了情况，不然你可能就被取消考试资格了。"

沈清？程北茉有点意外。

"没错，就是沈清。我一直觉得这孩子脾气挺怪的。行了，不说了，你找时间跟她道个谢。"老闫说。

程北茉默默地点了下头。

"对了，成绩出来了，你跟孙明瑞并列第一。"

老闫这明显是先给一巴掌，再给颗枣吃。

沉默一阵后，他挤出个难看的笑。

其实程北茉挺在意这成绩的，毕竟是她争分夺秒抢来的时间。她心里一直悬了个包袱，那一刻，包袱落地，里面飞出了彩纸和飘带。

"不过因为你跟监考老师产生了冲突，你的综合素质评分，有几个校领导给了低分。"

最终结果还没出来，如果孙明瑞的综合素质评分比她高很多的话，这个名额很可能就给孙明瑞了。

"老闫，我尽量保住您的奖金。"程北茉说。

她知道，如果拿到这个名额，老闫作为班主任，是会有奖金的。

老闫气笑了："你以为我是为那点奖金？"

"我知道您是真为我好。"程北茉挺认真地说，"这次要是没拿到推荐名额，我高考再给您补回来。"

从老闫办公室出来，程北茉就看到柱子旁站了个人。

身形慵懒，整个人散发着冷淡气儿。

程北茉笑了下，"你知道了？"

裴颂的表情有点心疼："这么大的事，怎么没告诉我？"

"要不要照照镜子，你跟老闫的表情简直一模一样。"程北茉语气淡淡的，好像并不在乎这件事似的，"不是说，考完请我吃饭吗？"

裴颂盯她半天，不知她是真的不在乎还是强颜欢笑："程北茉，你可真行。"

"成绩没受影响，我的分数和孙明瑞并列第一。起码证明，你的记忆面包起效果了。"

裴颂没说话，脸上漾着一丝苦涩。

程北茉耸了耸肩，挺坦然地说："我已经做了自己能做的一切，救小猫，考试。剩下的，就听天由命了。我觉得现在这样挺好的，如果我没管它，我可能会在考试的时候一直惦记它，反而两头都落空了。"

裴颂点点头："你没做错。"

"监考老师不信我，还说不要以为我长得漂亮，又有点成绩，就可以目中无人了。作为一个高中生，我漂亮，成绩还好，还能要求什么？已经够完美了好吧？"

裴颂脸上的表情总算是松了下，被她逗笑："没看出来你以前这么自信。"

过了会儿，他自己又叹了口气："要是我那天能来得再快点就好了。"

"你已经是满分表现了。裴大校草，谢谢你。"

"得了吧。"裴颂笑了下。

程北茉忽然偏头问："小猫的手术费，贵吗？"

"这个不用你操心了。"

"裴颂你别跟我来这套，这猫本来就是我硬塞给你的，让你帮个忙，这钱不能让你出。"

"那这样，这猫现在跟我姓了，我有监护权。"

程北茉拧着眉毛："凭什么？它是我从垃圾桶里发现的，监护权是我的，最多认你做干爹。"

裴颂无奈地笑了下，那么多沾亲带故的亲戚名称，她竟然只想了个干爹。

这段时间，程北茉和裴颂轮流去宠物医院看他们救助的流浪猫。

小猫的精神好了一点后，医院通知他们可以做手术了。

手术安排在一个周末的中午。

程北茉顶着冷风赶到宠物医院，护士姐姐说，他们全市六个分院，就两个骨科医生，最近不少猫狗骨折了，骨科医生在另一个分院做手术，那边结束后就过来。

程北茉点点头，先去住院部看小猫。

小猫住在宽敞的笼子"病房"里，比刚送来的时候大了一圈，精神也好多了。

护士姐姐给程北茉拿了根猫条，让她喂小猫吃。

程北茉刚撕开猫条一角，突然发现，小猫笼子前面的铭牌上写着"裴爱莉"。

谁起的名字……

怎么这么土。

"这谁起的名字？"程北茉问。

护士姐姐说："送小猫来的那个帅哥啊，他说爱莉跟他姓。"

程北茉无语道："为什么叫这个啊？"

"它是母的，叫这个名儿不是正好？"

程北茉皱了下眉，心想这跟公母没关系，是这名字太土了。

"他可能觉得，贱名好养活。"护士姐姐伸手逗了逗小猫，"我觉得这名字挺好听的。"

程北茉特想跟护士姐姐说，你敢摸着良心再说一遍吗？

护士姐姐上下打量她一番，话里有话地问："你跟那个帅哥是什么关系？"

裴颂和程北茉的关系，他们医院上下都猜了个遍。

程北茉不太想让外人八卦，便说："同学。"

护士姐姐讪笑一下："真可惜，我觉得你们俩挺配的呢。"

程北茉说："我们高三了，学习重要。"

"确实，确实。他学习是不是挺好的？听说全校第一呢，看上去就一副智商挺高的样子。我们这儿的这些姐姐都挺喜欢他呢，还说如果他是大学生，就直接要微信了。"

程北茉心说这人出了学校人气还这么高涨。

"长得那么帅，学习又好，还这么热心，真是珍稀动物。"护士姐姐双手盘在胸前，笑着说。

程北茉以为自己听错了："他热心？"

"对啊，我们想给住院的小可爱拍照，他主动说他有专业相机，要帮我们拍。"

裴颂对陌生人一般都挺冷淡的，跟他不熟的人都会觉得他特别跩。说他热心，程北茉实在想不通。

过了会儿，外面一阵骚动。

程北茉往外望了一眼，几个护士凑在前台的屏幕上，互相推搡，窃窃私语。

护士姐姐说，应该是那个帅哥来了。

医院在二楼，进来之前，要先上个楼梯。她们能提前在监控里看见顾客。

果不其然，片刻后，裴颂来了。

裴颂穿了件蓝绿拼色的复古冲锋衣，背上斜挎了个黑色的包。这个季节，街上不少人都裹得严严实实，跟个粽子似的，他的骨架撑得起这大号的衣服，还显得清瘦，一身轻便，脚下如有风。挺利落，挺显少年气的。

他头上戴了顶黑色棒球帽，碎发随意又恰到好处地翘着，只露了半张脸，肤色冷白，下颌线明朗干净。

裴颂进来时带了一身凉气儿，就连离门口很远的程北茉都觉得脸颊旁过去一阵风。

他已经跟医院的医生护士很熟了，打了招呼后，他四下看了看，找程北茉的身影。

在治疗室之间穿梭了一会儿，他才看见个纤细高挑的背影。

程北茉今天披着头发，比平时看起来温柔一些。

裴颂笑了下，直接往住院部这边来。

裴颂看她表情严肃，快走了两步："怎么了？"

"这你起的？"程北茉指了下"裴爱莉"的铭牌。

"这个啊……"他在门口停下，伸手慵懒地撑着门框，"你觉得不好听？"

"嗯。"

399

程北茉觉得自己挺客气的了，何止是不好听，简直就是土到家了。

裴颂语气吊儿郎当："我起的是英文名 Ally（艾丽），她们听错了，音译成爱莉了。你就这么不喜欢吗，小茉莉？"

他把"小茉莉"三个字咬得很重。

程北茉眉毛一拧，这才反应过来。

裴爱莉。

裴，是裴颂的裴。莉，是小茉莉的莉。

程北茉怀疑他是故意的。

裴颂抬眉："现在呢，还觉得不好听吗？"

程北茉耸了耸肩："刚才护士姐姐说，你起这名字，可能是因为贱名好养活。"

裴颂：还是换个名字吧。

程北茉挺喜欢看他吃瘪，看他表情复杂，便笑了几声："你跟这儿的护士姐姐还挺熟的嘛，大明星？大帅哥？第一名？"

"少来。"

"听说你还答应帮她们拍照了？"

裴颂心想看你酸的那样儿，给猫狗拍又不是给人拍。他下巴一抬："是啊，怎么了。"

"没什么，护士姐姐说你特别热心，你跩王人设塌了。"

裴颂耸了下肩："又不费什么精力，来医院的时候顺手的事，不然你以为手术折扣怎么来的？"

程北茉"哦"了一声。

有些事，裴颂确实比她考虑得要全面。

裴颂看她表情有点黯然，觉得自己刚才那话可能说重了，便扯开话题，问她："自主招生名额的最终结果什么时候出来？"

程北茉摇了摇头："不知道。如果综合素质评分比较低的话，有可能名额就是孙明瑞的了。"

孙明瑞理科很厉害，他的短板是英语，所以一直没法在总分上超过程北茉和沈清。

这段时间，学校里有各种版本的流言。

各种声音萦绕在耳边，程北茉对自己也有点怀疑了。

"不可能。"裴颂语气斩钉截铁。

"为什么？"

"综合素质评分占比很低，以往在校成绩你一直是第一，专项考试成绩你们同分，再怎么比也是你有优势，没什么悬念的。"

程北茉笑了笑："你是第一个跟我讨论这个的人，最近都没人敢问我，陈韵吉和朱倩茹一句都没敢提。"

"最近好像不太见她俩了，她们忙什么呢？"

程北茉说："她俩去上编导的培训班了。"

陈韵吉思来想去，最后还是跟老陈说了艺考的事，老陈自然是全力支持。

高额学费砸了进去，陈韵吉实在肉疼，最近格外勤奋，在学校就认真复习，在外培训也特别上心，立志要让学费回本。

"听说过，分数线会降低一些。确实是个路子，不过时间也挺紧张的。"裴颂点点头，一中也有艺术生，所有艺术生都集中在两个班级里，很多人高一高二就开始在画室和音乐教室泡着。

程北茉说："希望她们的努力别白费。"

"她们俩机灵着呢，应该没什么问题。"裴颂安慰她。

正聊到一半，骨科医生正好赶来了，叫主人过去确认签字。

裴颂和程北茉同时站起来，护士姐姐说："一个人来就够了。"

裴颂把程北茉摁回去："我去吧。"

签完字，护士还要带着小猫做术前检查，抽血,拍片,都需要主人帮忙，程北茉一个人在等待区，隔着玻璃看裴颂忙前忙后。

她去前台看了眼账单，这个手术就算按优惠价算，也要三千多。

三千多，对于一个高中生来说，是一笔巨款。

过了会儿，术前检查做完，裴颂在程北茉旁边的椅子上坐下。

他有点累，坐得挺随意的，跟程北茉转达医生的话："医生说，它左后腿不是粉碎性骨折，打外固定就好，只需要给右后腿开刀打钢板。"

"哦。"

裴颂说完手术方案，又安慰她，说这个医生经验挺丰富的，不会有什么问题。

他说这些的时候，不疾不徐，语气可靠稳当。

程北茉心里热热的。

她觉得裴颂真的挺暖的。

一开始，是在周末一大早被她电话叫去学校救流浪猫，现在又抽出时间陪她在宠物医院耗着。

别人都说他是跩王，可是这事，她想不出第二个能做到这个份上的人。

他可是裴大校草哎，这么一想，她觉得真有点委屈他了。

而且这里消费很高，她突然觉得，自己一意孤行地救猫咪，又怎么不是对裴颂的一种自私。

她撑着下巴想了好多，脑子里乱成一团麻。

裴颂问："纠结什么呢？"

"嗯？"

"脚尖把地都快凿穿了，怎么了你？"

程北茉干净清澈的眼睛盯着他："我刚看账单了。"

裴颂愣了会儿，喉咙一时间有点干。他用拳头抵在嘴唇上清了下嗓子，说："费用的事你别操心了，手术成功是最重要的。"

程北茉觉得不太好，摇头道："我还有一千多零花钱和压岁钱，我先给你，剩下的，我慢慢还。"

裴颂说："你这样就没劲了。"

程北茉紧紧盯着他："你这样才叫没劲。这猫是我坚持要救的，不能让你又出钱又出力的。"

"我也是刷卡，就当帮老裴做点善事了。"裴颂从口袋里掏出一张信用卡晃了晃，"再说了，你跟我见什么外。"

程北茉这次挺倔的，说什么都不行。

两人僵持半天，裴颂语气软下来，他伸手挠了挠眉毛："要不，以后你跟我一起养这猫呗。"

说这话的时候，他自己心里都擂鼓。

"我想到一个办法！"程北茉自己苦思冥想了半天，眼里忽然闪过一道光，"等我高考拿了全校第一的奖金，再还你。"

裴颂无语，合着他刚才说话她压根就没听见是吧。

中午时间，宠物医院里正热闹。排队候诊的除了猫猫狗狗，还有兔子和仓鼠。

程北茉跑去撸猫，过了会儿又跟狗玩。

裴颂不愿意凑热闹，自己一个人坐在等候区刷手机。

程北茉玩够了，转了个身，看到裴颂正靠在等候区的椅子上，姿势还是一贯的懒散。

尽管她已经跟裴颂很熟了，可还是被他惊艳到了。

裴颂确实出众，身形高高大大的，整个人清爽干净，往那儿一坐就是焦点。

他平时的衣服大多是黑白灰，没什么花里胡哨的图案，可他穿起来就是有味道，有质感。

他本来就戴着帽子，从程北茉的角度看过去，看不到他的眼睛，只能看到半张俊脸。他的下颌线流畅明朗，喉结清晰，初长成的男人味和少年感同时出现在这张脸上，融合得还不错。

他就那么随意地靠着，懒散地搭着腿，整个人都挺冷淡的。程北茉心里默默感叹，能做到形散神不散的，她认识的人里面，也就裴颂了吧。

等候区的椅子是三把连在一起的，裴颂坐在最外面。

他抬头发现她愣神，便冲她扬了扬下巴："发什么呆呢，站着不累？"

程北茉过去，正要往中间的椅子坐，他正好站起来，往里挪了个座儿。

医院这会儿人不少，如果他坐在最里面，身边的位子肯定被人坐了。但坐在最外面，不少人觉得麻烦，就不往他这边来了。

程北茉倒是没猜他这些心思，直接就坐下了。

"玩够了？"裴颂轻轻挑眉。

"还挺解压的，小动物真治愈。"程北茉点点头，"你要不要去跟那只金毛玩一会儿？它特别聪明。"

裴颂摇头："懒得去。"

"哦，我忘了，你跟它是同类。"程北茉睨他一眼。

"少来。"裴颂飞来一记眼刀，然后往手术室那边瞥了一眼，上面"手术中"的灯还亮着，他问，"Ally 之后怎么办，找领养还是自己养？"

程北茉心想这名字叫着还挺顺口的，想了想说："它身价都好几千了，找领养，舍得吗？"

裴颂点了下头："也是，那等它出院，我带它回家。"

"不是说要一起养嘛，怎么是你带回家？"程北茉问。

裴颂愣了一下，然后掀起眼皮睨她一眼。

原来听见了啊，这人一脸纯良，还挺会装的。

程北茉冲他眨了眨眼，又跑去撸狗了。

程北茉刚离开，裴颂就发现有个牵着柯基的女孩，眼睛总往他身上瞟。

回头率高这件事，裴颂早就习惯了，但这个频率，有点过于高了。

裴颂追着看了眼程北茉的身影，眼睛掠过那个女孩，女孩迅速移开了视线。

那个女孩是甜美的长相，看起来也就十七八岁的样子，眼睛弯弯的，不笑的时候，脸颊也有梨涡。她跟狗狗说话的时候轻声细语，特别温柔。

裴颂把帽檐往下又压了压，低头刷手机。

过了会儿，女孩那只柯基脱了绳，扑到裴颂脚边，对他特别热情，又是拜拜作揖，又是歪头卖萌的。

程北茉说得没错，小动物是挺治愈的。

他伸手摸了摸柯基的脑袋。

女孩跑过来，有点不好意思地跟他道歉，说自己没留神。

裴颂抬眼打量她一番，说了句没什么就接着看手机了。

女孩牵好狗绳，问裴颂是不是来给宠物看病的。

裴颂点点头，"嗯"了一声。

看他不像外表那么跩，女孩松了口气，也没一开始那么紧张了。这个帅哥话虽不多，但至少不算高冷。

她蹲下，也摸了摸狗，顺便问："你也是狗狗吗？"

裴颂眉头微拧："嗯？"

女生的脸唰地就红了："我的意思是，你也养狗吗？"

"不是。"

那女孩有点语无伦次了："哦……养猫啊？养猫也挺好的，对了，你要不要进这个医院的群啊，经常会有一些疫苗优惠，我可以拉你进去。"

裴颂多聪明，知道她下一步就要加好友了，便说："不用了，谢谢，我不常来这边。"

说完，他四下搜寻程北茉的身影，声音稍微提高了点，说道："程北茉，刚才不是喊饿吗，吃饭去？"

那个女孩和程北茉都愣住了。

她一直以为程北茉也是过来跟裴颂搭讪的，没想到他们竟然认识。她干笑一声，抱着狗坐到门诊候诊区去了。

程北茉还在心想谁说饿了，就被裴颂扯着袖子走了出去。

"我来之前刚吃过饭。"

"知道。"

程北茉回头看了眼那个长相甜美的女孩，发现对方也正在看自己，便有点猜出刚才是怎么回事了。她转头跟裴颂说："挺会占便宜啊。"

裴颂没有松手的意思，语气不咸不淡："没有女朋友，还不能拿你当挡箭牌了？"

程北茉耸了下肩："可以啊。不过不是演戏吗，真去吃啊？"

裴颂点头，拉着她下了几级台阶："做戏做全套，下去喝杯奶茶也行。里面的人都看着呢。"

程北茉跟他下楼，不知怎的，心里有点压抑不住的雀跃。

两人点了奶茶，裴颂将热的那杯递给程北茉。

程北茉小口小口地啜着，莫名希望时间过得慢一点。

这时，裴颂手机响了。他看了眼屏幕，是赵旻。

赵旻很少直接打电话找他。

他绕过程北茉走到旁边接起来。

赵旻在电话里没多说什么，语气有点冷淡，问他在哪儿，然后让他赶紧回家。

从赵旻的语气来判断，这事不急，但有点严重。

裴颂一贯不疾不徐、吊儿郎当，把赵女士暂时应付过去。

他接完电话回来，顺手把手机放进口袋。

程北茉若无其事地拨了拨头发，问："你妈给你打的？"

"你怎么知道？偷听我电话了？"

"谁偷听你电话。"程北茱搡了他一下。

"那你怎么知道？"

"你每次接你妈电话都一个表情。"程北茱学了下他的表情，拧着眉，一副苦大仇深的样子。

裴颂微微吃惊，然后笑了："把我习惯摸这么清？嗯？"

他声音有点沙哑，"嗯"的尾音往上扬，有点小性感。

"你想多了，刚才看见你的来电显示了。"程北茱似笑非笑说了句，然后把碎发别到耳后，视线朝他装手机的口袋拱了拱，"你有急事就先走吧，我一个人在这儿也行。你不在我还能看会儿书。"

"原来是想一个人偷偷学习。"裴颂扫了眼她肩上的包，轻轻笑了下，摇了摇头。

最后裴颂还是跟程北茱一起，一直等到手术结束。

他回到家时，赵旻已经在家等候多时，她坐在餐桌旁，双手环抱在胸前，表情严肃。

裴颂脱了外套，顺手把它搭在单人沙发的扶手上，就穿着件纯色烟灰色卫衣，懒洋洋地陷进沙发里。

赵旻斜他一眼，做了个深呼吸，但没讲话。

看赵旻的眼神，就知道她又嫌他穿得少了。他从上初中起就这么穿，不管多冷的天，外套下面永远都只穿卫衣和运动裤。

他听见赵旻的喘气声了，明显是动气了。他掏出手机，低头发消息问程北茱到哪儿了，问完后就松松握着手机打转，赵旻不开口，他也不说话。

母子俩就这么无声地对峙着，整个房间陷入一种奇怪的静默。

过了很久，裴颂才开口，声音一如往常的散漫："怎么了，这么急着叫我回来？"

赵旻盯了他半天，才问他："你干什么去了？"

裴颂把手机装进口袋，无所谓地耸了下肩："周末了，散散心。"

"你最好说实话。"

"我怎么就没说实话了？"裴颂抬了一边眉毛，语气有点不耐烦。

"散心能刷五千多？"赵旻在餐桌上重重叩了几下，然后朝他摊开手，"你爸刚打电话了。"

裴颂黯然而轻嘲地笑了声："他不是日理万机嘛，还有空看信用卡消息。"

"这次又买什么了？鞋？"赵旻的视线往玄关处扫了扫，又绕着裴颂转了一圈，他回来时手上好像什么也没拿。

裴颂左右手有一下没一下地扔着手机，语气里带着点嘲讽："以前刷也没见他说啊，现在这点儿就受不了了？还是他终于不想认这个儿子了？"

赵旻提高了声音："裴颂！"

细碎的刘海遮着他的双眼，看不出情绪。

"您还看不出来嘛，他现在连这个都要计较了。让我猜猜他是怎么说的，如果再这样无节制地花钱，就断掉这张卡？"他顺手在茶几的抽屉里摸出一把剪刀来，把信用卡剪掉了，他无所谓地笑了下，"这样行吗？"

裴颂把缺角的卡片和剪刀一起随手扔在茶几上，发出刺耳的金属碰撞声。

赵旻的声音有点痛心："裴颂，我现在真的看不懂你了，也管不了你了，你整天都在干什么？"

"我干什么了？"

"晚自习下了等不到你人，回来就钻书房打游戏，动不动还有大额消费，哪个高三学生跟你一样？"

赵旻和很多父母一样，善用夸张手法。

有些事在他们面前做过一次，他们就会觉得你已经做了成千上百次。

"我上次不是说了吗，相信我就好了。"

"你现在让我怎么相信你？你要是还这样，就——"

"就出国去是吗？能换个新鲜点的来威胁吗？"裴颂打断她，手肘撑在腿上，双手握在一起，缓缓掀起眼皮，"还有，关于出国的事，我以为我们已经达成了共识，您为什么还给我们班主任打电话？"

赵旻是个活在自己世界里的人。

她认定了的想法，是不会被任何人轻易改变的。

即使裴颂的成绩并没有下滑，她仍旧认为八中是泥潭，只有出国才是最好的发展。

就算裴文远早已不愿意跟她维持表面的和平，她还是习惯于依仗他，对他抱有最后的一点幻想。

其实裴颂有挺多话想跟赵旻说的。

他知道，赵旻是关心他的，但总是浮于表面，关心不到点子上。

在他需要陪伴的年纪，赵旻和裴文远几乎不着家。印象中赵旻好像还没学会怎么跟他相处，就在外面打拼事业了。

现在这些迟来的关心，无论如何，都有些生涩和疏远。

她不知道他为什么喜欢在老房子里住，不知道他为什么会转到八中，不知道他在书房大部分时间是在学习，不知道他心情不好的时候才会打游戏。

沉默了半响，裴颂最终什么都没说。他知道，争吵没有用，辩驳也没有用。

他抬起头，缓缓开口："妈，我做的决定，无论结果怎么样，我自己会承担。我只希望，您要为自己活，不用您提前为我留后路为我筹划，也不要再跟我爸浪费时间了。"

赵旻显然没有抓住他话里的重点，看向他："如果没考好呢？"

裴颂掀起眼皮，像是自嘲一般，笑了下，语气平静如水："那我没有怨言，任凭处置。"

进入十二月，京江的天气就一直是灰蒙蒙的，一连十几天都见不到太阳，像极了他们这段兵荒马乱的日子。

八中高三的学生已经自然而然地分成了两派，有一部分人认定"出身即原罪"，高中在八中就已经决定了未来，于是彻彻底底地放弃，剩下的，想尽一切办法挣扎一番。

这段时间，各个高校的艺考陆续开始，班里不少人跑去碰运气，教室里经常坐不满。陈韵吉和朱倩茹的培训班开始集训，她们俩总是请假。朱倩茹和陈韵吉不出现，身边冷清了不少，程北茉才觉得有点想念她们。

常年嗜睡的常乐也两天没来上课了，程北茉发消息才知道，她去考播音主持了。

不知不觉中，八中不少人已经开始寻找出路。

一中的学霸大神们，搭乘着竞赛、自主招生的游艇，风光且飞速地前进。而八中的学生，只能在冰冷的水中艰难地往前游。

十二月过半，自主招生推荐名额的最终结果也公布了。

程北茉因为顶撞监考老师，综合素质评分排名垫底，但因为过往成绩太优秀，总分还是以绝对的优势，位列第一，压过了孙明瑞，拿到了自主招生的推荐名额。

名额公示的那天，京江飘起了冬天的第一场雪。

老闫看最近人心惶惶的，也没在班里宣布这个消息，只是下课后把程北茉叫过去。

楼下的公示栏并没人驻足观看，程北茉路过时，也只是扫了一眼就离开了。

毕竟，有些事就像伸手摘果子，离你很近，踮脚就能够到，还有努

力的可能性。如果离得太远，就像仰起头看星星，你会惊叹它们的闪耀，但并不会想得到它们。

这个推荐名额对于八中的其他学生而言，无异于天上的星星，遥不可及，自然也没什么人关注。

程北茉回教室的时候，在楼梯拐角处碰见了沈清。

两个人往两个方向，沈清只看了她一眼，就沉默地继续下楼。

程北茉追着她下去，叫住了她。

沈清没抬头，脚下却慢了下来："有事吗？"

程北茉说："有空一起走走吗？"

沈清有点吃惊，很快又隐去了脸上的表情："如果是炫耀你拿到了名额，没必要。"

程北茉抿了抿唇，说："我是想谢谢你。"

沈清顿了一下，脸上的表情有点不自然："谢我什么。"

"听老闫说，专项考试的时候，是你帮我跟监考老师解释的，不然我可能连考试资格都没有。"

沈清扯出个不像笑的笑："想干吗，跟我煽情？"

"没有，实话而已。"

"你本来就没迟到，我也是说实话而已。"或许是程北茉坦诚不掩饰的语气戳到了她，她改变了方向，往程北茉这边挪了两步，"程北茉，虽然我可能是最不希望看到你拿到名额的人，但我也不是小人，竞争，还是公平点才有意思。"

过去沈清给程北茉的印象，总是紧绷绷的，视她为死敌，所以说话有点尖酸。

她今天这么直白地说出来，跟平时的她并没什么两样，但程北茉却好像看到了一个全新的沈清。

"总之，谢谢你。"程北茉说。

"你抱着那流浪猫的时候，我还真以为你不打算去参加考试了，当时还觉得我有机会了。"沈清自嘲般地笑了下，"那只猫呢？"

程北茉答："救过来了，让朋友帮忙送去医院了。"

沈清下意识问："朋友？裴颂？"

程北茉迟滞地点了下头。

"朋友……"沈清低声喃喃两句，语气里不无羡慕，"周末一大早，你叫他就来？"

程北茉觉得有点尴尬，没回答。

就算她没回答，沈清也认定了自己心里的答案："程北茉，你真是天选之女，什么都有。"

程北茉用开玩笑的语气说："都在八中，说这话，是不是有点见外了。"

"只有什么都有的人才会这么说。"沈清话里有话。

程北茉无奈地笑了下，她跟沈清交集不多，就算说话，也是跟学习相关的话题。

她说："有话直说吧。"

"你长得漂亮，还跟裴颂走得近。对了，他是不是喜欢你？"

程北茉笑了下："我原来以为你只关注学习，不关注八卦呢。"

"不想说算了。"沈清也笑了，脸上浮现出从来没有过的不好意思的表情。

程北茉轻松地耸肩："OK！"

看程北茉这么爽快，沈清又后悔了，用脚在地上点着："我听说你们有个群，周末还会约着一起出去玩。"

程北茉淡淡笑："你从哪儿听来的？"

沈清哼了声："你别那副风轻云淡的表情，得了便宜还卖乖。"

"我干什么了我？"

"你不知道有多少人喜欢他吗？"

程北茉明白了沈清在别扭些什么，可她没有问出口。

不是她不想得到答案，是因为裴颂就像是耀眼的星星。

他值得很多人喜欢。

这时，裴颂发来一条消息：【恭喜啊，第一名。】

她忍不住浅浅翘了个唇角。

她仿佛看见他懒懒散散地靠着墙，吊儿郎当地冲她扬下巴。

别人都只做摘果子的事，而她，想触摸那颗星星。

校园还是一如既往的热闹。

每周活动课来临，还是有一堆人在校门口激动地倒计时，快到跨年的时候，高一高二的各种活动还火热地进行，拔河比赛，篮球赛，元旦晚会。

跨年那天晚上，程北茉在刷题时，突然想起去年这时候，她和裴颂在江边看烟火。

那一晚，恍如隔世。

对于死气沉沉的高三来说，每天都好像是循环的，毫无波澜的。每一天都被做不完的卷子和随时会到来的考试充斥着。可能课间上个厕所的工夫，回来桌子上就被全新的卷子覆盖了。而你甚至分不清是新发的作业，还是前一天测验的成绩。

时间在恍惚中飞速流逝，就像是流经指缝的沙子一样，怎么抓都抓不住。好像昨天还是灰头土脸的十二月，再抬起头来时，世界已经变成了彩色。

跟小长假差不多的寒假之后，陈韵吉和朱倩茹的艺考成绩也出来了。

朱倩茹过了京江师范大学的影视编导专业线。

陈韵吉跑了省内省外不少学校，老陈关了店，陪着她去了不少学校，但最终颗粒无收。

成绩刚公布的那段时间，陈韵吉眼睛都是肿的。她不是在后悔花了高额的培训费用，就是后悔没有选文科。

直到看到程北苿，她又觉得，如果现在再不努力，就真的来不及了。

于是她被带得也翻起了"五三"。

程北苿虽然拿到自主招生的推荐名额，但她并没有放松多少，反而对自己更狠了。

她的辛苦，身边的人都看得到。

这段时间，她活得像个设置好的机器人。

陈韵吉和朱倩茹最佩服她的自律，她说四点半起床，那就一定起得来，她说刷几套卷子，就绝对做得完。

程北苿最稳定的是语数英，理综是短板。

裴颂会同步给她一中的模拟卷子，她做完后，会整理错题，抽出时间去问裴颂。频率不高，一两周才会有一次，她怕问得太多，他们两个人都分心。

裴颂会认真跟她讨论，帮她解答。而她惊讶地发现，他给她的那套一中的题，他自己也早就做完一遍了。

而裴颂是没有短板的。

数理化优秀，语文和英语也不逊色。

在这段时间，程北苿发现，裴颂看起来吊儿郎当的，其实特别拎得清。

她过去觉得他聪明，其实什么时候该做什么事，他比谁都知道。该做的题，该熬的夜，一样都没少做。

有时候，做题累了，他会去操场上打会篮球。晚自习时，他觉得教室太闷，就去文思楼。

大家看不到他，就会说，人家裴颂真不愧是跩王啊，高三了还能这么玩。就算这么玩，还能考年级第一。

传着传着，就有了裴颂从不学习也能考第一的传言。

裴颂开始还担心这些离谱的传言会到赵旻耳朵里，后来，也懒得去理了。

只有程北茉知道，裴颂有天分，还努力。

这种对手，还真挺难搞的。

临近一模的时候，裴颂终于忍不住，课间在走廊截住程北茉，喊她："程北茉。"

程北茉当时挺困的，手里拿了个保温杯，要去接开水冲咖啡。

猛地被人堵住去路，她茫然地抬眼看他："嗯？"声音哑哑的，一听嗓子就是肿的，上火了。

裴颂叹了口气，顺手拿过她的杯子，跟她一起往开水房走。

"你这熬夜都熬成什么样了。"裴颂瞥了眼她的脸，皮肤状态倒是跟从前没什么变化，就是眼底有两块淡淡的青。

程北茉无所谓地说："还好，没一中的学霸们卷。"

裴颂朝她抛了个疑问的眼神。

"你没看张弛的朋友圈？"程北茉有点惊讶，"他们班的人凌晨三点还在连麦写作业。"

裴颂哪有时间刷朋友圈，他那点心思都用在程北茉身上了。

这段时间想见她还得偶遇。

"他们不要命，你也不要了？"他帮程北茉接了水，把杯子递过去，"程北茉，你多久没拿正眼看过我了？"

语气挺冷的，但程北茉听出了委屈。

程北茉笑了下："撒娇呢？"

裴颂被堵得语塞，清了清嗓子："……中午一起吃个饭？"

"我带饭了。"

程北茉最近都自己带饭，吃完在教室里眯一会儿，接着起来做题，比去食堂要省时间。

她晃了晃保温杯："我先回教室了。"

裴颂被撇下，一个人站在开水房。

裴颂觉得她这人真的挺行，好不容易找机会跟她说上一句话，结果她倒走了。

陈韵吉和朱倩茹默默飘了进来："校草，想不到你也有今天。"

这两个人是什么时候出现在这儿的？

裴颂抄着手，哼了声："……来看笑话？"

"不是不是，茉茉确实有点走火入魔了。"朱倩茹煞有介事地点点头，"不过，你脸上的表情有点精彩，要不要镜子？"

"不了，怕被自己帅晕。"裴颂拨了拨头发，"你还是关注一下自己的表情管理吧，狗仔的气质要遮不住了。"

朱倩茹一点也不在意裴颂说她什么，还反过来安慰他："放宽心，校草。爱一个人就是这样，会让人觉得心里空落落的。"

裴颂拧眉，什么玩意儿……

他往一班教室方向随手一指："我是真担心她，你们听她声音，嗓子都肿成什么样了。"

"我给了她胖大海，陈韵吉给了她三黄片，方阿姨给她带的菜里最近一直有炒苦瓜。"朱倩茹掰着指头说。

陈韵吉跟着补充道："茉茉以前的目标就是全校第一，然后毕业的时候拿学校的奖学金，谁能想到你会跑出来抢了她的第一。这是她最后的机会了，她不得发狠啊？"

裴颂低头，脚在地上无意识地点着。

他其实挺佩服程北茉的。

他在八中是个异类，毕竟带着一中的光环。到现在，大家提起他，还会带上"一中转来的"的前缀。

而程北茉，是一直扎根在八中的人，能有不逊色一中清北班的成绩，不是一般人能达到的。

有时候他路过一班，看到程北茉的身影，就像一棵瘦弱却坚毅的树，就有点心疼。

如果说一中的学生是群星闪耀，那程北茉，就是颗不可忽视的火热小星球，她自信、热情、善良，在自己的轨道上运行，闪烁着独有的光。

一模之前，八中举行了百日誓师大会。

百日誓师大会上，程北茉和裴颂作为学生代表上台演讲。

本来只是高三的活动，竟然吸引了不少高一高二的学弟学妹。

教学楼的栏杆上都趴满了，人挤人。

这边大会还没开始，教学楼上已经有人在喊"裴颂学长你好帅"了。

好嘛，成裴颂的粉丝见面会了。

教导主任气急败坏地赶他们回去，学生们反而更兴奋了，声浪一波又一波地传过来。

程北茉和裴颂在主席台边候场，程北茉望着教学楼上攒动的人头，淡淡笑了下："人气挺高啊。"

"嗯，你不正眼瞧，有的是人正眼瞧。"

程北茉瞥他一眼："这么记仇，小心眼。"

"程北茉——"裴颂话说了一半，主持人就叫他的名字了。

他深深地看了她一眼，信步走向话筒，一如既往的松散而自信。

程北茉在台子后面，盯着他宽阔的肩背出神。

上一次他演讲，是在高二的开学典礼上。那时她站在队伍里，和成千上百的同学一起，仰望着他。

那时候，他们之间并不熟，她还不知道这条狗会和她发生什么故事。

时间真的好快。

裴颂的声音透过话筒，呈现出一种特别的质感。

他每说几句，远处高一高二的学生就尖叫一阵。

程北茉站的地方离大音响特别近，他的每个字都震得她心颤。

"……努力也是一种天分，努力任何时候开始都不晚，希望一百天后，大家都能不留遗憾，达到自己想要的目标，得到自己想要的一切。"

说这句话时，裴颂想偏头看程北茉，但注视着他的眼睛太多了，他身体只是扭了个很小的幅度，最终没有看她。

微风吹动裴颂的碎发，阳光给他整个人镶了一层金边，轮廓清晰。

裴颂和程北茉的演讲结束后，还不能回到各自班级的队伍里，他们就站在主席台旁，有一句没一句地聊着。

"只剩一百天了。"程北茉小声感叹道。

"嗯。"裴颂压着嗓，手背在身后，轻轻在她手心里捏了下，"程北茉，加油。"

皮肤接触，柔软，滚烫。

程北茉颤了一下。

在全校同学面前搞这种小动作……还挺刺激的。

她笑了下："裴颂，小心你的第一名。"

裴颂无奈："能说点浪漫的吗？"

"抱歉，我对浪漫过敏。"

裴颂抿着唇，无奈地对她竖了个大拇指："你真行。"

阳光洒在少年侧脸，他浓密的睫毛也被刷上一层金色。

他们并肩而立，像两只羽翼丰满、准备展翅的小鸟，她看着温柔的天空，春光灿烂，未来一片光明。

"裴颂，我们顶峰相见。"她偏过头，认真地对少年说，"这样算正眼看你吗？"

有人拍下了裴颂和程北茉在主席台对视的照片，在各种群里疯传。

那张照片是用手机拍的，放大了好多倍，画面已经有点模糊了，反而增添了几分氛围感和故事感。

少年线条明朗，嘴角上扬，少女的碎发飘在风中。春日酩酊，少年感随之晕染开来，他们眼神清亮，光芒万丈。

问答网站上有个问题"你眼中少年时代的爱情应该是什么样的"，有人直接贴了他们俩的这张照片，很快就成了高赞热门回答。

那条回答下面，不少人跑上去留言，还有八中人和一中人在留言区为抢校草吵了起来。

就连消失已久的张弛都打来电话："狗，百日誓师大会同台演讲而已，谁让你俩眼神拉丝了？"

裴颂无语："开局一张图，剩下全靠编。"

"编什么编，你自己看看你那眼神。"张弛啧啧几声，"在意一个人的眼神是藏不住的。"

裴颂心想揍一个人的眼神也是藏不住的。

"你跟小茉莉就跟偶像剧里走出来的似的。"张弛感叹了一声，"你说你，都转学快两年了，还是一中顶流。"

张弛是真觉得裴颂独树一帜独占鳌头，一中那么多学霸，那么多帅哥美女，加起来也没裴颂讨论度高。

他骨子里的清风明月和恣意张扬无可替代。酷得像风，野得像狗。

裴颂用欠揍得紧的声音说："那我道歉？"

程北茉拼命的效果显著。

她的理科成绩在艰难中上升。一模时，她跟裴颂总分只差了五分，二模更厉害，裴颂考了 698 分，程北茉考了 696 分。

两次模拟考都是全市联考，裴颂和程北茉都进入了全市前三十。

那是程北茉的历史最好成绩，也是她和裴颂成绩距离最近的一次。

老闫拿着成绩表的时候，表情好像要哭出来一样，比程北茉还激动。

毕竟裴颂再优秀，也是因为有一中的底子，还是黎耀班里的学生。而程北茉是他从高一进校起就开始带的学生。

这样的成绩，在八中，已经是前无古人，是他职业生涯的高光时刻了。

裴颂看到分数时，心里默默笑了下，行啊，程北茉。

所有人都在为程北茉惊叹的时候，只有她看起来淡淡的。

大家都说，这才是大佬，已经心如止水波澜不惊。

二模成绩出来后，程北茉一改平时机器人一般的严密作息，跑去操场上放空。

陈韵吉和朱倩茹也跟着去偷闲。

朱倩茹搡了搡她："茉茉，你太厉害了！有好多人都跟我打听你呢。"

最近高一高二的老师都在自己班里讲程北茉的传奇故事。

朱倩茹认识的人多，有不少学弟学妹来打听。

朱倩茹不无骄傲地跟大家讲，我姐们可酷了，学习好，性格好，长得还跟仙女似的！

程北茉不说话，躺在空旷的操场上，枕着胳膊，空洞地望着天空。

这段时间，她铆着一股劲，想在二模的时候超过裴颂，结果，还是没如愿。

过了一会儿，她突然说："原来世界上真的有怎么努力都得不到的东西。"

也不知道她在跟谁说话。

陈韵吉跟朱倩茹用口型说："她在说什么得不到？"

朱倩茹摇头："不知道啊，年级第一？还是两万块？"

陈韵吉也跟着摇头："学霸的世界我们不懂。"

这时，裴颂路过，正好听到。他手抄着口袋，松散地站着，冷冷道："程北茉，你根本就没努力，怎么知道得不到？"

她觉得自己已经足够努力了，她猛地坐起来，皱眉道："我说的是年级第一，你说的是什么？"

少年顺便坐在她们几个旁边，盘着腿，漫不经心道："我说的也是年级第一啊。"

程北茉忽然觉得，周围的喧嚣像是被收束了一般。世界突然没了声音，只剩下她的心在扑通扑通。

陈韵吉和朱倩茹面面相觑，这两个人，到底什么情况？

她们俩捂着嘴开始猜："我怀疑校草在一语双关。"

"不用怀疑，他就是。"

"可能是茉茉这段时间不理他，他吃醋了。"

裴颂飞过去一记冷冷的眼风："我人还在这儿呢。"

陈韵吉戳了戳程北茉，说："人不能什么都想要，有其中一个就挺好的。"

裴颂笑了下，对程北茉说："还没到最后呢，泄什么气。两分而已，对你来说还不简单。"

程北茉刚才心跳如擂鼓，现在又淌着一股暖流，裴颂好像总是能填补她心里空缺的地方。

"不过，你最好两个年级第一都拿到。"

陈韵吉和朱倩茹跟看戏似的，脑袋一会儿看左边，一会儿看右边。

嗑疯了嗑疯了。

二模没结束多久，三模又开始了，时间像是开了加速器。

一直到初夏来临，程北茉才觉得，日子好像有点不经过。

八中在六月一日举行了毕业典礼。

上一届的毕业典礼，程北茉和陈韵吉她们跑去楼顶看了，领导讲话，学生代表讲话，老师代表讲话，家长代表讲话……然后就没有然后了。

或许是因为这届有裴颂、程北茉和沈清这批尖子生，毕业典礼也比之前的隆重。

典礼的最后，有一项全体师生一起才能完成的活动。

学校提前跟大家征集了照片，制作成了带背胶的正方形卡片，每个人把照片粘在一张巨幅白纸的指定点位上。

巨型白纸前人头攒动，八中之前没搞过这么有仪式感的活动，大家都特别积极。

程北茉没跟着人群挤到前面去，踮着脚四处张望。

这时，有人从后面拍了下她的肩。

裴颂熟悉的声音钻进耳朵："找谁呢？"

程北茉回头，裴颂正站在她身后。

他穿着校服短袖，露出瘦长的手臂，修长的手指正来回把玩着他自己的照片卡片。

天气其实挺热的，不少人的汗已经打湿校服了，裴颂看上去却仍然清爽干净。

她耸了下肩，说："找个有缘人。"

裴颂陪着她演："你看我行吗？"

程北茉装模作样地打量一番："还凑合，就你吧。"

朱倩茹啧啧直摇头："原来这两人喜欢角色扮演啊……"

裴颂淡淡笑了下，顺手抽走了程北茉手里的照片。

果不其然，她用的是看烟火时，他拍的那张。

裴颂嘴角勾了下："走吧，贴照片去。"

他们俩找了个角落，把照片贴在了一起。

那一瞬间，程北茉想了很多很多。

三年太快了，时间好像不曾停留，而她和裴颂的那些记忆，却历历在目。

最后，全体师生的照片组成了一句话，是两年前，那个意气风发的少年站在开学典礼上曾经说过的，那一瞬间，程北茉热血沸腾。

——"坚信世界精彩，绽放人生热爱。"

毕业典礼后，各班排队拍毕业照。

一班排在第一个。

艳阳高照，大家好像一点也不觉得热似的，站在拍照的架子上兴奋地叽叽喳喳。

"学校选今天，是不是为了给我们过儿童节啊？"

"还儿童呢，都成年了。"

"是不是今天我们就算毕业了？"

"想什么呢，考完还得回来对答案，要是复读的话，咱还是同学呢。"

"呸呸呸，说什么不吉利的话。"

……

摄影师调整了一会儿大家的站姿和队形，拍了几张正经的，然后跟大家说，接下来可以放松搞怪一点。

就在按快门的瞬间，一班的全班人突然都朝着程北茉说了句："程北茉，生日快乐！！！"

今天是她十九岁生日。

所有人都在看着她，她的表情有点震惊和茫然。

老闫一再嘱咐摄影师，一定要留着那张照片。

程北茉中考失利，到八中的时候，唯一的目标就是那两万奖学金。

她曾经想破釜沉舟，想要尽快摆脱这里。

可现在，她只有舍不得。

视线穿过人群，她看到裴颂、陈韵吉、杜杨、朱倩茹在看着她微笑。

毕业典礼后，各班回教室发了准考证，强调了注意事项，之后就不再强制要求到校了。

这一周时间里，裴颂只来了一天，剩下的时间都没有来学校。

他们发过几次消息，裴颂说想在家里调整作息。

程北茉觉得还是在学校比较有氛围，一直坚持自习到高考前一天。

只是她放缓了节奏，不再刷题，偶尔拿错题本看看，练练手感。她也不再上晚自习，每天早早就回家，到家还会看一两集电视剧。

在校时间，她主要给陈韵吉她们解答问题。

最近几次模拟考，杜杨都摸到了一本线，陈韵吉和朱倩茹虽然不稳定，但也各有一次上了本科线。

高一高二的教学楼里已经布置好了考场，拉起了警戒线。

高三的教学楼不作为考场，剩下的高三生也受到了肃穆气氛的影响，八中校园里难得地迎来了格外安静的几天。

高考前一天，暴雨如注。

尽管雨很大，大家却像是约好了似的，除了户口在外地的同学，班里百分之八十的人都在。

中午一点多，闫国华匆匆赶到一班教室里，还是他油光瓦亮地中海发型，还是熟悉的深蓝色 POLO 衫，还是已经掉漆的保温杯。

曾经班里人总是调侃老闫，大夏天还抱个保温杯，是不是宫寒啊？

今天教室却静悄悄的，特别沉默。

"今天人这么齐啊？"老闫把保温杯轻轻放下，乐呵呵的，"我来呢，就是跟你们再叮嘱一下。今天最后一天了，也别弄到那么晚了，一会儿就早点回家，回家路上一定注意安全。还有什么凉的辣的，今天就别吃了，考完你想怎么吃怎么喝都行。

"准考证，文具，都别忘了。答题的黑笔，还有 2B 铅笔都多准备上几支，别到时候手忙脚乱地抓瞎。还有不让带进考场的东西，就别带了，

424

免得添麻烦。"

老闫像个老太太，絮絮叨叨。

"平时说话那劲儿呢？今天又不叫你们到黑板上来做题，都低着头干吗，地上有钱啊？刚说的都记住了没？"

底下人声音不大地答："记住了。"

"三年了，总算让我清静了一回了。我这头上一半头发啊，都是被你们气掉的。本来就没多少，现在更稀疏了。"老闫兀自沉默了一会儿，忽然笑了，"我知道你们不少人嫌我烦，嫌我凶，嫌我管太多。我也知道你们在背后叫我什么，老闫、闫王爷。你们以前的学长学姐这么起外号，到了你们，还叫这个，一点新意都没有。但是无规矩不成方圆，好多人觉得进了八中就该躺平，就该摆烂，但这是对自己人生不负责。我做老师这么多年了，怎么让自己工作轻松我能不知道？说到底，还是想让咱们八中的孩子都扬眉吐气、挺胸抬头地走出去。"

这个扔在人堆里都认不出的中年男人，掏心窝子的时候，竟然也能让大家眼眶发热。

有人喊："老闫，等我挣钱了，给你植发！"

感动的氛围一下子被打破了，大家哈哈大笑。

老闫眉一横："先别说挣钱的事，你高考把答题卡记得涂了就谢天谢地！你三模的时候还能把答题卡漏掉，明天一定不能忘！"

有人接着开玩笑，问老闫，如果复读，还能不能报他的班。

"咱八中的学生不差，自己要有信心，高考题目比平时的模考要简单，把会做的都做了，尽全力，就算胜利。别再跟我说什么复读之类的丧气话！你们都走了才好！要回来，就以大学生的身份回来。"

外面的暴雨不知什么时候已经停了，太阳明晃晃的，万物好像都闪着光。

一开始，是坐在窗边的同学发现了天边的彩虹，小声惊呼，于是引得全班人都跑去窗边看。

老闫指着窗外说："你们看，再大的雨都会过去的，过去就会有彩虹的。"

老闫叮嘱完注意事项，班里人开始零零散散离开了。

程北茉离开教室时，老闫叫住了她。

"考场在哪儿，去看了吗？"老闫温柔地关切道。

程北茉点点头。

"之前我带过的毕业班，别说985和211了，上一本线的都不到五个。"老闫望着远处，感叹道，"说你是咱们学校的'熊猫'，一点也不夸张。你是我带过的最好的学生，是八中的骄傲，是所有人的榜样。"

"我会好好考的，闫老师。"

老闫笑了下："你是好孩子，我也没什么要跟你嘱咐的了，你肯定都知道的。放心大胆考吧，你的未来会很闪耀。"

下午三点，高三教学楼基本上已经空了。

暴雨过后，气温不高，甚至有些凉爽。

程北茉跟陈韵吉和杜杨到学校的小超市买文具。

程北茉都买了双份，还很迷信地买了"金榜题名"系列。

陈韵吉说她班上的人策划了场大动作。

"什么大动作？"杜杨边试笔，边问她。

他已经习惯了，无论陈韵吉说什么，他都会自然而然地接话。

"撕书啊。"陈韵吉说，"回学校对答案那天，给教学楼里下场雪。"

"别了吧，那都是你这三年的血汗，你舍得？"杜杨说。

陈韵吉憋了口气："茉茉都没说舍不得呢，你倒舍不得上了。对吧茉茉？"

程北茉想了想，说："我好多卷子都是装颂给的，不能撕。"

陈韵吉："……杜杨你看她！"

杜杨赶紧过去哄："你想怎么样我都陪你，好不好。"

这两个人腻歪了一阵，开始商量要不要奢侈一把，打个车回家。

程北茉从另一排货架上方冒出头："你们一会儿先回，我有点事。"

陈韵吉挺平静地问："你要去找校草？"

"嗯。"程北茉没反驳也没遮掩，点点头，"考前见一面比较安心。"

"那你记得早点回家，明天高考呢。"陈韵吉叮嘱她。

"嗯，我知道。"

他们从超市里面出来时，正在说笑，都没注意到超市门侧站了个人。

程北茉已经往外走了几步，觉得好像有什么闪过，但她没抓住，便忍不住回头看了一眼。

裴颂穿了件白色短袖，肩上松松垮垮地挎了个书包，手抄口袋，定定地看着她。

那张俊脸变化不大，跩跩的，就是好像看着有点疲惫，还瘦了点。

算起来只有一周没见而已，她胸腔里却产生了强烈的撞击，嘭嘭作响。

她就那么站着，都忘了要把身体转过去。

"不认识了？"裴颂朝他们走了两步。

他刚去教室里找她，一班教室门已经锁了。下楼的时候，他看见三个熟悉的人影进了小超市。

程北茉问他："怎么没发个消息？"

"发了，你没回。"

程北茉掏出手机，发现右上角显示"无信号"。

应该是考场正在测试信号屏蔽设备，他们的手机信号都被一并屏蔽了。

他们四个人，两两结伴，慢慢往学校外晃荡。

程北茉递给裴颂个精致的小纸袋："刚才补充了一些文具，说是金榜题名系列，图个吉利。"

"给我买的？"

"嗯，以为你不来，本来打算去你家的。"

裴颂用指关节轻敲了下她的脑门："怎么不打电话或者发个消息，我怎么可能让你跑那么远。"

程北茉像是被戳了一下。

她护着头躲开，叫了声："明天高考！别敲出问题了。"

裴颂也从包里拿出一个纸袋，还是那个网红烘焙的纸袋，里面是吐司面包。

他下巴朝纸袋点了下："吃这个就不会有问题。"

哆啦 A 梦的记忆面包。

她没想到他会在这个时候 call back 这个梗。

上一次就很灵验，她接过来，像抱个宝贝似的抱在怀里。

"想不到我们都挺迷信的。"程北茉拍了下书包，"你给我的御守也在包里。"

"从这点来看，也挺配的是吧？"他吊儿郎当地问。

程北茉撇嘴："得寸进尺。"

"以后还有更得寸进尺的，你有点心理准备。"

初夏的下午，少年男女的两颗心如同太阳一般炙热、滚烫。

到了学校门口，程北茉跟朋友们一起离开，裴颂跟他们正好是相反方向。

程北茉回头看了一眼，裴颂修长的背影看上去有点孤独。

她跟陈韵吉说："等我一下。"

她跑过去，几乎是用冲的，朝裴颂跑过去。

脚步轻盈，热血沸腾。

她拍了拍他的肩膀。

他身上还是那股好闻的味道，沁人心脾的清香，从刚认识到现在就没变过。

裴颂听到脚步声了，但想着应该不是程北茉，就没回头。但片刻后，他肩头一热。

裴颂转过身，笑着看着她说："加油，程北茉，还记得我们的约定吗？"

程北茉点了点头，目光灼灼地盯着裴颂，眼睛前所未有的真诚："裴颂，那两万块对我很重要。"

裴颂心里一沉："我知道。"

"但是，现在有比它更重要的。"

裴颂没问是什么，但默契地笑了下："我知道。"

她有好多话想跟他说，但她知道，不必着急，有的是时间慢慢讲。

加油，程北茉。

加油，裴颂。

加油，陈韵吉，杜杨，朱倩茹，张弛。

高考这两天顺利得让人不可置信。

除开数学题目有点变态，其他科目都在正常难度范围内。

考场的空调不错，不像一班教室那般让人坐着都能大汗淋漓。

一切都像之前无数次模考演练过的一样，得心应手。答完最后一门英语，在检查的时候程北茉就知道，这次不会再像中考时那样惨败了。

最后一门的铃声响起，程北茉盖上笔帽，从座位上站起来时，觉得有点恍惚。

尘埃落定，一切都结束了。

程北茉随着人群下楼，安安静静，没什么情绪地朝考场大门走去。

那扇门外，是无数双殷切的眼睛。

快到学校大门口的时候，忽然听到有人叫她的名字。

周围人声嘈杂，程北茉一开始以为听错了，回头看了一眼没人，就继续往前走。

隔了片刻，那个声音又响起了。

程北茉停下脚步，四下看了看。

很快，一个高大的身影从人群左侧穿过来，挤到程北茉身边。

程北茉语气犹疑："……江括？"

那个太久没见，已经几乎要忘记的人。

江括倒是很快就认出她了。

她扎了个马尾，后背直挺，露出一截雪白修长的后颈，那干净的气质和韧劲是独一份的。

"真的是你！"江括语气里不无惊喜。

江括穿得挺休闲的，白 T 黑裤子，脚上是双白色板鞋。

他个子不低，至少有一米八，只是肩膀没有裴颂那么宽，所以显得有点瘦弱。

他换了时下最流行的细金丝镜框，本来就挺白的，皮肤又细腻，衬得他更斯文。

他们两个人碰头，像是在周身画了个无形的圈，路过的人都不自觉绕开这对帅哥美女。

距离他们上次联系，已经过去了大半年。

江括给程北茉发了一大段话，几近于表白，她没有回复。

程北茉觉得有点尴尬，可江括好像完全忘了似的。

"我在你对面的楼上，刚才下楼的时候就看着像你，没想到真的是。"江括笑了下，"考完了才知道跟你在一个考区，真是遗憾。"

程北茉扯出一个笑："嗯。"

考场打得挺乱的。他们六个人，除了杜杨和陈韵吉，其余都不在一个考场。

"你话还是那么少，我们同学都说你挺酷的。"

程北茉不解："你们同学认识我？"

她原本以为是她和裴颂那张对视的照片都火到交大附中去了，结果

431

江括说："二模三模的时候，八中有两个人杀进全市前三十，其中之一就是你。你还拿到了京江大学的自主招生名额，我们老师总拿你举例子，我们重点班的同学都知道你。"

另一个人是裴颂，但江括并没有提。

江括偏头看她一眼："考得怎么样？"

程北茉点点头："还行。"

"别谦虚了。"

程北茉淡淡道："具体还要等明天回学校估分后才能知道。"

简单地聊了几句，程北茉才知道，江括因为有专利和机器人比赛的成绩，早就拿到了保送名额。

他来参加高考跟张弛一样，只算是一次体验。

千军万马过独木桥，有人提前就到了终点。

程北茉挤出一个笑。

这个世界上不缺天之骄子，还好她有属于自己的灿烂。

"你生日那天，本来想跟你说生日快乐的，又担心打扰你复习，就什么都没发。"江括扶了下眼镜，"补一个迟到的生日快乐吧。"

"谢谢。"

两个人走到学校门口，有不少家长在拍照，记录自己孩子走出考场的那一刻。

程北茉眼尖，看到了人群之中的程勇和方丽珍。

她跟江括说："我先走了，我爸妈来了。"

江括往外看了一眼，长话短说："你打算报哪个学校、什么专业？"

程北茉摇头："还没想好。"

"要一起吃个饭吗？我当初保送的时候，对全国前几的理工科院校都有过详细的了解，可以帮你分析分析。"

"谢谢，不过还是不用了。"

"你不用对我这么疏远，没准以后会在大学碰到呢。"

程北茉抿唇笑了下："我怕我男朋友误会。"

说完，她就转身朝父母快步走去。

程勇和方丽珍提前说好了，见了女儿绝对不提考试的事。

一家三口结结实实地拥抱了下，程北茉就摊开手心："我的手机呢，你们带了吧？"

"带了带了，你就叮嘱了这一件事，我们还能不记得？"

程北茉接过手机就给裴颂发消息，问他从考场出来了没，晚上有什么打算。

她刚才擅自称自己有男朋友，现在想想，确实挺……大胆的。

程勇和方丽珍看着她嘴角上扬的样子，心放回了肚子里。

看来考得不错。

裴颂接到张弛电话的时候，刚从考场出来没多久。

他在人潮中静静地站立着，周围人不停向他投射目光。

"狗，庆祝去？"张弛兴奋地说，"老姜他们要去十三幺玩，他们让叫上你。"

裴颂闷声说："不去。"

张弛那边沉默了一会儿，问："那就咱俩？"

"行啊，去哪儿？"

"要不你家？"

"行，我一会儿去买点饮料。"裴颂把手机从耳边拿下来，看了眼时间，"到家大概四十分钟。"

张弛兴致勃勃地跑来裴颂家，提前点了海鲜拼盘，外卖跟他一起到了裴颂家门外。

裴颂穿了件黑 T，底下是条松松垮垮的运动短裤。

张弛心想高三这么摧残人，他自己的精气都快被吸干了，这狗东西除了看着有点累之外，怎么还是帅得这么惨无人道？太不公平了，难道他边复习边做医美了？

"不进来我关门了。"裴颂没什么表情地靠在门边。

张弛拎着海鲜外卖的盒子进来，正准备换鞋，突然愣住了："你什么时候养猫了？"

"有段时间了。"

"看来我们真太久没见面了，感情都疏远了，这么大的事我都不知道。"张弛把外卖放在茶几上，就往裴颂身上扑，"狗我可太想你了。"

"滚一边去。"裴颂耸了下肩膀，甩掉张弛。

张弛浑不在意，蹲在地上滋滋滋地逗猫："这猫叫什么？"

"Ally。"

"这名挺洋气的。"

裴颂拎了冰饮料出来，就那么随便地倚在冰箱旁，脑子里突然浮现一个挺倔的面孔，说这个名字太土了。

想到这儿，他嘴角微不可察地勾了下。

两个人把饮料和吃的搬进书房，张弛正要往单人沙发上倒，就被裴颂拦住了。

裴颂扬起下巴，朝猫身上点了下："别坐那儿，那是它的专座。"

"它是谢耳朵吗，还有自己专座？"张弛不理解，"那我坐哪儿？"

"除了那儿，随便坐。"

"……狗东西。"

张弛眼睁睁地看着自己在裴颂心里的位置正在飞快缩小，就剩一个点了。

一开始是小茉莉，现在又多了一只猫。

张弛盘腿坐在地上，取了个生蚝，送到嘴边："暑假打算干吗？咱滑雪去吧。"

"现在夏天，大哥。"裴颂靠在窗边，手里从架子上找了个棒球，有一下没一下地扔着。

"去新西兰啊。"张弛习以为常地说，"我想在开学之前猛玩一段时间，我妈都答应了。"

裴颂垂着眼："不去。"

"为啥？我新装备都看好了。"

裴颂起身，把棒球放回原位："没钱。"

"开什么玩笑……"张弛嬉皮笑脸地蹬了裴颂一脚。

"谁跟你开玩笑了。"

张弛察觉到裴颂的情绪不高。虽然他平时也是这副贱得要死的德行，但还是有细微差别的。

"狗，你好像不太对啊。"

"哪儿不太对？"

"你爸把你卡停了？"

"不知道。我把卡剪了。"

张弛目瞪口呆地愣了半天，裴颂懒洋洋地蹬回去，说："这有什么吃惊的。"

裴颂蹬他的时候，短袖袖口往上翻了一下。

他看见裴颂上臂缠了圈绷带。

"你这儿是什么？"

"创可贴。"

"你管那个叫创可贴？"

张弛凑过去要看，裴颂躲开了。

裴颂语气淡淡的："真没事，就划破个口子。"说完，他还动了动左胳膊。

"还好是在左胳膊。"张弛叹了口气，"高考啊大哥，没见过你这么儿戏的。"

裴颂没说话，仰着头灌了口饮料。

他的眼睛像是浸了水的石头，黑漆漆的，又带了点冰冷的亮光。

张弛担忧地问道："跟谁打架了？"

"你那猪脑子不用可以捐了，高考前跟人打架，我有毛病吧。"

"我看你就是有毛病——"张弛愣了下，试探道，"不会是你爸弄的吧？"

裴颂迟疑，最终还是点了点头："嗯。"

"他也真是的，不知道高考最大吗？怎么，他是要把你弄到国外去？"

"老裴一开始就没打算让我去国外，多花钱的事儿啊。我在八中才是最合适的。"裴颂自嘲地笑了下。

张弛到嘴边的话咽了下去。他知道裴文远的一些事，但作为外人，没什么评判的资格。

他只好问："赵女士呢？她不拦着？"

裴颂手臂上的伤，就是他们吵架砸东西的时候误伤的。

裴颂还什么都没说，张弛就已经脑补了一出激烈的父子斗殴戏份。

他以前就觉得，裴狗这人身上这种冷冷的气质，特别容易走极端，要么是根正苗红好青年，要么就是隐藏的犯罪高手。

裴颂顿了下，淡淡地说："赵旻女士要和老裴离婚，就是他俩闹的时候弄的。"

具体为什么在这个节骨眼闹离婚，为什么会弄成这个样子，裴颂不说，他也不好问。

"别这么看着我，没什么事。"裴颂风轻云淡地说。

张弛只好换了个角度，闷声闷气地问了句："你考试没影响吧？"

裴颂望着窗户外，晚霞在天边烧了把火，他的窗户就像是个绝佳的画框，美得让人挪不开眼。他轻点了下头："没。"

裴颂一向心里有数，张弛就没再问了。

"小茉莉知道吗？"

裴颂摇头："考试前一天见面了，但没跟她说，她也没看出来。"

"打算让她知道吗？"

裴颂一直在划拉手机，来来回回地看程北茉发给他的那些消息。许久，也没给张弛个回应。

张弛拿出手机，打开微信："我叫她过来吧。"

张弛觉得只有程北茉过来能安慰到裴颂了。

"算了。"

"你别扭什么呢？想独自受伤独自疗愈？别矫情啊，也别给我整电视剧里面突然消失那出，你要敢这样，我就看不起你，跟你断绝兄弟关系。"张弛撇了下嘴，絮絮叨叨，"小茉莉跑了就哭吧你。"

"想什么呢你？这么晚了，她一个女孩子在路上不安全。"裴颂斜他一眼，"而且如果现在见她，万一要拥抱，胳膊都使不上劲。"

张弛被猝不及防地塞了口狗粮，嘴里的皮皮虾都掉了一半。

他捡起皮皮虾，面无表情地往嘴里塞："好吧，还是你想得周到，我还以为你在别扭，觉得自己状态不好不敢见小茉莉。"

"最近家里一堆事，状态确实不大好。"裴颂用手醒了醒脸，"对了，朱倩茹考得怎么样，你们联系了吗？"

张弛面色有点尴尬："提这个干吗……"

裴颂："你俩现在什么进度？"

"没进度，还倒退了。"

"怎么回事？"

"我这马上要走了，未来什么样也不清楚，跟人家在一起，不负责么不是？"

裴颂斜睨他一眼："嚯，第一次从你嘴里听见负责这词儿，挺新鲜。"

张弛眉头一横：“我有那么不堪吗？”

裴颂手上刷着朋友圈，一边漫不经心地跟张弛搭话：“有。”

今天的朋友圈内容大同小异，要么是在喝酒庆祝高考结束，要么是在感叹高中时代的结束。

忽然，一张照片吸引了裴颂的注意。

他已经滑过去了，又滑了回来。

那是以前一中的同学发的朋友圈。照片是那同学出考场时，家人给他拍的。在虚化的人群里，裴颂一眼就认出个熟悉的身影。

发型身材跟程北茉几乎一模一样。

她旁边那是……

裴颂起身就往外走。

张弛躺在地上，随口说：“狗，给我接杯热水，刚喝得太猛了，肚子有点不舒服。”

“自己接。”

“顺手的事，你有没有一点待客之道……欸，你穿鞋干吗？”

裴颂清了下嗓子：“找女朋友去。”

她过来不安全，不代表他不能去找她。

“你不是状态不好吗？”

裴颂没理他，拿出手机给程北茉发了条消息：【胳膊有点疼。】

六月初，夜晚的暑气并不明显，初夏的风拂过，脸上的薄汗很快也被吹干。

吃过晚饭，杜杨跑上跑下，从家里抱来一张凉席。三个人在大齿轮的雕塑下面，躺在凉席上，一人一瓶汽水，跷着二郎腿，脚丫子朝天。

十几年前，他们三个也曾经这样，就算被蚊子咬得满身包，也要赖皮似的躺在院子里数星星。

已经好多年没有这样轻松自在过了。

那时城市里还能很清楚地看到银河，穿空而过，像一条发光的履带。

程北茉望着被霓虹反射的夜空和几乎捕捉不到的星光，有点怀疑自己的记忆是否真实。

陈韵吉用三根吸管接成一根长管，这样就算躺着不动也可以喝到汽水。

陈韵吉得意扬扬地向两位小伙伴展示自己的动手成果，结果下一秒，汽水就喷了一脸。

呛得她涕泗横流。

程北茉偏过头看了一眼。

嗯，记忆并没有出错。旁边的人还跟小时候一样咋呼。

杜杨从口袋里掏出一包纸巾，一手扶着陈韵吉的头，一只手用纸巾给她擦脸。

尽管是自己操作失误，陈韵吉还是不讲道理地哇哇乱叫。

杜杨小声哄了她几句，抚着她的后脑勺给她顺毛。两人凑在一起，不知说了些什么，声音越来越小。

程北茉正要说别说悄悄话，就看到杜杨按着陈韵吉的头，在她唇边轻轻亲了一下。

特别亲近和熟练，熟练到，他们好像都忘了旁边还有人。

这头小兽立刻就安静下来了。

程北茉瞪圆了眼睛，一个鲤鱼打挺坐了起来："……你们俩什么情况？！"

陈韵吉一愣，突然变得结巴："我们……"

"我们在一起了。"杜杨肯定地说，顺便握住了陈韵吉的手。

陈韵吉和杜杨在同一个考区，最后一门考完，杜杨就等在陈韵吉的考场楼下。她刚下来，他就抱住了她。

一向伶牙俐齿的那位，却像丧失了语言功能，乖乖地点了下头，附和道："是的。"

程北茉从震惊到平静不过几秒时间，她呆坐了几秒，又重新躺下，语气淡淡道："也不算意外，迟早的事。"

陈韵吉这位天生反骨立刻就不爱听了："什么叫迟早的事？又没结婚，什么都可能发生！"

杜杨扑过来，捂住陈韵吉的嘴："做梦，这辈子你就跟我过吧你。"

程北茉赶紧捂住眼睛，没眼看没眼看。

三个人打闹了一会儿，力气耗尽，又归于平静。

陈韵吉躺成一个"大"字，两条腿各搭在身边人身上，有点发愁："我还没想好怎么跟我爸说。"

老陈一直不让陈韵吉和杜杨走太近。

程北茉逗她，欲起身："那我去跟他说。"

"你回来！"陈韵吉把她拉回来，"光说我们了，校草人呢？"

"可能在家吧。"

"你们没联系？"

"联系了，他说胳膊有点疼。"

陈韵吉安慰她："估计是答题太用力了，我胳膊也有点酸呢。"

程北茉点头，"嗯"了一声："反正明天就见到了。"

院子里的邻居来来往往，瞧见他们三个，都要问一句，考得怎么样。

他们本来都默契地不提高考的事，最终还是没忍住。

陈韵吉问："茉茉，我们以前还没聊过，你想学什么专业？"

程北茉想了想："材料，或者机械工程相关的吧。"

"听上去就是我这辈子都不会想学的。"陈韵吉撇撇嘴，"怎么会想到学这个？"

程北茉扬着下巴，朝他们旁边的齿轮雕塑点了下。

他们住的小区是齿轮厂的老家属院，有不少邻居以前都在齿轮厂工作，程北茉经常听一个技术员叔叔讲一些相关知识。

"你不是也跟我一起听过吗？"程北茉问。

"我哪听得懂，左耳朵进右耳朵出罢了。"陈韵吉讪讪道，"我还以为齿轮厂是打螺丝的……"

"这个想法很新颖。"程北茉哈哈笑了几声，拿起空汽水瓶，起身准备去店里再拿瓶新的，"你俩还喝吗？"

"喝！"陈韵吉举起一只手，"我说咱们能成人一点吗？拿三瓶啤酒行吗？"

程北茉比了个"OK"的手势，手里拎着空瓶，趿拉着拖鞋往外走。

小区里路灯坏了一半，黑乎乎的。这种老破小院子里，路本来就不平，更何况她还穿着拖鞋。

快到小区门口时，程北茉不小心被一块不平整的地面绊了一下。

身体倾斜的瞬间，她第一反应竟然是护住怀里的汽水瓶，毕竟这些都是要回收的。

下一秒，就有人从背后撑住了她的胳膊。

她站稳后，回头看了一眼，本以为是哪个邻居，眼角的笑意刚漾上来，就滞住了："……裴颂？"

裴颂穿了件黑色的短袖 T，像是隐在黑暗里一般。

下一秒，她像是预料到什么一样，心脏开始不受控地狂跳。

这么晚跑来，是不是要跟她说些什么。

裴颂扶着她站直，从她手肘里抽出汽水瓶，语气冷得紧："这瓶子比你人还宝贝？"

程北茉穿了条牛仔短裤，短裤和白色线袜之间，是一截雪白修长的腿，笔直地立在裴颂面前。

今天的她跟平时不太一样，头发松松地在脑后扎了个丸子头，整个人有种慵懒、柔和的松弛感。

她在学校没这么打扮过。

路灯昏暗，裴颂的视线由下及上，最终挪到别处，喉咙却不自然地上下滚动。

"那是。"程北茉听出他的嘲讽语气，借着昏暗的路灯打量他两眼，"你来干吗？不是胳膊疼吗？"

"又不用胳膊走路。"裴颂说。

阴阳怪气的。

程北茉不大客气地翻起他的右边袖子，不轻不重地拍了两下："我看你胳膊挺好的。"

裴颂轻笑了一声，也不解释，只点点头："嗯。"

程北茉掀眼皮瞥他一眼，觉得不太对，又绕过去翻他左边袖子。

裴颂下意识躲了一下，程北茉就更认定他左边胳膊有问题。

其实他完全可以用一只手抱住她，这样能控制住她。但这是在她家小区里，来来往往的人可能都认识她，他觉得不太好。

最后躲不开，裴颂自己把袖子往上撸了撸，露出一截包扎的绷带。

程北茉惊讶："真的受伤了？"

裴颂问："你以为我装可怜？"

程北茉认真点头："嗯。"

虽然他确实有那意思，但他是裴颂，裴颂是不会承认的。

"我有那么没水准吗？"裴颂笑了下，轻轻掐了掐她的下巴，把她的脸别过来，"别看了，真没事。"

程北茉赶紧把那两个空瓶拿过来，放在花坛边缘，问他，"是高考前弄的吗？"

"嗯。"

"难怪你那一周都没来学校。"程北茉又往他左边胳膊瞥了眼，"我以为你只是单纯的心情不好。"

"你看出来了？"裴颂有点意外。

"挺明显的好吗？不然我能把你排在两万块前面嘛。"

裴颂眉头一动，想起高考前一天，她跟他说的话。

程北茉问他："到底怎么弄的？"

"家里出了点事。"

程北茉立刻想到曾经跟他争吵的他父亲。但她没提，只安静地等裴颂继续说。

裴颂语气淡淡道："我爸妈最近要离婚，我爸发脾气砸花瓶，我上去拦了一下，划破了。"

家里这些事，他原本没打算跟任何人讲的，但心里憋闷，想到的是程北茉，也只有程北茉。

"这事也赶得挺巧的，我妈前段时间回了趟京江公馆的家，发现电梯间有两辆儿童滑板车，家里密码也改了。"裴颂面无表情地讲述着，好像这件事与他无关，"我爸直接把那女的和她生的双胞胎接到家里住了。"

赵旻原本以为裴文远只是出轨，没想到他在外面有一对双胞胎。她去跟裴文远当面对质，没想到越挖越大，就连京江公馆的房子户主都是那个女人。

赵旻当场差点昏了过去。

那套房子价值近千万。

程北茉听得心惊肉跳的，嘴都忘了合上："这、这不是夫妻共同财产吗？"

"他有那么多公司，自然有自己的办法让钱不从他名下过。我妈这些年不管公司的事了，在钱的方面也没防备过他。"裴颂自嘲一般地说，"是不是挺像狗血电视剧的？"

"那、那现在怎么办？"

"我妈最近身体不太好，在我小姨家，离婚的事我舅舅在帮忙谈。协议离婚应该是不可能了，估计得打官司。不知道什么时候能结束，我也帮不上什么忙，拍的那些照片也不知道能不能用上。"裴颂垂着头说，盯着地上某处，眼里好像没了焦点。

程北茉愣了半晌，不知该用什么话安慰他。

那双眼写满黯然，像没有星星的夜。

这些天，也不知道他是怎么独自扛过来的。

隔了挺久，她才挺心疼地问了句："疼吗？"

裴颂摇头。

"那你考试……"

"放心吧，没影响。"裴颂笑了下，伸手揉她的头发，"今天本来没打算过来，家里的事太乱了，想等事情都处理完，我自己状态好点，再来跟你说这些的。没忍住还是来了。"

程北茉勾唇，轻轻笑了下。

"挺想你的。"

"嗯。"程北茉目光灼灼地盯着他，似乎还在等他说下面的话。

裴颂顿了很久，仿佛有些挣扎，最终，他抬眼，沉沉地看向她："所以，还愿意跟我在一起吗？"

这话实在不像裴颂说出来的。

她眼中的裴颂，一直都是那个桀骜难驯、轻狂不羁的少年。他拥有令人羡慕的好人缘，拥有看上去毫不费力的傲人成绩，永远明朗，永远自信。

或许只有她见过他现在这一面。

程北茉没回答他，反而问他："你知道我们小区这里以前是哪儿吗？"

裴颂愣了下，答："齿轮厂的家属院？"

"嗯。"程北茉往院子里面指了指，"那边有个很大的齿轮雕塑，我每天都会路过它。"

那是一组用石头雕刻的庞然大物，造型也不怎么美观。

大人们都说这玩意儿太占地方，想改建成更实用的活动空间，说了十几年，也没动过。

"裴颂。"

程北茉认真地叫他的名字。

"中考失利的时候，我就在想，我觉得我的生活就像齿轮，坑坑洼洼，还一直都无意义地运转。可我现在不这么觉得。命运确实像齿轮，是凹凸不平的，但两个齿轮咬合在一起，就能继续运转。"程北茉认真地盯着他，目光清澈而真诚，"我愿意跟你在一起。"

他是最棒的对手，也是最好的朋友。

他跟她说过，不要因为他放弃任何机会。她现在也不会因为其他任何因素放弃他。

她喜欢他，只跟这个人有关。

程北茉扬着脸，那张脸未施粉黛，眉目舒展，清纯又坚定，抚平着他不安的心。

她像一株破土的春草，充满了力量。

温度从指尖传至心脏，浑身的血像是沸腾了一般。

裴颂心热，眼更热。

裴颂从前总觉得，他们俩的关系里，自己多少占据了一些主导地位。

可现在，他的心脏在空旷的胸腔里剧烈地震动着，有点不受控制。

扑通扑通。

晚上十点多，张弛跟田螺姑娘似的，在裴颂家又收拾又擦洗，突然手机收到条消息。

PS：【我回来比较晚，你要住的话就住，不住的话记得关好门，给猫倒点粮，还有，屎帮忙铲一下。】

张弛：【？？？】

PS：【我陪女朋友，先不说了。】

张弛差点就把手里的抹布扔了。

回头看见 Ally 伸了个懒腰，他突然很认真地说："你爸是条狗，知道吗？"

张弛在裴颂冰箱里翻腾了一阵，又开了瓶酒，咕咚咕咚灌了几口，边啃剩下的皮皮虾边借酒浇愁。

算了，痛风就痛风吧。

高考完这么爽快的解放日子，他真是闲得慌，跑这儿给自己找什么不痛快啊。

程北茉的手机在口袋里狂响不止。

接起来，陈韵吉的大嗓门传了出来，都不用开免提，震得程北茉把手机拿开一段距离："茉茉，我的酒呢？你是不是把这事儿忘了跑回家了？"

程北茉看了裴颂一眼，说："马上就来。"

"快回来！我要买醉！"

挂掉电话，裴颂扬下巴："走吧。"

"你来之前，我和他们俩在院子里聊天。"程北茉指了个方向，"对了，陈韵吉和杜杨在一起了。"

裴颂抬眉毛："是吗，杜杨还挺快的。"

"你不是也挺快的嘛。"

程北茉本意是想说，高考刚结束就跑来见她了，多快。

不料裴颂清了清嗓，吭吭两声："那个……我应该不快吧。"

446

"谁说这个了！"程北茉正要抽他，想到他胳膊有伤，又缩了回来，"挺自信啊你。"

裴颂漫不经心地说："你回头试试不就知道了。"

这话就像是猫爪子一般，在程北茉心上挠痒痒，只戳到一处，却浑身都有触电般的感觉。

面对裴颂不动声色的挑衅，程北茉选择转移话题："也不知道张弛和朱倩茹是什么情况。"

裴颂耸肩："今晚应该是不会有什么情况了。"

"你怎么知道？"

"他在我家。"

程北茉："……哦。"

太狗了。

程北茉去店里拿了几听啤酒，裴颂要帮她拿，她怎么也不肯。

"只是外伤，又不是断了。"裴颂无奈地说，还是抢了过来。

他们两个一起回来时，杜杨跟陈韵吉还瘫在凉席上，回头一看，人都傻了。

"校草，你怎么来了？"陈韵吉爬起来。

"怎么，不欢迎？"

"欢迎，当然欢迎了。"陈韵吉嬉皮笑脸的，双手撑在下巴上，做星星眼状，"我最喜欢看好看的人谈恋爱啦。"

"听说你们俩在一起了。"裴颂笑了下，"恭喜啊。"

"同喜同喜。"陈韵吉早就把啤酒这茬忘得干干净净，眼睛溜溜地瞅着这两个人，给程北茉使眼色，发送脑电波：到手了？

程北茉不像朱倩茹那般掌握精髓，那双圆眼睛盯了半天，也没明白是什么意思。

陈韵吉放弃了，心想这孩子，学习的时候那么灵光，这时候咋就跟个笨蛋美人似的？脑袋跟没用过一样。

陈韵吉转向裴颂，小声问了句："拿下了？"

裴颂忍着笑，煞有介事，接头一般压低声音："嗯。"

陈韵吉来劲了，原来程北茉消失这会儿，是干大事去了。她格外热情地拍拍凉席，像是坐在自家炕头似的："别光站着，坐啊。"

裴颂扫了眼这个略简陋的"露营地"，自然而然地坐下。他那两条长腿无处安放，敞开搭在水泥地上，微微蜷着。

他往这儿一坐，遛娃的阿姨，散步的大爷，来回都多看几眼。

杜杨跟裴颂用眼神打了个招呼，男生之间一直都是淡淡的。现在这么大的八卦就在眼前，杜杨好像都没什么主动打探的意思，只是静静听着他们说话。

陈韵吉开了听啤酒，啤酒沫横飞，她赶紧吸溜了一口，兴奋地说："快碰个杯，庆祝咱们几个脱单。"

程北茉下意识拦住："他不能喝。"

"怎么这就管上了？"陈韵吉拱到程北茉身边，用肩头搡她，"快快快，讲讲过程。"

"挺复杂的……"

陈韵吉没那个耐心，直接问："亲了吗？"

"那也不能让你看见。"裴颂把话接了过去。

他垂着手，把玩着手机。

"你怎么可以偷听闺密私房话！"

裴颂无奈："你嗓门大得顶楼住户都听见了。"

"污蔑！快从实招来，你们俩——"

裴颂打断她："无可奉告。"

"怎么，我们在，你们下不去嘴啊？"陈韵吉嘴里叼着吸管，眼睛眨了眨，"校草，你不行。"

裴颂试图激一下她："有本事你们也亲啊。"

陈韵吉勾着杜杨的脖子就要上演激情吻戏，被杜杨挣脱了。

"你回来，你是不是嫌弃我！"陈韵吉喊了一声，踩上鞋就去追杜杨。

这两个人打闹的时候，裴颂跟程北茉使了个眼色，下巴朝外点了下。

程北茉会意，起身就往外走。

裴颂勾了勾她的下巴："这你就懂了？"

程北茉大言不惭："这可能是，男女朋友的心有灵犀。"

小区东边是餐饮，还都在营业，烟火气十足，正热闹。

两人离开小区，沿着西边安静的街道散步。

路灯暖黄，树影婆娑。

这边街上没什么行人，偶尔有车子经过，其余，只有他们俩的脚步声。

裴颂牵住程北茉的手，松松地握了一会儿，变成十指交扣。

拉着手的时候，两个人都心猿意马的，手上都起了层薄汗，但始终没松开。

程北茉问："裴颂，你知道我最喜欢什么时候吗？"

"现在？"

程北茉摇头："我最喜欢黄昏。"

裴颂看她一眼，没说话，静静地等着下文。

"因为跟你在一起的时间，大多数是黄昏。"程北茉边回忆边说，"活动课一起自习，家长会一起聊天，还有篮球联赛之后。"

裴颂清了清嗓子："篮球联赛啊……有个人跟你要了联系方式。"

程北茉无语："我说了这么多，你就记得这一件？"

"嗯，印象深刻。"裴颂，"你跟他今天不是还遇到了吗？"

"你怎么知道？"程北茉以为裴颂在她的考场有眼线。

裴颂说是朋友圈看到的。

程北茉阴阳怪气："裴大校草朋友圈真广。"

他淡淡回了句："还行吧。"

"你怎么这么酸……"程北茉点了点他的鼻尖。

"有吗？"

醋味都盖过酒味了。

"你知道吗？江括有机器人专利，早就保送了，他参不参加高考都一样的。"程北茉故意说，"是要约我吃饭来着，还想帮我分析分析学校和专业。"

"我上哪儿知道去。"裴颂眉毛慢慢拧起来。

程北茉拿架子，偏不往下说了。

裴颂摩挲着她的手，急切地在她手心挠了下。

程北茉看他急切的样子就觉得有趣，吊了好一会儿才说："我当然没答应，我说，怕我男朋友误会。"

这次换裴颂拿架子了："挺会狐假虎威。"

程北茉露出个无奈的表情。

过了好一会儿，裴颂觉得江括这个人彻底翻篇了，才接着问："什么时候喜欢我的？"

程北茉想了想："有次考完试，沈清让我问你最后一道大题的解法，你没告诉她，但是考完试你叫我一起吃饭，告诉我了。你说跟外人没什么可说的。"

"那我比你早。"裴颂挺自然地接了句。

"那时候你就把我当你的人了吗？"

裴颂笑了下，"嗯"了一声："那你现在也是我的人了。"

走了会儿，裴颂回头瞥了眼她脚上的拖鞋，问："累吗？"

"还行。"程北茉摇头，又瞥他一眼，走了这么远，还以为他会说什么浪漫的话。

裴颂多聪明，捕捉到她的眼神，拉着她又走了几步，才漫不经心地问：

"不开心了？"

程北茉没说话。

裴颂笑了下，把她扯过来，一把带进怀里。

他一手勾着她的腰，紧了紧胳膊，一点点凑近她的脸说："这儿没人。"

他们正上方的路灯坏了，正好是一片暗区。

两个人站在树影里，并不容易被看到。

"哦。"

程北茉仰头看了一圈，视线再回来时，发现裴颂正盯着她。

眸子浸过水一般漆黑晶亮。

她本来想挣脱，想到他左胳膊还有伤，怕误伤到他，就没动。

温热的气息喷在程北茉脸上。她闻到点淡淡的酒气。

"你喝酒了？"

"嗯。"

"受伤了还喝？"

"就喝了几口。"

就喝了几口，自然不可能醉。

他的眼神却有点迷离。

程北茉摸了下他的脸："看什么看？"

"太漂亮了。"

"裴颂。"程北茉偏过头，躲避着他的视线，"你真是条狗。"

"你再说一遍？"裴颂假装凶她，又把她的脸掰正。

她才不怕："亲不亲啊你？看来是真不行。"

裴颂靠近，鼻尖碰上她的鼻尖。

"说谁不行呢。"

温热的呼吸变得灼热，来势汹汹。

程北茉突然有点想退缩。

她还不知道自己要为刚才那句话付出什么样的代价。

裴颂抽出手，扣住她的后脑勺，把她推向自己。

丸子头散了，她也顾不得了。

他的手指插进她脑后的头发里，那种从未有过的触感弄得她头皮发麻。心尖的位置像是有股火苗，轻轻地蹿，忽明忽暗，好像随时会猛烈地烧起来。

她的初吻是滚烫的。

裴颂青涩但猛烈，带着一股冲劲，撬开她的唇齿。她承受不住，往后连连退了两步。

腰上猛然一紧，整个人又被他拢了回来。

热烈过后，裴颂把她的脸捏成嘟嘟嘴，说了句怪可爱的，接着就跟盖戳似的，啄一下，又啄一下。从她的脸颊，到鼻尖，到睫毛，最后又落在嘴唇上。

叭叭啵啵的，声响不小。

"行不行？嗯？"裴颂问她。

尾音带着点沙哑，性感地敲打在她心上。

程北茉觉得痒，躲避着他："行，行，行得很。"

裴颂帮她理了理头发，然后把她整个抱在怀里。

他个子高，结结实实地罩住了她。

她听到裴颂胸口有力的扑通扑通声。那是来自男朋友的，蓬勃的心跳。

裴颂用脸颊蹭了蹭她毛茸茸的头顶："茉茉，谢谢你。"

"嗯？"

"谢谢你跟我在一起。"

程北茉对浪漫有点过敏，又对顺毛狗不大适应："干吗突然煽情？"

"因为喜欢你。"

452

程北茉摸了摸他的头："乖乖小狗，我也喜欢你。"

树影下，裴颂和程北茉抱在一起，细细密密、轻轻啄啄地亲了好久。

四周安静，这条十几年没变化的街也变得顺眼。初夏的风像一只温柔的手，拂过他们的脸。

程北茉的下巴抵在裴颂的锁骨位置，问："我们好像忽略了一件事。"

裴颂低头，气息均匀地喷在她脸上，弄得她痒痒的："高考？"

程北茉眨了眨眼："原来你知道我在想什么。"

"当然。"裴颂亲了下她的睫毛，"我女朋友会是黑马吗？"

程北茉用半开玩笑的语气说："拳打一中，脚踢交附，横空出世坐上省状元宝座的那种吗？"

裴颂卡顿片刻："这种出场方式我倒是没想过，不过也不是不可以。"

"……就是幽默一下。"程北茉耸了下肩，"你以为那些大神都是吃素的？今年题不算太难，估计竞争挺激烈的。"

"他们吃什么不知道，反正我女朋友是吃可爱吃漂亮吃聪明长大的。"

裴颂用拇指摩挲着她的脸颊，软软的滑滑的，手感特别好。

程北茉睨他一眼："以前没发现你这么会说。"

"以前又不是女朋友。不然你早就发现了。"

程北茉"喊"了一声。把头埋在他胸口，她又忍不住笑。

她大概再也遇不到这么臭屁又自信的人了。

她把话题拉回来，说自己心里有个大概的底，不过具体还是要等明天估分后才能知道："应该不会太差，你呢？"

裴颂点头："还行。"

她说了那么多，他就说个还行？

"什么叫还行？"

"还行就是，正常发挥，胳膊影响也不大。"裴颂笑了下，"只要我没疯，本来就没什么考砸的可能性。"

程北茉啧啧两声："臭屁。"

裴颂还给她个无辜的表情："实话实说。"

程北茉小心翼翼避开他的左胳膊，用脸在他身上蹭了蹭。

"终于能睡个好觉了。"程北茉长长地出了口气。

"我女朋友这一年太辛苦了。"说着，他又在她嘴唇上啵了下。

"有时候执念太深，也不知道是不是件好事。"程北茉淡淡笑了下，"有几次就是咽不下那口气，觉得怎么能一次都考不过你？"

"那现在咽下去了吗？"

"现在还有什么咽不下去的，你人都已经是我的了。"

"还没到最后呢。"裴颂帮她把一撮头发拨到耳后，"成绩出来后见分晓。"

裴颂把程北茉送回家，看着她上了楼，又盯着她房间的窗户站了好久。

她房间开着风扇，每隔一会儿，窗帘就会被吹起来。

摇摇曳曳，飘得他心尖痒。

看了好久，他才打车离开。

程北茉家的那条街很安静，转到主干道上，夜生活还未结束。

大概是全城的高三毕业生都跑出来疯了，已经深夜了，回程一路都热闹，一路都堵车。裴颂在暴躁出租车司机的骂声中，却觉得目光之所及都顺眼极了。

回到家时，张弛已经睡下了。

"田螺张"干活挺利索，家里收拾得很干净。他就那么睡在书房地毯上，身上什么也没盖。

张弛本来就瘦，再蜷着身子这么睡着，看上去有点可怜。

裴颂本来想回来吃点剩的海鲜，没料到张弛赌气似的，把两人份的海鲜扫荡得干干净净。

裴颂饿得厉害，找来找去，冰箱里都是生的，最后只能开了瓶矿泉水，灌了几口。

一切都尘埃落定，他身上还是有种轻飘飘的感觉。

他倚在厨房门口，喝几口，又停下来发会儿呆，想到晚上和程北茉的种种，忍不住勾了勾嘴角。

裴颂回房拿了条薄毯子，刚给张弛盖上，这厮突然醒来了。

张弛身上酒气浓浓的，揉眼睛看清来人，恍惚了片刻，下一秒就开始大骂裴颂渣男。

"你还知道回来！"语气多少有些幽怨。

正好这时，程北茉发消息过来，问裴颂到家没。

裴颂没抬头，在手机上打字："等会儿再骂，我给女朋友回个消息。"

张弛反应有点迟钝，像是没听见他说什么。

张弛睡前是有点醉的，这会儿已经醒酒了，就是身上不太舒服。

他跑去卫生间吐了一下，才彻底清醒。

清醒后，他就更停不下来了。骂到一半，他突然回过神来："你们俩，确定关系了？"

"嗯。"裴颂盘腿坐在地毯上，"喝糊涂了吧你，才反应过来。"

张弛："你还有脸说，你知道这几个小时我怎么过的吗？！叫我过来喝酒，自己谈恋爱去了。"

裴颂不动声色地抛出条件："以后结婚你坐主桌。"

"这才哪儿到哪儿，你就想到结婚了。"

裴颂踹他一脚："不愿意算了。"

"愿意愿意，你还得给我包个大红包。"

裴颂哼笑一声："行。"

张弛上下打量他，试探道："是不是今晚我提什么要求你都会答应？"

裴颂默默地挪开一段距离。

张弛："我不是那个意思！"

第二天，阳光明媚。

程北茉到学校时，教学楼下到处都是不用再穿校服的高三毕业生。甚至有人用这一晚的时间，去染了个夸张的发色。

程北茉往教学楼走，一路上迎来不少高一高二学生羡慕的眼光。

各班回教室领答案，班里有三分之一的人没来。来了的，大多都随意翻几下，就三三两两聚在一起，聊暑假去哪里玩，或者在校服上互相留言签名。

对八中大多数人来说，估分是个没用的环节，还不如听天由命。

领到答案，裴颂就来一班找程北茉了。

白T配运动短裤，头发像刚洗过一样，根根分明，阳光清爽。

他早上睡过了，临走前匆匆冲个澡就赶紧往学校跑，这会儿头发还没干。

他带了杯奶茶，随手放在程北茉桌上，然后问："开始了吗？"

程北茉摇头："刚拿到手。一起？"

"嗯。"裴颂从后面的空位上扯来把椅子，坐在她身边。

熟悉的清香味又飘了过来，程北茉忍不住偷瞥他一眼。

本以为他没发现，结果下一秒，他就揉了揉她的头，把她的视线摁在答案上。

他现在有恃无恐，全然不顾一班其他人的眼光，完全把"程北茉是我女朋友"写在了每个动作里。

程北茉尝了口奶茶，说好甜。

裴颂顺手接过去吸了一口，确实挺甜："店员可能弄错了，一会儿重新给你买。"

常乐在旁边，被这一系列操作惊得下巴都快掉地上了："你你——你俩在一起了？"

程北茉"嗯"了一声。

这是什么学霸相恋的偶像剧剧情！

裴颂提醒她："小心脱臼。"

"天哪，我是睡了多久……"常乐仰天长叹，"我同桌居然泡到校草了！"

裴颂斜睨她一眼："说反了。"

常乐用力眨了几下眼："你追的茉茉？"

"嗯，追得还挺辛苦。"

程北茉捂住他的嘴。

估分的时候，程北茉还是有点紧张。

第一轮，主观题的分数她都估得很紧。几门分数相加，总分是688。

"厉害啊，程北茉。"裴颂瞥了眼她在纸上写下的总分。

又估了两轮，总分基本锁定在690左右。程北茉有种说不出的心情，总觉得不太真切，心跳得急促澎湃，如同擂鼓，如同涨潮。

她看到裴颂在纸上写着些什么，想凑过去看，裴颂却挡着不让。

"让我看看嘛。"

裴颂一只手捂着她的眼睛，另一只手把纸拿远。

常乐缩在墙角，双眼无神："来个人把我带走吧……"

最后，裴颂在程北茉脸颊轻掐了一把，把纸递给她。

上面画了个心形。

程北茉想逃。

裴颂一副"是你非要看"的样子，吊了她一会儿才说："跟你差不多。"

正好这时候张弛发来消息，说一中清北班有两个人估出了 710+ 的高分。

状元是不可能了，但对裴颂和程北茉来说，这是个不错的成绩。

一中和交大附中云集了全省的尖子生，更何况还有师大附中、六中和三十中这样的重点中学围追堵截。

这时候，闫国华和黎耀一起大步从外面进来，黎耀在三班教室里没见着裴颂，正挨个教室找人。

看到程北茉和裴颂坐在一起，他们同时冲了进来。

一班同学第一次见到两个成年男人一起卡在门框。这种喜剧电影里才会出现的场景，居然就在眼前。

老闫先挣脱，径直冲进来，问程北茉："怎么样？"

他已经尽量压着急切的情绪了，额角的汗还是暴露了他的心情。

程北茉笑了下，说："688 分。"

"裴颂呢？"

裴颂懒洋洋地靠在椅子上，朝程北茉点了下下巴："跟她差不多。"

老闫蹙眉："差不多是多少？"

裴颂看了程北茉一眼，答："695 分。"

老闫激动得跌出热泪来。

这可是八中历史最好成绩。

黎耀还没走过来，就被老闫一把薅过去，来了个深情拥抱。

程北茉带着疑问和惊喜回头，正好对上裴颂温柔的笑眼。

她已经完全把第一第二之争抛在脑后，那一刻，她只单纯地希望他好。

无论如何，他耀眼就好。

那一瞬间，裴颂也觉得感动。

他过去总觉得程北茉心里始终绷着一根理智的弦，驱使着她冷静地面对学习生活中遇到的事。她是一颗规律转动的星球，日复一日地运转着。

而现在她脸上没有任何负担，纯粹而放松。

他心里突然就踏实下来。

估完分，张弛也蹿来了八中。

他们六个人终于又合体了。距离上一次一起出去玩，好像是上辈子的事了。

张弛极力邀请大家去碧清泉玩。

他早就想为他们家澡堂子正名了，现在就是最好的时机。

"大热天的，去泡澡干吗？"陈韵吉想去吃火锅，不愿意去。

"不想泡澡的话，我们就单纯玩嘛，里面什么都有，台球厅、KTV、影院，想玩什么都可以，中餐西餐自助餐，也都齐全，想吃什么我请客！"

"你确定那里面没有……"陈韵吉又确认了一遍。

"没有！没有！没——有——"张弛的嗓子都要喊破了。

程北茉跟陈韵吉面面相觑。

张弛和朱倩茹这个情况，不知道去了会不会尴尬。

朱倩茹却跟没事人一样，应和得最大声："走啊，有人请当然要去。"

男生和女生各打一辆车出发。

在路上，陈韵吉问朱倩茹，跟张弛现在是什么关系。

"我们俩本来就没什么关系啊……"朱倩茹装傻，一副无所谓的样子。

在陈韵吉的威逼利诱下，朱倩茹才说实话。

"一开始还是网友的时候我们俩就是特投缘的朋友，后来见了真人，觉得这人虽然咋呼，但人不坏，后来跟他单独出去玩了几次，他都挺有分寸的。我感觉有点喜欢上他了。他要是对我一点感觉都没有，应该也不可能。但我们都知道他是要出国的，可能也是因为这个，他从来没提过喜欢我什么的。"

程北茉和陈韵吉都沉默着。

朱倩茹不愿意看她俩拉着个脸，努力活跃气氛："哎呀，高兴点儿！你们俩都如愿以偿了就好！"

"那你们俩呢？"陈韵吉问。

"我们俩……就做好朋友吧。"朱倩茹顿了下，"反正又没开始，也没承诺过什么，没什么可惜的。做好朋友更长久嘛。"

一行人到了碧清泉，张弛直接去找了姐姐张琰，办了张任意通行的VIP卡。

碧清泉一楼大厅特别豪华，装修风格跟张弛家别墅如出一辙。

"先去吃饭。"

张弛熟门熟路地带着他们去了楼上的包厢。

"这也太豪华了吧……"陈韵吉惊叹。

"早就想叫你们来，你们非说这儿有什么特殊服务。"

这儿的火锅都是一人份的港式小火锅，他点完自己的锅底，把点单的平板电脑递给旁边的朱倩茹，让她想吃什么直接点，然后面向大家："估分都怎么样啊？"

杜杨考得不错，估分比一本线高了十几分，还跑来让程北茉帮忙算了一遍，应该不会有大的浮动。

陈韵吉和朱倩茹则直接忽略了估分这件事。

"在学渣面前提这个礼貌吗，说点儿高兴的。"朱倩茹扯开话题，"听说有人脱单了，快说来听听，本人急需八卦滋养。"

陈韵吉耸肩："我都告诉你啦，没什么新奇的。"

然后，四个人的目光都转向了程北茉和裴颂。

张弛说："你们知道吗，狗能追上茉茉，百分之八十的功劳是我的。"

其他几个人嘘声一片。

陈韵吉翻了个白眼："别往自己脸上贴金！"

"我真没瞎说，咱们几个刚认识的时候，我就觉得这两人特般配。那时候我给狗出了个主意，如果他对小茉莉有点喜欢的意思，就发条仅小茉莉可见的朋友圈。她要是点赞了，那应该就是有戏。"

"就你那些失败经验，还教校草？"朱倩茹笑嘻嘻地问。

"这怎么能叫教？这叫助攻！"张弛为自己极力辩解。

"那助攻成功了吗？"

"就算发了也对我不可见，我怎么知道。"张弛慢悠悠地把话题引向裴颂，"不过他们俩到现在才在一起，可见，狗应该是没发。不然也不至于拖这么久，是吧狗？"

裴颂声音龃龉地"嗯"了一声，含混不清。

大家都没当回事，接着问他们俩谁先表白的、接吻了没有之类的劲爆话题。

裴颂悄悄在桌下握住了程北茉的手，用力捏了两下。

两只大汗淋漓的手交织在一起。

程北茉看向裴颂，裴颂狡黠地冲她笑了下。

程北茉心口一阵热。

只有她知道，他发了。

吃完饭，程北茉去了趟洗手间，回来时，包厢已经空了。

"他们人呢？"

裴颂说，陈韵吉和朱倩茹要去唱K，他们几个先去楼上了。

房间里只有他们两个人。

呼吸声也清晰可闻。

裴颂拉着她的手，嘴角含笑凑过来。

她知道他要亲她，故意偏头到一边去，问："那条朋友圈，仅我可见？"

裴颂笑了下，勾勾她的下巴："现在是抓包现场吗？"

"难怪昨晚你说，你喜欢得比我早。"

"嗯。"裴颂听话地点了点头。

"什么时候开始的？"

裴颂倒也坦诚："还记得杜杨脚受伤那次吗，你说要谢谢我，请我吃饭，结果塞给我一张饭卡。我当时觉得，你这人挺有意思的。"

程北茉撇了下嘴："要是当时我请你吃顿大餐，你是不是反而会觉得我别有用心，蓄意接近？"

他正色："那不能。"

"为什么？"

"这么好看，就算是别有用心我也认栽。"

也看不出这人是认真的还是开玩笑。

程北茉照着他的胸口捶了一下。

裴颂没躲，反而往前走了两步："没感觉，再用点儿力气。"

程北茉瞥见他左胳膊露出来的一点纱布，还是停手了。

"心疼了？"裴颂抬眉。

程北茉摇头："怕打坏了，赖上我了。"

裴颂摁着她的脑袋，在她额头上印了个吻："已经赖上了，怎么办？"

裴颂的手心划过她的头发，落在她后颈皮肤上。

他毫不掩饰地盯着她。

她已经知道他要亲她了。

裴颂先是细细地吮，后面逐渐猛烈，他撬开她的唇齿，逼得她连连后退。

灼热的感觉在她脑中炸出一连串的烟火，噼里啪啦地炸开，盛大而绚烂。

她的手无处安放，小心翼翼地搂着他的后腰，指尖拂过他腰间的皮肤，紧实坚硬，那种真实的触感让她心跳不已。

462

"痒……"裴颂声音沙哑地笑了下，混杂着少年初成男人的性感。

两颗蓬勃的心脏紧贴在一起，她感觉到裴颂同样狂乱不止的心跳。

两个人腻歪了一会儿，才去楼上跟大部队会合。

在电梯里，裴颂突然说："其实，无论你当时怎么做，我都会喜欢。"

程北茉以为这个话题已经过去了，她茫然地看他一眼："嗯？"

电梯里静默了一阵。

然后，她听见她的乖乖小狗说："因为别有用心的是我。"

在等出分的大半个月里，张弛去了新西兰，原本他想叫上裴颂的，但碍于裴颂家里的事，他还是跟家人一起去了。

剩下的几个人都没有离开过京江。

程北茉和陈韵吉都在自家店里帮忙，没人的时候，就搬个小板凳叼个冰棍，坐在店门口聊天。

陈韵吉一直很不安，去年花了将近两万培训，钱是扔出去了，学校却一个都没考上。

她一直没敢估分，就是不想知道自己到底考得怎么样。她担心连三本线都过不了，又担心分数太低要复读，偷偷哭了好多次。

这段时间，陈韵吉就像个多愁善感的诗人，看到什么都有创作欲，随时随地都能泪如雨下。

"你这板凳是木匠打的吧？"陈韵吉盯着程北茉坐的小板凳问，"我记得我们小时候拿这个当桌子，在上面画画呢。"

程北茉低头看了一眼，点头"嗯"了一声。

"你有没有想过，我们以后可能都没机会这样坐在一起了。"说着说着，陈韵吉的眼泪又要泛上来了。

程北茉塞给她一包纸巾，又要安抚手机里的男朋友。

PS：【人呢？】

MOMO：【在看店，跟陈韵吉聊天。】

PS：【她又哭了？】

MOMO：【嗯，孩子最近心灵有点脆弱。】

PS：【那我是不是也要哭一哭，我女朋友才会看我。】

MOMO：【少来。】

PS：【跟我聊聊天呗。】

MOMO：【伤口怎么样了？】

PS：【还没好。】

MOMO：【好多天了，是不是感染了？要不要去医院看看？】

PS：【好像是挺严重的，你要不要过来看看？】

MOMO：【……】

MOMO：【诡计多端的狗。】

裴颂这段时间也很忙。

他父母的离婚官司大概要持续三个月以上，挺棘手的。

裴文远为了不让赵旻和律师找到证据，找了人在公司严防死守。结果没想到被公司员工以玩笑形式曝光到了网上，扯出了一堆麻烦。

裴文远家里的事还没解决，公司又出了事。

挺狗血挺曲折的，却都真实发生着。

每晚程北茉都会和裴颂语音，有时候会说到家里事的进度。裴颂有着四两拨千斤的功力，把负面情绪消解得很好，不会让程北茉担心。

每每这时，程北茉都很心疼她的男朋友，也很佩服他。

家里出了这么大的事，高考竟然没受一点影响。

出分的日子一天天临近，程勇和方丽珍开始心神不宁。

起因是，程北茉放弃了京江大学的自主招生的名额。程北茉解释了很多次，京江大学去年的录取分数线是650，如果她估的分数准确，完全可以上更好的学校。

街坊邻居听到她放弃降分优惠，第一反应都是可惜，弄得程勇和方丽珍也内心惴惴，不知这个决定是对是错。

后来，方丽珍又不知道听谁说，分数特别高的尖子生，清华北大都会提前给打电话的。

那几天，方丽珍平均每两个小时就会提醒程北茉，看看有没有人打电话。

全家人都心神不宁的，只要手机一有动静，她就要收到父母沉甸甸的目光，有点承受不住。

"我们全家最近很神经质。"晚上，程北茉跟裴颂语音的时候，情绪不是很高，"我都有点怀疑当时估分的准确性了。"

裴颂给她支招："要不这样，你主动出击，先打电话问问清华北大的招生处，有没有看到你的分数？"

程北茉大笑："哈哈哈，你好狗。"

程北茉枕着一只胳膊，倒在书桌前："裴颂，如果我们最后没在一个城市怎么办？"

"程北茉，自信点，咱们能上的学校就那几所。"

程北茉笑着骂他："凡尔赛！"

出分那天，京江气温攀升到了40℃。

从早上起，程勇和方丽珍就坐立不安了。

中午十二点，程北茉怀着忐忑的心情，输了姓名、考号、身份证号。

网络很慢，分数还没刷出来，亲戚朋友的电话已经打进来了。

大概没有比那一分钟更漫长的时间了。

"出来了！"方丽珍惊呼一声。

一家三口同时贴到电脑屏幕前。

语文137分，数学147分，英语148分，理科综合263分，总分

695。

要命的理综，她到最后一刻也没把理综提上去。

不过好在，比她估的分数高了好几分。

终于，尘埃落定。

这样的结果她很满意，一旁的方丽珍已经在抹眼泪了。

这三年她走得太艰难，那一瞬间，只觉得身上特别轻。

群里大家都在报自己的分数。

陈韵吉勉强上了本科线，她激动得连发十几个庆祝的表情包。杜杨超出一本线十七分，跟估分差不多。张弛考了六百零几分，不过对他来说不重要了。

朱倩茹的分数刚过三百，报考编导专业应该稳了。

看来，大家的结果不错。

一群人报完分数，开始疯狂 @ 裴颂和程北茉。

程北茉在群里打出"695"这个数字时，其他几个人沉默了一阵。

之后群里炸了。

朱倩茹：【对比惨烈，你是我的两倍还多……】

张弛：【小茉莉你是真的强啊！狗，只剩你了，赶紧出来！@PS】

陈韵吉：【我的天我要告诉身边所有人！】

杜杨：【茉茉太牛啦！】

只有裴颂没有在群里说话了。

程北茉点开裴颂头像，正要给他私发消息，他的语音就弹出来了。

程北茉接起来，一上来就说："这种日子玩失踪，很不道德啊。"

只听裴颂低低笑了几声，然后慢悠悠地说："恭喜啊，第一名。"

他说这句话时，带着漫不经心的尾音，程北茉几乎能想象到，他是以怎样一个慵懒的姿势窝在沙发一角。

她突然反应过来。

不对啊，第一名？

"第一名？什么意思？"

裴颂说："字面意思。"

"那你呢？"程北茉心跳咚咚的，突然生出一种特别复杂的感觉，"为什么不在群里说？"

"想最先告诉你。"裴颂没卖关子，直截了当地跟她说，"我们的分数一样，695。"

程北茉愣了下，一时间没反应过来。

片刻后，终于笑了出来。

今年厮杀果然激烈。

程北茉和裴颂的分数分别排在全省第 59 名和第 60 名。

当天下午，程北茉就接了好多个电话，手机都快打没电了。

有几所高校都抛来了橄榄枝，闫国华也叫她有时间尽快回一趟学校，还有一些打不通父母电话的亲戚，也都来找她询问成绩。

头昏脑涨之余，裴颂解救了她。

裴颂找了个咖啡馆，跟程北茉一起分析院校和专业。

程北茉穿了条裙子赴约，还化了淡妆。

毕业后，高中生的条条框框都不见了，大人的世界正在对她招手。她最近对漂亮姐姐的世界十分好奇，跟陈韵吉一起研究护肤和化妆，只是手法还不熟练。

裴颂远远就发现她涂了口红，喉咙口一阵躁动。

见面，他忍不住捏了捏她的脸颊。

"粉都蹭掉了。"程北茉打掉他的手。

裴颂悠悠地说："你怎么样都好看。"

两个人坐在临窗位子，裴颂打开电脑，上面是他整理的院校和专业相关资料。

"去年清华在本省录取分数线就是 695，今年还不知道，我们分数挺高的，但是省排名并不高。"

程北茉瞥见旁边还有高三学生在讨论志愿相关话题，她说："你小声点，不然容易被打。"

裴颂笑了下，接着说："除了强基计划、保送，之后才会到我们这些裸分，这些名额加下来，到我们就有点危险了，估计勉强能上，但选不到想要的专业。"

程北茉认同他："确实，有赌的风险。"

"遗憾吗？"

程北茉摇头。她没有清北执念，更何况，她最开始的目标只是京江大学。

"专业也挺重要的，你不是想学与机械工程相关的吗，看看这几个学校。"裴颂把电脑转向程北茉。

程北茉眼睛亮了一下："我们的排序都一样欸，上海交大也在我的备选里。"

裴颂阴阳了一把："只是备选？"

"分数和排名没出来前，不是 YY 了一阵子清华嘛……"

裴颂笑得直抖肩。

程北茉问他："那你呢？"

"我学什么都能学好。"

程北茉"喊"了一声："别给自己脸上贴金了。"

程北茉和裴颂赶在放学时间前回到了学校。

老闫看他们俩一起出现，左右打量半天，眼神里全是戏，就是一句话都不说。

裴颂没忍住，自己说了："您放过我吧，我招，我俩在一起了。"

"挺好，挺好。"老闫乐呵呵的，"你们俩挺合适。"

老闫说了下年级前几名的情况，沈清考得不错，673 分。孙明瑞理综接近满分，英语却严重失误，总分 650 左右，正在考虑是否复读。

"前几天学校才开了会，今年给全校前三都有奖学金。"老闫迫不及待地分享这个好消息，"第一名三万，第二名两万，第三名一万。"

程北茉看了眼裴颂，老闫立刻会意。

"你们俩这种情况，按并列第一算。"

程北茉和裴颂对视一眼，异口同声："谢谢老闫。"

老闫高兴得合不拢嘴："从估分那天就开始盼，今天分数出来，我这颗心啊，总算是可以咽回肚子里了。八中今年是扬眉吐气了，不容易，真的不容易。对了，志愿有想法了吗？裴颂你家人是不是别的安排？"

"没有，就正常报志愿，在国内上学。"裴颂说，"我和程北茉商量过了，打算报上海交大。"

程北茉点点头："专业我想报机械工程，他报自动化。"

老闫想了想："已经想好了？"

裴颂"嗯"了一声："我们参考了往年的录取分数线，我们这个分数，应该可以选到想学的专业。"

"跟家人好好商量，再结合自己的兴趣……"老闫意味深长地补了句，"当然，还有你们的感情发展。"

他们走出学校的时候，校门口正在挂横幅。

"也太快了……"裴颂忍不住吐槽。

"八中几百年才出一个尖子生，今年一下子出了四个，不得好好炫耀炫耀。我怀疑过几天他们会把我们的照片印在招生简章上。"

"程北茉，我发现你现在也挺损的。"

"跟男朋友学的。"

程北茉回头看了一眼。

——"热烈祝贺我校高三毕业生程北茉、裴颂、沈清、孙明瑞在高考中取得好成绩！"

底下一排大字，分别是每个人的分数。

夕阳如火般炽烈。八中的学校大门映在余晖之下，好像一幅盛大的画卷。

他们的名字在其中，蓬勃而生动，满是灿烂和希望。

你看，美好的事物总发生在黄昏。

"程北茉同学，你做到了。"裴颂认真道，"两个第一，现在，以后，都是你的了。"

番外一

/又一年夏/

PUTONGPUTONG

夏日黄昏，没有中午的暑气了，但空气中仍弥漫着潮热的气息。

程北苿在回家路上，看到几个背着书包的高中生，他们迎着夕阳走着，跟黄昏融成了一幅画卷，年轻，蓬勃，闪闪发光。

路过他们时，程北苿忍不住放慢了脚步。

一个抱着篮球的男生说："我这分太尴尬了，别说跟缪缪一个学校，她周边的学校也报不上啊。"

他身边的高个儿男生懒洋洋的："'恋爱脑'吧你？你跟人家表白了吗就要报一个学校。"

抱篮球的男生挠了挠后脑勺："在同一个大学偶遇，不是更有那种宿命感吗？"

跟他们一起的女孩在他胳膊上抽了一记："宿命感你个头啊，你现在不表白，大学还轮得到你？"

……

程北苿若有所思地笑了下。她看了眼手机，六月二十三日。

正好是高考出分的日子。

离开高中校园七年之久，她对高考这个词已经不怎么敏感了。

程北茉回到家，Ally 伸了个懒腰，慢吞吞地走到她面前，躺倒在她脚下，来回打滚。

"你都多大了，还撒娇。"虽然嘴上这么说，她换了拖鞋，还是蹲下来揉了揉 Ally 的肚子，"你都快八岁了，收敛点吧。"

Ally 长长地叫了一声，仿佛是在抗议，叫声奶奶的，倒是从小到大都没变过。

"好了好了，你还是小宝宝行了吧。"程北茉手机响了，她在 Ally 头上草率地摸了下就起身去看手机了。

是裴颂发来的消息，说这会儿路上有点堵，要晚回来半个小时。

半个小时而已，他还是坚持报备行程。他一向如此，已经形成习惯了。

MOMO：【那我先收拾行李。】

PS：【等我回来一起收拾吧，宝宝。】

MOMO：【反正我闲着也是闲着。】

程北茉攒了十天的年假，跟裴颂一起回京江，参加杜杨和陈韵吉的婚礼，顺便在家待一段时间。

她从阳台的柜子里拖出个超大尺寸的行李箱，拖出来的时候，不知道绊到了什么东西，咣当发出一声巨响，吓得 Ally 浑身的毛都乍起来了。

阳台柜很深，程北茉探了大半个身子进去，才发现里面有个装电器的旧箱子，里面是几根不知用在什么地方的管子，还有一块滑板。

滑板……这块滑板还是她高中毕业的暑假买的，用她的奖学金买的。

大学开学后，她坚持把这块滑板背到了上海，毕业后和裴颂住在一起，滑板又跟着她到了这里。

程北茉盯着滑板发呆，又想起了今天碰见的那几个高中生。

她身体里某个部分好像活了过来，沸腾着，叫嚣着，迫不及待地想回到那个难忘的夏天。

她一下子来了精神，钻进房间里一阵倒腾。

她从衣柜里翻出裴颂一件黑 T 恤，扎上双马尾，又换了双板鞋，兴致勃勃就往楼下冲。

基础滑行她倒是没忘，一开始动作有点生涩，练习了一会儿后，熟悉的感觉又回来了。上板，滑行，荡板，一气呵成。

在楼下小范围地滑了一会儿后，程北茉打算加点难度，试一下横刹。

她小心翼翼地出发，但身体没做好预判。要做动作的瞬间，她整个人忽然失去重心，左右闪了几下。

算了算了，命要紧。

她可不能瘸着腿去当陈韵吉的伴娘。

情急之下，她从滑板上跳了下来，然后，狼狈地在地上滚了一圈。

小区里这会儿人不少，被妈妈推在婴儿车里的小朋友，目不转睛地盯着她。

程北茉忍着痛从地上爬起来，视线里突然出现个高挑修长的身影，朝她这边疾步走过来。

男人西装革履，肩宽腰窄，每次看都要被惊艳到。

回过神来，她在裴颂开口前赶紧说："我没事！"

裴颂蹲下来，扭了扭她的脚，然后才扶她起来，检查她别的地方有没有受伤。

万幸，只有手肘处蹭破了点皮，渗了点血出来。

裴颂全神贯注地问："怎么没戴护具？"

"没找到。"

裴颂语气散漫又嘲讽地说了句："果然，'闲着也是闲着'。"

程北茉听出他冷嘲热讽的语气，"哼"了一声："你看着我摔倒也不救我。"

裴颂轻笑了一声，她这个劲儿，跟以前是一点都没变。

裴颂用鼻尖亲昵地拱了拱她的脸："我哪知道是你，还当是哪个不要命的高中生呢。"

程北茉忍不住笑了："夸张。"

裴颂拎着滑板，不许她再碰，拉着她回家。

回到家，两个人坐在沙发上，裴颂小心翼翼地帮程北茉擦药。

认真的男人最迷人。更何况他还穿着衬衫西裤。

裴颂是高中毕业的那个暑假开始健身的，身材和体态都有了很大变化，能够把衣服撑出好看的形状。

为了方便，他把衬衫袖子挽到小臂处，肌理匀称，小臂上有一条青筋一直延伸到手背，手指修长，骨节分明，性感得不像话。

他线条流畅的侧脸跟记忆中少年的影子重合，看多少遍都让人心动过速。

裴颂没发觉她在偷偷观察他，说："你从高中起就这样，爱受伤。"

程北茉盯他盯得出神，没听清他说什么，随便回了句："没有吧。"

"高考完那个暑假，忘了？"

程北茉缩了缩脖子："哦……"

高考完的那个暑假，她也是玩滑板摔得挺严重，一直躺到开学前才好。

"还有一次，你跟踪我，小腿蹭破了，还是我给你包扎的。"裴颂说完，看了她一眼，看她毫无反应，以为她不记得了，略显失落地问了句，"忘了？"

"那怎么能叫跟踪！是我担心同学误入歧途。"程北茉为自己辩解。

裴颂无奈地笑了下："好好好。"

"对了，那次还有件事。"程北茉咬着嘴唇，"我一直没跟你说过。"

裴颂手上一顿，有点紧张。

"你给我倒了杯水，你去接电话的时候，我喝了一口。你以为我没喝过，打完电话就把水喝完了。"

裴颂笑了下，没抬头："那次啊，我知道。"

"你知道？"

"嗯，我看见了。"

"那你为什么不说？"

"我故意的。"

程北茉深深地看了他一眼："你好变态。"

裴颂一脸无辜："你知道也没告诉我啊，谁变态？"

"当时根本没来得及告诉你！"程北茉拎起手边的抱枕就要砸他，被他预料到，摁住她的手，倒是倾身在她唇上落了个浅浅的吻，她瞪圆了眼睛，"你！"

裴颂满意地舔了下嘴角："甜的。"

程北茉瞪圆了眼睛："得寸进尺。"

裴颂摸了摸她的脸颊："怎么想起扎这个发型？"

程北茉才想起自己是双马尾造型，问："有没有年轻一点，像不像高中生？"

"你高中又没扎过这个发型。"

程北茉诧异："是吗？你记得？"

"你大多数时候都扎单马尾，大概这么长。"裴颂比了个长度，"两边有碎发。"

这是连她自己都记不清的细节。

见她不记得，裴颂的笑脸立刻收回，正好擦完药了，他默不作声地收好药瓶，扔掉棉签，然后起身。

程北茉扯住他："生气了？"

"没。"

"那你要干吗？"

裴颂朝摊开的行李箱扬下巴："收拾东西。你是伤员，就别动了。"

程北茉眨了下眼，装模作样道："那我就不动啦，辛苦你啦，男朋友。"

裴颂哼了一声。

程北茉这个人，只有在自己不占理的时候，才会好言好语，平时？一身的反骨。

裴颂清了清嗓子："反正平时你也不怎么动，尤其是在……"

他的眼神往卧室瞟了下。

她这人就是嘴硬，其他地方，都是软绵绵的。

程北茉最不怕他这样的挑衅，她往嘴里塞了口水果，慢悠悠地说："我也不需要动啊，毕竟我一直记得，某人被亲一口就会……"

裴颂："……别说了。"

程北茉："我说的是事实吧？"

裴颂不说话。

不光以前，到现在还是这样，一点就着。

程北茉挠了挠他的下巴："裴颂同学，你好清纯。"

裴颂停下手里的活，抬眼看她，话里带着点别有意味的调侃："我看你是不想让我收拾东西了。"

然后就决定先收拾她了。

过了会儿，裴颂双手撑在她耳侧，线条明朗，眉眼干净，一如既往。

呼吸烫在她脸上，激得她头皮发麻。

"快点行不行？"程北茉催促道。

裴颂"嗯"了一声，没再说什么。

裴颂有意折腾，只过嘴瘾的人很快就投降："那个……慢点行不行？"

裴颂无奈地看着她。

程北茉仗着自己是伤员，耍赖喊累。

裴颂也只得依着她。

476

夏日黄昏，窗帘上影影绰绰，屋内，床撞出闷响。

裴颂额前沁出一层薄薄的汗。

疾风骤雨后，程北茉捧着他的脸，吻个不停。

裴颂搂她进怀里，斜她一眼，声音沉沉："现在知道亲我了？"

程北茉使劲往他怀里拱："你就不能对我耐心一点，我是伤员。"

裴颂的手在她胳膊上摩挲："你就不能让我少担心一点，我是你男朋友。"

"好吧。"程北茉撇了下嘴，又用拇指替他抹了把汗，"辛苦你了，乖狗狗。"

"为程北茉女士效劳，应该的。"

程北茉傻笑了会儿，像是想起什么似的，眉头一挑："对了，你知道今天是什么日子吗？"

裴颂蹙眉想了一会儿："高考出分的日子？"

程北茉坐直，惊讶道："你竟然知道。"

裴颂赶紧查看她手肘的伤口，随口说："热搜上挂一天了，想不看见也难。"

"今天回来在路上碰见几个高中生，他们在聊高考估分什么的，就想起我们高考完那年了。"

裴颂知道她为什么突然对滑板来兴致了。

"那年夏天啊。"裴颂顿了下，笑意盈盈，"是挺难忘的。"

那个夏天，轰轰烈烈，程北茉现在想起来，还觉得有点不真实。

高考分数出来后，程北茉考进全省前一百这件事，炸开了。

亲戚朋友，街坊邻居，老师同学，人人皆知。

程北茉成了名人，老程家面馆也成了景点。来吃饭的人都知道，老程的女儿是从八中摸爬滚打出来的学霸。

程北茉一开始还跟以前一样，在店里帮忙，后来实在是应付不来热情的顾客，就不再去了。

"你都快成吉祥物了。"陈韵吉去找她玩时，开玩笑说。

程北茉瘫在床头："昨天一个不认识的阿姨非要我跟她家小孩合影。"

"吸你的灵气？"陈韵吉笑得抖肩，"要是真有用，我还能是现在这副德行？也不知道这些家长是怎么想的。"

"我最近都不打算去店里帮忙了，见了人就要笑，脸都僵了，不知道的还以为我考了状元。"

"在八中考出这个分数，比在一中考状元可厉害多了。"陈韵吉伸出一只脚揉她，"欸，对了，学校的奖学金给你没？"

"还得几天。"程北茉摇头，"听老闫说学校要搞个什么仪式。"

"八中要抱着你跟裴颂不撒手了。"

程北茉叹了口气："希望阵仗不要太大。"

"不可能，你没见，你们几个的名字不光做了横幅，还做了展板，最近的升旗仪式上教导主任跟高一高二的人提了三次。"

程北茉捂着脸："天哪……"

陈韵吉啧啧两声："不过八中今年真是神了，一下子出了四个高分，往年一个都难，确实应该宣传宣传，这叫扬眉吐气。"

程北茉笑了下，说自己原来的目标只是两万块跟京江大学，没想到裴颂一来，她的潜力倒是被发掘了，上限又提高了一些。

陈韵吉吸了口冷气："还不忘秀恩爱，收敛点吧你！"

程北茉眨了眨眼："我乐意。"

"对了，那你有钱出去玩了呀。"陈韵吉比她还激动，语气怂恿，"跟校草一起去！"

程北茉摇头："恐怕不太行。"

"为什么？"

裴颂父母离婚官司没三四个月结束不了，他现在没心思出去玩。

程北茉不想提起他的家事，反应挺快地说："他胳膊的伤还没好。"

"他那伤不是不严重嘛，高考都没耽误，还能耽误别的？"陈韵吉狡黠地笑了下，"是怕……太干柴烈火，影响发挥吗？"

"……你想多了。"程北茉掀眼皮看她一眼，"就算他胳膊没伤也没这可能。我爸妈不会让我跟男同学一起出去玩的。"

"男同学？"陈韵吉侧躺着，撑了个脑袋，忍不住笑，"校草知道你在你爸妈面前这么称呼他吗？"

程北茉眨了眨眼。

前几天，她和裴颂在视频的时候，方丽珍突然提前回来了。当时她戴着耳机，没听到钥匙转动的声音，等发现时，方丽珍已经站在她面前了。

程北茉的手机差点摔掉，方丽珍问她在干什么，她说跟同学打电话。

方丽珍轻飘飘地瞥了眼她扣着的手机："男同学？"

她"嗯"了一声。

然后她就被裴颂阴阳怪气地嘲讽了。

"你爸妈知道你在谈恋爱吗？"

"可能知道吧。"程北茉在手机屏幕上漫无目的地划拉了几下，"他们没问过，我也没主动说过。"

"摊牌吧，反正已经成年了。"

程北茉斜她一眼："你倒是先把你男朋友是杜杨这事告诉你爸啊。"

"算了，我爸估计会直接提刀过来。"陈韵吉撇了撇嘴，"对了，你们俩到底到什么程度了？"

"大姐，我们才在一起几天，能到什么程度。"

陈韵吉枕着胳膊，仰躺在床尾："原来校草是纯爱战神？唉，本来还想听听细节呢。"

纯爱战神？噗……

程北茉无语地看了她一眼："……你要不要来看现场直播？"

陈韵吉来劲了，腾地起身，双眼放光："好啊好啊，允许拍摄吗？"

程北茉冷哼一声："想得美。"

"那你们俩约会都在干吗？"

约会时干的事情很多，有时候在裴颂家看电影，有时候在他书房里打游戏，有时候两个人靠在一起看书。

程北茉语气轻飘飘的："就看电影，看书，打游戏……"

只是无论做什么，到最后，都变成了拥抱和接吻。

在学校的时候，他们明明专注得不得了。现在就不行了，只要两个人在一起，做什么都会分心。上一秒还好好的，一对视，两人之间就涌动着某种灼热的情绪，非要亲吻才能化解。

程北茉问过裴颂，他们不能总是待在一起，如果一直这样，到了大学怎么办。

裴颂那个浑蛋跟她说，那就趁现在多亲一点，提前预支。

可是，刚恋爱的情侣，对接吻这件事是不知疲倦的。

每次碰上裴颂柔软温润的嘴唇，她就忘了自己说过的话。

经常一不小心就到了傍晚。

每次亲完，他也不放开她，总会抱着她，拇指在她耳垂或者肩头摩挲。

她会靠在裴颂怀里，看到他那扇画框一般的窗户看出去的风景。

曾经不着痕迹的试探，现在是知晓心意的确定。

于是，这些天以来，她并没有看过一部完整的电影，也没有读完过一本书，游戏嘛，自然也从来都没见过大 BOSS。

八中的奖学金颁奖仪式办得特别隆重。

全校师生参与，校长亲自颁奖，还请了不知哪里的媒体来采访。

有奖状证书，有学弟学妹送鲜花，甚至还有夸张的巨型支票。

不光是嘉奖高考成绩突出的学生，还嘉奖了优秀教师，闫国华和黎耀都在其中。老闫身上挎了个红色绶带，笑得像朵秃顶的花。

八中几十年都难得的好成绩，自然要大办特办。

程北茉原以为裴颂不会喜欢这种场面。锣鼓喧天，鞭炮齐鸣，红旗招展，人山人海。

但裴颂全程都表现得挺规矩低调的，讲感言、跟校领导合影、一遍又一遍地上台领各种各样的奖。

校领导讲话间隙，裴颂和程北茉坐在观众席第一排，程北茉趁人不注意，摸了摸他的头："今天怎么这么乖？"

裴颂笑了下："摸狗呢你。"

程北茉耸肩："也没说错啊。"

"你现在变坏了。"裴颂一把握住她的手，"为什么这么说？"

"还以为你会不喜欢这种场合。"

"能激励到别人，也算不错。"

程北茉点头："你的成绩能激励到很多人。"

裴颂摇头："不，你比我更厉害。"

他的女孩，真的辛苦了。

两人小声说了会儿话，程北茉听到后面有人说："在一中混不下去，跑到咱们学校来出风头、拿奖金，这人太精明了，开辟了一条赚钱之路，以后不得大把人来八中捞金。"

声音不大，但程北茉听得很清楚。他也听到了。

她转过头去，几个头发烫得很夸张的男生正吊儿郎当地盯着她，一点也不怵的样子。

她飞过去一记眼刀。

裴颂本来没在意，察觉出程北茉的情绪后，他也回头看了一眼那几个人，然后用他一贯慵懒和散漫的语调，轻飘飘地说了句："哥们，想多了，能走我这条路的人，整个京江也找不出第二个。"

碍于校领导老师都在场，后面几个人没继续跟他们杠。

裴颂笑着看了眼程北茉，压低声音在她耳边说："你不像是在乎别人说什么的人啊。"

"这么说你就是不行。"

裴颂眼里似乎闪过一丝动容的光。

他轻轻捏了下她的手："没事。"

接下来，裴颂、程北茉和沈清分别被拉到不同的教室里，给准高三的学弟学妹们讲学习方法和考试经验。

程北茉在分享完后，有个女生问她，是不是报了名校老师的班。

"说实话，没有。"

那个女生似乎有些不信："今年跟你并列第一的裴学长是一中转来的，像我们这种一开始就在八中的，又不报班，怎么可能跟他考一样的分数？"

"这种话我们过去确实听了很多，甚至我自己也这么想过。"程北茉笑了笑，"如果只是这样想，是不会有任何改变的。每天早起一点记单词，把提前在校门口倒计时的时间用来自习，时间久了，不会没有变化。记得某个人说过一句话，很触动我。无论我们是怎样来到八中的，无论外面的人怎么看待八中，八中都不应该成为一种标签，我们也不能被外界的标签所定义。认定一个目标，就去做，付出的努力是不会辜负你的。希望你们对自己，对八中也要有这样的信心。"

她看到一双双或虔诚，或迷茫的眼睛。

一如当初在人群中仰望着裴颂的她。

而她，一步一步，与他站在一起，肩并肩。

一天的活动结束后，已经是下午三点多。

程北茉从行政楼出来，满身的汗。一整天都在不停地说话、微笑，还有接受各种大喇叭的洗礼，浑身都是虚的，两条腿走路都有点打颤。

她正要给裴颂打电话，突然听到有人叫她名字。

环顾四周，发现裴颂正靠在柱子边，还是那般清爽干净。他悠悠地看着她，下巴冲她扬了下："恭喜啊，第一名。"

程北茉抬眉："同喜啊，第一名。"

裴颂朝她走过来，递给她一瓶矿泉水，盯着她喝了两口，拿回来把瓶盖拧好："奖学金到手了，放心了？"

程北茉故意道："还行吧，毕竟不是独一份的，也没什么惊喜的感觉。"

"学会摆谱了。"裴颂伸手捏她的脸颊，"第一名同学，赏光吃个饭？"

程北茉装模作样地说："我考虑考虑。"

裴颂一把将她扯进怀里："得了吧。"

吃饭的时候，裴颂问她接下来有什么计划。

"我记得某人说过，考完试要裸泳？"

程北茉斜睨他一眼："怎么，你要观摩？"

"我得帮你看着点，不能让有心之人看到。"裴颂不大正经地说了句，接着问，"说正经的，有计划吗，这个假期很难得。"

程北茉手撑着下巴，想了会儿："得好好想想，这可是我赚的第一桶金。"

裴颂敲了下她的头："什么第一桶金。"

"不是吗？"程北茉蹙眉。

"你的第一桶金明明是做家教赚的。"

还差点拿不到钱，是裴颂帮她要回来的。

"是哦，差点忘了。"

"有点良心吧你。"

程北茉想起陈韵吉提过的毕业旅行，最终还是没说。

"是有什么不能跟我说的吗？"裴颂夹了口菜，看似随意地问道。

程北茉抬眼看他，眼神里写着"你怎么知道"。

裴颂下巴冲她一点："就那一口菜，你夹了三次都没夹上。"

"哦，没什么。"程北茉低头在碗里扒拉着些什么，"本来有点想出去玩的。"

裴颂抬眼，似是不着痕迹地问："跟谁？"

"没人跟我一起去，所以就算了。"

裴颂沉默地看了她一眼："怎么没问过我？"

程北茉顿了一下，避开他的眼睛："你家里的事不是还没处理完嘛。"

裴颂点点头，喉咙口干涩，好几秒才滚出一个音节："嗯。"

这个话题没再继续聊下去。

明明是个好日子，最后气氛却有点冷。

吃完饭，裴颂就送她回家了。

离天黑还早，平时他总是不肯放她走，今天这样，显然是心里有气。

她不知道这算不算他们两个人在一起之后的第一次争吵，虽然并没有吵起来。

之后的几天，程北茉和裴颂联系照旧，只是聊天的语气都淡了一些。

两个人都绕过某个话题，避而不谈。

她不是个会服软的人，所以看上去情绪总是很淡，但不代表她心里跟外表一样风轻云淡。

她内心憋闷，想做点什么释放一下。

于是她跑去买了个滑板，九层加拿大枫木的专业板。

也许是心里不痛快，程北茉拿到滑板后没怎么热身，也没做什么准备，直接上难度，有点不管不顾的劲儿。

尽管有戴护具，那一下还是摔得挺惨的。

程北茉是在自家面馆门口摔的，"咚"的一声砸地，方丽珍都吓傻了，扔下碗就奔了过来。

万幸没骨折，只是一些皮外伤，外加脚踝扭了。

程北茉在家躺了三天，第四天正午，她正要睡午觉，门口突然响起急促的敲门声。

她一个人在家的时候，还是挺警惕的，她没吱声，一瘸一拐地从房间出来，屏气凝神贴在门后。

一个熟悉的、冷冷的声音在耳侧响起："程北茉，我知道你在家。"

程北茉打开门，外面一股热浪突然冲进来。裴颂绷着脸站在门口，黑漆漆的眼睛直勾勾地盯着她。

他好像变黑了点，还剪了头发，乱七八糟的。

这人真是仗着自己颜值高，随便糟蹋啊。

他上下打量她，最终，视线停留在她肿起来的脚踝上。

程北茉愣了一下，似笑非笑又不轻不重地问了句："雪姨吗你？"

裴颂笑了下，气都没了。这人可真行，都成这样了，还开玩笑。他没接她的话，懒洋洋地说："不打算让我进去？"

程北茉两条腿走路还是有点困难，单脚往后蹦了两下。

裴颂看出她伤得不轻，微不可察地蹙了下眉，一脚迈进玄关，打横把她抱了起来。

程北茉惊呼一声，胳膊环住他的脖子。

两人贴在一起，呼吸可闻。

裴颂抱着她很轻松很稳，呼吸均匀，一点气都没喘。

程北茉以为这是一个契机，有点讨好地看着他。

结果他没接招，咽了咽口水，很绅士地把头转向一边。

他面无表情地问她："去哪儿？"

程北茉迟滞地收回目光，朝她房间扬了扬下巴："那边吧。"

裴颂抱着她回了房间，小心翼翼地把她放在床沿上。

她坐着，他站着，两个人相对无言，只有空调出风的嗡嗡声。

也不知过了多久，裴颂那张俊脸绷得紧紧的，开口说："我走了。"

程北茉想要说点什么，可嘴唇抿得太久，已经黏在了一起。

她倾身扯住他的胳膊。

那张俊脸明显带着气，他的力气比她大得多，挣脱她轻而易举。

但他没有动。

他回头看她，无奈地叹了口气，问她："可以坐吗？"

程北茉往里挪了挪，给他空出一大片地方。

他坐在床尾，轻轻握着她肿起来的脚踝，摸了摸："疼吗？"

程北茉点点头："疼。"

裴颂无奈道："把自己弄伤，特过瘾是吧？"

"我心里不爽，还不能做点让自己痛快的事了？"

"天天都联系，就是不跟我说你受伤了是吧？程北茉，能不能把你男朋友用起来。"

程北茉觉得自己最大的优点就是听劝。

她看着他，突然烧了股无名火，这几天的委屈迅速聚集起来，她伸拳头往他胸口用力捶了下。

裴颂只是盯着她。

难得她能有这么鲜活生动的情绪。

他漆黑的眼睛剥去锋利，盛着温柔。

没想到裴颂笑了下，说："可以再用点儿劲。"

程北茉变本加厉，又使劲在他身上捶了几下。

到最后，裴颂直接整个人覆盖上来，把她抱在怀里。

程北茉被他有力的双臂箍得动弹不得，她说："裴颂，你是条狗。"

486

裴颂也不辩解："嗯。"

"你是条狗你是条狗你是条狗……"

裴颂突然笑了下。

程北茉停下动作："笑什么？"

"我想做件事，但是好像有点老土。"

程北茉半张着嘴，无辜地望向他："什么啊？"

不等她反应过来，他突然猛烈地吻她，堵得她一句话都说不出。

"唔……"她推他，却被他抱得更紧。

裴颂聪明，在接吻这件事上也格外有天分。

他一只手扣着她的后脑勺，狠狠推向自己，用舌头撬开她的唇齿，透着从未有过的劲儿。

程北茉被亲得天旋地转，被逼得连连后退，她的后背紧贴着床头，大脑里像是有烟火炸开，绚丽而震撼。

就连眼里也跌出点生理性泪水来。

裴颂指尖触到一丝冰凉，才停下来，用拇指替她擦眼泪。

她的嘴唇红红的，还有点肿，呼吸还是乱的。

裴颂握住她软软柔柔的手，摩挲着她的掌心，说："我道歉，好不好？"

"道什么歉。"程北茉嘴硬道。

"我不应该跟你生气。"

程北茉默不作声地绞着手指。

"本来是想，如果有毕业旅行，我们一起去的话，可能会是个挺美好的回忆。是我想得太简单了。不光是一起出去玩这件事，还有……"裴颂凑近她的耳朵，小声说了两个字，"你不愿意做的事，我不会强迫你。"

"哦。"

"哦什么哦。"

"哦就是知道了的意思。"

两个人默不作声地对视了一会儿，到最后，都忍不住笑了出来。

这几天积压的那些情绪，都被这个吻化解了。

裴颂揽她到怀里，鼻尖抵着她的头发："你知道我说的是什么吗，就知道了？"

程北茉哼了一声："废话。"

裴颂："……懂得挺多啊你。"

她努力面不改色："过奖，生物学得好而已。"

"课外上自习了吧你？"裴颂用鼻尖拱了拱她的，"我们慢慢来。"

程北茉靠在他怀里，琢磨了一会儿他说的慢慢来，回过神来才想起来问他："你怎么知道我脚受伤了？"

"陈韵吉告诉我的。"

"哦。"

裴颂捏她的脸颊："以后不管什么事，都记得告诉我，知道吗？"

"嗯。"程北茉漫不经心地摸了摸他短短的发楂，刺刺的，刮得手心又痒又疼，"干吗又把头发剪成这样？"

"心情不好。"

"那现在心情好了吗？"

"嗯。"

她拍拍他的脸："别以为长得帅就可以随便挥霍自己的颜值。"

裴颂没什么所谓地说："反正我有女朋友要。"

程北茉哼笑："德行。"

她扯住他胸前的衣料，嘴唇轻轻贴上去。

吻戏又上演了。

她主动在他唇上蹭了几下，有点小心翼翼的试探，又有点不熟练的生涩。

裴颂身上一下子绷紧了。就算亲过这么多次，只要她主动，他还是会被击溃。

一开始只是浅浅地，细细地啄，从她浓密的睫毛，到她秀气的鼻尖。气氛逐渐变得黏腻，空调也失效了一般，两个人脸上额角都渗出细细密密的汗。

他配合地倾身，化被动为主动，捧着她的脸，有些失控地回应着她的吻。

第二天要早起赶飞机，闹钟响的时候，程北茉浑身酸痛，几乎爬不起来。

裴颂按掉闹钟起床，洗漱之后，回来发现程北茉还躺在床上。

"行不行啊你，女高中生？"裴颂轻轻揉了她一下。

程北茉蹙眉咕哝了句："变态。"

裴颂兜头套了件白 T 恤，甩了甩头："该起了，还要去机场。"

程北茉懒洋洋地撑起脑袋："都怪你。"

"怪我？"裴颂斜睨她一眼，阴阳怪气道，"不是应该怪某人体力不行吗？"

"……我是伤员！"

裴颂凑近看了看她胳膊上的伤，蹭破的地方已经凝固，在结痂了。

他清了清嗓，似笑非笑道："嗯，伤员女士，快起床吧，今晚不是还约了你的好姐妹吗？"

程北茉打起一点精神："是哦。"

裴颂话里带着酸气儿："果然还是陈韵吉她们更重要。"

程北茉无语地看他一眼："裴颂你要不要照镜子看看你酸得要死的样子。"

"毕竟我都没有刚回去就见张弛和老姜他们的计划。"

程北茉从床头柜拿了根皮筋拢头发，怪腔怪调说了句："是没约到吧？"

裴颂被噎住，一时说不出话。

程北茉从床上跳起来，拉开窗帘，外面晴空万里。

京江，她要回来了。

登机前，裴颂给程北茉买了杯咖啡，回来就看见她对着手机傻笑。

不用问就知道她在跟陈韵吉聊天。

裴颂不动声色地在程北茉身边坐下，递给她咖啡。

程北茉接过去，说了句谢谢，视线依旧锁在手机屏幕上。

三个女生有自己的群，天天都聊，每逢周末，还要群视频通话。十几年如一日，每天都有话说。

裴颂斜睨她一眼，呠呠两声清嗓，还是没能引起程北茉的注意。他忍不住说："你们每天都聊，怎么每天都有话说？"

程北茉抬头看他一眼："我们俩之间不也是这样吗？"

程北茉这话说得敷衍，但眼神里带了点真诚。

裴颂本来打算冷嘲热讽一番的，看她这样坦诚，还是收敛了一下，把话咽了回去，什么都没说。

片刻后，程北茉冷哼一声："果然。"

裴颂拧眉："果然什么。"

"只要顺着你说，你就会变得温顺。"

裴颂心想，训狗呢？

他觉得自己被程北茉拿捏了。

程北茉哈哈笑了几声，勾勾他的下巴，把手机伸到他面前："我们在选伴娘裙，哪个好看？"

裴颂对着屏幕几条大差不差的裙子看了半天，说："我有个问题。"

程北茉等着他的意见："嗯？"

"杜杨为什么不找我当伴郎？"

程北茉没怎么在意："可能人够了吧。"

裴颂冷哼一声。

就连远在美利坚的张弛都是伴郎，这场婚礼，他们六个人里面，只有他没什么参与感，跟普通宾客没区别。

程北茉叹了口气："你真的想知道？"

"嗯。"

"陈韵吉说你太帅了，会抢走她亲亲老公的风头。"

裴颂："……第一条粉色的好看。"

程北茉低头打了一会儿字，问："陈韵吉问，今晚你去吃饭吗？"

裴颂偏头："她怎么突然想起来问我了。"

"因为只有臭直男才会选第一条粉色裙子。"程北茉用手肘撞他，"去不去？"

"……不去。"

程北茉给他画饼："没准张弛也在。"

"张弛这几天在北京见投资人，婚礼前一晚才回京江。"

"他不继承他家的洗脚城了？"

张弛家的碧清泉这些年发展势头很猛，还在城郊开了家规模更大的分店。

裴颂哭笑不得："什么洗脚城，人家那是温泉酒店。都这么多年了，你能不能改改称呼。"

程北茉没在意称谓："都这么多年了，习惯了。"

"他想自己做游戏营销。"

"果然爱一行干一行。"程北茉抬了抬眉毛，"也不知道他跟朱倩茹做伴郎和伴娘，见了面会不会尴尬。"

裴颂顿了下："他们俩好多年没联系了吧？"

"对。"

裴颂说："你们每天都聊，就没聊过这个？"

"聊啊，朱倩茹一直说她无所谓，也不知道是不是真的无所谓。"

"这都多少年过去了，早放下了吧。"

程北茉摇头："我看未必。"

裴颂和程北茉是在中午一点落地京江的。

他们跟陈韵约的是晚餐，程北茉跟裴颂先回了裴颂家，短暂休息。

老房子里一尘不染，原先的格局和摆设都没变，赵旻女士每隔一段时间会来收拾一下。

这次听到他们会回来住一段时间，特地找了家政服务，里里外外打扫了一遍。

两人放了行李，程北茉在各个房间里转了一圈，感慨道："东西的位置都没变啊。"

裴颂"嗯"了一声，先去开了空调，又打开冰箱看了眼，里面整整齐齐地码着矿泉水和饮料。

裴颂拿出两瓶水："赵旻女士越来越会照顾人了。"

程北茉还在书房里晃荡，从里面探出半个头来："你怎么老是这么说你妈妈？我觉得她挺好的啊。"

"你不知道以前她是什么样子的。"裴颂仰头灌了一口水，"她还没学会当妈，就拼事业去了，操心都操不到点儿上。"

"没良心。"程北茉撇嘴，"过几天去看她，我要告诉赵女士。"

裴颂冷哼一声："别忘了你跟谁是一条战线。"

程北茉送给他个白眼，继续缩回书房里。

裴颂慢悠悠踱步过来，倚在门口："看什么呢，给你入迷的。"

"看看有没有人给你写的情书。"

"那边第二个抽屉里。"裴颂毫不避讳地下巴一扬。

程北茉扯开抽屉，里面至少有几十个信封。

花花绿绿的，带着岁月的痕迹。

裴颂装作漫不经心地挑她一眼："我要说没有，实在是有点假。"

"确实，那时候谁有你人气高啊，跩王。"程北茉随手抽了个信封，"你一直留着这些？"

"直接扔了不太好，就放这儿了。"

程北茉笑了下。

这条心软的狗，当年也让不少人朝思暮想吧。

她原本是没打算拆开信封看里面内容的，毕竟别人的少女心事，她以裴颂女朋友的身份去看，多少有些不合适。

但手上这个信封……里面有点硬硬的，隔着信封还能摸到凸起的浮雕字。

"这封是什么啊？"程北茉扬了扬手里的信封，"好像不是情书。"

信封没有封口，她把信封拱出个口子，看到里面一张深色卡片，上面写着"邀请函"的字样。

裴颂也有些迷惑，看样子是真的没打开过。

他接过信封，从里面扯出一张颇有质感的卡片，上面是某个舞台剧的邀请函，里面夹了张演出门票。演出人员里，戴思的名字赫然在列，时间是七年前的七月。他们高考完的那个暑假。

裴颂蹙眉回想半晌，才想起来，说："是戴思让张弛带给我的。"

戴思在那个夏天考上了北电，这些不用刻意打听，同学之间口耳相传，不可能到不了裴颂这里。光是张弛那厮，就提了不下二十遍。

后来，她在暑假期间参演了某个剧团的表演，就让张弛给裴颂送来了 VIP 坐席的门票。

"她怎么没自己给你？"

"我把她所有联系方式都拉黑了。"

程北茉挑眉："你没去？"

裴颂下巴朝那邀请函一点，挺坦然的："我都没打开。"

"为什么没去？"

"我又没毛病，为什么要去。"裴颂捏了捏她的下巴，"那时候我们已经在一起了。"

程北茉撇嘴："在一起了也没见你跟我说过。"

"我以为是她写的什么信，没打开就放进抽屉了。"裴颂在她唇上啄了一下，"应该告诉你的，跟你道歉。"

程北茉翻来覆去看着那张崭新的门票，问："戴思现在是明星吗？"

裴颂摇头，说他不知道，反正他在电视上没见过。

"可是她真的很漂亮。"程北茉握着那张门票说。

"演艺圈里哪个不漂亮，竞争那么激烈，大火很难的。"裴颂从她手里抽走那张卡片，从背后抱住她，"今晚住这儿，还是回家？"

"得回家住。"程北茉伸手举过头顶，盲摸了一阵，摸到他的耳垂，轻轻摩挲几下，"怎么，一个人睡害怕？"

裴颂不说话，抵在她肩窝里，手熟练地顺着她的衣服下摆滑进去……

程北茉趔趄，不小心踩在他脚背上，被他及时扯住。

程北茉被他突如其来的动作扰乱了呼吸，但还是质问："裴颂，你现在是心虚了吗？"

"我什么都没做，心虚什么？"裴颂理直气壮地继续吻她。

她以为他现在是在讨好她。

裴颂征询似的在她脸颊落了个吻，声音在她后颈的皮肤上震出波纹："那你想要吗？"

她被他滚烫的呼吸打败了。

494

"这里是书房。"她在他手臂上软绵绵抽了一记。

"反正是我家。"裴颂声音哑哑地笑了两声，"早就想在这儿了。"

书房格外安静，她的心跳声似乎格外明显。

"……你变态。"程北茉说。

嘴上说着变态，身体却很诚实顺从。

程北茉背后沁出细汗，灼热的感觉一路从身上烧到脸颊。

烧得她心痒。

衣料窸窣，人影叠动。

裴颂修长冷白的手指在程北茉柔软的发间，轻轻揉，慢慢吻。

程北茉双手撑着桌子，脸颊浮上红晕。

她皮肤白皙，有一点变化都格外明显。

海藻般的头发就在眼前，裴颂盯着她泛红的侧颜和浓密的睫毛，更加难耐。

程北茉觉得自己像是在惊涛飓浪的海上漂浮着，无暇顾及其他，只能死死抱着眼前的浮木。

她惊叹于这人的体力，舟车劳顿之后，竟然还这么有精神……

身后，裴颂的声音破碎而性感："我只爱你，程北茉。"

燥热难耐。

傍晚，程北茉匆匆赶去约好的餐厅，跟陈韵吉吃饭。

两个人在餐厅门口碰见，陈韵吉瘦了一大圈，从发丝到指甲尖都精致得不得了。看来为了这场婚礼，她真的挺拼的。

陈韵吉瞧程北茉一眼，随口说："你的脸怎么潮红潮红的？"

"可能……太热了吧。"程北茉想起下午在书房里的热烈场景，心虚地用手背试了试脸颊。

"都成年人了，我懂的。"陈韵吉意味深长地看了她一眼，"校草体力真不错啊，刚下飞机都不用休息的？"

程北茉假装听不懂。

"我这是夸奖。"

程北茉赶紧转换了话题，问朱倩茹什么时候到。

"你没看群？她今天出外景，得晚四十分钟左右到，我们先吃，等她来了再加菜。"陈韵吉跟服务生报了预约的手机号，转头跟程北茉说，"对了，吃完饭你们俩去试一下伴娘裙，正好帮我看看婚纱。"

"今天？"程北茉下意识看了眼手机，"来得及吗？"

"婚纱馆营业到晚上十点。"

点完菜，陈韵吉把头发拨到耳后，盯着程北茉说："茉茉，我们快两年没见了吧？"

虽然几乎每天都在线上联系，但见一面确实比以前难多了。

自从离开高中校园，日子就像开了倍速似的，一点也不经过。

齿轮厂家属院逐渐冷清，邻居们相继搬出了那一片，其中就包括程北茉家、陈韵吉家和杜杨家。

程勇和方丽珍前几年用积蓄买了套小三居，去年刚装修好搬进去。新家的环境比原来好，那些老街坊邻居却难得见一面了。

陈韵吉叹了口气："以前上学的时候，根本没想过以后，总觉得我们会在那破院子里住一辈子。"

以前她们每天都能见面，日子是那样的稀松平常。

程北茉笑了下："是啊，上学的时候根本没什么感觉。高考完，人生好像一下子就拉了进度条一样，大家都在往不同方向跑，没人回头，也没法回头了。"

陈韵吉啧啧两声："还是学霸说话有水平。"

"得了吧你。"程北茉笑着骂了两声，问她，"老陈现在怎么样？"

陈韵吉夸张地拍了拍脑门："五金店前两年就不做了，不是弄了个菜鸟驿站嘛，他哪受得了那个气啊，操作不熟悉就算了，一天跟顾客能吵起来十回。"

"老陈年纪大了，做这个有点吃力吧。"

"我担心他身体气出毛病来，想让他退休，可他又闲不住。做菜鸟驿站的时候他接触了一点社区团购，现在他们俩不是跟杜杨他爸妈买了上下楼嘛，他就跟杜杨他爸妈一起，带着小区里面的老头儿老太太买菜买水果什么的。挺忙的，赚得不算多，不过不用像之前那么生气，我就由着他了。"

程北茉点点头："婚礼呢，准备得怎么样了？"

"快别提了，要是再给我一次机会，我肯定不办婚礼。"陈韵吉连珠炮似的蹦出一长串不满，"酒店现在都贵得要死，婚庆方案做了几版都不满意，倒是冷嘲热讽我预算不够做不出效果。还有我那领导，明明早就请过婚假了，今天我给大家发了喜糖，打算下周一就开始休婚假，她倒好，说我非要在最忙的时候请假，老娘提前一个月就走完请假流程了好吗！本来心情就没多好，现在更糟糕了。"

陈韵吉越说越激动，胸口剧烈地起伏着，说完灌了一大口水，像是要浇灭胸口的怒火似的。

程北茉叫服务生上来添水，跟陈韵吉说："要结婚了，开心点。"

陈韵吉撑着下巴，眼睛骨碌碌转了几圈："你说，我们俩这辈子就睡这一个男的，是不是有点亏？"

程北茉想了想，抿了口水："我没觉得亏啊。"

陈韵吉无语："……今天这顿饭你请。"

程北茉耸肩，笑了下："没问题，随便点。"

程北茉和陈韵吉聊了半个多小时，朱情茹才匆匆赶来，她全副武装，防晒衣墨镜袖套，还扣了顶棒球帽。

"朱导日理万机。"陈韵吉一见面就冷嘲热讽，"大晚上的戴什么墨镜啊你。"

朱倩茹笑了下，不轻不重地在陈韵吉头顶打了一下。

陈韵吉尖叫一声："别动我头发！花了一千二烫的！"

大学毕业后，陈韵吉和朱倩茹都留在了京江，陈韵吉在一家化妆品公司做品牌经理，朱倩茹进了京江本地的电视台，现在负责一档面向中老年人的综艺节目。

这两个人一直就没分开过，经常见面，凑到一起百无禁忌。

"一整天都在出外景，太折磨人了。"朱倩茹摘掉墨镜和帽子，抹了把额前的汗，跟程北茉拥抱了一下，"茉茉，你回来了。"

程北茉起身跟她抱了下，发现她瘦了，也晒黑了不少。

看着让人有点心疼。

朱倩茹也不跟她们俩客气，坐下就上筷子，夹了几口菜吃："我真的饿死了。"

"慢点儿吃。"陈韵吉递给她菜单，"再加两个你喜欢的菜，随便点，茉茉请客。"

"茉茉刚从上海回来，你就敲诈人家，要不要脸啊你。"朱倩茹在菜单上扫了一圈，"真的随便点吗？"

程北茉要被她们俩笑死了。

这种久违的轻松感觉让她心情大好，她下巴扬了扬："随便点。"

朱倩茹加了两道菜，又点了一瓶红酒，合上菜单问："茉茉，最近怎么样？"

"两点一线，刚适应社畜生活。"

"找你买车能打折吗？"

"人家茉茉那公司是做无人驾驶的，你上哪儿买车去，是吧茉茉？"陈韵吉抽了朱倩茹胳膊一下，然后茫然地转向程北茉，"茉茉，你那工作到底是干吗的？"

程北茉说："自动驾驶公司做算法。"

"那裴颂呢？"

"他做咨询。"

朱倩茹叹了口气："可恶，你说的每个字我都知道，但听不懂。"

陈韵吉拍她的肩膀："没办法，这个世界上是有分工的，像茉茉和校草这种人呢，就适合好好念书，然后做一些伟大的事。我们再怎么念也念不出个名堂来。"

程北茉说："别这么说，你们都工作好几年了，我们俩才毕业，人生进度都落后了。"

"我工作了这几年，除了黑了，睡眠少了，没什么变化。不过我相信，每个人都有每个人的进度。"朱倩茹若有所思，"记得高三的时候，每次月考成绩都不如意，我觉得这辈子都要完蛋了，愁得每天都睡不着。没想到，这些年过去，我还活着，活得还可以。"

陈韵吉赶紧举起她面前的杯子："为我们活得还可以，干杯！"

吃完饭，三个女生去试婚纱和伴娘服。

婚纱馆离吃饭的地方不远，她们走着过去。

夏夜温度不减，空气中蒸腾着白天的余温，风吹在身上满是黏腻。

城市夜色缤纷，她们不甘做行迹匆匆的路人，慢吞吞地在路上碾。

陈韵吉酒精上头，坚持挽着她们俩的胳膊，非说现在这样，特别像以前高三下了晚自习，一起回家的场景。

暖风吹过，吹得程北茉眼热。

是不是所有人都会成为心事重重的成年人，靠过去的回忆和微醺的状态才能够快乐。

三个人正动情地忆往昔，程北茉的手机振动了几下，打断了姐妹情深的戏码。

裴颂打了个视频过来，问她们吃完了吗，需不需要他来接。

程北茉看了陈韵吉一眼，想起陈韵吉说试婚纱这事要保密，就说还没吃完饭。

　　身边两个人听到是裴颂，就开始阴阳怪气。

　　陈韵吉挤进摄像头范围，故意道："你们俩天天在一起，我们跟茉茉吃个饭，就打电话来催啊？"

　　裴颂笑了几声："我女朋友，当然要我操心了。"

　　朱倩茹无语道："臭情侣。"

　　程北茉说她们结束应该不早了，让裴颂别来了，她自己打车回家。

　　裴颂坚持要来，陈韵吉激出一身鸡皮疙瘩："当年不都说你是禁欲系校草吗，怎么这么腻歪？"

　　裴颂清了清嗓子："什么禁欲系，我怎么不知道。"

　　当年裴颂的名号多到数不清，什么校草、神颜、禁欲系校草……校内校外的称呼一点也不统一。

　　"行，我知道了，是谣传。"陈韵吉撇了撇嘴，意味深长道，"你俩打个视频眼神都快拉丝了，不可能是禁欲系。校草，注意身体。"

　　她们刚才喝了点酒，陈韵吉和朱倩茹的发言都变得格外露骨。

　　程北茉及时挂断了视频，免得她们再蹦出几个荤段子来。

　　到了婚纱馆，程北茉和朱倩茹在几套伴娘服中来回挑选。

　　试到第二套裙子的时候，帘子拉开，陈韵吉在几面镜子包围下转身。

　　陈韵吉一袭白色缎面婚纱，脸颊泛着红晕，像颗熟透的桃子，剔透而可爱，浑身充溢着少女般的纯情和光彩。

　　望着眼前的准新娘，程北茉有些恍惚。

　　陈韵吉或许是她朋友里，最简单的一个人。从小到大，一共就三个好朋友，跟其中一个结了婚，跟剩下的两个维持着长久而专一的友情。

　　那一刻，程北茉才真正地意识到，她二十多年来最好的朋友，就要迈入人生的新阶段了。

时间弹指一挥间，仿佛乘着超音速列车前进，这些年的具体经过，都是模糊的。

她好像一下子就理解了那句话。

人不是活一辈子，而是活几个瞬间。

比如，七年前的那一夏，还有，七年后的又一夏。

好像什么都没变，却又什么都变了。

陈韵吉和杜杨的婚礼前一晚，程北茉和裴颂去陈韵吉家帮忙布置婚房。

京江这边有这样的婚俗，结婚前夜，朋友们要上门一起热闹热闹。

陈韵吉和杜杨家住上下楼，接亲格外方便。

这一回，程北茉终于见到了张弛。

她确实是整整七年没有见过张弛了。

三年前张弛假期回国，在上海停了两天，本来程北茉要跟裴颂一起去见他，但临时被导师喊过去，就错过了。

张弛大概健身了，身材不像以前那样干瘦得像根竹竿，壮实了，人也变稳重了。

至少外表看来是这样。

记忆中，他永远穿得花里胡哨跟棵行走的圣诞树一样，从来不重样的发带像是跟头发一起长在他头上似的。

"小茉莉！"张弛看见程北茉，热情地招手，绽放出一个巨大的笑容，"见你一面是真难啊。"

程北茉笑了下："哇，中文说得真不错。"

张弛无奈道："……你跟狗能学点儿好的不？毒舌倒是青出于蓝而胜于蓝。"

裴颂哼笑了声："也不看看是谁的女朋友。"

501

程北茉下意识瞥了眼房间另一边的朱倩茹，她正在跟陈韵吉一起粘气球和彩带，视线并没有往这边来。

张弛故意挤眉弄眼，朝裴颂努了努嘴："还养狗呢？"

裴颂笑着踢了他一脚："想挨揍了是不是。"

张弛灵活躲开，下巴朝外面点了下："伴郎服在我车上，陪我下去取一趟？"

裴颂捏了下程北茉的脸颊，在她耳边低语了几句。

张弛急了，本性尽显："你以前不是狼狗吗，现在怎么成小奶狗了？就下楼一趟还要汇报？"

裴颂飞过去一记眼刀："你倒是也想汇报。"

张弛胸口隐痛，每次跟狗对话，总是会被戳到。

毕业后，张弛听从家里的安排，出国了。

一开始，一切都是新鲜的。

他经常倒时差在群里跟大家聊天，发异国他乡的生活。今天买新车，明天教美国室友打麻将，后天趁假期跑去欧洲玩一圈……

可大学并不像高中，每个人都有自己要忙的事，渐渐地，群里就冷了下来。

毕竟隔着一个太平洋。

后来，三个女生只在女生自己的群里聊天，张弛只跟裴颂和杜杨单线联系。

六人群变成只有逢年过节才会活跃起来的问候群。

程北茉偶尔会从裴颂这里听到张弛的消息，不过信息重复率很高，谈恋爱了，失恋了，又谈恋爱了，又失恋了……

朱倩茹也忙，忙着进电视台实习，忙着留下来转正，谈了一段短暂的恋爱，因为工作原因分手，之后就一头扎进节目里，经常工作到大半夜。

陈韵吉曾经开玩笑，说你这工作就是美国时间啊，跟张弛同步。

但也只是说说而已。

张弛和朱倩茹这两个人，好像真的没有交集了。

程北茉跟着一起去布置新房，她刚过去，陈韵吉就说："你们今晚都别回去了，给你们在旁边的酒店开个房间，免得明天接亲的时候还得一大早赶过来。"

也不知是不是程北茉看错了，她余光瞥见朱倩茹顿了一下。

程北茉熟练地扎了个气球，顺手扔到床上："我回家，你别管了。"

"茉茉，你别跟我客气。"

程北茉语气坚决："你也别跟我客气，结婚花销不少，不该花的就别花。"

毕竟是从小一起长大的，程北茉对陈韵吉和杜杨的家庭情况再了解不过。

作为朋友，她只想为他们俩多着想一点。

"那这样，你们俩陪我睡这儿，总行了吧？"陈韵吉指了下眼前的床，上面铺着印满喜字的大红色床单和被罩，"让张弛和裴颂去杜杨家睡。"

听到张弛的名字，朱倩茹无动于衷，就像听一个陌生人的名字。

程北茉有些唏嘘地和陈韵吉对视一眼，最终什么都没有说。

过了会儿，陈韵吉的几个大学室友从外地赶来，家里的人越来越多，下脚都困难。

程北茉和裴颂到楼下透口气。电梯里，裴颂察觉出她情绪不大对劲，用鼻尖拱了拱她的鼻头，问："怎么了？"

程北茉轻轻笑了下："就是看见张弛和朱倩茹，觉得有点遗憾。"

裴颂却问了句出乎她意料的话："遗憾什么？"

"不是所有人都能从年少时代一起走过来。"程北茉仰脸看他，"我运气一直挺好的，中考虽然没考好，但我妈身体好了；我高考也没考砸，后来就都挺顺利的，而且跟爱的人也没走散。"

裴颂斜睨她一眼，怪腔怪调说了句："原来把我排在最后面。"

"是把重要的排在后面。"程北茉学他平时说话的语气，"你有没有良心。"

她这个样子真的可爱，裴颂忍不住捏了捏她的脸，落了个轻轻的吻："放心吧，张弛闻着味儿来的，他们俩没走散。"

"什么？"程北茉拧眉。

"你刚没看见他们俩那样子？"

"见了啊，一句话都没说，连招呼都没打。"

裴颂轻笑了声："正常人怎么可能避嫌到这个地步，一句话都不说？他们俩又没什么深仇大恨，不至于。"

"你的意思是……"

"他俩可能，有点什么。"

程北茉不太信，裴颂平时胡诌多了，失去了女朋友的信任。

程北茉哼了声："真厉害，这你都能看出来。"

阴阳怪气的。

裴颂无奈，只好道出实话："我在楼上看见朱倩茹从他车上下来。"

陈韵吉家的客厅窗户外面，正好能看到小区门口的公共停车位。

程北茉睁大了眼："啊？他们俩……"

裴颂说，刚才他去张弛车上拿伴郎服，顺便叙旧，在车子开放储物格里发现张附近一五星级酒店的房卡。

这小子去过哪里，不言自明。

再加上看见了他副驾上载的人，裴颂已经知道了个大概。

裴颂搡他一拳，跟他开玩笑："怎么，回家不习惯，在京江都要住酒店？"

张弛被揭穿，顿了下，垂着眼皮说："狗你够了啊。"

裴颂笑了下："行，尊重隐私，我什么都没看见。"

张弛从车里拿了支电子烟，沉默地抽了几口。

过了半晌，张弛才又开口："狗，我不是那种乱来的人。"

裴颂没看他，望着空气中某处："我可什么都没说啊。"

张弛没说话。

裴颂眼神在他身上扫了一圈："你什么时候抽上这个了？"

张弛摊开手心，给裴颂看了眼，说压力大的时候才抽。

这话谁说都可信，但从张弛嘴里出来不可信。

"你压力大？"裴颂问。

张弛又拿起电子烟吸了一口，吐出规律的烟圈。

空气中弥漫着橙子味。

张弛叹了口气："哥们你还是不了解我。"

裴颂笑了下，没说话。

他靠在车边，手抄口袋，散漫地站着。

他从少年时代起就这气质，风轻云淡，别人学都学不来。

张弛在心里感慨，狗这货的颜值和身材果真是极品，到现在还是这么有味道。

过了会儿，杜杨叫伴郎上去商量事情，裴颂才在张弛肩上搭了下，问："你对人朱倩茹是认真的还是玩玩？"

张弛一顿，瞪圆了眼睛，眼珠子都快蹦出来了。

裴颂偏头："我够了解你吗？"

张弛："你怎么知道……"

"口水都流出来了你。"

张弛赶紧闭上嘴巴。他不知道裴颂是怎么知道他和朱倩茹的事的，眼神里充满了求知欲。

"要是认真的，就对人家好点。这么多年过去了，能走到一起不容易。"裴颂站直身子，欲离开，"还有你那项目，我有个朋友做这个，资源挺多的，我回头介绍你们认识。"

夜色中，张弛感动得眼眶泛泪。

"知我者，狗也！"张弛激动地揽住裴颂的肩。

"别恶心人。"裴颂甩开他。

"这对修成正果了，你跟小茉莉呢？"

裴颂"嗯"了一声："我有计划。"

"要是想娶人家，就快点。这么多年过去了，能走到一起不容易。"张弛装模作样地拍了拍他的肩。

"滚。"

张弛贼幼稚，在他头上猛搓了几下赶紧跑开："你怎么还是这副狗样子！"

虽然程北茉攒了两周的年假和调休，但每天的行程都是满满当当的。

见朋友，见家人，参加婚礼。

程北茉回家住的时候，裴颂也回去看了赵旻女士。

赵旻把老房子保持原样，留给了裴颂，现在她跟裴颂的舅舅住得很近，能互相照应。

用赵旻女士的话说，就是："你总是要结婚的，我就不做那种烦人的婆婆了。"

赵旻跟裴文远离婚后，整个人又有了精气神，前几年重返职场，跟合伙人接了商业街区的场子，事业风生水起的。

在他小时候需要陪伴的时候，她在拼事业，别人退休的年纪，她又在拼事业。

当时裴颂只是笑了下，没说什么。

他已经不怎么跟赵旻呛声了。

忙起来挺好的，不然就会像以前一样瞎操心。

赵旻哪里知道他心里那些弯弯绕绕,他在家的那几天,特地休假在家,说是要修复修复母子关系。

裴颂发现,果然距离产生美。他和赵旻女士二十四小时相处的时候,总会冒出点火星子。

跟程北茉视频的时候,她笑个不停,说:"我们现在算不算距离产生美?"

裴颂摇头:"不算,我们只有天天在一起才会产生美。"

"黏人精。"

裴颂也不反驳:"嗯。"

程北茉说:"赵女士听见了该多伤心啊。"

裴颂一副拿赵旻没办法的表情:"她,唉……"

赵旻关心的事情无非那几个,程北茉什么时候过来吃饭,什么时候去程北茉家吃饭,什么时候求婚,什么时候结婚,打不打算要孩子……

赵旻挺喜欢程北茉的。

漂亮,但不浓烈;聪明,但不过分精明。

裴颂总说自己有计划,赵旻问多了,他语气也会有点不耐烦:"打听那么多干吗?我们也不指望你带孩子。"

赵旻一想,确实,带孩子不是她的强项。

出钱可以,出人就算了。

毕竟亲儿子都没怎么带,野蛮生长的。

还好没长歪。

但她还是提醒裴颂,去准丈母娘家,不能空着手,诚意要足够。

裴颂做了好几个深呼吸:"……知道了!"

他们要离开京江回上海的前两天,裴颂去了程北茉家一趟。

程勇和方丽珍特别高兴,特地起了个大早,去买了新鲜的鱼和海鲜,忙了一整天，做了一大桌子菜。

程北茉看每道菜都做得特别精致，甚至还摆盘了。她倚在厨房门口望了望："爸，也太隆重了吧。"

"我乐意。"

程勇早就把裴颂当成准女婿了。

不过，有裴颂这样的宝藏男孩当女婿，谁不乐意。

裴颂来了后，程北茉带着他在新家逛了一圈。

新家是紧凑的三居室户型，三间卧室都不大，最小的那间，除去衣柜，只能放下一张单人床。

"有点小。"程北茉四下看了看，"不过比以前的小区环境好多了，能住得舒服点。"

裴颂特别喜欢这种小家的温馨感，一家人在一起的场景总会让他想起二十多年前自己家。

只是那样的日子，已经一去不复返了。

程北茉的新房间布置得简单温馨，只有衣柜、书桌和床。

他们两人一前一后进屋，裴颂带上门，从背后抱住程北茉。

程北茉眉头一横，想要挣脱他："门没锁！"

程勇和方丽珍就在外面的厨房里忙活。

虽然他们俩早就在父母面前公开了，但程北茉还是没法想象，程勇和方丽珍看到这一幕会是什么反应。

"就抱一下。"裴颂把脸埋进她的肩窝，紧紧贴着她，不愿意放开似的，他深吸了一口气，满满的留恋，"好久都没抱你了。"

语气听上去有点委屈。

平时两个人长时间相处，早就习惯了在一起的生活。

这段时间回到京江，各回各家，像是回到了学生时代，裴颂反而睡不着了，总是翻来覆去，一直要到凌晨两三点才疲惫地睡着。

程北茉无奈，转过身来摸摸"狗头"。

一张英俊的脸顺势欺压过来，裴颂捏着她的下巴，在唇上嘬了两口。

这个人特别喜欢得寸进尺，给他一点甜头，他就会主动索取更多，逮着机会就占便宜。

程北茉望着他，眼神蒙眬，语气缠绵："裴颂，我看你现在是不要命了。"

裴颂沙哑哼笑了一声，继续细细地吻，慢慢地吮，与她厮磨。

接吻间隙，程北茉故意逗他："不怕挨揍啊你？"

裴颂伸舌尖挑逗她："挨揍的时候，你会护着我吗？"

程北茉眨了眨眼："想得美。"

"让你嘴硬。"裴颂堵住她的呼吸。

程北茉被吻得缺氧，却逃脱不了，她想反击，无奈身高和体力没有优势。

她环住他，手伸进衣服下摆，指尖划过他紧实的皮肤表面。

肌理清晰，线条流畅。这是他坚持健身的成果。

裴颂吃这一套，上一秒还放肆，下一秒就头皮发麻，变得温柔，深情而热烈地回应她的吻。

两个人严丝合缝地贴在一起，程北茉感受到某个部位有了反应。

"你怎么还这样啊？"程北茉的手离开他腰部，换了个方向。

她的手腕被他一把攥住。

他漫不经心地朝房门方向眺了一眼，喉咙上下滚动，声音哑哑道："现在是谁不要命了？"

程北茉认真抬眼看他："你这么容易起反应吗？"

裴颂摆出一副无所谓的表情："我要是哪天没反应了，你才应该着急吧。"

"有道理。"程北茉低头看了眼，"你一会儿可别这么出去。"

裴颂哭笑不得地在她脸颊掐了一把："我发现你现在挺坏的。"

"狗老师教得好。"

"别，是程同学自己有天赋。"

一来一回对话一阵，燥热的氛围褪去暧昧，变得温馨而平静。

程北茉挺喜欢这种状态的。她在裴颂肩头靠了一阵，说："我妈刚才说，如果太晚，你就别回去了，住我家。"

裴颂眸色加深，装模作样地清了清嗓："方便吗？"

"别多想，她已经把客房收拾出来了。"

裴颂看她一眼，缓缓吐出两个字："客房？"

"要不要参观参观您今晚的房间啊？"程北茉的下巴朝外点了点。

裴颂揽过她的肩膀，手上的力道报复似的加重。

"带路啊。"他下巴扬了扬。

住客房也好，一墙之隔，应该不至于失眠了。

裴颂给老程家面馆做的乐高模型完好无损地放在客房。

老程家面馆的店面早就不在原来的地方了。

程勇和方丽珍在某个园区盘了家新门面，周围都是写字楼，生意还不错。他们听从程北茉的建议，雇了店员，也没以前那么忙了。

程勇原先是想把乐高模型放到店里的，思来想去，还是舍不得。最后还是搬到了新家里，程勇甚至还定制了个透明的亚克力罩。

"我爸把这个当宝贝呢。"

裴颂"嗯"了一声，语气里带着点儿理所当然："我做的，当然要当宝贝。"

"臭屁。"程北茉拉着裴颂看那模型，"有没有什么新发现？"

模型的组装图纸一直存在裴颂电脑里，后来他还打开看过。

他一眼就看出了端倪。

下一秒，唇角勾出一个上扬的弧度。

这个微型的老程家面馆里，原先有顾客，有老板，还有老板的女儿。

现在，多了一个新的小人模型。

"这是我？"裴颂问。

"嗯。"程北茉朝厨房努了努嘴，"我爸加的。"

程勇的原话是，这是我女婿做的，里面为什么不能有我女婿？

当时程北茉沉默良久，然后说："有没有可能，你女婿需要去商场的乐高店买？"

于是程勇杀去了乐高店里，买了个"女婿"回来。

吃饭的时候，程勇特别高兴，跟裴颂喝了几杯。

起了兴致，程勇突然说："裴颂，以前你们上学的时候，你来过店里吃饭。"

裴颂点头："叔叔，您还记得。"

"那时候就喜欢茉茉了吧？"

程北茉紧张地瞥了眼裴颂，筷子在碗底漫无目的地划拉。

裴颂倒是挺坚定地点头："嗯，是。"

"那时候我跟你方阿姨心里急啊，不知道你们俩到底是怎么回事，那时候又是高考复习的关键时候。没想到，你们自己心里有数，最后还真走到一起了。挺不容易的。"程勇喝得多了，舌头有些打结，断断续续，含混不清的，"裴颂，我告诉你，我就这一个女儿，你要对茉茉好。"

裴颂点头，赶紧低了一个杯沿跟程勇碰杯："一定，一定。"

喝多了，人就容易话多，程勇开始讲程北茉小时候的事。

说着说着，就说到小时候苦了程北茉，在老房子里，她只能睡木工打的硬板床，褥子厚了上火，薄了又硌人。

"茉茉这姑娘，有时候有点倔。其实她特别懂事，什么都要靠自己，心里总憋着一股劲儿。"程勇脸颊泛红，眼眶发热，"我就希望能有个真正爱她的人，跟她在一起，不要让她受委屈……"

裴颂正要开口说些什么，就看到程北茉冲他使眼色，轻轻摇了摇头。

桌上是短暂的沉默。

方丽珍架着他的胳膊："老程，你喝多了，回房间吧。"

裴颂起身："阿姨，我来吧。"

裴颂扶着程勇去卧室，程勇确实喝了不少，面色不太好看。

他正要起身给程勇接杯温水，却突然被程勇攥住了胳膊。

裴颂顿了下。

程勇眼中布满了血丝，口中有些含混不清："裴颂，我记得，你家人应该见过茉茉吧。"

裴颂有些疑惑，但还是点点头："见过，我妈很喜欢茉茉。"

"你看，你跟茉茉也在一起挺久的了，也都见过双方家长了……"

裴颂瞬间就明白程勇想表达什么了。

程勇嗫嚅着双唇，似乎在努力控制着自己的语言系统："你们，有结婚的打算吗？"

裴颂没思考便点点头："有。"

"我不是在逼婚，我知道你们年轻人在大城市生活压力大，忙，就是……就是……你知道陈韵吉和杜杨吧？他们俩也是我看着长大的，看到他们俩结婚，心里总有些话，憋着难受，说出来又怕茉茉生气……"

裴颂让程勇放心，说他心里有数。

"好，好，你们有计划就好。"程勇点头，又开始了絮叨模式，"茉茉那孩子主意大，我们也不好问她。"

"叔叔，您放心，该有的流程都会有的。"裴颂语气诚恳。

他从房间里出来，程北茉特别勉强地冲他笑了笑。

"要出去走走吗？"

裴颂点点头："走吧。"

两人手拉手走在晚风中，程北茉沉默了许久，才开口问："我爸都跟你说什么了？"

裴颂垂着眼走了一段路，轻轻摇头："没说什么。"

"哦。"程北茉僵硬地笑了下，"如果他说了什么不该说的，你别介意。他很少喝酒，因为一喝酒话就多，停不下来，还总是哭。"

"刚才吃饭的时候，为什么不让我说话？"

"我爸喝多了一直这样，一开始我还会跟着哭，觉得他不容易。"程北茉耸了下肩，"后来发现，他每次喝醉都说一样的话，就免疫了。其实我没觉得他们亏欠我，也没觉得小时候有多苦。回想起来，有家人，又有朋友，那些是用钱都买不来的。"

小时候，就算只是仰头看着天空，都会觉得拥有了全世界。

长大后，想得多了，想得到的自然也就多了。

程北茉挺轻地笑了下："后来发现，钱能买到的东西多了，只是我不知道而已。"

裴颂捏了捏她的手："别皮。"

她其实特别习惯把沉重的东西转化成轻松的话题，别人以为她是酷，是满不在乎，其实是她不愿意把太多情绪外露。

裴颂问她："那现在呢？"

"现在？"程北茉想了想，"我其实挺容易满足的，现在想要的都拥有了。"

新家跟齿轮厂家属院不远，两个人散步，没留神就到了老街上。

因为老街附近的主干道常年改造修路，近十年都如此，原来还有老城区的便利优势，这些年京江发展新区，城市重心在逐渐分散，附近的住户都陆续搬走，老街上也变得很冷清。

程北茉也好久没回来过了。

"我爸妈说，这边现在挺破败的，基本上没什么人了。"她说。

一路过来，商家基本上全都关门了。

老程家面馆和五金店那一排商户，旧招牌已经拆了，被围挡围了起来。

走到曾经的老家属院门口，小区里面的路灯依旧昏暗，路面还是坑坑洼洼的。

楼上亮灯的住户并不多。以前这个时间点，正是吃完晚饭，街坊邻居们一起下楼遛弯的热闹时刻。

看着这冷冷清清的场景，程北茉不禁唏嘘。

"我们往回走吧。"程北茉扯了扯裴颂的胳膊。

两个人又慢悠悠地原路返回。

树影婆娑，夜色缱绻。

裴颂穿了白T恤和黑色休闲裤，整个人高大修长，干净利落，从背后看，还是能捕捉到少年感的影子，只是身材更紧实了。

程北茉偏头看他，发现他的侧脸线条还是那么明朗，一如从前。少年的蓬勃和成熟男人的韵味重叠在同一个人的脸上。

路过一棵树的时候，裴颂忽然提起："我们的初吻好像是在这里。"

程北茉瞥他一眼："要怀念一下青春吗？"

裴颂一时没懂她说什么，语气松松垮垮地蹦出个字来："嗯？"

"你过来，我告诉你。"程北茉含着笑意，欲说还休。

裴颂盯着那张清透精致的脸，从笑眼里已经知道，她接下来要做什么了。但他假装不知道，慢慢地把脸凑近她，安安静静地迎接惊喜到来。

程北茉说了句"真乖"，便捧过他的脸，主动鼻尖对鼻尖，嘴唇贴嘴唇。

裴颂笑了下，回吻她。

鼻息厮磨，气氛又湿又热。

程北茉环上他的脖子，踮起脚尖。

裴颂在她嘴唇上啄一下，又一下："这就是你说的怀念青春？"

程北茉的眼睛亮晶晶的，好像有星星："嗯，复习一下初吻。"

两个人深吻了一会儿，好像都有些动情。

裴颂摁下轻喘声，叫她名字："程北茉，问你个问题。"

程北茉咻咻笑了两声："问就问，别叫我全名，我害怕。"

裴颂的拇指轮廓在一下一下摸索着她的下颌，温柔轻细，还带着点不易察觉的焦急。

"没什么，就是想问问……"裴颂手上的力道加重了一点点，掐她的脸，"你的童年小伙伴结婚了，你心里没什么变化吗？"

"什么变化？"

"比如……想结婚什么的。"

程北茉点点头："我无所谓啊。"

裴颂一愣，眸色加深："无所谓？"

"嗯，反正最后都是跟你，时间无所谓。"程北茉耸肩道。

裴颂本来提起来的心又放下。他提了口气，但没说话。

程北茉问："怎么了？"

"没什么。"裴颂清了下嗓子。

"裴颂，你这是对自己不自信吗？"

裴颂不承认。

他换了个话题，问程北茉："我们在一起这些年，开心吗？"

"开心啊，不开心为什么还要在一起。"程北茉用怪异的眼神看了他一眼，想问他怎么了，"你又不是不了解我。"

裴颂再了解不过。她从来都是个目标明确、讲话直白的人，不太拐弯抹角。

"那我们在一起，有过什么遗憾吗？"

眼看着话题逐渐沉重，程北茉忍不住蹙眉："你别转移注意力，先回答问题。"

裴颂却轻巧地绕开："你回答了我的问题，我自然也会回答你的。"

程北茉想了想，遗憾，确实有一个。

她不太确定地望了裴颂一眼。

裴颂冲她点下巴，示意她不用有什么顾忌，可以直说。

"唯一的遗憾，就是没去毕业旅行。"程北茉边回忆边说，"当时脚受伤，我们还吵架，我又担心你家的事让你走不开……"

"吵架？那次不算吵架吧。"

"算冷战。"

"我的错。"裴颂倒是很主动地领罚，"毕业旅行想去哪里？下个假期我跟你去。"

"杭州。"

"杭州？"

程北茉点头："高三的时候，你送过我一个御守，你说是灵隐寺求来的，我也就想去给你求一个。"

裴颂心底划过感动，问她想求什么。

"希望你平安。"程北茉很坦诚地说，"那时候想，不管未来我们在一起还是分手，我都想你平安。"

"那时候就想过分手的预案？"裴颂在她鼻子上轻轻刮了一下。

"这不是没分嘛。"程北茉眨了眨眼，"当时我还想，去了顺便求一求姻缘，也许我们会走得长久一些。现在看来，虽然我人没去，但可能心诚则灵吧，我们一直都在一起。"

七年以来，两个人甚至连一次架都没吵过。

裴颂哼了一声。

程北茉在他胳膊上抽了一记："你哼什么。"

"你人都没去，哪有什么心诚则灵。"裴颂吭吭清了清嗓子，"其实……我那年去的时候，已经求过了。"

"你好心机。"程北茉睨他一眼。她始终记得他刚才说过的话，又绕了回去，"好了，现在换你回答问题了。"

他今天说的话、问的问题都有点不对劲。

裴颂盯着她半晌，问她："还有一个问题。"

"遵守点游戏规则吧，不能再提问了，先回答我的问题。"程北茉在他眼前晃来晃去，"你今天怎么了？"

裴颂深吸了一口气，问："要结婚吗？"

程北茉皱眉道："刚才不是问过了吗。"

"刚才是确认你想不想跟我结婚。"

那现在呢？

程北茉反应慢了半拍，之后大脑开始飞速转动——什么情况，这人要求婚？

"你这是……"程北茉迟疑半晌，还是把"求婚"两个字咽了回去，心知肚明地问，"要干吗？"

说完她还不放心地扫了裴颂一眼。

裴颂一身休闲穿着，松松散散的，跟平时没什么两样，口袋也平平整整的，里面不可能藏着戒指盒。

只是饭后随便出来散散步，裴颂应该不至于在这个时间点求婚。

裴颂倒是坦然："你说呢？"

"……要求婚？"

"不行吗？"

程北茉被他问得一愣。

这事不应该是提前准备的吗？

杜杨跟陈韵吉求婚那天，特意提前订了一家他们俩可能一辈子只会去一两次的餐厅。陈韵吉一早就嗅出了不对劲，赶紧给程北茉和朱倩茹打电话。仨闺密凑在一起分析大半天，最终让陈韵吉化好全妆，穿好裙子，随时注意仪态。果不其然，当天晚上杜杨求婚了。

第一次不熟练，总会露出点破绽的。

不过，裴颂是条狗，未必能让她看得出破绽。

程北茉头点了点："行倒是行，就是有点突然。"

"没关系的，反正你会印象很深刻的。"裴颂露出一排好看整齐的牙。

程北茉笑了。

这个人还是一如既往的张狂自信。

裴颂陪程勇喝了不少，程勇都成那样了，他多少也有点醉吧。

程北茉瞥他一眼，除了耳朵有点红以外，那张帅脸没有任何异常。

她轻轻哼了一声提醒他："步子迈大了容易扯到裆。"

裴颂无奈地笑了下，表情并不轻松。

程北茉流露出一副看透他的表情，伸手扯他的胳膊："行了，酒醒得差不多了吧？回家吧。"

裴颂挑起一边眉毛，盯着她的眼："就没有一点期待感？"

"你确定你没醉？"程北茉张开手，在他眼前晃了晃。

裴颂退后一步，无语地摊开手："你看我哪儿像醉了？"

他酒量挺好的，只是在工作应酬场合会装一装。

程北茉眨了下眼睛，冲他脸侧点了下下巴："你耳朵红了。"

裴颂下意识摸了下耳朵，确实有点发烫。

他若无其事道："哦，这个是紧张的。"

尽管整个人还是跩跩的，可表情语气，纯良得像个高中生。

程北茉咽了下口水。

真要求婚？见裴颂伸手进口袋摸了一下，程北茉心腾地悬起。

如果他这会儿变魔术般拿出个戒指，她该用什么表情……

她的眼睛滴溜溜的，视线紧追着他修长的手指。结果裴颂掏了个卡包出来，那是她拿到第一笔工资的时候，送给他的礼物。

现在鲜有人还用钱包，她便送他个轻便的卡包，随身带着也方便。

她嘴上虽没说什么，可眼神里的期待劲被裴颂全看了去，他咧了下嘴。

程北茉为掩饰尴尬，干笑了两声："哈哈，我还以为……"

"以为什么？"裴颂手上动作一顿，停下来等她。

程北茉无语地看了他一眼，转身就走："……算了。"

裴颂慌乱之中扯住她，手上的力道都没了轻重："戒指在这儿。"

他清了清嗓子，从卡包夹层里取出枚戒指，在昏暗的夜色中闪闪发亮。

程北茉表情凝住。她心跳得飞快，后背也突然有点发麻。

裴颂给她做了那么久的心理预设，这场求婚的结果他们都心照不宣。

只是看见那个亮闪闪的指环时，她的眼眶还是热了。

程北茉呆呆的，问了个不大相关的问题："你在学 Leonard（伦纳德）吗？"

《生活大爆炸》里，Leonard 就是从钱包里拿了枚藏了好多年的戒指向 Penny（佩妮）求婚。

"不大一样……"裴颂说，"我这枚是新的。"

"你什么时候买的？"程北茉问。

"还记得咱们回京江的前一天吗？"裴颂用拳头抵在唇边，清了清嗓子，耳后的红更明显了，"我说堵车要晚回来一会儿……其实是去取戒指了。"

所以，他本来就打算求婚吗？

"我只是想提前准备好，等一个合适的时机。毕竟这次回来是参加杜杨和陈韵吉的婚礼，他们俩已经迈入下一阶段了，我在想，我们是不是也应该拉一拉进度条。"裴颂不安地胡乱抓了抓头发，"可又担心我们才毕业就结婚，会不会太早……"

杜杨和陈韵吉都是本科毕业后就工作了，程北茉和裴颂继续读研，这么多年过去，他们还是校园情侣。

裴颂不是犹豫不决的人。

他讲话向来有重点有逻辑，有天然的吸引力，这样的优势在高中演讲时就已经体现。可现在，千头万绪涌在心头，他竟不知道该先说哪一句。

在面对程北茉时，他总是没有百分百的把握。

此刻，他心头翻腾着难以言说的情绪。

"不会的，我愿意的。你不用想那么多，我刚才说了，反正迟早都是跟你结婚，我什么时候都愿意的。"程北茉很用力，很用力地点头，"不要这么没自信啊，第一名。"

"你才是第一名，在我这里，你永远排第一。"裴颂认真道。

说完，他单膝跪地，眸子里是前所未有的虔诚。

眼前是他十七岁起就心动的女孩，这么多年过去，她仍是那么聪明漂亮，纯洁晶莹，仿佛一直未改变。

裴颂喉咙上下滚动，咽了下口水："程北茉，要不要嫁给我？"

程北茉的眼睛和夏夜的晚风一样潮热。

她用指尖拭去泪痕，点头道："好。"

裴颂给她套上戒指，尺寸刚刚好。

他起身抱她，跟她深吻。

时间仿佛回到了那个盛夏。

一样的闷热，一样的夜晚，少年男女在树下生涩地互相试探。

除了初吻时的那棵树依旧茂盛，周围的一切，已经看不出原来的模样。

但他们知道，还有很多东西，一直没有变。

"程北茉。"

"嗯？"

"戴上戒指，以后都不能和小狗分开了。"

"好。"

/ 十年夏 /

PUTONGPUTONG

– 第一年夏 –

裴颂求完婚后，他和程北茉便开始按部就班地筹备婚礼。毕竟婚礼在京江举行，他们两人都不在京江，沟通成本比其他新人要高一些。

本以为一切都会顺顺利利，没想到接二连三地出了状况。

先是程勇不小心摔了一跤，骨折了。

程勇和方丽珍没告诉程北茉，是陈韵吉偷偷打电话给程北茉的。

程北茉当即请了几天假，买了回京江的机票。

听见钥匙孔转动的声音时，程勇和方丽珍的第一反应都是家里进贼了。当程北茉出现在家门口时，三个人都愣住了。

方丽珍移开视线，不敢跟程北茉对视。

程北茉利落地换好鞋，就往主卧去了，一推门，程勇果真躺在床上，腿上还有钢板。

"又来这个是吧？"程北茉无奈地说，"我不是说了嘛，家里有事就告诉我。"

中考前，方丽珍查出甲状腺癌，他们怕耽误了程北茉的中考，便瞒了她。后来她自己发现，导致中考失利。

程勇像个做错了事的孩子，说话音量不自觉地变小："就是骨折而已。"

"什么叫就是骨折而已？伤筋动骨一百天，你五十多了，又不是年轻小伙子。"程北茉皱着眉头，"让我看看。"

程北茉回来一刻也没闲着，先是去医院询问了父亲的情况，又给程勇换了个舒适的轮椅，这样程勇更方便，方丽珍也省力些。

程勇担心耽误女儿的工作，程北茉在家住的第二天，他就催着她回上海去。

"陈韵吉和杜杨前两天来家里看过了，有事我会叫他们的。"

程北茉将洗好的水果放在床头柜上："我没回来的时候，人家两口子在医院已经帮了不少忙了，一次两次可以，总不能每次都麻烦他们吧？"

"前两个月刚休假，现在又回来，你们领导不会有意见吧？"程勇担心地问。

"工作哪有家人身体重要。"程北茉笑了下。

"别瞎说。"程勇问，"裴颂没跟着一起回来吧？别因为我一个人耽搁你们俩。"

"他最近工作忙，他打算周六一早飞回来看看你，周日下午我俩再一起飞回去。"

程勇连连摆手："别别别，又浪费钱又浪费时间的。"

"看你怎么能叫浪费时间呢？"程北茉往他嘴里塞了个小番茄，"爸，你就别操心我们了。"

还没到周末，赵旻女士这边又有状况。赵旻女士在家里突然晕倒，幸好当时有物业人员在家中检修，及时将她送往了医院。

裴颂当时正在外地出差，程北茉又正好在京江，她便又赶去医院看望赵女士。

医生开了多项检查，赵女士却坚持自己并无大碍，只是低血糖。

见到程北茉的时候，医生没给好脸色，劈头盖脸地说了她一顿："你这女儿怎么做的？病人要出院就出院？她很可能是脑血管或者心血管的问题，该做的检查一个也别落下。"

程北茉心里一沉，忽然有种不太好的预感。

各项检查都做了后，赵旻确诊为血管迷走性晕厥。神经科医生询问是否得过焦虑症，赵旻皱眉想了想，摇头说没有，程北茉也茫然，医生又是不满地瞥了她一眼。

当天晚上，程北茉跟裴颂通了电话，裴颂说："我爸妈离婚那段时间，她压力很大，几乎整晚整晚地睡不着，但过了那段时间，她就没再提起过了。"

现在看来，她选择一个人扛了。

程北茉安慰裴颂："医生说多运动，保持心情愉悦，会有改善。"

"其他检查都还好吗？"

程北茉抿了下嘴唇，垂着眼睛，过了一会儿才接着说："还有乳腺纤维瘤。"

裴颂的眉头几乎拧在了一起："什么？"

接着，程北茉听见他噼里啪啦按键盘的声音。

"医生说，大部分都是良性的，不用太紧张。我们预约了穿刺活检，安排在周六了，正好那天你回来，还能陪着她一起。"程北茉顿了顿，"她今天在医院很紧张，你在的话，可能会好一些。"

裴颂点点头，有些不知所措。

程北茉隔着屏幕，忽然想摸摸他的脸。

她完全懂得他现在的感受，毕竟她曾经也有相同的经历。只是那时候她还小，而现在，他们已经有能力为逐渐老去的父母分担一些了。

周六，裴颂一大早就落地京江，下飞机后就直奔医院。

听说穿刺很疼，赵旻女士一直笑嘻嘻的，想掩饰但还是肉眼可见地紧张，一直在说冷笑话。

赵旻女士见面第一句就问他有没有吃早饭。

"吃了。"裴颂撒谎了。

他从前几天开始就吃不下了。

出差行程是早就安排好的，无法更改，客户的投资项目时间卡得很紧，他没办法中途请假。

还好有程北茉在。在门诊大厅看见程北茉和赵旻站在一起时，他忽然鼻头一酸，有点想哭。

穿刺活检结果出来了，是良性的，所有人都松了一口气。

医生建议最好还是做手术切除。

周日下午，程北茉的假期结束了，她带着满满的担心提前回了上海。

程北茉每天都会和裴颂视频通话，他会跟她汇报程勇的恢复情况，还有赵旻的情况。裴颂不仅要顾着家里，还要远程办公，看着裴颂日渐憔悴的样子，程北茉也很心疼。

手术前一晚，程北茉一下班就打电话给裴颂："明天就要手术了吧？"

"嗯。"裴颂搓了一把脸，"赵女士有点害怕。"

程北茉说："小手术，不用担心。"

裴颂点点头，"嗯"了一声，接着说："前几天我妈问我，该不该做这个手术。"

"不是明天就要做了吗？"

"前几天，她一直没决定做不做。她心里怕，所以想让我来做这个决定。"裴颂闷闷地苦笑了一声，"那一刻，我才发现，我们都长大了。"

某一刻，他们也变成了父母的依靠。他们不得不长大了。

程北茉沉默，她又想起了程勇和方丽珍。

"总觉得他们都还年轻，怎么就忽然这样了。"程北茉一时间失落。

裴颂安慰她："我们谁都不是出厂设置，有点小病也很正常。"

"你知道吗，我这几天总是在想，这工作有那么重要吗，比家人还重要吗？甚至那天在机场的时候，我都有不走了的冲动。"

她想回到京江，回到熟悉的城市，回到家人身边。

赵女士身体出了状况后，裴颂也有了同样的想法。

他们并没有深聊那个话题，他们的对话很快被护士打断，嘱咐术前注意事项。

赵旻女士的手术很顺利，术后因为床位紧张，只住院观察了一天就出院了。

从那以后，程北茉和裴颂几乎过上了双城生活，每到周五晚就赶回京江看望家人，周日晚再返回上海。

两人的婚期本来定在年底，但父母身体的状况让他们手忙脚乱，他们推迟了婚期。

就这样匆忙地过了几个月，程勇和赵旻的身体基本痊愈，裴颂和程北茉久违地迎来了他们一个悠闲的周末。

长长的一觉睡醒后，程北茉和裴颂靠在沙发上看电影。

紧绷太久，他们不约而同选了个拥有完美结局的合家欢爆米花电影。

程北茉沉醉于这种不用脑和不动身体的简单快乐中，接着搜索同类型电影。

裴颂忽然说："今天本来是我们办婚礼的日子。"

程北茉忽地愣了下，这小半年忙忙碌碌，他们都忘记了。

原本应该安安稳稳的时候，他们却在路上奔波，原本应该在京江举行婚礼，他们却躺在远在一千多公里外的城市里。

裴颂和程北茉的婚礼在第二年夏天举办，那一天，正好是程北茉的生日。

裴文远没有来，方丽珍始终紧紧地牵着赵旻女士的手。

休完婚假，裴颂和程北茉终于做了那个已经想了很久的决定，回到京江生活。

两人跨省搬家，换工作，忙得像陀螺。

程北茉的公司在京江设立有分公司和生产车间，在她提出离职的时候，公司询问了她调动的意向。

而裴颂，则打算自己创业。

他们回来的那一天，杜杨和陈韵吉去机场接了他们。

"欢迎回来！"

程北茉和裴颂相视一笑。

正值盛夏，熟悉的街道树影婆娑，重新回到京江的第一年夏。

熟悉的城市，熟悉的感觉，真好。

– 第四年夏 –

大概是跟裴颂认识的时间太早了，程北茉始终觉得自己还是个小孩子，即使两人已经结婚，她并不觉得彼此跟当初有什么改变。

没有人能逃过时间。

某天路过一个中学门口，看着那些鲜活的身影，她算了算时间，惊觉自己已经高中毕业十年了。

陈韵吉和杜杨几乎从他们的生活里消失了。朋友们的群聊消息里他们鲜少出现，聚会他们几乎不出现。

程北茉没有察觉到，她跟陈韵吉已经快一年没见过面了。

陈韵吉和杜杨的孩子刚满一岁，两个新手父母忙着在家带孩子，完全抽不开身。

没过多久，张弛和朱倩茹也加入了新手父母的行列。他们刚宣布这个消息，张弛便让裴颂准备好孩子的满月红包、一岁红包……

裴颂无奈："大哥，你要当爸了，就不能稳重点？"

张弛挠了挠头："稳重跟红包又不冲突。哥们领先一步，你也加把劲吧，不然红包全送给我家崽了，什么时候才能见到回头钱啊。"

裴颂摇头苦笑，他实在没法想象张弛当爸爸的样子。

他们回到京江的第四年夏天，程北茉怀孕了，彼时，陈韵吉和杜杨的孩子已经能流利地背唐诗了。

孩子上了幼儿园，陈韵吉终于从繁忙的育儿生活中解脱出来，找程北茉约饭。平时，她像丢小包袱一样，把孩子丢在幼儿园，到了周末，她又用同样的方法把孩子丢给父母。

"你可真无情。"程北茉吸了口饮料。

"她现在没什么记忆的。"陈韵吉耸了耸肩，"再说了，老母亲我急需找回生活。"

"优优现在还排斥幼儿园吗？"

"别提了，每天早上都要哭。我现在听力下降、神经衰弱，多半跟她有关。"陈韵吉掏了掏耳朵，"小孩子很精的，老师告诉我，只要我扔下她就走，她就会跟小朋友一起玩，还会安慰别的小朋友不要哭，可哪怕我回头看一眼，她下一秒就能立刻挤出眼泪来，我将来直接送她去北影或者中戏得了，别走那么多年弯路了，在幼儿园就设定好目标。"

程北茉笑得晃脑袋。

陈韵吉问她："名字起好了吗？你肚子里有两个呢，起名是个大工程。"

程北茉摇摇头："还没。"

"先起小名，隔着肚皮胎教的时候有个称呼。"

程北茉回到家，便跟裴颂商量起孩子的小名。

"你说会是两个男孩，两个女孩，还是一男一女？"

"只要健康，都行。"裴颂说。从知道她怀的是双胞胎起，他就觉得自己已经够幸运了，不敢再奢求别的。

"别说这些没用的。"

裴颂认真道："我真这么想的。"

程北茉说："可是我有点贪心，我想要龙凤胎。"

裴颂笑着帮她将头发拨到耳后："那就祝你心想事成？"

程北茉伸出拳头捶了下："我心想有什么用，这事不还是你决定的？"

裴颂笑了下，将她揽进怀里："那就祝我们开盲盒成功吧。"

程北茉拉回正题："快给两个盲盒取个名字吧。"

陈韵吉还真没说错，起名确实是个大工程，一个礼拜过去了，盲盒的小名还没出来呢。

程北茉和裴颂提前商量好了，一个随程北茉姓，一个随裴颂姓。

一个礼拜过后，裴颂用商量的语气问："要不，小名就叫裴小宝和程小贝？"

程北茉瞪圆了眼睛，不敢相信这张俊脸竟然能想出这么俗的名字。

裴颂垂眼，自己也觉得不好听。

"这是赵旻女士提供的。"他无奈地揉揉眉头，"赵女士不擅长带孩子，更不擅长给孩子起名。"

程北茉拍了拍他的肩："还好你的名字没起歪。"

裴颂，多好听的名字。

裴颂欣然接受，说当初起名字的时候，是姥爷从"顺颂时祺，秋绥冬禧"里选的字，是祝福时时健康、安好吉祥的意思。

程北茉突然来了灵感："那不如，剩下的字，就给我们的崽用吧！"

你们是带着很多人的爱和期待来到世上的，小祺和小禧。

– 第十年夏 –

程北茉和裴颂结婚十周年纪念日的那天，是程北茉的生日。

但今时不同往日，程北茉的这个生日鸡飞狗跳。

早上睁眼，裴颂一如往常地送上一个吻，祝她生日快乐。

夫妻温存时间不足两分钟，"妈妈"声便此起彼伏，两个崽争相跳上主卧的床，差点把老父亲的小腿踩断。

两个孩子六岁，刚分床一年，小禧这丫头很适应，沾枕头就睡，小祺却不行，一年时间也没养成习惯，总吵着要和爸爸妈妈一起睡。

裴颂很苦恼，毕竟爸妈也需要空间！

程北茉总算是信了陈韵吉的话，她现在的听力也不大好了。

裴颂忍着痛，说："小祺小禧，忘记昨晚爸爸说的话了？"

两个小脑袋对视了一眼："买玩具！"

"不是。"裴颂醒了醒脸，坐起来，眼神无奈，这两个家伙睡前明明答应得好好的，现在跟失忆了一样！

正好这时，家里的智能音箱报时，AI女声祝两个宝贝儿童节快乐。

两个小脑瓜这次更肯定了，连连点头："今天是六一儿童节！就是买玩具！"

裴颂试图引导："今天不光是儿童节，还是……"

他看了一眼程北茉，用眼神提醒他们。

小禧眼珠子转了转，抢着说："妈妈生日快乐！"

小祺也明白过来了，跟着说了一遍。

两个人开始争谁的声音大，一遍一遍地说着"妈妈生日快乐"，程北茉将他们强行抱在怀里，摁住他们："知道了！妈妈也爱你们！"

说完这句，她就已经没力气了。

而这一天才刚刚开始！

当妈太惨了。

可下一秒，两个小家伙一左一右又印了几个香香的吻。

奶香奶香的。

当妈可真不错。

两个崽虽然在花销上成倍增长，但得到的爱也是，这两个小家伙又爱攀比，几乎要掀掉房顶。

"今天去奶奶家好不好？"裴颂问。

"为什么？"小禧眨了眨眼睛，"今天不是妈妈生日吗，我要陪妈妈！"

另一个立刻也跳起来："我也要陪妈妈！"

裴颂脑壳子也疼："白天我先陪妈妈逛街，你们去奶奶家，晚上我和妈妈接你们去吃好吃的，好吗？"

程北茉补了句重要的："奶奶给你们买了好多玩具。"

果然，这句话很见效，玩具比妈妈的生日重要。

赵旻女士当初说自己不会带孩子，只能提供经济上的支援，没想到龙凤胎一落地，赵旻女士比谁都勤快。裴颂酸得很，当初他怎么就没这待遇？

送走两个小包袱后，裴颂和程北茉坐在车里，忽然觉得安静得不太正常。虽然她也像丢小包袱一样把两个小家伙丢到了奶奶家，换来了短暂的自由空间，但……

"怎么，想他们了？"

"还真是……"程北茉不放心地回头看了一眼，"也不知道他们俩会不会好好喝水。"

裴颂笑："我妈带他们俩，你还不放心？"

程北茉让自己放松，系好安全带，点点头说："一会儿找个地方喝杯东西，我跟你再说说小学摇号的事。"

裴颂用恳求的语气："老婆，就让我们过个两人世界吧。"

忙碌但幸福的三十六岁，也是回到京江的第十年夏。

番外三

/ 曾少年 /

PUTONGPUTONG

张弛这小孩，发育得早，可身上一直精瘦精瘦的。他长身体的时候，好像只抽穗了，个子蹿得挺快，横向几乎没什么变化。

于是，在平均身高差得不多的小学生堆里，他就像一根孤独的电线杆。

小学生喜欢玩各种无聊的突击游戏，比如冷不丁被脱裤子、掀衣服什么的。张弛有次被掀了上衣，恶作剧的始作俑者都震惊了——他的肋骨条也忒明显了……

于是"排骨精"这个外号就光荣地落在了张弛同学的身上。

其实那时候人人都有外号，什么土豆啊，薯条啊，大胖啊……唯独张弛这个排骨精，既跟他本人极其贴合，又谐音了白骨精，于是他的名字出现的频率最高。

上课老师点到名时，大家会没理由地哄堂大笑，甚至班里同学路过他时，都要在他身上打三下，美其名曰"三打排骨精"。

"排骨精，老师叫你！"

"排骨精，你打得过孙悟空吗？"

"排骨精，你爸是有钱大老板，你怎么还这么瘦呢？他不给你吃肉？"

……

小孩子爱拉帮结派，爱夸张叙事，张弛聪明机灵，平时嘴也挺快，可他就一张嘴，再能说，也敌不过几十张嘴。

这些无聊的把戏和玩笑，后来回头看时，其实挺幼稚的，可对那时候的张弛来说，就是天大的事。

张弛在学校跟人说不过，就吵，吵不过，就打，可他细胳膊细腿的，也打不过，自己没占什么便宜，最后还被老师叫了家长。

几个孩子各执一词，老师只能都批评，都叫家长。

汪女士心疼自己儿子，当着老师的面没说什么，在回家的保姆车上，才仔细地问起打架的原委来。

汪女士絮絮叨叨了一路，他越听越烦，越想越委屈，都是因为爸妈不让他吃炸鸡汉堡，他才瘦得跟排骨似的！

张弛家里一直有保姆和阿姨，分工明确。保姆负责起居，阿姨负责饮食。

张琰和张弛姐弟俩想吃什么，他们自己做不了主，都是汪女士和阿姨定制好的菜谱，蔬菜鸡鸭鱼搭配得当，还要定量摄入牛奶水果。

只是，再怎么科学搭配，张弛就是不长肉。

小孩子哪里懂得这是汪女士煞费苦心的营养搭配，只知道喜欢的不让吃，不喜欢的每天要硬往肚子里塞。自己想吃也不行，一是没钱，二是每天上学都是车接车送，根本没机会。

张弛不明白，他们家明明住着大别墅，为什么肯德基每年却只能吃两次。一次是姐姐生日，一次是他生日。

张弛一个人在房间里想了一晚上，觉得这样不行，他下定决心，他要变强壮！

变强壮第一步，就是去肯德基狂吃一个月。

可他每周只有十块钱零花钱,买点文具游戏充点游戏币,眨眼就没了,有时候还得跟同学借呢,吃一顿肯德基远远不够。

他刚跟汪女士说出这个伟大的强壮计划,就被一口回绝了。

他又去求助张琰。

在幼小的张弛眼中,他这个高中生姐姐的人生自由度比他高多了。他想从她那里借点零花钱。

张琰问他:"三百块?你要这么多钱干吗?"

张弛郑重其事:"反正是正事,是我人生大事,你借给我这三百块钱,就是我天使投资人。"

"你还知道天使投资人……"张琰哈哈笑了两声,"口气倒不小,你有钱还吗?"

张弛对自己充满信心,也对人民币充满了无知:"攒攒总会有的。"

张琰眉头一皱:"你一个星期就十块钱,得攒到什么时候?"

张弛眼珠子滴溜溜地转,撸起袖子伸出如柴的小臂膀:"我可以保护你。"

"就你?"张琰眉头一皱,嘴里叼着棒棒糖,跷着二郎腿晃啊晃的,慢悠悠地问,"你战斗力还没我强呢。你说实话,到底要钱干吗?"

张弛不大情愿地说了实话。

"妈是怎么跟你说的?"

张弛垂着眼:"她说……门儿都没有。"

张琰摇头:"你是不是傻?天天吃肯德基不会变壮,只会让你变成胖子。"

张弛小学学历的双眼眨巴眨巴,没听懂。

"变强壮是要锻炼的,知道吗?"张琰告诉他,"你就这么跟爸妈说,你说你想去少年宫打篮球。"

张弛摩拳擦掌,满眼惊喜,但很快又蔫了。

毕竟他想做的事，百分之八十汪女士都不让他做。

"妈能答应吗？"张弛不大确定地问。

"去少年宫打篮球是他们掏钱报名，又不是你伸手要钱去乱花，而且锻炼身体是好事，为什么不答应？"张琰莫名地热情，"这样吧，我跟你一块去跟妈说，我周末送你去。"

张弛喜滋滋地说谢谢姐姐，屁颠屁颠地跟着张琰去了。

那时候的他还不知道，他找虐的旅程才刚刚开始。

去少年宫的第一天，张弛就失去了他的第一个支柱。

张琰临阵逃脱了。

原来她主动提出要送他，只是想利用周末时间跑出来约会。张琰那时候喜欢的人家就住在少年宫附近，平时这个时间，她是要被汪女士摁在家里写作业的。

张弛咬牙切齿。他被这女人骗了这么多次，到了下一次，还是会相信她。

在学校，张弛是班里最高的一个，可在少年宫的篮球班，他才知道什么叫山外有山。这里不光有跟他差不多高的，还有几个比他高的。

少年宫的小孩明明都是十来岁的年纪，却个个像球星附身了似的。

张弛跟了两节课，精疲力竭。

篮球班老师不管他体力是否跟得上，激情澎湃地动员班内对决。他稀里糊涂地有了队友，又赶鸭子上架一般，被拎出来三对三。

结果张弛就被虐哭了。他瘦，上课时间短，输得惨不说，比赛时候摔倒在地上，胳膊还蹭破了。

搞了一身伤，张琰还不在身边，他没处去诉苦，下课后，他坐在少年宫篮球馆的地上号啕大哭。

原来变强壮要付出这么大的代价，他不想变强壮了，他只想继续当排骨精。

一直到篮球馆都没人了，他的哭声开始有回声了，他才停下来。

"哎，你哭什么啊，不就输了场比赛嘛。"

张弛回头，一个跟他年纪差不多的女孩正站在他身后。

张弛虽然委屈，可在女孩子面前掉金豆豆，多少脸上有点挂不住。

他别过脸去，没好气地说："谁说我哭了！"

女孩身上背了个跟她身高不太相符的画板，衬得她人娇小可爱。

女孩没给他留面子，指着他的脸："那你脸上湿湿的两道是什么？"

张弛慌乱地在脸上抹了一把。他又赶紧找补了句："我可不经常哭！"

女孩眨了眨眼："我又没问你这个。"

张弛噎住了："……我就是随便一说。"

女孩饶有兴趣地打量他："你就是篮球队新来的那个？"

"你又是谁？"

"你别管我是谁，反正我就是知道。"女孩在他身边坐下，"我知道你是实验一小的，还知道你是篮球队里最瘦的。"

张弛本来嘴半张着，之后反应过来，语气变得警惕："你怎么知道的？"

女孩眨巴几下眼睛："大家都说篮球班来了个小帅哥，就过来看看。"

听了这话，张弛拿范儿，腰背都直了直。

小帅哥……平时长辈们都是这么叫他的好哥们装颂的，到他就是"好孩子"。

他觉得自己也是对得起这个称呼的。

女孩咽了下口水。

她消息本来就灵通，她听说篮球班来了个插班生，瘦得皮包骨，像根行走的竹竿。她就是好奇，想来看看到底是不是真的，结果正好碰见这根竹竿在哭鼻子。

女孩说了谎话有点心虚，话锋一转："谁知道你这么输不起，还哭鼻子。"

张弛吸了吸鼻涕，仔细打量起那女孩来。

瞧她那说话的口气，不知道的还以为她有多大呢。

不过是跟他差不多大的小孩罢了。

白净的一张小脸，扎了两个小辫，眼睛水洗的葡萄一般乌黑明亮，滴溜溜地转着，透着一股机灵劲。

张弛看了女孩一眼："你故意来嘲笑我的？"

"我才没那个空。"女孩不屑道。

"那你还坐在这儿干吗？"

女孩托着下巴："这里又不是你家，只许你在这儿，不许别人在这儿？"

他想帅气地拂袖而去，可惜还要等那个只知道坑他的姐姐。

他咬了咬牙，心说张琰这人怎么回事，怎么还不来。

"你这么瘦，打球的时候体力上拼不过他们，自然要用这里。"女孩指了指自己的太阳穴，给他建议，"多了解他们的弱点，这叫知己知彼，百战百胜。"

张弛根本搞错了重点，嘴硬道："谁说我体力拼不过他们？"

"就你这身板，怕是连我都打不过。"女孩扫他两眼，说话挺直的。

"你懂不懂委婉两个字怎么写？"这个词是他新学的，临时卖弄一下。

"我只知道，说谎不好。"女孩摇头，"本来就是事实，还不让人说了。"

"你还是别说了，我怕我忍不住打你。"

"得了吧，你未必打得过我。"

张弛一脸不屑："我可不打女生。"

"可是我打男生。"女孩明媚一笑，露出一排洁白整齐的牙齿，顺手就在他肩头揍了一拳。

本就是开玩笑，她其实没使多少力气。只是张弛没坐稳，这一拳呼过去，张弛顺着力就往一边仰倒了。

她只是开个玩笑，没想到身边这瘦瘦的小男生真的跟纸片人一样柔弱。

"你还真是一推就倒啊。"女孩惊奇道，随后又关心他，"没事吧？"

张弛脸上挂不住，丢人！太丢人了！

他愤怒："我是没坐稳！"

"好吧。错在我，我不该推你，跟你道歉。"女孩性格倒也是爽快，她在随身小包里翻了翻，"我这儿有中午剩下的炸鸡块，你要不要吃？"

她掏了个压扁了的盒子出来。

张弛看见亲切的肯德基爷爷，眼泪都要下来了。

女孩看他不生气，心里松快了点："凉了，门房大爷那儿有微波炉，热热再吃。"

"不用。"张弛抢过盒子，狼吞虎咽，"这么吃也行。"

"你慢点儿吃，我可没带水。"女孩说。

"好吃好吃。"张弛忍不住自言自语，"终于吃上了。"

"肯德基，你不常吃吗？"女孩好像有点不解。

"一年只能吃两次。"张弛匆忙地比了两根手指，"姐姐生日一次，我生日一次。"

"一年两次？"

"是啊，想跟我妈要点零花钱自己吃，也要不来。"

"难怪你这么瘦。"女孩眉头紧皱。

张弛空不出嘴来说话，只能用力点头。

女孩心想，真是个可怜人。

咽下鸡块后，他接着说："就每年生日这一次，还得看我妈脸色。"

女孩突然有点愧疚。

他一年到头都吃不上几次肯德基，瘦成皮包骨，家里条件没准也不太好。都成这样了，哪有力气打球啊？打了不得输嘛。

她一开始还抱着凑热闹的心态来看人家，还嘲笑人家输了比赛哭鼻子，还揍了他一拳……

她想了想，主动说："我以后每周都给你带肯德基，行吗？"

张弛受宠若惊，愣了下，随后有点丧气："可是我没钱给你。"

"没关系，不要钱。"女孩赶紧摇手，"不过我也带不了太多，最多就是一盒鸡米花，或者一盒鸡块，多了我爸可能也不会同意。"

女孩说这些话时，眼里都是不安和歉疚。

可张弛在毫不知情地傻乐。

嘿，天下竟有这等好事，篮球班他继续上着，肯德基也吃着，变强壮的计划不就更容易实现了？

两个人刚说定，女孩的爸爸就来接她了。

她跟张弛告别，张弛也用力跟她挥手。

很久很久很久以后，他才知道，那是他和朱倩茹第一次见面。

少年宫篮球班的教练，是原来省队的运动员，张弛跟着上了一段时间，球技突飞猛进，身上也不像之前那么单薄了。

汪女士见他穿衣服都能撑起来了，颇为欣慰，夸他总算是干了件正经事，还破天荒多给了他五十块钱。

张弛平时吃穿住行家里都解决了，汪女士是不太给他多余的零花钱的，突然手握五十元巨款，他竟然不知所措。

五十块，可以喝可乐，还能充游戏点卡……张弛坐在偌大的客厅，不知道这天降横财到底怎么花。

忽然，他想到一个人。

少年宫的那个女孩。

张琰察觉到了，悄咪咪靠近他身边，问他到底有什么心事。

张弛一开始不愿意说，说没有。

张琰诈他："是跟那个小姑娘有关系吗？"

张弛一惊，猛地看向姐姐，眼神已经说明了一切。

张琰露出一抹狡黠的笑，胜券在握。

其实张琰不知道什么小姑娘，但她太了解张弛了。口条一贯顺溜的张弛突然扭扭捏捏，张琰便知道，绝对有事。

他不过才十岁，那个脑瓜子里储存不了太多事情，在张琰面前简单得跟透明人似的。

"我会替你保密的。"张琰面色认真，信誓旦旦。

劝说了半天，张弛是愿意说实话了。可这实话，说了跟没说没啥区别。

"她多大？"

"好像跟我差不多吧。"

"她在少年宫学什么？"

"应该是画画吧，看她总是背个画板。"

张琰有点急："楼上有素描班，有国画班，还有油画班，她学什么的？"

"我哪知道。"

"那问个你知道的，她叫什么？"

"不知道。"

张琰绝望地拍了下脑门："还不知道名字？！"

张弛摇头，那女孩请他吃了两次肯德基之后，就再也没来找过他。

他对她唯一的印象，就是她对少年宫里的人和事都了如指掌，跟个消息站似的。

张琰叹了口气，这小子还没开窍呢。

她本抱着吃瓜的心态，没想到被她这个没用的弟弟气到了。

还以为这小子去少年宫学会撩妹了呢，没想到，净吃白食了。

"她就只给你带肯德基？"

"嗯。"

"你就没问问为什么？"

"附近没有麦当劳呗。"

张琰翻了个白眼，咬牙切齿，一字一句道："我是问，人家为什么只请你吃肯德基？"

张弛摇脑袋，他也不知道。

"你吃了人家那么多顿肯德基，就没想过回馈人家点什么？"

张弛看了眼手里的五十块钱，恍然大悟："我现在有钱了，我应该把钱给她，不然就成白吃了。"

然后他掰着手指头开始算，一共吃了一块吮指原味鸡、两盒劲爆鸡米花……

张琰指望不上这小子开窍了，赶紧主动拖进度条："别算了别算了，你给人家买个礼物都比直接给钱强！"

张弛缓缓抬头，不解地眨眨眼，问了句："为什么啊？"

周末，张弛在张琰的押送下，去了绘画班找人。

他们去楼上找了一大圈，才发现绘画班的上课时间调整了，从周六改到了周日。

张琰还抓了几个人问，可少年宫的孩子实在太多，并没有人知道他们口中的那个小姑娘是谁。

篮球班只有周六上课，而周日，张琰要去补习班，张弛没法从家里出来。

扑了个空，张琰很失落。

她还想看看那女孩到底长什么样呢。

她倚在墙边，不抱希望地问："你也不知道她在哪个学校是吧？"

张弛继续摇头。

"那就算了。"张琰拍他的肩膀，"以后要是能见着她，跟她道个谢吧。"

没过多久，到了暑假，汪女士带着张琰和张弛去塞班岛玩了一圈。

张弛买了个冰箱贴回来，带去了少年宫。

暑假期间，少年宫的课程密集，想跟绘画班的人碰到不是件难事。

张弛天天去少年宫，就算没课，他也会去。

可一直没再遇见那女孩。

有一天，绘画班的老师看他天天都来，问他是不是想学画画，他这才吐露实情。

绘画班的老师说，之前那一期的班已经结课了。

"结、结课？"张弛结巴了，"什么时候的事？"

"三个礼拜前就结课了。"

这三个礼拜，他蹲的都是另一个班。

"为什么结课啊？"

"这个绘画班又不是长期的，到时间自然就结课了。"

"那就是，不会再来上课了？"

"你这孩子听不懂话吗，"老师不悦地蹙眉，"当然是了。"

他紧赶慢赶，还是没赶上趟。

他摩挲着那冰箱贴，回家放进了抽屉里，转眼也就忘了。

进入青春期，十五六岁的年纪，朝夕相处，少男少女难免情愫萌动。

有段时间，学校里的同学热衷于过各种节日。

什么白色情人节，什么玫瑰情人节，反正每个月十四号都要整出点名头来，就有理由名正言顺地递情书、送礼物。

喜欢裴颂的女生多，抽屉里经常有情书和巧克力。

张弛心里羡慕，但谁让他这个狗兄弟长得太帅。

有一次，张弛抽屉里也出现了礼物，他兴奋地拆开后，才发现对方是让他转交给裴颂。那份礼物里，还顺便送了他一张贺卡。

贺卡上印了一行字。

【爱情花儿，不停落下，有人一生应接不暇，有人终生漏接。】

裴颂一直都应接不暇，那终生漏接的那个……张弛把贺卡摔到桌上，这话点谁呢？！

真是旱的旱死，涝的涝死。

其实张弛长得并不惨烈，个子高挑，已经很加分，虽然身材单薄，但五官周正，就算是站在裴颂身边，也没有逊色太多。

偏偏女生就喜欢话少的。

几次惨烈失败之后，张弛面子上有点挂不住，便自己给自己找补，大言不惭地说他当年也有初恋。

"少年宫那个？"

打球的时候，裴颂问他。

"你怎么知道？"张弛一愣，球被裴颂从手里截走了。

"有段时间你每天都要提她，耳朵都要起茧了。"

张弛失忆了一般："有吗？"

他嘴碎、话多，每天的片汤话不停，大脑的总储存量就那么大，满了自然要清出去一些。

时间久了，他只记得他们没有再见面，忘了自己等了她整整一个暑假。

"你真不记得了？"裴颂停下，掀眼皮瞧他，原地拍了几下球。

张弛茫然地摇了摇头。

"有一年暑假，你天天往少年宫跑，就是为了等她。"

是吗……原来他真是深情啊。

张弛"嚯"了一声，自己都有点难以置信："哥们原来这么深情。"

裴颂哼笑一声，问他："那你干吗还给二班的班花写信？"

张弛赶紧朝空气里踢了一脚："那个……你别瞎说！"

那个"初恋"模糊的影子在张弛脑中转了一阵子，不过已经太过久远，他只记了个大概。一不知道名字，二又忘了长相，想找她，无异于大海捞针。

就算她现在站在他面前，他也未必认得出来。

张弛有点想扇自己巴掌，当年的自己怎么就那么傻缺？

肯德基哪有妹子重要？！

不过很快，他就没空想这个事了。

文理分科前夕，班里出了个大事。

校花戴思为了裴颂，放弃选文科，选了理科。

消息一出，一中炸锅了。

戴思家里早就为她铺好了路，选文科，走艺术生，考电影学院。

大家都知道她将来要进娱乐圈的，谁也没想到她会搞这么一出。

戴思父母来学校大闹了一场，闹得很难看，学校领导和老师无奈，只能叫来了裴颂的家长。

在别人眼中，这就是一则花边新闻，课间放学后的谈资，可是对于裴颂来说，这无异于飞来横祸。

毕竟戴思从没有表现出她的心思。

张弛自然知道裴颂是冤枉的，但也无济于事。

学校给了裴颂处分，本想着这事就这么过去了，没想到裴颂直接来办了转学手续，他转去了八中。

学校又炸锅了。

八中是普高，差生云集，每年考上985、211院校的学生用一只手就数得过来。

有人说裴颂是自甘堕落，也有人说他是为了恶心一中。

他跟戴思的故事更是有无数版本流传。

张弛为裴颂愤愤，却什么都做不了，只能陪着他。

那个暑假，张弛几乎每天都陪裴颂打篮球，打到浑身像被水洗过才罢休，一个暑假下来，两个人都黑了好几个度。

"狗，你真要去八中？"张弛不安地询问。

他已经问了不下十遍，反复确认。

"要说几遍你才信。"裴颂懒懒散散地答。

"唉，你走了我可怎么办。"张弛闷闷不乐。

他从小学起就跟裴颂在一起玩，最好的朋友只有裴颂一个，对方冷不丁要转学了，他心里还是空落落的。

裴颂斜他一眼："你是我女朋友还是我妈，离了我还活不了了？"

"你媳妇肯定没我了解你，你妈也是。"张弛语气认真道。

裴颂认同地点点头："还真是。要不我以后，给你留间屋子？"

"得了吧，不需要。"

张弛嘴硬，但行动很打脸。

裴颂转去八中后，就数他最关心裴颂，每隔几天就往八中跑一次不说，还通过各种渠道打听裴颂的近况。

有次跟同桌闲聊，张弛发现同桌的初中同学的表妹就在八中，便加了好友互换情报。

张弛吃一堑长一智，小学五年级吃的亏，他到高二可不能再吃！

加上好友第一件事，他就自报家门，然后问女生叫什么。

那女生倒也不扭捏含糊，很快回过来：【八中张曼玉。】

他一笑，有意思，手上打字：【你好，我是一中詹姆斯。】

一个玩笑，张弛便觉得跟这女孩挺投缘，就聊了起来。

尽管后面两人互相知道了对方的真名，还是互相备注了"一中詹姆斯"和"八中张曼玉"。

一开始，两个人只是聊裴颂，跟做生意似的，有来有回。你说一条八卦，我就还一条，你提供一条有用线索，我就再透露一点讯息。

聊着聊着，话题开始延伸，两个人开始聊明星，喜欢的电影，喜欢的音乐……什么都聊。

张弛难得碰到一个跟自己聊得畅快的异性，平时话匣子本来就大敞着，这下可好，更没把门的了。

后来的很长一段时间里，他们的聊天记录里都没有出现裴颂两个字。

就连同桌都发现了张弛不对劲，问他整天对着手机傻笑什么。

张弛一愣，有吗？

同桌阴阳怪气："怎么没有，要不你拿个镜子照照你那傻样。"

张弛一时没反应过来。

他翻了翻两人的聊天记录，结果发现，他们几乎每天都要聊，而且聊得特深入，特广泛。明明互相都还没见过，却已经是互相很了解的朋友了。

甚至，他自己并没有意识到。

前几天两人插科打诨聊起初恋，张弛这方面素材实在紧缺，提起了在少年宫遇见的那个女孩。

张弛本来想一笔带过，没想到朱倩茹对这个故事挺有兴趣。

八中张曼玉：【十岁就初恋，你够早熟的啊。】

一中詹姆斯：【怎么，不服？】

八中张曼玉：【请你吃了几顿肯德基，就是你初恋了？你怎么不问问人家答不答应。】

一中詹姆斯：【其实也不算是，只是觉得，我欠她的，一直没还上，就一直记挂着。】

八中张曼玉：【好吧，算你有情有义。要是再见到她，你会还上吗？】

一中詹姆斯：【怕是见不到了，就算见到，也认不出来。】

人是会不自觉对记忆上滤镜的，张弛虽然一直记着这件事，但其中细节都已经稀释在时间里，一切只剩了个朦朦胧胧的影子。

张弛盯着手机，试图套她的话：【我说完了，轮到你了。】

朱倩茹许久都没回复，过了十来分钟，回了两个字"没有"。

张弛恨不得扇自己两耳光。

他这张嘴真是的，什么也没兜住，底裤都交代得不剩了。

张弛以为她害羞，拍了张手比出"四"的照片：【我发"四"，绝对不会告诉别人。】

他都这样掏心掏肺了，她还有什么不放心的？

没想到朱倩茹不为所动，回复他：【以后见了面再告诉你吧。】

见面？

他们两个人早就开过几次玩笑，说要网友面基，张弛也一直挺期待的。晚上平心静气了，他躺到被窝里，认真思考要不要跟朱倩茹见一面。

这个想法冒出来，又被他摁了回去。

聊起兴趣爱好来话多得不行，一说到初恋，就闭口不提，看来这人对自己还是套话模式，还是没对他敞开心扉，见什么见。

张弛把手机一扣，被子一扯，睡觉！

那段时间，张弛刻意让自己离开手机。

朱倩茹也识趣，发觉他态度冷了，找他的次数也就少了。

本来以为这事过去也就翻篇了，张弛却有点心神不宁。

原来上课他是最喜欢搞怪接话的，突然之间就变得沉默了，做什么都提不起精神，就连打球和打游戏都失去了兴趣。

这活跃分子突然消失了，老师和同学自然察觉得出。

有天上课，他走神被老师揪着说了两句，谁承想，他主动站到教室后面去罚站，没有嬉皮笑脸跟老师讨价还价。

大家都被他的反应弄蒙了。

下课后，同桌问他，是不是跟女朋友吵架了。

"滚滚滚，别瞎说。"张弛趴在桌子上补眠，有点不耐烦。

"你这明显就是青春期躁动……"同桌说得头头是道。

"我哪儿来的女朋——"说一半，张弛突然卡壳了。

他意识到，这段时间情绪上的一系列问题，都是某个未曾谋面的人带来的。

张弛的正经没装多久。

他在八中就认识四个人，裴颂算一个，程北茉和陈韵吉都是跟着裴颂认识的，还有就是没见过面的朱倩茹。

有时候就是这么巧，朱倩茹跟程北茉和陈韵吉又是好得不能再好的朋友。

张弛一时间大喜，忘了自己这段时间不悦的情绪。

看来他们是有点缘分的。

两人第一次网友见面，阵仗挺大，就跟集体相亲似的，来了六个人。

朱倩茹不是明媚的大美女长相，但五官秀气，白净水灵，人也机灵有趣，跟她相处起来没什么负担。

两个人还是网友时就聊得火热，见了面，更投缘。

相比之下，张弛比他那个狗兄弟裴颂要好相处许多。

张弛懂得照顾人，也会找话题搞氛围，跟他相处会特别轻松舒服。

张弛也喜欢跟朱倩茹在一块，有共同话题，还有趣。朱倩茹眼里也并没有一中女孩那种所谓的衡量标准。

张弛经常约朱倩茹一起玩，要么去吃火锅，要么去玩卡丁车，要么去看电影。

朱倩茹每次都会把钱给他，他一次都没要，就算她转账给他，他也第二天就转回来。

一来一回这样次数多了，张弛再约她，她干脆不出来了。

张弛不高兴："你再这样可就没意思了啊。"

"你这样才没意思呢。"朱倩茹也不跟他假客气，"等你将来自己赚了钱，再请我也不迟。"

将来……

两人一愣。

朱倩茹话锋一转，便问他："一中不是特忙作业特多吗，我们总出来玩，会不会影响你？我出来玩没什么，就怕耽误你学习。"

张弛摇头："最近我家鸡飞狗跳的，不想回去。"

最近汪女士跟张琰杠上了。

汪女士不同意张琰谈的男朋友，张琰也不是吃素的，跟家里闹了个底朝天。

张弛知道，张琰的男朋友是从高中就喜欢的，当初她送张弛去少年宫上课，就是为了能跟当时喜欢的人约会。

大学两个人经历了异国恋，好不容易才坚持到现在。

朱倩茹心头闪过一丝失望。

她还以为他是喜欢跟她在一起才总找她的。

她没表现出来，而是问他："这是你姐姐的事，你为什么不想回家？"

"她谈恋爱这事我一直知道，我妈也气我帮我姐瞒着家里面。我姐一气之下搬出去自己住了，我一回家，我妈就把对她的气都撒在我身上。"

汪女士锁了他的游戏机，扔了他的杂志，还突击检查了他的房间，生怕他也早恋。

"我姐都成年人了，谈个恋爱怎么了。"他叹了口气，"再说了，他们在一起这么多年不容易，能跟初恋在一起的人有多少？真不知道我妈怎么想的。"

朱倩茹淡淡地附和了句"是啊"，就把这话题翻过去了。

两个人玩的次数多了，难免有被同学撞见的时候。

时间久了，便有些传言。

有天球队训练的时候，老姜问张弛，最近有没有听说什么。

张弛皱着眉头说没有。

548

当事人往往都是最后一个知道的。

老姜便告诉了他，然后问："你就说是不是吧？"

"是什么是。"

"我都看见了！"老姜把矿泉水瓶朝他一洒，一道水柱溅到他衣服上，"你跟狗都学了些什么啊，都喜欢八中是吧？都上赶着去八中扶贫是吧？"

老姜的语气里带着嘲讽。

张弛知道，裴颂走了之后，仍旧处于一中的话题中心，一举一动都受大家的关注。八中在各种八卦中的出现频率也极高。

一中学生都有种名校学生的优越感，提起八中总是嗤之以鼻。

这些幼稚的行为都来源于无知。

过去张弛也是他们中的一员，总是不自觉带着俯视的姿态。

在一中，家长和学生早就习惯用成绩和家境来衡量一个人。

可是真正跟八中的人接触之后，他发觉自己以前真的挺幼稚可笑的。

"滚蛋。"张弛有点不悦。

老姜倒是不生气，过来拍了拍他的肩膀："不是哥们看不起八中的学生，你知道八中每年本科上线率是多少吗？一多半是大专，如果她上个不错的学校还好，如果不是呢？你觉得你们将来会有多少共同语言？再说了，你将来是要出国的，这不是你能控制的吧？一出就是好几年，将来如果再念个硕士，时间更久，你们怎么办，一直异国恋吗？谁会一直等你？"

张弛被这一大段话打蒙了。

直到他回到家，直到他心不在焉地写完了作业，直到夜幕降临，老姜的话还在他耳边回响。

那天晚上，一向没心没肺睡眠质量极好的他，失眠了。

他要出国是不能改变的事实，而未来，有太多不确定性。

他想起朱倩茹坚持跟他 AA 时说过的话，将来你自己赚了钱……

将来。他们两个有将来吗？

到了后半夜，他又嘲笑自己想得太多。

他们现在并没有在一起，甚至没有人提过相关字眼和话题。

他跟朱倩茹之间，始终都有一根透明的、看不见的线，他们两人都很自觉，无论是谁靠近那根线，都会主动往后退。

他们都本本分分地守着"朋友"的关系，敞开真心又小心翼翼地相处着。

他们的快活日子并没有过多久，高二下学期开始，所有人的神经都紧绷了起来。

高三时间紧张，他们见面次数骤减，就连聊天时间也少了。

朱倩茹成绩不大好，报了编导的培训班，放学后和周末都要上课。

张弛则一边在准备出国的考试，一边还要复习高考的内容，累得半死。

这一切都是因为，汪女士觉得没有高考的人生是不完整的，不准张弛在复习上懈怠。

朱倩茹消息灵通，从托福的各种资料，到考试相关政策，再到留学需要注意什么，她经常有最新的消息，会第一时间发给他。

每每收到消息，张弛都心存感谢，心里又有说不清道不明的愧疚。

高考后，张弛不用像其他人一样等分数，等录取结果，他只需要做好去美国的准备就好。

成绩出来前，张弛一直不敢约朱倩茹出来。

直到确定朱倩茹过了师范大学的分数线，他才约她。

他们没去看电影，也没去卡丁车，也没去游乐园。

只是找了个咖啡馆，安安静静地坐着。

张弛时不时看一眼坐在他对面的女孩。

他从前从来没想过，他们会有面对面却说不出话来的一天。

张弛说："恭喜啊，过线了。"

朱倩茹干干地笑了下："谢谢。"

过了会儿，张弛又说，八月底他就要走了。

朱倩茹看上去淡淡的，微笑着说："祝你一路顺利。"

张弛抬头，望着朱倩茹，眼眶发热。

她的沉默让他挣扎，也让他害怕。

她等着他说他喜欢她，她想，哪怕不能在一起，她也想听张弛说一次真心话。

他等着她说舍不得他，哪怕没法改变什么，但总能知道她对他的真实看法。

他们面对面，欲言又止，很多话都融进了无可奈何的笑容里。

朱倩茹最终没等来张弛的告白。

两个人分开前，张弛送了她一条项链。

朱倩茹望着 Tiffany（蒂芙尼）的纸袋，便知道那条项链价值不菲。

她不要，张弛却像没听见似的，坚持把纸袋放在她面前。

两人推搡了一阵，张弛还是硬塞给了她。

"收下吧，一点也不贵。"张弛说。

朱倩茹叹了口气，问他："你能再答应我一件事吗？"

张弛点头如捣蒜。

"你能再送我个礼物吗？"

"想要什么，尽管说。"

朱倩茹问他，当初打算给那初恋送什么东西。

"什么初恋啊，不算是初恋。"张弛挠了挠头，"就一冰箱贴。"

"还在吗？"

"应该在吧，我回去找找。"张弛迟滞地点点头，语气不大确定，"你就想要这个？"

"嗯。"朱倩茹点点头，"既然没用了，就送给我呗。"

张弛想起件事，便开玩笑说："说起这个，当初聊初恋，我什么都交代了，你还什么都没说呢。"

朱倩茹愣了愣，说："我没有初恋。"

张弛咽了咽口水。他想问"那我呢"，最终还是苦笑，觉得是时候结束这个话题了。

他接上刚才说的话："……冰箱贴，下次见面的时候我带给你。"

他们的下一次见面，就是在机场。

张弛要走了。

送他的人一共有两拨，一拨是一中的同学，一拨是八中的朋友。

裴颂、陈韵吉和杜杨都来了。

程北茉滑板伤了脚，给他发了很长一段话，堪比一篇作文的长度，祝他学业顺利的同时，还祝他能早点脱单。学霸就是学霸，高考作文没写够似的。

他知道程北茉这话是什么意思，苦笑着回了个谢谢。

他挺羡慕裴颂的，裴颂虽然家里一摊子事，但人家能做自己的主。

张弛跟一中的同学说了会儿话，眼神不时往别处瞟。

朱倩茹还没来。

送走一中的同学，他又去跟裴颂他们告别。

裴颂拍拍他的肩，浅浅笑了下："难得你这么正经。"

他苦笑："别开我玩笑了。"

他给裴颂出谋划策的时候，头脑活泛点子多，操作是一个接一个，一到他自己的事，却搞得一塌糊涂。

裴颂压低声音在他耳边说："陈韵吉和茉茉都给她发过消息了，她会来的。"

552

其实朱倩茹一开始是真不想去机场送张弛。

她盘腿坐在房间里，盯着那条项链。

她家条件不错，但跟张弛家没法比。

八年前，她以为张弛家家境不好，每次爸爸带着她去吃肯德基的时候，她都要给他带一盒鸡块。

八年后，他拿着一条 Tiffany 项链告诉她"一点也不贵"。

优渥的家境造就了他的随心所欲，也造就了他无忧无虑的性格。

他们之间横着一道沟壑，他们或许真的做朋友更合适。

想到这里，她心里反而好像坦然了。

她在房间里团团转了大半天，总觉得莫名烦躁，最终还是顶着 40℃的高温出了门。

朱倩茹赶到机场的时候，张弛已经办完托运，准备去出关安检了，看到她来，他并没有掩藏眼里的惊喜。

汪女士也在旁边，本来都要走了，又返回来，这算是怎么回事儿。

无论在家里怎么想的，真到了离别的这一刻，朱倩茹眼里还是涌出些泪来。

她不想让张弛看出来，生生挤出一个笑。

"你总算来了。"张弛从口袋里掏出一个小玩意儿，放在她手上，"不然我要把这东西带到美国了。"

冰箱贴是个卡通的小岛，有海水，有椰子树，颜色清爽，画风可爱，放在手心沉甸甸的。

朱倩茹摩挲着那个冰箱贴，小声说："总算见到了。"

张弛拧眉："什么？"

"没什么。"朱倩茹郑重地把冰箱贴装进包里，抬头跟张弛说，"我来晚了，耽误你时间了吧，祝你一路顺风、前程似锦，张弛。"

张弛平时总是嬉皮笑脸、吊儿郎当的，善于把很多负面的情绪掩藏起来。

但此刻，他的表情怎么也不受控制似的。

汪女士就在旁边等着他，裴颂很识趣地，拉着汪女士开始聊天。

张弛朝朱倩茹张开双臂，用眼神询问她，能不能拥抱一下。

他垂着眼，像只落寞的狗狗。

朱倩茹抿着唇，脸上漾起浅浅的笑，迎着他走过去。

距离他还有一步之遥，他一把将她拉进怀里，紧紧抱住她。

朱倩茹本以为只是个礼节性的拥抱，没想到，张弛揽她进怀里，许久都没有撒手。

在出发前，他想了很多办法，他要不要学电视剧里的招数，为了抱她一个，跟所有人都拥抱。

但最终，他只抱了她一个。

他想说我们在一起吧，想说等我回来。

却觉得一切实在太晚。

是他孬种，是他犹豫不决。

因为怕失去，就选择不开始。

太可笑了。

朱倩茹感觉到，有冰凉的水珠从她脖子后灌进了衣领。

耳侧，是张弛为了掩饰啜泣声而发出的急促喘气声。

她想，这就够了。

张弛在她耳边说："我会想你的。"

两人身体分开，她不可思议地望着张弛，眼泪不受控制地滚了下来。

有委屈，也有惊讶。

她用指尖拭去眼泪，说："别骗我了。"

"我没有骗你。"张弛有点着急。

"没关系，反正也不是第一次了。"她笑着说。

554

她最后一句话的意思，张弛并没有听懂。

时间紧迫，汪女士催促他赶紧去安检，他一脸茫然地离开了。

朱倩茹看着张弛在视线里消失不见，神色恍惚，仿佛做了一场梦。

张弛是挺浑不吝的一人，这样的性格已经和他这个人密不可分，好像只要悲伤就丢人似的。

可他不知道，在喜欢的人面前，可以不在乎这些。

坐在飞机上，他才猛然回过神来，后悔了。

在飞机上，他红着眼，最后干脆什么也不管了，任由眼泪唰唰往下掉，哭得不能自已。空姐看他情绪不对，过来问了好几次。

汪女士只当是他舍不得国内的同学和朋友，便没怎么安慰他。

他落地后的第一件事，就是联系朱倩茹。

没想到，朱倩茹心挺硬的，把他的各种联系方式都拉黑了。

微信拉黑了，他去找QQ，QQ拉黑了，他又去找支付宝、淘宝好友等，但朱倩茹总是比他快一步。

她没有给他们之间留一点余地。

在他手忙脚乱地翻找各种他们有联系的APP时，才猛然发觉他们之间已经有了这么多牵绊。

他曾经看过一句话，人和人之间，总是先有了羁绊，才有伤害。

他觉得自己深深伤害了她。

张弛一落地就忙了起来，办各种手续，开银行账户，买生活用品。

汪女士待了一周就回国了，张弛在空荡荡的公寓里，还没有室友，什么都得自己来。做饭、组装家具，都是难题。

从小养尊处优的少爷，哪里干过这种事，才组装了一个桌子，他就崩溃了。

他给裴颂打语音诉苦，裴颂迷迷糊糊接起来说，大哥，现在国内是凌晨啊。

张弛一拍脑门，忘了时差。

裴颂清醒了，干脆开视频陪他聊天。

看清他在干什么之后，裴颂还有点惊奇："嚯，这些杂事，张大公子也要亲自做啊。"

张弛笑骂了两声："狗不狗啊你。"

"适应得怎么样？"

"不怎么样。"张弛唉声叹气，"本以为出国的生活会很精彩，没想到，挺寂寞的。"

"谈个恋爱就不寂寞了。"裴颂给他提了条建议。

"行了啊你，专戳我肺管子。"张弛认真看组装说明书。

"抱歉，忘了你单身。"裴颂哑哑笑了几声。

"你跟小茉莉最近怎么样？"

"我还是不说了，说了怕你嫉妒。"

裴颂知道他想聊什么，便主动告知了朱倩茹的近况。

张弛久久沉默，问裴颂："狗，你说我现在跟她说喜欢她，是不是有点晚了？"

裴颂这人最擅长戳他肺管子，压根就没安慰他，挺直白地说："是，晚了。"

张弛苦笑了一声，接着坐在地毯上，组装他的家具。

"我上飞机就后悔了，落地的时候想跟她说的，但她已经把我拉黑了。"张弛自嘲道，"狗，你说她是不是挺恨我的？"

裴颂倒是没想到朱倩茹挺干脆的。

他想了想，说："她要是恨你，就不会来送你了。"

张弛手上的动作滞住，呆呆地念："也是……"

"她可能就是想重新开始吧。"裴颂看出他情绪不对，安慰他，"如果你们真的有缘分，总有一天还是会遇到的。"

张弛没有继续再找朱倩茹了，他觉得自己没脸再去打扰她。

他们之间，像是按下了一键消除，真的切断了联系。

但朱倩茹没有完全消失在张弛的世界里。

毕竟他们六个人还有一个群。

在六个人的群里，张弛和朱倩茹的头像还挨在一起。

上了大学后，大家都不在一个城市，也各自有了新的朋友和圈子，六人群说话的频次明显减少。

逢年过节，群里还是能热闹一阵，互相发发祝福、发发红包什么的。

大家也会好奇张弛在国外的生活，他也大方分享，群里大家夸张玩笑一阵，热闹也就过去了。

只是，没有人再开张弛和朱倩茹的玩笑了。

他们像两个熟悉的陌生人。

张弛一直没有清理过那个群的聊天记录。

那个群，那些文字，像是一个美好得不真实的天地，里面保存着他们插科打诨、再也回不去的青春往事。

通过陈韵吉，通过杜杨，通过程北茉的朋友圈，抑或是那条不太说话的狗口中，他还是能得到朱倩茹的一些零碎消息。

她在大学的生活很忙碌，跟着学长拍纪录片，参加各种大赛，去有名的卫视实习……

再后来，听说她和学长在一起了。

朱倩茹恋爱的消息是杜杨说漏嘴的，毕竟陈韵吉和朱倩茹还跟高中的连体婴似的，经常黏在一起。

张弛知道时，并没有太大的反应。

毕竟他们两个并没有真的在一起过，就算是遗憾，时间久了，那份执念也慢慢被冲淡了。

本科毕业后，张弛在美国继续读硕士。

这几年他过得不好不坏，谈了两段无疾而终的恋爱，兜兜转转，又回到单身的原点。

从程北苿的朋友圈里，他得知，朱倩茹进了京江电视台工作。

后来，又从陈韵吉的朋友圈里，他得知朱倩茹买房了。

他在回公寓的路上，刷到了陈韵吉发的朋友圈，是一张朱倩茹新家的照片。

朱倩茹新家不大，但装修花了不少小心思，看上去特别温馨。

装修风格是混搭的，挂画和照片自然也都挂得随意，却又格外好看。

照片中有五六个人，男男女女，除了陈韵吉，其他人都是陌生的面孔。

朱倩茹跟其中一个男人靠得很近。

张弛想，这大概是她现在的男朋友吧。

明明已经很久没有交集了，但每每得知朱倩茹的人生进度有变动，他总会莫名其妙地失落一阵。

他回家收拾东西，打算去泡泡健身房。

结果几个留学生朋友来找他玩，他本来不想动，最后在大家的劝说下，还是跟着去吃了饭。

看他一直提不起兴致，朋友问他到底怎么了，他说，想家了。

朋友笑他："我看你还是缺个女朋友。"

张弛笑笑，没说话。

结果他的几个朋友都是行动派，个个张罗着给他介绍女朋友。

张弛也没拒绝，对方推了女生的联系方式给他时，他便加了。

晚上回到公寓，张弛躺在床上，又机械地翻开陈韵吉的朋友圈，打开那张照片，放大朱倩茹的脸，像是一个像素都不肯放过似的。

忽然，他注意到了餐边柜上的一张照片。

那好像是朱倩茹小时候的一张照片。大概是她八九岁时拍的，扎了两个小辫，一张笑脸白白嫩嫩，背了个比她人还大的画板。

这个小女孩的面孔，怎么异常熟悉……

张弛在脑中不断挖掘，终于跟记忆深处的一张脸对上了号。

张弛心跳得怦怦作响。

朱倩茹就是当年那个小女孩？

他又赶紧翻其他照片，在各种照片边边角角里找线索。

最后他发现她的冰箱上，只有一枚冰箱贴。

有海水，有椰子树，还有一串看不清的英文。

他知道，那串英文是 Saipan。

那是他十几年前，亲自在塞班岛买的。

难怪他走的时候，她会跟他额外要这个礼物。

难怪在聊初恋的话题时，她避开不谈。

张弛的手指在陈韵吉的头像上停留了许久，还是没点开。

他咬着嘴唇想了半天，点开了程北茉的头像。

张弛：【小茉莉，在忙吗？】

MOMO：【稀客稀客，什么风把您吹来了？】

张弛：【……】

MOMO：【找我有事？】

张弛：【嗯……】

MOMO：【你是不是被盗号了？怎么一点都不像你。】

张弛无奈，发了条语音过去，证明他就是本人。

张弛：【想问你件事，你能帮我保密吗？】

MOMO：【跟朱倩茹有关系？】

程北茉多聪明，一下子就猜出了他的意图。

因为她也刷到了陈韵吉的那条朋友圈。

张弛没否认，说：【我怕去问陈韵吉，她扭头就告诉朱倩茹了。】

MOMO：【你怎么知道我就不会告诉呢？】

张弛：【因为我相信小茉莉是个有情有义的女中豪杰！】

MOMO：【好了好了……你要问什么？】

张弛：【我想知道，朱倩茹小时候有没有学过画画？】

MOMO：【就这？】

张弛：【就这。】

MOMO：【我还以为你想问朱倩茹新家的地址呢。】

张弛：【……】

过了会儿，他想了想，又发了条：【如果能弄来，也成。】

MOMO：【……】

程北茉是上高中后才认识朱倩茹的，过去的有些事她并不知道。

不过她挺够意思的，去旁敲侧击打听了一番之后，来跟张弛回话，说朱倩茹小学时候确实在少年宫学过一段时间画画。

MOMO：【原来她学过画画啊，她自己从来都没说过。】

张弛觉得心就快要从嗓子眼跳出来了。

真的是她。

张弛问：【她没怀疑什么吧？】

MOMO：【没有，放心吧。】

解答完张弛的疑惑后，她又主动告知：【对了，朱倩茹现在单身。】

张弛还要装一装：【我又没问这个。】

MOMO：【我就随便一说，你就随便一听。】

程北茉作为朋友，真的过于合格，张弛觉得狗真的赚到了。

他躺在床上，没喝酒，却像醉了一般，头重脚轻，大脑混沌。

那天晚上，他订了回国的机票，没有告诉任何人，甚至都没跟家人说，偷偷回了京江。

年少时没有冲动，这么多年后，张弛总算是果断了一次。

他连行李箱都没收拾，只背了个包，落地便直奔广电大厦。

在广电大厦等了大半天后，门卫都看不下去了，主动询问他是不是要找人。

他没报朱倩茹的名字，报了她栏目组的名字。门卫回去在系统上查了查，说："他们栏目组这几天去苏州取景了。"

这是他没想到的。

他呆呆站在原地，干巴巴地问他们什么时候回来。门卫无奈："我哪知道，你要是有认识的人，直接打电话问不就行了。"

他满脑子想的都是两人见面的场景，却根本没想，如果见不到怎么办。

张弛立刻订了去苏州的高铁票。

到了苏州后，他已经连续几十个小时没有合眼。

或许是因为太过劳累，他在高铁上就开始发烧，一到苏州，他就直奔医院挂水，之后又在酒店躺了两天才彻底退烧。

张弛在苏州的两天，朋友给他发来消息，问他怎么不回女孩的信息。

【你这两天去哪儿了？怎么不在家？】

【有时间的话，请人家吃个饭？】

【大哥，你说你想谈恋爱了，我才把人家女孩介绍给你的，你总不能总是让人家主动吧？】

他迷迷糊糊地想，哪个女孩……

哦对，美国的那个。

他联系裴颂，说他在苏州。

裴颂意外，脱口而出："苏州？你怎么会在苏州？"

张弛有气无力地说："我回国了。"

"你怎么也没说一声就回来了。"

"嗯，临时有点事。"

裴颂识趣地没有多问，只是告诉他："你离某人挺近的。"

张弛知道他这个"某人"指的是谁，诧异道："你知道她在苏州？"

裴颂更诧异："你是为她回来的？"

张弛没回答，两人握着手机沉默半晌，裴颂叹了口气，说："她没在苏州，她在上海，中午才跟茉茉吃过饭。"

张弛噌地站起来："你等我，我马上来上海。"

裴颂挂掉电话，两分钟后又回过来，说："来不及了，她是跟同事一起来出差的，茉茉说，中午吃完饭她就赶去机场了。"

"她要去哪里？"

"回京江。本来还要在上海待几天的，工作上好像有什么紧急情况，临时回去了。"

"哦。"

绕了一圈，还是错过了。

张弛回美国是从上海出发，临走前，他跟裴颂吃了顿饭。

他说："朱倩茹竟然就是我小时候在少年宫遇到的那个女孩。"

裴颂还挺惊讶的："你怎么知道？"

张弛把朱倩茹家里的照片和冰箱贴的事说了。

他苦笑着摩挲着杯子，说："我俩是不是挺有缘无分的。"

裴颂看他这么颓，也没安慰他，直截了当地说："我建议你把人家加回来。"

张弛茫然地抬头："嗯？"

"你跟我说的这些话，我一个字也不会跟茉茉说，更不会跟朱倩茹说，你要说，就自己去说。"

张弛垂着眼睛："狗，你也不说安慰安慰我？"

"安慰你什么，你不是长嘴了嘛，你不是挺能说的嘛，怎么到自己的事就开始瞎搞了。"裴颂劈头盖脸地一顿说，"有什么事直接沟通不好么，别再搞自我感动这一套了。这都几年了，你还想耽搁多久？"

"你当初跟小茉莉表白，不也是一拖再拖嘛……"

裴颂一副恨铁不成钢的样子，用指关节敲了敲桌子："我跟茉茉都在一起几年了？你自己看看你自己，耽误几年了？"

张弛没时间再回京江一趟，又带着遗憾，去了美国。

不过他听劝，上飞机前就给朱倩茹发去了好友申请。

现实不如他所愿，他落地后，发现朱倩茹并没有通过他的好友申请。

过了好几天，朱倩茹总算加了他。

朱倩茹知道是他，也没假客气假寒暄，主动跟他解释，说台里出了点紧急情况，她最近一直在忙，而且每天都有不少合作方加她好友，她也是才抽出时间来处理。

张弛看了眼时间，现在国内应该是凌晨三点。

他问她怎么还在工作，她说习惯了。

他们好像都没了以前的孩子气，像两个真正的成年人一样，心平气和地聊天。

张弛本想提一提当年的事，可朱倩茹没有叙旧的意思，浅尝辄止地聊几句，就说要去忙了。

张弛落寞又珍惜地翻着他们之间的聊天记录。

划拉两下就到底了。

那一次后，他们偶尔也聊天，都是他主动挑起话头，每次都要找点借口。他这样惴惴不安、慌慌张张，好像又回到了小学没写作业面对老师的时候。

朱倩茹好像真的很忙，回消息的时间不固定，一般都要等个把小时，回复的语气也都很疏离。

几次之后，他也明白了朱倩茹的态度，没有再找过她。

　　好像没再讲过话，朱倩茹的头像被新的聊天挤了下去，最后挤出了屏幕。

　　一直到陈韵吉和杜杨跟大家说要结婚的消息。

　　杜杨来问张弛愿不愿意做伴郎，张弛没犹豫，答应了。

　　然后杜杨犹犹豫豫，半天才开口，说伴娘有朱倩茹，问他介不介意。

　　他假装轻松，说没什么。

　　杜杨和陈韵吉婚礼前夕，张弛回国，先飞了趟北京，去见个投资人。

　　家里的碧清泉张琰管得挺好，他不想跟着掺和。回国的发展举棋不定时，正好有同学想回国创业做游戏营销，他感兴趣，又专业相关，便一拍即合，说好先去聊聊。

　　没想到的是，他在北京遇上朱倩茹了。

　　头天晚上跟投资人吃饭时喝了不少酒，身体不舒服，他回酒店早早就睡下了。

　　说来也巧，平时张弛最喜欢睡懒觉，出去住酒店从来赶不上吃早饭，那天在头痛欲裂的情况下，他竟然早上八点就醒了。

　　后来他想，或许是命运给他的又一次机会。

　　他随便抹了把脸，去酒店的餐厅吃早饭，刚迈进餐厅大门，就迎面撞上一人。

　　想起几年前他匆匆回国那次，追了一圈都没见着她人，现在竟这么平常地遇见了。

　　很显然，他们都认出了对方，同时愣在了原地。

　　张弛脑中最先闪过的念头是，糟了，胡子没刮。

　　朱倩茹瘦了许多，也晒黑了，头发松松地用抓夹夹着，透露出几分慵懒的味道。

　　她没化妆，皮肤却极好，透露着些许稚气。

564

他稳住狂跳的内心，说了句："好巧。"

朱倩茹尴尬地笑了下："是，好巧。"

他问："来出差？"

她点头，表情还是淡淡的。

"怎么就你一个？"

"同事先回去了。"朱倩茹迟疑了片刻，还是如实说，"我请了一天假。"

"你还有别的事？"

"想……去环球影城玩一下。"

"你一个？还是有约了？"

朱倩茹摇头："就我一个人。"

"我跟你一起去。"张弛说。

朱倩茹显然没料到他会说跟她一起，没来得及做反应。

她迟滞地问："你怎么会在这儿……"

"工作上的事，昨天见了个投资人。"

朱倩茹点点头："我不知道你已经回国工作了。"

"还没有，不过快了。"张弛说，"这次回来主要还是参加杜杨和陈韵吉的婚礼。"

"哦……"朱倩茹并没有要跟他继续下去的想法，一副要离开的样子，"那你先吃吧，我先上楼了。"

张弛朝餐厅里瞟了一眼，只觉得胸口滚烫，随后快步跟上她。

"这么多年没见，你就没有什么话想跟我说吗？"他挡住她的去路。

"说什么。"

她静静地盯着他，眼底似是浮出几分不满，嘴角也轻轻绷了下。

"可我有话对你说。"

朱倩茹四下看了看："现在？"

"对，现在。"

他已经错过太多时机，他不想再找什么场合跟时间，既然她人在眼前，那就是最好的时机。

朱倩茹冷笑一声，抬腿就走："喝多了吧你？"

张弛眼疾手快，握住她的手臂。

掌心的温度迅速传遍了她全身。

张弛没有拐弯抹角，便跟她说："我知道少年宫的女孩是你。"

朱倩茹本想挣脱他，听到他的话，愣了片刻。

她回头，复杂地望着他，眼里有愤怒，还有委屈。

"也许你在跟我要那个冰箱贴的时候，我就应该猜到了，但我那时候没有懂。"张弛自嘲般地笑了下，"过去我一直跟别人吹牛，说那个女孩是我的初恋，没想到，歪打正着了。我五年级的一整个暑假都在少年宫等你，但没等到你。"

朱倩茹做了个深呼吸，努力摁下喉咙口的腥咸。

她热着眼，说："你骗我。"

"嗯？"

"你小时候，说你吃不起肯德基，我才请你吃的。"

后来她知道，他家特别有钱，住别墅，怎么可能吃不起肯德基。

张弛回想了一番，怎么也想不起来自己说过吃不起肯德基这样的混账话。

"我有吗？"

"有。"

"肯德基肯定是吃得起的，只是我妈说那是垃圾食品，不让我吃，每年只有过生日的时候才能吃。"张弛小心翼翼地问，"当时你是不是误会了？"

朱倩茹眨了眨眼睛。

时间过去太久，她只记得当初愤怒的情绪，其余细节，其实都有些记不清了。

大概……真的是她误会了吧。

"所以后来你就不来找我了？"

朱倩茹点了点头。

张弛笑了。

这个场景挺幼稚可笑的。

两个二十多岁的人，在为十岁时发生的事争论。

可张弛心里别提有多高兴了。

他宁愿朱倩茹跟他吵，跟他闹，跟他生气，也好过冷冷淡淡的，如同陌生人一般。

"对不起。"张弛握住她的手，用拇指摩挲着她光滑细软的手。

这么多年，总算是牵到手了。

"这几年我经常在想，如果我当初走的时候跟你表白了，我们会不会像裴颂和杜杨那两对一样，一直在一起。那时候我害怕承诺了又做不到，害怕距离，说到底，还是怂，那么多机会，硬生生让我熬成了没有机会。"

"都过去了。"朱倩茹轻飘飘地说。

她努力挤出一个笑，想装作风轻云淡，什么都不在乎。

可越挤，眼泪就越不自觉地漫出来。

"我曾经也以为过去了。可有些话不说出来，就永远也过不去。我很后悔，后悔错过那么多次说喜欢你的机会。"张弛胸口剧烈地起伏着。

即使现在他没刮胡子，即使他身上的衣服也是随便穿的，但他不想管这些不重要的东西了。

"我不想再错过你了。"

朱倩茹甩开他的手，他重新握住，她继续挣脱，他干脆把她揽入怀中，一遍一遍说着对不起。

他大概是健身增重了，跟从前精瘦的竹竿身材完全不同，怀抱也变得紧实又温暖。

朱倩茹还带着气，嘴硬问："你不回美国了吗？"

"这次再去，很快就会回来的。"张弛紧紧搂着她，

"你怎么这么自信？你怎么就觉得我一定会答应你？"

张弛的指腹贴上她的后颈，摸了摸她的项链。

她身子一僵。

是他那年送她的那条。

"你尽管生我的气。"他的下巴抵在她肩上，温热的气息喷在她耳后，"我不想再带着遗憾上飞机了。"